일곱 건의 살인에 대한 간략한 역사

2

A BRIEF HISTORY OF SEVEN KILLINGS
by Marlon James

이 도서의 국립중앙도서관 출판예정도서목록(CIP)은
서지정보유통지원시스템 홈페이지(http://seoji.nl.go.kr)와
국가자료공동목록시스템(http://www.nl.go.kr/kolisnet)에서 이용하실 수 있습니다.
(CIP제어번호: CIP2016025215)

A Brief History of
Seven Killings

일곱 건의 살인에 대한 간략한 역사

2

Marlon James

말런 제임스 장편소설

강동혁 옮김

Original Rockers
Ambush in the Night
Shadow Dancin'
White Lines / Kids in America
Sound Boy Killing

문학동네

일러두기

1. 주석은 모두 옮긴이주이다.
2. 본문 중 고딕체는 원서에서 대문자나 이탤릭체로 표기한 부분이다.
3. 인명, 지명 등 외래어는 국립국어원의 외래어표기법을 따랐으나 일부는 관습 표기를 존중했다. 특히 본문 중 자메이카 파투아(카리브해 연안 구 영국 식민지 국가들에 토착화된 영어) 음독 표기 뒤에 나오는 괄호 속 뜻풀이는 처음 나오는 곳에만 병기하였고, 책 말미에 파투아 뜻풀이를 모아 실었다.
4. 장편소설이나 희곡, 기타 단행본은 『 』, 단편소설과 시는 「 」, 연속간행물과 연극, 텔레비전 프로그램, 앨범명, 곡명은 〈 〉로 구분했다.
5. 본문의 성서 인용은 대한성서공회 발행 공동번역성서의 번역을 따랐다.

차례
1권

차례
2권

등장인물 Cast of Characters

대킹스턴 1959~

아서 조지 제닝스 경 전직 정치인, 사망

가수 세계적 레게 슈퍼스타

피터 나세르 정치인, 전략가

니나 버지스 전직 안내데스크 직원, 현재 실직 상태

킴-마리 버지스 니나 버지스의 여동생

라스 트렌트 킴-마리의 연인

닥터 러브/루이스 에르난 포르티요 드 라스 카사스 CIA 자문

배리 디플로리오 CIA 자메이카 지부장

클레어 디플로리오 배리 디플로리오의 아내

알렉스 피어스 〈롤링스톤〉 기자

윌리엄 애들러 전 CIA 현장요원, 현재 범죄자 신분

마크 랜싱 영화 제작자, 전직 CIA 국장 리처드 랜싱의 아들

루이 존슨 CIA 현장요원

클라크 씨 CIA 현장요원

빌 빌슨 자메이카 〈글리너〉 기자

샐리Q 해결사, 정보원

토니 맥퍼슨 정치인

왓슨 경찰

네비스 경찰

그랜트 경찰

코펜하겐시티

파파-로/레이먼드 클라크 코펜하겐시티의 던(갱단 보스), 1960~1979

조시 웨일스 행동대장, 코펜하겐시티의 던, 1979~1991, 스톰 파씨(파派)의 수장

위퍼 파파-로와 조시 웨일스의 오른팔, 스톰 파씨의 맨해튼/브루클린 지역 행동대장

데무스 갱단원

헤클 갱단원

밤-밤 갱단원

펑키 치킨 갱단원

렌턴 갱단원

레고 비스트 갱단원

토니 파바로티 행동대원, 저격수

프리스트 연락책, 정보원

주니어 소울 정보원/에이트레인즈의 스파이라는 소문

왕 갱단 왕상 지역에 근거를 둔 갱단. 코펜하겐시티와 동맹관계

코퍼 행동대원

차이나맨 코펜하겐시티 근처의 갱단 두목

트리탑 갱단원

불맨 행동대원

에이트레인즈

쇼타 셰리프/롤랜드 파머 에이트레인즈의 던, 1975~1980

퍼니보이 행동대원이자 2인자

번틴-밴턴 에이트레인즈의 공동 보스, 1972~1975

디시래그 에이트레인즈의 공동 보스, 1972~1975

자메이카 외부 1976~1979

도널드 캐설리 마약 밀매업자, 자메이카 자유연맹 총수

리처드 랜싱 CIA 국장 1973~1976

린던 울프스브리커 주 유고슬라비아 미국 대사

워런 터니 제독 CIA 국장, 1977~1981

로저 서루 CIA 현장요원

마일스 코플랜드 CIA 카이로 지부장

에드거 아나톨리예비치 체포로프 노보스티 통신 기자

프레디 루고 알파 66, 혁명조직연합, AMBLOOD의 요원

에르난 리카르도 로차노 알파 66, 혁명조직연합, AMBLOOD의 요원

올랜도 보쉬 오메가 7, 혁명조직연합, AMBLOOD의 요원

게일&프레디 오메가 7, 혁명조직연합, AMBLOOD의 요원

살 레스닉 〈뉴욕 타임스〉 기자

몬테고베이 1979~

킴 클라크 실직자

찰스/척 앨코어 보크사이트 엔지니어

마이애미와 뉴욕, 1985~1991

스톰 파씨 자메이카 마약 조직

랭킹 던즈 스톰 파씨와 라이벌 관계에 있는 자메이카 마약 조직

유비 퀸스/브롱크스의 스톰 파씨 최고 행동대장

에이-플러스 트리스탄 필립스의 동료

피그 테일즈 퀸스/브롱크스의 스톰 파씨 행동대원

렌-독 퀸스/브롱크스의 스톰 파씨 행동대원

오마 퀸스/브롱크스의 스톰 파씨 행동대원

로미오 브루클린 스톰 파씨의 마약상

트리스탄 필립스 랭킹 던즈의 단원, 리커스 교도소 수감중

존-존K 청부살인업자, 자동차 도둑

파코 자동차 도둑

그리젤다 블랑코 메데인 카르텔에서 파견한 마이애미의 마약왕

백스터 그리젤다 블랑코의 행동대원

하와이안 셔츠를 입은 자들 그리젤다 블랑코의 행동대원

케네스 콜서스트 뉴욕 5번가 주민

개스턴 콜서스트 케네스 콜서스트의 아들

게일 콜서스트 케네스 콜서스트의 며느리

도카스 파머 간병인

밀리센트 세그리 간호사 교육생

미스 벳시 신의 은총 고용센터 매니저

모니파 티보도 마약 중독자

상세 차례 Navigation

섀도 댄싱*
1979년 2월 15일

*영국 가수 앤디 깁의 1978년 앨범명이자 타이틀곡

화이트 라인/키즈 인 아메리카*****
1985년 8월 14일

**미국 가수 멜 멜의 1984년 싱글 앨범명이자 타이틀곡
*** 영국 가수 킴 와일드의 1981년 앨범 〈킴 와일드〉 수록곡

A Brief History of Seven Killings

섀도 댄싱

Original Rockers
Ambush in the Night
Shadow Dancin'
White Lines / Kids in America
Sound Boy Killing

1979년 2월 15일

킴 클라크

버스에 탈 때마다, 버스가 터져버릴 거라는 확신이 드는 순간이 있다. 그리고 버스가 폭발한다면 뒤에서부터일 거라는 생각이 들기 때문에 나는 항상 앞자리에 앉는다. 앞에 앉으면 뭐가 달라지기라도 할 것처럼. 아마 2월에 런던의 레스토랑에서 있었던 폭탄 테러 때문일지도 모른다. 몇 달 동안 뉴스를 보지 않다가 텔레비전을 켰더니 나온다는 게 그런 거지같은 소식이었다. 척은 자긴 걱정이 너무 많아, 이쁜아, 그냥 버스를 안 타면 되지, 라고 말한다. 세상에, 나는 이쁜아라는 말을 증오한다, 도저히 참아줄 수가 없고, 총이라도 꺼내 쏴버리고 싶지만, 바로 나의 그런 반응 때문에 척은 더더욱 나를 그렇게 부른다. 척은 내가 의식도 못 하는 사이에 내 눈썹이 일그러지는 모습을 보려고 그렇게 부르는 거라고 한다. 척은 이쁜아, 통조림에 들어 있는 정어리처럼 치이는 게 싫으면 버스를 안 타면 되잖아, 하고 말한다. 나는 정말 싫은 건 그게 아니라는 말을 하지 않는다.

뭐라고 해야 하나, 나는 느낄 수 있다. 집으로 걸어가는 동안 내

등이 점점 더 곧아진다는 걸 말이다. 집으로 걸어간다는 데엔, 뭔가가 있다. 그 집으로 걸어가는 내 모습이 사람들 눈에 띄는 건 좋지만, 그 사람들이 나를 지켜보는 건 마음에 들지 않는다. 그 사람들은 나를 나로 보는 게 아니라, 〈하와이 파이브-오〉*에서 불쑥 뽑아온 것처럼 생긴, 바닷가에 있는 그 집, 이 동네와는 아무런 관계도 없는 그런 집으로 걸어가는 여자로 보고는 저 흑인 여자가 집주인이라도 되는 양 머리를 높이 쳐든 채 그 집에 갈 이유가 있다고 생각하는 이유가 뭘까 궁금해하는 것이다. 처음에는 그 집에 딱 한 번 가서, 아침이면 얼만지 모를 요금을 챙겨 떠날 어떤 여자로 보겠지. 그다음에는 그 집에 꽤 자주 드나드는 그 여자라고, 그 백인 녀석을 꽤나 즐겁게 만들어주고 있거나 최소한 내숭은 떨 줄 아는 모양이라고 생각할 것이다. 그다음에는 어느 때고 들락날락하는 그의 여자일지도 모른다고 볼 것이다. 외출했다가 쇼핑백을 들고 돌아오는 내 모습을 본 다음에는 어쩌면 저 여자는 집하고 무슨 관계가 있는 사람인지도 몰라, 뭐 하녀라든지, 라고 생각할 것이다. 또 내가 별로 좋지 않은 옷을 입고 나갔다가 돌아오는 모습이나 미국에서는 백인들의 새로운 취미가 되었다는 조깅이란 걸 하러 가는 모습을 본 다음에는, 비로소 저 여자가 정말로 저기 사는 걸지도 모른다고 생각하기 시작하겠지. 저 여자랑 그 백인 남자가 말이야. 아냐, 백인 남자랑 저 여자라고 해야지. 네, 안녕하세요, 다른-사람-사생활에-간섭해야-하니까-쇼핑카트를-천천히-밀어야겠다 씨. 가라고, 이 양반아. 지난주에는 멀쩡한 구두굽을 도로에서 부러뜨렸다. 도로는 무슨 젠장, 오솔길이라고 해야 맞겠지. 언덕을 따라 올라갔

* 1968~80년 미국 CBS사에서 방영한 수사 드라마로, 하와이를 배경으로 하고 있다.

다가 바닷가 근처 절벽까지 내려가는 길. 여기 살면 좋겠다고 생각하는 사람은 척 같은 인간들뿐이다. 아니면 에롤 플린*이나.

척**이라. 우드척***은 나무를 얼마나 척 던져버릴까요. 자메이카 사람들로서는 햄버거에 든 고기가 햄이라는 얘기를 믿어버릴 정도의 맛이 나지 않는 유일한 장소라 온갖 국외 거주자들과 알코어 보크사이트 직원들이 향하는 곳, 만타나 주점에서 척이 내게 다가왔을 때 나는 그렇게 말했다. 그랬더니 척이 무슨 카우보이나 되는 것처럼 모자를 벗고서는 말했다. 하우디****, 난 척이야. 아 그래? 겨우 사흘 전 밤에 나한테 하우디라고 인사했던, 영업부 빌 아니고? 확실하니? 라는 생각이 들었지만 입 밖에 내지는 않았다. 척이라니. 칩, 팻, 벅, 잭 뭐 그런 건가. 나는 이런 원 펀치식의 미국 이름이 좋다. 이런 이름은 꼭 애플파이라든지 쉽게 번 돈***** 같이 들리는데다, 발음할 때도 별 노력 없이 중얼거리만 하면 끝이니까. '엽'이라든가 '하우디'라든가 '우리 꼬마 아가씨한테 무슨 바람이 부셨나' 같은 말을 들으면, 갑자기 이렇게 대답하고 싶어진다. 아뇨, 나는 당신 편하라고 치마 밑에 팬티도 안 입는 그런 현지인 아가씨가 아니에요, 그래도 스카치를 사주신 건 고맙네요, 마시지는 않겠지만. 만타나에서 그 사람을 기다리며 시간을 헤아리고 그 시간을 분 단위로 줄여나

---

* 오스트레일리아 태생의 배우로 할리우드에서 큰 명성을 얻었다. 낭만적인 건달 역할을 맡아 유명해졌다(1909~1959).

** '척(Chuck)'이라는 단어에는 '던지다'라는 뜻 외에도 '사귀던 애인을 떠나다' '백인'이라는 뜻이 있다.

*** 북아메리카에 서식하는 설치류 동물.

**** '안녕하십니까(How do you do)?'의 준말로 주로 카우보이들이 쓰던 인사말.

***** '칩'은 포테이토 칩 등에서 보듯 과자의 일종이기도 하며, '벅'은 영어에서 달러를 뜻하기도 한다.

가던 순간과 척이 하우디라고 말했을 때 뭐 너 정도도 괜찮겠다, 고 생각했던 순간 중 어떤 것을 더 여러 번 곱씹어보는지 잘 모르겠다.

집이라. 조심하시죠, 킴 씨. 지금 당신은 척조차도 집이라 부르지 않는 그곳을 집이라 부르고 있습니다. 버스 폭발을 생각하며 지금 당장 거실로 들어가 척을 부르면 척은 엽, 우리 자기한테 무슨 바람이 부셨나? 라고 대답하겠지. 그러면 나는 구멍 속에 안전하게 숨은 토끼 같은 기분이 들게 될 거야. 아니, 거짓말. 그건 어느 멍청한 책에 나왔던 어떤 멍청한 개소리잖아 제발 생각 좀 그만해, 킴 클라크. 오늘은 야근인가보네, 보통 지금쯤이면 집에 오는데. 평소 이맘때면 나는 저녁을 해놨겠지만, 이런 일쯤이야 되는 대로 말을 지어내고도 걸리지 않을 수 있으니까. 어젯밤에는 척이 이런 젠장, 이쁜아 나는 자메이카 밥에 후추가 들어가는지 몰랐어, 라고 말했다. 빌어먹을 생각 따위를 하니까 결국 이런 생각까지 하게 되는 거 아니야, 지금 밖에는 갈매기들이 있다. 지금 나는 갈매기들과 가까운 곳에 사는 여자가 되어 있다. 나는 갈매기들이 싫다. 매일 오후만 되면 불청객처럼 찾아와 내 테라스에 똥 묻은 궁둥이를 털썩 깔고 앉아서는 꺼져 이년아 이제 우리 테라스야, 라고 말하는 저 조그만 쌍년들 말이다. 나는 쟤들이 왜 계속 돌아오는지 모르겠다. 밖에 먹을 게 있는 것도 아니고 나는 절대로 먹이를 주지 않는데. 그리고 저것들은 우라지게 시끄럽고 심술궂은데다 척이 보일 때만 날아서 도망친다. 나한테는 신경도 쓰지 않는 잡것들. 저 잡것들이 무슨 생각을 하고 있는지 나는 안다. 우리가 먼저 왔어, 니가 그 남자랑 살림 차리기 훨씬 전에도 있었고 그 남자가 여기 오기 전부터도 있었다고. 저것들은 나에 대해 뭔가 아는 것처럼 소리를 질러댄다. 내 창문에서 꺼져 안 그러면 나의 미국인 척이 미제 총을 꺼내서 쿼드로 맥그로*처럼 빵야 빵야 니들 머리통에 납덩이를 하나씩 박아줄 테니까, 알겠어? 세상에, 내가 대체 언제부터 만화를 보기 시작한 거지?

오늘 나는 척의 머리카락을 사랑할 것이다. 척의 머리카락에 대해 생각하고, 그 머리카락이 얼마나 갈색을 띠는지 생각하고, 그러면서도 결코 한 가지 갈색이 아니라 뺨 근처에서는 빨간색 비슷하다는 걸 생각할 것이다. 척은 군인처럼 짧게 자르고 싶어했지만, 내가 자기야 꽤 그럴싸한 해적이 되겠는데, 하고 말한 뒤로 길게 기르고 있는 그 머리카락을 말이다. 해적 운운은 아무 의미 없이 사라질 거라는 생각에 한 말이었는데, 척이 그 말을 마음에 들어한 탓에 이제 그는 나의 섹시한 해적이 되고 말았다. 나는 한 번도 척한테 섹시하다고 말한 적이 없는데도. 내가 자기야, 라고 불러서 그렇게 된 게 분명하다.

섹시라.

섹시는 존…… 존 뭐더라? 그 사람 이름이 뭐였지? 〈듀크 오브 해저드〉**에 나오는 사람 있잖아, 제너럴 리*** 타고 다니는, 너무 남편 스타일로 생긴 그 갈색머리 남자 말고, 그 존이라는 사람, 빌어먹을 그래 이름이 존이었지.

섹시라. 루크 듀크는 한 다리를 차 안에 걸쳐놓고서 미끄러지듯 차에서 내리는데, 그때 다른 다리를 따라 흐르는 자신의 뱀을 한번 꽉 움켜쥔다. 다른 여자들도 그걸 볼까, 아니면 나에게만 보인 걸

---

* 동명 만화영화의 주인공 말(馬). 빨간색 카우보이모자를 쓰고 다니는 보안관 캐릭터로 의인화되어 있다.

** 1979~85년 미국 CBS사에서 방영한 드라마 시리즈로, 듀크 집안의 사촌형제들 이야기를 그리고 있다.

*** 듀크 집안의 사촌형제인 보와 루크가 타고 다니는 1969년형 빨간색 스포츠카.

까? 킴 클라크, 이 변태, 음란마귀야. 걔는, 그 존은 절대로 팬티를 입지 않는다. 그래, 존 슈나이더였다. 이번주에는 위성 텔레비전에서 〈듀크 오브 해저드〉를 틀어준다. 내가 아는 위성 수신기라고는 옛날 킹스턴 시절에 JBC 텔레비전 방송국 바깥에 있던 커다란 것뿐인데, 척이 꼭 그런 수신기를 자기집 지붕 위에 달아놓았다.

그래, 오늘은 척이 자기 머리카락에다 하려는 걸 내가 얼마나 사랑하는지 생각해야겠다. 어제는, 척이 문을 지날 때마다 가시죠, 하며 모자를 벗는다는 걸 사랑했었다. 척은 어떤 문을 지나든지 그렇게 한다. 그전날에는 우리가 떡을 칠 때 내가 위로 올라가면, 무조건 나를 미스 킴이라고 부르는 걸 사랑했었다. 아니, 그건 싫다. 조금도 마음에 들지 않는다, 씹질 말고 미스 킴 말이야. 하지만 척이 그 말을 그렇게까지 좋아하는 건 마음에 들어. 당연히 좋겠지, 마침내 자기를 거친 남자로 만들어줄 흑인년을 만난 건데. 손에는 제도용 도구 세트를 들고, 물건은 잔뜩 선 채로 비행기에서 내리기 2년 전부터도 자메이카 여자 얘기를 들었을걸. 미국인들은 물건이 섰다고 안 하고 딱딱해졌다고 하더라, 전혀 이해할 수 없는 얘기다. 이러지 말자. 척은 귀엽잖아. 귀엽고, 여태까지는 친절했고, 내가 종잇장으로 만들어지기라도 한 것처럼 나를 두 손으로 번쩍 들어올리기도 하고, 그럴 때조차 손은 얼마나 부드럽고 달콤한지. 그렇게 척은 나를 부엌 조리대에 올려놓고 미소를 지으며 헤이 이쁜아, 나 보고 싶었어? 라고 말하고, 나는 응, 보고 싶었어, 정말로 보고 싶었어, 당신이 여기 없으면 여기에는 나랑 내 생각 말고는 아무것도 없고, 나는 생각하는 게 싫으니까, 씨발 지옥이랑 바꾸래도 바꿀 만큼 싫으니까, 라고 말하고 싶었던 적도 한두 번이 아니잖아.

생각은 척에게 맡겨.

이사 가는 것도 척에게 맡겨. 뭘 가져가고 뭘 남겨둘지 결정하는 것도 척에게 맡겨. 첫번째 생각보다는 두번째 생각이 훨씬 더 마음에 들어서 아제기랄오이런세상에.

아 잠깐,

자동차 머플러 소리구나.

머플러가 바람을 훅 뿜어내는 소리야.

세상에 숨 좀 쉬어, 킴 클라크. 들이쉬고, 내쉬고, 들이쉬고, 내쉬고, 들이쉬고, 내쉬고. 세번째네. 스스로를 부르기 전에 킴 클라크라는 이름을 써야 한다고 생각하거나, 부르고 난 후에 이것 봐, 내가 나를 킴 클라크라고 불렀어, 라고 말한 게. 이런 생각은 킴 클라크가 그때 그 일이나, 그때 쓰던 다른 이름을 더이상 생각할 필요조차 없어지는 지점으로 나아가는 과정이겠지. 그 다른 이름을 가진 인간은 젠장, 뒈지라지. 와, 어때? 방금 미국인처럼 씨발 뒈지라고 말했잖아. 척도 젠장할이라고만 하는데, 귀엽게. 척과 척의 니미씨팔, 월요일 밤의 미식축구 경기를 볼 때마다 나오는 얘기인 이런 니미씨팔 어쩌고 아니면 이런 니미씨팔 저쩌고 아니면 그런 걸 스프레드 오펜스라고 하는 거야, 이런 니미 씨팔놈아. 경기중 발을 쓰는 사람이 아무도 없는데, 그런 걸 미식 '축구'라고 하다니. 나는 미국인들이 자기들 내키는 대로 뭔가를 부르는 방식이, 그렇지 않다는 명백한 증거가 있음에도 그렇게 부르는 방식이 마음에 든다. 아무도 발을 쓰지 않는데 축구라고 부르는 경기처럼, 영원히 끝날 것 같지 않은 그놈의 경기처럼. 지난번에 척이 나를 그 빌어먹을 경기가 다 끝날 때까지 앉아 있게 했을 때, 나는 자기야 이렇게 오랫동안 할 일은 섹스밖에 없어, 라고 말했고 척은 나를 우리 섹시한 암캐년이라고 불렀다. 나는 그것도 마음에 안 든다, 그따위 말을 하는 건 자기랑 같이 사는 여자에게 남자가 매일 저지르는 실수 2백 가지 중 하나니까. 그 말을 들었을 땐 척이 여자들이랑 많이 자보긴 한 걸까 궁금했다. 내 말은, 척이 그렇게 못생겼다는 건 아니다. 그럼, 척은 귀엽지. 아니, 잘생겼어. 이봐, 지금 이 순간에도 내가 척과 함께 있다는 이유만으로 나를 증오하는 자메이카 여자가 3천 명은 있을걸. 니들이 그렇게 갖고 싶어하는 걸 내가 가졌다, 이 잡년들아. 내가, 킴 클라크가. 깡이 있으면 와서 가져가보시든가.

거짓말이다. 나는 저 바깥에 외국에서 온 백인 남자를 찾아다니는 자메이카 여자들이 없다는 사실을 분명히 알고 있다. 자메이카 여자들 대부분은 백인 남자가 벌거벗고 있을 때 어떤 모습일지 상상조차 하지 못한다. 그 여자들은 백인 남자에게는 불알만 있고 자지가 없다고 생각하는데, 그건 그 여자들이 야한 영화를 한 번도 본 적이 없다는 사실을 증명해줄 뿐이다. 오후 3시에 해를 쬐며 몬테고베이의 집으로 돌아가고 있자니 마이애미에 온 것 같은 기분인데, 너는 마이애미에 가본 적이 없잖아, 킴 클라크. 하지만 어쨌든 집으로 돌아가는 중이긴 하지. 집으로 가면서 나는 척이 집에 없었으면 하고 바란다. 너무한걸. 척이라면 그런 생각을 부적절하다고 말했을 거야. 요즘에 척은 부적절하다는 말을 아주 많이 한다고. 그래서 나는 내 입에서 나오는 모든 말이 뭔가로 더럽혀져 있는 게 아닌가 하는 생각을 하게 돼. 이런 생각을 하고 싶었던 게 아니야, 그냥 나만의 시간이 좀 필요할 뿐이라고. 또 시작이다 너무 오랫동안 너무 빨리 미국인이 되어버린 사람처럼 말했더니 이제는 머릿속에서 말할 때도 양키식 이야기를 멈출 수가 없다. 똑바로 좀 생각해 제발! 척이 없었으면 하는 이유는 그냥 긴 안락의자에 앉아 내 숨소리를 들으면서 텔레비전에 나오는 〈얀과 함께 중국요리〉*를 보며 머리를 좀 식히려는 것뿐이야. 왜냐면 이 모든 게, 이 삶이, 이 산책이, 이 말하기가, 아직까지도 내 공간이 아닌 공간에 앉아 있기란 씨발 엄청 힘든 일이니까. 존재한다는 건 힘든 일이야. 아니 아니야. 살아남는 게 피똥 싸게 힘든 일이지. 그래, 나도 가끔 욕은 하고 살아야지.

이 갈매기들이 내 생각을 듣고 있는 걸까? 밖에서 저것들이 하는 짓이 그건가? 내 생각을 듣고는 웃는 거. 새한테도 파리나 바퀴벌레 살충제가 듣나? 어쩌면 저것들이 내 살갗을 벗겨내 먹어버릴지도 몰라. 씨발 저 빌어먹을 새년들 정말 싫다. 씨발 요즘 입에 붙어버린 이놈의 척-이즘**을 다 어떻게 해야 되는지 알 수가 없다. 이런 일은 그냥 일어나버리는 법이다. 한 남자가 삶의 온 군데에 그림자를 드리우기 시작하는 일은.

척은 집에 없다. 이 소파 아주 기분이 좋은걸. 나는 언제나 긴 소파에서 잠들고 침대에서는 잠을 이루지 못한다. 나는 밤 동안 척의 털투성이 가슴에 누워 그 심장 소리가 한 번이라도 건너뛰는지 귀 기울이는 데 더 많은 시간을 보낸다.

떠날 거라도 이 집은 진짜 청소를 해야겠어. 우린 다음달 말에 떠날 거긴 하지만. 12월 안에 이 집을 처분할 수만 있었다면 무슨 짓이든 했을 텐데. 화이트 크리스마스였으면 좋겠다. 나는 화이트 크리스마스를 꿈꿔왔으니까. 아니, 먼 곳에서 보내는 크리스마스를

---

* 캐나다 CBS에서 제작·방영한 중국요리 프로그램. 미국, 필리핀, 인도네시아, 싱가포르 등에서 크게 인기를 끌었다. 1980~82년 방송된 이후, 1990년대 초반에도 한 차례 더 제작되었다.

** 등장인물인 척의 말하기 방식. 습관적으로 씨발(fuck)이라는 욕을 많이 섞어 말하는 것을 가리킨다.

꿈꿔온 거겠지.* 신조차도 버린 이 나라는 가능한 한 빨리 떠나는 게 좋아. 척이 아칸소에서 왔다고 했을 때 나는 그게 알래스카 근처냐고 물어본 것 같다. 척은 나한테 북극곰이나 벌목꾼들을 좋아하느냐고 물어봤었고. 그게 뭔지는 모르겠지만. 나는 척의 배를 문지르면서 내겐 벌써 사랑하는 큰 곰이 생겼다고 말했지만 척은 그 말이 웃기다고 생각하지 않았다. 미국 남자들은 이상해. 가벼운 농담은 받아들이지 못하면서, 정말 씨발 거지같은 소리를 웃기다고 생각하지. 또 시작이네, 또 미국인처럼 생각하고 있잖아. 씨발 거지같은 일이라니, 척처럼 생각하고 있어. 오늘은 척의 머리카락을 사랑해야겠지. 이 긴 세티(소파)에 몸을 묻고서 눈을 감고 척의 머리카락을 생각할 거야. 짐을 어떻게 싸면 좋을지에 대해서도.

걔들도 이만하면 된 거야, 정부랍시고 해대는 이 우스꽝스러운 짓거리에는 걔들도 이제 진짜 질린 거라고. 웃긴 일이지, 이 집은 도로에서 멀리 떨어진 곳, 하얀 깃털을 뒤집어쓴 쌍년들이 창문 바깥에서 깍깍대고 바다는 끊임없이 울부짖는 곳 바로 옆에 있는데도, 자동차 소음은 여기까지 내려올 길을 어떻게든 찾아내니 말이야. 생각을 방해하는 저 빌어먹을 경적 소리처럼. 하지만 걔들도 정말이지 이만하면 됐어, 걔들이 그렇게 말했다고 척이 그러던데. 이젠 이 씨발 동네도 떠날 때가 됐어, 라고 척의 상관이 말했다는 거야. 이놈의 정부도, 지금까지 보크사이트 회사들이 해준 게 얼만데 그런 일은 없었다는 듯이 현금을 빨아먹고 싶어하는 마이클 맨리도, 이젠 다 됐다고. 제기랄, 알코어가 이 씨발 촌구석 섬나라를 바꿔놓았어, 물론 철도를 깔아준 건 아니지만 그 철도를 이용해 이윤을 남길

* 자메이카에는 눈이 오지 않는다.

수 있게 해줬다고. 그뿐인가? 학교에, 현대식 건물에, 수도관에, 변기까지. 이런 식이면 뒤통수도 아니고 얼굴을 정통으로 후려친 거나 마찬가지라고, 우리가 이 나라에 해준 게 얼만데 거기다 세금을 매기다니. 그리고 얼굴을 한 대 후려쳤다는 거야말로 자메이카가 공산주의에 접어들었다는 걸 알리는 첫번째 신호탄이지. 전 세계가 다 그 소리를 듣게 될 거야, 내 말 잘 기억해두라고. 항상 국유화가 첫번째 단계야, 이 좆같은 국민들이 인민국가당을 다시 뽑았다는 게 나한테는 씨발 미스터리라는 얘기야, 이쁜아. 척이 이런 불평을 큰소리로 너무 자주 늘어놓는 바람에, 나는 이 모든 걸 한마디 한마디 그대로 암송할 수 있을 지경이다. 엉망진창인 은유까지도. 그러면 자기네들이 남겨놓은 아스팔트 구덩이는 뭔데? 총잡이들이 시체를 던져넣으면 아무 흔적도 없이 분해되는 것 말고 거기에 무슨 쓸모가 있어? 나는 그렇게 말한다. 가끔은 척한테도 이 질膣에서 60센티미터 위로 올라가면 두뇌가 있다는 사실을 깨우쳐줘야만 하니까. 그러나 미국인 남자들조차도 여자가 너무 똑똑하면, 특히 자기가 교육시킬 의무를 띤 제3세계 여자가 너무 똑똑하면 별로 좋아하지 않는다. 이 소파는 내가 기억하는 것보다 더 출렁거리는구나.

선거가 끝나고 2년이 지났다. 자메이카는 결코 더 나빠지지도 좋아지지도 않고, 그냥 똑같은 상태로 있을 새로운 방법을 찾아낼 뿐이다. 이 나라를 바꿔놓을 수는 없겠지, 하지만 어쩌면 너 자신은 바꿀 수 있을지도 모르잖아. 대체 누가 이 생각을 하고 있는 건지 모르겠다. 생각은 이만 됐어, 진짜 진심이야. 생각은 할 때마다 버스 폭발이나 총구를 내려다보는 내 모습으로 이어진다고. 제기랄, 이렇게 떠는 건 나야, 소파가 아니라고. 내 말은, 아참 소파가 아니라 세티. 빌어먹을, 그놈 때문에 내가 바뀌어가고 있다니. 난 그게 싫은 것처럼 구는 게 좋다. 하지만 내가 그 사람을 속이고 있다고 생각하진 않는다. 척은 진도를 나갈 때마다 그걸 승리의 일종으로 생각하는데, 솔직히 말해서, 내가 척이 그렇게 멀리까지 갈 수 없도록 해주기 때문이다. 이건 좀 너무했나. 너무하진 않았으면 좋겠는데. 어떻게 척이 하우디에서 진도를 빼는 데까지 나아갔는지도 기억이 안 난다. 진도를 뺀다는 것도 척이 쓰던 말인데.

뭔가를 알아낸다는 건 위험한 일이다. 뭘 알아내면 뒤를 돌아보게 되는데 그것도 위험한 일이고. 계속 그렇게 하다보면 문득 바로 그 문제로, 애당초 나를 앞으로 밀어내던 그 한 가지 문제로 돌아와 있다. 잘 모르겠어 빌어먹을 소파에 내 몸을 올려놓은 건 씨발 생각을 멈추기 위해서였다고. 척이 집에 있었으면 좋겠다. 멍청아 방금은 없었으면 좋겠다더니. 겨우 5분 전이야, 이년아, 내가 너랑 같이 있으면서 니가 하는 말을 다 들었다고. 사람한테 그런 일이 가능하긴 한 거니? 누군가랑 언제나, 그래 언제나는 아니겠지, 대부분의 시간을 함께 있기를 바라면서 동시에 혼자 있기를 바란다는 게 가능하냐고? 한편으론 함께 있기를 바라고 또 한편으론 혼자 있기를 바라는 식으로가 아니라 한꺼번에? 동시에? 언제나? 나는 혼자 있고 싶지만 그렇지 않기도 해. 척이 말이 통한다는 생각이 드는 남자였으면 했다고. 난 보통 때 라디오를 틀어놓고 그 라디오가 집을 가득 채우게 내버려둬, 라디오에서 흘러나오는 소음, 사람들 목소리, 음악 같은 거 말야, 내가 인정하거나 응답할 필요는 없지만 그냥 거기에 있다는 건 알고 있는 그런 동지로서 말이지. 사람들한테도 그렇게 할 수 있으면 좋겠다. 사람들이 나한테 그렇게 했으면 좋겠다고. 나랑 같이 있기는 하지만, 내가 자기를 필요로 해야 할 필요를 느끼지 않는 그 남자는 어디 있을까. 대체 무슨 소리를 하는 건지 모르겠다. 내가 지금 여기, 이 방에 있는 유일한 이유가 바로 그 사람이 나를 필요로 하기 때문인데. 아냐. 세상에, 웬 쌍년 같은 생각이람. 오늘은 그 사람 머리카락을 사랑해야겠다.

오늘밤, 나는 그 사람이 자면서 내는 모든 소리를 사랑할 예정이다. 콧구멍 한 개가 막혔을 때 히이호오, 하고 나는 휘파람 소리. 반 토막짜리 문장. 웅얼거리는 소리. 퍼덕 퍼덕 퍼덕 퍼덕 하는 코골이. 신음소리. 미국식 방귀. 새벽에도 왜 그때 있잖아, 3시나 4시쯤, 내가 질문하면 척이 잠꼬대로 대답하는 그 시간 말이야. 나 같은 여자를 만난다는 데 가족이 어떤 반응을 보일지 척이 별로 확신하지 못한다는 걸 알게 된 것도 그 시간 덕분이었지. 그래도 척은 자기 엄마가 세상에서 제일 상냥한 분이라고, 정말이지 최고로 상냥한 분이라고 하더라고. 나는 절대로 잠들지 않으니까 척이 내는 모든 소리를 알고 있는 거고. 밤에는 내내 깨어 있고, 낮에는 내내 자는 나 같은 여자들을 부르는 이름이 있었는데. 나 같은 여자들은 잠을 자지 않는다. 우리는 밤이 친구가 아니라는 걸 알고 있으니까. 밤은 무슨 일인가를 벌일 거야. 사람들을 데려오고, 널 삼켜버릴 거야. 밤은 그 일을 절대 잊지 못하게 만들고 꿈속으로 들어와 그 기억을 떠올리게 만들지. 밤은 게임이야. 그 게임 속에서 나는 기다리면서 수를 헤아려, 가느다란 분홍색 줄기가 우리집 창문을 찔러들어올 때까지, 밖에 나가 바다 위에 해가 떠 있는지 확인할 때까지. 그리고 그 일을 해낸 나 자신을 축하하는 거야, 왜냐하면 맹세하는데, 그 게임은 매일 밤 하루도 거르지 않고 벌어지는 거니까. 하루도 거르지 않고.

어젯밤에 나는 내가 누구라도 죽일 수 있다는 걸 깨달았다. 심지어는 어린애도. 이를테면 남자애라든지. 글쎄, 여자애는 잘 모르겠다. 잠을 안 잔다고 해서 꼭 꿈을 꾸지 않는 건 아니란다. 이건 우리 엄마가 한 번도 해준 적이 없는 얘기로군. 어젯밤에 나는 어린애라도 죽일 수 있었다. 대문, 그냥 어떤 녹슨 대문이 하나 있었는데 나는 그 너머로 가야 한다는 걸 알고 있었지. 앞으로 가는 유일한 방법은 뚫고 나가는 것뿐이었으니까. 누가 한 말이더라? 그 문을 넘어가야만 했다고, 그러지 않으면 죽게 될 테니까, 속이 보이도록 베어지고, 목부터 음순이 있는 데까지 곧장 아래로 저며질 테니까, 그러는 내내 나는 비명을 지르겠지. 나는 그냥, 그 씨발 대문 너머로 가야만 했다고. 그런데 거기에, 그 대문에 어떤 애가 있는 거다. 남자아이인지 여자아이인지 알 수 없는 애들이 나오는 영화에서 본 것 같은. 하얬을 수는 있겠지만 사람 살이 아니라 리넨 천처럼 하얗더라. 그러는 내내 나는 막 새벽 2시를 알리려는 하얀색 자명종 시계랑 내 주변을 둘러싼 벽 네 개, 유리 창문 두 개, 심지어는 바깥쪽 하늘까지도 봤어, 대문도 눈에 들어왔고 척이 코고는 소리도 들을 수 있었지만 동시에 아이를 볼 수 있었어. 아래를 내려다보니까 내 발이 있어야만 할 곳에 베어진 살점만 보였지. 달리느라 발이 떨어진 거야. 나는 대문 너머로 가고 싶었는데, 그 꼬마가 위협적이지는 않지만 자신감 넘치고 지나치게 나긋나긋하고 자만하는 듯한 표정을 하고선 대문을 막고 있었어. 그래서 나는 가지고 있던 칼을 꺼낸 다음 그 꼬마의 머리를 움켜잡고 들어올려서 심장에다가 칼을 찔러 넣었어, 그애를 찌르고 또 찌르는데도 피가 파란색이라서 기분이 나쁘지 않았고 칼이 들어갈 때마다 살갗이 너무 질겨서 겨눈 곳이 아니라 다른 방향으로 칼이 구부러지는 것 같았고 그 꼬마는 비명을 지르고 웃고 비명을 질렀고 내가 할 일이라고는 칼을 뽑고 그애의 머리가 떨어진 모습을 보고 던져버리는 것뿐이었어. 그리고 대문으로 달려가면서 비명을 질렀어. 그러고 나서 깨어났지. 하지만 나는 잠들지 않았어.

목욕이든 뭐든 해야겠다. 척은 출근하면서 오늘은 뭘 할 거야? 라고 물었다. 그때 아무 말도 하지 말았어야 했는데. 난 오늘 외출을 했으니까. 어쩌면 이 옷을 벗거나 최소한 이 신발이라도 벗어야겠지. 이쁜아 패션이니 뭐니 하는 건 난 하나도 몰라, 라고 말하는 남자라도 내가 진짜로 외출할 때 입는 옷이 빵 사러 갈 때 입는 옷과 다르다는 정도는 아니까. 척도 자기 여자가 좋은 옷을 입고 있는 걸 보면, 어떤 남자에게 깊은 인상을 남기려고 노력중이고 어쩌면 성공했을지도 모른다는 걸, 하지만 그 남자가 자기는 아니라는 걸 알게 되겠지. 진짜 최소한 이 블라우스라도 벗어야겠다. 아니면 갈매기들이 날아갈 때까지 누워 있든지. 혹시 척이 물어보면 같이 데이트를 하고 싶어서, 척을 위해 차려입었다고 말할 수 있을지도 몰라. 하지만 이쁜아, 바깥에 안전한 곳이라고는 한 군데도 없어, 척은 그렇게 말할걸. 몬테고에서조차도 말이지. 그럼 나는 자메이카인들은 몬테고베이를 모베이라고 줄이지 몬테고라고 줄이지는 않는다고 말할 거야. 나가고 싶다고 말할 거야, 춤추고 싶다고. 그러면 척은 하지만 춤은 내가 더 잘 추는데라고 말하겠지. 그 마지막 한마디만은 속이 좀 쓰리겠지만 그렇지 않은 척할 거야. 솔직히 말하자면 나는 춤추러 가고 싶지 않아. 내가 물어볼 때마다 척이 안 된다고 하기를 바란다고. 그냥 척이, 내가 모든 것을 자기랑 함께하고 싶어한다고 믿기를 바랄 뿐이지. 어쩌면 척이 또다시 친구들을 데리고 집에 올지도 모르겠다. 그러면 이 옷을 입고 있을 이유가 생길 텐데. 지난번 척이 직장에서 남자 넷을 데리고 왔을 때, 그 사람들은 전부 키가 작거나 큰 척처럼 생겼고 모두 하얀 피부가 햇볕에 그을려 있었지. 키가 작은 금발 남자는 내 기억으로는 분명히 이름이 척하고 비슷했는데. 벅이었나. 그 사람이 말하기를, 음, 여태껏 본 어떤 원주민 여자랑 견줘도 예쁘시네요. 그러면서도 자메이카 남자들이 나를 고깃덩어리라고 부르면 기분이 나빠진다니. 오늘밤에 나는 그 사람이 자는 모습을 사랑할 생각이다. 척의 커다란 가슴팍 위에 누워서 척의 털을 핥을 예정이고 나 없이는 떠나지 못하도록 꽉 붙잡을 생각이다. 여동생이 잠들기를 기다리면서 동생이 입은 잠옷 끝자락을 손에 빙빙 돌려 감았던 기억이 있는데. 더피가 나를 잡아가려고 올 때면 어쩔 수 없이 동생도 함께 잡아당기게 되어 우리 둘 다 깨도록 하려고 말이야. 뭐 나한테는 여동생이 없지만.

젠장. 제기랄 아키야, 어쩌다 내가 너를 밟고 구르게 된 거니? 아키 열매로 가득찬 쇼핑백을 들고 다니면서 그 사실조차 기억하지 못할 정도로 늙어가거나 미쳐가는 게 틀림없다. 늙어서 미쳐버린 거겠지. 미쳐서 늙은 걸 수도 있고. 척은 아키를 아주 좋아해서 계속 그거 있잖아, 자기야, 그 스크램블드에그 그거, 내가 뭐 말하는지 알지, 나무에서 열리고 진짜 엄청 단 그거*를 찾아댄다. 어떤 여자에게서 아키 스물네 개를 샀는데, 그 여자는 가지고 있던 트랜지스터라디오에서 나오는, 종말의 때가 왔다며 카우보이 억양으로 끝없이 떠들어대던 미국인 전도사 얘기를 듣고 있었다. 지금이 종말의 때라는 건 알고 있어요? 떠돌이 장사꾼 여자가 나한테 물었다. 아뇨. 하지만 지금이 1979년이라는 건 알죠.** 내가 여자한테 말했다. 속으

---

* 보통 아키는 간대구와 함께 나온다. 간대구의 맛이 스크램블드에그와 비슷한데, 척은 아직까지도 그게 간대구인 줄 모르는 것이다.

** 당시 자메이카에서는 수많은 사람들이 1977년에 세상의 종말이 올 거라는 마커스 가비의 예언을 믿고 있었다.

로는, 벌건 돼지처럼 땀을 흘리면서 손수건으로 이마를 닦아낼 때마다 가발이 조금씩 움직이던 그 전도사에 대해서 생각하고 있었지만. 원하던 대답이 아니었는지 여자는 가격에 50센트를 덧붙이는 걸로 나한테 보복했다. 나는 이렇게 말했던 것 같다. 저기, 있잖아, 자기야, 가져요. 가지라고, 몇 주만 있으면 자메이카 돈을 쓸 데라고는 궁둥이 닦을 때밖에 없을 테니까. 마음에 드는데. 자메이카 말 같잖아. 하지만 실제로 그런 말은 한마디도 하지 않았다. 나는 절대 누구도 이쁜 아주머니라고 부르지 않을 생각이다.

제기랄 여긴 너무 조용하다. 하지만 라디오에 손을 뻗어볼 생각은 나지 않는다. 어떤 뉴스도 듣고 싶지 않다. 뉴스를 듣고 신문을 읽고 텔레비전을 보는 걸 멈춘 이래로 인생이 그냥 훨씬 더 행복해진 것 같았으니까. 행복하다는 건 내다팔 수 있는 무언가처럼 느껴진다. 난 그냥 뉴스를 알고 싶지 않았고 사람들이 아무 얘기도 해주지 않았으면 했다. 내가 듣는 뉴스는 전부 척한테서 듣는 거지만, 그래도 싫다. 하긴 척이 전해주는 뉴스는 좀 다르긴 하다. 척의 뉴스는 떠나는 사람의 뉴스니까. 척은 떠날 거야. 우리는 떠날 거라고. 척이 비행기 표를 가져왔던가? 비행기 표가 필요할까? 이게 무슨 전쟁이라도 되는 것처럼 헬리콥터가 와서 그냥 우리를 옮겨갈까? 그게 요 밖에 착륙을 하면 척이 이쁜아, 짐 쌀 시간 없어 그냥 당장 이리 와라고 말하겠지, 정말 슬픈 표정을 지으면서. 하지만 바로 이게 내가 원하던 거라는 건 모를 거야. 아무것도 가져가지 않고 떠나기, 수건 한 장 가져가지 않는 것, 남겨둔 채 떠난다는 걸 생각나게 만드는 거라곤 무엇도 가져가지 않는 게 내가 진정 원하던 거라는 점 말이야. 왜냐면 씨발 전부 좆같으니까. 진짜, 정말 좆같으니까, 백지장 중에서도 가장 하얀 백지장처럼 텅 빈 상태로 미국에 가고 싶다. 남겨놓고 떠나온 기억이라곤 없이. 피부에 새로운 뭔가를 새겨넣는 방법을 배우고 싶고 모르는 사람들한테 하우디라고 말하고 싶다. 헬리콥터는 먼 어딘가, 버팔로나 뉴욕, 알래스카 같은 곳에 가서야 착륙하겠지. 무슨 일이 벌어지든, 그 얘기가 절대로, 다시는, 내 귀에 들어올 일이 없는 곳에서. 절대로, 다시는.

빌어먹을 라디오. 뭐라도 좋은 게 하나는 나오겠지. FM: 좀더 많은 음악, 좀더 적은 이야기. 척이 여기 있었으면 좋겠다. 척은 나보다 훨씬 더 춤을 잘 춘다, 흑인종에 대한 모욕이겠지만. 백인 남자가 춤을 출 줄 안다는 건 대단한 일이다. 척은 기념일에 나를 클럽에 데려갔다. 벌써 여섯 달 전이다. 척은 우리가 만난 지 여섯번째 달이 되는 기념일을 축하하고 싶어했다. 이래도 여자들이 남자들보다 신파적인 종자라는 건가? 뭐 어쨌든. 여섯번째 기념일은 춤이었다. 다섯번째 기념일엔 귀걸이. 네번째 기념일에는 척이 닭고기 요리를 하려다가 실패했다. 엄마는 그건 척이 동성애자가 아니라는 뜻이란다, 얘야, 라고 말했겠지만. 모르겠다. 그냥 어쩔 때는, 척이 너무 많은 것 같다. 출근한 상태의 척이 더 좋아지기 시작한다. 아냐. 그건 사실이 아니야. 지금 당장은, 나는 척의 머리카락을 사랑하고 있고 오늘밤에는 잠든 척의 모습을 사랑할 거니까.

척을 만났던 만타나 시절은, 내 내면의 목소리가 이렇게 말하던 때였다. 무슨 일이든 터질 거라면, 주여, 지금 터지게 해주세요. 진절머리 나는 상태에 진절머리가 나 있었던 거다. 떠나고 싶어서 안달이 나 있었고. 직장 상사가 하루 동안 내 무릎에 손을 두번째였나? 아니다, 세번째로 올려놓고서는 여기서 일하는 게 마음에 드느냐고 물었다. 그리고 이 직업이 모 아니면 도, 최후의 보루라는 게 자기한테는 뻔히 보인다고도 했다. 별 거지같은 가게에 지 맘대로 타지마할이라고, 터무니없이 미화된 이름을 붙여놓고선 거기서 똥값도 안 되는 싸구려 보석을 파는 게 내가 할 수 있는 최선이라도 된다는 것처럼. 근데 그게 사실이었잖아, 킴 클라크. 주인이 딴 사람을 찾겠다고 눈을 돌리는 데 1초도 걸리지 않으리라는 걸 아는 것만으로도 그 직업을 받아들이기는 충분했어. 몬테고베이에서는 어떻게든 일이 되게 만들어야 했으니까. 그래야만 했다고, 킹스턴으로 돌아가는 건 선택지가 아니었잖아.

킹스턴 생각은 안 해. 앤디 깁* 생각을 할 거야. 그는 〈듀크 오브 해저드〉에 나오는 존만큼이나 귀엽지. 앤디 깁: 털, 가슴, 털, 체인, 치아, 털, 털. 듀크의 존은 미소, 털, 청바지, 여자 같은 머리카락, 난 그저 당신의 모든 것이 되고 싶어**, 루크 듀크가 입은 바지 속 왼쪽 다리를 타고 내려오는 커다랗고 하얀 듀크***, 세상에나 이 계집애야, 그렇게 더러운 생각을 하는 여자는 몬테고베이에서 너 하나일 거야. 하지만 라디오에서 나오는 건 '난 그저 당신의 모든 것이 되고 싶어'가 아니야. 가볍게 해, 밤 저 너머로 나를 데려가줘, 춤추는 그림자여.**** 나는 내가 뭘 원하는지 정확히 알아. 척이 내 안에 들어와 있을 때, 내 위에 올라와 있을 때 루크 듀크를 생각하지 않는 하룻밤이지. 아니 그렇게는 생각 안 했어. 무슨 소리, 했잖아. 가서 척이 먹

* 영국과 오스트레일리아에서 활동한 가수 앤드루 로이 '앤디' 깁. 그의 세 형은 그룹 비지스의 멤버들이다. 앤디 깁은 1970년대 후반에 다양한 히트곡을 내면서 세계적 명성을 얻었으나 이후 마약 중독, 우울증으로 고통받다가 1988년 서른 살의 나이로 숨졌다.

** 〈I just want to be you everything〉(1977), 앤디 깁의 노래.

*** 원래 공작새를 뜻하는데 거물이라는 의미로도 쓰인다. 여기서는 남자의 성기를 암시한다.

**** 앤디 깁의 노래 〈섀도 댄싱〉의 가사 일부.

을 아키나 요리해야겠다. 아침식사로 아키 먹는 걸 좋아하니까. 저녁으로는 생각도 안 하겠지만. 척의 머리카락을 내가 얼마나 사랑하는지 생각해야겠어.

머지 않아 척도 알게 될걸. 킴 클라크, 너는 니가 똑똑하다고 생각하지. 척은 벌써 알고 있거나, 곧 알게 돼 있어. 그래도 오늘 아침에는 겨우 10달러만 가져왔는데. 그게 한 번에 가져올 수 있는 최대 금액이라고. 지난 금요일에는 5달러. 그보다 나흘 전에는 6달러, 아니 5달러, 아니다, 5달러짜리 한 장이랑 1달러짜리 두 장. 미국 돈은 절대로 건드리지 않아. 그러니까, 척도 이걸 그냥 귀여운 짓이라고만 생각할 거야. 남편 지갑에서 돈을 가져가지 않는 아내가 어디 있겠어? 물론 내가 척의 아내는 아니지만. 앞으로 아내가 될 사람이지. 그게 아니라 동거하는 관계겠지. 요즘엔 다들 그렇게 하더라, 지금은 1979년이니까. 진짜 요리를 해야겠다. 척이 모르는 건 분명해, 내 말은, 대체 어떤 남자가 자기 지갑에 돈이 얼마 들어 있는지 세고 다니겠냐고?

미국 남자.

그들은 전부 만타나로 들어온다. 백인 남자들 말이다. 프랑스 남자라면 우리 같은 부시맨 년들은 자기 말뜻을 절대 이해하지 못할 것이기 때문에 개년아, 아니 개농아라고 말해도 괜찮을 거라고 생각한다. 프랑스 남자는 널 보자마자 발치에 열쇠를 던지면서 너, 내 차를 주차해 망뜨농! 드피쉬 뚜아!* 라고 말하겠지. 나는 열쇠를 집으면서 네, 마싸 하고는 여자 화장실 쪽으로 돌아나가 가장 더러운 변기통에 열쇠를 넣고 물을 내려버린다. 영국 남자인데 30세 미만

* maintenant! Dépêche toi! 프랑스어로 '지금 당장, 서둘러!'라는 뜻의 문장.

이라? 아직 이가 다 빠지진 않았겠네. 널 위층으로 데려갈 만큼 매력적이기도 할 테고. 하지만 그다음부터는 너무 취해서 아무것도 못해. 젊은 영국인은 그러거나 말거나 신경쓰지 않을 테고 그야 나도 마찬가지인데, 그건 젊은 영국인이 당신에게 토악질을 해놓고서 지독한, 이렇게 지독한 일을 저지르다니 몇 파운드는 물어주어야겠다고 하지 않을 때의 얘기지. 30세 이상의 영국 남자라면 시간을 보내는 내내 처어언처어언히이이이 마알해도 되에에엘까아아아 자아기야아아아 왜애냐아하아며여언 다아아앙시이인은 야아악가아안 까아아아아아아마니까아아아, 하는 말의 속도나, 잠자기 직전에 코코아 한 잔을 마셔댄 탓에 끔찍한 치아까지 온갖 고정관념들이 쌓여나가는 모습을 지켜보게 될 테고. 독일 남자라면 몸매는 날씬하겠지, 씹질하는 방법도 제대로 알 거고. 뭐랄까 자동차 피스톤 같이 말이야. 하지만 독일어를 섹시하게 말할 수 있는 사람은 아무도 없으니 일은 금방 끝나버리고 말아. 이탈리아 남자도 씹질하는 방법은 제대로 알겠지만, 아마 하기 전에 몸을 씻지 않을걸. 그놈들은 또 애정 어리게 빰 때리는 방법 같은 게 있다고 생각하고, 니가 나는 창녀가 아니라고 말했더라도 돈을 놓고 떠날 거야. 호주 남자라면, 그냥 등을 깔고 누워서 우리 블록*들도 너희 자메이카 여자 얘기는 다 들어봤다고, 알아서 좀 해줘, 라며 니가 모든 걸 리드하게 내버려두겠지. 아일랜드 남자라면 널 웃게 만들고 가장 더러운 소리조차 섹시하게 들리도록 만들 수 있을 거야. 하지만 니가 그놈과 오래 지내면 지낼수록 그놈은 술을 더 오랫동안 마실 것이고, 술을 오래 마시면 마실수록, 글쎄 일주일이 7일이라면 그 7일 동안

* bloke. 오스트레일리아 사람을 뜻하는 속어로, 촌뜨기라는 의미다.

각기 다른 일곱 종류의 괴물을 만나게 된다고만 해두자.

하지만 미국 남자라면. 미국인 대부분은 아주 오랜 시간, 끔찍이도 오랜 시간 동안 자기가 다른 모든 사람들과 똑같다는 점을 납득시키려 노력하거든. 나야 그냥, 머스코지* 출신 오키**지 뭐. 심지어 척조차도, 자기는 그냥 리틀 록 출신의 평범한 남자일 뿐이라고 자기소개를 했으니까. 왜 어떤 사람들은 그냥 평범한 남자가 되려 하는 거냐고 물었을 때, 척은 어떻게 대답해야 할지 몰라 했다. 그렇긴 하지만 니가 보는 게 전부라고 말하는 남자, 덜할 것도 없지만 더한 건 확실히 없다고 대놓고 말하는 남자에게는 분명 뭔가가 있다. 어쩌면 내 기준이 너무 낮은 걸지도 모른다. 어쩌면 있는 그대로 말하는 남자가 한 명은 있다는 게 그냥 마음에 들었던 걸지도 모른다. 나는 심지어 척이 나를 그렇게까지 귀엽게 본다는 생각조차 하지 않는다. 뭐 그래, 귀엽게 보긴 했었다. 나한테 와서는 하우디라고 말했고, 타이밍도 완벽했다. 프랑스 남자가 내 자동차 열쇠 어디 갔어, 이 코옹트하며 소리 지르다가 까인 직후였고, 이탈리아인이 제기랄, 이 뚱녀는 확실히 씹질을 하겠지 싶어 미국인 여자—26개월 동안 돈을 모은 끝에 여기까지 혼자 날아온 멍청한 여자—와 춤추러 떠난 직후였으니까. 그 여자가 보기에도 이탈리아 남자는 〈팰컨허스트의 내연녀〉***에서 봤던 것 같은 흑인이 아니었고, 터질 듯 불거진 근육에 큰 물건을 뽐낼 만한 만딩고족도 아니었지만, 약간

* 오클라호마 주 머스코지 군에 위치한 도시.

** Okie. 오클라호마의 농부를 일컫는 말.

*** 1957년 출간된 카일 온스토트의 소설 만딩고 시리즈의 한 권을 원작으로 한 영화. 앨라배마의 노예 농장인 팰컨컨허스트를 배경으로, 흑인노예들에게 가해졌던 잔학 행위를 그리고 있다.

어두운 피부색 정도로도 충분했다.

물론 나는 매일 밤 그곳에 있었다. 나는 1월에 몬테고베이로 이사를 왔다. 은퇴한 부부가 기숙학교 학생들에게 빌려줄 목적으로 사용하던, 공용 부엌이 딸린 집에 방을 하나 빌렸다. 하지만 내가 실제로 지낸 곳은 만타나였다. 출근 첫날부터 만타나 나이트클럽 얘기를 들었다. 뭐 그래, 정확히는 엿들었다고 해야겠지. 그 보석 가게에서 일하던 쿨리 쌍년들은, 자기들이 경찰을 알고 있으니 펜던트 하나라도 없어지면 주말 내내 감옥에서 강간당하며 보내게 될 거라고 얘기할 때 빼고는 결코 우리 흑인 직원들과 말을 섞지 않았으니까. 어쨌거나 나는 만타나 나이트클럽이 아주 물이 좋은 곳이며, 적절한 외모를 갖추고 있지 않은 한 절대 들여보내주지 않는데, 대단히 다행스럽게도 그 적절한 외모란 흑인 아님을 뜻한다는 얘기를 엿들었다. 그때만 해도 감히 흑인이 적절한 외모라는 판정을 받을 줄 누가 알았겠는가? 이곳으로 이사 오고 2주 후, 만타나는 흰색 티셔츠와 피오루치 청바지 차림에 하이힐만 신은 나를 들여보내주었다. 나는 그놈의 쿨리 계집들 중 하나, 코가 휘고 머리가 긴 여자 옆을 바로 지나쳐 갔다. 하마터면 나한테 부딪힐 뻔했던 여자는 내가 자기를 보고 있는 걸 알아채고는, 앞으로 영원히 자기 자신과 화해할 수 없으리라는 사실을 깨달았다. 나는 이렇게 말할 뻔했다. 가끔 백인들은 카레가 아니라 초콜릿을 원하는 법이라고.

하지만 음악이 흐르는 실내에 들어선 순간, 내가 이러저러할 거라고 짐작했던 모든 것들이 그렇지 않았다. DJ는 계속해서 〈플라이 로빈 플라이〉를 틀어댔고 백인들은 백인처럼 춤을 추고 있었다. 그리고 백인이 아닌 사람들은, 거의 전부가 여자였는데, 매서운 눈초리로 서로를 바라보았다. 오직 매서운 눈초리만이 우리 모두가 빌어먹을 똑같은 모습을 하고 있다는 걸 감출 수 있었으니까. 백인 남자여 제발 이리로 와서 나를 구해줘요 나한테는 더이상 갈 곳이 남아 있지 않으니까 하는 모습. 내가 스스로를 이 나라의 가장 끄트머리까지 밀어붙였으며, 이제 남은 것이라고는 그 끄트머리 너머로 떨어지는 일밖에 없다는 기분이 들었다. 아니면 날아서 도망치거나. 미국에 가면 나는 어떤 사람이 될까? 〈아내는 요술쟁이〉*에 나오는 서맨사?처럼? 아니면 〈한 번에 하루씩〉 가사에 나오는 몸부림치는 여자? 또는 도시 한복판으로 달려들어가서 매리 타일러 무어**처럼 허공에 모자를 던져올리고 싶다. 그래 결국에는 해낼 수 있을 거야. 세상에, 가고 싶어서 몸이 근질거린다.

미국에 가고 싶어서 몸이 근질거린다고.

하마터면 잊어버릴 뻔했네. 나는 햇빛을 받으며 손을 세 번, 거기에 문지른다. 한 번 문지를 때마다 도장의 요철이 느껴진다. 도장이 그 일을 사실로 만든다. 도장이 그 일의 냄새를 좋게 만든다, 그래 나는 그 냄새를 맡았다. 보는 것만으로는 결코 실제가 되지 않는다. 만져보면 실제가 되지만, 더더욱 실제가 되도록 해주는 건 냄새다. 내 손가락에서는 미국 종이 같은 냄새가, 언제든 증발할 준비가 된 화학약품 같은 냄새가 난다. 이제 거의 잊었어. 킴, 그 일에 대해서는 다 잊어버려. 그리고 그렇게 미소짓지 좀 마, 그러면 뺨이 아프잖아. 하지만 미소를 짓지 않으면 울고 말 텐데.

너한테서 냄새가 나. 이 악취를 씻어내야 해. 빌어먹을 손가락

---

* 1964~72년 미국 ABC사에서 방영했던 시트콤. 마녀인 서맨사가 평범한 사람과 결혼하여 평범한 주부로 살아가겠다는 맹세를 하면서 시작된다.

** 미국의 여배우(1936~). 1970~77년 미국 CBS사에서 방영한 〈매리 타일러 무어 쇼〉로 인기를 얻었다.

에서 잉크를 씻어내야 한다고. 어떻게 잊어버릴 수가 있지? 몇 시간만 있으면 척이 돌아올 텐데 이 악취를 씻어내지 않았다니. 이년아, 가서 씻어내 그…… 아니, 됐어. 이렇게 할 거야. 이렇게 하면 될 거야. 가서 목욕을 하는 거야. 그 사람이 먹을 아키를 요리하는 거야. 그 사람은 나를 위층으로 데려가서 박아대겠지. 아니, 우리가 서로에게 씹질을 한다고 해야지. 그런 다음에 함께 잠에서 깨어나고, 그러면 그 사람은—아냐, 우린 여기서 최소 3주는 더 있을 거잖아. 나는 짐을 쌀 거야. 가라고 이년아, 가서 악취를 씻어내.

척은 매일 사무실에서 집으로 뭔가를 가져온다. 이놈의 미국인들이 자라난 방식 자체가 어느 정도는 그런 것 같기도 하다. 그들은 물건을 모은다. 토니 커티스*나 토니 올랜도**가 만타나에 나타나면 온갖 사람들이 그들에게 사인 사업을 제안하는 것도 그래서다. 아, 사인 사업이란 냅킨에다가 그 사람 사인을 받는 걸 말한다. 그렇게 냅킨에 사인을 해두면 사람들은 거기에 집착하면서, 앞으로 다시는 토니 커티스를 볼 일이 없는 사람들처럼 그걸 수집해댄다. 요즘 척은 집으로 이런저런 물건을 가져오고 있다. 모든 게 안전하다는 걸 확인하려는 듯 그 물건들을 수집하는 것이다. 대체 무엇으로부터 커피 잔을 지키려는 건지는 모르겠다. 고무줄 다섯 상자나 파라 포셋*** 혹은 카터 대통령의 사진, 술로 가득찬 상자 같은 걸 가져오는 것도 그렇고. 마치 미국에는 술이 없기라도 한 것처럼. 머리 크기가 실제 머리보다 더 큰, 발기한 성기를 쥔 라스타 남자 조각상도 마찬가지다. 척은 자기가 거대한 자지가 달린 라스타 조각상을 구해내

* 1950~60년대에 큰 인기를 얻었던 미국의 배우.

** 1970년대 초반 토니 올랜도 앤드 던이라는 그룹으로 활동해 유명해진 미국의 가수.

*** 미국의 배우이자 예술가.

방주에 실으려는 노아라도 된다고 생각하는 모양이다. 그 씨발 조각상은 구해내면서 나를 구할 계획은 없다면, 하늘에 맹세코 이 남자를 죽여버릴 것이다.

가서 목욕을 하고 그다음에는 아키와 소금에 절인 대구를 요리해야겠다. 아니, 아키랑 콘포크, 아니, 대구가 좋겠어. 토마토도. 킴 클라크, 가서 악취를 씻어내라고. 생각 같은 건 하지 말고 그냥 이것들은 부엌에 내버려두고 가서 씻으라고. 이도 닦고. 리스테린으로 입도 좀 헹구고. 어쩌면 남자들은 별 차이 못 느낄지도 모르지만. 그런가? 그럴 수도 있단 얘기야, 나야 모르지. 내가 느껴야 할 뭔가가 있다면 뭐든 여기에 채워봐:__________ 내가 느껴볼 수 있게. 아무것도 느껴지지 않아. 아무것도 느껴지지 않는다는 것에라도 뭔가가 느껴져야 할 텐데 그것도 느껴지지 않는다고. 대체 넌 어떻게 돼먹은 년이야, 킴 클라크? 입술을 핥을 때마다 그 사람 냄새 그리고/또는 맛이 나. 최소한 입에서라도 그 사람을 씻어내라고, 이 더러운 년아.

척이 나를 쫓아내는 모습이 눈에 선하네. 모든 등장인물이 이탈리아어를 하는 그런 영화에서 본 장면이랑 비슷할 거야. 그 사람이 나를 내 집—그 사람 집—에서 끌어내고 있고 나는 바닥에서 비명을 지르고 애원하고 기어다니며 소리치겠지. 척, 그래*, 날 쫓아내지 마요, 그래, 날 쫓아내지 말아줘요, 이렇게 빌게요. 나란 년은 당신이 그러라면 네 발로 길게요. 나란 년이 음식을 해주고 당신 애를 낳아주고 당신이 씻지 않아도 자지를 빨아줄게요, 그래! 그래! 그

* 원문의 표현은 'do'. 표준 영어에서 do는 '~하다'라는 뜻이지만, 자메이카에서는 '제발'이라는 뜻으로도 쓰인다.

러면 척이 나를 보면서 씨발 그래라니 대체 뭔 소리야? 대체 어떤 무식한 원주민이 제발이라고 말해야 할 자리에 그래 같은 개소리를 씨불여? 너한테 자지는 자지이고, 그냥 자지일 뿐이잖아. 그렇게 말하면 잔인하게 들리니까 척은 이렇게 말하겠지. 시간을 들여서 그 말을 생각해내지는 않았다는 듯이, 그래야 화를 내면서도 영리한 사람처럼 굴 수 있으니까. 내가 바닥에서 그래 그래 그래 하고 훌쩍이며 〈댈러스〉*에 나오는 상황 그대로, 보이는 게 다가 아니야, 자기야라고 말할 수 있을지 궁금해하는 동안에 말이다.

목욕을 하고, 이를 닦고, 비누로 씻어내야 한다. 하지만 그러면 지나치게 깨끗해지는 거 아닐까? 너무 깨끗하면 의심을 살 텐데. 내가 굳이 머리를 빗거나 립스틱을 바르거나 향수를 뿌릴 필요가 없는 단계, 엉덩이를 긁던 손으로 냄비 안을 휘젓는 내 모습을 그 사람이 보더라도 별로 개의치 않는 그런 단계에 접어들었으니. 이제 척은 내키는 대로 방귀를 뀐다. 정말 마음에 들지 않아. 미국인 방귀는 냄새가 더 고약하다고. 고기를 너무 많이 먹은 것 같은 냄새라니까. 니 곁에 있는 남자가 마침내 편안한 마음을 갖게 만들고 싶다? 그런 소원을 빌 때는 좀더 신중해지는 게 좋을걸. 그렇게 되면 구애라는 이 헛짓거리가 그냥 보여주기에 불과했다는 걸 절절이 깨닫게 될 테니까. 보여주기가 아니라 연기라고 해야겠네. 척은 얼마나 그 연기를 더 이어갔을까? 흥정하려고 했던 것보다 더 오랜 시간 연기해야 했다면, 그냥 나를 보내주고 술잔을 들여다보고 있는 다음번 현지 여자한테로 옮겨 갔을까? 검은 피부에는 티가 나지 않

* 1978~91년 미국 CBS사에서 방영한 연속극. 가문 간의 반목에 휘말려 있는 텍사스의 부유한 두 가문의 이야기를 다뤘다.

는다는 게 얼마나 다행스러운지. 흑인 여자는 자기 몸에 남은 흔적을 숨길 수 있잖아. 어쩌면 남자들이 흑인 여자를 때리는 게 더 쉽다고 생각하는 것도 그래서일지 모르지. 백인 여자와의 관계는 여자의 피부를 보고 추적할 수 있으니까 말이야. 이 멍청한 년아, 그럼 그냥 척이 오늘밤에는 너를 원하지 않게 하면 되잖아. 머리가 아프다든지, 뭐 달거리중이라고 말해. 그걸 달거리라고 부르면 척이 특히 싫어하잖아, 보지 볼거리라는 말처럼 들린다고.

남은 여권 사진이 있던가?

미국에는 뜨거운 물이 나오나?

이 덜떨어진 년 같으니, 당연히 뜨거운 물이 나오지. 히터를 먼저 켜고서 기다릴 필요조차 없다고. 물에 파인솔*이나 한 움큼 풀어야겠다. 세상에 킴 클라크 너한테 묻어 있는 건 그놈 땀이지 고름이 아니야. 저기요, 아저씨, 제가 가진 돈은 그게 전부예요, 제 시계도 가져가셨고 그 사람이 지난주에 저 쓰라고 준 시곗줄까지 가져가셨잖아요. 그럼 이제 시곗줄을 하수구에 빠뜨렸다든지 뭐 그런 얘기를 해야 한다고요. 빌어먹을 여권 내놔요. 나한테 소중한 게 하나 더 남아 있다는 게 무슨 뜻이죠? 무슨 말씀을 하시는 건지 모르겠네요.

아.

장담하는데, 남극에서 왔든 세인트 캐서린 남부에서 왔든 남자란 다 똑같아 그 남자한테 말대꾸하지 마, 킴, 그냥 해치우라고. 여기서요? 당신 사무실인데? 밖에 사람들이 당연히 밖에 사람들이 있지. 그놈은 밖에 있는 사람들이 다 소리를 듣고 알기를 원하는 거야. 그러고 나서 여권을 넘겨주실지 제가 어떻게 알죠? 그 사람 성질 돋우지 마,

* 기름때나 잘 안 빠지는 흙물을 지울 때 쓰는 세제명.

멍청한 보지년아 2년이나 기다렸잖아, 그래 2년을 꽉 채운 건 아니지만 그래도 긴 시간인 건 맞아, 그런데 지금 눈앞에서 이놈이 그 모든 걸 찢어발길 수 있다고—여권 사진이라도 남았냔 말이야—나는 사람들이 내 사진을 찍는 게 정말 싫더라, 필름은 가지고 있던가? 벽 여기저기에 사진이 붙어 있어, 벌거벗은 백인 여자, 흑인 둘, 가슴을 한데 모아 쥐어짜는 여자들. 아 옷은 벗지 말라고요? 맙소사 세상에 잠깐만요, 제 팬티는 제가 알아서 벗을게요 감사합니다. 킴 달력은 그만 쳐다보고 기억해 그놈이 니 안에 밀어넣을 때마다 엄청나다는 듯이 굴어야 한다고 그래야 그놈이 하아, 우우, 오 이렇게 크다는 얘기는 안 하셨잖아요 썩은 바나나처럼 크지, 안 그래 미스 12월? 원래는 가지지 못하는 무언가를 원하면서 저 문을 넘어오는 모든 여자들한테 이자가 물건을 꺼내놓는다는 건 알겠지. 이러고 나서도 아키를 사고 이 자식을 씻어낼 시간이 있을까? 길 건너에 있는 호텔에 가서 욕실에 들어가 이 개자식을 닦아내야겠어. 조용히 해, 킴 클라크, 눈 감고 아칸소나 생각하라고. 아 하아 아헉 아 허억. 이 사람 문에는 공증인과 치안판사 표지판이 거꾸로 걸려 있어. 니 뒤에 있는 남자가 앞으로 무슨 짓을 저지를지 모르는 그런 상황인 거지. 제기랄, 빌어먹을 손가락이 스탬프 패드에 닿아 있는 것도 몰랐어. 끝내주네, 이 남자가 뒤에서 나를 작업해대고, 내가 들을 수 있는 소리라고는 살이 부딪는 철썩철썩 소리밖에 없는데 손가락 끝에는 보라색 잉크가 묻어 있다니. 여권이 더 필요해질 경우를 대비해서 이 가짜 스탬프를 좀 훔쳐야 할지도. 쌀 거 같아요? 1년 하고도, 5개월, 17일, 11시간, 30분을 기다린 끝에 찾아온 대가가 이 꼴이라니. 결국 그걸, 여권을, 비자를, 빌어처먹을 바빌론에서 나가는 티켓을 얻기 위해서 필요한 건 이거였구나. 하느님 제발 이놈이 빨리 싸버렸으면 좋겠어요. 킴 클라크, 눈을 감고 회전초*나 생각해. 아칸사스, 아니지 아칸소오**, 아주 마음에 들어. 우리는 마차를 언덕 꼭대기에 세워놓을 테고 로라 잉걸스와 매리 잉걸스***와 풀밭 위로 계속해서 넘어지는 어린아이들은 계속해서 우리한테 달려올 거야 그때쯤이면 우리한테는 아이 셋이 있을 테니까 전부 딸이고, 그래 뭐 하나 정도는 아들이어도 괜찮겠지만 딱 하나여야 해. 세상에 약을 먹고 있으니까 망정이지. 어쩌면 이 개자식 때문에 임질에 걸리는 일은 없을지도 몰라. 이 자식 사무실 사람들이 일을 멈추고 귀기울이는 소리가 들려. 손가락 하나도 타자기 자판을 누르질 않네, 7분 동안, 손가락을 두드려 초를 세고 벽에 걸린 시계를 지켜보고 있었으니까 시간을 알지. 미스 4월, 미스 5월, 미스 9월과 미스 8월, 가슴을 눌러대고 있는 건 아니지만 거기를 벌리고—포르노 영화에 나오는 여자처럼 굴면 좀더 빨리 끝날지도 몰라—척, 척이 〈허슬러〉 잡지를 전부 서재에 있는 책상 뒤쪽 숨겨진 서랍 속 현금 상자 아래에 감춰놨다는 사실을 내가 안다는 걸 척도 알까? 골프 가방 뒤에 있는 〈스크루〉 잡지는? 내가 〈해피 후커〉를 우연히 발견하고 힌트를 얻을 수 있도록 〈펜트하우스〉 잡지는 넥타이랑 같은 상자에 넣어둔 건? 이런 일은 언제나 생각했던 것보다 더 오래 이어진다. 다시 자메이카 사람처럼 생각하게 만들어주는 게 섹스라니 참 웃긴 일이네, 아니 킴 클라크 지금은 무엇이 너를 너로 만드는지 생각할 때가 아니야. 이 개자식이 7분도 넘게 나한테 씹질을 해대고 있다. 밖에 있는 사람 누구도, 타자기를 한 번도 두드리지 않았다. 이 자식이 나한테 여권을 주고, 나는 여권을 다시 펼쳐서 머리에 비

---

* 가을이 되면 밑동에서 떨어져 공 모양으로 바람에 날리는 잡초.

** 미국의 아칸소 주는 Arkansas라는 철자로 적지만 일반적인 경우와 달리 단어 끝의 's'를 발음하지 않으므로 아칸사스가 아니라 아칸소라고 발음된다.

*** 로라 잉걸스는 1권 2부에 등장했던 드라마 〈초원의 집〉의 원작 소설을 쓴 작가이고, 매리 잉걸스는 로라 잉걸스의 언니이다.

자 도장이 찍혀 있는 나 자신을 바라보는 나 자신을 본다. B1B2*, 임시비자다. 그 정도 했으면 영주권 정도는 줘야지, 라고 욕할 뻔하지만 어쩌면 비자를 받은 것으로 일단 만족하고 척이 나머지 일을 처리하도록 하는 게 좋겠다고 생각한다. 이 개자식이 영주권의 대가로는 나한테 뭘 원할지 누가 안단 말인가.

킴 클라크, 거짓말이잖아.

지금 거짓말을 하고 있다고. 니가 한 말 중에서 많은 부분은 실제로 일어난 일이야. 하지만 너는 그 남자한테 아무 말도 하지 않았어, 푸념 한마디 하지 않았다고. 그냥 치마를 걷어올리고 팬티를 내리고서는 이 남자한테 매독이 없기만을 기도했지. 그리고 그자는 초조해 보이기까지 했다고, 너무 초조해해서 그때 너는 너야말로 그자의 협박에 넘어간 첫 여자이고 그자조차 자신의 행운을 거의 믿지 못하는 상태라는 걸 깨달았지. 너는 손가락을 두드리면서 초를 헤아린 게 아니었어. 그냥 그자가 리듬을 탈 수 있도록 자기 아내를 생각하지 않을 수 있도록 그자의 등을 두드리고 있었고, 그자가 마침내 사정했을 때는 그자에게 미안한 느낌까지 들었어. 니가 문을 넘어서 그자의 동료 직원들을 지나쳐 걸어가야 한다는 사실을 그자는 알고 있었으니까. 그리고 너는 그후로 여권을 한 번도 본 적이 없어 여권을 보면 그 쓰레기 같은 사진마저 이게 과연 그럴 만한 가치가 있는 일이었는지 자문하게 만들 테니까. 그럴 가치가 있었니, 킴 클라크? 그래, 그래, 제기랄 있었어, 다시는 묻지 마. 또 그런 일이 있대도 난 그 새끼랑 씹질을 할 거고 그 새끼 자지를 입에

---

* B1은 사업상 방문 목적으로 발급되는 임시 비자이며, B2는 기타 목적의 방문을 위한 임시 비자이다.

넣을 거야. 그 새끼 똥구멍도 핥을 수 있어, 지금은 1979년이잖아. 천 구백 씨발 칠십구년이라고. 어쩔 때는 앞으로 나가는 유일한 길이 뭔가를 뚫고 나가는 것뿐이라는 걸 여자들도 알아야 해. 몬테고베이에 도착하는 순간부터 나는 비행기를 타든 상자에 실려서든 이곳을 떠나리라는 확신이 들었어. 자메이카, 나를 잡았다고 생각했지? 거의 잡았다고 생각했을 거야. 어때 피똥 지릴 엿이나 처먹어라. 빌어먹을, 보라색 엄지손가락 지문이 냉장고 사방에 찍혀 있네. 지우려면 얼마나 많이 씻어내야 할까?

또다시 물이 나오기만 기다리고 있다. 샤워기 아래에 서서 수도관이 쿨럭 기침을 토해놓는 소리를 듣고 있다고. 씨발 좆같은 나라 같으니. 날이면 날마다 물을 써야 하는 바로 그 순간에만 물이 없다니까. 집 뒤에 강이 있어서 시골 여자처럼 몸을 씻을 수 있었으면 좋겠다. 아주 씨발 환상적이네, 점심에 샤워해야 하는 날이 오늘 딱 하룬데, 바로 오늘 이 지경이라니. 내 남자가 집에 돌아오기 전에 이 남자를 떼어내야 한다고. 왜 이 이상의 감정을 느낄 수가 없는 거지? 어째서 이 이상은 느껴지지 않는 거냐고? 새로운 요리를 먹을 때에도 이것보단 두근거리겠다. 주먹으로 세게, 아니면 오랫동안 때리면 양심이 있어야 할 곳에 피가 차오를지도. 이해가 안 가니? 나는 뭔가를 느끼고 싶다고. 죄책감이 심장에 올라타서는 절대 뛰어내리지 않았으면, 그래서 심장이 마구 날뛰었으면 좋겠단 말이야. 죄책감에는 뭔가 의미가 있을 테니까. 깨끗해질 때까지 도대체 몇 번이나 닦아내야 하는 걸까? 지금 당장 물이 나오기만 한다면 어떤 대가든 치를 텐데. 제발, 척이 집에 오기 직전에라도. 안 되겠니? 그럼 씨발 꺼져. 그 사람이 돌아오는 대로 나는 저녁을 준비할 거고 그런 다음에는 그 생각은 전혀 하지 않은 것처럼 그 사람 머리카락을 가지고 놀 거야 그 사람은 그걸 아주 좋아하겠지. 〈댄싱 퀸〉을 부르는 것도 좋겠다. 척은 내가 그 노래를 얼마나 좋아하는지 아니까 아니면 앤디 깁 노래나. 어쩌면 라디오에 다시 〈섀도 댄싱〉이 나올지도 모르고 그럼 내가 척을 의자에서 끌어당기며 같이 춤춰, 자기야라고 말할 거고 그 사람은 킴 클라크, 아니, 이쁜아 괜찮아? 라고 말할 거야. 그러면 난 그냥 척한테 비자를 보여줄 거야.

아니. 아주 끔찍한 생각이야. 척한테는 비자가 있다고 말했잖아. 멍청아, 척이 물어본 것도 아닌데. 지금 비자를 보여주면 겨우 일주일 전에 도장이 찍힌 걸 알게 될 거라고. 그리고 니가 자기랑 같이 가게 되는 건지 척은 아직도 의심의 그림자를 넘어서 확실하게 말한 적이 없어. 그렇지만 굳이 척이 말을 해야 하는 이유가 뭐지? 같이 사는데 척이 그냥 일어나서 가라고 할 리는 없잖아. 어떤 식으로 작별 인사를 고해야 최소한의 눈물이 흐를지 연습하고 있는 건가? 어떻게 해야 내가 자기를 죽이려고 하지 않을지 생각하는 걸까? 거울을 보면서 연습하려나? 킴 클라크, 생각이 있었으면 지금쯤은 임신을 했어야지. 오늘부터 약을 끊으면 척이 떠날 준비를 할 때까지는 임신할 수 있을까? 오늘은 그 사람 머리카락을 사랑할 거고, 언제쯤 짐을 싸야 할지 물어볼 거야.

킴 클라크, 이번에 둔 수는 잘못됐어. 킴 클라크, 닥치고 샤워실에서 나가. 머리를 펴야 해. 파마를 여기서 해야 할까 아니면 미국에서 해야 할까? 모든 일이 결국 이 얘기로 끝나는구나. 여기서 해야 할까 아니면 미국에 가서 해야 할까? 맙소사 세상에, 텔레비전 채널 열세 개가 다 질려버리는 그날에는 대체 뭘 해야 하지? 콘플레이크, 아니다, 콘푸로스트에 질리는 그날에는 말이야. 위를 올려다보면 달려온 구름에 부딪히는 건물들이 보일 텐데, 그 풍경에도 잘려버리는 그날에는 뭘 해야 할까. 같은 자리에 나흘이나 있었고 새 빵이 사고 싶어졌다는 이유로 빵을 내다버리는 것도 지겨워지는 날에는. 트윙키, 핼스턴, 립 스매커, 레그스랑 레블론*에서 나온 제품에는 뭐든 싫증이 나는 그날에는. 밤부터 아침까지 줄곧 자고는 커피 향과 새소리 때문에 잠을 깬 척이 잘 잤어, 이쁜아? 라고 말하는 걸 듣는 데에 싫증이 나는 그날에는. 그러면 나는 응 잘 잤어, 자기야라고 말하겠지—밤 내내 어둠을 지켜보면서 그 빌어먹을 시계가 똑딱거리는 소리를 들었어, 잠드는 순간에는 온갖 것들이 나를 쫓아오거든, 하고 말하는 대신에. 생각하는 일 따위는 그만두기로 한 줄 알았는데, 킴 클라크. 진심이야, 생각이란 건 아주 까다로운 년이라고. 모든 생각은 결국 그 한 가지 생각으로 이어지는데 너는 절대 그 한 가지 생각으로 돌아가면 안 되니까. 알았어? 절대 돌아가지 말라고. 뒤로 걸어가는 건 멍청한 여자들이나 하는 짓이야.

– 나는 이 나라가 마음에 들어. 당신네들은 아주 좋은 나라를 갖고 있으면서도 그걸 모른다니까. 머리에 똥만 찬 수상을 뽑다니, 당신네들은 대체 어떻게 그 새끼를 다시 뽑을 수가 있어?

– '당신네들'이라는 말 좀 그만할래?

– 미안해 이쁜아, 그런 뜻 아닌 거 알잖아.

– 아니 모르겠는데. 나는 그 사람한테 투표 안 했거든.

– 그래도……

– 내가 무슨 자메이카 사람 대표라도 되는 것처럼 '당신네들'이라고 말하지 말라고.

– 왜 이래, 그냥 말이 그렇다는 거잖아.

---

* 앞에서부터 차례로 미국의 스펀지케이크, 의류, 립밤, 스타킹, 화장품 브랜드.

– 그럼 말을 좀 제대로 하든가.

– 오늘 아침에 뭐 팬티라도 꼬였어? 왜 이래?

– 여기 사람들이 어떤지 당신도 알잖아. 우리한텐 매일매일이 팬티 꼬인 날이야.

– 됐다. 이제 출근해야겠어.

너 거울 속의 계집애야. 너 킴 클라크 년, 척에게 화를 내야 그 일이 좀더 쉬워지니까 그랬다는 거 인정하라고. 근데 대체 무슨 짓을 한 거야, 멍청한 년아? 너는 절대로 화를 내지 않아. 너는 척에게 이 나라를 떠나면서 너를 남겨두고 간다는 생각을 할 만한 이유조차 주지 않는다고. 너는 절대로 까다로운 년이 되지 않을 거잖아. 그건 백인 여자들의 영역이니까.

– 내가 집에 돌아올 때쯤에는 기분이 좀더 좋아져 있었으면 좋겠네.

– 자긴 집에 돌아올 때쯤에는 개소리 좀 그만 지껄였으면 좋겠고.

어떨 때는 척이 거침없는 내 모습을 좋아하는 것 같다. 모르겠어. 모름지기 여자란 언제 입을 닥쳐야 할지, 언제 남자가 이겼다고 생각하게 만들어주어야 할지를 알아야 하는 법이니까. 내가 지금 무슨 소리를 하고 있는지도 모르겠다. 예전에는 미국 남자들이 뭘 원하는지 내가 잘 안다고 생각했다. 미국인이 KFC에 데려가면 그건 '데이트'다. 하지만 시시때때로 들러서 섹스만 한다면 그냥 '만나고' 있는 거고. 아니면 그 사람하고 '자고' 있는 거든가. 무슨 앞뒤 안 맞는 미친 소린지. 근데 정말 섹스만 하러 오는 거라면, 잠은 안 잔다는 얘기 아니야? 남자가 나를 더 격렬히 사랑하도록 만드는 게 가능할까?

회사가 자메이카에 30년을 있었는데, 이젠 떠나기로 했어. 척이 지난주 '데이트' 때 그렇게 말했다. 알코어 광업회사가 마침내 보크사이트를 실은 배를 가득 채우고는 떠나려고 짐을 싼다는 거였다. 척은 그게 그놈의 보크사이트 세금 때문이야, 그거야말로 국유화로 나아가는 첫 단계고, 그 자체가 공산주의로 향하는 첫 단계야, 라고 했지. 자기네 양키들은 늙은 시골 여자들이 구르는 송아지* 무서워하듯이 공산주의를 무서워하더라, 라고 나는 말했고. 그게 뭐야? 척이 물었어. 도깨비. 내가 말했지. 척은 특유의 큰 웃음을 터뜨렸어.

– 여기가 쿠바 수도가 돼버리기 전에 떠나야지.**

나도 특유의 큰 웃음을 터뜨렸어.

– 자기가 모르는 걸 내가 알고 있을 수도 있다고, 킴.

– 아니 내가 못 들은 얘기를 자기가 들었을 수도 있는 거겠지. 그건 같은 말이 아냐.

– 제기랄, 저놈의 입……

– 이놈의 입에 집어넣고 있을 때는 아무 불만 없더니.

– 이쁜아, 넌 아주 섹시한 쌍년이야, 그치?

남자들이 섹시한 쌍년하고 결혼을 하나? 척이 나를 다른 사람들에게 소개할 수밖에 없는 자리에 데려갔으면 좋겠다. 척이 나를 뭐라고 부르는지 들어보기 위해서라도, 내 자리가 어딘지 알기 위해서라도. 그러시겠지, 정말로 그걸 알고 싶은 것처럼 말하네. 킴 클라크, 니 인생은 온갖 플랜 B의 나열일 뿐이야. 내 발을 문질러주는 걸 좋아하는 남자가 있다니 기뻐해야 마땅한 건데. 덩치 좋은 남자, 키 큰 남자, 산 같은 남자. 193센티? 최소한 그 정도는 되는 게

---

* rolling calf. 유령을 뜻하는 자메이카 관용구.

** 쿠바가 남미의 공산주의 국가이기 때문에 하는 말.

틀림없어. 회색 눈에, 너무 얇아서 누가 살짝 째놓은 것처럼 보이는 입술. 이제는 기르기까지 하는, 곱슬곱슬한 머리카락. 넓은 가슴팍과 굵은 팔, 척은 일을 시작하기 전에 손으로 뭘 하고는 책상에서 식사를 하곤 했지. 머리털은 갈색인데 성기 위의 털은 빨간색이고 불알에도 털이 있어. 가끔은 그냥 멈춰서 그걸 보게 된다니까.

– 뭐 해?

– 아무것도 안 해.

– 계속 그렇게 뚫어지게 보면 쪼그라들어서 없어져.

– 그냥 확 타오르기만 기다리는 중인데.

– 흑인 남자는 거기 털이 없어?

– 내가 어떻게 알아?

– 그야 뭐. 내 말은, 자기는 현대 여성이잖아?

– 현대 여성이라는 게 걸레라는 뜻이야?

– 아니, 현대 여성이라는 건 자기가 몇 달 동안 만타나에 다녔다는 뜻이지. 즐거운 시간도 좀 보내고.

– 내가 어떤 즐거운 시간을 보냈는지 어떻게 아는데?

– 자기가 날 보기 한참 전부터 나는 만타나에서 벌어지는 여러 가지를 지켜보고 있었다고, 킴. 어쨌든 진짜 궁금해서 그러는데, 흑인 남자하고 자본 적 한 번도 없어? 자메이카 사람하고도?

주의, 이 남자가 어떤 상황에서 나를 이쁜아라고 부르고 어떤 상황에서 나를 킴이라고 부르는지 확인할 것. 이건 중요한 문제야, 킴 클라크. 남자들은 이쁜이들하고는 결혼을 해. 당연히 결혼하지. 어쩌면 이 남자가 한동안 나를 섹시한 년이라고 부르지 않았다는 걸 기뻐해야 하는지도 몰라. 언제가 마지막이었지? 기억이 안 나네. 더 잘 생각해봐. 아니, 기억 안 나. 나는 너를 사랑해, 눈물을 머금고

작별인사를 할 정도로만, 이 단계에서 너를 사랑해, 그러니까 지금 당장 바로 여기서 결혼하자 네가 내 아내가 되어야 아칸소로 돌아가는 비행기에 태울 수 있을 테니까 하는 단계로 척을 움직이게 만들어야만 한다. 아칸소도 흑인들을 혐오하는 동네였던가? 척이 나랑 결혼하게 만들 수 있다면, 척을 뉴욕이나 보스턴으로 이사 가게 만들 수도 있을까? 마이애미는 싫어, 눈을 보고 싶으니까. 어제는 겨울이라는 게 어떤 느낌인지 느껴보고 싶어서 4분가량 냉장고에 손을 쑤셔박았는데, 그러다가 머리까지 집어넣을 뻔했다. 서리를 한 덩이 잡아서는, 냉기가 타는 듯이 느껴지고 통증이 머리까지 올라올 때까지 꽉 쥐고 있었지. 그 서리를 공처럼 뭉쳐서 창문에다 던졌어. 공은 1초 정도 붙어 있더니 떨어졌고 나는 울었지.

— 자기야, 나는 그 어떤 것도 우연에만 맡겨두지는 않아.

그 어떤 것이 나를 뜻하는 건지 궁금해지는데. 척은 내가 떠날 위험, 다시는 만타나로 돌아오지 않을 위험을 감수하지 않으려 했다. 내가 매일 밤 만타나에 갔는데도. 어쩌는지 보려고. 아니면, 벌써 비행기 표를 사놨거나 회사에서 미국행 비행기 표를 줬다는 뜻인가? 비행기 표 두 장. 혹은 한 장. 여기에 올 때는 회사에서 비행기 표를 한 장밖에 주지 않았을 텐데 떠난다고 왜 두 장을 주겠어? 찰스, 이봐 찰스 현지 야생동물하고 사랑에 빠지는 모든 남자들한테 여분의 비행기 표를 나눠줄 수는 없는 거야, 여기가 대체 어디라고 생각하는 건가, 남태평양이라도 되는 줄 알아? 아 생각 좀 그만해, 킴 클라크, 내가 분명히 말하는데, 그러다가 너 혼자서 미쳐버리고 말 거야. 교회 청소년부 시절을 돌이켜보면, 걱정이란 신을 신뢰하지 않기로 선택한 데에서 비롯된 죄악으로 가득찬 명상이라는 얘기들을 하곤 했지. 딴 건 모르지만 고등학교 시절에 내가 알고 있던 단 한 가지는 최소한 나는 천국에 갈 거라는 거였어. 가슴이 빨리 커진다고 떠들어대다가 남자애들이 니 말 안 믿어, 라고 하자 걔들한테 몸을 더 듬도록 해주었던 그 미친년들은 못 가고. 그 망할년들하고 우연히 마주치는 일을 피하려고 이 먼 몬테고베이까지 이사를 와야 했다고 (아니 그게 이유가 아니잖아, 거짓말은 그만둬, 그게 지금 무슨 상관이 있다고). 최소한 나한테는 무릎까지 젖가슴이 처지도록 만드는 좆같은 애새끼는 없잖아, 아 이런 세상에, 그년들이 나는 정말 싫었다고.

짐을 싸야 할까? 해버려…… 킴, 그래 킴 클라크. 해버리라고. 할 수 있으면 해봐. 그 여행가방, 몬테고베이로 올 때 가져왔던 그 똑같은 보라색 가방에다 짐을 싸라고. 지금 싸. 미국에 갈 때는 진짜 새 여행가방을 사야겠어. 척이 수건도 가져가고 싶어할지 모르겠네. 겨우 지난주에 산 건데. 수건은 좆까라고 해, 우리는 모든 걸 남겨두고 떠날 거야 뒤돌아보지 않고. 롯의 아내처럼 굴어서는 안 돼, 킴 클라크.

가볍게, 밤 내내 가볍게 하는 거야. 이 디제이는 앤디 깁을 가만히 내버려두질 않는군. 지금 당장은 〈춤을 추고 있어야지〉*를 듣고 싶어. 내가 듣고 싶은 노래는 그거야. 척이 저 문 너머로 들어오면 자기야 춤추러 가자, 라고 말해야지. 우리는 춤추러 갈 거야. 만타나가 아니라 클럽 에이트도 괜찮아, 척을 취하게 만든 다음에 나는 이렇게 말하겠지. 자기야 아직 나한테 따로 부탁 안 한 건 알지만, 우리 둘 다 번거로운 일을 피할 수 있게 내가 미리 짐을 싸기 시작했어. 그런 걸 당신네 미국인들이 뭐라고 부르더라? 상황주도적이라

* 〈You Should Be Dancing〉(1976). 오스트레일리아의 록밴드 비지스의 노래.

고 하지. 알겠지? 당신네 남자들은 항상 너무 늦어서 뭣도 할 수 없게 되기 직전까지는 아무것도, 프러포즈조차 하지 않으니까 내가 상황주도적으로 행동한 거야. 아니, 프러포즈 얘기는 하지 말아야겠다. 어떤 남자도 함정에 빠져서 결혼하게 되었다는 기분을 느끼고 싶어하진 않을 테니. 척이 그래도 만약에, 라든가 하지만, 이라고 중얼대기 시작하면 나는 척의 자지를 꺼내서, 척이 〈안개 속 베토벤의 개막〉*을 틀어주며 내가 배웠으면 했던 것을 정확하게 배웠다는 걸 보여줄 거야.

– 잘 모르겠어, 나는 자메이카 여자들이 미국에 있는 흑인 여자들하고 비슷할 거라는 생각을 못 했거든.

– 우리도 흑인인지 몰랐다는 거야?

– 아니 바보야, 당신네들이 성적으로 그렇게 보수적인지 몰랐다는 거지. 진심이야, 아칸소에서 자라면 생각이 이상해진다니까.

– 내 얘기를 할 때 왜 항상 '당신네들'이라고 복수형으로 말하는 거야?

– 내가 흑인 여자들한테 뭐가 있나봐.

– 아 그래. 내가 흑인 여자 대표인 게 틀림없나보네.

– 믹 재거도 그렇다고 하던데.

– 내 말은 듣고 있어?

– 하지만 나한텐 재즈 감성이 있지, 그치, 자기야?

– 도대체 무슨 소리를 하는 거야?

생각이 나서 말인데 내 보지 근처에 입을 댔던 유일한 다른 남자는 백인이었다. 미국인이기도 했고. 그리고, 아니 그 생각은 못 하

---

* 1976년 개봉한 미국의 에로영화.

겠어. 무엇 때문인지 갈매기들이 겁을 먹고 달아났다. 갈매기들이 없어진 지 얼마나 됐지? 생각하는 걸 입 밖에 내고 있다는 것도 몰랐어. 저 갈매기들이 갈 리가 없는데, 갔다면…… 거실을 확인해봐야겠어.

– 자기야 안녕.

– 어, 응, 척.

척이 환한 미소로 대답한다.

– 왔는지 몰랐어. 들어오는 소리도 못 들었는데.

– 그래? 저 안에 누구랑 같이 있는 것 같던데. 신발만 벗어놓고 가서 같이……

– 혼자야.

– 아 그래? 무슨 미친년처럼 혼잣말을 하고 있었던 거야?

– 소리 내서 생각한 거야.

– 아아아아. 나에 대해서?

– 들어오면서 기척도 내지 않았다니 믿을 수가 없네.

– 내 집이잖아, 자기야, 내 집에 내가 들어오는데 무슨 대단한 일이나 벌어진 것처럼 굴 필요 있나?

아냐 상처 안 받았어, 그냥 떨쳐버려, 킴 클라크.

– 저녁을 요리하려던 참이었어.

– 난 자메이카 사람들이 그냥 저녁을 한다고 안 하고 저녁을 요리한다고 말하는 게 아주 마음에 들더라.

– 무슨 차이인데?

– 뭐랄까, 마카로니랑 치즈를 그냥 끓이면 저녁을 한 거지.

– 마카로니 치즈가 먹고 싶어?

– 뭐? 아냐, 자기야. 자기가 요리한 거면 뭐든 좋아. 뭘 요리하고

있었는데?

– 그냥 그렇게 들어왔다니 믿을 수가 없어.

– 그게 그렇게 거슬려? 믿어도 된다니까, 여기까지 와서 자기를 공격할 사람은 아무도 없다고. 오늘 저녁은 뭐야?

– 아키.

– 오예.

– 이번에는 콘포크를 곁들였어.

– 콘포크가 뭔데?

– 두꺼운 베이컨 같은 거야.

– 베이컨 아주 좋지. 그럼 자기는 요리 마저 하고, 나는 읽고 있던 〈스타〉 신문이나 마저 읽어야겠다. 이거 아주 끝내준다고, 어느 모로 보나 〈데일리 뉴스〉 같은 엉터리가 아니야.

척이 신문에 무슨 얘기가 실려 있는지 이야기를 시작하지 않았으면 좋겠다. 척이 나한테 뉴스를 전해주는 걸 피하기가 매일 점점 더 어려워진다. 척은 나한테 신문기사의 소식을 다시 전달해주는 게, 자신이 처음 읽을 때보다도 더 기분좋은 모양이다. 지난 화요일에는 척이 부엌에 있던 나한테 오는 걸 보고서는, 나도 신문 다 봤다고 말했다. 그렇게 말하면 척이 입을 닥칠 줄 알고. 그런데 모든 게 역효과를 낳았다. 그 소리를 듣자마자 이 남자는 뉴스에 대해 토론하고 싶어했다. 뉴스는 정말 견딜 수가 없다. 나는 오늘이 며칠인지도 알고 싶지 않은데. 뭐가 되었든 소식이라는 걸 듣는 그 순간, 아니면 내가 무슨 소식을 듣게 될 참이라는 걸 깨닫는 순간부터 심장이 마구 뛰기 시작한다. 진짜다. 그리고 침실로 달려가 얼굴을 베개에 묻고서 비명을 지르는 것 말고는 아무것도 하고 싶지 않아진다. 시장에 가도 떠돌이 장사꾼 한 명이면 충분하다. 그 떠돌이 장사꾼이, 그럼 누구누구 아가씨라고 들어본 적 없어요? 라고 묻기만 하면 나는 멈추지 않고 걸어가버린다. 물건은 단 한 개도 사지 않고서. 나는 아무것도 듣고 싶지 않다. 씨발 뉴스 같은 건 원하지 않는다고. 무지야말로 축복이다. 나는 척을 알지, 척은 분명 저 문을 넘어서 올 거야…… 기름 데워, 기름 데우라고 킴 클라크, 아주 뜨겁게 데워서 그 사람이 발을 들여놓는 순간 양파랑 봄양파 떨어지는 프시시시시시시시시시 소리가 그 사람의 말을 묻어버리게 만들어. 나는 뭐라고오오오? 되물을 거고 그러면 그 사람이 방금 했던 말을 다시 할 거고 나는 뭐라고오오오? 하고서는 기름이 큰 소리를 내면서 터지도록 물을 좀 흘려 그 사람이 겁을 먹도록, 그리고 어쩌면, 하려던 말도 잊게 만들 거야. 갈매기들이 아직 여기 있었으면 좋겠다 그러면 척이 갈매기들을 쫓으러 밖으로 달려나갈 테고 미국에도 갈매기가 있어? 같은 멍청한 질문을 생각나는 대로 던질 수 있을 테니까. 백인 남자들이 좋아서 미소 지으며 살짝 고개를 끄덕이곤 대답하게 만드는 그런 질문. 자기네 나라에도 자전거 있어? 그걸로 고속도로도 타고 다녀? 미국에서도 〈몬스터 가족〉 봐? 〈원더우먼〉도 봐? 자유의 여신상은 높이가 얼마나 돼? 고속도로에 중앙분리대가 있어?

심호흡을 해, 킴 클라크. 침착하게. 너는 행복한 거야.

– 오늘 〈스타〉에 웃긴 얘기가 실렸는데 말이야, 척이 걸어들어오며 말한다.

– 자기야, 외출하고 왔으니까 옷 좀 갈아입는 게 어때?

– 이제 엄마 노릇을 하시겠다?

척이 미소를 짓는다.

– 갈매기 쫓아 보낸 게 자기야?

– 걔들이 또 자기한테 귀찮게 굴었어?

– 평소랑 비슷하지 뭐. 아칸소에는 어떤 갈매기가 있어?

– 사흘 전 자기한테 얘기해줬던 갈매기랑 똑같은 갈매기.

– 아. 머리에 체처럼 구멍이 숭숭 나 있나봐. 정보가 들어가자마자 반대쪽으로 그냥 빠져나온다니까.

– 내가 듣기엔 체라기보다는 직장直腸 같은데.

– 어쩜 저렇게 똑똑하실까, 응?

– 자기가 자메이카 말로 욕할 때마다 아주 좋아 죽겠어.

– 하하. 글쎄 이 기름이 한 방울이라도 자기한테 튀면 이게 다 피똥 싸게 자업자득이라고 말해줄 거야.

– 좀더 해줘.

– 양파하고 봄양파나 좀 이리 줘.

– 어디?

– 자기 옆에 있는 문 옆 찬장 위 바구니에…… 발 조심해, 방금 바닥에 광을 내놔서…… 미끄러워.

– 나야 워낙 민첩하잖아.

– 아, 그러세요.

– 와, 자기 그거 진짜 빨리 썬다. 자메이카 여자들은 다 그렇게 요리를 잘하는 거야?

– 응. 아니 쓸모없지 않은 여자는 다 요리를 잘하지. 그러니까 맞아, 몬테고베이에 있는 자메이카 여자들 중에는 요리할 줄 아는 사람이 없어.

– 내가 더이상 만타나에 못 가게 하려고 그러는구나?

– 하.

– 이봐, 이쁜아. 할말이 좀 있어.

– 자기야, 지금 당장은 그 신문에 나온 어떤 얘기도 들을 상황이 아니야. 그 신문에는 수치스러운 스캔들이랑 세 쪽을 할애해서 가슴을 내보이는 백인 여자밖에 없으니까. 오늘은 직장에서 또 뭘 훔쳐오셨을까?

– 훔친 거 아냐. 유리병, 그냥 유리병 한 개지만 그래도 초록색이야, 에메랄드처럼. 말하자면.

– 에메랄드라, 왜, 하나 사오지 그랬어.

– 킴.

– 난 11월에 태어났잖아, 그럼 실제로는 토파즈이지만 에메랄드 얘기를 시작한 건 자기니까……

– 무슨 씨발, 킴.

– 피똥 쌀 〈스타〉에 실린 개소리는 하나도 듣고 싶지 않다고, 척.

– 뭐? 〈스타〉 얘기를 하려는 게 아니었어. 알코어 얘기를 하려던 거였다고.

– 알코어가 뭐?

– 오늘 공문을 하나 받았어. 처음에 내가 예상했던, 아니, 회사가 처음에 계획했던 것보다 더 일찍 운영을 중지해나가겠다는 거야.

– 그래서 그 공문을 좀 알아듣게 번역하면 무슨 내용인데?

– 우린 다음주에 떠나.

– 아. 아 젠장, 잘된 일이잖아.

– 실은, 씨발 조졌다고 해야지.

– 아냐. 차고도 미리 청소해놨으니 잘된 일이지! 할 일이 너무 많네! 그치만 그거야 뭐 젠장 어떻게든 되겠지, 자기라면 그렇게 말하지 않겠어? 짐에 쌀 수 없는 건 그냥 놔두고 가면 된다고, 맞지?

– 우리라는 건 회사를 말하는 거야, 킴.

– 미국에는 당연히 아키가 없을 테니까 내가 요리를 마치면 얼른 이걸 먹어치우는 게 좋을걸.

– 우리라는 건 직원들하고 팀원들을 말하는 거라고.

– 평소보다 특별히 더 맛있게 만들어야겠는데, 우리가 먹을 최후의 만찬이니까. 하하, 미안해요 예수님, 요거 하난 표절이네.

– 나 짐 싸야 해.

– 그래 싸, 생각해보니까, 자기도 생각해보면 웃길 거야, 방금 전까지만 해도 내가 그 못생긴 보라색 여행가방을 바라보고 있었거든.

– 내 물건들 말이야, 사무실에서 가져온 이 온갖 쓰레기들. 진짜 이것들을 놔둘 공간은 하나도 없거든.

– 청바지도 챙겨 가야 하는지 모르겠네. 진짜로 청바지를 챙겨 가야 하는지 생각하고 있었다니까, 내 말은 수건이나 행주 같은 거야 당연히 안 챙기지. 그런 건 게토 사람들이나 하는 짓이니까. 그래도 청바지잖아? 내 말은, 내가 헬스턴을 얼마나 좋아하는지는 자기도 알잖아, 내가 헬스턴 입는 걸 자기가 얼마나 좋아하는지도 말이야.

– 두고 갈 물건이 너무 많아.

– 그래도 수건을 챙겨 간다니, 그게 무슨 걸레 같은 짓이야? 우리가 무슨 모초*로 이사 가는 것도 아니고. 칫솔 챙겨 가는 거랑 똑같잖아. 미국에 가면 양치는 아주 새롭게 하고 싶다고. 멍청한 소리인 건 알지만.

– 아 제발 킴.

– 그리고 치약도. 당신네 미국인들은 젤 타입 치약을 쓴다며, 펌

---

* 캘리포니아 북부에 있는, 지하수가 흐르는 낮은 지층.

프식 뚜껑이 달린 커다란 패밀리팩으로.

– 나도 결국 이렇게 될 줄은 몰랐어.

– 파마를 할 시간은 있을까? 이런 라티드, 저 디제이가 또 앤디 깁을 튼 거야? 저 노래가 방금 1위에라도 오른 거야 뭐야? 자기가 전화해서 신청곡 넣었어?

– 킴.

– 알았어 그럼 머리는 안 할게, 비행기 탔을 때 내 머리가 미친년처럼 보인대도 그건 자기 탓이야. 자기가 나를 변호해줘야 돼.

– 알았어, 알았어 킴.

– 세관에서 나를 자르기 전에.

– 킴.

– 아 세상에, 여자 놀라게 하는 솜씨 하나는 기가 막히다. 최소한 우리가 사랑의 도피를 했다고 말하는 사람은 아무도 없겠네.

– 뭐? 우리는……

– 침대 시트는, 싸 아니면 두고 가?

– 어?

– 진짜 남자들이란, 하나같이 쓸모가 없다니까.

– 침대 시트는 놔두……

– 흰색 침대 시트는 다 두고 가자, 이집션 코튼*만 빼고. 그건 가지고 가는 거야, 알았지? 생각이 나서 말인데, 자긴 짐 싸는 것도 나한테 부탁하는 게 좋을 거야. 당신네 남자들은 짐 싸는 방법도 모르니까.

– 이게 전부 당신네 맨리 잘못이야. 그 새끼가 씨발 이 모든 걸

* 면화의 일종으로 좋은 질의 면을 생산하는 데 쓰인다.

다 망쳐놨다고. 이…… 이……

– 개버딘 바지는 전부 싸는 게 좋겠지만 카리바 정장은 한 벌도 안 챙기는 게 좋겠어, 미국 사람들 중에는 자기 아들이 사회주의자가 됐다고 생각하고 싶어하는 사람이 한 명도 없잖아.

– 그리고 이제……

– 그리고 우리가 춤추러 갈 때 입는 파란 셔츠 말이야. 아칸소에도 스튜디오 54*가 있어?

– 아칸소에는 안 가. 절대 아칸소로는 돌아가지 않을 거야.

– 아. 알았어. 그럼 뭐 어디든지 좋아. 하, 방금 말이야, 자기랑 같이 있는 한 어디든 좋다고 말하려고 했는데 그 순간 빌어먹을 똑같은 대사를 지난주에 봤던 영화에서 들었다는 게 생각났지 뭐야. 아니면 〈댈러스〉에 나왔던가? 〈댈러스〉에 나왔던 것 같아? 패멀라 반스라면 그런 헛소리를 할 거 같은데.

– 씨발 좆같네, 이건 군대 철수하는 거랑 똑같다니까. 내가 잭맨한테도 말했어. 여기는 몬테고베이지 사이공이 아니잖아 씨발놈아, 라고.

– 보석 가게에다가 얘기를 해야 되나? 자기도 알잖아, 내가 정식으로 사직한 건 아니라서. 그냥 더이상 일을 안 가는 거지.

– 실은 회사에서 비행기를 하나 전세 냈대.

– 씨팔, 아니다, 자기 말대로 하면 씨발이겠네. 내 말은, 나는 그만둔 적도 없단 말이야. 그냥 일을 더이상 안 하는 거지, 기억나? 자기는 그게 아주 웃기다고 생각했잖아.

– 무슨 공수작전이나 되는 것처럼 씨발 제트기를 전세 냈다고.

* 뉴욕에 본사가 있는, 세계적으로 유명한 나이트클럽.

- 그렇다니까, 지금 와서 뭐하러 연락을 해? 비행기에 탄 온갖 다른 아내들이야 그냥 참고 견뎌야겠지만 그년들은 그냥 씨발, 그치? 난 자기가 씨발이라고 하는 게 너무 좋더라.

- 킴……

- 할 일이 너무 많아. 이런 일을 이렇게 갑자기 나한테 던져놓다니 믿을 수가 없네. 회사에서 자기한테 이런 소식을 그렇게 갑자기 전했다니 믿을 수가 없어.

- 킴……

- 하지만 뭐 이왕 그렇게 된 거니까. 언제……

- 킴!

- 뭐?

- 아, 자기야. 이쁜아, 우리가 여기서 함께 겪었던 일들은 진짜 끝내주는 거였지만, 그치만……

- 뭐.

- 내가 돈을 보내줄게, 자기가 필요한 만큼, 필요한 만큼 얼마든지.

- 뭐.

- 원하는 만큼 얼마든지 여기에서 지내도 돼. 올해 말까지는 임대료를 다 내놨으니까.

- 뭐.

- 나도 생각했어. 내 말은, 당연하지. 내 말은, 이것도 아주 끝내줬지만, 자기야, 진짜로 그랬지만, 당연히 자기도 그런 식으로는 생각하지 않……

- 뭐.

- 자기도 알잖아. 내 말은, 자기도 내가 그렇게 할 수 없다는 걸…… 자기야……

– 알았어 자기가 한다는 그 공수작전은 나 없이 해. 비행기 표만 두고 가. 뒷문으로 미국에 들어가면 되니까. 괜찮아, 그런 건 화 안 나니까. 그렇게까지는.

– 자기야 아니……

– 자기야 소리는 그만하고 하던 얘기나 계속해, 빌어먹을.

– 지금까지 5분 동안 그 얘기를 하고 있었잖아.

– 무슨 얘기를 해? 뭘, 척? 뭐?

– 자긴 아니라고. 자기는…… 자기는 나랑 같이 가는 게 아니야.

– 나는 자기랑 같이 가는 게 아니다.

– 응, 아니야. 내 말은, 자기도 분명히 알았을 거 아냐.

– 내가 분명히 알았을 거다. 내가 분명히 알았을 거다. 맞아, 내가 분명히 알았겠지. 아니 잠깐, 당신 말투 그대로 말해줘야겠네. 내가 부우우운명히 알았을 거 아냐.

– 세상에, 킴, 가스레인지!

– 내가 분명히 알았을 거다.

– 킴!

남자는 나를 밀치고 지나가 가스레인지를 끈다. 사방에 연기. 보이는 거라고는 내게 등을 돌리고 있는 남자뿐. 연기가 그 남자의 귀에서 나오는 것처럼, 벅스 버니 만화에서처럼 동쪽으로 솟아오르고 서쪽으로 솟아오르고 있다.

– 뭐가 그렇게 웃겨? 뭐가 그렇게 웃긴데?

킴. 킴. 킴 너도 분명히 알았을 거 아냐.

– 씨발 나 보고 그만 웃어. 세상에, 킴 나는 반지도 안 뺐다고. 도대체 당신이 왜 그런 생각을, 왜 그런…… 추측을 했는지 그냥 이해가 안 가. 내 말은, 당신은 만타나에서 놀았잖아. 만타나에 대해서야

다들 알고 있고. 모두가 말이야. 내 말은, 나는 반지조차 뺀 적이 없다고. 단 한 번도. 아 이런, 씨발 이것 좀 봐, 저녁을 다 망쳤잖아.

– 저녁을 망쳤다.

– 괜찮아.

– 저녁을 망쳤어?

– 괜찮다고.

반지, 반지, 그 씨발 크래커잭 상자*, 공짜 장난감이 들어 있는 그 상자에서 나온 것 같은 반지.

– 자기야, 내가 자기를 얼마나 좋게 생각하는지 알잖아.

– 그 여자 이름이 뭐야, 당신 백인 아내는?

– 뭐?

– 백인 아내, 지금 당신이 흑인년 품품에 쟁여놓느라 속이고 있는 그 여자 말이야.

– 백인 아니야.

– 담배나 한 대 줘.

– 담배 안 피우잖아.

– 담배 한 대 달라고.

– 이쁜아……

– 씨발 담배 한 대 달라고 했지, 그러니까 피똥 쌀 담배나 한 대 달라고!

– 알았어, 알았어, 이쁜……

– 아 씨발 그딴 식으로 부르지 마, 절대로, 그딴 좆같은 이름으로 부르지 말라고.

---

* 미국의 과자 중 하나로, 포장 상자 안에 조그만 선물이 들어 있는 것으로 유명하다.

– 미안해, 여기 담……

– 불은 뭐 똥구멍에 비벼서 붙이라는 거야?

– 여기 라이터, 어, 그건 우리 아버지 건데.

– 씨발, 내가 니 라이터 훔쳐갈 거 같냐?

– 킴, 너무 미안해.

– 다들 미안하다지. 모두가 씨발 미안하대. 그거 알아? 나는 다들 미안하다고 하는 데 아주 진저리가 나. 니가 미안하지 않았으면 좋겠어. 미안하지 않다고, 그냥 내가 멍청한 거라고 말해줬으면 좋겠다고. 우리는 귀엽다는 이유로 인형의 집 놀이를 해온 것뿐이고 이제 너는 미국에 있는 니 백인 아내한테 돌아가야 하지.

– 백인 아니라니까.

– 좀 누워야겠어.

– 당연히 그래야지 자기야, 천천히 해, 천천히……

– 씨발 무슨 의사나 되는 것처럼 말하지 마. 우리 척 불쌍해서 어쩌나, 이런 식으로 일이 풀릴 줄은 몰랐겠지. 안 그래? 몇 번이나 연습해봤니? 두 번? 세 번? 이리로 오는 동안에? 나는 최소한 네 번 정도는 연습해볼 가치가 있는 사람이야.

– 킴……

– 더이상 나를 그 이름으로 부르지 마. 지금 당장 악수하고, 좋은 거래였습니다, 라고 말하는 건 어때?

– 나 좀 봐봐, 이걸 거래라고 할……

– 수표를 쓰는 게 좋겠어, 아니면 책장에다가 놔둘래?

– 난 한 번도 너를 창녀라고 한 적 없어.

– 당연하지, 니가 나를 얼마나 좋게 생각하는데. 피똥 싸대는 백인 남자들이 지껄이는 헛소리지.

–이건 백인이니 흑인이니 하는 문제가 아냐, 내 아내도……

–아 난 정말 너를 좋게 생각하게 됐어. 우리는 아 정말 너를 너무 좋게 생각하게 됐어, 애기야, 어찌나 좋게 생각하는지.

–내 아내는 너보다도 검어.

–그래서 어쩌라고, 검은 보지 대회라도 되냐?

–킴.

–닥쳐! 넌 말할 필요 없어, 뭐에든 좆같은 명분이 있었다는 식으로 지껄이지 마.

–뭐? 무슨 말도 안 되는 소리야.

–그냥 외국에만 데려다줘.

–뭐?

–그냥 외국에만 데려다달라고.

–그게 무슨 소리야?

–이 나라가 아닌 데로만 데려다달라고, 피똥 쌀 새끼야. 최소한 가장 가까운 정류장에라도 내려달라고.

–킴, 지금 말도 안 되는 소리를 하고 있는데.

–난 가야 된다고. 그냥 씨발 가야 된다고. 가고 싶어서 미치겠어. 척 제발 뭐든지 할게. 가고 싶어서 미치겠어. 씨발 가고 싶어서 미치겠다고. 너무 가고 싶어서 미치겠어……

–어딜 간다는 거야? 무슨 소리를 하는 건지 이해가 안 가, 킴, 내 셔츠 놔, 씨발 뭐하는 짓이야? 뭐에 씌었냐? 킴, 킴 놓으라고. 킴. 놔. 놓으라고. 아 씨발!

–아……

–미안해. 미안해. 내가…… 너 때문에 내가 무슨 짓을 하게 됐는지 좀 봐. 킴 이건 니……

– 부탁인데 그냥 닥쳐.

– 그래도 피가 날 수도 있잖아. 내가……

– 씨발 건드리지 마. 그냥 망할 신문이나 줘.

– 〈스타〉는 절대로 안 읽잖아, 뉴스 싫어하면서.

– 나를 안다는 식으로 말하지 마. 넌 나를 모르니까, 알아들어? 넌 나를 모른다고. 토하고 싶다. 반은 남자친구인 척, 반은 아빠인 척하는 것도 좆나 질려. 아빠 같은 섹파냐 뭐냐. 그렇게 해봐야 결과는 이거야, 지금 여기, 씨발 니 방바닥에 토하고 싶어진다고. 난 아키를 좋아하지도 않아. 신문 내놔, 아니면, 아니면, 아니면 소리 지를 거야.

– 자기야.

– 제발, 제발, 제발, 제발, 제발 닥쳐. 그냥 닥쳐. 정신 좀 차려야겠으니까.

나는 척의 신문을 가지고 침실로 들어가 문을 쾅 닫는다. 손가락에 낀 반지라. 그 사람 손가락에서 반지 같은 건 한 번도 본 적이 없단 거니? 난 아주 잘 봤는데, 그 사람 손가락에 있는 반지 말이야. 아니 못 봤어. 보고 싶지 않았다고. 이 씨발 개자식.

– 넌 씨발 개자식이야.

침착해, 킴 클라크. 진정하라고. 명분이 없다는 걸 알고 있으니까 그 말도 큰 소리로는 못한 거잖아. 하느님이 너를 왜 이 집으로 이끌었는지 떠올려봐. 하느님이 왜 너를 이 방으로 이끌었는지 떠올리고 다시 저리로 나가서 척의 머리카락을 사랑하라고. 척한테 이렇게 말해, 굳이 아내로 만들어줄 필요는 없다고, 당신이 뭘 원하든 들어주는 그런 여자이면 된다고. 척이 원하는 게 거리를 두는 거라면? 넌 자메이카 여자잖아, 척한테 어떻게 거리를 둘 수 있는지 알고 있잖아. 나가서 말해, 알았어, 자기야 이해해. 자기한테는 여기에는 이 세상, 저기에는 저 세상이 있지만 그 두 세상이 섞일 수는 없다는 거지, 알겠어. 그치만 우리를 봐, 우리를 보라고, 우리는 언제나 두 세계가 함께 돌아가도록 만들어왔어. 당신네 나라처럼 큰 땅덩어리에서 사는 것도 아닌데. 빅 씨한테는 언덕 위에 사는 아내가 있고 여러 클럽에 다니는 여자도 있어. 아내는 절대로 내려오지 않고 여자는 위로 올라가지 않으니까, 그 남자는 계속 균형이 맞는 거지. 내가 직접 그게 어떤 건지 보여줄 수 있다니까. 그리고 나는 알코어 전세기를 타고 갈 필요도 없어. 아칸소에서 살 필요도 없고. 살림을 차려줄 필요도 없…… 우리는 안 그래도 된다니까. 아 씨발 닥쳐라 이년아. 그런 상황에도 적응할 수 있다는 얘긴데. 그러면 너는 여자가 아니라 박테리아가 되는 거야. 저 남자가 너를 속였어. 도둑한테서 뭔가를 훔치려 하다니, 하늘이 웃고 있겠네. 저 남자가 너한테 제대로 한 방 먹였다고. 아칸소에 씨발 인형의 집 같은 건 차리고 싶지도 않았다는 거야. 너한텐 그냥 길이 필요했던 건데. 그냥 빛이 필요했던 건데. 그냥 타고 가서 뛰어내릴 목말이 하나 필요했던 건데. 지금 이 방에 있는 사람은 전부 다 그 사실을 안다고. 나가서 저 사람 머리카락을 사랑하도록 해. 여권이랑 비자는 벌써 있잖아. 하지만 그 사람하고 같이 가면 너한테는 한 가지가 더 생길 거야. 한 가지…… 뭐가? 이년아 시간 다 되기 전에, 금방이라도 폭발할 것 같은 이 씨발 냄비에서 빨리 나가야 한다니까. 너는 니가 안전한 줄 알지, 하지만 치마 아래를 보면 단 하나의 불스아이로 이어지는 동심원들을 보게 될 거야. 너는 니 이마에 지금까지도 그 자국이 남았을 거라는 생각은 못하지? 그놈들이 아직도 너를 찾진 않을 거라고 생각하지? …… 안 돼. 나는 저리로 나가서 그 사람 머리카락을 사랑할 거야. 오늘밤은 내가 그 사람 머리카락을 사랑하기로 했던 밤이야. 하지만 니가 아키 요리를 망쳤잖아. 그 사람이 아키를 얼마나 좋아하는지 알면서 아키를 망쳤어. 아니면 춤추러 나가는 건 어때, 마지막으로 한 번만 가자고 말하는 거야, 그 사람이 떠나기 전에. 아니다, 우리가 함께 떠나기 전에. 너는 이 남자랑 같이 신의 땅에 도착해서, 그렇게 미국의 색깔을 빨아들일 생각이었잖아.

있지, 그거 알아……

닥쳐

그냥 닥치라고

너 말하는 게 꼭, 미국 흑인 애새끼 둘이서 텔레비전 코미디에 나와가지고, '니가 닥쳐' 하는 것 같다.

제기랄, 난 담배도 안 피우는데.

– 킴 괜찮아?

– 들어오지 마.

– 빰에 아직 반창고 안 붙였어?

– 들어오지 말라고.

내가 멍청했다. 피똥 지릴 저 남자는 대체 이게 뭐라고 생각하는 거야, 만타나에 있는 여자들은 전부 다 그 클럽에 발을 들여놓는 순간부터 이날을 연습하기라도 한다는 건가? 그래, 나 빼고 다른 여자들은 확실히 그러나보네. 나는 그 클럽에 있던 다른 남자들이 하나도 기억나지 않아, 내 말은, 그 사람들은 기억나지만 그 사람들 손가락은 기억나지 않는다고. 불쌍한 킴 클라크, 만타나에 들어갔을 때부터 품었던 목표가 니 눈을 가렸던 거야. 불쌍한 킴 클라크, 여자랑 남자가 서로 엇갈리는 목적을 가지고 교차로에서 만났을 때 그 남자한테 마음대로 손을 놀리게 해주면, 그 남자가 손으로 너를 온통 문대놓게 될 거라는 말을 엄마 아빠가 해주지 않으셨나보구나. 불쌍한 킴 클라크. 너는 알코어가 곧 문을 닫는 가게이고 니가 척을 만나기 전부터 떠날 준비를 해왔다는 걸 알고 있었어. 떠날 준비를 하고 있는 알코어에 너는 목표를 잡은 거야. 누군가에게. 모두에게. 아무에게나. 남자가 너를 더 격렬히 사랑하도록 만드는 방법은 뭘까? 만타나에 있는 모든 남자에게 결혼반지나 네번째 손가락의 반지 자국이 있었을까? 결단을 내려, 킴. 결단을 내리라고.

– 킴.

– 괜찮아. 그냥 들어오지만 마.

– 알았어.

가만히 서 있어. 가만히 서서 평화를 찾으라고. 장담하는데 지금이야말로 주일학교가 뭔가 쓸모 있을 순간이야. 아니 지금 당장 하느님 생각은 안 할 거야. 어쨌거나 신문이나 읽어야겠다. 〈스타〉를 읽어야겠어. 만인의 신문이라는 〈스타〉. 자메이카 사람들이 어디까지 멍청해질 수 있는지 잊지 않겠다는 목적이 아니면 대체 척이 이걸 왜 매일 읽는지 모르겠어. 아니 잠깐, 그게 목적인가? 하지만 나도 리틀 록*에서 일어난 일 얘기를 들은 적은 있다고. 이 멍청한 계집애가 시민권이니 마틴 루터 킹이니 하는 얘기가 나올 때 역사 수업을 귀기울여 듣고 있었답니다.

---

* 미국 연방대법원에서 1954년 인종간 교육시설 분리가 평등주의 원칙에 어긋나는 위헌적 정책임을 판시하고 3년 후, 아프리카계 미국 학생 9명이 아칸소 리틀 록의 센트럴 고등학교에 등교할 수 있게 해달라고 청원했다. 당시 마틴 루터 킹은 아이젠하워 대통령에게 편지를 써, 학생들의 요구사항을 조속히 수락해줄 것을 요청했는데, 이에 반발한 백인 군중과 주지사, 아칸소 주방위군이 흑인 학생들의 등교를 막았다. 흑인 학생들은 새 학기 시작 한 달 뒤에야 옆문으로 등교에 성공했다.

3인의 특공대:경호원, 자택 경비원, 보안 경비원이 삼각관계에 빠지다. 〈스타〉의 취재에 따르면…… 쌍둥이가 미스 자메이카에…… 우리 신문 3페이지에 실려 있는, 몸매가 아주 아름다운 패멀라. 감미롭고 풍만한 우리의 미녀가 승무원이 되고자 훈련을 받는 과정에서 멀리까지 뻗쳐오는 경찰관들의 손길을 사랑하게 되어…… 하노버에서 박력분 부족 사태, 〈스타〉의 취재에 따르면 점주들은 고객들이 밀가루 1킬로그램을 살 때마다 살충제 베이건*도 반드시 한 통씩 사도록 하는 방식으로 둘을 '결혼시켜'왔다…… 메이 펜 공동묘지에서 더플리가 묘지 관리원의 따귀를 때리다. 율랄리 레지스터는 평소와 다름없이 작업을 하던 중…… 세인트 메리에 공산주의적 책동 귀환하나?…… 1979년 미스 자메이카 대회 예선 참가자. 셸리 사무다/미스 마르주카, 알린 생귀네티/미스 밥캣, 재클린 파치먼트/미스 헌터 시큐리티, 브리짓 파머/미스 소버른 슈퍼마켓, 킴-마리 버지스/미스 아마스

킴-마리 버지스/미스 아마스

킴-마리 버지스/미스 아마스

킴-마리 버지스/미스 아마스

스테이시 바라캇/미스 리버 로드 클리너스. 미인대회는 멍청한 짓이다. 가정폭력이 결국 고의적 상해죄로 귀결되다. 패트릭 쉴즈 대법관이 오늘 판결에서…… 존스타운 총격 사건으로 4명이 살해당해…… 4월 20일, 당신의 탄생 별자리. 당신은 황소자리에 걸쳐 있는 양자리로 감정이 당신을 이끌게 됩니다…… **이건 니가 거의 2년 동안이나 잊고 지내던 것들이야. 페이지를 넘겨.**

---

* 존슨 앤 선 사의 살충제 상표.

콘서트부터 공동체 건설까지, 그 1년 간의 이야기

…… 1976년 12월 3일의 살해기도가 미수로 돌아간 뒤 14개월간의 망명생활을 마치고 돌아왔다. 콘서트는 에티오피아의 황태자 HRH* 아사파 워센이 주최한…… 노동당의 정치운동가 레이먼드 '파파-로' 클라크는 이번 콘서트가 2년에 걸친 신중한 작업의 결과물이라고 말했다. 거리에서 너무 많은 전쟁과 환난이 벌어지고 있어 이제는 통일의 시대가 왔다는 것이다. 인민국가당 운동가인 롤랜드 '쇼타 셰리프' 파머는 콘서트의 수익금을 전부 지역사회에서 수행하는 다양한 종류의 프로젝트에 투입할 것이며, 공중위생시설과 웨스트 킹스턴 의료원의 새로운 병실 등 가장 중요한 프로젝트에 우선적으로 지급할 전망이라고 말했다. 이 노력의 중심부에는 거의 2년간 모습을 감추었다가 자신의 고향인 이 섬나라로 돌아온 레게 슈퍼스타가 있다.

그만 됐어. 그만 읽어, 킴 클라크.

올해 초부터 정치적 동기를 가진 것으로 알려진 살인사건이 300건가량 발생했다.

그만 읽으라고, 킴 클라크.

사진자료: 콘서트 수익금 관련 협의로 악수를 나누고 있는 정치운동가들.

보지 마, 킴 클라크.

좌에서 우로: 청년체육부 장관 ＿＿＿＿＿＿ 씨, 노동당 정치운동가 레이먼드 파파-로 터너, 인민국가당 정치운동가 롤랜드 쇼타 셰리프 파머. 킴 클라크 그만 봐, 그만 읽어, 그만 찾으라고. 보지 마. 파파-로는 흰색 옷을 입었는데, 가슴 근육이 여자 젖가슴처럼 튀

* '전하'를 뜻하는 His Royal Highness의 약자.

어나와 있다. 보지 마. 쇼타 셰리프의 카키 바지는 꼭 학생들이나 군인들이 입는 것 같네. 흑백 사진이지만 카키 바지라는 걸 알 수 있다. 이 얼굴에서 저 얼굴로, 카메라를 바라보는 얼굴이나 멀리로 시선을 돌리는 얼굴, 이 빌어먹을 사진 너머에 있는 뭔가를 바라보고 있는 얼굴로 시선을 꿈틀꿈틀 움직이지 말라고. 파파-로 옆에는 어떤 여자가 있다. 여자 옆에는 어떤 남자가 있다. 남자 뒤에는 선글라스를 쓴 또다른 남자가 있다. 아는 얼굴이잖아, 안 그래? 저 사람은 너를 피해서 숨어 있지 않아, 니가 그 사람을 피해 숨어 있지. 지금 신문 덮어, 킴 클라크. 저기 뒤에 그 사람이 미소도 짓지 않고, 뭘 바라보지도 않고, 무슨 피똥 지릴 평화 같은 것에는 전혀 동의하지 않는다는 듯이 서 있어. 그 사람은 평화를 바라보고 있는 게 아니야, 너를 바라보고 있는 거지. 2년을 도망쳤는데 그 사람이 너를 찾아냈어. 너는 바보야. 그 사람이 널 찾아냈다고.

–킴, 괜찮은 거야?

킴?

킴?

곧게 뻗은 직선인 줄 알고 2년을 도망쳐 달렸는데 알고 보니 원이었네. 대문으로 걸어가. 지금 너를 막는 건 아무것도 없어. 너를 떠미는 것도 아무것도 없지, 하지만 어쨌거나 대문으로 걸어가, 왜냐면 그거 말고 달리 할 일이 뭐 없잖아, 앞으로 걸어가는 것 말고 뭐가 있는데? 대문으로 걸어가, 임신이라도 한 것처럼 배를 문질러. 폭죽을 터뜨리기에는 12월치고도 너무 이른 때지만 폭죽 소리는 그냥 무시해. 그 남자를 봐, 8시 정각인데 벌써부터 얼굴이 어두워지고 있어, 너를 향해 다가오는데 너는 움직일 수가 없어. 그 사람이 너를 바라보고 네 옷을 벗기고 너를 시험하고 있어. 뒤쪽에서 들려오는 비명소리와 길가에서 들려오는 경찰차 사이렌 소리와 니 얼굴 바로 앞에 있는 총에 귀를 기울여. 일단 달리기 시작한 뒤로 너는 단 한 번도 멈추지 않았어. 너는 보라색 여행가방을 챙겨서는 1976년 12월 3일로부터 도망쳤지. 왜냐면 그날은 씨발, 나는 신이 만든 그날을 씨발 저주해, 그날의 모든 건 끔찍했어. 너는 미국으로 도망가겠다고 생각하지만, 그 남자는 어떻게 해야 곧 너한테서 도망칠 수 있을지 마지막 임대료 수표까지 다 생각해놓았어. 그리고 이 남자, 사진 속의 그 남자. 그자가 이 신문 가장자리에서 너한테로 곧장 걸어왔지. 그자에게도 이름이 있어…… 읽지 마.

멍청한 여자야. 너는 1976년 12월 3일에서 한 번도 도망친 적이 없어, 오히려 그 한가운데로 달려들어갔지. 너는 한 번도 12월 4일을 알지 못했고 4월 20일도 모르고 오직 12월 3일만 알잖아. 그자가 와서 끝내지 않는 한 그날은 절대로 끝나지 않을 거야. 12월 3일이 너한테로 돌아오고 있어, 이 사진이 말해주잖아. 우리 처리할 일이 남아 있지, 이 사진이 그렇게 말하고 있어. 몬테고베이는 그걸 막을 수 없었고 미국도 마찬가지야. 내가 너를 잡으러 간다, 니나…… 그 이름으로 부르지 마, 씨발. 그 이름은 절대 부르지 말라고. 그건 죽은 도시에서 죽은 여자가 쓰던 죽은 이름이야. 계속 도망쳐. 그 여자는 죽었으니까. 이제 그 사람이 돌려받고 싶어하는 그 사람 라이터로 담배에 불을 붙이고 그 사람이 부탁할 때까지 돌려주지 마. 담배에 불을 붙이고 한 모금 빨아들여. 기침을 해, 더 길게, 더 크게 기침을 해. 한 모금 더 빨아들여. 가슴에 손을 대면 심장이 몇 번 뛰는지 헤아릴 수 있을 만큼 심장이 다시 천천히 뛸 때까지 빨아들이라고. 이제 담배를 가지고 그자의 머리를 태워버려. 뒷페이지까지 꽁초를 쑤셔넣어, 밝은 불꽃이 생길 때까지 신문을 태워서 침대로 던져버려.

– 킴, 대체 뭘 하고 있는 거야?

저 백인 남자가 노크하고 고함을 치고 비명을 지르고 두드려대고 꼼짝도 하지 않는 문을 부숴버리려 하네. 그걸 뚫고 태워서 길을 하나 내. 낄낄대는 베개와 쉭쉭대는 실크 이불과 웃어대는 폴리에스테르 커튼, 치마 밑에 있던 것 같은 불꽃이 치솟아올라 창문 밖으로 비명을 지르는 모습을 지켜봐.

안전한 통로까지 태워서 길을 내. 앞으로 나가는 유일한 길은 뚫고 나가는 것뿐이야.

배리 디플로리오

방금 이란에서 똥 같은 일이 터졌다.* 뭐, 터지기야 지난 1월에 터졌지만 그 낙진이 지금에야 우리에게 떨어지고 있다. 세계 온갖 곳에서 별 똥 같은 일들이 다 터지는 중이다. 혼란과 무질서, 무질서와 혼란. 나는 이 말들이 서로 무슨 관련이라도 있는 것처럼 계속해서 되뇐다. 소돔과 고모라, 고모라와 소돔**. 이 가족사진들은 전부 가방에 넣을 거고—서류가방에 넣으면 안 되지, 사진은 서류가방에서 꺼내고 저 파일은 샐리한테 세절하라고 해야겠군. 그전에 미리 사진이라도 좀 찍어놔야 할까? 세상에, 무슨 늑은 병이라도 걸렸나보다. 삶이란 씨발 007과는 다르다는 말을 사람들에게 너무 오랫동안 해온 나머지, 실제로 그랬던 시절이 그립다. 신발과 양말을 벗고 의자 깊숙이 앉아, 이란의 똥가루가 처음으로 떨어질 곳은

---

* 1979년 2월 호메이니가 이끈 이란혁명을 말한다. 이 혁명으로 당시 중동에서 미국의 이해관계를 대변하던 팔레비 왕조가 무너지고 이슬람 공화국이 수립됐다.

** 구약성서 창세기에서 타락과 혼란의 대명사처럼 그려지는 도시들.

어디인지 추측해보고 싶다, 정말로. 그런데 그러는 동안, 완전히 다른 종류의 똥이 씨발 유고슬라비아에 퍼질러진 것이다. NATO의 그 녀석은 일이 터진 것도 몰랐다. 씨발 CIA의 수장이라는 놈이 전혀 알지도 못했단 말이다.

그 똥의 이름은 린던 울프스브리커. 그래, 이거야말로 부모들이 씨발 울프스브리커라는 성 앞에 어떤 이름을 붙여줘야 괜찮을지 끔찍하게 오랜 시간 고민해왔다는 티가 나는 그런 이름이지. 진심이다. 나치성애자한테나 어울릴 법한 이름이라고. 울프스브리커, 주유고슬라비아 미국 대사. 어떻게 그랬는지는 모르겠는데, 이 대사 양반께서 CIA 내부의 지시사항을 우연히 알게 되셨다. 대사들에게 모든 주요 작전에 관한 사항을 전하지 말고 비밀로 유지하라는, 군비밀정보국에서 전 세계 지부장들에게 보낸 지시사항이었다. 처음에 든 생각은, 알면서 왜 이러실까였다. 내 말은, 그쯤이야 정말 이해할 만한 지시사항 아니냐는 거다. 대사들 중에는 대통령의 총애를 받아 그 자리까지 오른 인물들이 있다. 그런 사람들은 명성을 쌓아 상원의원이나 주지사나 부통령이 될 수 있는 좋은 지역, 이를테면 키프로스 섬 같은 곳에 좋은 자리를 얻는다. 대통령이 더이상 참아줄 수 없는 지경에 이른 씨발놈들도 대사 자리를 얻는다. 소련이나, 좆도 아무도 신경쓰지 않는, 예를 들어 파푸아뉴기니 같은 곳에 그 씨발놈을 배치하는 것만큼 놈과 놈이 야기할 잠재적인 위험을 쉽게 제거하는 방법이 뭐가 있겠는가? 어느 경우든, 권력이라는 머나먼 여행길에 오른 멍청한 야심가는 어떤 종류의 내부자 그룹에도 끼워주면 안 된다. 그런 인간은 사실 진정한 눈엣가시 이상도 이하도 아니다. 그런데 지금 전화를 걸어온 이 울프스브리커라는 촌놈은, 회사가 자신한테까지 정보를 감췄다며 터니 제독에게 미친놈처럼 화를 내고 있었다. 아, 참고로 그자가 우리더러 위반했다는 대통령령은 17년 전에 내려진 것이었다.

그러니까 울프스브리커는 대통령령이 폐지되기 전까지는 CIA가 유고슬라비아에서 손을 떼야 한다는 전갈을 제독에게 보낸 것이었다. 농담으로 하는 소리가 아니었다. 그자는 우리 중 누구도 베오그라드* 나 유고슬라비아 지역에 임명되어선 안 되며, 해당 지역에선 어떤 작전이든 수행하면 안 된다고 주장했다. 대사 양반이 아주 골이 다아아아아안단히 나신 것이다. 더 심각한 상황은, 그자가 스스로도 좆도 모르는 일에 대해 국장에게 욕설을 퍼부어댔다는 사실이다. 나는 제독이 너무 격노하여 레몬을 띄운 뜨거운 물을 바지에 죄다 엎질렀다는 얘기를 들었다. 이 지시사항에 대해 아는 자와 인준한 자가 누구인지 알아내라는 명령이 전 세계로 하달됐다. 뭐 뻔한 일이지만, 내게 전화가 걸려왔을 때 해줄 말은 이것뿐이었다. 회사는 부시 선생과 터니 제독의 권력 이양기에 끼어 있었으며 저는 그저 명령에 따랐을 뿐입니다. 누구 명령이냐니까? 군 비밀정보국 쪽은 아닙니다, 묻고 싶으신 게 그건지는 모르겠습니다만. 저야 정책을 만드는 사람이 아니라, 정책이 확실히 실행되도록 하는 사람이지요. 우습게도 그 말을 한 순간 앞으로 고급 사무실을 얻을 일은 전혀 없겠다는 확신이 들었다. 나보다는 아내를 훨씬 더 열받게 만들 만한 일이었다.

하지만 다행스럽게도, 이것은 1979년 자메이카에게는 기분좋은 변화였다고 할 수 있겠다. 이제는 자메이카 혼자만 똥가루 휘날

* 1918년부터 2002년까지는 유고슬라비아의 수도였으며, 유고슬라비아 연방이 해체된 지금은 세르비아의 수도다.

리는 동네가 아니게 된 것이다. 뭐, 어쨌거나 오늘 당장은 똥가루가 휘날리지 않을 거라는 말이다. 아르헨티나행 비행기는 다음주에 뜰 예정이고 클레어는 몇 년 만에 처음으로 기분이 좋은 상태다. 이제 스페인어 배워야 하는 거예요? 우리 꼬맹이들이 이렇게 묻자 그제야 우리 가족이 3년 동안 스페인어를 사용하는 나라에 가본 적이 없다는 게 떠올랐다. 이번 한 달 동안 클레어가 스페인어로만 말했던 통화가 몇 통인지를 근거로 판단해봤을 때, 클레어는 친구라는 년들에게 위대한 독수리가 마침내 착륙할 예정이라고 경고하는 모양이었다. 버몬트에 돌아가야 한다고, 이 나라가 너무 싫다고 잠시라도 씹어대지 않고서는 못 견디던 사람치고는 우스운 일이었지만, 막상 떠나게 되자 클레어는 버몬트를 한 번도 언급하지 않았다. 새로 올 녀석이 이 문진文鎭을 갖고 싶어할지 모르겠군. 누가 알겠냐, 나라도 안 갖고 싶…… 아니, 갖고 싶을까. 오늘은 도통 집중이 되질 않는군. 제기랄, 무슨 생각을 하고 있었더라? 아 맞다, 울프스브리커. 유고슬라비아. 제독의 지랄발광. 내 말은 제기랄, 회사가 사실상 법을 어기고 있었다는 얘기다.

이 연필깎이는 우리 아들 주면 될 것 같은데. 씨발 이 사무실에서 연필깎이 하나 가지고 나간다고 누가 알겠어, 알아챈다 해도 누가 씨발 신경이나 쓰겠냐고? 자메이카 사람 중에 장부를 쓰는 인간이 누가 있느냔 말이지. 내가 여태 가본 동네 중에서 가장 엉성한…… 솔직히 그건 아니지, 에콰도르가 훨씬, 훨씬 구렸으니까. 점점 화가 나는 건 분명한데 이유를 모르겠다. 어쩌면 씨발 아르헨티나로 돌아가야 해서 그런 건지도. 솔직히 아르헨티나를 싫어하지는 않는다. 노천 카페에서 뭔가를 먹으며 섹시한 아르헨티나 여자들을 구경하는 쪽으로 변화를 꾀하는 건, 사실 꽤나 멋진 일이다. 그냥, 이 나라 때문에 그런 거다. 제기랄. 이 나라에 홀딱 반해버린 만번째 백인 남자 따위는 될 생각이 없는데. 젠장, 반하지는 않았다. 아니 최소한, 꼭 반해야 한다면, 트레저 비치에서 볼장 다 본 다른 히피들과 함께 대마초나 피우며 인생을 낭비하는 정도는 해줘야지.

자메이카의 조용한 저녁. 여기야말로 지금 이 순간 세계에서 실제로 조용한 유일한 장소다. 왜냐면 이란은, 와 이런 씨발, 우리가 한때 가려던 곳이 이란이었다는 생각만 해도 오금이 저린다. 뭐 이런 씨발 빌어먹을 돌대가리 대통령*이 다 있지. 우리 회사를 찢어발겨 새로운 곳으로 만들어놓겠다고 공언하고 우리를 국가적 치욕이라고 망신 주는 방법으로 대통령 자리를 차지한 놈 말이다. 목 뒤가 벌겋게 탄 그 촌뜨기 멍청이는 포드**보다도 더 많은, 거의 닉슨만큼 많은 명령을 쏟아내고 있다. 루이가 그렇게 말해줬다. 물론 그 자는 그런 식으로 생각하지 않겠지만. 이건 양심이라는 놈이 가하는 영원불멸한 공격이다. 이 작자는 해외의 흑인들을 좀 구원해주고 싶댄다. 이유야 누가 알겠나. 자기 나라 검둥이들한테는 눈곱만큼도 해줄 게 없어서 그런가보지. 아파르트헤이트나 한번 약화시켜보자.*** 암 그래야지, 그때 필요한 건 또각거리며 신고 다닐 빨간 하이힐밖에 없으니까. 대체 아파르트헤이트를 왜 약화시키겠다는 건

---

* 39대 대통령, 지미 카터를 가리킨다.

** 38대 대통령, 제럴드 포드.

*** 카터 대통령은 한 나라의 대외정책이 그 나라 최고의 도덕 원칙을 반영해야 한다는 신념에 따라 미국의 우방이라 할지라도 도덕 원칙에 어긋나는 행동을 하면 제재를 가하는 외교 노선을 취했다. 남아프리카공화국, 이란, 아르헨티나가 이에 큰 영향을 받았다. 아파르트헤이트는 1948년 남아프리카공화국에서에 법률로 공식화되었던 인종분리 정책을 일컫는 말.

가? ANC*는 여러 해 동안 소련에서 자금을 지원받았는데, 그 이유는 짜잔, 그 모든 헛짓거리에도 불구하고 공산주의가 사회적으로 우리보다 더 진보적이기 때문이라고 했다. 대통령은 아파르트헤이트에 극약을 주사하고 로디지아**에서 그 미친 나치 마니아 이안 스미스***를 몰아내고 싶어한다. 나는 BOSS****에서 일하는 놈을 둘 알고 있는데, 둘 다 씨발 로디지아 비밀경찰에게 그 서툰 궁둥이를 붙들리고 말았다. 아프리카 비밀경찰에게 잡히려면 아주 새로운 차원의 무능력이 필요하다. 우리 중 세 사람이 그 머저리들한테 붙잡혔고 네번째 놈은 BOSS가 알아서 포기해버렸다. 와 진짜 그 남아프리카 친구들은 아주 기분 째지겠어. 우리는 씨발 아프리카에 들어가지를 말았어야 했다. 그딴 일은 씨발 영국놈들이나 좆같은 벨기에놈들, 빌어먹을 포르투갈놈들한테 맡겨두었어야 한다고. 그놈들은 세월이 이렇게 오래 지났는데도 식민지 경영을 좆같이 한다. 세상에, 배리, 누가 엿듣는다면 니가 무슨 진보주의자라도 되어가는 줄 알겠어. 그래도 루이가 한 일 중 이거 하나는 인정해줘야 한다. 나를 각성시켜서 사태가 실제로 얼마나 좆같이 돌아가는지 알려줬다는 점. 아니면 윌리엄 애들러를 인정해줘야 하는 건가.

샐리는 자기도 재배치될지 궁금해하고 있다. 우리 비서님께서 이 몸에게 좀 반하셨나보다. 누구 한 명이라도 그런 사람이 있다는

---

* 아프리카 민족회의(African National Congress, 남아프리카공화국의 한 정당)

** 1980년 영국으로부터 독립한 아프리카 중부의 국가. 현재 명칭은 짐바브웨.

*** 1964~79년 로디지아 수상을 지낸 백인 정치인. 로디지아를 식민 지배하던 영국이 흑인을 포함한 다수가 정권에 참여하는 방식의 독립을 제시했으나, 소수 백인만이 지배하는 정권을 세우고 1965년 일방적으로 독립을 선언했다.

**** 남아프리카공화국의 국가 비밀정보국.

걸 알게 되니 끝내주는군. 아내는 벌써부터 에이든에게 스페인어를 가르치고 있다. 티모시는 예전에 스페인어를 했었다는 사실조차 기억 못 한다. 우리가 진짜 떠나게 된다는 얘기를 해줬을 때, 와, 고놈이 얼마나 화를 내던지. 티모시는 머어저리 비즈니스야 이건, 이라고 말하더니 접시에 포크를 던졌다. 고 녀석이 미국 음식 먹는 걸 거부하고 게나 황색 얌, 콘포크와 빵나무 열매만 먹으려 든다는 것만으로도 이미 충분히 심각한 일이다. 나는 이 꼬마 녀석에게, 이 구역의 진짜 남자가 누구인지를 상기시켜줘야만 했다. 불쌍한 놈. 이 꼬맹이는 자기 자메이카 여자친구에 대해 내가 아무것도 모르는 줄 안다. 니가 에이든한테 슈퍼히어로 장난감이 머저리 비즈니스라고 말한 그 순간부터 알았다, 이놈아. 혹시 모를까봐 하는 말인데, 그 장난감은 원래 고 녀석이 갖고 놀던 것이다. 요 빌어먹을 꼬마 녀석은 지가 사랑이 뭔지 안다고 생각하고 있다. 사랑은 정착이다. 진짜 그게 다다. 좆같은 정착.

1976년, 내 귀여운 친구 루이 존슨은 다시 중앙아메리카로 파견됐다. 내 생각에는 올해 아메리카 수련원*에 지원자가 좀 필요했던 모양이다. 사회주의며 공산주의, 다음주면 흘러넘치게 될 온갖 주의를 지지하는 세력을 완파하기 위해서라면 군대를 계속 키워야 할 테니까. 루이와 나는 단 한 번도 서로를 좋아한 적이 없었다. 솔직히 말해 아내를 두들겨패는 그 쓰레기 새끼를 나로서는 도저히 참을 수 없었으니까. 그랬는데 이제 와서 루이가 매일같이 내게 전화를 걸어온다니 우스운 일이다. 매일 영어를 한 문장 이상은 들어야

* 남미 내 미국 동맹국의 정부 요원들을 훈련시키는 군사교육기관. 1946년에 설립되었고, 현재는 '안보협력을 위한 서반구기구(The Western Hemisphere Institute for Security Cooperation, WHINSEC)'로 이름을 바꾸었다.

해서 그런다나 뭐라나 하는 헛소리를 해대면서. 글쎄, 자네가 아내를 그렇게 엉망진창으로 두들겨패지만 않았으면 실제로 대화를 나눌 만한 상대가 하나쯤 있었을 텐데 말이야, 라고 말할 수도 있었겠지만 그랬으면 너무 싸구려 대화가 됐을 것이다. 우리가 나누는 얘기는, 루이는 참여했고 나는 참여하지 않은 비밀공작에 대한 것이기도 하고, 일이 좆같이 어그러진 게 진짜 누구 책임인가에 관한 얘기이기도 하다. 루이는 그게 터니 제독 때문일 거라고 생각한다. 제독은 한창때도 회사 일이 어떻게 돌아가는지를 그저 피상적으로만 이해한 인물이라면서. 터니는 그냥 책상물림이야, 내가 말했다. 그냥 시간이나 때우고 있었던 거라고. 위스키는커녕 커피조차 안 마시는, 뜨거운 물에 라임이나 곁들여 먹는 그런 남자를 누가 신뢰하겠나? 다음엔 또 뭐, 앉아서 오줌이라도 누지 않겠어? 당연히 터니 제독은 아니지 이 사람아, CIA를 정말로 조져놓은 건 닉슨이야. 닉슨은 애초부터 회사를 전혀 신뢰하지 않았다고. 그렇긴 해도 닉슨이 가지고 있는 세계관의 그 단순함이란 존경할 만하다. 이 세상은 둘로 쫙 쪼개져 우리 편 아니면 남의 편인 사람들로 가득차 있다는 그 세계관. 제기랄, 나는 그자를 만나본 적조차 없지만.

그 족제비 새끼는 이런 게 문제였다. 모든 걸 다 할 수는 없는 법이다. 갑자기 좆같은 감시의 문화를 만들어냈다면, 그랬다는 얘기가 샐 때마다 불평불만을 쏟아낼 수는 없는 거다. 감시를 하는 사람이 너무 많아서 대체 누가 누굴 감시하고 있는 건지 확인하는 것조차 불가능해졌다. 더 나쁜 건 하필 일을 씨발 피그스 만 동기생들한테 맡겼다는 거였다. 그 새끼들이 얼마나 유능하신 분들인지는 우리 모두 알고 있는 사실이니까. 루이에 대해서 할 수 있는 얘기가 한 가지 있다면, 상당히 많은 걸 알고 있지만 그중 어떤 것도 비밀로 지키려고 하지 않는 놈이라는 거다. 국방장관이 국무장관 키신저를 염탐하고 있다는, 그런 얘기가 들려왔다. 키신저가 그 사실을 모를 거라고는 도저히 믿을 수 없다. 백악관도 캠프 데이비드*도 도청을 당했다. 키신저도 나를 포함해서 나름대로 자기 지원군과 사람들을 모으고 있는데, 내 생각에는 정보가 새는 걸 막으려는 것 같다. 그런데도 정보는 계속 새고 있다. 문제는 키신저가 선발한 사람이 나나 루이나 매우 잘 아는 사람이었다는 점이다. 빌어먹을 루이가 내게 전화를 했을 때, 놈은 도저히 웃음을 멈출 수가 없는지 전화기에 대고 계속 딸꾹질을 해댔다. 칩 헌트**라니. 아 좆나 씨발, 디플로리오, 아주 씨발 안 그래도 거지같은 일을 좆나 더 거지같이 만들 수 있는 좆같은 일이 하나 있는데, 그게 또 아주 씨발스럽다니까. 맙소사 이봐, 그 친구는 어떻게 지낸대? 혼자서 우루과이 말아먹은 그놈 말이야. 자네 생각은 어때, 트리키 디키***가 그 친구를 뽑은 게 칩이 쓴 망할 스파이 소설을 읽었기 때문일까? 어쨌거나 그 여자가 쓴 건 그 소설이 전부였다. 이게 전부 8년 전의 일이다. 결국 닉시**** 가 세운 그만의 문화는 닉시 자신에게 씨발 제대로 한 방을 먹였다. 그리고 그자는 몰락하면서 거의 모든 사람들을 물귀신처럼 끌어들였다.

우스운 일이다. 1976년 그맘때쯤 빌 애들러가 전화를 걸었을 당시, 리처드 웰치가 그리스에서 죽은 걸 애들러 탓으로 돌렸다니. 애

---

* 미국 메릴랜드 주에 있는 대통령 전용 별장으로 외국 정상들을 초청하기도 하는 장소로 사용된다.

** 닐슨 대통령의 워터게이트 사건 당시 총 지휘를 맡았던 CIA요원 E. 하워드 헌트를 암시한다.

*** Tricky Dicky. 닉슨 대통령에 대한 경멸적 별명.

**** 닉슨 대통령을 말한다.

들러가 회사 사람들 이름을 흘려 그 사람들의 신변을 위험에 처하게 했다는데, 전부 헛소리였다. 얘들러도, 나도 아는 일이었다. 나는 그냥 말을 해야 하니까 한 것뿐이다. 씨발 리처드 웰치를 죽인 건 닉슨이다. 그자가 우리더러 그리스에 온갖 개소리를 퍼뜨리라고 했었고, 그게 키프로스를 상대로 한 터키의 전쟁으로 이어졌다. 그런 다음 닉슨은 그 거지같은 정보가 전부 새어나가게 만들어 상황을 악화시켰다. 그후에 벌어진 일은 뻔하다. 리처드 웰치와 그 불쌍한 아내가…… 모두 살해당했다. 모두 씨발 살해를 당했다고. 제기랄, 무려 국장급이 말이다. 씨발 닉슨은 후버*가 꺽꺽대기 시작하자마자 FBI도 망쳐놓으려고 했다. 그런 마당에 빌어먹을, 1979년에 누가 신경이라도 쓰겠느냐는 말이다.

방금 한 말을 생각으로만 했던가, 입 밖으로 말했던가? 여기에는 아무도 없고, 지금은 킹스턴의 조용한 저녁이다. 정말로 집에 가야겠다. 어떨 때 클레어는 이사를 가야 한다면서 온갖 것에 불평을 쏟아내다가 그다음 순간에는 부에노스아이레스**에 사는 온갖 친구들에게 전화를 걸어, 꼭 그 사람들이 진짜 친구라도 되는 것처럼, 그 동네 미국인 학교가 그렇게 엉망진창이냐고 물었다. 그러는 동안 나는 지금까지도 내가 알기도 하고 실제로 이야기도 나눌 만한 사람이 아르헨티나에 누가 있는지 생각하려 애쓰고 있다. 제기랄, 어쩌면 그저 좀더 단순했던 시절로 돌아가고 싶은 건지도 모르겠다.

---

* FBI 초대 국장인 에드거 후버(1895~1972). 당대 최고의 수사기법을 동원해 존 딜린저 등 유명 악당들을 검거하는 등 공적을 세웠으나 FBI 첩보력을 활용해 온갖 유명인과 유력 정치인들을 사찰하고, 이 정보를 가지고 그들을 협박함으로써 FBI 수장 자리를 죽을 때까지 유지했다.

** 아르헨티나의 수도.

대통령의 손을 더럽히지 않도록 해주는 임무를 띠고 파견된 사람이라면 누구든지 만나, 그들의 세상에서 어떤 일이 벌어지는지 간략히 보고를 듣고, 현금을 좀 쥐여준 다음, 그 도둑새끼들에게 아무 문제 없이 새로운 장난감을 조달해줄 수 있을 거라고 약속하던 그런 시절 말이다. 특별히 쓸 만한 놈들이 있다면, 포트 브래그*에서 멋진 파티를 열어볼 수도 있던 시절이 있었는데.

정말로 일이 돌아가던 시절을 그리워하게 된다는 건, 제기랄, 진짜 거지같다. 몸은 아르헨티나에 가 있는데, 라파스** 소재 요원한테서 우리가 마침내 체***를 잡았다는 얘기를 듣게 되다니. 대체 내가 왜 체 게바라 생각을 하고 있는지조차 모르겠군. 아르헨티나에 대해서, 그리고 아르헨티나가 1967년 이후로 얼마나 많이 변했는지에 대해서 생각하던 중이었는데. 클레어 생각도 좀 하면서. 클레어가 전화 거는 방식을 보면 꼭 친구들이 자기를 기다리며 덥혀놓았던 자리에 그대로 미끄러져 들어가는 게 아닌가 싶을 정도다. 내 아내는 그런 여자다. 모든 것이 자기가 남겨둔 그대로 있을 거라고 생각하는 여자. 클레어는 좆같은 자메이카를 떠나게 되어 마냥 행복한 것 같다. 클레어가 나더러 넬리 마타르와 얘기를 좀 했다고 하길래 내가 이제야, 라고 한마디 했더니, 클레어는 와, 진짜 제대로 꼭지가 돌았네, 이러는 거다. 그리고 덧붙여 말했다. 자기야, 자메이카에 있는 시리아인들은 씨발 위선자들이고, 다들 젠장맞게 천박하다고. 그러니까 그 사람들이 보통 가게를 운영한다는 거야 나도 알지. 그래도 최소한 중국인들은 절대 그런 식으론 안 하잖아.

---

* 미국 노스캐롤라이나 주에 있는 육군 공수부대 및 특전부대 기지.

** 볼리비아의 옛 행정수도.

*** 체 게바라.

- 그냥 딱 한마디 물어봤어. 시내에 있는 캐시 앤드 캐리* 마타르가 그 집안 가게냐고. 아니, 정직한 사업을 한다면야 그 질문에 기분 나쁠 건 전혀 없잖아. 왠지 모르겠지만 마타르가 그 말을 아주, 아주 불쾌하게 받아들이더라고.

- 대체 왜 그랬는지 모르겠네.

- 알면서 왜 이래, 배리. 가게 주인이 되든, 고상한 체하며 살든 길은 하나밖에 없는 거잖아. 둘 다 할 수는 없는 거라고. 그것만도 아니야. 그 여자가 맨날 쓰고 다니는 그 모자 말이야. 그런 건 경마장 갈 때나 쓰는 게 좋겠다는 말을 내가 몇 번이나 해줬는데. 한번 더 그 소리 할 일이 생기면, 그 빌어먹을 머리에서 홱 벗겨버릴 것 같다니까.

이렇게 항상 남 생각을 해주는 여자가, 바로 내 아내님이시다. 나는 경리다. 효율성을 높여주는 인간 말이다. 이것이 바로 씨발 온갖 이상한 인간들이 자기들이 싸지른 똥을 전부 나한테 떠넘길 수 있다고 생각하는 이유다. 내 말은, 그래, 알아들었다. 중대한 정보를 찾아다니는 분들께서는 절대 배리 디플로리오에게 뭔가 물어볼 생각 따위 하지 않으신다는 거지. 아내님께서 아직 모르는 것처럼 보이는 게 한 가지 더 있다. 아르헨티나는 아직도 씨발 똥통 한가운데에 처박혀 있다는 것.

이집트인들은 누군가 폭동을 일으키면 그자의 옷을 홀딱 벗겨 네 발로 엎드리게 한 뒤, 암캐의 오줌을 끼얹은 다음 개떼를 풀어놓았다. 그러면 개들이 그자를 발정난 암캐로 잘못 알고는, 그 불쌍한 찌질이를 뒤에서 박아대곤 했다. 이 샤**라는 작자는 그보다 더

* 셀프서비스 식으로 운영되는 창고형 도매상점. 이곳에서는 현금만 사용할 수 있다.

심하게 했다. 그렇기는 해도, 2월의 나흘***은 온갖 혼란스러운 상황으로 이어졌다. 로저 서루****가 내게 전화를 걸었다. 빌 애들러는 잘 봐줘도 씨발 보통 요원밖에 되지 않지만, 로저는 진짜 미제라고 할 수 있는 물건들 중에서는 우리가 보유한 요원 가운데 최고였다. 로저와 나를 둘 다 아는 워싱턴의 누군가가, 내가 이란에 머물던 당시 로저가 쓴 보고서를 보고 싶어하는지 물어왔다는 걸 기억한다. 서루는 회사가 카터에게 말한 것과는 상당히 다른 어떤 이야기를 들려주었다. 서루는 바로 거기, 현장에 있었는데, 이란의 상황은 혁명이 발발했던 1959년의 쿠바와 같지만, 모든 게 종교와 연관되어 있기 때문에 더 심각하다고 말했다.

왜 이런 식의 보고서가 카터한테든, 누구한테든 말도 안 되는 것처럼 여겨졌는지는 충분히 알 수 있다. 종교라니? 온갖 자유주의자들과 히피들, 공산주의자들, 바더-마인호프단*****이 항상 지껄여댄 얘기는 혁명이었다. 그런데 이 사태를 추동하고 있는 게 종교라고? 왜 이러실까, 지금은 천 구백 씨발 칠씹구년이라고. 이놈의 사우디나 이란 출신 어린애들 중 반은 파리에 살면서 꽉 끼는 청바지를 입고, 미국의 평균적인 호모들보다 더 자주 뒤에서 박히고 있다. 그런 마당에 어떻게 종교가 다시 고개를 든단 말인가? 그런데 그때, 로저 서루가 납치를 당했다.

놈들은 로저를 꽤나 험하게 다루었다. 로저가 CIA라며 바로 기

** 이란혁명으로 쫓겨난 팔레비 왕을 말한다.

*** '샤'를 몰아낸 이란혁명 기간을 말한다.

**** 이후 로저 서루가 하는 이야기는 1979~81년 미국인 52명이 이란에 인질로 억류됐던, 이란 인질사태(Iran Hostage Crisis)를 암시한다.

***** 독일 적군파(Red Army Faction, RAF)라고도 불리던 서독의 극좌파 무장단체.

소하더니 가짜 법정 같은 것을 열어 유죄판결을 내리고 사형을 선고했는데, 그 모든 일이 채 한 달도 걸리지 않았다. 로저가 코란을 알 만큼 알고 있었다는 것만은 신께, 아니면 알라께 감사드려야 될 일 같다. 나와 이야기하던 중 로저는 이렇게 말했다. 배리, 나는 그 씨발 물라*를 만나게 해달라고 요구했어요. 그 씹새끼가 마침내 모습을 드러냈을 때, 아마 제 생각에는 일부러 시간을 끈 것 같지만요, 내가 말했죠. 이봐, 이런 짓을 또 하고 또 할 수는 있겠지만 코란 어디에도 이런 식의 행동을 허락한다는 내용은 없어, 라고요. 그리고 네놈들이 이런 짓을 한다면 너희들이 믿는다는 신과 예언자의 뜻에 반하는 일이 된다고요. 그러자 놈들은 로저를 놔줬다 한다. 이 모든 일이 있었는데도, 워싱턴은 이틀 전의 사건을 보고 깜짝 놀랐다. 이쯤 되면 궁금해지는 게 당연하지 않겠나. 대체 어떻게 한 가지 일이 필연적이면서도 동시에 놀라울 수 있는가? 하고 말이다.

아내는 아르헨티나 얘기를 조금도 읽지 않은 것 않다. 지금 일단 그 문제는 그냥 내버려두는 게 최선일 듯하다. 게다가 클레어의 친구들은 이런저런 일에도 별 영향을 받지 않은 게 분명하다. 클레어가 적어도 이 집만은 그리워하게 될까? 아내는 분명 많은 것들을 이 집안에 집어넣었지만, 그야 항상 해오던 행동이었다. 호텔에 단 이틀을 머문대도 가구를 재배치하고, 그 방을 자기 것으로 만들어야 직성이 풀리는 여자니까. 나는 내가 그리워하게 될 건 무엇인지 생각하려고 노력중이다. 저크 치킨을 빼면, 뭐. 뭔 씨발 헛소리야, 배리 디플로리오, 3년을 지냈는데 러브 보트**를 타고 잠깐 들른

* 성직자나 종교학자 등 이슬람교의 법과 교리에 정통한 사람을 가리키는 존칭.

** 미혼 남녀가 탑승하고 유람을 하는 동안 선을 보게 되어 있는 배.

사람처럼 얘기하는군. 어쩌면 아내에게도 이런 얘긴 해줘야 할지도 모르겠다. 아내가 저녁식사에 초대하곤 했던 시인 두 사람 모두 1977년 이후로 소식이 끊겼다는 것. 그 무용수나, 아내가 참 매력적인 공산주의자라고 생각했던 흰머리 동성애자 움베르토 역시. 마지막 순간에도 머리부터 발끝까지 흰 옷을 걸치고 있던 그놈 모습이 눈에 선하다.

1978년도에, 부에노스아이레스의 아파트 건물에서 문제의 폭탄이 터져 길이 뚫렸을 때, 나는 1초쯤 드 라스 카사스의 소행이라고 생각했다. 그자는 여기 자메이카에 돌아와 있을 테고, 1976년에 끝마치지 못한 일을 완료하려 할 것이므로. 그 일이 뭔지는 도대체 모르겠지만. 다만 그자를 건드려서는 안 된다는 점만은 알고 있다. 더 나쁜 건, 드 라스 카사스도 이 사실을 알고 있다는 것이다. 그런데도 아무도 내 후임으로 오지 않는다. 분명 누군가는 루이의 후임으로 올 텐데 말이다. 내가 알기로는 벌써 며칠 전에 이미 도착을 했어야 하는데. 나한테 그자의 이름조차 알려주지 않았다는 게, 군 비밀정보국이 효율적으로 일을 처리하는 것인지 아니면 기관에서 무능하게 구는 것인지 모르겠다. 최소한 누군가는 자메이카 쪽 장부를 덮어버리는 게 별로 현명한 일이 아니라고 생각하고 있다. 이 나라는, 여기 사람들은 결코 알 수 없는 존재니까. 가끔은 꼭 필리핀 얘기를 하는 것 같다.

그 빌어먹을 보고서를 누가 쓰고 누가 인준했는지, 아니면 도대체 이 씨발 대통령이 얼마나 물러터졌기에 놈들이 그 보고서에 이렇게까지 기름을 쳐어야 했는지 지금까지도 궁금하다. 혁명적인 상황도, 전前-혁명적인 상황도 아님. 개소리 하고 앉았네. 그러다가 사흘 전, 마침내 폭도들이 샤의 군대를 제압했을 때는 모두가 어안이

벙벙해 보고만 있었다. 로저 서루를 제외한 모두가.

그리고 나는 앞으로 다시 볼 일이 없을 사무실을 바라보며, 아내에게 어디까지 말해야 할지 생각하는 중이다. 움베르토에 관한 소식이 가장 큰 충격을 주겠지. 아내는 벌써 움베르토네 집에 몇 주째 전화를 걸고 있다. 그 집 식구들이 이사를 갔든지, 아니면 자기가 번호를 잘못 받아 적었다고 확신하면서. 어느 순간 아내는 심지어 그자들이 일부러 틀린 번호를 준 게 아니겠느냐고 물어왔고, 나는 정말이지 대체 뭐라고 대답해줘야 할지 알 수가 없었다. 가장 기이한 일은 아내가 다른 친구들에게 움베르토 얘기를 물으면 모두 할 말이 없었다는 것이다. 내 말은, 그 사람들 중에서 할말이 있는 사람이 아무도 없다는 건 매우 이상한 일이라는 거다. 심지어 다섯 집 건너 사는 피게로아스 집 사람들까지도. 그 사람들은 움베르토에게 구체적으로 무슨 일이 벌어졌는지는 모르지만, 무슨 일인가 일어났다는 사실만은 알고 있다.

정책의 틀을 잡는 건 정치다. 일주일 내내 그 생각이 머리를 떠나지 않았다. 그 생각과 빌 애들러. 애들러는 이틀 전에 다시 나한테 전화를 걸었는데, 애들러나 루이나 웃기는 놈들이다. 애들러는 마침내 영국에서 추방을 당해 유달리 열받은 상황이었다.

– 그럴 줄 몰랐나, 빌? 미국 자지가 작기는 해도, 영국놈들은 그걸 대서양을 건너서라도 빨아주려 든다고.

– 맞는 얘기야. 나도 내가 시간을 끌고 있을 뿐이라는 건 알았지만, 뭐랄까, 기대라는 게 있잖나.

– 부적절한데, 전직 요원 기준으로도 말야.

– 난 전직 요원이 아니야. 해고당한 거지.

– 토마토나 토메이토나.* 산티아고는 어때?

– 사람들 말이 여름에는 볕이 잘 든다더군. 진심이야, 디플로리오, 키신저야 어떨지 모르지만 브레진스키**는 이 대화를 그 반만큼이라도 재미있다고 생각지 않을 거라고.

– 그럴지도 모르지, 근데 그 얘기는 못 들었나? 우리는 전방위적으로 비용을 감축하는 중이야. 아직도 전화기 도청장치가 제거되기만을 기다리는 사람은 좆도 운이 없는 거라고. 비용 감축 얘기가 나와서 말인데, 자넨……

– 그놈의 망가진 녹음기는 씨발 언제쯤 고칠 거야? 똑같은 소리 좀 그만해.

– 왜 이렇게 예민해.

– 지금 씨발 2월이야, 자네가 혹시 아무 관심도 없을까봐 해주는 얘긴데. 다들 예민하다고.

– 원하는 게 뭔가, 애들러?

– 어째서 내가 뭔가를 원한다고 생각하지?

– 이런이런. 그럼 우리 자기가 그냥 너무 외로워서 전화를 걸었나보네?

– 현장 요원 중에서는 외롭지 않은 사람을 만나본 적이 없어, 디플로리오. 하기야 자네는……

– 경리지. 그래서 잘 모른다고. 근데 그거 아나, 우리가 서로 친구가 되려면 말이야, 더이상 나를 그런 식으로 부르지 않는 게 좋을걸.

– 경리라고?

---

* 오십보백보라는 뜻.

** 폴란드계 미국 정치학자 즈비그뉴 브레진스키(1928~). 지미 카터 행정부에서 백악관 국가안보담당 보좌관을 지냈다.

– 아니, 디플로리오라고.

– 디플로리오, 너무 뺀질대지 마. 안 어울리니까.

– 뭐가 어울리는지 알고 있었으면 나를 배어나 배리, 아니면 우리 장모님처럼 버나드라고 불렀어야지. 이제 두번째로 묻겠네, 용건이 뭔가?

– 이란에서 별의별 일이 다 터진 건 봤나?

– 디스코는 좆같은 음악인가?

– 내가 지금 말을 꺼내려고 하잖아.

– 아니, 잡담이겠지. 존 배런이 KGB 책 후속편을 쓰고 있다는 얘기를 들었는데.

– 차라리 그게 낫겠군. KGB에서 나중에 쓰려고 심어놓은 요원들은 결국 우리가 찾아내야 하니까.

– 그자들을 지원하는 배신자들도 마찬가지고.

– 누가 그런 짓을 하겠어? 그놈 책에 나오는 빌이? 나를 치맛자락이나 쫓아다니면서 파산에서 헤어나오지 못하는 알코올의존자라고 써놨던데.

– 그 책을 읽으셨다?

– 당연히 읽었지. 존 배런은 요원 지망생일 뿐이야. 그런 놈을 진지하게 생각하다니 놀랍군.

– 뭐 최소한 그 친구 책이 자네 책만큼 재미있기는 하니까.

– 좆까. 그건 그렇고, 한 권 더 쓸 생각이네.

– 당연히 그렇겠지. 앞으로 최소한 천 명분의 인생은 더 망쳐놓아야 할 테니까. 그나저나, 자네 친구 체포로프는 어떻게 지내나?

– 누구?

– 솜씨가 좋은데. 아주 노련해. 그렇지만 애들러, 빌어먹을 〈데일

리 메일〉조차도 자네가 체포로프와 소통하고 있다는 건 알고 있다고.

– 누구 얘기를 하는……

– 에드거 아나톨리예비치 체포로프, 런던 노보스티 통신사 기자 말이야. 그자가 KGB라고. 계속해봐. 난 여기 앉아서 자네가 아무것도 몰랐다는 듯이 입 딱 벌리고 연기하는 꼴을 지켜봐줄 테니까. 그래도 이거 하나만은 명심해, 내가 자네 얼굴을 못 보는 상황에서는 입 딱 벌리고 경악하는 연기를 하기란 참 어려운 일일 거야.

– 체포로프는 KGB가 아니야.

– 그래, 나도 빤스가 아니라 팬티를 입고 다녀. 자네 최소한 1974년부터는 그자와 연락하고 지냈잖나.

– 나는 노보스티 통신사 쪽 사람은 아무도 몰라.

– 친애하는 빌, 실력이 많이 죽었군. 처음에는 그자를 알지도 못한다고 하더니, 그다음에는 그자가 KGB가 아니라고 하고. 시간을 좀 줄 테니 어디 생각을 정리해보겠나? 체포로프가 KGB라는 걸 몰랐다면, 자네는 아주 멍청하거나, 아주 속이기 쉬운 놈이거나, 아니면 그냥 돈이 좀 필요했던 거겠지. 쿠바 정보부에서는 자네한테 얼마나 주나? 100만 달러?

– 100만 달러? 자네 쿠바를 모르는군.

– 뭐, 난 몰라도 자네야 당연히 알겠지. 뭘 원하냐고, 이 씹새끼야.

– 정보.

– 얼마나? 보물 창고 하나면 돼? KGB 상대로 창녀짓을 하려고 했을 때 자네가 쓴 단어랑 정확하게 똑같지, 안 그래?

– 달라는 게 아니야, 멍청아. 내가 너한테 정보를 주겠다고. 그중에 어떤 정보는 너랑 관련되어 있을 수도 있어, 좆같은 예일대 꼬맹아.

– 이봐, 자네가 플로리다주 터코마에서 헤엄쳐 나왔다고 나를 쏘지는 말라고. 뭘 팔려는지는 모르겠지만 맹세코 절대 안 사. 이 대화 녹음되고 있어.

– 그거야 피차간에 이미 아는 얘기고.

– 걱정 마, 나중에 전부 증거자료로 사용할 테니까.

– 내가 자수할 경우에?

– 씨발 우리가 널 잡을 경우에 말이다.

– 너희 경리놈들은 내가 뱉은 숨 한 토막도 못 잡을걸.

– 새벽 5시에 대사관에 도청장치 심으려다가 잡힌 지원 사령관이 그런 소리를 한단 말이지.

– 자네가 '호러스*' 책에 실렸다는 건 알고 있나?

– '호러스' 책이 뭔데?

– 확인이 안 돼, 실체가 뭔지는 모르겠지만 어쨌든 놈들이 그런 이름으로 부르더군. 내 평생에 가장 후회되는 일이, 이 빌어먹을 물건이 나오기 전에 내 책을 냈다는 거야.

– 무슨 소린지 모르겠군. 언젠가는 우리가 자네의 씨발 정보원을 찾아내고 말 걸세.

– 그 언젠가가 그리 멀지 않은 때이긴 한가?

– 자네 생각보다는. 이 통화 진짜 끔찍하게 길군그래. 시간 여유가 있는 게 확실한가? 진짜 이제는 가게 문을 닫아야 해서 말이야, 빌.

– 아 그래, 짐 싸고 작별인사 해야지. 잘됐네. 우리 불쌍한 포드 대통령께서, 씨발 워런 위원회**에 가 계시느라 우리가 자기한테 모

* Horrors, 말도 안 되는 끔찍한 일, 경악할 만한 일 등을 뜻한다.

** 케네디 대통령 암살 사건 조사 위원회.

든 걸 말해주는 건 아니라는 걸 모르셨다니 말이야.

– 이젠 또 무슨 소리를 하는 거야?

– '호러스' 책 말이야. 누가 그런 이름을 붙인 걸까? 궁금할 법도 한데 말이지.

– 아니, 안 궁금해. 분명히 말하는데, 애들러, 어쩔 때 보면 자네는 어느 모로 보나 나한테 얘기하는 것 같지가 않아. 꼭 우리 둘 다 계집애가 된 것 같단 말이지. 자네는 어떤 남자애가 엿듣기만을 바라면서 그애 얘기를 하는 중 같고. 회사를 떠난 게 그리 오래전 일도 아닌데 왜 이러나? 자넨 꼭, 외계인들이 단지 똥구멍에 딜도 한 번 박아보겠다는 이유로 자기를 납치했다고 믿는 약쟁이들 같아. 나 원.

– 어쩌면 책이 아닐 수도 있어. 그냥 파일일지도 모르지.

– 파일이라. CIA의 파일. CIA에 파일이 있다, 그것도 엄청난 기밀 파일이. 대체 애초에 취직은 어떻게 한 건가?

– 내 지능을 모욕하지 말게, 디플로리오.

– 씨발, 그럴 필요도 없는 것 같은데.

– 슐레진저가 키신저를 위해서 취합해준 파일 얘기를 하고 있는 거야, 1974년 크리스마스에 포드에게 제출한 것과 같은 보고서 말이네.

– 1974년 얘기를 하다니. 이런 소식을 알려주게 되어 참 유감이네만, 친구, 우리는 새로 대통령을 뽑았고, 오늘날 사태가 더 심각해진다면 그 대통령도 앞으로 얼마 못 갈 거야. 이란이 전 세계 언론에 폭탄을 던져대고 있는데, 불쌍한 윌리엄 애들러는 다른 사람들이 1974년에 싸질러놓은 똥 얘기나 전해주고 있다니.

– 키신저가 제출한 판본의 진짜 맛깔스러운 부분은 따로 꾸며댄

거고. 슐레진저의 원본이 저 바깥 어딘가에 떠돌고 있다니까. 내가 듣기로는 아주 특별한 것이라고 하던데.

– 글쎄, 자네 의견에 대한 내 의견은 이미 알고 있잖나, 애들러. 친구, 이젠 더이상 써댈 내용이 모자라서 그래?

– 자네는 청소부야, 디플로리오. 자네가 이 이야기에 관심을 갖지 않는 이유는, 자네가 관심을 가질 만큼 높은 자리에 올라 있지 않기 때문이지. 그뿐이야. 슐레진저가 쓴 그 귀여운 메모에 온갖 내용이 다 들어 있다고 하잖나. 평균적인 미국인이라면 웬 스파이 소설가가 멋대로 지어냈다고 생각할 법한 온갖 귀여운 얘기들이 다 들어 있다고. 톰 헤이든*이 싸지른 마지막 똥에 대한 자세한 분석. 빌 코즈비**는 누구랑 씹질을 해대고 있나. LSD 이후의 정신 통제 방법. 전 세계 각지의 암살 사건, 뭐 예를 들면 콩고 루뭄바 사건이라든지, 자네 친구 모부투에 대해서도 아주 많은 얘기가……

– 하나 정정해주지. 내 친구가 아니라 프랭크 친구야.

– 뭐, 자네랑 프랭크랑 래리 데블린은 서로 바꿔 쓸 수 있는 인물들이잖나, 자네 라틴아메리카 친구들, 아프리카 친구들 말이야.

– 카스트로에 대한 암살시도 횟수는 바비 케네디가 직접 승인한 거고.

– 해빌런드가 사퇴 압박을 받고 있다는 건 알고 있나?

– 누구?

– 해빌런드. 자네랑 나를 훈련시켰던 그 남자 말이네. 아 미안, 자네는 독학으로 모든 걸 깨쳤다는 걸 잊었군.

---

* 미국의 사회운동가이자 작가, 정치인(1939~2016). 반전운동, 시민권 운동, 급진적인 지적 반문화운동으로 명성을 얻었다. 배우 제인 폰다의 배우자였다.

** 미국의 배우이자 코미디언(1937~).

– 그 책이 미국 대중이나 카터한테 들어가면 회사가 끝장날 거라는 건 알고 있나? 자네 직장이 씨발 화염에 휩싸일 거라고.

– 진심으로 말하는데, 가끔은 자네가 씨발 머저리인 건지 아니면 그냥 텔레비전에 나오는 머저리 흉내를 내는 건지 모르겠어. 자넨 대체 여기가 어떤 세상이라고 생각하는 건가, 애들러? 이 좆같은 행성에서 무슨 일이 벌어지는지 모르는 것처럼 보이는 유일한 요원이 바로 자네야. 자네는 KGB에 있는 자네 친구들이 무슨 인도주의적인 사명이라도 띠고 행동한다고 생각하나? 그렇게 생각하는 거야?

– 전직 요원이야, 잊지 말라고. 그리고 자네는 내가 뭘 생각하는지 잘 모르잖나.

– 아, 자네가 무슨 생각하는지야 내가 정확하게 알지. 기발함은 딱히 자네 장점이 아니니까.

– 자네가 이 '호러스' 책에 눈곱만큼이나 관심을 가질 거라고 생각한 내가 바보지. 자네는 자네 패거리 중에서도 최악이야. 정부가 하는 짓을 인정하든 말든, 그거야 그렇다 치지만, 자네는 아예 신경도 안 쓰잖나. 그냥 출근 도장 찍고 월급이나 받아가는 거지.

– 자네가 나를 속속들이 다 알고 있다고 생각한다니 아주 마음에 들어. 그게 자네 단점 중에서도 최악의 단점이거든, 애들러, 자넨 실제로는 좆도 읽어낼 줄 모르면서 사람들을 다 읽어낸다고 착각하고 있어.

– 아, 그래?

– 그럼. 왠지 아나? '호러스' 책 얘기를 그렇게 줄줄 늘어놓는 동안, 내가 속한 정부가 온갖 종류의 좆같은 일에 연루됐다는 사실을 불쌍한 나한테 알려주는 내내, 단 한 번도 내 관심을 끌지 못하는 실패를 해나가는 와중에, 자네는 결코 이 생각은 못 했지. 이놈이

관심 갖지 않는 이유는 이놈이 그 씨발 좆같은 걸 썼기 때문일지도 모른다.

- 뭐? 뭐라고 했나? 씨발 지금 장난하는 거야?

- 내가 자네한테 장난하는 데 털끝만큼이라도 관심이 있는 것 같나? 그래, 썹새끼야. 나라는 새끼가, 이 경리 나리께서 쓰셨다. 뭐, 국방부 장관이 그 빌어먹을 걸 직접 썼을 줄 알았나? 말이 나와서 얘긴데, 처음에는 내가 단 한 차례도 자네 책에 등장하지 않길래 뭐랄까 모욕감을 느꼈지. 그러다가 내가 진짜로 하는 일이 뭔지 자네는 씨발 좆도 모른다는 걸 깨달았지, 안 그래? 씨발 아무 생각이 없었던 거야. 무슨 생각이라도 했다면 지난 6분 30초 동안 내 시간을 낭비하진 않았겠지. 아, 지금은 그 좆같은 해먹에서 떨어져 바닥에 자빠져 있겠군그래. 자네를 잡으라고 파견된 개자식이 내가 아니라는 걸 자네가 섬기는 빨갱이 신에게 감사드리면서 말이야. 그건 그렇고, 자네 선빔 커피메이커가 망가졌더군. 자네의 새 아파트에서 보이는 풍경은 씨발 아주 좆같고. 피델한테 오션뷰를 원한다고 해보게.

당연한 말이지만 그 개자식은 전화를 끊었다. 그리고 여태까지 다시 전화를 걸어오지 않고 있다. 아마 앞으로는 영원히 다시 전화를 걸지 않을 거라는 생각이 든다.

좆같은 이 책상. 좆같은 이 사무실. 좆같은 이 나라. 올해가 벌써부터 좆같다. 나는 집으로 간다.

파파-로

믹 재거 납치하면 200만 달러. 나란 놈과 파바로티 우리는 차를 타고 나와 있소. 강처럼 이리저리 꼬이고 비틀린 도로를 따라 위아래로 달리며, 바람이 불고 파도가 치는 바다 바로 옆을 말이오. 조시 웨일스는 오지 않았소. 모퉁이를 돌아 달리는 이 자동차는 포드 코르티나요. 왼쪽으로 급히, 또 오른쪽으로 급히 방향을 트는데, 방금 파도가 바위에 부딪쳐 터졌고 물거품이 철썩 앞유리에 부딪치는군. 도로가 이만큼이나 바다에 가까운 거요, 그건 우리가 그만큼이나 바다에 가깝다는 얘긴데 파바로티는 태연히 운전을 하고 있소. 쿨함의 어머니보다도 더 쿨한 모습이라오.

파바로티 같은 코를 가진 토니 파바로티. 파바로티의 어머니도 아버지도 기억은 나지 않소. 파바로티의 어린 시절도 마찬가지요. 남자아이들이 어린 시절에 하는 일들을 파바로티가 하는 모습도, 남자아이들이 어느 순간 마주하는 갈림길에 파바로티가 선 일도 기억나지 않소. 파바로티는 꼭 영화에 나오는 조연 같소. 중간에 불쑥 튀어나와 우리가 여태껏 자기를 기다려왔다는 듯 말하고 걷는 나아아아아쁜 옴브레 말이오. 토니 파바로티는 이런 식이오. 그에게 전화를 하려면 그전에 먼저 내가 원하는 게 뭔지 잘 생각해두어야 하지. 그러면 파바로티는 종일 낡은 건물에 누워 기다리거나, 언덕 나무 위에서 밤새도록 있거나, 가비지랜드의 담벼락이나 문 뒤에서 완벽한 그림자가 될 때까지 오래 기다리다가 100미터 떨어진 곳에서 당신의 적을 없애주는 거요. 파바로티는 조시 웨일스의 일도 해주지만 조시조차도 그를 영원히 옆에 잡아둘 만한 걸 갖진 못했지. 요즘에는 아주 많은 사람들이 영원히 조시 곁에 머무를 것처럼 굴더군. 조시와 나는 이야기를 하지 않소. 나는 집에 있을 때는 집안에만 있고 어딘가에 갈 때는, 아예 이 나라를 떠난다오. 나는 조시네 현관에도 얼씬하지 않소. 파바로티는 모든 사람을 섬기는 동시에 아무도 섬기지 않는 남자이기에, 오늘은 하루종일 나의 피고용인이 되어주기로 했소. 그래서 운전석에 앉아 차를 몰며 가느다란 도로를, 저토록 성난 바다와는 어울리지 않게 너무 좁은 도로를 끌어안고 달린다오.

이건 알아두시오. 감옥이란 게토 남자들의 대학이라는 걸. 쾅 쨍그랑 쾅. 2년 전 바빌론이 나를 잡으러 왔었소—그게 아직 2년밖에 안 됐던가? 나는 바빌론이 나를 덮치던 때를 잊지 않으려 하오. 나를 감옥으로 데려가는 트럭에서 어떤 경찰관이 내 얼굴에다 침을 뱉었고(신참이었소), 또 한 놈은, 썅년아, 침에서 아주 풍선껌 냄새가 나는구나, 라고 내가 말하자 내 두 눈 사이를 개머리판으로 찍었소. 너무 세게 찍는 바람에 감옥에 도착해 놈들이 내게 물을 끼얹고 나서야 깨어났다오. 출소하자마자 지금 내 옆에 앉은 이 남자가 그 두 놈을 내게로 데려다준 덕에, 그놈들은 1978년을 보지 못하고 죽었소. 친절하고 품위 있는 여러분이여, 이것만은 기억해두시오. 마마-로는 비루먹은 개처럼 침이나 맞으려고 허리를 곧게 피고 다니는 아들놈 따윈 길러낸 적이 없소. 그리고 여기 이 파파-로는 무엇이든 절대 잊어버리는 법이 없다오. 우리 같은 남자들은 잊지 않소, 수집해놓지. 우리는 그놈들을 코펜하겐시티의 끝으로 데려갔는데 거긴 오직 존 크로만 살고 있고 부자들의 똥이 바다로 흘러들어가는 곳이라오. 한 놈이 자기 아내는 일도 안 하는데 애새끼는 셋이나 딸렸다고 뭐라 뭐라 뭐라 떠들어대기 시작하더군. 그래서 이젠 상황이 더 나빠지겠군, 아빠라는 게 죽은 쌍년이 될테니 라고 말해줬소.

놈들이 나를 감옥으로 보냈을 때 얘기를 다시 해보겠소. 시스템을 상대할 때는 갖은 농간을 부리며 이리저리 빠져나갈 수도 있겠지만 쇠를 상대할 때는 그렇게 미끄러지듯 빠져나가는 건 불가능하오. 쇠는 쇠인 거요, 쇠는 쇠심줄보다도 강하고 강철은 꼼짝도 하지 않소. 쇠창살은 이렇게 말한다오. 나갈 길은 없다, 그만두고 가만히 앉아 있어, 어디로든 떠날 계획이 있다면 차라리 머리를 안쪽에 집어넣고 그 머리더러 여행을 떠나라고 말하는 게 나을 거야. 다른 경우였더라면 결코 읽지 않았을 책들을 많은 사람들이 읽는 것도 아마 그래서일 게 분명하오. 책을 쓰는 것도 마찬가지고. 허나 쇠창살은 이렇게도 말하오. 여기에는 아무도 못 들어오니 배움은 그만두도록. 어쩌면 배움이라는 건 머릿속을 찾아오는 면회객일지 모르겠소. 감옥은 영혼을 잠잠하게 만들어 배움에 귀기울일 준비를 갖추게 해주는 곳일지도 모르지. 왜냐하면 신사들이여, 들을 준비가 되어 있지 않다면 아무도, 진정으로 아무것도 배울 수 없기 때문이라오.

자동차가 무슨 턱에 부딪히지만 토니 파바로티는 눈치채지 못하오. 내가 자동차도 운전할 줄 모르는 놈처럼 펄쩍 뛰지 않았어야 할 텐데. 토니는 내가 아는 사람 중 장갑을 낀 채 차를 모는 유일한 사람이오. 장갑은 토니의 손바닥을 감싸고 있는데 마디 하나하나와 손등 부분은 조그맣게 뚫려 있소. 갈색 가죽으로 만들어졌지. 우리가 만에 도착하기 전부터 태양은 도망치고 있소. 인간들의 어두운 모습을 목격할 때 필요한 빛이 태양에게는 없으니까. 지금은 달이 떠올랐다오. 달은 방금 핏속에서 떠오른 것처럼 뚱뚱하고 그윽한 보름달일 때 특히 좋은 동행이 되지. 달이 뜨는 걸 본 적이 있나? 나는 토니 파바로티에게 묻고 싶지만 대답을 듣게 될 것 같지는 않군. 이런 남자한테는 그런 식의 질문을 하는 게 아니니까.

주머니에서 담배 두 대를 꺼내 토니에게 한 대를 건넸소. 토니는 그걸 입에 물고 나는 불을 붙여준다오. 해안을 따라 울타리처럼 서 있는 헐벗은 절벽은, 공항을 지나 제임스 본드가 〈007 살인번호〉* 에서 닥터 노를 끌어냈던 그 도로, 즉 로열 요새까지 펼쳐져 있소. 우리는 그 길을 따라가다가 나 같은 남자들이 노예선을 타고 오기 전에 지어진 요새에 도착하오. 1907년에 발생한 지진 때문에 요새는 반쯤 모래에 잠기게 됐지만 차를 타고 빠르게 지나가다보면 꼭 요새가 모래에서 솟아나는 것처럼 보이지. 모래에서 삐죽 나와 있는 대포를 보면, 넬슨이 절뚝거리며 주변을 껑충껑충 뛰어다녔을 때는 저 요새가 얼마나 크고 자랑스러운 모습이었을지 궁금해진다오. 우리는 고등학교에서 넬슨이 로드니 제독과 함께 자메이카를

* 1962년 개봉된 007 시리즈의 첫 작품. 이 영화에서 제임스 본드는 실종된 동료 요원을 찾아 자메이카로 파견되어 '닥터 노'라는 악당의 지하 기지를 발견한다.

프랑스 손에서 구해낸 사람이라고 배웠소.* 지금의 자메이카는 누가 구해줄 수 있겠소?

이 길을 따라 더 멀리까지 가면 포트 로열과 찰스 요새가 있는데 찰스 요새는 모두가 아는 곳이오. 허나 해변의 덤불이 찰스 요새를 포함해 두 곳의 요새를 더 감추고 있다는 사실을 알고 있는 사람은 얼마 없소. 나는 창밖으로 머리를 삐죽 내밀고 태양의 마지막 빛줄기가 주황색으로, 그다음에는 분홍색으로, 그다음에는 그 무엇도 아니게 변하는 것을 보고 점점 거칠어지는 바닷소리가 자동차 엔진 소리마저 삼키는 걸 듣소. 나와 토니 파바로티는 가라앉는 해와 떠오르는 달, 사라져가는 그림자들 사이로 기억에서 지워진 요새를 향해 차를 몰아가고 있소. 급격하게 왼쪽으로 꺾어 가시덤불을 지나 턱 위로 거칠게 넘어간다오. 나란 놈은 운전도 못하는 남자처럼 문을 붙들었소. 우리는 흙더미를 타고 넘는데, 그 흙더미는 꼭 산꼭대기처럼 보인다오, 꼭대기에서 보면 바닷가까지 곧장 떨어지는 가파른 벼랑이니까. 울퉁불퉁한 길을 차로 내려가 왼쪽, 오른쪽으로 휙휙 돌며, 가시덤불이 창문을 그어대기 전에 차 안으로 손을 당겨 넣소. 지금 당장이라도 손에서 피가 날지 모르겠소. 아래로, 아래로, 아래로. 차는 왼쪽으로 휙 돌고, 그다음에는 다시 오른쪽으로, 그다음에는 펄쩍 뛴다오—언제라도 구르고 말 거요. 그럴 게 틀림없소. 이 피똥 쌀 인간은 어떻게 이렇게 침착할 수가 있고 아무 말도 없이 카레이서처럼 핸들만 꽉 쥐고 있을 수 있는 거지? 자동차가 끼익 하며 아래로 내려가오, 나란 놈은 하마터면 이봐! 하고 소

---

* 1782년 4월 9일부터 4일간 벌어졌던 생트 전투를 암시. 영국 함대가 프랑스 함대를 꺾음으로써, 프랑스와 스페인의 자메이카 점령 시도를 무력화했다.

리를 지를 뻔했소. 허나 그때 그가 브레이크를 밟소. 토니 파바로티는 액셀을 밟지 않고도 차가 굴러갈 만큼 속도를 낮추고 우리는 그렇게 요새 입구까지 이어지는 가느다란 해변으로 다가가오. 대문 같은 건 없으니까 안까지 차를 타고 가지. 킹스턴은 이제 바다 건너에 있는 곳이 됐소.

자동차가 멈춰 서오. 토니는 손잡이를 돌려 창문을 내리더니 그리로 훌쩍 뛰어나가오. 그러는 게 멋이라는 듯이. 우리 둘은 함께, 토니는 오른쪽, 나는 왼쪽에서 트렁크로 다가가오. 토니가 열쇠를 꽂아넣고 트렁크를 확 연다오. 첫번째 소년은 비명을 지를 수 있는 상태였다면 약한 빛에도 소리를 질렀을 거요. 3시간 만에 본 가장 밝은 빛일 게 분명하니까. 마지막 두 놈을 직접 트렁크 안에 집어넣었을 때는 머리끝까지 분노가 차올랐다오. 예전에, 거의 2년 전에 처리해야 했는데 말이오. 허나 지금에 와서는 그런 분노가 하나도 남아 있지 않소. 다른 도구는 하나도 없이 오직 두 손만으로 나는 첫번째 녀석을 끄집어내오. 옷깃을 잡아보니 그 녀석은 깃털처럼 가볍더군. 등뒤로 채워진 수갑은 피로 끈적끈적하게 얼룩져 있고 검은 피부가 있어야 할 손목은 새하얗게 질려 있소. 이 녀석에게서는 똥과 철분 냄새가 나오. 울고불고하는 바람에 뺨과 눈은 빨갛고 코에서는 콧물 위로 또 콧물이 흐르고 있소. 토니 파바로티가 꺼낸 놈도 마찬가지인데, 악취가 풍기고 지들이 싼 오줌에 젖어 있소.

여기로 오는 길에 녀석들에게 단단히 물어볼 준비를 해놨소이다. 이 해변이 기억나느냐, 씨발것들아? 네놈들의 사기꾼 같은 짓거리를 망친 건 다른 놈인데 가수가 그 대가를 치렀으면 하는 바람으로 가수한테 총을 겨눴던 그때가 기억나느냐고? 그때 가수가 네놈들 얼굴을 알아봤다는 건 알고 있겠지? 그 사람한테 총을 겨눈 그 순간부터 네놈들은 죽은 목숨이나 다름없었다는 건 알고 있었느냐? 차라리 신한테 총을 겨누지 그랬나, 하고 말이오. 나란 놈은 놈들에게 이렇게나 할말이 많았지만, 스페인 사람과 영국 사람과 자메이카 사람이 오랜 세월 동안 죽어나간 요새, 그리 멀지 않은 언젠가 나도 죽을 거라는 사실을 떠올리게 되는 그 요새에서는, 할말이 아무것도 없었소. 그리고 토니 파바로티는, 절대 아무 말도 하지 않는 사람이고.

허나 녀석들은 말이 많더이다. 입에 재갈을 물고 있는데도 내가 글자와 단어와 문장까지 알아들을 수 있을 정도였소. 놈들은 저마다 시뻘건 눈을 격렬하게 깜빡이면서 눈물을 짜내더이다. 제발요, 파파. 응, 저는 아무 상관이 없어요, 제가 지금까지도 이렇게 가난하게 사는 걸 보세요. 제발요, 파파. 응, 가수가 벌써 저한테 자비를 베풀었다고요. 제발요, 파파. 응, 제가 아는 거라고는 경마밖에 없어요, 한밤의 습격에 대해서는 아무것도 모른다고요. 제발요, 파파. 응, 바다로 나가게 해주시면 쿠바까지 인어처럼 헤엄쳐서 잼록* 에 다시는 돌아오지 않을게요. 하지만 나는 녀석들이 뭐라 하든 관심이 없었소. 한밤에 가수를 습격한 남자들이 한 무리 있소. 그리고 경마 사기라는 좆같은 일에 아무 관계도 없는 가수를 끌어들여서는 해변에서 가수에게 총을 겨눈 남자들도 한 무리 있고. 공중에 떠도는 바람은 그자들이 한패라고 말하오. 또다른 바람은 그 둘이 다른 존재라고 얘기하고. 허나 거기에 대해서도 나란 놈은 더이상 할 말이 없소. 나란 놈은 그냥 신경쓰지 않는단 말이오. 그자들이 나와 가수 사이에 깊은 상처를 냈소. 낫기는 하지만 흉터가 남는 베인 자

* 자메이카.

국을. 남자란 총을 뽑으면 그에 따른 처벌을 받아야 하고 그 총을 쏘면 거기에 대해서도 처벌을 받아야 하오. 이리저리 분류하는 일이야 지옥 정문에서 기다리는 악마가 맡아서 해주겠지. 이 모든 말을 그 두 놈에게 해야겠다는 생각이 들지만, 나란 놈은 말을 하지 않소. 나, 파파-로는, 게토에서 가장 크고 가장 위대한 남자요. 나는 토니 파바로티가 될 수도 있소. 토니 파바로티는 벌써 첫번째 놈을 덤불 속으로, 저 바깥 검은 모래 해변으로 끌고 가고 있소이다.

우리의 작전, 이 모든 것은, 이 일의 궁극적인 목적은 그를 다시 데려오는 거였소. 아주 데려올 수는 없더라도 첫번째 도미노를 넘어뜨리기 위한 수단으로 쓴다는 거였지. 그를 이 콘서트로 데려오는 것 말이오. 우린 이미 그보다 더 큰 뭔가를, 그보다 더 좋은 것들을 이야기하고 있었지만. 더 좋은 것들이라. 글쎄, 잘 모르겠군. 자메이카여, 그대는 준비가 되어 있는지? 머리는 기대로 가득차 있지만 편하지는 않소. 너무 불편해서 머리를 쉬게 할 수 있는 유일한 길은 이 불쌍한 파파-로의 심장은 편했던 적이 단 한 번도 없었다는 걸 떠올리는 것뿐이오. 내 말은, 영국에서는 말이 되는 일도 여기서는 말이 안 된다는 거요. 영국은 영국이고 런던은 런던인데, 그렇게 큰 도시에 있을 때는 생각도 크게 하고 말도 크게 하고 거창한 소식을 예언하기도 하다가 잼다운으로 돌아오면 머리가 너무 부풀어오른 건 아닌지 의아해지는 거외다.

고통받는 많은 사람들은 자신들이 꿈꾸는 좋은 것을 놔두고 이미 나쁜 줄 알고 있는 걸 고른다오. 하기야 미친놈과 바보가 아니면 누가 꿈 따위를 꾸겠소이까? 전쟁이란 건, 어떨 때는 왜 싸우기 시작했는지 까먹어서 중단되고, 어떨 때는 전쟁에 신물이 나서 중단되고, 어떨 때는 잠든 동안 죽은 사람들이 돌아오는데 그들의 이름을 기억할 수가 없어서 중단되고, 또 어떨 때는 싸우려는 상대가 실제로는 적조차 아니라는 사실을 깨닫게 되어 중단되는 것이오. 쇼타 셰리프를 보시오.

해변은 바다와 만나기 전까지는 모래사장이오. 바다와 접하는 지점 이후로는 모래 대신 돌이있지. 파도와 함께 구르고 흔들리며, 더 많은 파도가 몰려들면 여자 유령처럼 낄낄대는 돌 말이오. 키키키키키키키. 토니 파바로티는 바다가 모래를 후려치는 바로 그곳으로 소년을 데려가 그 녀석의 무릎 뒤쪽을 걷어차서는 그 녀석이 곧 기도라도 할 것처럼 넘어지게 만드오. 그러자 그 녀석이 기도를 올리지. 빠르고 거칠게, 다음 단어로 재빨리 돌진하지 않고서는 한마디도 입 밖에 낼 수 없다는 듯이 말이오. 키키키키키키키. 앞은 노랗고 뒤는 갈색인, 흰 팬티를 입은 소년. 토니 파바로티는 군청색 옷을 입고 있소. 어깨 장식과 주머니가 많이 달린 군인 셔츠에, 종아리 바로 위까지 올라오는 군화, 그 위로 말아올린 개버딘 바지. 토니가 소년의 머리를 두 손으로 천천히 고정시키는데, 소년을 돌봐주는 것 같이 부드럽게 움직이오. 소년은 그 부드러운 손길을 자비로 착각하오. 다시 울음을 터뜨리는데 머리가 너무 많이 떨리고 있소. 토니가 그 머리를 다시 진정시키오. 키키키키키키키—탕.

내가 잡고 있던 소년은 재갈에 대고 비명을 지르지만, 이 녀석도 힘이 풀려버리는 바람에 나는 이 녀석을 해변까지 끌고 가야만 하오. 아직은 이 녀석 바지에 물이 닿지 않았으니 녀석을 또 적신 것은 새로 싼 오줌이라는 걸 알 수 있소. 토니는 자동차 시동을 켜두었고 나는 분명 라디오 소리를 들었소만, 어쩌면 그냥 돌멩이 소리일지도 모르겠구려. 키키키키키키키. 나는 다른 시체 옆으로 녀석을 끌고 가서 꽉 눌러 무릎을 꿇리오. 나는 녀석이 초록색 반바지만큼은 계속 입고 있게 해줬소. 녀석의 머리를 내가 꽉 붙들어보지만 내가 방아쇠를 당기는 순간 녀석이 고개를 돌리오. 탕. 관자놀이 옆쪽을 탕 하니까 눈알이 하나 튀어나오는구려. 키키키키키키키. 녀석은 움찔하더니 쓰러지오. 토니 파바로티가 바다를 가리키고, 나는 아니, 이대로 두지, 라고 말하오.

똑똑히 말해두는데, 사람을 서로 형제로 엮어주는 건 피가 아니라 고통이라오. 또 형제인 상태로 함께 고통을 겪으면 새로운 지혜도 함께 얻게 되지. 나는 쇼타 셰리프와 동시에 새로운 지혜를 하나 주워담게 되었고, 그때 우리는 잠깐 멈춰 서서, 뭐랄까, 우리가 실제로는 같은 생각을 하고 있다는 걸 깨달았기에 그 이야기를 영국으로 가져갔으며 가수도 똑같은 지혜를 지니고 있다는 걸 깨달았소이다. 가수는 우리가 다른 모든 곳에서 짐승처럼 싸울 때부터 그 지혜에 따라 오랜 숙적들조차도 친구로 만나는 곳으로 자기집을 굴려왔으니까 우리보다 더 지혜로운 거였지. 사람들은 이게 다 콘서트 문제라거나 인민국가당에서 나온 백인이 노동당에서 나온 백인과 악수를 하는 일이라고, 꼭 백신으로 암을 고치려는 것과 같은 일이라고 생각하오만, 나란 놈부터도 이 콘서트는 아무것도 아니라는 걸 알고 있었소. 시거*를 무대에 세운 게 바로 나란 놈인데도 말이오.

쇼타 셰리프는 무대에 올랐다가 뛰어내렸소. 그러고는 믹 재거가 이 동네에 배드맨이 들끓고 있다는 걸 모르는 놈처럼 사람들과 이야기를 나누고 리듬을 타며 업타운이며 다운타운으로 돌아다니는 걸 따라다니기 시작했소이다. 매 순간 특유의 이가 다 드러나는

---

* 자메이카 정치인 에드워드 시거(1930~). 1974년부터 2005년까지 노동당 당수를 지내며 1980년부터 1989년까지 5대 수상으로 재임했다.

커다란 미소를 번쩍이면서 말이오. 믹 재거 납치하면 200만 달러, 쇼타 셰리프는 농담으로 그렇게 말했소만, 그는 그때 믹 재거가 군중들 사이에 빠졌다가 또 나오곤 하는 모습을 바라보고 있었고, 난 쇼타 셰리프가 그 말을 진심으로 생각하기 시작했다는 걸 알게 되었소. 고삐 풀린 백인 꼬맹이가 마이-애-미로 여행 갔던 일을 떠들어대는 부자 정치인 애새끼처럼 씩 웃어대고 다녔으니까. 쇼타는 자기가 말한 내용을 그냥 하하하 하고 넘겨버렸소만 가수는 그 얘기를 듣고서 그를 노려보았소. 십계명을 받아 적을 당시의 모세가 나도 저런 눈빛이 있었으면 하고 바랐을 법한 눈으로 말이오. 그거야 어찌됐든, 사람들이야 가수가 예쁜 앨범을 내서 예쁜 사랑 노래나 부르러 온다고 생각하게 두시오. 우리가 니코데모처럼 일하는 동안 가수는 가서 자게 하란 말이오. 쇼타 셰리프와 나는 콘서트 계획 얘기를 마친 다음에도 대화를 멈추지 않았고, 지금까지도 이야기를 하고 있으니까. 해가 지고 있소.

토니 파바로티가 자동차를 운전하고 라디오에서는 노래가 나오고 있소. 가볍게 해, 밤을 틈타서 하는 거야, 그림자의 춤을. 아는 노래요. 내 여자도 이 노래를 아주 좋아하지, 무슨 깁이라는 남자가 불렀다고 하던데. 나란 놈이 어떻게 아느냐고 물으니까 내 여자가 쏘아붙이더이다. 나를 멍청한 여자로 생각하나보네? 나는 웃소, 나란 놈은 새벽이든 밤이든 그림자와 춤을 추고 있었으니까. 훤한 대낮에도 우리는 어둠을 찾아다니지. 경마 사기에 꼈다가 가수에게 총을 겨누었던 네 사람을 모두 모으는 데 나흘이 걸렸소. 코펜하겐시티의 감방, 불과 몇 년 전까지 던 중의 던이었던 나만 존재를 몰랐던 그곳에 그자들을 하룻밤 사이에 집어넣었소이다. 자세한 얘기는 나중에 조시 웨일스한테 해명을 들어야겠소만.

이른 아침에 우리는 두 놈을 제일 먼저 끄집어냈는데, 그들을 고른 이유는 딴 게 아니라 맨 앞으로 뛰어나와 제일 시끄럽게 굴었기 때문이오. 첫번째 놈이 이렇게 지껄이더이다. 피부 주변에 푸른 불꽃을 늘어뜨린, 상어처럼 긴 이빨이 달린 벌거벗은 남자 더피가 밤새 자기네 살점을 뜯어먹고 입을 막는 바람에 비명도 지를 수 없었다고. 유령들이 뺨을 철썩 때리고 얼굴을 주먹으로 한 번 두 번 세 번 네 번 꽉 해머로 후려치듯이 때렸다고. 두 놈 다 실제로 눈이 붓고 젖어 있었소. 첫번째 놈은 가슴에 아무 흔적이 남진 않았지만 더피가 자기 심장을 뜯어먹었다면서 자기 가슴을 가리켰소. 두번째 놈은 머릿속을 파먹으면서 지나간 뱀 얘기를 하며 끝없이 고함을 질러댔지. 그 뱀이 왼쪽 눈으로 기어나갔다니까요, 여기 구멍 보이죠, 그자가 눈을 가리키면서 말했소. 둘 다 깨어났을 때는 얼굴에 악마의 침이 묻어 있었다고 횡설수설해댔소. 도저히 그만둘 기미가 안 보이기에 입을 캘리코 천*으로 틀어막고 녀석들을 자동차 트렁크에 처박아버렸지. 놈들을 자동차까지 끌고갈 때는 저항조차 하지 않더군. 우리는 그놈들을 헬셔 해변으로, 거기서도 지금은 폐쇄되어 접근 금지 팻말이 붙어 있는 곳으로 데려갔소. 놈들은 자기 의지로 걸어갔는데 그게 거슬리더이다. 나란 놈은 사람들이 앞으로 닥쳐올 일에 그렇게 준비가 되어 있는 모습을 별로 좋아하지 않소. 그래서 머릿속에 뱀이 들어 있다는 그놈을 떠밀었고 놈은 비틀거렸소. 그런데도 아무 말도 하지 않고, 그냥 일어나서 계속 걸어가더군.

토니 파바로티는 첫번째 놈의 어깨에 손을 올리고 아래로 눌렀는데 두 놈이 동시에 빠르게 무릎을 꿇더니 눈을 감고, 뭔가 기도

* 날염을 한 거친 면직물.

같은 걸 속삭였소. 머리에 뱀이 든 놈이 눈을 떴을 때, 두 눈이 젖어 있었소. 그러고는 지금 해, 지금 하라고, 더이상은 못 기다리겠으니까, 라고 말하듯이 고개를 끄덕였소이다. 토니 파바로티가 놈들 뒤로 걸어가서는 둘 모두를 빠르게 쏴버렸소. 배드맨 중에서도 배드맨이라고 할 만한 총잡이들조차도 목숨을 구걸하며 아기처럼 소리를 지르게 마련인데, 이 녀석들은 조용했소. 나는 그자들의 삶이 대체 어떻게 굴러온 건지, 어떤 삶을 살면 사람이 그토록 죽을 각오를 할 수 있는 건지 궁금했소. 푸른 불길을 걸친 더피라니. 제기랄. 궁금해지더이다. 만일 내가 한밤중에 깨어나게 된다면 그건 무엇 때문일까? 하고 말이오.

저녁이 되었을 때 우리는 다른 두 놈을 끌어냈소. 시간은 다가오고 지나가고 달려가고, 나는 시간이 나를 남겨두고 떠난다는 사실을 알고 있소만, 제기랄. 빌어먹을 조시는 결코 자기한테 그런 일이 벌어지도록 내버려두지 않을 거요. 놈은 시간을 앞질러 달려나가서는 이렇게 말할 거외다. 봤냐, 썅년아? 나란 놈이 너보다 먼저 왔다. 나란 놈이 너를 이겼다고. 1966년에 니가 나를 이겼던 것처럼. 조시가 이 모든 걸 내게 남긴 거요. 조시는 가수에 대해서는 계속 눈곱만큼도 신경쓰지 않을 테니까. 조시는 쿠바인과 만나고 있소. 온갖 폭탄과 다이너마이트를 써댔는데도 1976년 선거에서 노동당이 이기게 하지 못한 그 쿠바인 말이오.

더 많은 사람들이 고통받아야 할 거요. 더 많은 사람들이 죽어야 할 테고. 나란 놈의 방해 없이 놈들이 가수를 쏴버릴 수 있도록 바빌론은 날 잡아가 길을 트고, 쇼타 셰리프도 잡으러 갔소. 양측 사람들 모두가 던 중의 던인 우리는 더이상 아무 쓸모가 없다고 생각하기 시작했지. 고양이와 개를 한데 넣어두었으니, 그냥 피를 담을 양동이나 가져오라는 거였소. 우리들 전부를, 코펜하겐시티 사람들과 에이트레인즈 사람들을 모두 같은 곳에 가둬놓고 감옥 열쇠를 버리면 우리가 서로를 죽일 수밖에 없다고 생각한 거요. 감옥 안에서 뭔가가 죽긴 죽었소, 뭔가 정말로 죽은 거요.

첫째 날, 우리는 같은 정글에 갇혀버린 사자와 호랑이처럼 서로의 주변을 맴돌았소. 나는 감옥 동쪽 구석에 앉아서 충성스럽고 준비된 사람들을 찾았소이다. 감옥에는 언제든 게토 남자들이 꽤 여럿 살고 있기 마련이니까. 쇼타 셰리프는 자기한테 충성하는 사람들과 함께 서쪽에 자리를 잡았소. 우리 둘 다 서로가 어디에 있는지 뭘 하는지 소식을 들었고, 최소한 눈 두 개가 감시하고 있지 않으면 아무도 잠들지 않았소. 누군가 음모를 꾸밀 때까지는 그렇게 시간이 오래 걸리지도 않았소이다. 내 쪽 사람이 멋대로 쇼타 쪽 사람 중 한 명을 죽여버리려고 했소. 쇼타 셰리프가 복수로 내 쪽 사람 하나를 없애버리겠다는 메시지를 보내 왔고. 나는 쇼타에게, 당신을 공격한 적이 없는데 왜 나를 공격하려 하느냐는 메시지를 보냈소. 쇼타는 내 쪽 사람 중 한 명이 저녁식사용 칼을 꺼내더니 운동하러 나온 다른 남자의 얼굴에 전화기 자국 같은 상처를 냈다고 메시지를 보냈지. 나는 쇼타 셰리프에게 그 사람 이름을 대라는 메시지를 보냈소이다.

트리탑. 돌아온 메시지에 쓰인 이름이었소. 다음번 야외로 나갔을 때 나는 직접 트리탑에게로 걸어가서, 여어 젊은이, 자네 안부를 확인한 지도 오래됐군, 요즘도 더 높은 서열로 올라가는 중인가? 칼 좀 한번 보여주게, 라고 말했소.

– 파파, 그럴 필요는 없으십니다, 그자가 말했소이다.

– 인민국가당 쌍년을 하나 그어버리면 어떤 일을 할 수 있는지

나란 놈에게 증명 좀 해줬으면 좋겠는데. 나는 그자의 칼을 쥐고 얼마나 날카로운지 시험해보며 말했소.

- 파파, 그자가 말했소이다—그런 일이라면 제가 미리 해두었습니다. 화요일에 어떤 녀석을 손봐줬는데요. 쇼타 셰리프 일을 맡기시려는 겁니까?

- 아주 열정이 넘치는군, 안 그런가? 아냐, 젊은이, 그런 건 할 필요가 없네. 허나 이건 알아두라고, 그렇게 말하고 나는 칼을 그 녀석 목에 곧장 찔러넣고 위로 그었소. 그후 세 번 더 목 옆을 찔렀고 그동안 내 부하들이 벽을 만들어줬소. 그 뒤에 우리는 모두 흩어져 그 씨발것이 땅바닥에 피를 흩뿌리며 머리 없는 닭처럼 불뚝거리게 내버려뒀지. 쇼타 셰리프가 나중에 메시지를 보내 이젠 정말 대화할 때가 되었다고 하더이다. 고양이와 개가 서로를 죽이면 이기는 건 바빌론뿐이라는 얘기였소. 나는 이 이야기를 받아들이고 생각을 좀더 해봤소. 바빌론은 하나의 나라이고, 바빌론은 쉿스템이며, 바빌론은 압제자이고 바빌론은 경찰에 침투해 있소. 바빌론은 기다리는 데 싫증이 난 나머지 우두머리 고양이와 우두머리 개를 한데 가둬넣고 서로가 서로를 빨리 죽여버리도록 했지만, 가둬둔 곳에 다른 떨림이 내려앉은 거요. 긍정적인 떨림*이.

그 일 이후, 나란 놈과 쇼타 셰리프는 바빌론이 밖을 떠돌고 있는 동안에도 항상 도미노를 했는데, 쇼타가 가지고 있는 눈은 경찰뿐이었소. 나는 쇼타 셰리프의 이야기를 듣고, 쇼타 셰리프는 내 이야기를 듣고 우리 둘은 새로운 이야기를 만들어냈소이다. 내가 먼

* 〈Positive Vibration〉. 밥 말리 앤드 더 웨일러스의 앨범 〈라스타맨 바이브레이션〉 수록곡.

저 감옥에서 풀려났고 1월에는 쇼타 셰리프도 풀려났소. 쇼타가 처음으로 한 일은 나를 찾는 거였지. 그날 밤, 1978년 1월 9일에, 내 사람들과 쇼타 쪽 사람들은 총을 내려놓고 촛불을 켜고 더이상은 전쟁을 연구하지 않겠다*고 노래하기 시작했소. 그날 밤에 제이컵 밀러**가 새로운 노래를 가지고 왔소. 내티의 작품치고 꽤 터져주었는데, 〈평화 협약 스페셜〉이라는 제목이었소. 그 노래는 단번에 차트 1순위로 올라갔다오. 말 그대로 긍정적인 떨림이었소. 허나 이건 알아 두시오, 친절하고 품위 있는 여러분이여. 어떤 상황이든, 주사기를 들거나 총을 들고 가게 되어 있는 거요. 어떤 것들은 고치고, 어떤 것들은 쏴버리는 거지.

눈을 뜨고 똑바로 보란 말이외다, 친절하고 품위 있는 여러분이여. 바빌론의 마지막 움직임을 말이오. 1월 5일, 그러니까 우리가 촛불을 켜고 노래를 부르기 나흘 전이었소. 아직은 한 해의 무게가 어깨를 온통 짓누르기 전인 무척 이른 때라 나는 기분이 좋았소이다. 허나 새해는 총 한 자루 없던 왕 갱단에게도 찾아온 거요. 왕 갱단은 좆같이 머리가 나쁜 놈들로 가득차 있다오. 코펜하겐시티를 벗어나면 자기가 아무것도 다스릴 수 없을 거라는 건 피터 나세르의 생각이었소. 그래, 왕 갱단이 여전히 주위를 맴돌며 나나 조시 같은 사람에게서 아무 지시도 안 받고 있던 건 사실이었소. 허나 1977년이 끝날 무렵까지도 왕 갱단에는 총이 없었다오. 피터 나세르조차도 자기가 다스릴 수 없는 사람들을 무장시켜서는 안 된다는 걸 알고 있었기 때문이지. 헌데 누군가가 왕 갱단더러, 에이트레인

* 〈Down by the Riverside〉의 가사 일부.

** '이너 서클'이라는 레게 그룹의 리드싱어로 활약한 자메이카의 레게 아티스트(1952~1980).

즈의 여덟 골목 중 두 곳에 사는 인민국가당 젊은이들을 작살내고 그들의 중심을 약화시키는 데 사용하겠다는 약속만 한다면, 세인트 캐서린의 오래된 만에 마술처럼 나타날 총기 화물을 왕 갱단이 가지도록 해주겠다고 약속한 거요. 그 누군가는 트렁크에 총을 가득 채운 차를 내버려두고 갈 테니, 왕 갱단은 그 총들을 챙겨 인민국가당 영토에서 소란을 좀 일으켜주면 된다고 했소이다. 그러기만 하면 그 총을 가질 수 있다는 거였소. 늘 그래왔지만 왕 갱단은 이번에도 다른 사람들의 조언 따위는 들으려 하지 않았소. 놈들은 큰 그림을 그리기 시작했소. 자기들한테 정보를 준 그 누군가가 국방부와 연줄이 있었던 거요. 심지어는 부두에서 진짜 일자리까지 약속받았다고 하오. 대체로 경비 일자리였는데, 그 일을 하는 도중에 그 놈의 총을 실제로 쓸 수 있다는 조건까지 있었소. 잼다운에는 무임승차라는 게 없는데도 왕 갱단은 이 제안에 동의한 거요. 아침 일찍 군용 앰뷸런스 두 대가 왕 갱단의 영토로 와서 남자아이 열네 명을 실어갔소.

앰뷸런스가 그애들을 싣고 웨스트 킹스턴으로, 포트 헨더슨을 지나, 다리를 건넌 다음, 포트모어의 해변 네 군데를 지난 후 가파른 절벽 위로 갔소. 그린베이에 도착했을 때, 운전자가 앰뷸런스에서 나와 애들더러 그 자리에 그대로 기다리라고 말했소. 다른 트럭 한 대가 총을 싣고 올 거라면서 말이오. 전에는 놈들이 트럭이 아니라 자동차가 올 거라고 했다는 걸 기억하는 애들은 아무도 없었소. 그애들은 일단 지켜보며 기다렸소. 군인 하나가 다가와서는 책임을 맡고 있는 녀석에게 말을 걸었소. 그 녀석과 군인이 덤불로 들어갔을 때 다른 아이들은 단 한 발의 총성을 들었소이다. 달리기 경주를 시작할 때 나는 소리 말이오. 그러고 나서는, 아수라장이 된 거요.

자메이카 국방부놈들이 먼 곳에서부터 다가와 사격을 개시했소. 군인들이 애들한테 달려들어 기관총을 쏴대기 시작했고 그동안 덤불 속에 숨겨놓은 커다란 총이 밀고 나와 무슨 전쟁이라도 벌이듯이 라타타타타타타탓해대기 시작한 거요. 간신히 도망친 아이는 또 다른 군인 쪽으로 달려들었다가 머리가 터져서 떨어졌고, 어떤 남자는 가시덤불로 곧장 달려가 피부가 다 찢긴 끝에 결국 바다에 도착했소. 다섯 명이 총을 맞아 죽었고 더 많은 사람이 부상을 당했으며 한 명인가 두 명은 바다에 뛰어 들었다가 어부에게 구조됐소. 나머지는 흩어졌지. 군인은 텔레비전에 나와, 저녁에 사격 훈련을 하던 중 그 소년들이 사격범위 안쪽으로 무단침입했다고 말했소. 장관은 텔레비전에 나오고 라디오에 나와 '그린베이에서 무고한 시민은 한 명도 죽지 않았습니다'라고 말했소이다. 콘서트가 시작되기 사흘 전, 우리는 게토 사람들이 여전히 똥싸는 장소에서 밥을 먹고 산다고 시위를 시작했는데, 그때 바빌론 경찰이 급습해서는 여자를 포함한 사람 셋을 죽였소. 똑같은 장관이 다시 말했소. '올해 안에 경찰이 한 명이라도 살해당한다면, 그런 짓을 벌인 자는 개처럼 사냥을 당하게 될 것입니다.'

더 많은 사람이 고통받아야 할 거요. 더 많은 사람이 죽어야 할 테고. 감옥에 갇힌 첫 주에 바빌론은 하루종일 나를 두들겨팼소. 무슨 소식을 찾으려던 것도 아니고, 나를 정보원으로 바꿔놓으려고 하는 것도 아니었소. 그저 차례차례 돌아가며 누가 진짜 보스인지 보여주려던 거였지. 경찰은 절대 한 번에 한 명씩 오지는 않았소, 한 놈이 나한테 덤벼들었다가 불알이 뇌까지 걷어차인 다음부터는 말이오. 그다음부터 놈들은 둘씩, 셋씩, 한 번은 심지어 네 명이서 찾아왔소. 꼭 무슨 대회라도 참가한 것 같았소이다, 가장 먼저 나를 소리 지르게 만드는 사람이 이기는 대회 말이오. 나는 처음 세 놈의 이름을 외워두었소. 왓슨, 그랜트, 네비스. 이자들은 밤늦은 시간까지 살금살금 기다시피 돌아다녔소. 허나 대문이 철컹하고 닫히는 소리가 들리면 곤봉을 들고 내게 덤벼들었소. 니가 로드릭한테 한 짓의 대가다, 한 놈이 말하더이다. 이건 로드릭네 과부 몫이고. 그래 뒈져라, 네놈들이 나를 죽이면 누군가가 네놈들을 처리하게 될 테니까, 나는 그렇게 말하면서 뒤쪽 치아를 뱉어냈소. 뭐 어쨌든 충치 먹어 까맣게 되어 있었을 테니까. 그런 다음에는 새로운 경찰이 일주일 내내 거의 매일 밤 찾아왔는데, 그때마다 처음 찾아왔던 세 놈 중 한 명이 관광 안내원처럼 붙어 있었소.

마지막 밤에는 네 놈이 찾아와서, 오줌내가 나는 바닥에 내 얼굴을 눌러댔소. 놈들은 수건을 접더니 그 안에 목욕 비누를 넣었소이다. 그러고는 그걸로 차례차례 내 등을 후려치며 이딴 노래를 불러댔소. 감자 하나, 감자 둘, 감자 셋, 넷. 나는 슬슬 이런 짓에 진저리가 나서 그랜트와 네비스더러, 진짜 화내기 전에 그만 꺼지라고 말했소. 놈들은 내가 자기들 이름을 기억해둔 걸 알고 충격을 받았는지 더 심하게 공격을 해왔소. 이틀 뒤, 두 놈 모두 며칠 동안 휴가를 냈더이다. 그랜트의 아내는 앞으로 다시는 왼눈을 못 쓸지도 몰랐고 네비스의 아들은 팔과 다리가 부러졌으니까. 네비스가 내 감방으로 오더니 직접 나를 죽여버리겠다고 하더군. 나는 네비스에게 아들 일은 정말 유감이지만, 이제는 열세 살짜리 딸의 처녀막이 터지지 않도록 특별히 주의를 기울여야 할 거라고, 엉뚱한 남자가 쑤셔댈 수도 있으니, 하고 말했소. 흑인이 하얗게 질리는 건 언제 봐도 우스운 일이라오. 놈들은 내 부하들이 기다리던 일반 구역에 나를 풀어주었소. 그때 내 주변에 있던 모든 이들은 어둠 속에서 숨을 죽이고 있었소이다. 처음에 나는 네비스의 아들 얘기가 퍼지는 바람에 다들 내가 너무 나갔다고 생각하나보다고, 아니면 그냥 내게 합당한 존경심을 보이는 거라고 생각했소. 헌데 녀석들 중 하나가 신문을 건네주더이다. 1면에 가수가 있었소.

저녁. 나와 파바로티는 늦었소. 나는 손목시계가 없지만 시간이 째깍째깍 흘러갈 때는 그 시간을 헤아릴 수 있소. 어렸을 때부터 할 줄 알았지. 우리 할아버지가 콜론 맨처럼 시간을 알아내는 방법을 알려주기도 했고 말이오. 아니지, 그 사람은 내 할아버지가 아니었소. 게토 남자에게는 할아버지가 없으니까. 그 사람은 그토록 늙은 나이가 될 때까지 홀로 살아남을 만큼 운이 없던, 그냥 콜론 맨 노래를 부르던 노인이었소. 하나, 둘, 셋, 넷, 콜론 맨이 온다. 하나, 둘, 셋, 넷, 콜론 맨이 온다. 놋쇠 사슬을 배에 부딪치면서 밤 밤 밤. 몇시인지 물어보면 눈을 들어 해를 본다네. 놋쇠 사슬을 배에 부딪치면서 밤 밤 밤.

파바로티가 멍한 표정으로 나를 바라보는구려. 내가 그 노래를 큰 소리로 불렀다는 걸 미처 깨닫지 못했소. 아무튼 저녁 7시 30분쯤이었을 거요. 우리는 바다 근처에 있었으니, 도망가는 태양을 못 보게 시야를 가리는 건 아무것도 없었소이다. 토니 파바로티는 천천히 차를 몰고, 나는 파바로티에게 빠르게 차를 몰라고 말하지 않고, 디스코 음악은 그 음악이 없었더라면 두 남자가 이야기를 나누어야만 했을 공간을 가득 채우고 있소. 처음에 나는 그 노래가 바티 보이의 바이브라고 생각했소만 그때 가사가 파고 들어오더군. 그건 진정한 그림자의 춤이었소. 빛이 떠날 준비를 하는 그 순간부터 우리는 그림자 춤을 춘다오. 어둠 속에서 벌어진 일은 결코 빛으로 돌아올 수 없소.

우리는 평화롭게 바다를 거슬러 달리고 나는 두번째 평화 콘서트가 어떻게 영국에서 태어나게 됐는지 생각하고 있소. 1977년은 전쟁 밖에 없었으니까. 콘서트는 단 하나의 사랑*을 요청했고 우리는 '함께 석'에 2달러, '사랑 석'에 5달러, '평화 석'에 8달러를 매겼소. 그렇게 해야 피부가 햇볕에 그을린 부자 백인 남녀도 원하기만 하면 겁낼 것 없이 올 수 있을 테니까 말이오. 물론 그럴 일은 죽어도 없겠지. 피부가 햇볕에 그을린 백인 남자는 평화를 원하지 않잖소. 그자들은 자메이카가 미국의 51번째 주가 되기를 바란다오. 제기랄, 뭐 식민지만 되어도 충분히 만족할 테고.

우리가 콘서트를 하는 이유는 초록색을 지지하는 지역이든 주황색을 지지하는 지역이든, 아직도 변기가 없는 곳이 있기 때문이며, 나무 막대와 돌, 총알을 피해 살아남은 보람도 없이 그냥 물 한 잔 마시고 죽는 애새끼들이 있기 때문이라오. 우리가 콘서트를 하는 이유는 세 명 중 한 명은 살면서 평생 한 번도 취직을 못하고, 그런 일이 꼭 게토에서만 벌어지는 것도 아니기 때문이라오. 우리가 콘서트를 하는 이유는 바빌론이 우리 모두를 잡으러 오고 있기 때문이라오. 가수는 돌아왔으나 가수 안의 뭔가는 바뀌어버렸소. 사람을 보기도 전에 일단 그 사람을 꽉 붙들고 보던 가수였지만, 이제는 일이초쯤 기다리고는 고개를 끄덕이고 자기 턱을 잡고서는 미소만 짓소. 누가 시작한 문장을 대신 맺어주던 가수는 이제 말을 꺼낸 사람이 말을 마칠 때까지 기다리고, 말하는 사람을 꿰뚫어 보면서 아무 말도 하지 않소. 이것만은 알아주시오, 나는 1976년 12월과 아무런 상관이 없소이다. 허나 나는 가수가 잠을 잘 때도 한쪽 눈을 뜨고 자며 그 한쪽 눈이 때때로 내게 향한다는 걸 알고 있소. 나와

* 콘서트의 타이틀이 '원 러브 피스 콘서트One Love Peace Concert'였다.

토니 파바로티는 바다를 떠나 맥그레거 배수로로 향하오.

콘서트. 나란 놈은 1976년의 평화 콘서트를 결국 보지 못했소. 허나 그 직후에 벌어진 전쟁은 보았다오. 그리하여 4월 22일에는 나란 놈이 콘서트에 있었소. 무대에 올랐다는 얘기요. 나란 놈은 시거와 맨리가 가수 머리 위로 첨탑 모양을 만드는 걸 지켜봤소. 사람들은 언제나 어떤 징표나 놀라운 기적을 찾지만, 징표에는 어떤 신호도 없고 놀라운 기적 속에는 놀랄 것이 아무것도 없는 법이오. 나란 놈이 절대로 잊지 않을 그자의 이름은 토시라 하오. 처음에 나는 이자가 우리 콘서트에 똥을 싸지르려고 온 줄 알았소이다. 정확히 뭔지는 모르겠으나 항상 신경을 거스르는 구석이 있는 자였소. 그러다가 그자가 누군지 알아냈다오. 허나 그자가 누구인지 알아낸 다음에도, 또 우리가 서로를 어느 정도 이해했다고 생각한 다음에도 그자에게는 약간 좆같은 구석이 있었소. 아마도 바빌론이, 특히 바빌론 경찰이 그자의 신세를 다른 두 사람보다 더 심하게 조져놓았기 때문이었을 거요. 가수가 돌아오기 겨우 한 달 전, 세관원이 공항에서 토시를 멈춰 세워 오랫동안 붙들어 놓았소. 그 세관원이 토시에게 속삭인 말은 이렇소이다. 나란 놈은 너를 쏴버릴 이유를 찾는 중이다. 나는 그자를 그렇게까지 원하지도 않았소, 그런 자는 절대로 긍정적인 바이브를 느끼지 못하기 마련이니까. 그자를 원하고 그자더러 오라고 설득했던 건 가수였소. 나란 놈은 가족들이나 가족들 사이의 문제에는 끼어들지 않는 사람이오. 이제 거의 한 달이 다 된 일인데도 나는 아직 토시가 기억나오. 토시는 누구도 자기를 잊지 못하게 하는 그런 자였소. 콘서트 직전에 토시가 말하더이다. 나는 절대로 피똥 지리는 콘서트 무대에 올라 연주하지 않겠어. 이 콘서트에 연루된 사람은 누구든 결국 죽게 될 테니까. 그자는 아직 더운 저녁인데도 머리끝부터 발끝까지 검은 옷을 휘감고 무대에 나타났소. 무슨 관료라도 되는 것처럼, 꼭 라스타를 위해 일하는 CIA라도 된 것처럼 말이오. 그자가 처음으로 사람들에게 했던 말은 피똥 쌀 카메라 따위 어디 갖다 치워버리라는 것이었소.* 억압의 장벽을 무너뜨리고 죄를 몰아내고 평등이 지배하도록 하는 건 말과 소리와 힘**이야. 그래 지금 이 순간에도 시스템이든 쉣스템이든 이 나라에 오랜 세월 오랜 시간 동안 지속됐던 뭔가가 있지. 400년이 지났는데 똑같이 마싸 마싸거리고 흑인의 열등함이니 갈색 피부를 가진 사람의 우월함이니 백인의 우월함이니 하는 게 이 조그만 검은 나라를 오랫동안 다스리고 있어. 그래 나와 나는 평범한 흑인들 사이에 존재하는 억압의 장벽을 무너뜨리고, 죄를 몰아내고, 평등이 지배하도록 지진 번개 천둥을 가지고 왔어.

그자가 처음으로 죽은 갱단의 단원에 대해 얘기했을 때 나는 어린애처럼 깜짝 놀랐소. 라스타의 떨림이 내 머릿속을 타고 흐르고 있었는데도, 나란 놈은 흑인 얘기는 한 번도 생각해본 적이 없었소. 아직까지도 남아 있는 플랜테이션을 지나 차를 몰아가면서도 말이오. 그자는 마지막으로 이렇게 말했소,

천국에 가고 싶다면 그야 우누(너)가 알아서 할 일이지만, 나는 여기에 10억 년이라도 있겠어.

믹 재거는 술 취한 염소처럼 이리저리 어슬렁거리며, 자랑스러워하는 아빠 같은 표정으로 이것저것 구경하고 있소. 나와 토니 파바로티는 길을 따라 내려가며 차를 몰고 있고. 방금 몇 분이나 놓친

* 1978년 평화콘서트 당시 토시는 무대에 올라 각 정당의 대표가 보는 앞에서 자메이카 사회의 문제점에 대해 30분 넘게 열변했다.

** 피터 토시의 백보컬로 활동했던 그룹의 이름도 '워드, 사운드 앤드 파워Word, Sound and Power'였다.

거지? 잠이 들었다가 깼는데 비행기가 아직도 공중에 떠 있는 것 같은 기분이오. 토니 파바로티는 아무 말도 하지 않고 있소.

– 아직 맥그레거 배수로로 접어들지 않은 건가?

파바로티는 그렇다고 고개를 끄덕이오. 내가 기억하기론 그렇소. 어쩌면 내가 그냥 피곤한 걸지도 모르겠소. 사태를 바로잡는다는 건 어려운 일이지. 범죄보다도 어렵소. 맥그레거 배수로에서는 언제나 똥냄새와 공장의 화학물질이 멋대로 방출된 듯한 냄새가 나오. 이 근처에도 사람이 살고 있긴 하다오. 이틀 전, 나는 이 근처 사람들에게 내가 오기 전에 동네를 비우는 게 좋을 거라는 메시지를 보내두었소. 사람들은 우리가 떠나고 난 다음에 돌아올 수 있소이다.

경찰은 녀석들 중 누구도 찾아내지 않을 테지만, 나는 찾아낼 거요. 지난 2년 동안 나란 놈은 일단 지켜보며 기다렸소. 놈들이 계집년들처럼 숨어 있는 걸 보았소. 가수가 돌아와 놈들을 진짜로 상대해줄 때까지 기다린 거요. 어떤 남자가 정글에 숨었다면 그 일에 책임을 져야 할 어머니가 있기 마련이오. 어머니들도 그놈의 모성애도 빌어먹을 것들이지. 여자를 죽이는 수많은 인간들이 어머니의 날을 기념한다오. 아무튼 어떤 엄마가 1년 넘게 아들을 자기집 찬장에 숨겨놨는데, 마침내는 그 어머니조차 이 일에 싫증이 나고 말았소. 1년 넘게 빵과 바퀴벌레와 치즈와 쥐와 함께 찬장 속에 쭈그리고 있던 레고 비스트 얘기를 하는 거요. 놈은 자기 이름이 드라큘라 백작이라도 된다는 듯이 밤에만 밖으로 나왔소. 뻔히 보이는 곳에 숨을 작정이라면 멍청이처럼 어머니한테 코카인을 사다 바치라고 하지는 말아야 한다는 교훈을 이 씨발것은 영원히 배우지 못했소. 내게 힌트를 준 건 조시였다오.

아침 7시 45분. 바빌론은 아직 잠들어 있소. 뭐 그들은 정의에 관한 문제에서라면 언제나 잠들어 있는 놈들이오만. 나란 놈은 그 씨발것을 처리할 때가 됐다는 말을 전했소. 씨발 멍청한 놈. 나란 놈은 두 사람을 보내 그놈을 찬장에서 끌어내고 어머니와 함께 데리고 나오라고 했소. 누가 뭐라 묻지도 않았는데 그 여자가 여기는 아무도 없다고 비명을 지르는 소리가 들리더군. 나 원 참, 여자들은 때때로 바보짓을 한다오. 부하들이 그 녀석과 녀석의 어머니를 내게로, 바로 내 대문 앞으로 데려왔을 때, 녀석은 햇빛에 눈이 부신지 눈을 깜빡이고 있었고 피부는 머리끝부터 발끝까지 하얀색이었소. 나란 놈은 이 둘의 존재로 내 집을 모욕하는 걸 원하지 않았고 그래서 길 밖으로 나왔소이다. 어머니는 애를 데려가지 마요, 애는 데려가지 마요 라고 고함을 쳐댔소. 나는 둘 중 누구에게도 할말이 없었다오. 허나 나는 그 녀석이 자기가 저지른 짓의 대가가 얼마나 큰지, 어떤 식으로 그 대가를 치러야 하는지 알게 해주고 싶었소. 찬장 속에서 한 해를 보낸지라 녀석은 더이상 자라지도 못한 것 같았소. 녀석은 뼈와 가죽뿐이었고 뭔가 구린 데가 있는 것처럼, 꼭 도마뱀처럼 나를 보더니 다시 땅을 노려보더이다. 사람들이 레고 비스트라고 부르던 녀석이 이렇게 된 거요. 나는 녀석이 입은 민소매 메시 셔츠와 청반바지를 보았는데, 바지가 너무 짧게 잘려 있었소. 녀석의 오른쪽 어깨에 앉은 딱지가 보였소. 레고 비스트는 다시 나를 보았고 나란 놈은 녀석을 찬찬히 바라보았소. 나는 놈을 잘 재어본 뒤, 빠르고 단단하게 주먹을 말아 쥐고, 도리어 녀석의 어머니 얼굴을 정통으로 후려갈겼소이다.

여자는 비틀거리며 뒤로 물러났고 녀석은 소리를 질렀소. 나는 여자가 너무 멀리까지 뒷걸음치기 전에 여자의 옷 앞섶을 잡아챘고 여자 얼굴에 곧장 한 번 두 번 세 번 더 주먹을 날렸소. 여자는 입술이 토마토처럼 터지며 무릎이 꺾였고 나란 놈은 그 여자가 길에 풀썩 주저앉도록 내버려두었소. 그리고 손가락을 단단히 모아서 여자의 오른쪽 뺨을 한 번 세게 후려치고, 다음엔 왼쪽을, 다시 오른쪽을, 또 왼쪽을 후려쳤소. 레고 비스트는 어머니를 부르며 고함을 쳐댔는데, 나란 놈이 손가락을 하나 들자 내 부하들이 놈을 개머리판으로 내려치고 불알을 터뜨려버렸지. 사람들이 구경하러 나왔소. 구경하고 싶다면 구경하게 둬야지. 파파-로의 훈육이 어떤 식으로 이루어지는지 기억하게 해줘야 되니까. 나란 놈은 다시 여자의 따귀를 쳤소. 왼쪽, 오른쪽, 왼쪽. 웬 여자가 파파 응 용서해주세요 라고 비명을 지르기에 나란 놈은 그 씨발년을 떨어뜨려놓고 내 부하한테로 걸어가 그자의 총을 받아들었소. 나는 그 여자에게로 곧장 걸어가서 이마에다가 총을 대고 말했소. 용서해줬으면 좋겠나? 피똥 쌀, 그럼 용서할 기회를 한번 줘볼까. 니가 와서 대신 벌을 받겠다면 저 여자를 용서해주지. 여자는 뒤로 물러나더이다.

나는 다시 여자에게로 걸어가 두 번 걷어찼소. 그런 다음 여자의 왼쪽 손을 잡고 저멀리, 여자의 뜰이 있는 곳까지 뒤로 질질 끌고 갔는데, 그러는 동안 사람들이 따라오더군. 녀석은 어머니를 부르며 고함을 치오. 그 여자가 움직이지 않아서 나는 다른 여자에게 피똥 싸지 말고 물이나 한 양동이 당장 가져오라고 하지. 그 여자가 빠르게 달려가 물을 가지고 돌아오오. 나는 그 물을 여자에게 붓고 여자는 고개를 주억거리며 기침을 하고 비명을 지르오. 나는 여자의 머리채를 잡고 여자가 내 얼굴을 볼 수 있도록 그 얼굴을 들어 올리오.

– 여길 떠날 시간을 30분 주겠다, 씬? 나란 놈은 다시는 널 보고

싶지 않아. 니 냄새를 맡거나 소리를 듣고 싶지도 않고, 씬? 널 보는 순간 너, 니 형제나 어머니, 아버지, 그리고 다른 애새끼들도 전부 죽여버리겠다, 씬? 30분 줄 테니까 피똥 싸지 말고 내 땅에서 나가, 그렇지 않으면 내가 씨발 저 새끼를 죽이는 모습을 보게 될 테니까.

그런 다음 나는 사람들에게로 돌아섰지.

- 그리고 잘 들어라. 너희 중에 누구라도 이 여자를 도우면, 너희 중에 누구라도 이 개년한테 말 한마디라도 걸면, 나란 놈이 네놈들에게도 얼마나 빨리 짐을 싸게 할 수 있는지 알게 될 테니까.

나란 놈은 그 빌어먹을 녀석을 가수에게 총을 쏘았던 다른 남자들과 같은 감방에 집어넣었소. 그중 한 놈은 이미 미쳐서, 혼잣말을 해대며 바지에 똥을 싸고 자기 머릿속에 있는 라디오가 자기가 죽었다는 사실을 믿지 않으려 든다는 소리를 하고 있소. 그놈은 낮이고 밤이고 떠들어대는데, 아침에는 푸른 불꽃으로 감싼 피부와 상어처럼 기다란 이빨을 지닌 벌거벗은 남자 더피가 밤새도록 자기를 뜯어먹으며 비명도 못 지르게 입을 막고 있었다고 말하오. 그리고 식사를 마친 더피가 입을 열어버리자 너무 걸쭉해서 젤리처럼 느껴지는 침이 자기 얼굴을 뒤덮었다는 거요. 내가 말했소. 쌍년아, 니 인생이 왜 이렇게 짧게 절단난 건지는 아냐? 놈은 이렇게 중얼거리더이다. 쟈는 살아 있다, 쟈는 살아 있다, 쟈는 살아 있다.

오후 3시. 나란 놈은 사람들에게 그 어머니의 집을 덮쳐 모든 걸 거리로 끄집어내고 바로 불을 질러 태워버리라고 말했소. 감옥에 가두었던 레고 비스트는 빌어대고 애원하고 흐느끼고 울부짖으며 조시 웨일스가 자기를 끌어들였고 자기들을 훈련시킨 백인 남자는 CIA였다고 말하오. 갈색 바지를 입고 밤에도 선글라스를 끼는 CIA

남자가 자기들을 저 위, 세인트 메리에 있는 덤불로 데려갔다고 말이오. 세인트 메리가 틀림없어요, 우리는 동쪽으로 가서 언덕을 올라갔으니까요, 그 사람이 우리한테 M16하고 M9를 장전하고 공이치기를 잡아당기는 방법을 알려줬어요. 총구를 안전한 방향으로 겨눈다. 공이치기를 젖히고 소총을 후퇴시킨다, 아니 공이치기를 젖히고 볼트를 후퇴시킨다. 장전손잡이를 앞으로 돌려놓는다. 안전 레벨을 변속 레버에— 아니, 변속 레버를 안전에 놓는다. 약실이 비어 있는지 확인한다. 탄창을 넣고, 탄창이 걸쇠에 물려 고정될 때까지 위쪽으로 민다. 탄창 아래를 위쪽으로 두드려 탄창이 잘 고정되었는지 확인한다. 볼트캐치 윗부분을 눌러 볼트를 해제한다. 노리쇠 전진기를 두드려 볼트가 최대한도로 전진해 잠겨 있는지 확인한다. 스피디 곤잘레스*처럼 말하는 그 남자 가 우리한테 C4로 뭘 해야 하는지 알려줬다고요, 네? 그냥 퍼티처럼 형태를 잡아주는 거야, 응? 그래 그렇게, 그리고 이 와이어를 퍼티랑 기게 접합부랑 뇌관에 넣고 그다음에 긴 와이어를 가지고 폭발하게 만드는 거야 니가 찰칵 하면 펑 하는 거지, 옴브레. 그리고 그놈들이 저한테 코카인이랑 헤로인을 줘서 그것 때문에 사람들을 죽이고 여자들이랑 남자들이랑 개들한테 박아버리고 싶어졌어요 하지만 헤로인을 하면 여자를 임신시키고 싶어서 미쳐버릴 지경이라도 자지가 서지를 않아요. 어떤 밤에는 그놈들이 우리를 아주 좁은 방에 가둬놓고 땀을 흘리게 했어요 왜냐하면 너희 씨발 자메이카놈들한테는 아무런 동기도, 아무 영혼도, 어떤 헌신적인 태도도 없으니까, 너희들은 볼리비아놈들이나 씨발 파라과이놈들하고는 완전히 달라 그놈들은 씨발 2주라는 시간 안에 씨발 너희 멍청이들이 2년 걸려서 배

* 애니메이션 루니 툰 시리즈의 캐릭터. 매우 빠르게 달릴 수 있으며, 과장된 멕시코 억양으로 말한다. 스페인어도 쓸 줄 안다.

우는 것보다도 훨씬 많은 걸 배웠다고. 그리고 셋째 주에 윌밍턴에서 커다란 국방무늬 여행가방 두 개를 들고서 비행기를 타고 온 자메이카 사람이 백인 남자의 어깨를 만지면서 말했어요, 쉬엄쉬엄 해 이 친구야, 칠랙스하라고 형제, 우리가 지금 하려는 건 혁명이니까, 그리고 그 사람은 조시랑, 피그스 만 일로 아직까지 화나 있다는 사실을 우리에게 알려주고 싶을 때만 영어로 말하는 스피디 곤잘레스랑 같이 자리를 떴어요. 조시는 그 사람하고는 스페인어로 말했어요. 네 조시는 스페인어를 할 줄 알아요, 정말이라니까요, 정말이에요 제가 들었어요. 조시가 하는 말은 믿지 마세요, 우리가 다 들었다니까요. 그리고 우리가 한 달째 훈련을 받고 있었는데, 군인 제복을 입고서 낮이건 밤이건 훈련을 받고 있었는데 어느 날 밤에 조시가 방으로 걸어 들어오더니 어떤 녀석 머리통에 총을 갈겨버렸어요, 그 녀석이 자기는 더이상 안 하겠다고 말했다는 이유만으로요. 조시는 스피디 곤잘레스랑 어딘가로 가버렸고 둘이서 오랫동안 이야기를 나눴어요. 그 둘의 이야기가 끝난 다음에 우리는 부두에서 짐을 하나 운반하려고 자정이 지나서 밖으로 나갔는데, 그 짐은 더 많은 총으로 가득 차 있었어요, 지금도 보이네요 파파가 들고 있는 그 총이요, 그 총을 포함해서 말이에요, 파파. 파파도 그 화물에서 나온 총을 가지고 있다고요. 그 백인 남자가 자메이카를 혼란에서 구할 수 있는 건 너희들뿐이니까 너희들이 신의 일을 대신해야 한다고 말했어요. 혼란에서 질서를 지켜. 혼란에서 질서를 지켜.

혼란에서 질서를 지켜
혼란에서 질서를 지켜
혼란에서 질서를 지켜
혼란에서 질서를 지켜
혼란에서 질서를 지켜

토니 파바로티가 그 녀석의 머리를 개머리판으로 내려쳤소.

처음 코카인을 준 순간부터 그 사람들은 내가 코카인을 너무 심하게 원하도록 바꿔놨어요, 쟈만이 아시겠죠. 한 줄만 더 받을 수 있으면 나는 똥구멍을 열고 백인 남자가 나한테 박아대게 할 수도 있었어요. 쟈만이 아시겠죠. 배심원한테 그렇게 말해봐. 나란 놈은 바티로 씹질이나 하는 얘기를 그만두게 만들려고 그렇게 말했소만, 그 얘기를 듣고 있자니 꽤나 당황스러웠다는 점만은 짚어두어야겠소. 놈의 입에서 나온 것 중 절반은, 말한 내용뿐만 아니라 말하는 방식은, 코펜하겐 시티에서 처음 만들어진 게 아니었소.

이 CIA 어쩌고 하는 일들은—멍청한 소리지요, 피터 나세르와 함께 여기 오는 모든 백인 남자들은 내가 다 지켜봤는데, 그중 한 놈도 자기가 CIA랑 일한다고 말하지는 않았으니까. 허나 그런 식의 거짓말을 듣다보면, 놈들에게는 그런 얘기를 지어낼 정신적 능력이 없다는 생각이 드오. 어린애가 입을 열었는데 그 입에서 나오는 건 텔레비전 소리 같더라는 얘기요. 그래서 나는 잠시 동안 좀 더 깊이 생각해보게 되었소. 어쨌거나 가수는 라스타가 CIA를 위해 일하지 않는다고 분명히 노래해왔으니 말이오. 내가 CIA에 대해 아는 것이라고는 그자들이 미국에서 왔다는 것과, 인민국가당보다 노동당이 이기는 걸 좋아한다는 것뿐이었소. 쿠바에서는 공산주의가 너무 심해져 어머니들이 벌써부터 자기 아기들을 죽이고 있으니 말이오.

허나 CIA가 이 일을 그렇게까지 심각하게 받아들이고 그 사람을 죽이려 드는 이유란 뭐란 말이오? 어쨌거나 그 사람은 정치인도 아니고 정부를 거느린 것도 아니잖소이까. 또 제임스 본드나 자기들이 데리고 있는 특수 요원을 보내면 되는데 왜 게토 출신의 무식

한 멍청이들을 보내느냐는 말이오. 나는 조시 웨일스에게 피똥 싸고 있네 이게 다 무슨 소리냐고 물었고, 조시는 나더러, 물에 빠져 죽게 생긴 놈은 어떤 지푸라기든 잡으려 든다는 것도 모를 만큼 멍청해졌느냐고 묻더이다. 꼭 내가 할 법한 말이었소. 그러더니 조시는 차를 몰고 나가더군. 이런 건 자기 같은 거물이 끼기에는 너무 어린애 장난 같은 일이라는 듯 말이오. 나는 조시가 방금 나를 멍청하다고 한 건 얘기하지 않기로 결정했소. 1966년에 두 손으로 조시를 꺼내준 사람이 내가 아니라는 것처럼 말이오. 그리고 조시가 언제나 잘난 체하기는 했지만 최근에는 나와 함께 있을 때에도 너무 거물처럼 군다는 얘기도 하지 않았소. 종자도 나쁜 그놈의 중국인 혼혈 몸뚱이를 원래 크기로 돌려놓지도 못할 만큼 내가 겁먹었다는 듯이 말이오. 나는 조시 웨일스를 보면서 그런 생각을 했지만 입 밖으로 생각을 내지는 않았다오. 나란 놈은, 자네가 그 총격 사건과 연루되었다고 말하는 사람이 저렇게 많은데 아무런 관계가 없다는 말을 어떻게 믿을 수 있겠느냐고 물었고 조시 웨일스는 이렇게 대답했소이다. 브레드렌, 내가 가수를 죽이려고 했다면, 그 쌍년은 지금쯤 죽어 있었을 거요.

내가 조시를 믿는지 안 믿는지는 나도 잘 모르겠소. 꽤 많은 흑인들이 가수를 싫어하지만, 그 사람들은 대부분 셔츠에 넥타이를 매고 듀크 가에서 일하는 자들이오. 내가 꺼림칙한 건 조시의 얼굴에 새롭게 감도는 무언가요. 내가 자기를 믿든 말든 상관하지 않는다고 말하며 쉭 소리를 내는 그 이빨 말이오. 조시가 스스로를 나 파파로를 능가하는 더 큰 배드맨이라고 생각할 때가 언제일지, 어느 해, 어느 달, 어느 날, 어느 시간에 그러할지 생각해보며 나는 머리를 긁는다오. 게토에 있는 수많은 깡패들이 그 사실을 알아채는 건 또 언제일지. 깡패들이 더이상 자기 자신을 루드보이라고 부르지 않는다는 걸 나는 나중에야 알게 됐소. 이제 놈들은 자기를 쇼타라고 부르더이다. 그리고 이젠 갱단을 파씨라고 부르더군. 또 놈들은 미국에서 오는 전화를 받고 있소. 며칠 전 밤에 나란 놈은 토니 파바로티더러 가수와 매니저에게 메시지를 전해달라고 했소. 맥그레거 배수로에서 만납시다, 그렇게 말했소이다. 이번 한 번을 끝으로 정의를 행하자는 말이었소.

우리는 맥그레거 배수로 아주 깊은 곳에, 너무 깊어서 악취조차 달라지는 곳에 있소. 레고 비스트와 다른 두 남자가 한데 묶여 있고 미친놈의 입에는 재갈을 물려두었는데, 놈의 말소리를 더이상 견딜 수 없어서 그렇게 해놓은 거요. 토니 파바로티는 놈들의 무릎 뒤를 한 차례씩 걷어차고 놈들은 바닥으로 쓰러지는구려. 다른 남자 둘이 파바로티와 함께 서 있소. 반대편에는 내 명령을 받는 여자 셋과 남자 셋이 있고. 평결은 그들이 하는 거지만 판결은 내가 내리는 거요. 그때 우리는 자동차 두 대가 다가와 멈추는 소리를 들었고 이윽고 라이트 네 개가 꺼지더이다. 내 부하 둘이 먼저 차에서 내렸소. 가수와 매니저가 그뒤를 따랐고.

온 세상은 사람들에게 정의가 있어야 한다고 말합디다. 그래서 우리는 그들에게 정의를 주려고 하오. 세상에는 우리를 동물처럼 대하는 바빌론의 정의밖에 없지만 말이외다. 맥그레거 배수로는 구멍이오. 빗물을 흘려보내 홍수가 나지 않도록 하는 게토 아래의 통로요. 허나 바빌론이 게토에는 쓰레기차를 보내지 않기 때문에, 모두가 도랑에 쓰레기를 버리고 그래서 비가 내리면 게토 사람들이 물과 쓰레기, 똥으로 범벅된 홍수를 겪소. 쓰레기가 너무 많아서 쓰레기 장벽이 만들어지지. 처음에 나는 이 법정이 쥐며 똥에서 벗어나려고 빠르게 평결을 내릴 거라고 생각했소만, 이 남자와 여자들은 완고한 태도로 바위 위나 나무 밑동에 자리를 잡았소. 나는 그들의 얼굴을 자세히 살폈고 그들도 나를 자세히 살폈다오. 그들은 심지어 가수나 가수의 매니저도 보지 않았소. 레고 비스트는 가수를 보자마자, 고함을 지르고 울부짖으며 무슨 영이 씐 것처럼 소리를 질렀고 나는 토니 파바로티에게 조용히 시키라고 말했소. 토니 파바로티가 개머리판으로 레고 비스트를 쳤소.

– 저들 셋은 호프로드를 따라 내려와 살인을 저지르려고 했소, 내가 말했다오.

– 제가 아니에요 파파, 제가 아니라 제가……

– 입 닥쳐. 사람들이 놈들을 봤고, 우리 중에 목격자도 있다. 허나 나는 자비로운 사람이다. 혼자 멋대로 처분을 내리지는 않아. 바빌론 법정은 좆같으니 우리만의 법정을 세운 거지. 여러분이 바로 그 법정이오. 여러분들이 판단하시오, 그렇게 하면 판결이 국민에 의한, 국민을 위한 것이 될 테고 아무도 파파-로가 마치 구약의 신이나 되는 것처럼 사람들한테 무턱대고 재앙을 가져다준다는 소리는 못할 테니까. 우리는 제대로 된 절차를 밟고 있소. 바빌론에는 아무 정의도 없소이다, 신사 숙녀 여러분. 바빌론은 자기들 편은 한 명도 잡지 않소. 바빌론은 다른 임무를 수행하는 중이기 때문이오. 허나 이제 내 말을 들어보시오. 지금 당장, 목격자들의 말과 기소당한 자들의 말도 들어보란 말이오. 저자들에게도 자기를 변호할 권리 정도는 있으니까. 어쨌거나 이곳은 어떤 자가 유죄인지 아닌지를 우리가 증명해내는 곳이지, 저자가 자신의 결백을 스스로 증명하는 곳은 아니란 말이오. 어쨌든 이 재판을 통해 저자들은 더 나은 취급을 받고 있는 거요. 총기법원으로 대표되는 바빌론 쉣스템에서

받을 수 있는 취급 그 이상인 거요. 하기야 총기법원도 사건이 법정까지 갈 수 있을 경우의 얘기지만. 법정에 다다르기 한참 전에 경찰이 저자들을 쏘아 죽였을 테니 말이오. 어쨌거나 그다음으로 우리가 아는 것은, 방아쇠 뒤에 사실은 바빌론이 있다는 것이외다. 거기, 매니저 선생. 그날 저녁에 무슨 일이 있었는지 얘기해주시오.

– 글쎄. 지금 보이는 바로는 그들 중 한 명이 있긴 하군요. 하지만 핵심 인물 몇 명이 보이지 않습니다. 전혀 보이지 않네요.

– 누가 안 보이는 거요?

– 그 사람은 여기 없습니다.

– 누구 말이오?

– 하지만 이자는 있었어요. 그리고 이자도. 그리고…… 그자를 밝은 데로 좀 들어올려 보여주십시오. 저자도 있었네요.

– 가수는 할말이 있소이까?

– 내가 가수와 나를 변호합니다. 부엌에 있었던 건 가수와 나밖에 없었으니까요.

– 알겠소.

– 저 젊은 남자가 방금 말한 내용을 짚어보는 게 흥미로울 것 같군요.

– 저자가 말한 무슨 얘기 말이오? 계속하시오.

– 뭐 잘 모르실지 모르겠습니다만, 저는 미군이었습니다. 1966년부터 1967년까지 복무했지요. 베트남 사태가 최고조에 이르러 있었을 때입니다.

– 지미 클리프가 〈베트남〉이라는 노래를 불렀었지.

– 네? 뭐, 네 그런 것 같습니다. 하던 말을 계속하자면, 그래서 저는 CIA의 작업 방식을 아주 잘 알고 있습니다. 덕분에 대사관의 특

정 부서 담당관이나 자문관, 직원, 그 외에 정장을 입은 백인 남자가 뉴 킹스턴에서 너무 먼 곳에 있는 걸 보면, 그자가 CIA인지 알아볼 수 있지요. 사실 제가 당신이었다면 네그릴이나 오초리오에서 보이는 백인 남자 말고는 어디서도 백인 남자를 믿지 않았을 겁니다. 아무튼 어쨌거나 문제의 그날에……

- 지금 아무도 그날을 문제삼고 있지 않소.

- 그냥 표현이 그런 겁니다. 무슨 뜻이냐면…… 어쨌거나, 저는 자메이카의 한 시설에서 휴식을 취하고 있었습니다. 휴식이 대단히 필요했거든요. 어떤 일 때문에 마이애미 행 비행기를 타러 갈 시간이었습니다. 저는 사건 다음날에 돌아왔는데, 그게 언제더라, 12월 4일? 그렇습니다. 아마 맞는 것 같네요. 아무튼 어디 보자. 처음에 저는 그 시설로 돌아가서 몇 가지를 좀 확인했습니다. 그런 다음에는 염소고기 카레를 좀 가지러 첸 하우스에……

- 그게 무슨 상관……

- 지금 말하려고 합니다, 신사님들. 그리고 숙녀님도요. 숙녀님들, 이라고 해야겠네요. 아무튼 저는 질 좋은 염소고기 카레를 좀 가지러 너츠퍼드 가에 있는 첸 하우스에 갔습니다. 거기에서 음반회사 사장을 태우러 쉐라톤 호텔로 갔는데, 그 사람이 거기 없더군요. 렌터카를 몰고 갔던 터라 차를 반납한 다음 제 차를 타고 호프로드 56번가로 갔습니다. 저는 항상 벽의 움푹 들어간 부분에 차를 세우니까 이번에도 그렇게 했지요. 밴드가 연습하는 소리가 들려서 저는 당연히 가수가 있는지 안을 들여다봤습니다만, 가수는 거기 없었습니다. 주방에 있었지요. 그래서 주방으로 갔는데 거기에 가수가 있었습니다. 자몽을 먹고 있었죠. 어쨌거나 가수와 저는 할 얘기가 좀 있었고, 그리고 글쎄요, 저는 자몽을 먹어본 지가 하

도 오래돼서 기억도 안 납니다. 그래서, 제가 그랬지요. 저도 자몽 한 조각 먹었으면 좋겠다고요. 그랬더니 가수가 저를 손짓해서 불렀습니다. 제가 자몽을 잡으려고 손을 뻗는 순간 우리는 폭죽이 터지는 것 같은 소리를 들었습니다. 당연히 신사분들, 그리고 숙녀님. 숙녀님들. 그때는 크리스마스 시즌이었으니 우리 모두가 폭죽 소리라고 생각한 소리에 별 관심을 기울이지 않았습니다. 가수가 어떤 피똥 쌀 놈이 내 집 마당에서 폭죽을 터뜨려? 뭐 그런 말을 했던 것 같습니다. 그 비슷한 말이었지요. 하지만 가수가 그 말을 끝내기도 전에, 그다음에 우리가 듣게 된 건, 조금 전보다 더 많은 탓탓탓탓탓 소리였습니다. 갑자기 저는 타는 듯한 느낌이 터져나오는 걸 느꼈습니다. 그리고 또 한번, 그리고 또 한번이 너무 빠르게 느껴져서 그냥 딱 한 발처럼 느껴지더군요. 저는 제가 총을 맞았다는 것조차 알아차리지 못했습니다. 총을 맞으면 총을 맞았다는 느낌이 드는 게 아닙니다. 그냥 다리가 타는 것 같은 기분이 들고, 그러다가 쓰러지는데 쓰러진 다음에도 이유가 뭘까 궁금해할 시간이 남아 있습니다. 제가 아는 거라고는 전 가수 앞쪽으로 엎어졌고 가수는 셀라시에 아이 쟈 라스타파리라고 말했다는 것뿐입니다. 모든 게 그냥 너무 빨랐어요. 너무, 너무 빨랐죠.

– 그럼 뒤에서 총을 맞았다는 건데, 누가 쐈는지 어떻게 알죠? 여자 중 한 명이 말했소.

– 기절했던 것 같습니다. 정신을 차렸을 때는 아직 주방에 있었고요. 저놈들이 쐈어. 저 사람 죽었나봐. 사람들이 그렇게 말하는 소리가 들렸습니다. 다들 제가 죽었다고 생각했으니까, 아무도 저를 일으켜세우려 하지 않았습니다. 왜냐면, 아시겠지만 라스타들은 시체를 만지지 않으니까요. 다들 줄곧 내가 죽었다고 생각했지요.

경찰이 나를 자동차 뒷좌석에 던져넣었어요. 내가 죽었다고 생각해서요. 병원에 가서야 간호사가 나를 보고는 말했지요. 죽었네, 라고요. 실제로 저를 들것에 태워서 영안실로 밀고 가려고 했습니다. 그러는 내내 저는 모두가 저에 대해서 이런저런 소리를 하는 걸 볼 수 있었고 그러면서도 아무것도 할 수 없었습니다. 어땠을지 한번 생각해보세요. 바하마 사람들한테 감사할 일이죠. 그 바하마 의사가 제 옆을 지나가다가 내가 한번 보지, 라고 말하더니 제가 아직 살아 있다고 말해줬어요. 총알은 네 발이었습니다, 신사님들. 한 발은 제 척추 밑 부분 바로 근처에 박혀 있었고요. 지금 제가 걸어다닌다는 게 기적입니다, 마이애미에 있는 의사들 덕분이죠. 뭐, 자메이카 의사나 간호사들이 해준 말만 듣고 가만히 있지 않았던 게 기적이랄까요.

– 가수는 지금까지 진행된 이 이야기에 덧붙일 내용이 조금이라도……

– 제가 가수 대신 말하는 겁니다.

– 가수도 누가 자기를 죽이려 했는지 알고 있소?

– 당연히 알죠. 그중 몇 사람은 개인적으로 알고 있습니다.

– 총알은 누가 쐈소?

– 한 발이 아니라 여러 발이었습니다.

– 총알 여러 발. 가수가 보기에도 총알 여러 발을 쏜 사람이 여기에 있소이까?

– 그중 세 명은 확실히 있습니다. 그런데 다른 사람들은 어디 있습니까?

– 다른 자들은 죽었소.

– 죽었다고요?

– 죽었소.

– 절대 그럴 리가 없는데. 적어도 그중 두 명을 평화 콘서트에서 봤습니다. 한 명은 심지어 무대 가까이에 있었어요.

– 무슨 말을 하시는 건지 모르겠구려. 여기에 세 명이 있고 이자들은 전부 자백을 했소.

– 입에 재갈을 물고 있는 이 녀석도요?

– 다른 두 사람이 이 녀석도 연관되어 있다고 말했소이다.

– 그놈들이 억지로 시킨 거예요, 대장! 레고 비스트가 말했소.

– 저자들과 조시 웨일스와 CIA가 어떤 가루를 써서 나한테 최, 최면을 걸었다고요! 나를 죽이겠다고 협박했어요.

– 재갈을 물고 있는 녀석한테서 들어도 됩니까? 매니저가 말했소.

– 그 생각은, 그렇게 좋은 생각이 아닙니다.

– 유감입니다만 꼭 그렇게 해야겠는데요.

– 꼭 그렇게 해야겠다? 그게 무슨 뜻이오?

– 저 사람이 하려는 말을 들을 수 없다면 우리 둘 다 떠나겠다는 뜻입니다.

– 토니, 저 녀석 입에서 저걸 빼주게.

토니가 재갈을 벗겼소. 녀석은 그저 침을 흘리며 장님이라도 된 것처럼 저녁 풍경을 똑바로 바라보더이다.

– 젊은이, 하고 싶은 말이 뭔가? 자네. 너 말이야. 지금 기회를 주고 있는 거 모르나?

멍청하고 멍청한 녀석. 그 녀석이 매니저를 보면서 말했소.

– 나는 내 몸을 통과해서 볼 수 있어. 곧장 통과해서, 곧장 통과해서 볼 수 있어, 레위기 민수기 신명기.

– 저 입에서는 제대로 된 말이 하나도 나오지 않을 거요, 나는 그

렇게 말하고 토니 파바로티에게 다시 재갈을 물리라고 몸짓을 했소.

- 아무튼 이중 한 사람이라도 봤소?

- 우리는 뒤쪽에 있는 저자를 보았습니다, 아무 말도 하지 않고 있는 저자를요, 매니저가 말했소.

- 이자는, 이자의 어머니가 1년이나 숨겨주고 있었소. 바로 우리 코밑에서 말이오.

- CIA가 우리를 속였어요. 기억이 하나도 안 나요. 내가 총을 쐈다고 어머니가 말해준 게 언제더라…… 저는 그제야 알았다고요. 지금도 기억이 안 나요, 쟈께서 아시겠죠.

- 잠깐만. 저자는 내가 아는 자입니다. 레고 비스트라고 하던데. 정글 출신이고. 거긴 우리 모두가 어린 시절을 보낸 곳에서 그리 멀지 않은 곳이죠. 저자는 우리 동네에 엄청나게 여러 번 왔는데, 어찌나 자주 들락거리던지 저도 알아볼 수가 있네요. 저는 그 동네에 별로 가지도 않는데 말입니다.

- CIA랑, CIA랑 조시 웨일스랑, 자메이카랑 아메리카를 섞어놓은 것처럼 말하던 다른 남자랑. 그 남자는 꼭 당신 같았는데. 왜 아무도 내 말을 안 믿는 거지?

- 토니, 이 쌍년 아가리 좀 닥치게 하게. 레고 비스트라고? 이자를 집 근처에서 보셨소?

- 한 번인가 두 번, 집안에서는 한 번도 못 봤는데, 대문 밖에서나 대문으로 들어오는 길에서는 봤지요. 한번은 우리가 저자와 저자의 브레드렌들하고 이야기를 해보려고 나간 적도 있었습니다.

- 우리라면?

- 우리 말입니다. 당신 눈앞에 있는 우리들. 저자와 저자의 친구랑 이야기를 해보려고 밖으로 나갔는데, 저자들은 자기들이 정글

출신이며 가수가 아니라 그 친구한테 볼 일이 좀 있을 뿐이라고 말했습니다.

– 알겠소. 나는 누구한테도 가수에게 다가가 귀찮게 해도 된다고 허락한 적이 없소이다. 내 허락 없이는 누구도 가수의 집 근처에 갈 수 없소. 가수에게 뭐라도 달라고 구걸을 했다면 더 나쁜 상황인 거고.

– 그랬던 것 같지는 않은데요.

– 제 말이 그 말이에요! 우리는 저 사람을 잡으러 간 게 아니라고요! 우리는 절대 가수를 잡으러 간 게 아니에요! 저는 친구가 있어서 개인적으로 갔다고요. 저랑 데무스랑요.

– 토니, 저 녀석한테 재갈을 물리라고 하지 않았나? 데무스가 누구냐?

– 데무스는 우리 중 한 명이에요. 그리고 위퍼랑. 제클, 아니, 헤클이랑. 조시랑.

– 저 녀석 입 좀 닫게 해.

– 조시? 매니저가 말했소.

– 됐어, 얘기는 이만하면 됐소, 내가 말했소.

– 목격자가 더 필요한 때인데. 미스 팁스?

여자 하나가 벌떡 일어섰소이다.

– 저 여자를 배심원으로도 쓰고 목격자로도 쓴단 말입니까? 매니저가 말하더군. 수다떠는 걸 아주 좋아하는 인간 같았소. 웃지 말아야 할 때 웃는 것도 좋아하고.

– 미스 팁스? 내가 말했고 여자는 일어나서 두 번 주변을 돌아보았지만, 가수를 보지는 않았소.

– 10시, 아니 11시 정각이었어요. 예배를 막 마치고, 주님을 찬

송하고, 창문 밖을 내다보았더니 하얀색 다트선이 끼익 소리를 내면서 막 올라오고 있더라고요. 네 사람이 내리는 걸 봤는데 그중에 한 명은 뒤에 있는 저 사람이었어요. 네, 제가 제 창문 너머로 제 두 눈으로 똑똑히 봤다고요. 그 사람들이 하얀색 다트선에서 내리더니, 갑자기 빛을 본 바퀴벌레들처럼 사방으로 흩어져 달려갔어요. 누가 저 사람한테 물어봤어요, 레고 비스트 옆에 있는 뒤쪽에 있는 사람이요. 미친 사람 말고, 저 사람. 누가 저 사람한테 총은 어디에 있느냐고 물어봤더니, 자기는 모른다고, 호프로드 바깥쪽으로 차를 몰고 나올 때 떨어뜨린 게 틀림없다고 그랬어요. 저 사람이 호프로드라고 말하는 걸 제 두 귀로 똑똑히 들었다니까요. 다음날에 저 사람 여자친구가 집을 떠났고 저는 그 여자를 다시는 못 봤어요.

다음번 목격자는 내가 일어나라고 말할 때까지 기다리지도 않았소. 그자가 일어나서 말하더이다. 제가 코펜하겐시티랑 에이트레인즈 두 곳을 모두 돌아다녀도 된다고 허락받은 사람인 건 다들 아시죠. 나란 놈이 바로 쇼타 셰리프한테 가서 이렇게 말한 사람입니다. 여기 있는 이자들이 가수를 쏜 자들이라고, 코펜하겐시티 사람 중에는 이 일에 책임이 있는 사람이 아무도 없다고요. 파파-로가 절대로 허락해주지 않았을 거라고 했어요, 그런 좆같은……

- 말 조심하게.

- 그런 미친 짓을 말이죠, 제 말은. 저란 놈은 이렇게 말했습니다. 그러니까 쇼타, 그자들이 더이상 노동당 땅에 없다는 건 확실해요. 그러니까 당신 영토랑 그 너머를 살펴보고, 놈들의 냄새를 찾아내시라고요. 이 미친 사람을, 그 먼 세인트 토마스에 숨어 있던 이자를 찾아낸 게 바로 쇼타 셰리프의 사람들이라니까요. 이자는 팬티 안에 총을 넣고 있었어요. 제가 쇼타 셰리프의 부하들한테 어떻

게 찾았느냐고 물어봤더니, 이자가 미니버스에 뛰어올라서 시골로 가는 바람에 경찰이 이놈 위치를 알게 됐다고 하더라고요.

– 직접 가수를 쏜 사람은요? 나까지도 쏴버린 그 깡패 말입니다.

– 그자는 죽었어요, 분명히 말씀드립니다.

– 나를 네 번 쏜 사람이요?

– 죽었어요.

– 정말 진지하게 이의를 제기합니다. 그자는 콘서……

가수가 매니저의 어깨를 건드렸소.

– 아. 알겠습니다. 아마 그게 최선이겠지요. 그럼 계속하시죠.

매니저는 입을 다물었소. 나는 가수가 입을 열 거라고 생각했소이다. 가수가 이야기해주기만을 바랐지. 허나 가수는 이미 내게 이야기를 할 만큼 한 셈이었소. 가수는 누가 자기를 쐈는지 알고 있었소. 나도 누가 가수를 쐈는지 알고 있었다오.

조시 웨일스.

자동차 두 대에 타고 있던 다른 자들은 모두가 보너스, 엑스트라, 몸의 일부일 뿐이지 심장도 머리도 아니었소. 우리는 이야기를 하지 않아도 많은 말을 한다오. 나는 가수를 바라보았는데 그를 또 한번 실망시킨 듯했소. 허나 분명 가수도 이 세상과 하늘과 행성들을 알고 있고, 그것들만이 틀린 것을 바루려는 게토 출신의 평범한 남자보다 거대한 존재는 아니라는 것도 안다오.

조시 웨일스.

나는 가수에게 말해주고 싶소. 틀린 것은 바른 것보다 2미터는 키가 크다고. 나는 가수에게 말하고 싶소이다. 해리를 잡을 수 없다면, 최소한 해리의 셔츠라도 잡아서 그거라도 붙들고 있어야 한다고. 가수에게 말하고 싶소이다. 나는 늙은이고 자네도 늙으면 자네

총도 전부 헛방을 터뜨리게 된다고. 가수는 나를 바라보면서 자기 심장을 조준했던 남자를 보고 있소.

조시 웨일스. 나는 문제의 남자가 이 세 사람 중에 있기를 바랐소. 그렇지 않을 거라는 걸 알고 있었으면서도 말이오. 당연히 사람은 자기를 죽이려고 했던 사람이 누구인지 알게 되어 있소. 영혼만으로도. 매니저는 뒤에서 총을 맞았지만 가수는 가슴에다 총알을 맞았소. 허나 그것조차도 나를 혼란스럽게만 한다오. 어째서 누군가가 가수를 쏘고 싶어한단 말입니까? 경마 사기를 당했던 그 녀석들조차도 가수의 친구에게 앙심을 품었지, 가수를 상대로 그런 건 아니었소. 가수는 나를 바라보고 나는 가수를 바라보고 우리는 둘 다 어떤 남자만은 우리 중 누구도 바라볼 수 없다는 사실을 인식하오. 나는 레고 비스트를 죽이고 다시 살려낸 다음 또 죽이고 싶소. 가수가 흡족해할 때까지 최소한 일곱 번은 그러고 싶소이다. 허나 그런 짓은 누구도 흡족하게 만들지 못하는 거요. 그리고 이 법정은 이미 장난처럼 되어버렸소. 가수가 떠나기 전에 나부터가 떠나고 싶어지오.

– 저는 가수를 쏘지 않았어요. 그의 아내를 쐈다고요. 레고 비스트가 말했소.

이 말이 끝나자 매니저까지도 조용해집디다. 우리 모두가 레고 비스트를 사납게 바라보는 동안 배수로는 조용해졌소. 레고 비스트는 그 말이 뭐라도 되는 양, 그 말이야말로 그때까지 남아 있던 지푸라기 중에 유일하게 잡아볼 만한 것이라는 듯 말했소. 내 생각은 바로 그때로, 한때 내게 파파, 저는 그 여자를 죽이지 않았어요, 그냥 강간만 했다고요. 라고 말했던 그 남자에게로 달려가오. 레고 비스트의 옆에 있던 남자가 웃기 시작하더이다.

– 아내를 쏜 건 밤–밤이야, 니가 아니고, 그자가 말하더군.

– 아냐, 내가 쐈어.

– 어디를? 내가 말했소.

– 당연히 염병할 머리를 쏘지 않았겠어요. 네, 머리를 쐈어요.

다른 놈이, 미친놈 말고 다른 놈이 웃기 시작하오. 저 깊은 곳, 내 심장을 한참 지난 어느 곳에서는 나도 거의 웃고 싶어지더이다.

– 아내의 머리를 쐈는데도 죽일 수가 없었다? CIA가 너를 두 달 가까이 훈련시켰는데 여자 하나도 죽이지 못했다? 우리가 영화에서 보는 그것들은 다 뭐란 말이냐? 남자 여덟아홉 명이 전부 기관총으로 무장하고 가서 사람 하나를, 무장도 안 한 남자 하나를 죽이지 못하는데 그게 무슨 좆같은 훈련이냐고? 사격장 오리처럼 스튜디오에 가만히 앉아 있으라고 훈련받았어?

그때 내 여자가 말했소, 하지만 파파, 당신은 생각을 하는 사람이잖아요.

나는 아내가 배수로 꼭대기에 서 있는 모습을 본 것 같아 그쪽을 보지만 아무것도, 나무 한 그루도 없더이다. 차가운 산들바람이 통로까지 쓸고 내려오는구려. 장담하는데 나는 그 바람이 우리 위에 잠깐 매달려 있다가 아래쪽으로 곤두박질치는 걸 볼 수 있었소, 산들바람에 색이 있는 건 아니오만. 그 노래도 라디오에서 뛰쳐나와 배수로 아래로 곤두박질쳤소. 가볍게 해. 밤을 틈타서 하는 거야. 그림자. 나와 토니 파바로티는 차를 타고 가고 있소. 아니, 나는 세 남자와 함께 택시를 타고 가고 있으나 그중 누구도 토니 파바로티는 아니오. 그래, 토니 파바로티는 가버렸소. 아니 토니 파바로티는 바로 내 옆에 있소. 아니 저기 배심원 세 사람 뒤에 있소. 우리는 맥그레거 배수로에 있고 파바로티는 바로 저기에 있소. 파바로티는 어둠 속을 바라보고 있고, 우리는 차를 타고 있지 않소. 가수가 바로 저기에 있구려, 가수랑 매니저요. 말을 하시오, 매니저 양반, 당신이 아직도 거기에 있다는 걸 내가 알 수 있도록 뭔가 잘난 체하는 말을 경솔하게 해대란 말이오. 나는 가수를 쏘지 않았어요, 그의 아내를 쐈어요, 레고 비스트는 아직도 이 말을 하고 있소. 잠깐 밖에 나갔다 들어와보니 내가 있을 때 하고 있던 것과는 한참 동떨어진 이야기가 진행될 때를 보는 것과 같은 기분이었소. 허나 나는 어디로도 가지 않았소. 나는 바로 여기에 있고 저 위에서는 바람이 위아래로 유령처럼 덮쳐오는데 나는 그 바람을 볼 수 있고 볼 수 없고 나는 그 바람을 보고 또 보지 않는 게 나뿐인 건지 궁금해지더이다, 바람은 날아가려는 영혼처럼 배수로 위로 솟아오르고 있소.

– 이 헛짓거리는 이만하면 됐소. 판결은 어떻게 내렸습니까? 유죄요, 무죄요?

유죄라는 말이 배수로를 울리며 터져나오는구려. 나는 처음부터 마지막까지 쭉 둘러보며 헤아리오. 하나……셋……다섯……일곱……여덟……아홉. 아홉? 다시 살펴보니 여덟 명이 보이는군. 나는 눈을 깜빡이오. 눈을 깜빡이고 떴을 때의 사이에 분명히 아홉 명을 보았고 예수처럼 생긴 아홉번째 사람을 보았소. 아니, 슈퍼맨처럼. 아니 CIA처럼? 눈을 깜빡여요 파파, 다시 깜빡여요, 깜빡여서 씻어내버려요. 그냥 깜빡여서 내보내고 평결을 통과시켜요.

– 본 법정은……

– 피똥 싸고 있네, 이건 법정이 아니야.

– 본 법정은 피고인에게 유죄를 선고한다.

– 당신은 염병할 법정이 아니잖아. 나는 재판을 원해.

– 본 법정은 피고인에게 유죄를 선고한다.

– 당신들 전부 씨발 좆같아. 당신하고 저 사람하고 저 사람도. 사람들한테 당신이 원하는 걸 하도록 강요하고 나서……

– 피고인 전부에게 사형을 선고한다. 본 법정은 개화된 법정이다.

– 꼭대기에 있는 놈들은 빠져나가고 가난한 사람만 고통을 받지.

– 너희들 때문에 지금 모두가 고통을 겪고 있다.

– 저 사람은 고통을 겪고 있지 않아. 저 사람은 지금 시온의 사자 같다고.

– 토니, 저 빌어먹을 놈을 이리로 데려오게.

토니는 재갈을 다시 레고 비스트의 입에 쑤셔넣고 놈을 끌고 온다오. 굳이 걷게 만들려고 하지도 않고, 벌써부터 시체라도 된 양 셔츠를 쥐고, 놈의 다리가 길 위에서 버둥거리게 두면서 그냥 끌고 오는 거요. 내게로 끌고 오고 있지만 나는 가수에게 고개를 끄덕이오. 나는 여자들이 떠날 거라고 생각했소만 그들도 남아서 지켜보더이다. 나는 처음으로 가수에게 가까이 다가가오. 가수는 내가 뭘 하려는지 알고 있소. 가수는 고갯짓 한번으로 네, 아니오라고 얘기할 수 있소만, 이번만은 내게 말을 해주어야만 하오. 정의가 그르쳐놓은 자는 우리가 그 정의를 어떻게 바룰지 선택해야만 하는 자이니까. 매니저가 길을 비키더이다. 이건 나와 가수 사이의 문제니까. 가수는 나를 바라보고, 나는 가수를 바라보고 잠시 나는 뭔가가 번쩍이는 걸 보고 쾅 하고 펑 하고 쉭 하는 소리를 듣소. 나는 남자 셋을 데리고 길에 나와 있지만, 그들은 파바로티가 아니오. 가수는 텔레비전 신호가 잘 안 잡힐 때처럼 들어왔다 나갔다 하고 눈에서는 불꽃이 번쩍이고 있소. 나는 그걸 떨쳐내오. 몸에 와닿는 산들바람이 느껴지지 않는구려. 꼭 바다에 나와 있는 것 같은 시원한 바람이오. 나는 그걸 떨쳐내오. 나는 그를 보고 그는 나를 보는구려. 내 등

뒤, 내 바지에 질러넣은 총. 나는 그 총을 뒤춤에서 꺼내 총구를 잡은 채 가수에게 건네오. 나는 가수가 자기 손으로 총을 받아들기를 기다리오. 나는 레고 비스트를 보고 가수를 보오. 가수의 손은 옴짝달싹하지 않소. 가수는 안 된다고 고개를 젓지도 않았소. 가수는 몸을 돌려서 걸어가버렸고 매니저가 바로 그뒤를 따라 깡충깡충 뛰어갔소. 가수가 자기를 위해 파파-로가 정의를 실현한다는 걸 알지 못한 채로 떠나버리는 건 원치 않았소. 가수는 아주 잠깐, 내가 방아쇠를 당겼을 때 멈추었소이다. 어느 곳에서, 어느 때에는 DJ가 말해준다오. 여러분, 주운비이 되셨습니까아아? 하고. 레고 비스트의 몸이 바닥에 납작하게 쓰러질 때나 내가 총을 다시 바지에 질러넣을 때에도 가수는 돌아서지 않았소. 레고 비스트는 바닥에 납작하게 쓰러져 있고, 머리 뒤쪽에 뚫린 구멍에서는 아기가 토할 때처럼 부글부글 피가 뿜어져나오오. 바람이 미국식 토네이도처럼 빙빙 돌고 있소.

우리는 바닷가에 있고 나한테는 바다의 소금 냄새가 느껴진다오. 허나 맥그레거 배수로는 바다 근처에 있지 않소. 가수와 매니저는 사라졌소. 언제 떠나버렸지? 눈을 깜빡이니까 사라졌더이다. 나는 다시 머리를 흔들어 떨쳐버리오. 자세히 보니 가수가 동화책에서 나온 듯한 곳에, 기다란 길을 따라 산으로 이어지는 백인 나라의 어느 방 침대에 누워 있는 게 보이오. 눈을 다시 깜빡이니 또다른 사람이 내게로 다가오는구려. 가수는 아니오. 이 사람은 거의 뼈밖에 없고 흑인이외다. 그는 내 바로 앞까지 다가오는데 그의 숨결은 대마초와 음식 냄새로 고약하오. 그는 이렇게 말하오. 반지 어디 있어? 황제 폐하의 반지는 어디 있느냐고? 니가 본 거 알고 있어. 그 사람이 그 반지 낀 걸 니가 봤다는 걸 안다고. 그자가 피똥 쌀 반지를 어디다

두었지? 지금 당장 내놔. 그자와 함께 다시 땅속으로 들어갔을 리는 없잖아, 내 말 안 들려? 피똥 쌀 반지 내놓으라고. 나한테는 그 반지를 가질 권리가 있어, 나한테는 이스라엘을 다스리시며 창조의 불길을 셰바 여왕의 배로 되돌려놓으시는 솔로몬의 아들 메넬릭 황제 폐하의 리비케이션에 대한 권리가 있다고, 그는 그렇게 말하며 내 바로 앞까지 다가오고 나는 그의 뒤쪽 너머를 바라보고 바람은 점점 더 차갑고 시끄럽고 폭풍처럼 거칠게 불어오지만 그건 폭풍이 아니오. 바다요, 내가 정말로, 정말로 세차게 몸을 떨자 그 모든 게 사라지고 맥그레거 배수로가 다시 깨끗하게 보이오. 내 총이 내 등을 문지르고 있소, 방금 발사해 아직 따뜻하고, 총열은 벨트 바로 아래에 있소이다. 방금까지 배심원이었던 두 남자가 다른 두 남자를 올가미에 걸어 끌고 가오. 소를 목장으로 끌고 가듯이. 그때까지도 여자들은 남아서 지켜보더이다. 나는 그들이 지켜보는 모습을 지켜보오. 어째서 여자들은 사악한 남자들이 하는 짓을 지켜보고 싶어하는 건지 알고 싶소. 어쩌면 여자들이 심판을 지켜보지 않는 한 심판이란 일어나지 않는 걸지도 모르지.

하지만 파파, 당신은 생각을 하는 사람이잖아요, 내 여자가 말하오.

내 여자의 목소리가 들리지만 보이지는 않소. 그들은 두 사람을 올가미로 붙들어 덤불로 데려가오. 북소리도, 기념식도, 음악도 없소. 그들은 밧줄의 반대쪽 끝을 같은 나무의 다른 가지 두 개 너머로 던져 넘기더이다. 어째서 하얀 놈이 여기 있는 거지? 어째서 저 사람들 뒤에서, 저 사람들을 바라보고 있다가 어째서 몸을 돌려 나를 보는 거지? 그가 나를 바라보니 산들바람이 더 차가워지오. 두 남자는 등받이 없는 높다란 의자 위에 서 있소. 떨고 있고 비명을 지르고 있지. 너무 세차게 떠는 바람에 의자까지 움직이는데, 의자가 움직일 때마다 그들은 비명을 지르오. 미치지 않은 놈은 목에다 힘만 주고 있으면 된다고 생각하오. 모든 근육에 단단하게 힘을 주고 있으면 의자가 쓰러져도 죽지 않을 거라고 생각하는 거요. 그자가 어떻게 생각하는지 내가 어째서 아는지는 모르겠지만 그게 바로 놈이 생각하는 것이고 나는 그냥 아는 거요. 허나 하얀 놈이 그들을 바라보고 있소이다. 그는 밧줄을 위아래로 훑어보며 나를 보고 있고 나는 뛰어내려 넌 누구냐, 하얀 놈아? 누구냐고? 가수를 따라왔나? 어떻게 이렇게 멀리까지 왔지? 라고 소리치고 싶소. 허나 나는 말을 할 수가 없다오, 단 한마디도. 다른 사람들 중에는 하얀 놈이 갑자기 자기들 가운데 나타났다는 것처럼 구는 자가 한 명도 없소. 아무도 그놈을 보지 못하오. 잘 모르겠지만 그놈은 사람들을 보고 나를 뚫어지게 보고 있소. 토니 파바로티는 기다리지 않소이다. 여자들이 지켜보고 있소. 어쩌면 저놈은 더피일지도 모르겠군.

토니 파바로티가 첫번째 의자를 걷어차자 놈은 1미터, 아마 120센티미터쯤 떨어졌소. 몸을 홱 젖히며 숨이 막혀 세차고 거칠게 몸을 흔들어대다가 다른 자의 의자를 쓰러뜨려버렸고, 다른 자도 마찬가지로 떨어져 죽었소. 그들은 이리저리 흔들리고 몸부림치고 있고 밧줄에서는 끼익대는 소리가 나고 나는 그들을 바라보고 그들 사이의 하얀 놈을 바라보고 내 목이 불타오르고 잘리고 피를 뿜기 시작하고 풍선에 점점 물이 차오르는 것처럼 피가 머리뼈 속에서 쿵쾅대고 있소. 놈들은 아직도 몸부림을 치오. 이건 카우보이 영화의 부작용이오. 사람들은 음악이 끝나자마자 교수형도 끝날 거라고 생각하지. 허나 목이 부러지지 않는 한 교수형은 아주 오래, 오래 걸릴 수가 있소. 지금 교수형은 너무 오래 지속되고 있고, 여자들은 어둠 속으로 뒷걸음질쳐 멀어지기 시작했소. 두 남자의 머리가 피로 가득차 부풀기 시작하오. 허파는 공기에 굶주린 나머지 모든 걸 포기해버리고 둘 다 몸부림을 멈추었소. 그러고도 둘 다 아직 죽지 않은 거요. 나는 알고 있소. 어떻게 아는지는 모르겠지만 안다오. 알고 있소. 나는 그자들의 안팎을 느끼고, 그냥 그자들의 목을 지켜봄으로써 알고 있소.

하얀 놈은 아직도 거기에 있소. 하얀 더피. 나는 눈을 깜빡이고 그는 나와 함께 자동차를 타고 있소. 알고는 있으나 기억은 할 수 없는 다른 두 남자와 함께, 우리는 길에 올라 있소. 바다 너머로 이어진 다리 위에 말이오. 허나 운전을 하는 건 파바로티가 아니라 다른 남자요. 내가 1년 전에 멍청한 말을 한 마리 산 적이 있는데, 그 말이 지금까지 한 번도 경마에서 이기지 못했다는 농담을 그자가 해댔기에 그자만은 기억하는 거요. 허나 그건 말이 되지 않소, 내가 말을 산 건 겨우 일주일 전이니까. 허나 내가 말을 하면 아무도 듣지 않소이다. 나는 자동차 안에서도 말하고 있고, 자동차 안에서 말하는 나 자신의 모습이 내게도 보이고, 내가 그 말에 대해서 뭐라고 말하는지도 들리고, 나는 말을 산 건 겨우 일주일 전이라고 나 자신에게 말하고 있으니 말이오.

이제 시체들은 바람이 불어올 때마다 흔들리지만 한편으로는 미동도 없소이다. 다들 가버렸고, 여자들도 가버렸고, 그 남자들도 가버렸고, 밤도 가버렸고, 하늘은 회색이고 갈매기들이 비명을 질러대오. 그리고 내게는 하얀 놈이 보이지 않소. 우리는 차를 타고 있소. 지금 우리는 차를 타고 있지만 차는 오래전에 멈춰버렸소. 우리는 맥그레거 배수로로 가고 있소이다. 우리는 무슨 축구 경기장에 갔다 오는 게 아니오, 내가 경마 생각을 하는 건 차에 타고 있는 로이드와 놈이 훈련시킨 말 때문이라오. 아니, 그건 1978년 4월 22일인데. 나는 놈들을 목매달아 죽인 날을 절대로 잊지 않는단 말이오. 아니 1979년 2월 5일인데. 나는 그 멍청한 축구경기 날짜를 절대 잊지 않소. 왜냐하면 나는 로이드와 함께 로이드가 내 말을 어떻게 훈련시키고 있는지를 이야기하고 있었으니까 말이오.

아니 잠깐. 테이프 좀 감아보아야겠소. 똑바로 정리가 안 되는군.

회색 구름은 무겁고, 곧 비가 내릴 것 같소. 트레버, 방죽 길에만 도착하면 피똥 싸게 왜 항상 이렇게 빨리 달리는 거야. 낯이 무서워서 도망치는 건가?

저 녀석 아시잖아요, 보스. 포트모어를 떠나고 싶어서 안달이 나 있는 겁니다.

안달이 나 있다? 잠깐, 그 여자 이름이 클로데트였나 도카스였나?

하하, 보스도 아시네요, 그 포트모어 여자들은 그냥 흡혈귀라니까요.

그년들한테 목 물어뜯기는 건 그만하고, 애새끼들한테 시간 좀 쓰는 걸로 변화를 줘보지 그러나. 어때?

제법인데요, 보스! 제법이시네.

온통 여자 얘기뿐이라니, 이 차에는 왜 남자밖에 없는 거야? 쵸!

돌아가서 두 명을 확인해볼 수도 있죠, 보스. 클로데트하고 도카스라는 애들 말입니다.

싫어, 트레버가 먹다 남은 걸 어디 들이대. 그년들은 아주 엉망이야. 지금은 아무짝에도 쓸모가 없어.

워오이, 보스, 농담이 심하신데요.

파파, 저한테 왜 그러세요? 그리고 걔네 이름은 럴린하고 밀리센트라고요, 클로데트랑 도카스가 아니라.

클로딘과 도센트겠지.

럴렌트랑 밀리센.

하하.

네놈들 전부 미쳤군. 로이드, 뭔가 말이 되는 소리를 좀 해보게.

이런 썅. 보스. 파파.

브레드렌, 왜 속도를 늦추는 건가?

보스…… 보세요.

피똥 쌀 저게 뭐야?

네 사람입니다, 보스. 바빌론이요. 오토바이 세 대가 주차돼 있고, 경찰이 네 명입니다. 빨간 줄무늬가 있는 놈들인데요. 멈출까요?

아니. 오다가 주차된 자동차 본 사람 있나? 좀만 있으면 누가 뒤쪽에서 이리로 올 거야.

자동차는 기억 안 납니다.

그럼 우리 뒤에 있는 저건 뭔가? 쵸 피똥 쌀, 로이드, 합석 공장까지는 얼마나 남았지?

100미터쯤 남았습니다, 보스.

근데 잠깐 멈출 곳이 아무데도 없어요.

우리 뒤쪽 차가 멈춥니다, 보스.

경찰이 얼마나 되지? 저쪽 셋 말고, 차에서 나오는 놈들이 얼마나 되느냐고?

아무도 안 내리는데요. 차 세울까요?

속도만 좀 낮춰. 제기랄 피똥 쌀 제기랄.

세우지 않으면 놈들이 이 차를 총알로 샤워시킬 겁니다.

오토바이 세 대에 사람 넷밖에 안 되잖아.

그 넷이 AK를 들고 있으니까 그렇죠, 파파.

후진해서 뒤로 돌려.

쉽게 따라잡힐 텐데요, 보스.

뭐하겠다고 우리를 잡는다는 건가? 차에 뭐가 있는 것도 아닌데.

뭘 하든 우리를 총알자루로 만들겠죠, 보스, 저기 저놈이 메가폰을 들고 있습니다.

잠깐. 아는 놈이다.

차 세우고 손들고 나와.

트레버, 트레버 차 세워. 시동은 끄지 말고.

불심검문이다. 손들고 차에서 나와.

파파, 차에서 나오지 마세요. 차에서 나오지 마시라고요.

불심검문이다. 피똥 쌀, 손들고 차에서 내리라고.

파파, 느낌이 안 좋다고요, 스타. 차에서 내리지 마세요.

히봐, 네 번 경고하지는 않겠다. 피똥 쌀 차에서 내려, 파파-로.

이-이게 무슨 일이오, 경관?

파파, 저놈들이 파파인 걸 알고 있잖아요?

경관, 이게 무슨 일이냐니까?

당신 눈엔 내가 지금 대화를 하자는 걸로 보이나? 당신과 당신 부하들은 차를 비워야 한다.

브레드렌, 후진으로 기어 돌려.

뒤차를 들이박으라고? 넌 바보냐 뭐냐? 파파, 어떻게 할까요?

여기 무기 가진 놈 있나? 나는 38구경 한 자루 있는데.

전 없어요.

저도요.

저야 말 치는 사람이잖아요, 보스.

제기랄.

파파, 내가 나호라고 다섯번째로 말할 경후 벌어질 힐이 별로 마음에 들지는 핞을 텐데.

파파?

차에서 내려. 나가고 있소, 경관. 보시오, 우린……

당신 같은 자들과는 햬기 안 한다. 내려서 거기 덤불 옆에 그대로 서 힜는다. 그래 길 건너에 그 덤불, 멍청한 새꺄.

진정할 수 없겠나, 친구.

내가 홰 니 친구냐, 쌍년아. 내가 너 같은 걸 겁낼 줄 할아?

겁 내는 게 좋……

트레버, 입 닥쳐. 어디로 가면 되겠소, 경관?

넌 피똥 쌀 귀가 먹은 거냐, 뭐냐? 천천히 말해줘? 자동차 근처에서 떨허져, 차를 수색해야 하니까. 횐쪽으로 히동해서 길 옆에 있는 햐생 덤불 바로 핣쪽까지 걷는다.

파파, 파파 생각엔 저놈들이……

입 닥쳐, 로이드, 그냥 맘 편히 먹으라고.

당신, 파파-로 향반. 후리가 히 저녁에 널 왜 불러 세웠는지 하나?

나란 놈은 바빌론이 원하는 일은 아무것도 안 하고 있소만.

글쎄 후리가 히 밤이 가기 전에 힐단 혜의범절을 좀 가르쳐줘야겠다.

말조심하시오, 경관.

경사님, 여기에 뭐가 있는지 보면 깜짝 놀라실 겁니다.

차혜?

차혜요. 라디오를 가지고 있는데요.

라디오라? 게토놈들 차혜? 그게 말히나 되나? 틀허봐. 잠깐, 소리 높여봐…… 더 크게. 그거 물건인데. 경장, 디스코 출 줄 아나? 애무해줘, 밤 저 너머까지 나를 애무해줘, 섀도 댄싱.

하하, 노래 가사가 그게 아닌데요, 경사님.

지금 나한테 노래를 가르치겠다는 거야? 허젯밤에 너랑 나랑 턴테이블 클럽에라도 갔었냐?

어젯밤에요? 어젯밤은 통행금지였잖습니까, 경사님.

힙 닥쳐. 형사, 그동안 저 놈들 넷 몸수색 좀 해주겠나? 서두르라고. 자지랑 궁둥이도 좀 두드려줘, 저 게토놈들은 후리가 너무 멍청해서 거긴 확인 안 할 거라고 생각하니까. 파파-로부터 뒤져. 그래 힌마, 애무해줘, 밤 저 너머까지 나를 애무해줘, 섀도 댄싱, 어쩌고 저쩌고 어쩌고오오 저쩌고, 더 애무해줘, 더 더 더 애무해줘, 섀도 댄시이이이이잉 어쩌고 저쩌고 어쩌고 저쩌어어고. 그래, 힌마, 헌제부터 혀자들이 좋아할 만큼 디스코를 그렇게 잘 췄다고 그래. 형사, 거기 힜는 놈들 중에 섀도 댄스 추는 놈은 하나도 없나?

하뇨, 경사님. 하지만 눈이라도 깜빡하시면 놈들이 발악하는 모습을 포착하게 되실지도 모릅니다.

경장, 차헤는 하무것도 없고?

하무것도 없습니다, 경사님. 하무것도요. 어떤 놈이 조수석 밑에 숨겨놔야겠다고 생각한 38구경 권총 하나 말고는 아무것도 없는데요.

히런 피똥 쌀, 38구경? 바닥에? 그거 당신 하냐, 파파? 당신 같은 촌놈 치고 정직한 짓은 하닌데. 저 총 원래 누구 꺼야, 당신 허머니 건가? 형사 가서 총 한번 살펴봐, 그동안 나랑 순경이 저 네놈들을 지키고 있을 테니까. 진짜로 38구경인가?

후리 힘신한 마누라 배만큼이나 진짜입니다, 경사님.

히런. 38구경이라니. 그러고 보니까 한 가지가 궁금해지는데 말이야, 경찰 여러분. 혀기 히 38구경. 히게 파파-로랑 그 패거리들이 경찰한테 쏠 때 쓰는 총 하닌가.

알기 어렵습니다, 형사님.

글쎄, 힌마, 기억 안 나? 파파-로랑 파파-로 패거리 셋이 단순히 불심검문을 하려던 경찰한테 총을 쐈었잖아. 너희 넷, 손들어.

저는 기억 한 납니다.

잘, 혈심히 생각해봐. 형사, 지금 내가 무슨 말 하는지 감잡은 것 같은데. 파파-로가 경찰한테 총격을 가했던 게 기억이 한 나? 바로 히 38구경을 가지고 총을 쏴대서 불쌍한 경찰들한텐 선택의 혀지도 한 주고 마주 사격을 하게 했잖아?

헌제 그랬는데요?

지금. 쏴!

놈은 내 38구경 총을 쏘았고 총알이 내 입술에 구멍을 내고서는 치아 두 개를 터뜨리고 혀를 쓸고 지나가 화상을 입히고 머리 뒤쪽으론 공기가 훅 들어오게 하고 피는 밖으로 훅 빠져나가게 하지만 우리는 그냥 사람 둘을 매달았을 뿐이었소. 그래 우린 그냥 두 사람을 매달았을 뿐이었는데 그 예언자 신이 나한테 피똥 쌀 반지는 어디 있느냐고 가수가 손에 뭘 끼고 다니는지 내가 안다는 듯 물었소 이다 YKK* 가슴 아래쪽의 지퍼 하나 둘 셋 넷 다섯 여섯 일곱 여덟 그리고 자기집에 피터 토시가 무릎을 꿇고 있구려 총알 한 발이 여자 입으로 들어가서 그 여자 치아를 뚫고 길을 낸 다음에 레포**가 토시 이마에다가 총을 대고서는 탕 하고 또 탕 두 발을 더 쏘고 라디오에 나오는 남자와 그 남자 바로 뒤에 있는 다른 남자에게는 한 발을 그 총알은 거기에 영원히 머물겠지만 지금 총을 맞는 건 나로

---

* 지퍼를 발명한 회사.

** 피터 토시를 살해한 인물. 본명은 데니스 로번(Dennis Lobban).

군 내 다리 사이에 피와 오줌으로 된 강이 만들어지고 칼턴 나란 놈에겐 니가 보인다. 리듬을 타는 칼턴 니 뒤에서 아내가 너를 죽일 남자를 보지로 조여대고 있는데, 칼턴! 그리고 가수한테는 더이상 머리카락이 없소 가수는 침대에 가수는 하얀 놈에게서 주사를 맞고 그놈 이마엔 독일 히틀러의 문양이 찍혀 있소 총알이 탕 내 손가락을 떨어뜨리고 내 왼쪽 손바닥에 예수 그리스도처럼 표적을 남기고 고통은 없소 그냥 빠르게 타들어가는 느낌 내 몸에는 24개의 조그만 불길이 있지만 공기가 내 몸을 뚫고 지나가 내 몸이 휘파람 부는 소리를 듣소 트레버와 로이드가 총알 춤을 추고 휙 휙 휙 하고 몸을 돌리고 홱 틀고 비명을 지르고 기침을 하고 발작을 하듯 몸을 떨고 총알이 그들을 뛰어오르게 만들고 나도 뛰어오르고 나는 멀리서 터지는 폭죽처럼 총알을 뛰어넘고 피가 내 목에서 말을 하오 내 입은 열리지 않아 죽음의 천사가 가수 어깨에 앉아 있소 천사는 하얀 놈 나는 벌써 그놈을 봤소 나는 이제 알겠소 시거와 맨리처럼 무대에서 있는 저 사람을 보시오 가난한 사람들에게 달콤한 약속을 했지 그런 다음에 내 목에서 와작 소리가 나는군 나는 총알 춤을 추는 나 자신을 보오 위층 자리에서 연극을 보듯 높이 올라가 점점 더 높이, 방죽길과 바다 위로 높이 그리고 다가오는 일곱 대의 자동차 위로 높이 그 자동차들은 모두 파리떼처럼 몰려들어 경찰들이 밖으로 나와 모두 가까이 걸어와서는 총을 쏘는구려 한 발 두 발 세 발 나는 바닥에 쓰러지오 아스팔트 속으로 가라앉고 또다른 경찰이 총을 쏘오 두 발 저 씨발년을 잡아 이젠 대단한 배드맨이라고도 못 하겠군 또다른 경찰 또다른 경찰 또다른 경찰이 탕 탕 탕 이제 일어나서 우리를 쏴봐 어때 썅년들아 강도 새끼들 그리고 경찰은 무전기에 대고 방금 우리가 누굴 처치했는지 알아라고 말하고 더 많은 경찰이

오고 모두가 그들에게 공을 돌리고 한 놈은 내 목을 겨누고 탕 이 놈은 내 무릎을 노리고 탕 그리고 이놈은 내 불알을 노리고 탕 어떻게 차가 한 대도 지나가지 않을 수가 있는 거요 차가 한 대도 없소 경찰 저놈들이 길을 막았소 멀리서부터 놈들은 내가 오고 있는 걸 알았던 거요 게토에서 누군가 정보원 노릇을 한 거요 놈들에게 내가 오고 있다고 말했고 트레버는 동쪽 멀리로 얼굴이 젖혀졌고 로이드는 가슴과 배가 터져버렸고 내 머리는 반으로 쪼개졌으나 내 심장은 아직도 뛰고 있고 또다른 경찰이 허리를 숙여서는 이건 세베르 몫이다 하더니 그대로 심장을 쏘아버리고 심장은 터져 죽어버리고 그다음에 놈은 일어나 자기 차로 돌아가고 다른 경찰들도 자기 차로 돌아가고 나란 놈은 점점 더 높이 올라가고 있지만 아직도 길 위에 있고 놈들이 모두 줄지어 경찰차를 타는 게 보이고 놈들은 나를 내버려두고 놈들은 사이렌을 켜고 떠나오 사람들이 길을 비키도록 놈들은 모두 합쳐 한 마리 동물인 것처럼 떠나오 사이렌이 달린 뱀 말이오 뱀은 보안부 사무실이 있는 블록으로 가 블록을 한 바퀴 돌고 돌고 돌고 그러는 내내 크게 웃고 나는 모든 걸 다 볼 수 있소 위에서도 아래에서도 그리고 내가 조시 웨일스를 구해주었던 1966년 첫번째 총이 10년 전 피터 나세르에게 어떤 일을 벌였는지도 내가 실수로 그 남학생을 죽여버렸을 때나 코펜하겐시티와 에이트레인즈 사이의 회색지대에서 무슨 일이 일어나는지도 나란 놈이 아직 뭐라도 할 수 있고 크게 소리 지르기만 한다면 뭐라도 바꿔볼 수 있다는 듯이 됐소 발가락을 잘라내 건너뛰어 발가락을 잘라내 피똥 쌀 멍청한 라스타 말은 듣지 마 놈은 그냥 수연통으로 니 피를 빨아내고 있는 것뿐이야 발가락을 잘라내고 나치가 니 몸을 만지도록 놔두지 마 허나 하얀 놈은 길 건너에 서 있고 그놈은 내가 알기도 하고 모르기도 하는 하얀 놈이오 그놈이 덤불 너머로 길 바로 옆을 건너다보고 있고 작은 늪 그 작은 늪에는 헤엄치고 있소 총 맞아 흐르는 피는 없군 좋아 그럼 저 사람을 쫓아가는 악어도 없겠군 그리고 그 사람은 수영하고 수영하고 수영하다가 고깃배가 그 사람을 보고 모터를 켜 건너와서 그를 건져내고 그는 안으로 기어들어가고 몸을 떨며 자기가 한 일이라고는 택시를 몬 것밖에 없다고 고함을 지르고 있고 어부는 멀리로 배를 몰아가고 나는 더이상 심판을 하겠다면서 배수로에 있지 않고 나는 애초에 배수로에 없었소 그건 일년도 더 지난 일이오 모든 일은 일년도 더 전에 끝나버렸소 그리고 그 모든 일은 내 머리에 총알이 박히고 내 심장에 총알이 박히기까지 그 짧은 찰나에 벌어진 거요 내가 살면서 마지막으로 한 모든 일들이 그때 한꺼번에 일어났고 지금도 일어나고 있고 연달아서 일어나고 있고 또 동시에 일어나고 있기도 하지만 저기에 트레버가 아직도 피를 쏟아내고 있고 로이드는 목에서 죽음이 끓고 있고 거기에 나란 놈이 있소, 신사들이여. 거기에 나란 놈이 있소이다.

알렉스 피어스

가볍게, 밤 내내 가볍게 하는 거야. 그게 퍽이나 되겠다. 그 씨발 노래 좀 끊어버리라고 빌어먹을, 무슨 개 씨발, 계속 이딴 짓거리를 하면 결국 움직이게 될 거야, 몸을 움찔하든지 아니면—모르겠다, 아 씨발 모르겠어—그러면 저자도 알게 될 거고 너는 씨발 살인 현장에서 생을 마감하게 될 거라고, 니 주위엔 분필선이 그어져 있을 거고, 끝내주는군. 이 모든 게 그 좆같은 노래가 땀에 젖은 폴리에스테르 궁둥이를 니 머릿속에서 흔들어대는 와중에 잠에서 깼기 때문이라니. 조만간 어떤 노예 주인분께서 이 동네에 유일하게 살아 움직이는 백인이 된 대가를 치르게 생기셨네요. 내 우뇌는 이렇게 말한다. 최소한 니가 미끼를 문 데에는 〈디스코 덕〉보다 큰 대의명분이 있잖아. 나는 아직 잠들어 있는 건지도 몰라. 틀림없어. 베개에 손가락을 대고 하나씩 두드려보자. 손가락이 네 개면 꿈, 다섯 개면 현실인 거야. 하나 둘 셋 넷 다섯.

좆됐네.

아니, 지금 이게 현실이라는 꿈을 꾸고 있는 중이라면? 내가 꿈속에서 또 꿈을 꾸고 있는 거라면? 그게 바로 사람이 죽을 때 일어나는 일이라는 얘기를 어디선가 읽었는데. 아 뒈져버리겠네, 세상에. 심호흡을 해. 아니 절대 숨쉬지 마. 아냐, 천천히 숨쉬어. 숨 그만 쉬라고. 아냐, 그러면 저자가 느낄 거 아냐, 니가 잠들지 않았다는 걸 알게 될 거라니까. 알겠다. 내 말은, 그것밖에 없네, 현지 체험 중에 나쁜 일을 겪고 있는 거지. 더러운 일을 호되게 겪고 있는 거라고. 42번가랑 8번가가 아닌 곳에서 C를 한 대가인 거야. 물론 41번가와 5번가의 바람잡이들이 나를 그리로 보낸 거긴 하지만. 근데 잠깐만, 나는 현지 체험을 하던 게 아니었잖아. 나는 자메이카에서 절대로 현지 체험 같은 건 하지 않아. 자메이카에 있다는 그 자체만으로도 충분히 현지 체험이 되니까, 빌어먹을, 제발 생각 좀 그렇게 열심히 하지 마라. 아니 잘 생각해보라고. 계속 이런 개 같은 짓을 해대면 결국 생각하는 내용을 큰 소리로 말하게 될 거라니까. 내가 뭔가 말했던가? 맙소사, 맙소사, 마아아아압소사, 그만, 씨발 그만 그만하라고, 알렉스 피어스. 정신 차려 당장, 씨. 발. 정신 차리라고. 눈 감고, 너한테서 도망친 그 꿈을 붙잡아. 당장 가서 그 꿈을 붙들라고. 그럼 잠에서 깼을 때 니 침대 모서리에 앉아 있는 놈 따위는 없을 테니까. 더 좋은 건 니가 일어나는 순간 방문을 열고 막 들어서려는 남자도 없을 거라는 거야. 이 고문 기구 같은 침대 위에서는 정말로 잠든 적도 없고, 정말로 잠들 수도 없으니까. 걸어 들어오는 남자도, 창문으로 다가가 휘장을 안으로 당겨넣는 남자도, 뭔가를 꺼내려고 셔츠에 손을 넣는 남자도 없…… 보지 마, 씨발 보지 말라고, 그러면 니 침대 위에 앉아 있는 남자도 없을 거라니까. 찰칵, 철컥, 똑딱하며 뭘 끼우는 소리도 연달아 나지 않을 거고. 눈 감아. 그냥 그렇게만 하라고, 효과가 있을 거야. 효과가 있을 거라고.

나는 스카이라인 호텔에 있다. 여기에 들어온 건 이틀 전이다. 킹스턴에는 다섯 달, 자메이카에는 여덟 달을 머물렀지만. 그러니까 린이 내게 자메이카냐, 자기냐 하는 최후통첩을 날린 뒤로부터 여덟 달이다. 좆같은 년, 내 일을 이해해줄 거라고는 기대도 안 했지만 최소한 내가 해야만 하는 일을 존중하는 시늉이라도 해주길 바랐다. 제기랄, 린이 차라리 내 일을 싫어하기라도 했다면 어떻게든 해볼 수 있었을 것이다. 싫어한다는 건 최소한 뭔가 하긴 한다는 얘기니까. 하지만 린은 씨발 그냥 더럽게 관심이 없었다. 이게 아주 사람 돌아버리게 한다. 더 나쁜 건, 자기가 실제로는 발톱의 때만큼도 신경쓰지 않는 일을 가지고 나한테 최후통첩을 했다는 것이다. 그래, 나는 어떤 식으로든 이 모든 거지같은 일을 린 탓으로 돌릴 방법을 찾는 중이다. 하지만 하늘에 맹세코, 린은 책이야 나야 하는 질문을 무슨 씨발 사실을 찾아 떠나는 여정처럼 던졌다. 그저 내가 무슨 대답을 하는지 알아보려는 것처럼. 가장 좆같은 건 이거다. 어떤 식으로 대답하든 린한테는 똑같이 만족스러웠을 거라는 것. 그래서 지금 당장은 어떠냐고? 그래, 뭐, 나는 그 여자가 나를 증오하지 않는다는 이유로 그 여자를 증오하는 중이다. 나는 브루클린 시절의 내 서재로, 그래, 서재는 아니지. 말안장 책상*이 놓여 있는 내 침실로 그 여자가 걸어들어와서, 자기야, 오늘 자기는 아주 운좋은 날이야. 어떻게도 진행되지 않는 자기의 그 잘난 자메이카 책이랑, 어떻게

* 따로 서랍이 달려 있지 않은 간이책상. 책상의 양편 다리가 X자 형으로 교차되어 있는 모양으로, 전체적으로 말안장처럼 생겼기 때문에 말안장 책상이라고 부른다.

도 진행되지 않는 우리 관계 중에서 하나를 골라야 할 것 같아, 둘 중 하나라도 어떤 식으로든 진행은 되어야 할 것 같으니까, 라고 말했다는 이유로 그 여자를 증오한다. 나는 이렇게 답했다. 아니 이런 세상에, 〈슬로우 트레인 커밍〉*이라도 듣고 있었던 거야? 딜런 팬이 되기에는 지금처럼 형편없는 순간도 없는 것 같은데. 린은 나더러 잘난 체하는 미친놈이라면서 묻는 말에나 대답하라고 했다. 나는 최근에 심리학과 관련한 새로운 글을 많이 읽고 있는데, 거기에 따르면 지금 그 행동이야말로 최근 감정적인 공갈협박이라고 불리는 행태이므로 질문에 대답하기를 거부한다고 대답했다. 린은 나를 보며 말했다. 그래, 대답 잘 들었어. 그러곤 내 침실에서, 우리 침실에서 걸어나갔다. 제기랄, 차라리 린이 내 따귀라도 한 대 때렸으면 뭐라도 해줬을 거다. 어쩌면 내가 린의 따귀를 때렸어야 했는지도.

대체 내가 무슨 생각을 하는 건지 모르겠다. 린을 선택했다고 해보자. 좋다. 그때부터 행복은 의지에 좌우되었을 것이고 우리는 2년 정도 더 기다리다가 마침내 인생이 돌아버릴 정도로 지겹다는 사실을 인정하게 되었을 것이다. 하지만 어쩌면 나한테는 그 정도 자격밖에 없는 건지도 모르겠다. 삶에 만족하는 따분한 가사 전담 남편이 되어 공감적 상상 임신이라도 한 듯이 배나 쓰다듬는 그따위 자격. 그 자격이라도 갖춘 채 살았더라면 눈을 떠보니 침대 옆쪽에 앉아 바닥을 내려다보는 남자가 있는 상황은 없었을지도 모르지. 브루클린에서 따분한 삶을 산다니, 웃기는 얘기다. 디어 애비**, 문제

* 〈Slow train coming〉(1979). 미국의 싱어송 라이터 밥 딜런의 앨범. 밥 딜런은 2016년 노벨문학상을 받았다.

** 1956년 〈샌프란시스코 크로니클〉에서 시작해 2002년까지 '애비'라는 필명으로 독자들의 고민 상담을 해주던 폴린 필립스의 칼럼 제목.

가 생기기도 전에 그 문제를 풀 방법부터 찾았지 뭐예요.

사실을 말하자면, 제3세계 정도 크기의 구멍이 내 안에 뚫렸으며 그 구멍은 린이 채워주지 못 한다는 걸 이미 알고 있는 상태로 뉴욕에 갔지만, 어쨌거나 린이 그 구멍을 채우도록 하려고 노력했었다. 내가 이토록 분개하는 건 린이 노력하지 않았기 때문인지도 모른다. 자기는 슈퍼우먼이 아니라며 눈물을 한 바가지 쏟거나 나를 주제로 한 칼리 사이먼 노래 같은 것을 쓰며 나와 헤어지는 드라마를 보여주지 않았기 때문에. 대신 나는 나의 또다른 여자인 자메이카가 나를 대하는 것과 똑같은 방식으로 나를 대하는 여자를 만나게 됐다. 이를테면, 우리가 지금 즐기는 시간도 나름 괜찮을 수 있어, 하지만 내가 어느 이상으로까지 이 관계에 신경쓸 거라고 생각한다면 넌 자신을 속이고 있는 거야, 라는 식의 태도 말이다. 어쩌면 나는 언제나 자메이카에 홀딱 반하게 되는 것과 같은 이유로 린에게 반했던 걸지도 모른다. 태초의 순간부터 이 관계가 잘 풀리지 않으리라는 사실을 알았지만, 어쨌거나 그 이유 때문에 이 관계를 추구하지 않은 건 아니다. 왜냐고? 나도 씨발 모르겠다. 이유를 알았더라도 계속 이 짓을 하고 있었을까? 제기랄, 아마 그랬겠지.

한편 내 침대 왼쪽 모퉁이에는 앉아서 바닥을 내려다보고 있는 남자가 있다. 이놈이 바닥을 내려다보는 게 느껴진다. 나는 머리를 아주 조금 들어올렸는데 그 순간 좆나 깜짝 놀랐다. 물론 이놈도 그걸 느꼈을 게 틀림없다. 아닐 수도 있고. 이놈이 내 침대에 앉아 있는데 너무 가벼운 나머지 침대가 가라앉는 것도 못 느낄 지경이다. 놈이 깔고 앉아 팽팽해진 이불이 놈의 등 바로 아래쪽에 있는 내 오른쪽 다리를 잡고 있다는 느낌만 빼면. 왼쪽 다리야 어디에 있는지 알게 뭐람. 그냥 움직이지 마. 움직이지 말라고. 괜찮을 거야. 인마,

다시 잠들기로 했었잖아. 기억나지, 그게 계획이었다고. 알았어. 그냥 눈만 감고 진짜로 잠들 때까지 잠을 청하는 시늉만 해. 그럼 깨어났을 때 이놈은 가버렸을 거야. 생각 그만해. 그래봤자 아무 소용 없을 테니까, 이 미친 새끼야, 아직 해보지도 않았는데 왜 이래. 그냥 눈만 감으라고. 눈물이 쥐어짜질 때까지 눈을 세게 꽉 감으란 말이야. 세게 감고 초를 세. 12345—너무 빨라, 씨발 너무 빠르다고—1… 2… 3… 4… 5… 6…… 더 천천히, 더 천천히. 그럼 눈을 떴을 때 저놈은 가고 없을 거야. 가고 없을…… 아니, 아직 있구나.

아직 있잖아. 눈을 4분의 3만 감고 한번 봐봐. 방금 불 켠 거야? 이 씹새끼가 불을 켰어? 도대체 어떤 새끼가 불을 켜? 아냐, 보지 마. 까만 바지, 아니 군청색이네, 군청색인 건 틀림없는데 파란 셔츠라고? 대머리인가? 머리를 손으로 움켜쥐고 있는 건가? 백인? 밝은 갈색 피부? 머리를 손으로 감싸고 있나? 대체 누가 군청색 셔츠랑 바지를 세트로 입— 보지 마. 코를 골면 이놈이 갈까? 제기랄. 몸을 굴려야겠어. 다들 구르잖아. 구르지 않으면 내가 안 자는 걸 놈이 알게 될 거라고. 하지만 구르다가 이 씹새끼가 놀라는 바람에 무슨 일이라도 저지르면 어쩌지? 청바지가 아직도 책상 옆에 있군. 내가 무엇 하나 제대로 하지 못하는 그 책상 옆 의자에 말이야. 지갑이 주머니에서 떨어져나오겠네. 버스표, 콘돔, 30달러 아니 50달러. 도대체 씨발 내가 왜 내 지갑 내용물을 살피고 있는 거냐고? KFC의 빈 박스, 좆같은 잼다운 음식 문화 같으니. 씨발 내 가방은 어디로 간 거야? 이놈이 발로 밟고 있는 건가? 지금 하고 있는 짓이 그거야? 가방을 뒤지고 있는 거냐고? 알렉스 피어스, 이 씨발 겁쟁아, 그냥 일어나서 말하라고. 어이 브레드렌, 씨발 뭐하냐, 이게 씨발 니 방처럼 보여?

뭐라고? 아 이런, 형씨, 여기가 내 방인 줄 알았어요.

이게 니 방처럼 보이냐?

여긴 호텔이잖수, 형씨. 안 그래요?

뭐 그건 그렇지.

맨, 어제 아주 장난이 아니었다고, 와, 어떻게 위층까지 올라왔는지도 모르겠어. 뭐 어쨌거나 문을 안 잠그고 놔둔 건 형씨 잘못이잖소, 그러니까 나처럼 술 취한 쌍놈들이 그냥 우기고 들어올 수 있는 거 아냐. 형씨가 쌔끈한 여자가 아니었으니 망정이지, 만약 그랬다면 내 자지를 입에 물고 깨어나서 일요일까지 쭉 그 상태로 있었을걸.

쌔끈한 여자가 아니라서 다행이네.

내 말이 그 말이야.

어쨌든 이제 좀 나가봐— 이런 제기랄, 내가 도대체 누구랑 얘기를 하고 있는 거야? 생각으로만 했나 말소리를 냈나? 이놈은 움직이지 않았어. 움직이지 않고 있다고. 계속 안 움직이네.

빌어먹을, 정신 똑바로 차려, 인마. 정신 똑바로 차리라니까. 숨 천천히 쉬고, 숨 천천히. 내가 방금 이놈을 발로 걷어찬 건가. 내 말은, 여긴 안전한 호텔이잖아. 어쩌면 이놈은 423호에 와 있다고 생각하는 걸지도 몰라. 진짜 간단한 실수를 한 거지. 그리고 내가 정말 문을 잠그지 않았었거나, 아니면 이 호텔이 거지같은 싸구려라서, 우리가 영영 비밀을 알아내지 못할 거라고 생각하고는 모든 문에다 똑같은 열쇠를 쓰는지도 모르고. 제3세계에서 좋은 시간을 보내느라 정신없는, 아무런 의심도 받지 않는 백인 남자들은 결코 술 취한 꼴로 나타나지 않을 테니까.

세상에, 생각 좀 그만할 수 있으면 좋겠다. 그냥 다시 자라고, 인마, 다시 자면 진짜로 깼을 때 이놈이 여기 없을 거야. 이건 마치,

마치, 이게 뭐랑 비슷한 일인지 알아? 방안에 들어온 도마뱀을 보고 창문 열어놓는 거랑 똑같은 거야. 눈 좀 감아요, 제발. KFC할아버지 상자 옆, 아주 좆같이 무거운 고물 타자기. 숨을 죽인 채 저 타자기가 얼마인지 중얼거리면 이놈이 그냥 저걸 가지고 사라질까? 그놈의 작가병은. 도둑이 무슨 책에 쥐똥만큼이라도 관심이 있을 거라 생각하는 거냐. 이런 맙소사. 매닉스라면 지금쯤 이 램프를 잡고 휘둘렀을 거야. 그냥 아랫부분을 잡고 바로 머리 뒤쪽을 후려갈기는 거지. 하지만 삶이란 초당 24프레임 속도로 움직이는 게 아니라고. 바너비 존스*만 돼도 뭐든지 해봤을 거야. 심지어 폴리스 우먼**이라도 뭔가는 했을 거라고. 보통 아무것도 안 하는 그 여자라도 말이지.

왼쪽에는 책상, 오른쪽에는 욕실, 우리 사이에 이 남자. 욕실까지 1.5미터, 1.8미터, 절대 2.4미터 이상일 리는 없어. 문은 열려 있고. 자물쇠가 있었던가. 있을 수밖에 없지. 모든 욕실 문에는 자물쇠가 있으니까, 아니 여긴 없을 수도. 그럼 이 침대에서 뛰어내린 다음에, 그러니까 이놈 밑에 깔려 있다시피 한 발을 빼낸 뒤 달려나가서, 문간으로 토낄 수도 있을 거야…… 이놈이 나를 덮치기 전에 욕실에 들어갈 수도 있겠지. 두 걸음, 많아야 세 걸음만 가면 될지도 몰라. 바닥에 카펫이 깔려 있으니까 미끄러지지는 않을 거야. 딱 저기 있네, 씨발 욕실 문이 바로 저기 있고, 내가 해야 할 일이라고는 그리로 달려가서 문을 쾅 닫고, 자물쇠가 없는 경우에는 문고리를 꽉 잡고 있는 것뿐인데, 만약에 자물쇠가 있으면, 자물쇠는 있

---

* 매닉스, 바너비 존스 모두 1970년대 미국 CBS사에서 방영한 수사극 시리즈 주인공.

** 1974~78년 미국 NBC사에서 방영한 경찰 드라마.

을 수밖에 없잖아, 당연히 있어야지, 만약에 없으면 씨발 내가…… 니가 정확히 뭘 어쩔 건데?

이놈이 뒤로 몸을 기울여서 씨발 내 발을 지 엉덩이로 고정시키는 순간 일어나서 달려가는 거야. 그러면 이놈한테는 딱 단검을 휘두를 시간이 딱 생기겠지. 자메이카인이 틀림없으니까 이 개새끼는 틀림없이 단검도 가지고 있을 거라고. 딱 내 허벅지를 썰어버릴 정도의 시간이 생길 테고 그러면 나는 달릴 수 없을 테고 그럼 이놈이 나도 예전에 들어봤던 동맥이란 걸 찌를 거야. 그게 잘리면 몇 초 안에 피를 너무 많이 흘려서 죽게 되고 누구도 아무것도 제기랄 뭣도 할 수 없게 되잖아. 부탁인데 내 발 위로 다시 굴러오지 마세요, 너 이 개자식아. 어쩌면 공포영화 속의 악몽에서 방금 깨어난 놈처럼 펄떡 뛰어올라서 이놈 등을, 아니면 옆구리를 세게 걷어찰 수 있을지도 몰라. 그러는 사이 이놈은, 뭐든 게토놈들이 하는 짓을 하고, 몸을 추스른 다음, 총 쪽으로 손을 뻗쳐서, 뭐 어쩌든 간에 나는 12시 방향에 있는 문으로 곧장 달려갈 거고, 문이야 저놈이 그리로 들어왔으니까 열려 있겠지. 그러면 나는 이 하얀 빤쓰만 입고 곧장 그리로 달려나가서 강간이야 살인이야 경찰, 하여간 뭐든 소리를 지를 거야. 왜냐면 이봐, 이놈이 나 때문에 여기 왔을 리는 없잖아.

브레드렌, 내 말 듣고 있어? 내 생각에는 이제 무기를 구해야 될 때인 것 같아.

무기?

그래, 무기. 형씨는 베레타가 어울리는 그런 사람 같은데.

뭔 씨발 헛소리야? 안 돼, 프리스트, 나는 씨발 총 같은 건 원하지 않는다고. 총을 가지고 있으면 무슨 일이 벌어지는지 알아? 사람이 죽어.

그럼 별 문제는 아닌 거네, 브레드렌.

엉뚱한 사람들이 죽는다고.

그야 누가 방아쇠 앞에 있고, 누가 뒤에 있느냐에 따라서 달라지는 문제지.

내가 총을 가지고 뭘 하겠어? 젠장, 왜 나한테 총이 필요하다는 거야?

얼마나 빨리 총을 구해줄 수 있는지, 총을 쓰는 게 얼마나 쉬운지 물어보는 게 나을 텐데.

그래, 총을 얼마나 빨리 구해줄 수 있다는 건데?

지금 당장.

이런 제……

받아.

뭐? 안 돼. 씨발 안 된다고.

브레드렌, 무기를 받으라고.

프리스트……

이 무기를 챙겨 두라고, 진심이야.

프리스트……

브레드렌, 이걸 잡고 다스려.

안 돼 프리스트. 나는 씨발 총 같은 건 원하지 않는다니까, 세상에.

내가 원하는지 아닌지 물어봤나?

자메이카놈들은 왜 항상 이따위로 수수께끼처럼 말하는 건지. 언젠가는 그냥 프리스트에게 말해주고 싶다. 이봐, 프리스트, 그런 식으로 개소리를 꼬아서 한다고 니가 조금이라도 똑똑해지는 게 아니야. 하지만 그러면 킹스턴에서 가장 쓸모 있는 정보원을 잃게 되겠지.

내가 형씨를 알고 지낸 지 몇 년이나 됐지?

몰라. 2년인가, 3년?

내가 형씨한테 말도 안 되는 소리를 한 적이 한 번이라도 있던가?

아니.

그럼 총을 가져. 아니면 칼이나, 뭐라도 챙기라고, 브레드렌.

왜?

화요일이 지나면 수요일이 오니까. 화요일에 형씨가 하는 일이 형씨한테 다가올 수요일의 종류를 바꿔놓을 테니까.

제기랄, 프리스트, 한 번만이라도 돌려 말하지 않을 수 없어?

형씨는 내가 모를 거라고 생각하나? 형씨한테 무슨 일이 벌어지고 있는지 전부 다 말해주는 사람이 나야. 기억하지? 나는 모든 사람들한테 벌어지고 있는 모든 일들을 다 알고 있다고. 형씨한테 벌어지는 일도.

부탁이니까 깊숙이 앉지 마요. 침대 더 꺼지니까. 구르지도 말고, 내 다리 건드리지도 마. 지금 이놈 다리 꼬는 건가? 자메이카에 다리 꼬는 사람이 어디 있어, 다리는 영국 호모새끼들이나 꼬는 거라고. 근데 이놈 지금 나를 보고 있잖아. 느껴진다, 그거, 누가 나를 보고 있을 때 목 뒤가 얼얼해지는 그 느낌. 이제 목에서 경련이 일어나고 씨발 멈추지를 않아. 어떻게 나를 보고 있는 거지? 개처럼 목을 갸우뚱하면서 나를 보고 있는 건가? 어떻게 이렇게 웃기게 생겼냐, 생각하는 건가? 처음에는 웃음으로 받아 넘겼다가 뒤에 깜짝 놀라는 체하며, 예수가 정말로 부활하면 나처럼 스키니진을 입고 있을까 의아해하던 그 자메이카 녀석들처럼, 저놈이 손을 뻗어서 내 불알을 잡을까? 시트를 투시해서 내 모습을 볼 수 있는 걸까?

브레드렌, 지금 형씨가 일을 아주 좆같이 망쳐놨다는 건 알아? 얼마나 조져놨는지 아느냐고? 지금 당장은 나란 님*과 얘기조차 하기 싫다고.

* 라스타들은 '나'와 '너'가 구분되지 않는 세상을 지향하여, 종종 '너'를 '나라는 님'

이번엔 또 뭔데? 위로 올라와, 친구, 비가 오잖아. 프런트에 전화 걸어서 방해하지 말라고 할게.

나는 쟈께서 나를 씻겨주시는 순간이 좋아.

멍청한 소리 하지 마, 프리스트. 지금 밤 9시 반이라고. 좆같은 천둥소리 때문에 니 목소리도 안 들려.

지난주 월요일에 나랑 얘기하러 왔었지. 와서 형씨가 그랬잖아, 프리스트, 그냥 그 사람한테 딱 하나만 물어보려는 거야. 난 형씨한테 이렇게 말해줬지, 가서 물어볼 수야 있지만 하나, 그 사람은 형씨한테 대답해줄 필요가 없고 둘, 그 사람이 대답해준대도 형씨는 그 대답이 마음에 들지 않을 거라고. 기억나나?

당연히 기억나지. 그 말을 했던 상대가 나잖아. 넌 나더러, 파파-로한테 뭘 물어보든 조심하라고 했었지.

아, 내가 말하는 건 파파-로가 아냐. 지난날에 형씨가 질문을 한 사람은 파파-로만이 아니잖아.

응? 쇼타 셰리프 말하는 거야? 그건 니가 마련해준 자리가 아니잖아. 내가 직접 했지.

나는 노동당 사람들을 얘기하는 거야, 브레드렌. 형씨가 조시 웨일스와 이야기를 했잖아.

그래. 그래서 뭐? 조시 웨일스가 거기 있었어. 말 같지 않은 소리 좀 지껄여도 되겠느냐고 물었더니 그러라고 해서 물어본 거야.

나란 놈은 얼마 지나지 않아 그 사람한테도 내 입에 지퍼를 채워놓겠다고 말했어. 그놈들이 나한테서 정보원 냄새를 맡기 시작했으니까. 브레드렌, 내가 하는 일이라고는 진실을 말하는 것뿐이야. 나는 정보원 노릇

(the I)으로 지칭한다.

같은 건 좋아하지도 않는다고.

넌 정보원이 아냐, 나도 알지. 들어와, 브라더.

잼다운에 있는 사람들 모두가 백인만 보면 바보가 되는 건 아니라는 얘기도 형씨한테 했었지. 게토 여권 없이는 게토에 가지 마.

프리스트……

게토 여권이 없으면 가지 말라고. 진심이야.

프리스트, 그건 좀 개소리라는 생각 안 들어?

내가 분명히 말하는데, 특정한 사람들한테 미리 통보하기 전에는 특정한 영토에 들어가지 마. 분명히 말하는데 나랑 같이 갈 거 아니면 특정한 영토에는 들어가지 말라고.

씨발 프리스트, 그 자식이 자기 입으로 떠들어대는 것과는 좀 다른 존재라는 사실을 깨닫기까지 나는 시간이 좀 걸렸다. 그렇다고 어쩌겠나. 최상부의 정보에 접근할 수 있는 유일한 방법이란 밑바닥 인생이 되는 것밖에 없다고, 나는 생각한다. 즉, 어디를 가든 정보원들은 최하층 인생들이라는 소리다. 그렇다고 어느 나라로 가든 모든 정보원이 다 비슷한 종류의 사람이라고는 생각하면 안 된다. 3분의 1은 밀고자, 3분의 1은 거짓말쟁이, 3분의 1은 지 입으로 그렇다고 말하는 동안만 중요한 인물이 될 수 있다는 사실을 알고 있는 불쌍한 병신 찌질이다. 특히 이자는 별의별 개소리를 쏟아내는데, 듣고 있으니 꼭 신명기를 이놈이 직접 썼나 싶다. 거리의 여권 같은 소리 하네. 어쩌다 에이트레인즈 남자들을 만나 얘기를 들어보니, 프리스트를 게토 최고의 피똥 지릴 우스갯거리라고 생각하던데. 프리스트는 지가 떠들어대는 개소리가 에이트레인즈에서 뭔가 의미가 있을 거라고 생각한단 말이지? 프리스트가 형씨를 보냈다고 해서, 아니면 형씨랑 같이 왔다고 해서 에이트레인즈를 돌아다닐 수 있을 거라고 생각했단 거야? 사람들이 그놈을 왜 프리스트라고 부르는지 아나?*

프리스트 말로는 자기가 코펜하겐시티랑 에이트레인즈 두 곳을 모두 무사히 걸어다닐 수 있는 유일한 사람이라서 그렇다던데요.

뭐랬다고? 좆까고 있네. 요, 프리스트가 이놈한테 뭐라고 얘기했는지 들었지, 브레드렌?

그럼 거짓말인가요?

아니, 만, 일부분은 진짜지, 근데 그게 프리스트한테 무슨 예수님 파워가 있어서 그런 건 아니라고, 멍청한 쌍년이 꼭 빵 다섯 덩어리에 물고기 두 마리를 나눠줄 것처럼 떠들고 다니네.**

네?

프리스트가 게토를 무사히 다닐 수 있는 이유는, 고양이 새끼조차 두려워하지 않는 유일한 남자가 그놈이기 때문이야. 니 생각엔 사람들이 왜 그놈을 프리스트라고 부를 거 같냐?

뭐 그야……

잘 들어, 하얀 꼬맹아. 프리스트가 거물급 쇼타가 되고 싶어하던 게 벌써 오래전 일이야. 오래전 일이라고. 매일 그 녀석이 던에게 졸라댔지. 던, 저한테도 총 한 자루만 주세요, 네? 총 주세요, 네? 제가 타고난 갱이라는 거 모르시겠어요? 쇼타 셰리프는 그놈이 계속 어린 계집년들처럼 짖어대는 데 싫증이 나서 총을 줬어. 그랬더니 그 자식이 어쨌는지 알아? 총을 속옷에 질러 넣었는데 바로 거기서, 갑자기 탕! 자기 자지를 쏴버린 거야. 어떻게 안 죽고 살아 있는지 모르겠어.

한번은 내가 쇼타한테 일부러 안전장치를 풀어놓은 거냐고 물어봤는

---

* '사제'를 뜻하는 영단어 'Priest'.

** 예수의 오병이어의 기적.

데 지금까지도 대답은 안 해주셨지.

그런 일이 있었는데도 어떻게 자살 안 하고 사는지 몰라. 내 말은, 보지도 못 쑤시는데 뭐하러 인생을 사느냐고.

그 친구 아직 혀는 남았잖아.

방금 뭐라고 했나?

에이트레인즈. 사실이다, 프리스트는 에이트레인즈와 나를 연결해주려는 노력은 눈곱만큼도 하지 않았다. 나는 그저, 자메이카 교회협의회에 있는 신경질적인 여자에게 이 평화조약 배후에 있는 사람들하고 이야기해볼 수 없겠느냐고 물었을 뿐이다. 여자는 어딘가로 전화를 한 통 걸었고, 그다음으로 내가 알게 된 사실은 그 여자가 내일 그쪽으로 내려가면 된다고 했다는 것뿐이었다. 자메이카 사람들이란. 이 사람들은 절대로 뭘 분명하게 말하는 법이 없다. 언제나 여기 위에 아니면 저기 아래, 저 위에 아니면 여기 아래라는 식이다. 코펜하겐시티라는 식으로는 결코 말하지 않는다, 그것만은 분명하다. 시장을 이리저리 비집고 다니며 그 모든 바나나와 망고, 아키와 자몽과 잭프루트와 주름이 많이 달린 드레스와 바지를 짓는데 쓰는 개버딘 천을 다 보고도, 깜빡할 뻔했네, 두루마리 휴지랑, 언제 어디서나 이리저리 튀어나오는 레게를 거치고도, 제기랄, 그런 음악은 절대 라디오에서 들을 수도 없을 거다, 그런데도 현기증이 나지 않는다면, 에이트레인즈의 첫번째 골목을 거의 지나온 셈이다.

하지만 모든 골목에는 모퉁이가 있고 각 모퉁이에는 금방이라도 섹스할 태세를 갖춘 남자들이 네댓 명씩 있다. 그자들이 나를 그냥 내버려두기에, 요즘은 가수 덕분에 그자들이 자기 영토 안을 어슬렁거리며 돌아다니는 백인들에게 익숙해졌나보다 하고 생각했다.

정답은, 던에게 허락을 받지 않는 한 누구도 움직일 수가 없는 것이었다. 보이지 않는 목줄에 매여 뭔가에 덤벼들 때만을 기다리고 있는 굶주린 사내 넷이라니, 그런 존재는 어디에도 없다. 프리스트는 코펜하겐시티에 대해서 경고하는 데에만 정신이 팔려 내가 에이트레인즈에 갈지도 모른다는 생각은 하지도 못했다. 프리스트는 내가 여기로 내려오기 바로 전날에야 에이트레인즈 얘기를 했다. 또 프리스트는 내가 자기 시간표에 따라 움직인다고 생각한다. 내가 오직 자기 덕분에 살아 있는 웬 멍청한 미국인이라고도 생각한다. 하지만 뭐, 여기에 내려온다는 것 자체가 멍청한 일인지도 모른다.

생각해보면, 나는 노스 코스트에서 자메이칸 미 크레이지 티셔츠를 입고 다니는 씹새끼들과 한덩어리로 여겨지지 않으려고 애를 썼다. 하지만 이런 말들을 도대체 몇 번이나 씨불여야 한단 말인가. 브라더, 나는 진짜 자메이카에 가봤다니까, 롤링스톤스가 〈염소 머리 수프〉를 다이내믹 사운드에서 녹음할 때도 나는 여기에 있었다고, 그 음반이 궁극의 똥덩어리가 되어버린 거랑 내가 무슨 상관이 있다는 건 아니지만. 그리고 1976년 이후부터는 피터 토시조차도 나를 내보내라고 우기지 않고 나랑 한방에 있을 수 있게 됐다니까. 그리고 놓쳐서는 안 될 명장면이 있지. 내가 가수한테, 당신이 부른 〈그리고 나는 그녀를 사랑해〉야말로 폴 매카트니가 가장 좋아하는 비틀스 리메이크곡이에요, 라고 얘기해주던 순간 말이야.

그러니까, 그래. 나는 킹스턴 깊은 곳에 들어가는 것도 무섭지 않아. 하지만 오 주여, 깊은 건 깊은 거고 이건 이거죠. 그러니까 예전에 백 번을 봤더라도 처음 본 듯한 느낌이 드는 게 바로 이런 장면이다. 옛날에 벌어진 그 수많은 일들과 이 일 사이에 평행선을 그어보고 싶지만, 막상 현장에 가면, 그럴 수가 없다. 모퉁이에 있는 녀석들을 지나치면서도, 눈을 들어야겠다는 생각이나 그 장소를 한 차례 훑어봐야겠다는 생각은 한 번도 들지 않는다. 그렇게 나는 그 녀석들과 도미노를 하고 있는 남자들을 지난다. 나를 마주보고 있던 남자는 손을 멀리까지 뒤로 돌렸다가 소용돌이치듯 쾅 테이블을 내려쳤다. 이긴 게 분명했다. 그가 히죽대는 게 보였으니까. 하지만 나를 본 순간 그의 손은 느려진다. 그는 판 위에 도미노를 아주 섬세하게 올려놓는다. 마치 게임 자체가 너무 후져서, 근처에 구경하는 백인이 있다는 사실에 수치심을 느낀다는 듯이.

계속 걸어가다보니 꼭 내가 구경거리가 된 건 아닌가 하는 생각이 든다. 물론 사람들이 이쪽을 보리라는 생각은 하게 되기 마련이다. 뚫어지게 바라볼 수도 있지, 하는 생각도. 하지만 이것만은, 이런 영화 같은 장면만은 예상 밖이다. 모든 건 슬로우 모션처럼 천천히 느려진다. 침묵이 최대 볼륨으로 확대되듯, 귀는 그 침묵의 소리를 듣는다. 어딘가에서 방금 음악소리가 끊긴 것인지, 아니면 방금 유리가 깨지거나 여자 둘이 숨을 헉 들이키기라도 한 건지, 아니면 처음부터 계속 조용했던 건지 궁금해진다. 그러다가 첫번째 주택을 지나게 되면, 아니, 주택은 아니지, 누군가의 집일 수는 있겠지만 결코 주택이라고 할 수는 없는 그런 곳을 지나면서는, 문간에 앉은 아이들 셋 뒤쪽을 뚫어지게 바라보지 않으려고 애는 쓰지만 결국은 보게 된다. 그러고는 어떻게 여긴 이렇게 빛이 잘 들까 궁금해진다. 저게 집들 사이에 있는 통로인 건가, 아니면 지붕이 없어진 건가? 하지만 벽은 파랗고 깊고, 이곳을 돌보겠다고 생각했던 사람은 누구인지 궁금해지게 되어 있다.

무릎까지 내려오는, 노란색 스타스키 앤드 허치 티셔츠를 입은 남자아이가 미소를 짓는다. 그 아이보다 큰 여자아이 둘은 그래서는 안 된다는 걸 이미 배웠다. 계단 가장 아래쪽, 거의 도로변까지 내려와 있는 여자아이가 드레스를 들어올리며 그 아래에 입고 있는 청반바지를 내보인다. 아이들 뒤쪽의 문은 너무 낡아서 거의 물에 떠내려가는 나무처럼 보이지만, 나는 그것도 보지 않으려고 한다. 거기서 60센티미터쯤만 더 가면 한 여자가 계단 위에 서서, 바로 아래 계단에 서 있는 더 큰 여자아이의 머리카락을 빗기고 있으니까. 세 아이와 그 여자—엄마일까?—사이에는 벽돌담이 있다. 너무 많은 벽돌들이 파내져 있어 체크무늬처럼 보인다. 누군가가 하얀색으로 칠해보려다가 포기한 벽이다. 이 모습을 보면 저절로 펄쩍 뛰게 되는데, 인민국가당이 선거에서 이겼고, 이곳은 인민국가당의 터전이기 때문이다. 인민국가당 사람들의 빈민가라면 좀더 구색을 갖추었으리라고 생각할지 모르겠지만, 이곳은 노동당 구역보다도 못하다. 하기야 킹스턴에서 무엇보다 못하다는 건 매일매일에 따라 항상 달라지는 상대적인 얘기다. 그리고…… 아 씨발, 씨발 내 침대 가장자리에 어떤 씨발놈이 앉아 있는데 여기서 16킬로미터는 떨어져 있는 좆같은 게토 생각을 하고 있다니.

아 제기랄, 이 자식아, 똑바로 앉아, 침대 꺼지니까 더 깊이 들어와앉지 말라고. 왜 이러냐고, 지금 여기 온 지 10분은 됐잖아? 잠이라도 들었냐? 그 동작은 나도 해봤어, 팔꿈치를 무릎에 대고서 이마를 양 손에 묻어봤다고. 하지만 그런 동작을 할 때 나는 보통 잠들어 있는 게 아니야. 맛이 가서 그런 거지. 모르겠다. 씨발 알아서 해. 나는 구를 테니까. 이보다 나쁜 일이 뭐가 일어나겠어? 이놈이 잠깐 공황에 빠졌다가, 내가 아직도 잠들어 있다는 걸 깨닫는 정도겠지. 내가 구른다고 해도 그건 그냥 자연스러운 일이잖아. 조금도 구르지 않으면 오히려 그게 이상하다고 생각할 거라고. 아닐까? 이

놈의 좆같은 얼굴을 한번 보고 싶은데. 놈이 머리 뒤쪽을 문지른다. 이제는 대머리인 게 보인다. 그리고 두 손은 빨간색에 가까운 밤색? 피가 몰려서 그런 건가? 몸을 굴려서 저놈 등을 걷어차야겠어. 그래, 그렇게 해야겠다.

아냐. 내가 진짜 하고 싶은 건, 그냥 내 좆같은 호텔 방에서 깨어나서 씨발 좆같은 조나 한 잔 주문하는 거야. 맛이야 아주 좆같겠지. 여기는 미국인들이란 너무 멍청해서 진짜 커피맛이 어떤 건지도 모른다고 생각하는 싸구려 호텔이니까. 뭐 그 거지같은 걸 마지막 한 방울까지 마신다면야 딱히 틀린 말도 아니겠지만, 어쨌거나 나는 그 커피를 마실 거야. 왜냐면 어제 녹음해 온, 맛깔 나는 내용이라곤 하나도 없을지도 모르는 이 씨발 녹음테이프를 녹취하는 동안 입은 심심하지 않아야 하니까.

그런 다음에는 배낭을 들고 청바지를 입고 버스에 올라타볼 거야. 우와 짱인데, 버스에 백인이 탔다라고 생각하는 사람들을, 뭐 이런 식으로 생각하지는 않겠지만 아무튼 그 사람들을 볼 거고 그냥 빌어먹을 내 일에나 신경쓰면서 〈글리너〉 사옥 앞 정류장에 내린 다음 빌 빌슨을 만날 거다. 빌 빌슨이야 좆같은 〈뉴욕 타임스〉에 있는 그 씨발놈한테 웬 말똥 같은 소리나 허구한 날 씨부려대는 노동당과 미국 정부의 꼭두각시일 뿐이지. 하지만 본질적으로 빌 빌슨은 좋은 사람이고 언제나 익명 제보자의 한두 마디를 잘 인용하곤 하니까. 또 내가 하고 싶은 일이라고는 조시 웨일스가 과연 가수가 총 맞은 날짜를 기억하지 못하는 건지 물어보는 것뿐이니까 (근데 진짜 비극 아니냐). 조시 웨일스는 가수가 매니저에게 자몽 조각을 넘겨주려던 그 순간, 누군가가 가수를 쐈다는 얘기를 어떻게 나한테 해줄 수가 있었던 걸까. 이 작은 디테일을 알고 있는 사람이라고는 가수와 매니저, 그리고 그 사람들한테서 직접 얘기를 들은 나까지 세 명밖에 없는데. 그게 무슨 비밀이라거나 그런 건 아니지만, 이런 디테일은 인터뷰 대상자의 긴장을 풀어주는 길고도 어려운 일을 마친 다음에야 툭 튀어나오는 이야기다.

물론 자몽 얘기는 입에 올리지 않을 생각이다. 그냥 조시 웨일스라는 덴이 이번 암살 기도의 온갖 속사정을 상세히 알고 있다는 거지. 뭐, 이 사건을 암살 기도라고 부르는 것도 금지되어 있긴 하지만. 지난번 가수를 만났을 때 당신을 죽이려던 사람이 누구냐고 물었더니, 가수는 내게 미소를 지어 보이고는 그건 일급 기밀이라고 말했다. 나는 이 얘기를 조시 웨일스 앞에서 꺼내놓지 않았다. 왜냐면 뭐 글쎄, 마지막으로 확인했을 때만 해도 내 이마에는 씨발 호모새끼라는 문신이 새겨져 있지 않았으니까.

젠장, 생각을 똑바로 할 수가 없다. 이건 실제로 벌어진 일이 아니잖아. 내 말은 아직은 안 일어났다고. 나는 지금도 조시 웨일스가 아니라 쇼타 셰리프를 찾아서 에이트레인즈의 경계선에 서 있으니까. 내가 씨발 조시 웨일스 생각을 왜 하고 있는 거지? 조시 웨일스가 사람들한테 우연히 떠오를 법한 그런 인물도 아니고. 조시 웨일스도 그 편을 좋아하리라는 데에 뭐든 걸 수 있어. 조시 웨일스는 코펜하겐시티야. 그건 나중이었다고, 알렉스 피어스. 난 에이트레인즈에서 알게 된 것 때문에 코펜하겐시티로 간 거잖아. 헛소리를 걸러내보겠다고 말이야. 하지만 내가 처음에 간 곳은 에이트레인즈였지. 그리고 에이트레인즈에 갔다면 쇼타 셰리프를 만나러 간 거고. 오렌지 스트리트에서 무자비한 살육이 벌어졌고 지난주 페천 스트리트에서는 노동당 젊은이가 여자친구 때문에 인민국가당 젊은이를 쏘아 죽인 사건이 있었는데도 평화조약이 계속 유효한 것인지 알고 싶었어. 경찰과의 최근 교전에서 미국 주 방위군한테서도 구할 수 없을 총이며 탄약 무더기를 검은색과 빨간색 옷을 입은 어린애들이 구했다는 얘기도 궁금했고.

물론 그런 얘기에 관한 질문은 절대 못 했을 것이다. 프리스트에 대한 정보를 찔러준 에이트레인즈 환영위원회를 지났을 때, 나는 가로등 밑에 앉아 나를 기다리고 있던 쇼타 셰리프를 발견했다. 더 정확히 말하면 쇼타 셰리프가 내게 말을 건넸다. 브레드렌, 나는 나님을 오랫동안 기다려 왔네. 나님이라는 건 너, 즉 나를 뜻하는 거였다. 게토의 코뮤니크*는 그 코뮤니크를 사용하는 사람보다도 더 오락가락한다. 쇼타 셰리프는 이 정도면 진짜 술집이라고 할 수 있을 만한 곳의 스툴에 앉아 있었는데, 그 술집은 내가 들어온 모퉁이에서 15미터쯤 떨어져 있었다. 그는 담배를 피우고 하이네켄을 마시며 도미노가 알아서 넘어지는 모습을 지켜보는 중이었다. 다가가서 어이, 쇼타 셰리프라는 친구 본 적 있어? 라고 물어볼 수 있을 것처럼 생긴 사람이었다.

– 반짝거리는 스툴이 여기 놓여 있을 거라고는 생각도 못했는데요.

– 예수 재림이 여기서 일어날 것도 생각 못했다네. 녹음기까지 드시고 말이야.

– 그런 소리 많이 듣습니다.

– 무슨 소리?

– 아뇨, 아닙니다.

쇼타 셰리프도 내가 평화조약 얘기를 하러 온 걸 알고 있었다. 알고 보니 쇼타 셰리프는 파파-로와 같은 시기에, 깡패들이 가수

---

* 스페인어로 '의사소통'.

를 제거하려 했던 바로 그즈음에 감방에 있었고, 어쩌다보니 함께 갇힌 사람들 중 말이 통하는 사람들이라면 누구나 그러듯 파파-로와 이야기를 나누기 시작했다. 그다음에 제이컵 밀러가 노래까지 써준—뭐 그래, 그렇게 좋은 노래는 아니지만—평화조약이 맺어졌으며 가수가 또 한번의 콘서트로 이 평화조약에 도장을 찍으러 돌아왔다. 나는 이 조약을 실제로 시작하게 된 계기가 뭔지, 또 그 미래가 이미 똥통 속에 빠져버린 건지 알고 싶었다. 나는 그린 베이에서 군대가 사내아이들을 죽여버린 사건 전날 밤 일에 대해, 애초에 이 평화조약을 시작하게 된 일에 대해 물었다. 주니어 소울이라는 사람 얘기를 들어보셨습니까? 두왑* 가수 같은 이름의 총잡이가 실제로 존재한다는 걸 믿기 어렵긴 하지만, 만약에 존재한다면, 쇼타 셰리프는 당연히 그자에 대해 들어봤을 게 틀림없었다. 내 말은, 그자 또한 이 평화조약의 탄생에 결정적인 요인이지 않겠느냐는 말이다. 뭐랄까. 좆같은 방식으로.

– 아니, 스타. 나는 잘 모르겠군. 누구라고? 그리고 그건 노동당 일이잖나?

– 사람들 말로는 주니어 소울이 인민국가당 쪽 깡패라던데요.

– 깡패?

– 수상한 구석이 있는 인물이라고.

– 수상한 구석?

– 됐습니다. 그러니까 여기 사람이 아니라는 거죠?

– 여기 사람 중에 그런 이름을 가진 사람은 없다네, 예수여.

그 여자가 쇼타 셰리프에 대해서 적어놓은 이야기는 그게 거의

* 흑인 음악 리듬 앤드 블루스의 코러스 중 한 가지.

전부였다. 또 이야기해볼 만한 다른 사람이 없는지 물었더니 그는 나를 붙들고, 누구 지켜보는 사람이 있는지 주변을 돌아보더니, 이 조약은 성사되어야만 하네, 젊은이. 그래야만 한다고, 라고 말했다. 거의 애원하고 있었다. 나는 쇼타 셰리프의 부하들에게 〈모어 모어 모어〉를 부른 가수가 사실 포르노 스타라는 걸 알고 있느냐는 멍청한 질문을 한 다음 떠났다.

며칠 전 프리스트가 찾아낸 사람이 오히려 더 쓸모 있었다. 프리스트는 나를 킹스턴에서 노동당이 다스리는 반쪽, 정말 끈적거리고, 똥물이 줄줄 흐르는 그곳으로 데려가 그린베이에서 살아남은 사람들 중 한 명과 만나게 해주었다. 나는 진짜 왕 갱단 사람을 그때 처음 만났다. 그자는 나를 6미터도 떨어져 있지 않은 술집으로 데려가 바로 이야기를 시작했다. 소문에 따르면 이 주니어 소울이라는 자는 노동당 지역인 사우스사이드로 몰래 빠져나가, 왕 갱단과 관계를 유지하면서, 군대에는 그린베이의 작업장을 지킬 인력이 충분하지 않다는 말을 흘리고 다녔다. 주니어 소울은 왕 갱단을 킹스턴 호텔에서 나온 마타-하리와 연결해주었는데, 그 마타-하리가 녀석들에게 조만간 인당 미화 300달러와 함께 총을 얻을 수 있을 거라고 말한 다음, 그중 서너 명과 씹질을 하는 것으로 이 거래에 도장을 찍었다. 프리스트는 내게 주니어 소울 얘기를 해주었지만, 그 생존자는 샐리 큐라는, 전혀 자메이카스럽지 않은 이름의 사내 얘기를 해주었다. 불쌍한 녀석. 아마 아직 열일곱 살도 안 되었을 텐데. 하지만 처음으로 보지 맛을 보기엔, 잼다운 아이치고 늦은 나이다.

아무튼 샐리 큐가 기억하기로는, 이 주니어 소울이라는 놈이 1월 14일에 모습을 드러냈다고 했다. 뭐 정확히 말하면, 내가 그 녀석에게 가지고 있던 말보로 한 갑과 70달러, 내 배낭에 있다는 것조차 잊어버렸던 제리 래퍼티* 카세트까지 넘겨주고 난 뒤에야 기억해낸 거지만. 주니어 소울은 구급차 두 대와 함께 나타났다. 진짜 수상해 보였지, 꼬마는 말했다. 하지만 어린 쇼타더러, 오기만 하면 가져갈 수 있는 총이 있다고 말하는 것은 약쟁이에게 골목 아래쪽 쓰레기통에 주인 이름도 없는 말**이 있다고 말하는 것이나 마찬가지다. 샐리 큐가 뭔가 말했고 그게 씨발 엄청 중요한 정보였는데 뭐였는지 기억이 안 난다. 수첩을 확인해봐야겠다. 우리는 거의 대부분 라스타였어, 내 말은, 노동당원이 아니었다고. 맞아, 그거였다. 우리는 정치나 무슨 정치 음모 같은 데 낀 적이 없다니까, 씬? 누구 손아귀에도 놀아나지 않았고, 그래서 양쪽하고 다 같이 일을 했다고, 씬? 하지만 때는 1월, 크리스마스 직후였다. 게토 사람 중 돈을 한 푼이라도 가진 사람은 아무도 없다는 걸 모두가 알고 있었다. 더 나쁜 일은 왕 갱단이 킹스턴에 있는 다른 갱단 전체를 상대로, 돌이킬 수 없는 선을 건너버렸다는 것이었다.

아무튼 집을 지을 터가 새로 생겨서 그걸 지킬 야디(건달)들을 찾는다고 했어. 근데 총을 주지는 않으니까 알아서 총을 구해야 한다는 거야. 처음부터 뭔가 이상하다고는 생각했지만, 한 남자에게 북쪽에 올라간 애기 엄마는 애기한테 밥줘야 된다고 하고, 남쪽에 내려간 애기 엄마는 니 애새끼한테 입힐 교복이 필요하다고 하면, 그냥 어떤 일들은 생각이 안 나게 되거든. 어쨌거나, 총을 가지고 있던 그놈은 분명 군인들하고 연줄이 있었어. 그리고 잘은 모르지만, 군인들은 방아쇠를 당길 때 꼭 퀵드로

---

* 스코틀랜드 출신의 싱어송라이터(1947~2011).

** 영어 horse(馬)는 h로 시작한다는 점에서 헤로인을 뜻하는 은어로 통한다.

맥그로 같지는 않단 말이야, 무슨 말인지 알지? 경찰이었으면 내가 주니어 소울한테 이게 무슨 피똥 쌀 짓거리냐고 하고 엄청 패줬겠지. 하지만 군인들은 우리가 앞길에 끼어들지만 않으면 걱정할 게 전혀 없거든. 말했듯이, 우리는 정치 그런 거랑은 아무 관계가 없으니까. 하지만 뭐 모르겠어, 우리 전부한테 저기, 표적 옆에 서라고 한 순간부터 나는 그냥, 그냥 기절하는 것처럼 엎드렸어. 바로 엎드렸지, 놈들이 총을 쏘기 직전에 말이야. 그러고 나서 엄청 큰 덤불 너머로 기어갔어. 그땐 또 맨발이기까지 했다고. 그놈의 군대 영토에서 벗어나, 수수가 자라는 곳에 도착할 때까진 숨 한 번 제대로 못 쉬었다고 생각하면 돼. 놈들은 우리를 찾으려고 헬리콥터까지 띄웠어. 못 찾은 게 오히려 이상해. 발이 덤불에 심하게 긁혀서, 안전한 곳에 도착할 때까지 계속 피 묻은 발자국을 남겼거든. 어쨌든 난 그린베이를 잘 아니까. 그 네 사람을 덤불 밖으로, 수수밭 안으로 데리고 가서 구해준 게 나였다고. 헬리콥터에서도 보이지 않을 정도로 수수가 높이 자라서 우리를 숨겨줬다니, 예수님한테 감사할 일이지. 그다음에는 베네딕트 수녀회 학교가 있는 다운타운까지 그 먼길을 내려갔어. 우리 중 한 명은 다른 길을 찾아서 바다까지 갔는데 어부 두 명이 물에서 그 녀석을 건졌지. 그때 딱 한 번, 우리는 경찰을 불렀어. 물론 경찰들은 우리를 죽일 방법만 있으면 기꺼이 죽이려고 들지. 하지만 그 경찰놈들의 피를 싸늘하게 식히는 게 하나 있다면, 그건 군인들이 자기들보다 먼저 우리를 죽이는 거거든. 경찰이 총잡이들보다 더 싫어하는 딱 하나가 군인이니까. 상상이 가냐고, 브레드렌? 우리를 보호하러 온 게 경찰이었다니까!

술을 주면 줄수록 섈리 큐는 말을 더 많이 했고, 말하는 내용이 분명해지면 분명해질수록 사태는 짜맞추기 어려워졌다. 자메이카 국방군이 이 모든 사태에 대해 함구했다고만은 할 수 없었다. 사실 나는 좀 지나치게 둥글둥글하달까, 그 정도까진 아니라도 성격 좋아 보이는 담당 군 장교를 만났다. 그놈들은 전부 왕 갱단 조직원이나 예전 조직원들, 혹은 관련자들로 그린베이의 자메이카 국방부 훈련장에 침입해서는 당일 아침 조준사격 연습을 하기 위해 그곳에 나와 있던 소수 군인을 상대로 총격을 개시했습니다. 자기네 동네를 심하게 순찰했다고 하여 복수를 계획했던 걸지도 모르지요. 아니면 경비 인원이 별로 없어서 털어가기 좋은, 신식무기 무기고가 있다는 얘기를 들었을지도 모르고요. 어느 쪽이든 당해도 싼 일을 당한 겁니다. 카우보이라도 되는 것처럼 백주 대낮에 쳐들어왔으니까요. 그렇긴 하지만…… 그렇긴 하지만, 총에서 불을 뿜어대며 올 수는 없는 것 아닌가. 총이 없는데, 제기랄, 총을 가지러 가고 있던 건데.

빌 빌슨의 사무실을 다시 떠올려보자. 내가 그린베이에서 도망친 사람과 우연히 마주쳤다고 말하자 빌슨은 갑자기 그게 누군지 지나친 관심을 보였다. 그냥 사람이죠, 내가 말했다. 어떤 식인지 아시잖아요, 시간이 좀 지나면 이 동네 사람들은 다 똑같아 보이니까, 나는 말했다. 편견에 찌든 개소리라는 건 알지만, 자메이카 사람들도 마음속 깊은 곳에서는 백인들은 누구나 어떤 식으로든 인종차별주의자라고 생각하니까, 뭐. 어쨌든 그 정도 대답이면 빌 빌슨을 따돌리기에는 충분했다. 그리하여 빌 빌슨은 내게 문제의 사진들을 보여주었다. 어떤 사람이 자기 사서함에다가 그냥 놔두고 갔다는 것이었다. 어떤 사람이라뇨? 누가 누구더러 수상하다는 건지 모르겠네, 나는 거의 그렇게 말할 뻔했지만 말하지 않았다. 대신 나는 모래밭에 사지를 뻗고 누워 있는 시체 다섯 구를 보았다. 두 구가 찍힌 한 장, 다른 두 구가 찍힌 사진이 또 한 장 있었고, 다섯 구가 한꺼번에 또다른 사진 한 장에 찍혀 있었다. 시체를 내려다보는 그림자만 있을 뿐, 실제 군인의 모습은 어느 사진에도 보이지 않았다. 죽은 남자들 중 신발 비슷한 거라도 신은 사람은 한 명밖에 없었다. 피는 거의 보이지 않았는데, 아마 모래밭에 스며든 것 같았다. 모르겠다. 내가 자메이카에서 시체를 처음 본 것도 아니고.

– 이봐요, 빌, 그래서 이걸 어쩌라고요? 자메이카 국방군에서도 당신이 이 사진들을 손에 넣은 걸 알고 있어요?

– 지금쯤은 알 수밖에 없을걸요. 애초에 정보를 흘린 게 그놈들이 아니라고도 확실히 말 못 하겠는데.

– 아, 그래요? 사정이 뭐길래 그래요?

– 그쪽 얘기는 뭐고?

– 네? 안 되죠, 브라더, 그쪽 먼저. 분명히 공식적인 성명이 있었을 거 아닙니까. 내 말은, 이건 거의 일년이나 지난 일이라고요.

– 성명? 군인들은 성명서 같은 거 내지 않아요. 하지만 자네 친구, 그 소령……

– 내 친구 아닙니다, 버디.

– 총잡이나 하나 골라서 그 얘기를 해보지 그래요. 어쨌거나, 소령은 아무 성명서도 내지 않았어요. 일단의 공격자들이 그린베이의 사격 훈련 시설에 있던 자메이카 국방군 장교단을 공격하려 했다는 얘기는 했지만. 총잡이들이야 뭐, 사격장이라는 이름이 붙은 곳이니 어딘가에 총이 보관돼 있을 거라고 생각했나보죠.

– 그 사람들이 총잡이였다는 얘기는 누가 하던가요?

– 한 명도 빠짐없이 웨스트 킹스턴 출신이었잖아요.

– 그 대사 지어낸 게 누구예요, 그 사람입니까, 당신입니까?

– 하하. 이거 여간내기가 아니군, 이 친구. 어쨌거나, 소령 말로는 놈들이 카우보이라도 되는 것처럼 한낮에 부지로 들이닥쳤다고

했어요. 자메이카 국방군으로서는 응사하는 것밖에는 선택의 여지가 없었고.

– 일단은 총을 맞아야 응사를 할 수 있는 거 아닙니까?

– 그게 무슨 뜻이죠?

– 아무것도 아닙니다, 친구. 그냥 아무 소리나 던져보는 거죠. 그러니까 이 친구들이 정오에 공격했다, 그건 맞죠? 소령도 정오라고 하던가요?

– 그랬죠.

– 흠. 하지만……

이해가 가지 않았다. 내 말은, 왜 이러실까, 똥 같은 사진들이 내 앞에 무슨 뚱뚱한 스트리퍼처럼 퍼질러져 있는데. 어쩌면 빌 빌슨은 멍청한 것이거나, 정치놀음의 한가운데에 제대로 끼어 있다는 걸 알아채는 순간 자메이카 사람들이 해대는, 나쁜-일이란-듣도-보도-못했습니다 하는 행동을 하는 것일지도 몰랐다. 소령은 문제의 진술을 하면서 갱단이 자기들을 정오에 공격했고 자기들은 응사했다고 말했다. 하지만 사진을 보니, 사진에 찍힌 그림자를 보니, 사진 속의 모든 그림자가 길게 쭉 늘어나 있었다. 정오에는 그림자가 길게 지지 않는다. 이 거지같은 일은 아침에 터진 것이다. 그쯤이야 반은 장님에 노망든 머저리 변태새끼라도 알 수 있는 사실이었다. 하지만 내가 너무 오래 들여다본 모양이었다, 그 사진들을 말이다. 빌 빌슨은 내가 지나치게 오래 유심히 들여다본다는 걸 알아차렸다. 그는 내가 질문을 던지다 말고 중간에 잘라먹었다는 사실을 영영 잊지 않을 터였다. 자메이카 사람들에게는, 백인 꼬맹이가 꽤 눈치가 빠른 편이라는 사실을 마침내 알아차릴 경우에 짓는 어떤 표정이 있다. 그들은 그 표정을 계속 짓는데, 도대체 얼마 전부터 이놈이 눈치를 챘는지 자기들이 너무 많이 떠벌린 건 아닌지 궁금해하기 때문이다. 자메이카 사람들이 지금까지도 자랑스럽게 여길 만한 게 하나 있다면 그건 결코 긴장을 풀지 않는 그 재능이다. 어떤 것도 새어나가지 않게 하는 재능. 그들은 지금 당장 엿을 먹이고 싶어 참을 수 없는 지경이 될지라도 아무것도 내어주지 않는다.

그래, 아이샤가 어쩌다 여기 끼어들게 됐는지는 모르겠다. 어쩌면 내가 침대에 있어서 그랬는지도 모른다. 어쩌면 내가 씨발 침대 옆에 앉아 있는 이 씹새끼랑 같이 침대에 있어서 그랬는지도. 시계를 차고 잤으면 좋았을걸. 브라더, 씨발 그냥 뭐라도 훔쳐서 사라져주면 안 될까? 어떤 새끼가 씨발, 싸구려 숙소를 털다가 숨을 돌리냐고? 아 세상에, 안 돼, 안 돼, 제발 안 돼, 안 돼, 앉지 마, 세상에, 이 자식이 내…… 내 발 위에 앉았다. 이 호로새끼가 뼈투성이 엉덩이로 내 발을 깔고 앉았다고. 몸을 돌리고 있잖아, 이런 빌어먹을. 이제 어두워졌다. 붉은 어둠의 빛이 감은 내 눈꺼풀을 뚫고 들어온다. 천천히 떠…… 아니야, 씨발 멍청아. 놈이 나를 쏴버리는 모습을 그렇게 빨리 보고 싶냐? 이 생각 한가운데에다가 놈이 씨발 구멍을 뚫어주면 차라리 좋겠네. 최소한 뭔가 영리한 걸 생각하다가 죽게 될 테니까. 이제 천국이니 뭐 그런 거지같은 것들을 생각할 차례인가? 루터교 신자이신 우리 엄마께서 아주 자랑스러워하시겠네. 저놈은 내가 잔다고 생각하는 건가? 다른 베개는 어디 갔지? 저놈이 내 머리를 다른 베개로 덮고 총을 쏘려나? 이런 겁쟁이, 난 겁쟁이야, 니미럴 겁쟁이라고. 제기랄, 눈 떠, 니미럴 이놈의 눈. 놈은 나를 보고 있지 않아. 아직도 땅을 보고 있어. 제기랄, 젠장, 니미럴, 뭘 보는 거야? 카펫에 있는 무슨 얼룩이 예수님처럼 생겼나? 그딴 수작은 천장이나 부리는 줄 알았는데. 내가 오기 전에 이 방에서 잤던 더러운 씨발놈들이 정액 자국을 남긴 건가? 전에 이불을 좀 빨아둔 거였으면 좋으련만. 하프웨이 트리 로드 바깥에 있는 호텔은 속사정을 전혀 알 수가 없다니까.

두 블록을 내려간 뒤 왼쪽으로 돌아 첼시로 들어선 다음, 첼시 호텔이 있는 길의 굽이로 걸어가면, 문 바로 위에 어떠한 상황에서도 성인 남자 둘이 한 방을 빌릴 수는 없다는 안내판이 걸려 있다. 반면 소아성애자한테는, 이렇게 쿨한 도시도 없다는 듯 빌려줄 거다. 왜 그런 생각이 드는지 모르겠다, 왜 갑자기 이 이불이 정말 잘 세탁된 이불이었으면 좋겠다는 생각이 드는지 모르겠어. 세탁되었구나, 같은 단어가 쓰고 싶어지는 그런 이불 말이지. 아니, 훌륭하게 세탁되었구나, 로 하자. 이런 세상에, 니미럴, 제발 꺼지라고. 최소한 다행인 게 한 가지 있다. 이 모든 일을 겪는 내내, 내가 얼마나 좆같은 겁쟁이였는지는 영영 기억할 수 없을 거라는 거. 침대에 누워서, 내 가방에서 뭔가가 떨어지지 않기만을, 아니면 내 발이 그만 떨기만을 바라고 있다니. 아니, 어쩌면 이건 그냥 잠들어서 얼얼한 느낌이 드는 걸지도 몰라. 내 다리가 잠들어 있다면 어떻게 미친듯이 욕실로 뛰어갈 수 있을까? 나란 놈의 다리가 말이야. 이젠 걱정도 자메이카 말로 하네. 브라더, 그냥 변태가 되어주면 안 될까? 그냥 내 거시기나 콱 쥐었다가 가면 안 돼?

그러니까 1978년 초반, 그린베이에서 애들 몇을 쏘아버린 군인 하나가 평화조약이 탄생하는 계기가 되어준 것이다. 경찰들은 일년도 지나지 않아서 시내에 총을 갈겨댔고 사람들은 벌써부터 종말이 온 것처럼 이야기하고 다녔다. 중립적인 공간에서 총잡이가 움직이고 있는데 갑자기 경찰이나 군대가 총을 들고 현장에 나타나면, 보통 그건 함정이다. 때로 그 함정을 파놓는 것은 문제의 총잡이가 속해 있는 팀이다. 몇 년 전 인민국가당 깡패 몇몇에게 일어난 일이 바로 그거였다(고 프리스트는 말한다). 내가 파파-로에게 물어보려던 것도, 바로 그자에게 일어난 일이 무엇이었는지였다. 이번 미팅은 실제로 프리스트가 잡았다. 뭐 나야 프리스트를 아는 웬 찌질이로서 그 자리에 갔던 거라서, 그들이 나를 어떻게 생각했는지는 모르겠고. 어쨌거나 나는 이 살인사건에 대해서도 아무것도 알아내지 못했다. 프리스트가 말하길, 평화조약의 조건 중 하나가 절대 누구도 경찰에 넘겨서는 안 된다는 것이었다니까.

제기랄. 내가 이 모든 얘기를 꺼내놓자 장관은 뭐랄까, 그냥 웃어버렸다. 내가 이 모든 것들을 테이프에 담기 전, 놈은 오프 더 레코드입니다, 라고 말했다. 지난주에 본 영화에서 어떤 모자란 새끼가 그렇게 말하는 걸 들어두었다가 따라하는 것처럼. 하지만 그러고 나서는 이미 기자회견에서 했던 말만을 반복했다. 즉, 문제의 인물들이 개처럼 사냥을 당하게 될 거라는 것이었다. 아, 미리 일러두자면 개들은 보통 사냥하는 쪽이지 당하는 쪽은 아니다. 하지만 사람들은 자기가 생각할 수 있는 범위 안에서 비유를 찾기 마련이니까. 장관은 내가 건방지게 군다는 사실을 눈치챘다. 그 여자가 인터뷰에 대해 써놓은 건 그게 전부였다. 어쨌거나 그놈은 그냥 개소리 덩어리였다, 멍청하게 삐져나온 머리카락을 거의 직모처럼 보일 정도로 뒤쪽으로 세게 빗어 넘긴 놈.

나도 헛소리를 해대는군. 요점은 이거다. 프리스트의 말에 따르면 이 평화조약의 큰 부분이, 장관 같은 사람들에게는 더이상 그 누구도 다른 사람 이름을 팔아서는 안 된다는 내용이었다. 그런데도 죽은 사람이, 죽은 총잡이가, 안타까운 정치 활동가가 생겨났다. 범죄자 세계의 내부 정보들을 정면으로 접해본 적이 있던 나는 바빌론이 씨발 그 사람들을 스스로 찾아냈을 가능성이 전혀 없다는 걸 잘 알고 있었다. 자메이카 경찰은 하프웨이 트리 로드 한가운데에서 벌거벗은 여자가 다리를 벌리고 보지를 쑤시며 여기 좀 봐봐 바빌론아, 라고 말한다 해도, 누군가가 어디를 찾아봐야 할지 말해주지 않으면 그 여자를 찾지 못한다. 프리스트처럼, 그 누군가도 노동당과 인민국가당 영토를 드나들 수 있었을 것이다. 프리스트와는 달리 그 사람은 진짜로 영향력이 있었을 것이다. 파파-로의 넘버투라든지 쓰리라든지. 그래도 대단한 일이기는 하다, 그렇지 않은가? 킹스턴이 그토록 서열이 높은 인간들마저 자기 손에 친구를 잃었을지 모르는 사람들과 함께 술에 취할 수 있는 지점에 다다랐다는 얘기니까. 빌 빌슨이든, 존 헌*이든, 크로스로드 위쪽에 사는 아무 기자나 지식인, 피부 색깔이 밝은 사람과 이야기해보면 그들 모두가 이 평화조약이 얼마나 갈까, 를 물어볼 새로운 방법을 찾아내려 애쓴다는 걸, 하지만 딱히 걱정되어서 그런 건 아니라는 걸 알 수 있다. 그 시끄러운 한숨과 끄덕임은 지금 매우 불쾌하다는 뜻을 전달하려는 것이지만, 실제로 전달되는 건 씨발 이것조차도 우리 관심을 끌 수는 없어, 라는 말이다. 그럼 나는 씨발 평화조약에 왜 관심을 갖는 걸까? 어쨌거나 실제로 무슨 문서가 작성된 것도 아닌데 말이다. 단, 파파-로와 쇼타 셰리프가 이 문제를 놓고 가수와 회의를 하기 위해 런던까지 가기는 했다. 그중 어떤 것도 뉴스거리는 아니지만, 어떻게 모든 일들이 단 일 년 만에 희망찬 것에서 희망 없는 것으로 바뀌어버리는지는 씨발 누가 알겠나.

사실, 내가 안다. 파파-로도 알고 있지만 입을 열지는 않고 있

* 자메이카의 소설가, 기자, 교사인 존 에드거 콜웰 헌(1926~1994).

다. 쇼타 셰리프도 알지만, 왜 있잖나. 어떤 우스갯소리나 이야기를 하다가 상대방이 결말을 이미 안다는 사실을 알아채고는 그만두는 경우 말이다. 문제는, 나는 진짜로 모른다는 거지만.

내 침대 가장자리에는 군청색 옷을 입은 남자가 있다. 나는 전에 파파-로를 만나본 적이 있다. 평화 콘서트가 열리기 직전에 프리스트와 함께 코펜하겐시티에 갔었다. 그곳에는 잔뜩 팔을 벌려 모두를 끌어안음으로써 안 그래도 큰 몸집을 더욱 크게 만드는 남자가 하나 있었는데, 심지어는 나처럼 잘 놀라지 않는 인간까지도 그 커다란 남자의 곰 같은 포옹을 받고는 충격을 받았다. 모두들 여기서는 안전하오! 우리가 다루는 것은 평화와 사랑의 바이브요! 파파-로라면 그렇게 말했을 것이다. 그런 다음에 믹 재거가 어디 있느냐고 물었겠지. 어쩌면 믹 재거가, 자기가 진짜로 다룰 수 있는 범위를 넘는 흑인 품품에 얽혀버렸는지도 모른다면서. 나는 2분을 꽉 차게 쓰고서야 글리머 트윈스*의 레퍼토리가 스튜디오54 너머까지 발을 뻗치고 있다는 걸 깨달았다.

-〈어떤 여자들〉**은 들어보셨고요? 그 친구들한테는 전성기로의 성공적인 귀환이죠.

-나란 놈은 많은 여자들 얘기를 듣지.

그 인터뷰와 관련해서 그 여자가 써놓은 건 이게 전부였다. 겨우 며칠 전으로 테이프를 감아보면, 나는 그렇게 작아 보이는 거물은 한 번도 본 적이 없었다. 파파-로는 프리스트에게 화이트 뷔이를 다시 데리고 왔다며 피똥 쌀 놈, 하고 욕할 에너지조차 지니고 있지

* 빛나는 쌍둥이라는 뜻으로, 믹 재거와 키스 리처드를 일컫는 별명이다.

** 〈Some Girls〉(1978), 롤링스톤스의 앨범.

않았다. 그는 경찰이 쏴버린 남자 얘기를 하고 싶어하지 않았다. 경찰 얘기도 하고 싶어하지 않았다. 너무 많은 걸 알고 있거나, 세상 전체에 통달한 나이조차도 지나버렸기에 늙은이들이 하는 행동. 파파-로는 바로 그 행동을 하는 중이었다. 사람들 사이의 온갖 거지 같은 일들을 알게 되고, 어째서 우리 모두는 그토록 저열하고 불쾌하며 역겨운 존재인지, 어째서 우리가 사실은 그냥 씨발 짐승에 불과한지를 알게 되는 것. 그건 특정한 나이가 되면 사람들이 터득하는 지혜인데, 나이가 꼭 많을 필요는 없었다. 사실 파파-로는 그렇게 늙었다고는 할 수 없었으니까. 게토에서는 아무도 늙지 않는다. 내가 말한 나이란 사람이 무언가를, 잘은 모르지만 크고도 회색인 뭔가를 배우게 되는 나이다. 그 나이를 지나면 사람은 이제 더이상 애써봐야 아무 소용이 없다는 걸 알게 된다. 하지만 내가 말했듯, 겨우 일년이 지났을 뿐인데 파파-로에게는 그 모습이 나타나 있었다. 그래서 그는 기진맥진한 것처럼 보였다. 아니, 기진맥진한 게 아니었다. 피곤해하는 것이었다.

– 경찰이 왜 당신의 넘버 투를 죽인 거죠?

– 장미는 왜 빨간색이고 바이올렛은 왜 파란색인가?

– 무슨 말인지 모르겠는데요.

– Y라는 글자는 긴 꼬리가 달린, 구부러진 코이지. 꼬리를 자르면 V가 된다네. V는 방랑자vagabond라는 뜻이야. 자네는 방랑자로군.

– 어떻게 죽일 수가 있었던 겁니까?

– 총을 두세 자루쯤 썼다는데, 내가 듣기론.

– 인민국가당에서 파파-로의 부하를 경찰에 넘겨준 걸까요?

– 뭐?

– 인민국가당요. 그쪽에서 당신 쪽 사람에 대해 경찰에 뭔가 힌

트를 준 게 아닌가 해서요. 그것도 그렇고, 경찰에서는 왜 평화조약을 존중하지 않는 건가요?

- 백인 친구, 아주 농담을 잘하는데. 경찰이 조약에 서명을 했다는 얘기는 누가 하던가? 인민국가당이 힌트를 줬다느니 어쩌느니 하는 건 무슨 뜻이고?

- 그 말이 맞을지도 모르겠네요.

- 하하, 백인 꼬마, 나한테 내가 맞는지 틀린지 얘기해주겠다는 건가.

그 말이 맞았다. 쇼타 셰리프는 내가 파파-로의 넘버 투가 죽었다는 얘기를 꺼냈을 때 나를 바라보았다. 파파-로가 바라보던 것과 똑같은 눈길로.

- 나쁜 시절도 어떤 사람한테는 좋은 시절이지, 친구여. 나쁜 시절도 어떤 사람한테는 좋은 시절이라네.

- 넘버 투 얘기를 경찰에 찌른 건 누굽니까?

- 여기 오고 나서 조시 웨일스 본 적 있나?

- 한 번밖에 못 만났는데요.

- 조시는 반대쪽 끝에 산다네. 넘버 투 얘기라면 조시한테 물어보게나.

- 조시 웨일스요?

- 거리에서 벌어지는 일은 나도 더이상 몰라. 평화는 끝났네.

- 누구랑 누구 사이의 평화였는데요? 그게 무슨 뜻인지 여쭤봐도 될까요? 몇 가지 더 질문해도 되겠습니까? 파파?

질문하면 안 되는 거였나 보다. 조시 웨일스를 굳이 찾을 필요도 없었다. 조시가 나를 찾아왔으니까. 파파-로의 집 대문을 떠나려는 바로 그때였다. 파파-로를 떠나면서 왜 뒷걸음질을 치고 있었는지는 묻지 마시라. 아무튼 나는 뒷걸음질을 치다가 두 남자에게 그대로 부딪쳤다. 대머리 남자는 아무 말도 하지 않았다. 심지어는 내 팔을 잡아끌고 거리를 걸어가면서도 나를 한 번도 바라보지 않았다. 던께서 지금 당장 얘기 좀 하자신다, 다른 남자가 말했다. 덩치가 더 크고 살이 쪘으며 굵기가 아주 가느다란 베이비 레게머리를 한 남자였다. 파파-로가 던 아닌가요? 나는 그 질문을 입에 올리지 않았다. 파란색 옷을 입은 대머리 남자와 파란색 옷을 입은 레게머리 남자가 완벽히 보조를 맞춰 양옆에서 걸어가고 있다니, 무슨 만화가 틀림없었다. 거리에 나와 있던 사람들은 그냥 시선을 돌렸다. 우리가 지나가기만 하면 그냥 눈을 돌렸다는 얘기다. 내 말은 그러니까, 거의 모두가 눈을 피했다고. 모두가 눈을 돌렸다. 여자 둘과 남자 하나만 눈을 맞추었지만 사실상 나를 본다고도 할 수 없을 정도로 멍한 시선이었다. 내가 유령이나, 마을에서 추방당하는 이방인이라도 된다는 것처럼. 자메이카의 모든 마을은 전부 작은 읍내나 다름없다. 그들은 나를 조시 웨일스의 집으로 데려가 앞문으로 나를 밀어넣었지만, 아무도 어디에 앉으라는 말은 하지 않았다. 에소* 달력 하나가 거실의 커다란 유리창 세 군데 중 가장 앞쪽에 붙어 있었다. 내가 본 것 중에서는 총을 맞지 않은 유일한 유리창이었다. 창문마다 커튼이 달려 있었다. 빨간색과 노란 꽃무늬 커튼을 보니, 조시에게는 함께 사는 여자가 있는 듯했다.

– 커튼이 멋있네요.

– 질문이 많던데, 백인 꼬마.

– 아, 저야……

* 미국의 주유소 브랜드.

- 그 검은색 공책을 들고 이리저리 부산을 떨며 돌아다니던데. 그 안에 전부 적어놓는 건가?

나는 조시 웨일스가 영어를 제대로 할 줄 안다는 얘기를 들었었다.

- 그런 식의 영어는 어디서 배우셨습니까?

- 헛짓거리하는 건 어디서 배웠지?

- 네?

- 좀 똑똑한 질문은 마지막까지 미뤄놓을 셈인가?

- 죄송합니다, 전…… 전…… 저는……

- 전……전…… 저는…… 같은 소리 하네.

그러는 내내 내 눈에 보이는 것이라고는, 내 쪽을 향하지 않은 채 소파에 앉아 있는 사람의 수건으로 감싼 머리뿐이었다. 여자를 거느린 던이 거기에 앉아서 침묵을 지키고 있다. 씨발 목소리는 어디서 나오는 거야?

- 잘난 척 떠들더니 할말이 금방 떨어지나보군. 앉아라, 백인.

나는 앞문 근처에 있는 식탁 의자에 앉았다.

- 니들 나라에서는 사람들이 거실에 앉지 않나보지?

나는 거실 쪽으로 옮겨갔다, 진료소 대기실처럼 작은 그곳을 거실이라고 부를 수 있다면 말이지만. 실은 소파조차도 투명한 비닐 포장지가 여전히 덮여 있는 회색 소파였다. 거기에 앉아 있는 건 여자가 아니었다. 처음에는 그물망 조끼가 눈에 들어오더니, 그다음에는 커다란 손이 그의 머리에서 수건을 벗겨냈다. 그는 머리카락을 몇 차례 더 문지르곤 수건을 뒤로 던졌다. 아마 뒤를 졸졸 따라다니며 버려둔 물건을 주워주는 여자를 얻은 모양이었다. 조시 웨일스. 그는 정말로 거물이었다. 파파-로보다는 피부색이 밝았지만, 눈은 예상했던 것보다 더 가늘었다. 흡사 중국인의 눈처럼. 배는 게토 젊은이들의 제복이라 할 수 있는 그물망 조끼를 밀어내기 시작하고 있었다. 아마 그 옷은 집안에서만 입는 것 같았지만. 자메이카의 배드맨이 출세를 하면, 옷장에서부터 티가 나기 시작한다. 내가 듣기로, 출세한 악당들은 집밖으로 걸어나오는 순간에 항상 정장 셔츠를 입는다고 한다. 언제든 법정으로 끌려갈 준비가 되어 있다는 듯이.

– 펜은 늘 준비해 가지고 다니나?

– 네.

– 내가 알기로 어떤 사람들은 펜 대신 총을 그렇게 들고 다니지. 지금 우리집 밖에 그런 놈들 둘이 서 있다.

– 웨일스 씨는 아니시고요?

– 총구에서는 좋은 게 나올 때가 없으니까. 그건 좀 개선해볼 생각 없나?

– 뭘 말씀이십니까?

– 더 빨리 움직이라고. 반사 신경이 좋아진다던가, 그렇게 말하면 알아들으려나.

– 이해가 안 가는데요.

– 방금 전에, 총구에서는 좋은 게 나올 때가 없다고 말했을 때 말이다.

– 그건 들었습니다, 웨일스 씨.

– 나를 웨일스 씨라고 부르는 건 판사들뿐이야. 조시다.

– 알겠습니다.

– 방금 전에, 총구에서는 좋은 게 나올 때가 없다고 말했을 때……

– 그건 들었는데요.

– 똥구멍에 뭐라도 찔렸나? 어째서 계속 내 말을 끊는 거지? 방

금 말했다시피, 총구에서는 좋은 게 나올 때가 없다고 말하던 그때 말이야. 나는 그때 니가 몸을 움찔하는 걸 봤다. 눈이 깜빡이더니 크게 뜨였지, 던의 입에서 그런 소리가 나올 거라고는 전혀 예상하지 못했다는 것처럼.

– 저는 그런 게 아니……

– 아니긴, 브레드렌. 하지만 아주 짧은 순간이었어, 너무 빨라서 사람들 대부분은 못 보고 놓쳤겠지만 내 이름은 사람들 대부분이 아니니까. 아마 너는 눈치조차 못 챘을 거다.

– 안 그랬습니다. 이건 어쨌든 제 몸이잖아요.

– 너 같은 인간들은 많은 걸 보지 못해. 항상 조그만 책에다가 조그만 메모를 적으며 다니니까. 비행기에서 내리기도 전에 이야기를 다 써버리더군. 자 이걸 보라 미국이여, 자메이카는 이렇게 굴러간다, 라고 말할 수 있을 법한 느슨한 헛소리를 찾아다니는 거겠지.

– 선생님께서 모든 걸 다 아시는 건 아니잖아요, 기자라고 다 그런 식은 아닙니다.

– 〈멜로디 메이커〉라고 했나?

– 〈롤링스톤〉이요.

– 그런데 거의 일년 동안이나 여기서 뭘 하고 있는 거지? 흑인 보지가 그렇게 맛있나?

– 네? 아뇨, 아뇨. 기사를 쓰고 있습니다.

– 코퍼 얘기를 쓰는데 일년이나 필요한가?

– 코퍼요?

– 코퍼. 니가 사방에 캐묻고 다니는 남자의 이름도 모르나보군. 평화조약을 잘못 읽었던 그 남자 말이다.

– 문서로 남은 조약이 있습니까?

– 〈롤링스톤〉에서 그렇게 똑똑한 놈을 보낸 건 아닌가보군.

– 뭐, 저도 멍청하지는 않습니다.

– 〈롤링스톤〉에서 뭐하자고 일년 넘게 여기에다 사람을 보내는 거지? 무슨 기사가 그렇게 핫하길래?

– 아, 사실은 그 사람들이 절 보낸 건 아니에요.

– 그건 참말이로군. 솔직히, 넌 빌어먹을 〈롤링스톤〉에서 일하지도 않는다. 〈멜로디 메이커〉나 다른 어떤 잡지사에서도 일하지 않지, 따지고 보면. 〈뉴욕 타임스〉, 그래 거기라면 여기다가 1년 동안 기자를 파견할 만하지만, 바티보이들을 표지에 실어대는 잡지사라면 그럴 리가 없어. 내가 볼 때 너는 그냥 흑인 보지 때문에 여기 와 있는 것 같은데. 그 아이샤라는 여자는 어때? 잘해주나? 지금도 보오지이가 바늘구멍처럼 꽉 죄어주던가?

– 아니 그걸 어떻……

– 니가 나를 아는 것보다는 내가 너를 더 잘 아는 것 같군, 백인 꼬마.

– 아이샤는, 그 여잔…… 그 여자는 제 여자친구가 아닙니다.

– 당연히 아니겠지. 너 같은 백인 꼬마들, 너희들한테는 그런 식의 특정한 쓰임새가 있는 흑인 여자가 없으니까.

– 그런 식의 특정한 쓰임새가 있는 여자는 아무도 없습니다.

조시 웨일스는 쌕쌕거리듯 웃는다, 마치 이 사이로 갈아내듯이. 파파-로와는 다르다. 파파-로는 머리를 뒤로 젖히고 커다란 배 깊은 곳에서부터 웃음을 밀어냈다.

– 아주 꾀바른 대답인데, 이 자식. 꾀바르고 거칠어.

– 일주일은 여기 있을 겁니다.

– 아니, 넌 오늘 떠나게 될 거다.

–농담이었는데요. 일주일은 여기 있을 겁니다, 한 거 말입니다. 제가 그쪽을 웃기려고 뭔가 웃긴 말을 했는데 그쪽이 웃으면, 제가 일주일은 여기 있을 겁니다, 하는 거죠. 스탠드업 코미디에 보면…… 아니 됐습니다.*

–코퍼 얘기는 왜 묻고 다니는 건가?

–그야 전……

–심지어는 그 난쟁이 똥자루 멍청이, 쇼타 셰리프한테까지 갔었다던데.

–그분은 사실 별 말을 하지 않았어요.

–그놈한테 무슨 할말이 있겠나? 코퍼를 그렇게 잘 알지도 못하는 놈인데.

–두 분은 친구셨나요?

–조시 웨일스는 모두를 사랑하지.

–제 말은, 코퍼요. 쇼타 셰리프 말고. 코퍼는 중앙 평화위원회랑 실제로 관련되어 있었잖아요, 아닙니까?

–아하, 중앙 평화위원회에 대해서 정말 뭘 안다고 생각하는 건가? 장담하는데, 넌 그게 그냥 장난질이었다는 걸 모르는 모양이군. 평화라니. 게토에는 오직 한 가지 평화만이 올 수 있어. 아주 간단하지, 너무 간단해서 머저리라도 요점은 알아들을 수 있을 정도야. 백인이라고 해도. 니가 평화가 어쩌고저쩌고 하면서 평화 얘기를 하자고 한 순간, 그 순간이 총잡이들이 총을 내려놓는 순간이다. 하지만 그거 아나, 백인 꼬맹이. 니가 총을 내려놓자마자 경찰이 총

* '일주일은 있을 겁니다'는 미국에서 흔히 쓰는 관용구로, 농담을 듣고 웃는 상대방에게 '일주일은 있어드리겠습니다(그러니 언제든 와서 제 쇼를 봐주세요)'라고 대답하는 식으로 활용된다.

을 빠들게 돼 있다. 위험한 거지, 평화라는 건. 평화는 사람을 멍청하게 만드니까. 모두가 평화조약에 서명했던 건 잊어버렸나보군. 좋은 시절이 어떤 사람들에게는 나쁜 시절이야.

– 흠. 제가 분명히 그 말을 들었던 적이…… 그러니까 평화조약은 별로 좋은 생각이 아니었다는 말씀이십니까?

– 아니. 니가 그렇게 말하고 있다.

– 그럼 선생님 의견은요?

– 코퍼는 와리카 힐스에서 왔지. 거긴 시골이나 다름없어. 그놈은 킹스턴이 어떻게 돌아가는지 모른다는 얘기지. 그래서 그놈은 친한 친구 파파-로를 만나러 코펜하겐시티로 왔다가, 그다음에는 또다른 좋은 친구 쇼타 셰리프와 럼주를 마시러 갔다. 녀석이 노동당이든 인민국가당이든 두 영토 가운데 어디에든 있기만 하면 모든 게 안전하게 잘 돌아갔어.

– 하지만 그러다가 코퍼가 지난 5월 케이마나스 경마장에 갔는데, 거기는……

– 누구의 영토도 아니지.

– 게다가 혼자서 가기도 했고요.

– 평화라는 바이브가 코퍼를 빌어먹을 멍청이로 만든 거지. 그게 바로 평화의 문제다. 평화는 사람을 부주의하게 만들거든.

– 코퍼가 거기에 갔다는 건 경찰이 어떻게 알았을까요?

– 총잡이 하나 찾는 게 그렇게 어려울 거라고 생각하나?

– 하지만 경찰들은 떼거지로 몰려갔습니다. 부패경찰 중에 아무나 두 명이 예정된 경기에 내기를 건 게 아니었다고요.

– 암습이지. 카우보이 영화 안 좋아하나?

– 보통은 좆까라, 하죠. 솔직하게 말하면요. 저는 수족 혼혈이거

든요.

– 수?

– 수족이요, 체로키족처럼. 아파치족처럼.

– 인디언인가?

– 혼혈이요.

– 그렇군.

– 누가 함정에 빠뜨렸는지 아세요? 코퍼 말이에요.

– 혼자 함정에 빠진 걸지도 모르지.

– 하지만 여기 사람 몇 명은 코퍼가 파파–로의 넘버투였다고 하던데요, 심지어 한때는 넘버원이기도 했고요.

– 총알이 무서워서 코펜하겐시티에는 살지도 못했던 놈이? 누가 그런 소리를 하지?

– 사람들이요. 그리고 코퍼가 사라졌으니까……

– 니가 하고 싶은 말은…… 저걸 봐라. 씨발 코퍼가 피해서 숨어 있던 것과 같은 총알이지. 그래, 코퍼가 사라졌으니까 뭐? 게토에서는 누구나 갈아치울 수 있다. 나까지도 말이야.

– 그렇군요. 선생님 생각엔 가수가 이 모든 상황에 대해 어떤 반응을 보일 거 같은가요?

– 니 눈엔 내가 가수 보호자로 보이나?

– 아뇨, 제 말은…… 그쪽이랑 가수 사이에 감정이 상하거나 그러진 않을까요?

– 무슨 뜻인지 모르겠군. 하지만 그 남자는 이미 많은 걸 겪었다. 사람들은 그냥 그 남자를 쉬게 내버려두기만 하면 돼. 그냥 내버려두라고, 쉴 수 있게.

– 그래도 가수는 평화조약의 대의명분에 꽤 헌신적인 게 틀림없

어요. 콘서트를 한번 더 하겠다고 돌아오다니, 더구나 지난번에 그런 일이 있었는데도요.

– 하하. 아무도 다시는 가수를 노리지 않을 테니까.

– 장담하는데, 처음에도 누군가 가수를 노릴 거라고 생각한 사람은 아무도 없었을 겁니다.

– 지난번에는 가수가 자기집에서 친구가 경마 사기를 치도록 내버려뒀다. 이번에는 그런 지랄 맞은 일은 허락하지 않고 있고. 가수가 누구의 등에도 칼을 꼽고 있지 않으니, 이번에는 아무도 가수의 가슴을 쏘지 않겠지.

– 잠깐만요, 그 사람들이 가수의 친구를 노렸다고 생각하시는 거예요? 그 사기극은 뭡니까?

– 가수에 대해서는 할말이 없다.

– 가수 친구 얘기를 하셨잖아요, 가수가 아니고요.

– 어떤 나무는 이미 오래전에 가지치기를 해버렸지.

– 이제 파파–로처럼 말씀하시네요.

– 빛바랜 사람들에게나 그런 일이 일어나지. 그들은 기억 속에 살게 되는 거다.

– 가끔씩 저도 아버지처럼 말하게 되던데요.

– 가끔씩 나는 우리 아빠가 하던 대로 훈육을 하지.

– 아아. 그러십니까?

– 그래, 백인 꼬마, 게토에도 자기 아버지가 누구인지 아는 남자들이 있거든. 그런 놈들 중 몇 명은 심지어 자기 어머니랑 결혼하기도 하지.

– 그런 뜻이 아니고요.

– 지금까지 니가 했던 중요한 얘기들 중에서, 니 입에서 나온 건

한마디도 없다.

– 아.

– 파파-로는 우리가 게토에서 그럭저럭 살 수 있는 이유다. 파파-로는 내가 저 변기 물을 내리면, 다시는 그 똥을 볼 필요가 없는 이유지. 너야 그런 걸 당연하게 받아들이겠지만, 안 그런가, 백인 꼬마? 레버 하나 누르기만 하면, 니 똥이 어디 갔는지 다시는 생각할 필요가 없는 거야. 그래, 파파-로 덕분에 게토 사람들은 정말 잘 살고 있다. 파파-로와 가수는 한몸이지. 같은 일이 가수에게도 일어날 거다.

– 방금 뭐라고 하셨습니까, 실례지만?

– 실례하게.

– 듣기가 좀 불편한데요.*

– 팬이 필요하면 데니스 브라운한테나 가보든가.**

– 파파-로는 정말로 이 휴전을 믿었던 것 같습니다만.

– 감옥에 갇혀본 적 있나, 백인 꼬마?

– 아뇨.

– 잘됐군. 감옥에 갇히면 그 순간 경찰이 니 안에 있는 모든 걸 다 두들겨 빼내버리거든. 얼굴을 몽둥이로 때리거나 등을 걷어차거나 멀쩡한 이 두 개를 주먹질로 쳐버리는 바람에 제대로 먹을 수 없어지고 혀가 반 토막 날 뻔하는 것만이 아니다. 전극 두 개를 하나는 불알에, 다른 하나는 자지 끝에 두르고서 소켓에 전기를 꽂아버

---

* 원문은 '마음에 들지 않는다'는 의미로 쓰이는 관용어구 'Not a fan, I gather'. 직역하면 '제게는 팬이 한 명도 없어요?'

** 조시 웨일스가 알렉스 피어스의 방금 말을 잘못 이해하고 레게 가수 데니스 브라운을 들먹이는 상황.

리는 것만도 아니고. 그건 그냥 첫날에 일어나는 일일 뿐이야. 감옥에서 일어나는 최악의 일인 것도 아니지. 감옥에서 일어나는 최악의 일은, 놈들이 사람의 시간을, 날짜를, 심지어 생일까지도 나눠놓는다는 거다. 수요일인지 토요일인지도 더이상 모르게 되는 건 아주 지옥 같은 일이거든. 감각을 잃는 거지. 바깥세상에서 실제로 벌어지는 일이 뭔지 파악을 못 하게 된다. 밤낮을 구분하지 못하게 되면 어떤 일이 벌어지는지 아나?

– 글쎄요.

– 검은 게 희게 바뀐다. 위가 아래가 되고. 고양이와 개가 친구가 되지. 스스로에게 한번 질문해봐. 이 평화조약이란 게, 두 공동체 사이에 맺어진 건가, 아니면 감옥에 너무 오래 갇혀 있던 두 남자 사이에 맺어진 건가?

– 그럼 다른 문제에 대한 생각은……

– 생각이나 하자고 여기 있는 게 아니다.

– 아뇨. 그러니까, 가수 말입니다.

– 내가 계속 가수에 대해서 생각할 거라고 생각하나본데.

– 아뇨. 제 말은, 작년에 있었던 두번째 평화 콘서트 말입니다. 어쩌면 가수가 이 평화운동 과정에서 큰 위험을 겪게 될 거라는 생각을 했을지도 모르잖아요.

– 첫번째 콘서트가 평화 콘서트였지. 작년 건 변기를 달자는 콘서트였고.

– 네?

– 잡지사에서 일한다면서 아는 게 아무것도 없나? 자메이카 신문사에서 일하나보군.

– 그렇더라도, 2년 후에 돌아왔잖아요. 그놈들한테 죽을 뻔했는

데요.

- 그놈들이 누구지?

- 전…… 저는…… 저는 잘 모르겠는데요. 암살자들이겠죠.

- 브루스 리 영화에 나오는?

- 살인자들이요.

- 클린트 이스트우드 영화에 나오는?

- 저는, 저는 그 사람들이 누구였는지 모르겠습니다.

- 하, 파파-로는 아는 것 같던데. 가수에 대해서 내가 물어볼 게 하나 있다. 어쩌면 너한테만 물어볼 수 있는 걸지도 모르겠군. 외국인이기도 하고. 교육은 좀 받았나?

- 네.

- 교육받은 사람만 대답할 수 있는 질문이다. 문학적 장치라는 게 뭔지 아나?

- 네.

- 누군가가 심장을 노리고 쏜 총알을 가수는 가슴에 맞았다. 니가 볼 때는, 그때 가수가 그걸 그냥 다른 총알들처럼 가슴에다 쏜 총알이라고 생각했을까, 아니면 그 이상의 뭔가를 의미한다고 생각했을까? 문학적 장치처럼 말이다.

- 문학적 장치라. 상징 말씀하시는 건가요?

- 뭐 그런 거지.

- 그러니까 선생님 말씀은, 가수가 심장을 맞을 뻔했다는 데 다른 뜻이 있을 거라고 생각했다면 그게 무슨 뜻……

- 심장에 총을 맞은 것들은 뭐든 뜻할 수가 있지.

- 가수가 심장 가까운 데에 총을 맞았다는 건 어떻게 아십니까?

- 그렇다고 들었으니까.

– 누구한테서요?

– 허공에 떠다니는 자연의 신비주의자한테서.

조시 웨일스와 이야기를 나누었다고 말했을 때 프리스트는 비를 맞으며 서 있었고 안으로 들어오지 않으려 했다. 어두울 때라도 누군가가 나를 보고 있으면 그 사실을 알 수 있다는 것, 아는가?

내 침대 가장자리에는 파란 옷을 입은 한 남자가 앉아 있다. 시드 비셔스*가 이틀 전에 죽었다. 씨발 아무도 모를 일이지만, 떠도는 얘기에 따르면 시드의 어머니가 그냥 그 씹새끼에게 헤로인을, 그것도 해독 과정을 마치고 돌아온 즉시 먹였다고 한다. 뉴욕의 록은 병들어 있고 죽어 있다. 시드는 침대에서 벌거벗은 채 사지를 뻗고, 마찬가지로 벌거벗고 있었을 여배우와 함께 발견됐다. 스물한 살. 어쨌든 좆같은 펑크족이었으니까, 뭐. 우리의 의견이 일치하는 거라곤 두 개의 7이 부딪치던 때뿐이다. 이걸 알면 어머니도 나를 자랑스러워하시겠지. 그 시대의 가장 핫한 밴드가 호크윈드**이던 시절에 오디오 애호가가 된다는 게 그렇게 대단한 생각이 아니었다는 건 누구도 알기 힘든 일이니까. 하지만 시드 비셔스는 이틀 전에 죽었다. 자기 여자친구를 죽이고 나서 몇 달 후의 일이었다. 죽은 자들, 이 모든 죽은 자들. 가수가 심장을 겨우 비껴난 자리에 총을 맞았다는 사실을 아는 사람은 네 명뿐이다. 가수, 가수의 매니저, 가수의 의사와 나. 내가 알게 된 건 어느 운좋은 날에 내가 가수를 만났고, 그때 가수가 런던까지 자기를 왜 따라왔냐며 내 엉덩이를 걷

* 영국의 록 뮤지션, 본명은 존 사이먼 리치 비벌리(1957~1979). 펑크 록그룹 섹스 피스톨스의 베이스 기타리스트로 활동하면서 명성을 얻었는데, 여자친구인 낸시 스펀젠 살해 혐의로 체포되었다. 출감 후 헤로인 과용으로 수면중 사망했다.

** 영국의 록밴드로, 도시적이고 공상과학적인 주제가 담긴 가사를 많이 썼다.

어차버리지 않았기 때문이다. 가수가 매니저에게 주려고 자몽을 반으로 잘라놓은 뒤, 자몽 4분의 1조각을 먹고 있었다는 사실은 오직 세 사람만 안다. 가수가 셀라시에 아이 쟈 라스타파리라는 말을 했다는 사실은 오직 두 사람만 아는데, 내가 아는 까닭은 그저 운좋은 날 런던에서 그를 만났기 때문이다.

씨발 파란 옷을 입은 씨발새끼가 씨발 내 침대 씨발 가장자리에 앉아 있다. 그리고 나는 인생게임이라는 보드게임에서 살인자한테 씨발 무기를 집어들고 씨발 그냥 해치우라고 말하는 캐릭터라도 된 기분이 들기 시작한다. 씨발 그냥 해버리라고.

내 왼쪽 다리는 잠들었다. 흑인 몇 명이 보이고 더 많은 흑인들이 보이고 그들은 모두 한 명의 흑인 남자로, 곧 흑인 남자는 전혀 아닌 것으로 합쳐진다. 내 침대 옆에는 파란 옷을 입은 대머리 남자가 앉아서 머리를 문지르고 있다. 반짝반짝 땀이 나는 밝은 갈색 머리통을. 이놈의 셔츠는 군청색이다. 씨발 왼쪽 다리는 점점 더 가라앉는 놈의 엉덩이 뒤에서 잠들어버렸다. 천장을 올려다봐, 알렉스 피어스. 회반죽에서 홈을 찾아보라고, 예수님을 찾아. 저기 예수님 계시네. 십자가 찾아봐. 이탈리아 찾아봐, 신발 찾아보고, 여자 얼굴 찾아보고. 내 침대 위에 있는 남자는 제기랄 총이잖아 저 자식이 니미럴 총을 가지고 있어 아 씨발 총을 흔들고 있네 자기 관자놀이로 내게로 자기 관자놀이로 총을 흔들고 있어 씨발 당기려고 하잖아 헤밍웨이님 어째서 이놈이 내 방에 몰래 기어들어와서 자살하려고 하는 걸까요* 니미럴 나는 니 관객이 되어줄 생각이 전혀 없다고 씨발 세상에 쏘지 마 깨끗한 내 이불 아니 더러운 내 이불에 니놈의

* 미국의 소설가 어니스트 헤밍웨이가 자살한 것을 빗댄 말.

뇌를 뿌리지 말라고 씨발 쓰레기새끼야 씨발 정액으로 뒤덮인 사타구니 털이 흩뿌려진 이불이지만 내 이불이라고 그리고 나는 씨발니 피랑 뇌가 이불에 온통 번지는 건 원하지 않아 아 자살하려는 게 아니구나 나를 쏘려고 하는 거구나 나를 쏘려고 한다고 씨발 심장아 그만 좀 뛰어라 저놈이 듣겠어, 심장 소리를 들을 수 있는 사람은 없을걸 아니 저놈이라면 듣지 저놈이 니 소리를 듣고 말 거야 아씨발 아 씨발 아 씨발 몸을 돌리고 있잖아 총을 달랑거리고 있다고 저놈은 카우보이야 그리고 이건 저놈의 6연발 권총 하이 눈 리버티 밸런스를 쏜 사나이 서부의 씨발 4형제* 최소한 진정한 자메이카 사람 같은 죽음을 맞을 수는 있겠네 안 웃기거든 씨발 안 웃기다고 씨발 난 오늘 죽지 않을 거야 난 씨발 오늘 죽지 않을 거라고 총 좀 그만 돌려 니미럴 그게 총이지 새총이냐 방금 닳아빠진 건파이터 발라드를 어디서 주워 온 것처럼 굴지 말라고 그건 씨발 자메이카 집이란 집에는 다 있는 거잖아 난 오늘 죽지 않을 거야 우리 어머니는 씨발 관이나 기다리면서 밀워키 공항에 남겨지지 않을 거라고, 더 최악은 킹스턴 전체에 실종 이 사람 본 적 있으신가요? 라는 포스터를 붙이고 다니는 거지. 딕 카벳** 쇼에 나와 불쌍한 우리 아들 얘기며 자기를 도와주지 않으려 드는 자메이카의 끔찍한 관료제 얘기를 하고, 이건 다 음모입니다, 정말이에요, 아니면 최소한 뭘 덮으려고 벌인 짓이든지요, 어쩌면 우리 아들을 데려간 건 그냥 끔찍한 무능일지도 몰라요 할 테고, 또 어머니는 뭔가가 벌어졌다는 걸 알게 되겠지, 누군가가 뭔가를 했다는 걸 그리고 엄마는 땅이며 하늘이며

* 〈하이 눈〉(1952), 〈리버티 밸런스를 쏜 사나이〉(1958), 〈서부의 4형제〉(1965) 모두 영화 제목이다.

** 미국의 유명한 토크쇼 진행자 리처드 딕 카벳(1936~).

다 뒤지고 다니면서 진실을 찾아내려 할 거야 경찰, 장관, 대사조차 도움의 손가락 하나 까딱하지 않을지라도 말이지, 나는 얘깃거리가 될 거고 어머니는 다른 자식들한테 버림받는(알렉스라는 유령에 집착하기 전까지만 해도 엄마는 세상에서 제일 훌륭한 엄마였어요) 그런 초췌한 늙은 여자가 되겠지 그리고 어머니한테는 해결해야 할 사명과 담배밖에는 남지 않게 될 거야, 진실을 밝히겠다는 사명. 추적 60분에도 나오고 카벳 쇼에도 좀더 나오고 다들 잊어버리기 시작할 때쯤이면 어머니는…… 어머니가 뭘 할지 모르겠네.

하느님, 제발 저놈 좀 가게 해주세요. 제발요 제가 눈을 감으면, 하느님이 눈을 감고 있으라고 하는 만큼 감고 있으면, 눈을 떴을 때 저놈이 없어지게 해주세요. 기도할까요? 말만 하세요 해드릴게요, 하느님께 맹세합니다. 하느님께 맹세해요. 당신께 맹세합니다. 아 씨발 좆까. 하늘나라가 어떤지는 생각하지 않을 거라고. 씨발 어떤 새끼가 그딴 짓을 해? 적어도 난 아냐. 난 그냥 저놈한테 날 지금 당장 여기에서 죽여버리면 니 눈을 똑바로 들여다보면서 남은 평생 동안 니 머릿속에 더러운 얼룩이 되어주겠다고 말할 거라고. 맹세하는데 니미럴 씹새끼야 내가 평생 독하게 쫓아다녀서 퇴마사라도 너를 보고 이렇게 말하게 만들 거야 빌어먹을, 형제, 정말이지 제가 도와드릴 방법은 없네요. 십자가상 가지고 씹질해대는 그 린다 블레어*랑 여동생을 따먹고 대량 학살을 했던 아미티빌의 씨발새끼**

* 미국의 배우(1959~). 1973년에 개봉한 영화 엑소시스트에서 악령 들린 소녀 역을 맡아 유명해졌다.

** 아미티빌의 살인자, 로널드 디페오 주니어를 말한다. 헤로인 흡입중 가족들이 자기를 죽이려는 음모를 꾸민다는 환청을 듣고 아버지와 어머니, 동생 넷을 죽인 혐의로 1974년 유죄판결을 받았다.

랑 같이 와서 우리 셋이 빈 공간에 함께 살 수 있도록 니 뇌를 한 움큼 뜯어낼 거고, 그런 다음에는 우리가 너를 안에서부터 밖으로, 암처럼 파먹을 거야. 내가 씨발 너 이 새끼한테 붙어버릴 거라고, 니미럴놈아. 니놈이 교회에 가서 아 저기 악마다라고 비명을 지르게 만들고 눈이 멀어도 보게 만들고 니 여동생을 따먹게 만들고 어디를 가든 혼잣말을 하게 만들 거야 오직 너랑 나만이 니가 나한테 말을 하고 있다는 걸 알 테니까 혼잣말이 되겠지. 그리고 나는 너를 방죽길로 몰아가서 씨발 바다에 처넣을 거고 그래도 너는 죽지 않을 거야 왜냐하면 내가 너를 죽게 내버려두지 않을 테니까. 나는 니가 100년을 살게 만들 거야 영원히 너한테 붙어 있을 거라고 그리고 니가 샤워를 할 때마다 거울에다가 내 이름을 써놓을 거고 언젠가 너는 지옥에서 자지 빨 준비나 해라라는 글이 천장에 적혀 있는 걸 읽게 될 거고 나는 니 침대를 흔들리게 만들 거고 팔꿈치는 가렵게 만들 거고 너는 팔꿈치를 너무 세게 긁어서 다들 헤로인을 구하겠다며 너한테 오게 될 거고* 개 한 마리도 니 근처에는 얼씬거리지 않을 거야 왜냐하면 개들은 어떤 사람의 머릿속에 다른 영혼이 임대료도 내지 않고 살고 있으면 눈치를 채니까, 그러니까 그만 돌아가는 게 좋을걸, 지금 당장 일어나서 이 방에서 나가 안 그러면 하늘에 맹세하는데 진짜 할 거야. 할 거야. 할 거라고.

전화벨이 울린다.

놈이 펄쩍 뛴다.

나도 뛴다.

가운데에 있던 총이 돌고, 총이 떨어진다.

---

* 헤로인 금단증상 중 하나가 가려움증이다.

놈은 자기를 바라보는 나를 바라본다.

총을 주우려 몸을 숙인다 놈을 걷어찬다 놈을 걷어찬다.

놈의 등을 걷어차고 다시 놈의 뒤통수를 걷어찬다.

이제 굴러, 침대 밖으로 기어나가—놈이 내 발을 잡는다.

씨발 놓으라고 씨발 놓으라고 놈이 기어오른다.

주먹질 놈이 내 손을 잡는다 놓지 않으려 한다.

침대를 잡아당긴다 끼이이이이이이—내 목에 손을 감는다.

조인다. 빨개졌어 빨개졌다 점점 더 빨개진다 빨갛고 뚱뚱한 거위야 니 눈은 어디 있니. 쿨럭쿨럭 손이 내 목을 잡아 쥐어짜고 목젖을 터뜨린다 놈은 상관하지 않는다 주먹질을 할 수가 없어 걷어찰 수도 없어 할퀴어 할퀴어 놈은 나를 멈추려고 하지도 않아 내가 놈의 뺨을 할퀴었나 놈의 얼굴을 할퀴었나 놈은 내가 암캐년이라도 되는 것처럼 내 뺨을 때려 씨발년 쿨럭 놈이 내 가슴에 앉아 있어 숨을 쉴 수가 없어 숨을 쉴 수가 없다 손길이 바이스 같아 하느님 세상에 하느님 세상에 놈이 내 오른손을 잡고 있어 내가 멍청한 어린 암캐년이라도 되는 것처럼 그런 멍청한 년 그런 멍청한 년이 어딨냐 내가 씨발 그런 멍청한 년이야 움직일 수가 없어 고정되어 있다 내 목이 타고 있어 머리가 터질 것 같아 머리가 환해 머리가 어두워 아니 그 여자한테 말해줘야 해 말해줘야 해 만나는 그날부터 니가 떠날 걸 알았다고 삶의 기억이 주마등처럼은 개뿔 좆까라고 해 지금이라도 아무 때라도 발부터 힘을 빼, 발부터 힘을 빼고 최소한 사람들이 발견했을 때는 평화로운 모습이 되도록 하자 씨발 뭐야 전화가 오잖아 나는 펄쩍 뛰고 놈도 펄쩍 뛰어 내 목에 없다 천천히 돌아온다 놈의 손이 내 손에 찰싹 내 손이 놈의 손에 찰싹 놈의 손이 내 얼굴에 손마디로 주먹질을 하네 나는 찰싹 내가 여자라면 나는 여자가 될 거야 놈이 아무 말도 안 하네 내 손가락이 미끄러워 놈의 손이 내 목에 조르는 게 아니야 고정시키는 거야 놈이 뭘 찾고 있어 아 이런 씨발 총이다 총 총이야 놈은 둘러봐 나는 램프를 봐 저 좆같이 무거운 램프 저 코바늘 뜨개질 기드온 성서* 하느님 아 씨발 커터칼이다 이렇게 비품을 잘 갖춰놓다니 호텔에 찬사를 놈이 나한테서 등을 돌린다 내게 등을 돌려 나한테 총을 넘겨주려고? 총이 아닌가? 총이 안 보여 내가 그걸 언제 쥐었는지 기억이 나지 않아 뾰족한 끝 어두운 끝 왜 아무 말도 하지 않는 거지 놈은 내 목을 움켜쥐려는 참이야 나는 커터칼을 움켜쥐고 놈은 반쯤 목을 조르고 있고 나는 반쯤 놈의 목에다가 곧장 칼을 휘두르고 있어, 내 손목이 놈의 턱 바로 아래쪽에 쾅 하고 주먹질처럼 박혀 들어가, 내 손가락이 미끄러진다 씨발 안 돼, 깊이 들어가버렸어. 놈이 눈썹을 추켜올리고 눈을 크게 뜨고 나를 본다 그걸 만지고 있지는 않아, 커터칼이 놈의 목에 핏방울이 똑똑 그러다가는 뿜어져나온다 더 뿜어져나와 수도꼭지에서 물이 터지듯이 놈의 눈이 그 동작을 하고 있잖아 몸의 나머지 부분이 하고 있는 걸 믿을 수 없다는 듯이. 말은 하지 않아, 놈은 말을 하지 않아 몸부림치고 있지, 나한테서 굴러떨어지고 있어, 침대에 있어, 침대에서 떨어졌다, 놈은 문으로 걸어간다 오른쪽 무릎이 꺾인다 똑바로 선다 오른쪽 무릎이 꺾인다 놈은 땅에 쓰러져 있다.

* 국제 기드온 협회가 호텔 등에 비치하도록 무료 기증하는 성서.

조시 웨일스

나는 이미 알고 있다. 절대 돌아와서는 안 되는 것 세 가지를. 첫째는 뱉은 말이다. 두번째는 뭐였는지 1966년에 잊어버렸다. 세번째는 비밀이다. 내 마음대로 네번째를 덧붙일 수 있다면, 그건 그자가 될 것이다. 대체 얼마나 많은 총알이 심장을 비껴나가 팔에 박혀야 집이 더이상 집이 아니라는 걸 깨닫게 되는 건가? 그 총알을 건드렸다가는 당신이 절대로 다시는 기타를 연주할 수 없기에 어떤 의사도 빼내지 않으려 하는, 팔에 박힌 총알. 나는 전화벨이 울리길 기다리며, 내 여자가 방금 윤이 나게 닦아놓은 멋진 의자에 그냥 앉아 있다. 얼마나 많은 총알이 필요한가? 57발쯤? 그자의 집에서 총알 56발이 발사됐다면, 소위 용의자 역시 56발의 총알을 맞고 죽게 될 거라고들 말한다. 사람들은 그자가 직접 그 말을 했다고 하지만, 대체 언제, 누구한테 그 얘기를 했는지는 아무도 내게 말해주지 못했다. 자, 그 예언에는 새로운 설명이 필요하다. 한 사람 당 56발을 맞아야 한다, 그러니까 56발의 8배를 맞아야 한다는 건가? 아니면

56발을 8로 나눠야 한다는 건가? 그러려면 나누기를 하고 또 해야 할 텐데 나한테는 그렇게까지 머리가 좋아질 시간이 없다.

어쩌면 그 계획의 배후에 있던 자, 그러니까 최고위급의 던 다다(아버지 던)에게 56발을 쏴야 한다고 생각한 걸지도 모른다. 이 모든 씨발 마녀 놀음 오베아 마법사 점쟁이 짓거리에 얼마나 진저리가 나는지 나한테 누가 좀 물어봐줬으면 좋겠다. 자칭 라스타라는 인간이 오늘 나타나면, 다음주에는 그자가 예언을 해댄다. 굳이 그렇게 머리가 좋을 필요도 없다. 지옥불이나 유황이 나오는 성경 구절을 한두 개만 알면 되니까. 아니면 그냥 레위기에서 읽었다고 해도 된다. 아무도 레위기를 읽지는 않으니 말이다. 내가 그 사실을 알게 된 까닭은, 레위기를 끝까지 읽은 다음에도 그 책을 진지하게 받아들일 인간은 하나도 없기 때문이다. 비슷한 개소리로 가득찬 책이라 해도, 레위기는 그중에서도 아주 좆나 또라이 같은 책이다. 여자와 눕듯이 남자와 눕지 마라, 뭐 그런 이야기는 당연히 받아들일 수 있다. 하지만 게를 먹지 말라니? 맛있고 부드럽고 달콤한, 구운 얌하고도 먹지 말라는 건가? 그리고 게를 먹었다고 왜 사람을 죽인단 말인가? 또 장담하는데, 내 딸을 강간한 놈이 절대로 할 수 없는 일이 단 한 가지 있다면, 그게 바로 내 딸과 결혼하는 일일 것이다.* 나는 그놈을 조각조각 잘라놓으면서도 살려둘테고 악어한테 발이 먹히는 모습을 스스로 지켜보게 할 텐데 그 와중에 어떻게 결혼을 할 수 있겠나?

---

* 구약성서 레위기에서는 해당 내용이 확인되지 않으나, 신명기 22장 28절~29절에는 한 남자가 약혼하지 않은 처녀를 만나 억지로 함께 자다가 붙잡힌 경우에는 그 처녀와 잔 남자가 처녀의 아비에게 오십 세겔을 물어야 하며 그 몸을 버려놓았으므로 내보내지 못하고 평생 데리고 살아야 한다는 내용이 있다.

작년부터 웨스트 킹스턴에는 돌연 평화조약 파티들이 머릿니처럼 열렸다. 그중 한 파티에서 어떤 라스타가 내게 짐승의 표식*을 가지고 있는 사람이 누구인지 이야기하려 했던 게 기억난다. '아르마기데온'에 대한 이야기보다 라스타의 열정에 불붙이는 이야기는 없다. 아무튼 라스타는 이렇게 말했다.

– 요, 나란 놈은 신선하지 않은 건 절대 사지 않소, 브레드렌. 포장되어 나오는 건 모두 짐승의 표식을 가지고 있기 때문이라오. 있잖소, 흰 상자 안에 검은 줄이 쳐져 있는데 거기 같이 찍혀 나오는 암호 숫자 말이오.

나는 내 여자를 훑어보는 어떤 남자를 지켜보려 노력하는 중이었다. 내 여자는 가로등 불빛을 받아 따뜻해 보였고, 주변에는 다른 사람들이 춤추고 있었다. 그중 몇 놈은 에이트레인즈 출신으로 내 여자의 네번째 손가락에 흔적이 있다는 사실을 몰랐다. 걱정할 필요는 없었다—내 여자는 그런 자들을 어떻게 다루어야 하는지 이미 알고 있으니까—내 여자는 나보다도 거칠게 그들을 다룬다. 하지만 나는 바로 그 라스타식 이야기를 듣게 되었다. 처음부터 끝까지 아주 씨발 잡소리인 줄 아는데도, 왠지 끌리게 되는 것이다.

– 바코드? 내가 말한다. 근데 바코드에는 엄청나게 많은 다른 숫자들이 적혀 있지 않나, 그중에서 666은 아직 못 본 것 같은데.

– 직접 다 확인했다는 말이오?

– 아니, 그런 건 아니지만……

– 아니지만 같은 말은 음탕한 염소들이나 하는 소리요, 브레드렌. 이 얘기를 한번 들어보시오. 자메이카에 있는 사람 중 누구한테

---

* 신약성서 요한의 묵시록 13장에서는 666이 종말의 짐승과 연관된 숫자라 한다.

도 짐승의 권력이 없다오. 그자들은 그냥 짐승들이 먹는 걸 냠냠 먹을 뿐이라오. 언제 보든 숫자가 항상 000으로 시작한다는 걸 눈치 못 챘소? 거기에 무슨 십진법 과학이 있는 게 틀림없소. 정수와 자연수와 2의 배수 같은 것들. 그러니까 모든 바코드에 있는 모든 숫자를 더하면 666이 된다는 거요.

나는 그자에게서 떨어져 멀리 걸어간다. 이놈들의 수작 중에서도 가장 최악인 부분은, 그게 뭔가 말이 되는 것처럼 들리기 시작한다는 것이다. 하지만 이놈의 평화 파티에서는 그 어떤 것도 조금도 말이 되지 않았다. 라스타파리의 12지파도 그렇고. 아, 참고로 그자들의 피부색은 다달이 옅어지고 있다. 노동당이나 인민국가당이 쓸데없이 법석을 떠는 것도 말이 안 되긴 마찬가지다. 코펜하겐시티와 에이트레인즈가 도미노를 하고 서로 끌어안고 입을 맞추면서 한 쌍의 비둘기처럼 구는 것도 그렇고. 3년 전에 니 형과 아버지, 할아버지를 죽인 일 같은 건 없어, 라는 것처럼. 평화란 무엇인가? 평화란 내 딸이 자면서 땀을 흘릴 때 그애 이마에다가 바람을 조금 불어주는 것이다. 이딴 건 평화가 아니다. 교착 상태라는 거지. 교착 상태라는 단어는 닥터 러브가 가르쳐줬다.

닥터 러브는 당선시켜야 할 대통령이 있다며 방금 전에 마이애미로 날아갔다. 내가 방금 위퍼를 보낸 곳도 마이애미다. 둘 다 여자보다는 책을 더 좋아하는 놈들인데, 그 사실을 알게 된 마당에 지금쯤 뭘 하고 있을지 누가 알겠나. 닥터 러브는 에르마노, 메데인에서 나온 그 개자식들이 자네를 시험하려 할 거야. 그래, 다시 시험할 거네. 아니 뭐라고 생각한 건가, 무차초? 지난주에는 놈들이 죽은 아기를 시체 보관소에서 훔쳐서 생선 배를 가르듯이 배를 가르고, 그 조그만 똥자루에 코카인을 채운 다음 어떤 여자한테 그걸 가지고 포트 로더데일까지 비행기를 타고 가라고 했네. 그 여자는 낀세아녜라*를 막 치른 후였네. 포르노처럼 하드코어하지, 안 그래? 나는 어떠냐고? 나로 말할 것 같으면 시험에 약간 질리려던 참이다. 12월 7일 사건은 멍청한 시험이었다는 걸 그자들도 나도 모두 알고 있다. 나는 그자들에게 메시지를 보냈지만 그자들은 자기들한테 필요한 건 시체라고 말했다. 시체야 시체지, 난 관심 없다. 하지만 스페인어나 쓰는 피똥 쌀 썅년들이 나라는 인간을 시험하고 또 시험할 수 있는 무슨 꼬마 견습생이라고 생각한다면, 그 생각에는 분명 관심이 있다.

1976년 12월, 가수는 공원에서 콘서트를 해버렸고 나는 씨발 잼인텔 커뮤니케이션**에서 시간을 낭비하고 있었다. 국제전화를 걸어야 했기 때문인데, 걸고 보니 닥터 러브와 웬 멍청한 놈이 스페인어로, 쿠바 스페인어가 아닌 다른 스페인어로 욕하는 소리밖에 들리지 않았다. 대부분은 알아듣지 못했지만, 그자가 매우 화가 나 있다는 것만은 알 수 있었다. 나는 이 씨발 썅년이 지금 자기랑 얘기하는 사람이 누군지는 아는 건가 하는 생각이 들었다. 내가 이호 데 뿌따라는 말을 못 알아듣기라도 한단 말인가? 내가 뭘 어쩔 거라고 생각한 건가. 울음을 터뜨리면서 죄송합니다, 보스, 다음에는 더 잘하겠습니다, 약속 드립니다, 라고 할 줄 안 건가? 포주한테서 교육을 좀 받아야 하는 창녀처럼? 그 마리꼰***에게 피똥 쌀 한마디를 좀 해주려던 찰나, 닥터 러브가 나더러 그냥 일이나 끝내라고, 무차초, 일이나 끝내, 라고 말했다. 그러니까 자메이카의 시리아인과 쿠바

* 라틴아메리카 지역에서 15세 소녀의 생일을 기념하는 성대한 생일파티 겸 성인식.

** 자메이카 국제 원거리통신 회사(Jamaica International Telecommunications)의 약자.

*** 이호 데 뿌따, 마리꼰 각각 스페인어로 '개새끼', '호모새끼'.

인과 콜롬비아인 모두 시체를 원하는데, 그들 중 누구도 내가 이미 시체보다 좋은 무언가를 줬다는 건 깨닫지 못한 것이다. 같은 주에는 피터 나세르가 나한테 전화를 해왔다.

- 피똥 쌀 너희 씨발 게토놈들은 대체 다들 뭐가 잘못된 거냐?

- '너희'라는 말을 들은 게 이번이 처음은 아닌 것 같은데요.

- 너희라고 안 했어, 너희 씨발 게토놈들이라고 했지. 피똥 쌀 뭐가 잘못된 거냐고? 뭐 아홉 명?

- 여덟입니다.

- 남자 여덟이 OK 목장에 총을, 뭐야, 열네 자루였나? 그만큼이나 들고 습격했는데, 고작 한 사람을 똑바로 못 쐈다는 거야?

- 쏘려면야 얼마든지 똑바로 쏠 수 있소.

- 어쩌다 자네가 역사상 처음으로 인간 대가리를 총으로 쏘고서도 죽이지 못한 첫번째 인간이 되셨나그래? 대답 좀 해보시지, 잘난 양반.

- 자네라니 누구를 말하는 건지 모르겠군요. 아니면 머리가 좆같이 나빠서 누가 전화를 도청할 수 있다는 생각은 안 드는 건가?

- 뭐? 이게 무슨 스파이 영환 줄 아나? 어떤 개자식이 자네를 도청해?

- 자꾸 자네라고 하는데, 그게 누군지 도통 모르겠군. 그자가 누군진 몰라도 누구의 머리도 겨누지 않았다는 것만은 분명히 말해줄 수 있소.

- 누군지는 몰라도 그자는 벽이랑 허공 말고는 어디에도 총을 겨누지 않은 것 같더군, 내가 보기엔. 아니 부사, 그런 식의 해이함이나 약 처먹은 짓거리는 코미디에서나 볼 수 있는 거 아닌가? 총을 수백 발이나 쐈는데 씨발 단 한 사람을 제거하지 못하는 상황을 좀

상상해보게. 씨발 그것도 기관총이었잖아, 그걸 쏘는 게 어떻게 피똥 싸게 어려운 일일 수가 있나? 루이가 네놈들에게 이 물건 사용법을 가르친 줄 알았는데 말이야.

– 루이라는 사람은 모르겠는데. 그리고 분명히 말하는데 '네놈들'이 누군지도 모르겠고.

– 말꼬리 잡지 마, 조시 웨일스. 알지 모르겠는데 내가 그 친구한테 말했다고, 게토 검둥이들한테 어떤 종류든 지능이 필요한 일을 가르치는 건 말도 안 되는 짓이라고 말이야. 그놈들은 뭐든 씨발 좆같이 말아먹게 돼 있으니까. 우리 눈먼 할머니도 자네보다는 표적을 잘 맞혔을 거네. 자네들 여덟 명 전부보다 말이야. 굳이 자네한테 왜 전화를 했는지도 모르겠군.

– 저도 모르겠네요. 그쪽에서 계속 얘기하는 사람 중에는 여기 사는 사람이 한 명도 없으니까.

– 내가 왜 전화 요금을 낭비하고 있는 건지 모르겠다고, 응? 어디 자네가 말해봐.

– 나도 모르겠수다, 부샤.

– 뭐, 부샤? 지금 내가 누군지 알고 이러는 거야? 피똥 쌀 지금 누구한테 얘기하는 건지 아느냐고, 이 좆만한……

– 좆만한? 바지가 또 벗겨져서 지 물건을 보게 됐나보군그래.

나는 전화를 끊었다. 최고급 학교나 외국 대학에 가지 않은 유일한 사람은 나뿐인데, 여기 있는 사람 중 뭐라도 상식이 있는 사람도 나뿐이라는 걸 깨닫게 되니 참 좆같다. 나는 정말이지 이 멍청하고, 영어도 제대로 못하는, 시리아 똥자루를 교육시키고 싶었다. 지금 수많은 남자와 여자가 가수를 예언자로 생각하고 있는 것만으로도 충분히 나쁜 일인데, 가수를 죽여버리는 순간 그자가 순교자 등급 졸업장을 따게 된다는 건 왜 모를까. 그렇게 하면 온 세상이 뭘 알게 될까? 예언자도 다른 사람과 마찬가지로 그냥 사람일 뿐이라는 것, 다른 사람과 마찬가지로 총을 맞을 수 있다는 걸 알게 된다. 이 나라에 있는 다른 사람과 마찬가지로, 가수의 신변 또한 안전하지 않다는 것도. 가수를 쏴서 그자가 딛고 있는 반석에서 떨어뜨리면, 가수는 인간 정도의 크기로 추락하게 된다. 나는 피터 나세르에게 이런 얘기는 한마디도 하지 않았다. (선탠을 하면 피부가 그을려 보일까봐 바닷가에도 안 나가는 그놈 얼굴에서) 그 흰 피부 아래의 진짜 피부를 보면, 피터 나세르는 그냥 똥덩어리 흑인과 똑같은 또하나의 멍청이에 불과하다는 걸 알게 된다. 그래도 최소한 나세르는 요즘 나를 부샤라고 부르고 있다. 내가 메이페어 호텔에서 술을 마시는 백인 남자로 변하는 게 정확히 언제인지 내 여자한테나 물어봐야겠다. 빌어먹을, 피똥 쌀 새끼, 나를 화나게 만든 어떤 놈 때문에 내가 욕하기 시작할 때가 싫다. 욕하는 건 무식한 남자들뿐이니까.

나는 그날 밤에 전화를 걸어온 닥터 러브에게 말했다. 1966년 출신자들에게 뭔가를 증명해 보이는 일은 이제 됐고, 그들이 진짜 이곳을 시험하고 또 시험해야 할 사립 초등학교라고 생각한다면, 그대로 메데인으로 돌아가 바하마 출신 바티보이들을 쓰면 된다고. 하지만 그때, 라스타가 썼던 말을 그대로 빌리자면, 또다른 이야기가 문득 떠올랐다. 가수가 순교자로 변하면 분명히 큰 문제가 될 테지만, 그건 그놈들 문제이지 내 문제가 아니라는 것. 피터 나세르는 전설을 죽이려고 노력하며 혼자 똥을 싸지르느라 너무 바쁜 나머지 그 좆같은 일로 나를 귀찮게 할 시간이 없어질 것이다. 솔직히 말해서, 정치인이 뛰어, 라고 말하면 얼마나 높이 뛸까요, 라 답해주던 시절은 이미 오래전에 지났다는 걸 나세르도 나도 알기 때문이다. 요즘에는 정치인이 뛰어, 라고 말하면 지금은 전화 못 받으시는데 제가 메시지를 남겨드릴게요, 라고 내 여자가 말해준다. 바보 얘기가 나와서 말인데, 머리가 있는 남자에게 총을 주는 순간 무슨 일이 생길 거라고 생각하나? 그 남자가 총을 돌려줄 거라고? 파파-로도 그렇게 바보 같지는 않았다.

나는 아무튼 이 새로운 이야기를 좀더 생각해보았다. 1976년 12월 8일이 되자마자 가수와 모든 사람들이 살아남았다는 뉴스가 나왔다. 병원에는 바빌론이 너무 많았고 그렇지 않더라도, 그쯤에는 토니 파바로티가 내 손에 있었다. 위퍼는 그런 식의 기술이 필요한 일에는 전혀 어울리지 않았으니까. 하지만 이미 가수는 응급실에서 조치를 받고 집으로 돌아간 뒤였다. 그때까지 병원에 있던 건 매니저뿐이었는데 그자를 끝장내는 건 별로 소용없는 짓이었다. 그래서 나와 파바로티는 경찰을 만나게 될지도 모른다고 생각하며 호프로드 56번가를 따라 차를 몰았다. 필요한 게 총알 단 한 발일 경우에는 경찰 따위가 있어도 아무 의미 없으니까. 그게 아니더라도, 내가 전화 한 통만 하면 놈들은 60초 안에 모두 사라질 터였다. 그런데 56번가는 유령 마을이었다. 자동차 진입로는 비어 있었고 어느 창문을 보든 어둠뿐이었다. 경찰은 한 명도 없었다. 나는 웃었고 파바로티는 질문이라도 하려는 것처럼 나를 보았다. 한편 피터 나세르는 너무 엉성해져서, 꼭 한 남자가 몇 번까지 실수를 저지를 수 있는지를 담은 텔레비전 쇼라도 하는 것 같았다. 개똥처럼 멍청한 그 자식은 내 여자에게 메시지를, 빌어먹을 메시지를 남겼다. 현자 양반이 무대에 오르면 그 일이 신문에 날 거고 그자가 곧 분노가 될 거다. 평생 동안 토니 파바로티가 웃는 소리를 들은 적이 몇 번 없는데,

내가 그 쪽지를 소리 내서 읽었을 때 그는 웃음을 터뜨렸다. 내 여자는 피똥 쌀 대체 무슨 일이 벌어지고 있는 건지 몰랐기에 우리 둘을 거실에 남겨놓고 떠났다. 토니 파바로티와 함께 거실에 있으면서, 나는 위퍼를 고른 게 실수였는지 생각한다. 우리가 방금 한 일의 뒷처리를 위퍼에게 맡겼으니까. 위퍼는 직접 일을 처리하는 대신 무슨 겁에 질린 계집애처럼 라스타들에게 전화를 걸곤 했다. 그럴 때마다 내 전화기를 쓴다는 건 더 심각한 문제였다. 나는 전화를 걸었다.

– 우리 종달새는 어디로 날아가고 있나?

– 브레드렌, 웬일로 전화한 거야?

– 나는 같은 질문을 반복하는 걸 별로 좋아하지 않아.

– 그놈이 떠버렸어. 그자들이 매니저만 병원에 남겨놓고 그놈은 백인들이 사는 언덕으로 데려갔다고.

– 경찰은?

– 한 명은 그자들하고 같이 차를 타고 있고, 몇 명은 거기에 더 남아 있고. 언덕 전체를 12지파가 지키고 있어. 그리고 백인 꼬맹이 하나가……

– 백인 꼬맹이?

– 카메라를 든 백인 꼬맹이야. 그 녀석이 어디서 왔는지는 아무도 모르지만, 자기 말로는 촬영팀에 속해 있다고 하더군. 어쨌거나, 내가 할 말은 이게 다야.

– 아니, 얘기 아직 안 끝났어, 수사관 나리.

– 나란 놈은 이제 생키* 노래가 질려버렸는데.

---

* 찬송가를 창작하고 지휘를 했던 미국의 전도사 데이비드 생키(1840~1908).

– 됐어. 카나리아. 자네가 그냥 시작해.

– 오늘밤에는 예수라도 그 언덕에 못 올라가.

– 콘서트는?

– 가는 길도, 오는 길도 경찰이 풀 에스코트를 한대.

– 다음날에는?

– 몰라.

– 말해, 쌍년아.

– 다음날에는 비행기로 출국하게 돼 있어. 전용기를 탈 거라던데.

– 언제?

– 5시 반이나 6시.

– 아침이야, 저녁이야?

– 언제일 것 같은데?

– 목적지는?

– 아무도 몰라.

– 비행기가 뜨는데 행선지를 아무도 모른다고? 이봐, 게토 사람들을 또 멍청이로 보는 건가?

– 미스터, 아무도 모른다고 했잖아. 경찰국장도 모른다고. 국장은 가수가 비행기로 출국한다는 것도 몰라.

– 일급 기밀인가?

– 여왕님 팬티 색깔보다도 더 기밀이라고. 우리야, 그자들이랑 같은 차에 탔던 우리 쪽 사람이 잠든 척하면서 그자들 얘기를 엿들었으니까 아는 거고. 백인 매니저가 언덕 위에 가 있는 그놈더러 콘서트가 끝나는 대로……

– 그러니까 공식 일정이라는 말이군. 콘서트에 간다던가?

– 아니, 공식 일정은 아무것도 없어. 그냥 만일의 경우를 대비해

서 이것저것 준비해놓는 거야. 어쨌거나 매니저는 콘서트가 끝나는 대로 공항에 그놈이 타고 갈 비행기를 마련해놓겠다고 했는데 그게 이른 시각, 공항이 열리기도 전이었어.

– 노먼 맨리 공항인가 틴슨 펜 공항인가?

– 맨리.

– 국제선이로군.

– 언덕 위 경찰들한테 무전을 쳐볼 수 있을 거야.

– 그렇겠지, 하지만 내가 왜 그러고 싶……

– 언덕 위 경찰들한테 무전을 쳐. 지금 당장.

아침 6시, 공항은 마치 카우보이 영화의 첫 장면같다. 휘파람을 부는 듯한 바람소리와 회전초만 빠져 있을 뿐. 분홍색 하늘. 나와 토니 파바로티는 웨이빙 갤러리*로 이어지는 계단에서 기다린다. 어떤 놈이 이 벽을 소총이라도 찔러넣어 뚫을 수 있는 체크무늬로 만들면 좋겠다는 아이디어를 낸 모양이었다. 체크무늬 그림자 덕에 우리는 계속 어둠 속에 머물 수 있었다. 파바로티는 이리저리 움직이고 이동했는데, 각도가 영 마음에 들지 않아서였다. 하지만 비행기는 이미 활주로로 나가 기다리고 있었다. 파바로티는 조용했다. 오른손으로 방아쇠를 쥐고 왼쪽 눈은 소총 렌즈에 닿은 상태였다.

활주로 저멀리, 지프 두 대가 게으르게 머물러 있었다. 자메이카 국방군. 그뒤에는 병사 너댓 명이 배치돼 있었는데, 그중 둘은 쌍안경을 가지고 있었다. 웨이빙 갤러리로 나간 순간 나는 그들을 보았

* 활주로 쪽을 내다보는 창이 달린 공항의 부속건물. 떠나는 비행기를 보며 손을 흔들 수 있는 장소다.

다. 군인들이 경계하고 있는 모습을 보자 백인들의 언덕에서 내려오는 가수가 생각났다. 잠에서 깨어나 경찰이 없는 걸 보곤 얼굴에 떠오를 그자의 표정이. 어쩌면 그자는 라스타 형제 두셋을 보내 길이 안전한지 확인했을지도 모른다. 그건 그자와 그자의 오른팔 단 둘이서 언덕을 내려오리라는 뜻이었다. 쌍안경을 가지고 지켜보는 군인 따위는 없이. 경찰에 대해서라면 언제나 한두 가지 쯤은 예상할 수 있다. 첫째, 은행 계좌나 뒷주머니에 입금 좀 해주면 어떤 일이든 가능하다는 것. 둘째, 경찰은 언제나 값이 싸다는 것. 하지만 군인은 어떻게 나올지 절대 알 수 없다. 그들은 뒤에 남아 있는데, 어쩌면 경계를 서는 건지도 모르지만, 그저 기다리고 있을 가능성도 높았다. 비행기 조종사는 그자들이 다가올 거라고 예상하는지 궁금했다.

– 저 군인들이 차를 몰고 오기 전에 확실히 제거해야 해.

파바로티가 고개를 끄덕인다.

6:02. 태양을 제외한 모두가 가수를 기다리고 있다. 잠깐 동안 꼭 퍼레이드를 기다리는 것 같은 기분이 든다. 매년 11월이면 댈러스*에 간 케네디를 보여주는 그 저화질 뉴스 같은 기분. 다들 가수를 기다리고 있다. 나뿐 아니라, 군인들뿐 아니라, 토니 파바로티나 비행기뿐 아니라, 피터 나세르와 닥터 러브, 내가 직접 누를 일은 결코 없는 메데인 카르텔의 전화번호까지도. 하지만 그때 문득 궁금해진다. 다들 기다리고 있는 건 그자의 다음 움직임을 보기 위해서일까, 아니면 내 움직임을 보기 위해서일까? 이번 일에서 실제로 춤추는 원숭이 역할을 떠맡은 건 누구일까? 사람들이 지켜보는 건

* 존 F. 케네디 대통령이 암살당한 곳.

누구의 움직임일까? 사람들이 뛰라고 해서 내가 애써 높이 뛰게 된다면, 사람들은 뛰라는 소리를 그만두게 될까, 아니면 내가 사람처럼 행동하지 않았다는 이유로 앞으로 영영 나를 경멸하게 될까. 좆까, 진짜 배드맨은 결코 누가 뛰란다고 뛰지 않아, 라고 하면서. 뭔가를 증명할 때의 문제점은 사람들이 나를 혼자 내버려두는 대신 새로 증명할 거리를, 더 어려운 것들을 계속 건넨다는 거다. 온갖 거지같은 것들을. 모든 게 다 텔레비전 코미디처럼 돼버릴 때까지. 아니면 그저 그런 농담처럼 끝날 때까지.

토니 파바로티가 내 어깨를 두드린다. 그자가 여기에 있다. 그자와 또다른 라스타가 비행기로 걸어가고 있다. 무엇도 움직이지 않지만 발길에 먼지가 일어난다. 공항은 여전히 비어 있고 7시까지는 깨어나지 않는다. 그들은 걸어가면서 주위를 둘러보고, 천천히 움직이며, 멈췄다가 다시 움직인다. 가수는 비행기를 보고, 왼쪽에서 오른쪽으로 훑어본다. 그러는 사이 동행한 라스타가 등뒤에 아무것도 없는지 확인하려고 등을 돌린 채 걸어간다. 두 사람은 모두 군용 지프차를 보고 멈춘다. 가수는 지프차를 보고 비행기를 본다. 아무도 움직이지 않는다. 토니 파바로티는 조준하려고 총을 돌리며 그들 뒤를 좇는다. 파바로티의 손가락이 방아쇠를 감고 미끄러진다. 가수는 군인들을 보며 라스타에게 뭔가 말한다. 그들은 다시 움직이기 시작하지만 더 느려졌다. 그러다 비행기 바로 앞에서 멈춘다. 어쩌면 누군가가 나오기를 기다리고 있는 걸지도 모른다. 나는 토니 파바로티한테는 명령할 필요가 없다는 사실을 떠올린다. 철컥 소리가 난다.

– 멈춰.

파바로티가 나를 본 다음, 두 사람이 비행기로 달려가는 모습을 본다.

– 굳이 할 필요 없다.

그들은 비행기로 달려가고 직접 문을 닫아야 한다.

다음날 전화 두 통을 받았을 때, 나는 같은 대사를 하며 두 통 모두를 짧게 끊어버렸다. 그렇게 죽이고 싶으면, 직접 죽여.

지금 나는 거실에 앉아 전화벨이 울리기를 기다리고 있다. 금방 울리지 않으면 이 전화한테도 좋은 일은 없을 것이다. 전화벨이 울리기 시작하는 순간부터는 생각을 멈출 수 있다. 지금은 행동할 때지 생각할 때가 아니니까. 내 여자가 전화요금을 안 낸 건지 궁금해지는데? 내가 잠자리에 들기 전 전화벨은 세 번 울리도록 되어 있었다. 전화가 울리기 전까지는 내일조차도 오지 않을 것이다. 앉은 채로 전화를 기다리는데, 가수가 다시 떠오르면서 나는 욕을 하고 싶어진다. 그놈은 내가 자기를 두 번이나 끝장낼 뻔했다는 사실을 영영 모를 거다. 비행기에 오르는 순간 다시는 돌아오지 않으리라는 걸 알았기에, 떠나도록 내버려두었다는 것을. 그런데 1978년, 비행기에서 내려 세관에서 소동까지 벌인 사람이 바로 그자였다. 피터 나세르는 2년 만에 좀 똑똑해졌다. 그는 나를 찾아와 짖어대는 개처럼 말하진 않았다. 심지어 나를 계속 부샤라고 불러대서, 평소 쓰던 석탄산 비누가 내 피부를 표백시키는 건 아닌지 확인해보게 되었다. 그리고 그 비누를 아예 쓰지 않았는데, 내 여자는 더이상 병실에서 자는 것 같은 기분이 안 든다면서 매우 기뻐했다. 무엇이 피터 나세르를 더욱 놀라게 했는지는 모르겠다. 가수가 또 한번의 콘서트를 하겠다고 돌아온 것 때문인지, 아니면 내가 그 사실을 예전부터 알았고 그 사실을 나세르에게도 말해주었다는 것 때문인지.

– 온통 좆같은 평화조약이니 뭐니 난리를 치는데, 자네도 이 좆

같은 짓거리에 관련이 있나?

우리는 레이디 핑크 고-고 클럽에 와 있다. 피터 나세르가 지나칠 정도로 좋아하는 곳이다. 위퍼가 데리고 놀던 창녀들은 여기에 더이상 한 명도 없는 것 같다. 위퍼가 자기들한테 관심을 잃은 즉시, 무대에서 펩시 병과 씹질하는 일에 흥미를 잃은 모양이다. 그런데 새로운 무리 중에 피부색이 밝은 여자가 하나 끼어 있다. 당연한 일이지만 그 덕분에 클럽은 사람으로 가득차 있다. 주인 여자가 우리 둘을 위층 방에 집어넣고 자지를 닦고 싶은지 바티를 씻고 싶은지 묻는다. 나는 오늘밤은 됐다고 말하지만, 피터 나세르는, 스스로 지어내 유행어가 될지 어떨지 지켜보고 있는 말을 빌리자면, 게토 진공청소기를 사용할 기회를 놓칠 생각이 없었다. 그자는 창녀가 즙을 빨아내주는 순간에도 사업 얘기를 하고 싶어한다. 내가 브레드렌, 두 남자가 같은 방에서 자지를 드러낼 수는 없는 거요. 그러고 싶소? 라고 말한다. 피터 나세르가 절대로 원하지 않는 게 하나 있다면 누군가가 자신을 바티만이라고 부르는 것일 터이므로, 그자가 먼저 묻기 전에 내가 나가겠다고 말한다. 15분 후에 나를 찾으라고 말했지만 8시에 돌아와 보니 여자가 벌써 걸어나가고 있었다. 침을 뱉어대고 자기 입에다 싸버린 피똥 지릴 백인놈 욕을 하면서.

– 진절머리나는 게 뭔지 아나? 평화조약이니 뭐니 하는 이 온갖 헛짓거리야. 제이컵 밀러가 노래까지 썼다던데? 아직 못 들어봤나? 내가 불러줄까?

– 됐소.

– 평화조약은 무슨 피똥 싸는 소리.

– 다음번에는 군인들한테 총질하지 말라고 하시오.

– 군인들? 무슨 소리야, 그린베이 얘긴가? 그린베이 때문에 이런

온갖 짓거리를 벌인다고? 자네는 뉴스도 안 보나? 그린베이에서 선량한 시민은 한 명도 죽지 않았어.

– 웃기는 일 아니오? 그 사람들 전부가 당신 선거구 출신이라는 게? 심지어 그중에 한 명은 나더러, 당신 땅에 들어가 공짜 총을 얻을 기회가 있다고 말한 놈 이름이 주니어 소울이라는 얘기까지 했지.

– 주니어 소울이라니, 난 전혀 모르는 인간이야.

– 하지만 다들 내가 안다고 생각하는 것 같던데. 내가 사람들한테 물어봤지, 도대체 어떤 게토 사람이 그런 이름이겠느냐고? 모타운* 가수 이름 같잖소.

– 자네가 알고 있는 게…… 아니, 됐네.

– 그자가 공기중에 떠돌고 있는 건지도.

– 자연의 신비주의자 얘긴가?

– 그자가 돌아온다는 건 알잖소? 이놈의 좆같은 평화조약 때문에, 하필 온갖 사람 중에서도 그자가 돌아오게 됐다고.

– 그자가 여기에 오는 건 이 빌어먹을 평화 콘서트 때문일 뿐이야. 그걸로 충분하지 않나? 놈은 이제 런던 사람이 된 거 아니었어? 어쩌면 게토에다가 그 망할 놈의 변기를 죄다 직접 설치해주러 오는 걸지도 모르지.

– 당신이 게토에 변기를 진짜로 설치해줬으면 그자가 돌아올 이유가 없었을 거라는 얘기군.

– 당연하지, 조시 웨일스, 왜냐하면 지금 정권을 잡고 있는 건 우리 당이니까. 자넨 꼭…… 부샤, 씨발 뭐가 웃겨서 그러나?

홀에서 〈마 베이커〉가 흘러나오고 있었다. 속살을 드러낸 여자

* 1960~70년대 디트로이트에서 왕성히 활동한 흑인 음반 회사.

에게 사람들이 소리를 질러대고 농담을 하고 욕을 퍼붓고 비명을 질러대는데도 그 너머로 음악 소리가 들렸다. 나는 〈마 베이커〉가 왜 웃긴지는 굳이 설명해주지 않았다.

– 아무것도 아니오, 부샤. 진짜로 가수가 돌아오는 게 변기 때문이라고 생각하쇼?

– 뭐, 꼭 정확히 변기 때문은 아니겠지만 이런저런 가구집기나, 게토 사람들이 지금 필요하다고 고함을 질러대는 무언가 때문이겠지. 계속 소리나 질러대라고 해, 누가 이 피똥 쌀 사회주의 정부를 선출하라고 했나. 두 번씩이나 말이야. 한번 물어보라고, 도대체 바티 구멍에 몇 번이나 자지가 들어와야 바티만이 나한테 씹질을 해대는구나 하고 알아채는 거야?

– 가수가 돌아오는 건 빌어먹을 변기를 고치기 위해서가 아니오.

– 그래, 이 씨발 평화 어쩌고 하는 일 때문에 돌아오는 거겠지. 이 일이 훨씬 높은 곳에 계신 분들의 심기를 거스르고 있다는 걸 자네도 알았으면 좋겠군. 아주 불편해하시네. 지난주에만 쿠바인 몇 명이 자메이카에 들어왔는지 아나? 이젠 그 좆같은 에럭 에스트라다 대사까지 여기가 자기집 안방인 것처럼 활개치고 다닌단 말이야.

– 가수가 파파-로와 쇼타 셰리프를 동시에 만나고 있소이다.

– 피똥 쌀 그걸 누가 몰라? 호프로드 56번 가에서는 다들 쿵짝쿵짝 어울리잖나. 심지어 자네들이 모시는 그 씨발 수상놈도 거기에 고용된 것처럼 굴었고.

– 그 세 사람이 평화 콘서트 직전에 영국에서 만났소.

– 그래서? 평화 콘서트가 열렸다가 끝난 게 벌써 거의 일년 전이야. 그래서 뭐?

– 최고급 거물 셋이 그냥 평화 콘서트 얘기나 하러 킹스턴 시내

에서 나왔다고 생각하쇼?

– 그 세 놈이 다룰 수 있는 일이 딱 그 정도인 것 같은데.

– 평화 콘서트는 그냥 부가적 혜택일 뿐이라고.

– 부가적 혜택이라는 게 무슨 의미인지는 자네가 안다고 간주하겠네.

– 그러쇼. 내가 재정을 다룬다는 당신네 마법사 상관이 인플레이션의 원인을 안다고 간주하듯이.

또 나온다. 처음에는 웃음으로 받아넘겼다가 깜짝 놀란 체하는 피터 나세르의 그 두 눈. 그래서 나는 모르는 척한다. 시리아놈들이란.

– 그래서 그 잡종 똥개년이 뭘 한다는 건가, 제3정당이라도 창당한다는 거야? 뭐 그리 심각한 일이 있다고?

– 1분 전만 해도 별로 관심 없는 것 같더니.

– 부샤, 씨발 잡소리 말고 말해, 이 새끼야.

– 평화 콘서트가 끝난 다음에 어떤 프로그램이 예정돼 있소. 계획이지. 어젠다라고도 할 수 있겠고.

– 무슨 어젠다?

– 이런 뉴스를 들을 준비가 돼 있는지 모르겠군. 라스타 정부 말이오.

– 뭐? 피똥 쌀 방금 뭐라고 했나?

– 이런 식으로 알게 될 거요, 일단 영국에서 라스타 한 무리가 돌연 여기까지 비행기를 타고 내려오는 거지. 몇몇 놈은 이미 입국해 있고. 잠깐, 이보쇼, 파파–로마저 라스타가 되어가는 것도 몰랐겠지? 파파–로가 돼지고기를 안 먹은 것도 벌써 몇 달이나 됐소. 12지파 회합? 요즘 파파–로한테 그건 아주 정기적인 일정이지.

– 파파–로가 더이상 머리도 안 빗게 되면 그 말을 믿도록 하지.

– 라스타가 전부 레게머리를 하고 다닌다고 누가 그럽디까? 빌어먹을.

피터 나세르를 너무 멍청하게 만들면 안 된다는 사실을 떠올려야만 했다.

– 그게 무슨 소리……

– 어쨌거나, 라스타와 라스타 명예단원들이 영국에서 무슨 얘기를 했었는지 듣고 싶기는 한 거요?

– 말해보게, 부샤.

– 그러니까 놈들 중 하나가, 누군지는 정확히 모르겠지만, 이런 소리를 하더군. 자기들이 하는 생각은 라스타를 사회와 정치, 풀뿌리 단계에서 깊이 엮는 거라고.

– 정확히 그렇게 말했다는 건가?

– 내가 무슨 안내데스크 직원으로 보이쇼?

– 와 이런, 그러니까 평화 콘서트 일로 만나서는 정부 얘기를 시작했다는 말이로군. 자메이카 모든 집안에 있는 모든 베란다에서 모든 남자들이 하는 바로 그대로 말이야. 이게 뉴스라도 되나?

– 아니, 브레드렌. 그자들은 정부 일로 만나서 평화 콘서트 얘기를 시작한 거요.

– 뭐?

– 형씨는 어떤 시계가 울릴 건지도 모르잖소. 그 시계가 빅벤이라는 것조차 몰랐지. 놈들의 계획은 이렇소. 게토 양측 모두가 새로운 반대 세력을 조직하겠다는 거요. 라스타의 이름으로 당신들 전체를 쓸어낼, 진정으로 민중을 위하는 정당을.

– 무슨 잼다운 마우–마우*라도 되나?

– 뭐요?

– 하지만 라스타는 피똥 쌀, 에티오피아로 가고 싶어하잖아. 씨발 좆같은 보트에다가 빨간색 까만색 초록색 페인트나 확 끼얹고 꺼지면 되는 거 아닌가? 블랙 스타 라이너라든지 뭔 좆같은 이름을 붙여서 말이야.

– 런던 라스타들이 에티오피아를 쥐똥만큼이라도 알고 있는 줄 아쇼? 런던놈들은 레게를 통해서 라스타를 아는 거요, 부샤. 어디든 레게의 고향이 라스타의 진짜 고향이라고. 갑자기 영국의 라스타들이 경영 대학원에 가고 런던 국회의원에 출마하더니 자기 자식들한테 온갖 교육을 시키기 시작했소, 여자애들까지 말요. 이게 다 뭣 때문이라고 생각하쇼? 영국은 그자들을 원하지 않는다는 거요. 그자들이 어디로 갈 것 같소?

– 제기랄.

– 다운타운은 전부 분열됐소, 마스터. 진작 알았어야지. 당신이 분열시킨 거잖아.

– 나는 아무것도 분열시킨 적이 없어.

– 이제는 형씨네 정당에서 떨어져나오시겠다? 당신네 두 사람이 분열시킨 거요. 나? 나는 그냥 실행만 한 거고. 평화 콘서트가 끝나면 무슨 일이 벌어질 거라고 생각한 거요? 사람들이 한데 모이게 되면 무슨 일이 벌어지겠느냐고?

– 더이상 분열은 없겠지.

– 그건 그저 첫 단계일 뿐이오, 나리. 사람들이 평화롭게 모인다는 건, 머잖아 사람들이 모여서 정치를 하게 될 거란 뜻이지. 사람들은 벌써부터 어떤 던이 어떤 지역의 국회의원이 될 건지 고르고

---

* 흑인 선동가를 뜻하는 자메이카 속어.

있소. 그 말은, 형씨 자리는 더이상 없다는 뜻이지.

– 그런데 이 모든 일이 그놈의 런던 회합 때 일어났다고?

– 사실이오.

– 하지만 부사, 그 회합은 일년도 더 된 일이잖아.

– 그렇지.

– 일년이나 기다렸다가 나한테 이 얘기를 해준단 말인가?

– 형씨가 알 필요는 없다고 생각했소.

– 내가 알 필요는 없다고 생각했다. 조시 웨일스, 내가 피똥 쌀 생각이나 하라고 널 고용한 줄 알아? 내가 무슨 생각을 해야 할 때 검둥이한테 그 일을 맡길 것 같았나? 대답해보지그래.

– 별로 듣고 싶지 않은 대답을 들을 거라고 미리 경고해드리지. 나는 그렇게 말하고, 피터 나세르의 눈은 또 한번 웃음으로 받아 넘겼다가 놀란 체한다.

– 피똥 쌀, 빌어먹을 썅년 같으니. 개 씨발 좆같은 암캐년아. 지금 당장도 그렇게 많은 사람들이 못 나가 안달인 이 상황에서 지금 그 씨발 라스타 비밀조직이 다시 입국하려고 한다는 얘기야? 지금 여기에 얼마나 많은 게 걸려 있는지는 알아? 그 생각은 해봤냐고?

– 아니, 부사. 생각할 필요가 있을 땐 형씨한테 맡겨야 한다면서.

– 제기랄, 제기랄, 씨발 좆같은 게. 선거가 바로 내년이라고. 피똥 쌀 바로 내년이야. 이런 피똥 쌀. 이제 얼마나 많은 사람들한테 전화를 돌려야 되는지 알기나 해? 일년이나 기다렸다가 이 얘기를 하다니 믿을 수가 없군. 절대 잊지 않을 거다, 조시 씨발 웨일스.

– 잘됐군. 형씨 편할 때는 항상 잘 잊으시는 것 같길래. 애초에 파파-로가 일을 맡았던 이유도 잊으신 것 같고. 하기야 그건 형씨랑 파파-로 사이의 문제니까.

- 어련하시겠나, 이제 네놈은 그놈의 마이애미 여행에만 꽂혀 있을 텐데. 정부에는 눈이 없는 줄 알아? 그래, 민중이 어쩌고 하는 큰 생각을 하기 전에, 네놈이 지금 어떤 자리에 임명되어 활동하는 건지는 잊지 말라고.

- 그게 무슨 뜻이지?

- 생각하고 싶다면서? 알아서 잘 알아내봐.

하지만 나는 그자가 내게 어떤 질문도 하기 훨씬 전에 이미 생각해두었다. 1976년 12월 8일에 이미 알아냈던 것이다. 가수가 비행기에 타기 전부터, 그놈이 다시 돌아온다면 새로운 이야기와 새로운 권력을 가지고 돌아오리라는 걸 알고 있었다. 멍청한 좆만이 시리아놈은 개가 이제 다른 주인을 찾아 코를 킁킁대며 돌아다닌다는 걸 깨닫지 못하고 있다. 그 주인조차도 벌써 그 개를 자기 하인으로 착각하고 있다는 것도.

나는 이 매부리코 멍청이를 바라보며 오래전 성경학교에서 배웠던 뭔가를 깨닫는다. 이자는 이미 충분한 보상을 받았다. 이제 이자는 어디도 갈 곳이 없다, 심지어 아래쪽으로도 못 간다. 언제든 목소리를 높일 수 있을 거라고 생각하지. 아직도 흰 피부가 자기 기분 내키는 대로 말할 권위를 준다고 생각하는 자들이 있다는 이유만으로. 그런 자들은 특히 권위라는 게 무슨 뜻인지도 모르는 인간들인데 말이다. 지금 당장은 이자에게 잘된 일이다. 나는 착한 사마리아인 같은 마음이 파도처럼 밀려오는 걸 느낀다. 닥터 러브가 일년 전 나한테 구린 얘기를 하나 해줬는데, 친구들과는 가까이 지내되 적들과는 더 가까이 지내라는 것이었다. 개똥만큼이나 구린 얘기다. 그래, 그건 사실이다. 하지만 위로 한발 한발 올라가면 올라갈수록 이 말이 새롭게 와닿는다. 어쨌거나, 사냥꾼들은 낮게 나는 새는 쏘지 않으니까.

피터 나세르는 런던 말씨를 쓰는 라스타가 노먼 맨리 공항에 내리는지, 특히 밤에 유심히 지켜보라며 세 사람을 고용했다. 어떤 이유에서인지는 모르겠지만, 나세르는 그런 라스타는 절대 몬테고베이를 통해 들어오지 않을 거라고 생각했다. 심지어는 고용한 자들에게 두 시간에 한 번씩 공항 공중전화로 달려가 자신에게 전화 보고를 하라고 했다. 그러더니 나더러 직접 가든지 제일 뛰어난 부하를 런던으로 보내든지, 가수를 찾아서 투어중이든 녹음 작업중이든 어디서든지 뭔가를 해보라고 했다. 나는 그자에게 이게 제임스 본드 영화처럼 보이느냐고, 그자가 함께 지내는 미인대회 우승자도 함께 제거해야 하느냐고 물었다. 그래야 한다면 세상에서 가장 아름다운 여자를 제거해야 하는데 참 유감스러운 일이 될 테니까. 나는 전화에 대고 웃었다. 그러지 않았으면 이자가 또 내 시간을 낭비하게 만들었다며 욕을 퍼부어댔을 거다. 그뿐 아니라 가수는 정말이지 벌써 사라진 거나 마찬가지였다. 누군가를 죽음 근처까지 보내버리는 건 거의 죽여놓는 것보다도 더 큰일이다. 뿌리를 뽑고, 집으로부터 찢어 떼어놓아 어디에서건 다시는 편하게 살 수 없도록 만드는 것이니까. 가수가 완전히 돌아오는 방법이라고는 관에 실려오는 것밖에 없었다.

하지만 그건 1978년의 일이고 1978년이라면 나는 이제 됐다. 옛 미국인이 1월에 아르헨티나로 떠나자 새로운 놈이 와서 그 자리를 차지했다. 가락은 새로운 미국 노래지만 가사는 똑같은 옛 가사였다. 그자는 자기 이름이 클라크 씨라고 했다. 그게 전부였다, 클라크 씨. 클라크라네, 그냥 끝에 E만 떼어버려. 그자는 그게 웃기다고 생각했는지 만날 때마다 똑같은 얘기를 했다. 클라크라네, 그냥 끝에 E

만 떼어버려. 그자는 이미 닥터 러브를 알고 있었다. 하기야 땀범벅이 된 흰 셔츠를 입고 넥타이를 푼 채 킹스턴을 걸어다니는 미국인이라면 모두 루이스 에르난 로드리고 드 라스 카사스를 아는 것 같았다. 1978년 4월 우리는 포트로열에 나와 있는 백인들의 호텔, 모건 하버에 있다. 우리는, 아니지, 그들은 비어 있다시피 한 레스토랑에서 킹스턴을 내려다보는 중이다. 나는 지켜보고 있었다. 나는 벌써부터 해적의 영혼에 머리부터 자지까지 휩쓸린 두 외국인과 함께였다. 포트로열로 백인 남자를 데려갈 때마다 어떤 느낌에 사로잡히는 그자들의 모습은 지켜볼 만하다. 어디든 바위에 발을 내려놓은 순간 그들이 모두 똑같은 영혼을 느끼는지도 궁금해진다. 아마 그럴 거라는 쪽에 건다. 콜럼버스와 노예 시절처럼 먼 옛날부터 그랬을 것이다. 바다를 건너와 발을 땅에 디디면, 뭔가가 백인 남자로 하여금 내키는 대로 말하고 행동해도 된다는 기분이 들게 하는 것이다.

– 검은수염*이 이쪽 부근도 약탈하고 강탈했나, 메이티**?

– 나란 놈이 아는 사람은 헨리 모건***뿐입니다, 싸(나리). 그리고 여기 자메이카에서 메이티라는 말은, 아내가 아닌데도 데리고 사는 여자라는 뜻이고요.

– 아. 이런.

닥터 러브가 두 차례에 걸쳐 통역을 해줘야 할 정도의 엉터리 영어를 써본 것도 오랜만의 일이다. 최소한 이번 놈은 루이 존슨 같지

---

* 본명은 에드워드 티치. 18세기 영국의 해적으로 서인도제도와 미국 동부 해안 근처에서 활동했다. 가족과 함께 자메이카로 이주했던 것으로 보인다.

** 미국에서 주로 쓰는, '친구' 정도의 호칭.

*** 17세기 카리브 해에서 활약한 영국 출신 해적.

는 않았다. 종이 쪼가리를 거꾸로 들고서는, 검둥이들은 읽을 줄 모른다는 걸 백인들에게 보여주는 시늉을 하던 루이 존슨. 나는 그 행동이 지금까지도 기억난다. 하지만 그때 그자가 말했다.

– 자네의 가난하고도 귀중한 민중들은, 자기들이 무정부주의의 경계선까지 와 있다는 사실조차 모를 걸세.

– 나란 놈은 이해 못합니다. 우리가 귀중하다면 어떻게 가난할 수가 있겠습니까? 다이아몬드가 귀중하죠.

– 하지만 자네들이야말로 바로 그런 존재라네, 이 친구야. 다듬지 않아 거친 다이아몬드지. 이 섬은 너무 거칠어. 너무 거칠게 다듬어졌는데도 아름답지. 또 이렇게나 불안정하고. 불안정하다는 건, 어떤 모퉁이에 비틀거리면서 서 있다는 얘기야. 그 뜻은……

– 불안정하다는 거죠?

– 그래. 익색타멘떼. 익색타멘떼*. 안 그런가, 루이스? 루이스랑 나는 오래된 사이야. 너무 오래된 것 같기도 하군. 여기 오기 전에도 에스타도스 라티노스** 몇 군데에 같이 갔었지?

– 선생도 피그스 만 플랍 쇼***입니까?

– 응? 뭐? 아니, 아냐. 그건 내가 오기 전 일이고. 내가 오기 한참 전 일이지.

– 뭐 언젠가는 선생 쪽 사람들도 실제로 카스트로에게 듣는 독을

---

* 스페인어로 '정확해'.

** 스페인어로 '라틴 국가들'.

*** 친구들 모두가 만나기로 했는데 단 한 명이 참여하지 않는 등의 방식으로 모임에 찬물을 끼얹거나 실망을 안길 때, 그 친구를 플랍 쇼라고 한다. 본문에서 조시 웨일스는 피그스 만 침공 당시 미국이 쿠바 반혁명군의 기대를 저버리고 제대로 협조하지 않은 일을 암시하고 있다.

찾게 될지 모르죠.

- 헤-헤-헤-헤. 통찰력이 좋은 친구로구만, 교활하기까지 하고? 루이스한테 계속 소식을 듣고 있었나?

- 아뇨. 소식한테 계속 소식을 듣고 있었습니다.

잠깐만, 조시 웨일스. 너를 잘못 알았다는 사실을 깨닫는 것만큼 미국인들이 너를 멀리하게 만드는 건 없다. 이자가 차를 타고 떠나기 전에 최소한 한 번은 문제없습니다, 몬, 이라고 말하면서 몬이라는 말을 모오오오오오온이라고 떨어줘야 한다는 걸 잊지 말도록. 그래야 적당한 사람을 찾았다고 생각하면서 떠나지 않겠나. 나는 처음으로 내가 레게 머리를 하고 있다든지, 라스타들이 하듯이 맞추어 춤출 리듬이 없을 때조차 갑자기 제자리에서 뛰뛰며 한 발로 껑충대는 방법을 알았으면 했다. 함께 시간을 보내는 내내 이자가 말할 때마다 닥터 러브가 고개를 끄덕이는 모습을 보아왔기에, 나는 하마터면, 대부분 그자가 말하려던 건 자메이카가 전쟁 상황이나 마찬가지라는 얘기였다는 사실을 잊어버릴 뻔했다. 1976년보다도 더 큰 전쟁이라고 그자는 말했다. 그자가 1976년을 입에 담은 건 그게 처음이었다.

냉전이지. 그가 말했다.

- 냉전이라는 게 무슨 뜻인지는 아나?

- 전쟁에는 온도가 없습니다.

- 뭐? 아, 그게 아냐, 이 친구야. 냉전이라는 건 어떤 용어인데, 무슨 뜻이냐 하면…… 여기서 지금 일어나는 일을 부르는 이름이지. 그거 아나? 내가 여기 뭘 하나 가져 왔는데…… 여기 이걸 좀 봐.

백인 남자가 색칠공부 책을 한 권 꺼낸다. 미국인들을 상대로 바보 시늉을 계속하다보면 무슨 일이 벌어져도 놀라지 않게 되는데,

이번 것은 나도 전혀 생각지 못했다.

– 이게 뭐죠?

나는 그걸 그냥 거꾸로 들고 있었다. 굳이 표지를 뒤집어야 우리를 위한 민주주의! 라는 제목을 읽을 수 있는 사람이 누가 있겠느냐 말이다. 미국인은 책을 잘못 들고 있는 나를 보았고 나는 그 자가 무슨 생각을 하는지 정확히 알 수 있었다. 이봐 루이스, 콤파드레, 자네가 일처리를 똑바로 하는 건 알지만 우리가 제대로 된 친구를 구한 게 맞는 건가?

– 설명서야, 그래, 설명서지. 루이스, 이 친구가 내 말을…… 그러니까 내 말은…… 보게. 나한테 잠깐 줘보겠나? 고마워. 보자, 어디 보자, 어디 보자…… 아! 6쪽과 7쪽. 6쪽에 보이지? 이 세상이 민주주의야. 알겠지? 사람들이 공원에 있군. 애들은 아이스크림 트럭으로 달려가고, 어쩌면 저기서는 어떤 사람이 트윙키를 한 입 먹고 있는지도 모르겠네. 봐, 저기 신문 읽는 남자 보이지? 그리고 저 젊은 여자도 보고, 섹시하지 않나? 저 미니스커트 입은 여자 말이야. 저 꼬맹이들이 뭘 배우는지는 모르겠지만, 어쨌거나 학교에 간다고. 그리고 이 그림에 보이는 어른들 있잖나? 이 사람들은 전부 투표를 할 수가 있어. 누가 이 나라에서 떠나야, 내 말은, 누가 이 나라를 이끌어야 하는지 정하는 거지. 아 그래, 저 높은 건물들도 보게. 저건 진보, 시장, 자유 때문에 저렇게 된 거야. 저게 자유시장이라고, 친구. 그리고 이 그림에 나오는 사람 중에 누구라도 지금 벌어지는 일이 마음에 안 든다는 사람이 있으면, 그렇다고 말을 할 수가 있어.

– 제가 이 그림을 색칠했으면 좋겠습니까, 보스?

– 뭐? 아니, 아냐. 이렇게 말해보지. 자네 친구들한테 나눠줄 수

있게 내가 이 책을 20권쯤 준다고 해보세. 우리는 젊은 사람들한테 얘기를 퍼뜨려야 돼, 이 씨발 빨갱이 공산주의자들이 그 젊은이들을 끌어들이기 전에 말이야. 이 빨갱이들은 진짜 씨발 괴물같은 놈들이거든. 그놈들 중에 호모새끼들이 왜 그렇게 많은지 아나? 왜냐면 나나 자네 같은 정상적인 사람들은, 우리는 애를 낳거든. 빨갱이들? 빨갱이들은 호모새끼들이랑 똑같아. 그놈들은 다른 사람을 끌어들이지.

자메이카로 오는 미국 교회와 똑같군, 하고 생각했지만 입 밖으로 내진 않았다. 대신 이렇게 말했다.

– 진짜 그렇습니다, 보스, 진짜 그렇습니다.

– 그래, 그래. 자네 아주 좋은 사람이군그래, 웨일스 군. 자네하고는 얘기가 좀 통하는 것 같아. 뭐 하나 말해줄까? 이거, 자네가 지금부터 듣게 될 이야기는 기밀 정보네. 아직 키신저한테도 보고가 안 올라갔어. 루이스도 이번에 들으면 처음 듣는 거야. 이봐 루이스, 내 장담하는데 지금 이 순간 동베를린에서 가장 큰 산업이 뭔지 자네는 모를 거라네. 후기 낙태야. 그래, 잘못 들은 게 아니라고. 웬 도살자 같은 놈들이 다섯 달, 일곱 달, 어떨 때는 심지어 아홉 달 동안 임신하고 있던 젊은 여자한테서 아기를 끄집어내서, 아기 목이 보지 밖으로 나오는 순간 목을 그어버린다고. 믿어지나? 상황이 너무 안 좋으니까 여자들이 동독에서 아기가 태어나게 놔두느니 차라리 죽이기로 결정하는 거야. 동독 사람들, 그 사람들은 뭘 얻으려 해도 줄을 서야 돼, 책에 나온 거랑 똑같이 말이네, 웨일스 군. 씨발 비누 한 장 배급받으려고 해도 줄을 서야 한다고. 그 사람들이 비누를 받아서 어디다 쓰는지 아나? 팔아서 음식을 사. 불쌍한 그 호로자식들은 괜찮은 커피 한 잔도 외상으로 사먹지를 못해서, 씨발 정

부가 무슨 쓰레기 같은 걸 치커리랑 호밀이랑 비트랑 섞은 다음에 그것 전체를 미치커피라고 부른다네. 미친 커피라는 것 같지, 안 그래? 온갖 얘기를 다 들었어. 씨발 분명히 말하는데 아주 기절초풍하겠다고, 기절초풍. 자네 커피 마시나, 웨일스 군?

– 나란 놈은 차를 마시는 사람입니다, 싸.

– 잘됐군, 자식, 잘됐어. 그런데 자네가 지금 보고 있는 이 조그맣고 소중한 나라 있잖나? 저런 경향이 지금 당장 뒤집어지지 않는다면 2년도 안 지나서 여기가 쿠바나, 더 나쁜 경우에는 독일처럼 될 거야. 나는 그런 일이 칠레에서 일어날 뻔한 걸 봤네. 파라과이에서 일어날 뻔한 것도 봤고. 도미니카공화국에서야 무슨 일이 일어날지 대체 누가 알겠나.

이 얘기 중 몇몇 부분은 어떤 식으로든 사실이다. 하지만 이자들은, CIA에서 나온 이놈들은 도무지 참지를 못한다. 우리가 자기들을 믿는다는 생각을 하는 순간 놈들에게는 거짓말이 무슨 마약처럼 변하는 것 같다. 아니, 마약이 아니라 게임이다. 자, 이제 이 멍청한 검둥이한테 어디까지 사기칠 수 있나 보자, 하는 거지. 나는 클라크 씨가 곁눈질로 나를 지켜보며, 내가 자기가 예상했던 것과 꼭 같은 사람이라고 생각하는 모습을 지켜본다. 루이 존슨은 떠날 때쯤 글도 별로 읽을 줄 모르는 사람이 이렇게 영리할 수 있다니, 하며 매우 감명을 받았었다. 물론 훈련을 잘 받은 개더러 영리하다고 할 때나, 똘똘한 원숭이더러 영리하다고 할 때처럼 그 말을 한 거지만. 루이 존슨의 말을 빌리자면, 자기가 팔아대는 썰을 믿는지 보려고 나한테 외계인 얘기를 했단다. 하지만 여기 클라크 씨는 너무 진지해져버렸다. 나는 고개를 들어 하늘을 보았다. 클라크 씨의 이야기에 분위기를 더해줄 생각에, 하늘마저 회색으로 변해버린 건 아닌지 보려고.

- 내가 지금 하려는 말은 자네 나라가 지금 갈림길에 서 있다는 거야. 다음 2년이 아주 중요해질 거라네. 우리가 자네를 믿어도 되겠나?

나는 이자가 찾고 있는 게 씨발 무슨 좆같은 대답인지 모르겠다. 나에게서 무슨 말을 기대하는 건가, 나도 같은 배에 타겠다는 대답? 포트로열에 와 있으니까 예이 예이 선장님, 이라고 말해야 하는 건가? 닥터 러브가 나를 한 차례 쏘아보더니, 눈을 감고서는 위아래로 고개를 끄덕였다. 그냥 이 멍청이가 듣고 싶어하는 대답을 해줘, 무차초라고 말하는 닥터 러브만의 방식이었다.

- 배에 타겠습니다, 싸.

- 반가운 소식이군. 씨발 최고야.

클라크 씨는 자리에서 일어나며, 아파트가 마련될 때까지 임시로 머물고 있던 메이페어 호텔로 자동차를 타고 가겠다고 말했다. 그는 미화 10달러를 테이블에 올려놓고는 걸어가려다가, 돌아서서는 내 왼쪽 귀 쪽으로 허리를 숙였다.

- 그건 그렇고, 자네가 최근에 마이애미나 코스타리카로 몇 차례 여행을 떠났다는 사실을 알게 됐네. 자넨 바쁜 꿀벌이야, 안 그런가? 물론, 미국 정부는 자메이카나 자메이카 망명자들의 활동에는 아무 관심이 없네. 어떤 식으로든 우리를 도와주면 그런 일처리 방식도 받아들이지. 이 친구한테 번역 좀 해주겠나, 루이스?

- 안녕히 가십시오, 클라크 씨.

- 클라크라네, 그냥 끝에……

- E만 떼어버리라고요. 내가 말했다.

- 하스타 라 비스타!*

나는 닥터 러브를 본다.

– 저 사람 진짜 이름이 클라크인가?

– 내 진짜 이름이 닥터 러브인가?

– 우리라고 안 하고 나라고 하던데.

– 나도 들었네, 옴브레.

– 그게 신경써야 할 일인가?

– 씨발, 내가 어떻게 아나. 거래나 계속하라고, 친구. 자네들 몫의 굿굿즈(화물) 상자는 아직 안 풀었나?

– 미국 사람들은 구디즈라고 하는 것 같던데.

– 내가 씨발 양키로 보이나?

– 무슨 대답을 원하는 건가, 닥터 리 덩가리?** 어쨌거나, 그 상자는 오래전에 풀었어.

지금 닥터 러브는 다른 화물, 1976년 12월에 들어왔던 화물과 같은 방식으로 들어온 화물 얘기를 하고 있다. '오디오 장비/평화 콘서트'라는 표시가 되어 있는 커다란 상자에 담긴 물건들은 나와 위퍼, 토니 파바로티와 다른 두 남자가 내용물을 비울 수 있도록 부두에 남겨졌다. M16 75정은 우리가 갖는다. 25정은 최근 총기를 손에 넣지 못해 안달이 난 것 같은 왕상 랜드놈들에게 판다. 총알은 우리가 다 갖는다, 위퍼의 아이디어였다. 총알은 알아서 만들라고 해, 위퍼가 말했다.

우리는 꼭 전쟁을 계획하는 것 같다. 다른 사람들은 전부 평화를 계획하고 있는데. 파파-로는 가수가 총을 맞은 뒤 내내 들어가 있

* 스페인어로 '다음에 또 보자'.

** 덩가리는 청바지를 말하고, '리'는 유명한 청바지 브랜드이다. 닥터 러브가 입고 있는 청바지를 가지고 조시 웨일스가 말장난을 하는 중이다.

던 회색 구름에서 도로 튀어나왔다. 모든 비난을 자신에게 돌린 것과 마찬가지였다. 모든 비난을 자신에게 돌린다는 건, 뒤집어 말하면 모든 공로도 자기 것으로 돌린다는 뜻이니까. 파파-로는 어떤 일들이 일어난 이유도, 앞으로 그런 일들이 절대로 다시는 일어나지 않을 이유도 자기가 감옥에 갇혀 있었기 때문이라고 가수에게 말하던 거였다. 파파-로는 오래전에 로켓을 타고 이 행성을 떠나버렸다. 〈우주로 간 돼지들〉* 무리에 합류해도 될 정도다. 문제는 매일 점점 더 많은 사람들이 같은 우주선에 올라타고 있다는 점이다. 평화조약이라는 열병이 게토를 너무 많이 점령한 나머지, 첫번째 화합의 춤이 끝날 때쯤에는 내 사촌을 죽였던 놈이 포옹을 기대한다는 듯 팔을 활짝 벌리고 내게로 다가왔다. 나는 놈에게 바티만이라고 말해주고는 멀어졌다.

평화조약이라는 열병은 와리카 힐스에까지 번져 코퍼 같은 자마저 몇 년 만에 처음으로 거기서 내려오게 되었다. 자메이카 경찰이라면 모두가 자기 이름을 새긴 총알을 한 발씩 재어놓고 있다는 사실을 잊기라도 한 것처럼 말이다. 코퍼조차도 언덕에서 내려와 술을 마시고 즐거운 시간을 보낸다면, 나로서는 다른 나라를 찾아보기 시작할 때가 된 것이다.

심지어 파파-로는 내 집으로 찾아와 어째서 새로운 평화의 리듬에 몸을 싣지 않는 거냐고 물으며, 지금이야말로 마커스 가비가 오랜 시간 동안 우리 모두를 위해 계획해둔 일에 흑인들이 귀기울일 최고의 때라고 말했다. 나는 파파-로에게 마커스 가비에 대해서 쥐좆만큼이라도 아느냐고, 아니면 이게 런던에서 건너온 빌어먹을

* 1976~91년 미국과 영국에서 방영된 텔레비전 인형극 시리즈 〈머펫 쇼〉의 한 코너.

라스타가 당신한테 떠먹여준 이야기냐고 굳이 묻지 않았다. 하지만 내가 파파-로를 봤을 때, 그의 눈은 젖어 있었다. 그는 애원하고 있었다. 그때 나는 이 남자에 대해서나, 이 남자가 하고 있는 일에 대해 뭔가를 깨달았다. 파파-로는 이미 구름 저 너머, 게토 저 너머, 세상에서 자기가 차지한 시공간 저 너머를 보고 있었다. 이 남자는 자기 묘비에 무슨 말이 적힐지를 생각하고 있었던 것이다. 뼈에 남은 마지막 살점까지 썩어 떨어질 때, 사람들이 자기에 대해 무슨 말을 할 것인지에 대해. 살인과 살인미수로 일곱 번이나 감옥에 갔다가 매번 풀려난 일은 다 잊어버리라는 거다. 그 백인 남자와 닥터 러브가 오기 전, 자기가 모든 남자들에게 총 쏘는 방법을 가르쳤던 일은 잊으라는 거다. 자신과 쇼타 셰리프 둘 다 자기들이 만든 테두리 안에서 움직였다는 사실도 잊어버리라는 거다. 파파-로는 자신의 묘비에 게토를 통합한 사람이라는 명구가 적히기를 바라고 있었다.

사람들은 내가 파파-로에게 적대감을 품고 있다고 생각한다. 그러나 나는 파파-로에게 사랑 말고는 아무 감정도 품고 있지 않으며, 누가 묻든 똑같이 이렇게 대답해줄 것이다. 하지만 여기는 게토다. 게토에 평화 같은 건 없다. 있는 건 단 한 가지 사실, 나를 죽일 수 있는 당신의 힘은 당신을 죽일 수 있는 나의 힘으로만 멈출 수 있다는 사실. 내게 주어진 건 게토에 살면서 게토 안에서만 뭔가를 볼 수 있는 사람들이다. 하지만 어린아이였을 때부터 내가 볼 수 있는 것이라고는 게토 바깥뿐이었다. 나는 바깥을 보며 일어났고, 학교에 가서 하루종일 창밖을 내다보며 지냈고, 마레스코 로드로 올라가 월머 남학교를 미코 대학에서 갈라놓는 울타리 위에 앉아 있곤 했다. 사람들 대부분은 그 울타리가 킹스턴을 세인트 앤드루로부터, 업타운을 다운타운으로부터, 가진 자들을 없는 자들로부터 갈라놓는 것인 줄 모른다. 그냥 함석 울타리라고만 생각한다. 아무런 계획이 없는 사람들은 일단 기다리고 본다. 계획이 있는 사람들은 보고 적당한 때를 기다린다. 세상은 게토가 아니고 게토는 세상이 아니다. 게토 사람들이 고통을 겪는 건 그들로 하여금 고통을 겪게 하는 일로 밥을 벌어먹는 사람들이 있기 때문이다. 좋은 시절은 누군가에게는 나쁜 시절이기도 하다.

노동당도 인민국가당도 평화조약에 씨발 아무 관심이 없는 게 바로 그 때문이다. 전쟁으로 얻을 게 너무 많은 경우에는 평화란 게 생길 수가 없다. 또, 평화라는 게 계속 가난하게 살아야 한다는 뜻이라면 누가 그걸 원하겠는가? 내 생각에 파파-로도 이 사실을 알고 있었다. 원한다면야 얼마든지 사람을 평화가 있는 곳으로 이끌 수는 있다. 가수를 비행기에 태워 내보낸 뒤, 게토에 새 화장실을 지을 돈을 벌도록 노래를 부르게 할 수도 있을 것이다. 레이 타운이나 정글에서 허리를 흔들어대며, 바로 작년에 내 형제를 죽인 자와 대등하게 굴 수도 있다. 하지만 사람이 움직일 수 있는 건 목줄이 당겨져 다시 뒤로 물러나기 전까지일 뿐이다. 주인이 그런 거지같은 짓은 이제 됐어, 우리는 그쪽으로 가지 않을 거야, 라고 말하기 전까지. 바빌론의 목줄, 경찰의 목줄, 총기법원의 목줄, 자메이카를 운영하는 23개 가문의 목줄. 그 목줄은 2주 전, 시리아 출신 쌍년인 피터 나세르가 내게 암호로 뭔가를 말하려 했을 때 이미 당겨졌다. 그 목줄은 일주일 전, 미국인과 쿠바인이 내게 무정부상태가 뭔지 가르쳐주겠다며 색칠공부책을 가지고 왔을 때 이미 당겨졌다.

이 세 사람 덕분에 나는 바빠졌다. 클라크 씨는 자기 여자가 더 이상 자기를 원하지 않는다는 사실을 받아들이지 못하는 남자처럼 쿠바 얘기를 한다. 그는 똑같은 일이 자메이카에서도 일어나도록 그냥 내버려두지 않을 것이다. 내버려두지 않는다는 걸 무슨 뜻으로 생각하는지는 모르겠지만. 어떤 남자가 한 번도 살아보지 않은 나라와 씹질을 해대고 싶어하다니 참 이상한 일이다. 그보다는 일년쯤 기다리면서 정말 이 나라가 발렌타인데이 카드를 써줄 가치가 있는 나라인지부터 자문해보는 편이 좋지 않을까. 정말이지, 이런 백인 남자들과 오랫동안 함께 움직이면 그자들처럼 말을 하게 된다. 어쩌면 피터 나세르가 요즘 나를 부사라고 부르는 것도 그래서인지 모르겠다. 곧 닥쳐올 라스타 대종말에 관한 전화가 공항에서 걸려오기만을 매일 기다리는 상스러운 정치인 하나. 쿠바로 건너갈 때 징검다리 삼으려고 이 나라에 발을 딛고 싶어할 뿐인 미국인의 명령을 받는 미국인의 명령을 받는 미국인 하나. 베네수엘라에 살면서, 콜롬비아인이 코카인을 마이애미로 실어나른 다음 뉴욕 거리에 뿌리는 걸 나라는 자메이카인이 도와주기를 바라는 쿠바인 하나. 바하마인들이란 공급 물량에서 순화 코카인을 덜어내 그 쓰레기 같은 걸 자기네 동네에서 팔기 시작한 바티만일 뿐이니까. 더 나쁜 건, 그 썅년들은 피맛을 좋아하지 않는다는 거였다. 네번째 사람, 즉 내가 자기들을 위해 1979년을 만들어주었으면 하는 세 남자. 나? 나는 사람들이 원하는 일을 해주는 데 질려가고 있다. 파파-로를 포함한 이 모든 사람들에게.

하지만 어쨌거나 파파-로는 정의라는 사명을 띠고 알아서 분발하는 중이다. 그 사명이 마치 플린스톤* 비타민처럼 파파-로 안을 타고 흐른다. 호프로드에서 발사된 56발의 총알을 56가지 고행으

* 미국의 영양제 제조 회사.

로 속죄하고 있는 게 아닌가 싶을 정도다. 두번째 평화 콘서트 직전에 나는 파파-로에게 레고 비스트를 먹이로 던져주었다. 레고 비스트가 파파-로의 집에서 겨우 다섯 집 떨어져 있는 곳, 자기 어머니 집 찬장에 숨어 있다고는 말해주었지만 거기에 있은 지 2년이 되어간다는 사실은 얘기해주지 않았다. 파파-로는 한 번 숨을 훅 빨아들이는 것으로 이 소식을 받아들였다. 움찔하고 놀랐던 것인지 한숨인지는 잘 모르겠다. 파파-로와 토니 파바로티, 그리고 다른 남자 몇 명이 성전을 깨끗이 비워내기 직전의 예수라도 된 것처럼 레고 비스트의 집으로 행진을 해갔다. 파파-로는 그걸 한편의 쇼로 만들 작정이었다. 사람들이, 게토가, 심지어는 가수까지 아무도 요구하지 않았던 복수를 수행하는 광경을 보게 만들 생각이었다. 레고 비스트와 녀석의 엄마를 집에서 끌어내 벌써 마흔이 넘은 불쌍한 여자를 사람들이 다 보는 앞에서 두들겨팼다.

가수를 죽이려 했던 녀석이니 레고 비스트 녀석에게 뭐라 하는 건 자유지만, 자기 외아들을 살리려 노력하는 사람이 그 어머니일 때는 완전히 얘기가 달라진다. 하지만 파파-로는 자기가 뭔가를 하는 모습을 사람들이 보게 만들어야만 했다. 이미 사라졌으며 바뀔 수 없는 무언가를 바꿔놓는 중이라는 듯이. 그 여자의 인생 전체를 불태워버리고 직접 여자를 장화로 걷어차 그 여자를 본보기 삼으려 했지만, 정작 본보기가 된 것은 파파-로 자신이었다. 마싸에게 좋은 인상을 심어주려고 쓸데없이 사악하게 구는 무슨 검둥이처럼 말이다.

그때 레고 비스트는 자기에게 그 일을 하게 만든 건 CIA라고 비명을 지르기 시작했다. CIA와 쿠바에서 온 사람들이라고 했는데, 쿠바인들은 공산주의자라서 미국에서 온 인간과는 어떤 거래도 하지 않으리라는 사실은 다들 알고 있었으므로 그건 말도 안 되는 얘기였다. CIA에 대해서라면 파파-로가 어떤 자메이카 사람보다도 더 잘 안다는 것처럼 비명을 지른 것이다. 그러더니 레고 비스트는 이게 다 나, 조시 웨일스의 아이디어였다고 소리를 질러대기 시작했다. 나는 내가 눈을 깜빡이는지 지켜보는 파파-로를 지켜보았다. 레고 비스트가 오랫동안 그렇게 소리를 질러대다보니 파파-로는 그 말을 믿어야 하는지 의심하기 시작했다. 어쨌거나 자메이카에서는 딱 그렇다고 할 수 없는 얘기도 근처까지는 가니까. 사실 파파-로도 정확히 이렇게 말했다. 레고 비스트를 잡으려면 어디를 찾아보면 되는지 내가 귀띔해준 다음날, 너무 어려 총 끝이 팬티 속으로 미끄러져 들어가고 있는 어린애들과 함께 우리집 문을 두드렸을 때 말이다. 나는 어린애 둘을 단단히 노려보았고 둘 다 내 눈을 피했는데, 파파-로의 왼쪽에 있던 녀석은 초조해하는 계집애처럼 안절부절못하고 있었다. 다른 녀석은 다시 눈을 돌려 나를 보려고 했다. 나는 녀석을 기억해두었다. 파파-로가 벌써부터 짜증이 난다는 듯 발을 탁탁 두드렸다.

– 딱 거기까진 못가도, 비슷하겐 가는 법이지, 파파-로가 말했다.

– 레고 비스트는 지금 자기가 무슨 소리를 하는지나 알까요? 속담 얘기가 나와서 말인데, 물에 빠진 사람이랑 지푸라기 얘기가 나오는 속담은 몰라요?

– 물에 빠진 사람에겐 그렇게 이레이션(창조력)이 많이 들어간 이야기를 만들어낼 시간이 없네.

나는 이레이션이라는 단어는 없다고 말하고 싶은 충동을 누르고자 손마디를 꽉 쥐었다.

– 그렇게 치면 나한테는 레고 비스트 같은 멍청이를 믿어서는 안

되는 이유를 밝혀드릴 시간이 없어요. 어디로든 도망칠 시간이 2년이나 있었는데, 제일 멀리 도망친다는 게 엄마 집 찬장이었던 놈 아니요?

– 그런데 자네는 녀석을 어디에서 찾아야 할지 알고 있었잖나, 브레드렌.

– 놈의 어머니가 매주 장을 보러 가서는, 갈 때마다 시장에서 커다란 꾸러미를 들고 돌아왔으니까. 그 집에 사는 사람이 그 여자 혼자뿐이라면 음식이 왜 그렇게 많이 필요했겠어요? 그 여자가 무슨 구세군이라도 운영한 줄 아쇼? 진짜로 질문할 만한 건 던 중의 던인 당신이 어떻게 눈치도 못 챘느냐는 거죠.

– 모든 구석과 골목에 다 눈을 둘 수는 없다네, 나란 놈의 좋은 브레드렌이여. 그래서 곁에 자네를 두는 거 아닌가?

– 아. 글쎄 벌써 대답을 알고 계신다면야 가수에 관한 멍청한 질문은 그만해주시지.

– 그래? 그러면 빨리 대답해보지 않겠나? 자네가……

– 가수를 죽이려던 게 나였다면 그 56발의 총알 중 한 발도 빗나가지 않았을 겁니다.

말싸움의 종결을 알리고 싶다면 항상 제대로 된 영어를 쓰라. 파파-로는 폴짝폴짝 뛰는 꼬맹이들을 뒤에 달고서 멀어져갔다. 그로부터 얼마 지나지 않아 파파-로는 자기가 여전히 가혹한 형벌을 내릴 수 있다는 걸 증명하려고 레고 비스트를 맥그레거 언덕의 불법 재판정으로 끌고 갔다. 어떤 사람들은 가수가 직접 그 장면을 지켜보려고 모습을 드러냈다는데, 온 세상이 가수의 움직임 하나하나를 지켜보고 있는 마당에 이상한 일이라는 생각이 들었다. 게다가 내가 누군가의 말을 믿는다면 그건 토니 파바로티의 말뿐이었는데 토니는 그에 관해서는 아무 말도 하지 않고 있었다. 그러던 중 파파-로는 경마 사기와 관련된 남자들을 몇 명 찾아내 그들을 낡은 요새로 데려가 고기밥으로 만들어놓았다. 내가 묻고 싶은 것은 이것이다. 평화를 향한 사명을 띠고 움직이는데, 그러려고 손에 묻힌 이 많은 피는 대체 어떤 도움이 되는 겁니까?

거실이 어두워지고 있다. 나는 전화 세 통을 기다리는 중이다. 큰아들이 닭다리를 들고 내 옆을 지나간다. 벌써부터 나를 너무 많이 닮아서, 둘 중 똥배가 나온 사람이 나라는 걸 확인하려면 내 배를 문질러보아야 한다.

– 이 녀석아, 엄마 옆에 있지 않고 여기서 뭐하는 거냐? 어이, 너 말이야.

– 쵸 만, 아빠, 어떨 때는 엄마를 도저히 견딜 수가 없어요. 거짓말 아니고요.

– 그 불쌍한 여편네를 이번에는 또 어떻게 못살게 군 거냐?

– 엄마는 나란 놈이 아빠 말을 어떻게 하든 다 싫어한다고요.

– 제가 아버지 얘기를 어떻게 하든, 이라고 해야지. 그리고 다 싫어한다가 아니라, 절대 좋아하지 않는다고 해야 한다.

– 쵸 만, 아빠.

– 엄마한테 뭐라고 했길래?

– 하하, 배드맨이라도 엄마보다는 요리를 잘할 거라고 했죠.

– 하하하하하하, 이 녀석 너무했는데. 뭐, 사실이긴 하지. 부엌하고 그렇게까지 원수진 여자는 한 번도 본 적이 없으니까. 내가 그토록 오랫동안 너희 엄마랑 같이 지낼 수 없었던 이유인지도 모르겠구나. 엄마가 너를 쏘지 않은 걸 다행으로 알아라.

– 네? 엄마가 총을 쏠 줄 알아요?

– 니 엄마의 남자가 누군지 잊어버렸냐? 어떨 것 같아? 어쨌든, 무슨 더피마냥 내 집을 걸어다니기에는 너무 늦은 시간이다.

– 하지만 아빠는 깨 있잖아요. 아빠는 이 정도 늦은 시간까지는 항상 깨 있잖아요.

– 뭐? 무슨 말이냐, 아버지를 감시라도 했다는 거야?

– 아뇨……

– 거짓말 솜씨가 니 엄마 요리 솜씨랑 비슷하구나.

이런 날이 오리라는 걸 왜 몰랐는지. 나는 아이를 지켜본다. 고등학교에 들어간 지는 이제 일년이 되었고 아직 열두 살도 안 된 녀석이다. 아들은 용기를 내려고 노력하며 나를 똑바로 바라본다. 눈으로 눈을 마주보며, 돌처럼 무표정한 얼굴이 되려면 나이가 들어야 한다는 사실을 아직 모르기에 인상도 조금 쓰고 있다. 녀석이 이런 짓을 하는 건 지금이 처음이다. 녀석도 알고 나도 알고 있다. 아들이 아버지를 아래로 노려보려는 그 노력을. 하지만 아이는 아이일 뿐 남자가 아니다. 버틸 수가 없다, 아직은. 아들이 먼저 시선을 돌린다. 그 즉시 다시 눈을 돌려 노려보려 하지만, 이미 한 판을 진 상태이고 본인도 그걸 안다.

– 아빠는 전화를 기다리고 있는 거다. 가서 남동생이나 귀찮게 하든지, 나는 그렇게 말하고 녀석이 멀리 걸어가는 모습을 지켜본다. 내가 아들을 감시해야 하는 입장이 될 날도 머지않았다.

언젠가는, 아들아, 언젠가는 너도 니가 무슨 말을 하면 아무도 토를 달 수 없을 만큼 많은 것을 알고 또 보게 될 거다. 하지만 오늘 밤은 아니란다. 이 밤에 나를 귀찮게 굴지 말았으면 하는 전화가 한 통 있다면 그건 피터 나세르의 전화다. 놈에게 라스타 대종말 이야기를 처음으로 흘린 지 두 달이 지났는데 피터 나세르는 여전히 피

땀을 흘려대거나, 레이디 핑크의 멍청한 계집년에게 살면서 겪을 수 있는 최악의 엉성한 7분을 선사하며 지내고 있었다. 가수 얘기 중 중요한 것들은 이미 피터 나세르와 자메이카와 메데인 카르텔에 증명된 사실이다. 칼리*에도 마찬가지고. 하지만 놈은 일이 그냥 흘러가도록 내버려두지 않는다. 왜냐고? 이 새로운 정당인지, 운동인지, 뭐로 부르든 간에 상관없는 무언가의 목소리가 되지 못하더라도 가수는 그보다 훨씬 중요한 무언가가 될 테니까. 돈 말이다. 현재 대략 3천 가구가 매달 가수 덕분에 돈을 조금이나마 만지고 있으며, 그중에는 심지어 가수를 쏜 아이의 가족도 있다. 충격 얘기가 나와서 말인데, 나조차도 평생 살면서 〈글리너〉에서 가수의 사진을 보았을 때만큼 충격 받은 적은 없었다. 그 사진 속, 가수 바로 옆에 있는 녀석은 바로 헤클이었다.

위퍼가 가비지랜드 근처에 차를 세우고 헤클을 밖으로 내동댕이쳤던 그날 밤을 다시 떠올려본다. 나는 이후 헤클의 머리도 꼬리도 본 적이 없었다. 내가 알아보지 못한 그놈들 중 단 한 명, 헤클만은 위퍼보다 용감하지 않을지는 몰라도 머리는 분명 더 좋았다. 내가 과연 누구를 살려두고 있는 건가, 하는 생각이 들 만큼 영리했다. 너무 영리해서, 이런 짓을 저지른 뒤에는 예전으로 돌아갈 방법이 전혀 없다는 사실을 무리 중에서 유일하게 이해했다. 나는 벽에 쓰인 글자를 읽을 줄 아는 사람들을 좋아한다. 하지만 헤클은 자기한테 걱정할 일이라곤 아무것도 없다는 걸, 복수란 어리석은 자들에게나 들이닥치는 것이지 영리한 자들에게는 돌아가지 않는다는 사실을 알았어야 했다. 헤클과 얘기할 일이 있었다면 나는 이렇게 말

* 메데인 카르텔과 쌍벽을 이루는 거대 마약조직인 칼리 카르텔.

해줬을 것이다. 브레드렌, 초조해할 것 없다. 이 세상은 니가 있어야 좀더 영리한 곳이 될 테니까, 라고. 아무튼 헤클은 바람이 불어오는 곳이 어딘지 빠르게 파악하고는, 목줄이 풀린 개처럼 차에서 뛰어내려 달아났다. 가비지랜드는 헤클이 잠시 멈추기로 예정된 장소조차 아니었다. 위퍼는 대부분의 사람들이 도망치는 곳을 킁킁거리며 찾아다녔고, 위퍼가 찾지 못한 자들은 라스타들이 찾아냈다. 누구도 라스타들에 대해서는 아무 말도 하지 않았는데, 그자들이 사냥에 나섰다는 유일한 증거는 존 크로 산의 나무에 대롱대롱 매달려 있던 데무스뿐이었기 때문이다. 존 크로들은 이미 데무스의 눈과 입술을 물고 사라졌다. 헤클을 어디에서 찾아야 하는지 아는 사람은 아무도 없었다. 심지어는 헤클의 여자조차도 알지 못했다. 세 차례 따귀를 맞고 목을 쥐여잡혀 질식할 뻔한 뒤에도 말이다. 분명히 말하는데, 그 때문에 나는 헤클을 더더욱 존경하게 됐다. 그 녀석은 진정한 실종자라고 할 만했다.

하지만 또 거의 일년이 지나서는, 파파-로가 발을 쿵쿵대며 평소보다 더 화가 나서 내 집으로 찾아왔다. 그냥 화가 난 게 아니라, 너무 혼란스러운 나머지 눈이 거의 사시가 되어 있었다.

- 그 쌍년을 투어에 데려갔다니? 상상이나 할 수 있겠나? 그 녀석이 피똥 쌀 비자를 받을 수 있게 해줬다고.

- 진정하쇼, 지금 5시인 거 안 보여요?

진짜로 5시였다, 오후 5시. 그리고 게토는 평화로웠다.

- 도저히 이해를 못 하겠단 말이야. 어쩌면 그 사람은 정말로 예언자인 걸지도 모르지. 예수라도 그런 미친 짓을 할지는 잘 모르겠지만. 하기야 예수는 현명한 사람들을 어리둥절하게 만드는 걸 좋아하긴 했지.

- 가수가 대체 누구 비자를 받아줬다는 건데요?

파파-로가 그 사람이라는 말을 하면 그건 가수 얘기일 수밖에 없었다.

- 그 좆만한 쌍년이 그 사람 뒤에 겁 먹은 닭처럼 숨어 있는 걸 직접 보기 전까지는 믿을 수가 없었네. 헤클. 헤클이라고.

- 헤클이라고요? 정말이에요?

헤클이 거의 2년 동안 어디에 숨어 있었는지 누가 알겠는가? 히피들과 함께 사우스코스트에 갔는지, 쿠바에 갔는지? 어디에 있었든, 헤클은 가수가 두번째 콘서트를 하려고 돌아온 지 사흘 만에 56번 가에 뿌리를 박았다. 총도 없었고, 신발도 신지 않은 채 대마초 냄새를 풍기면서. 물론 가수는 헤클의 정체를 정확히 알아차렸다. 사건 당시 가수가 아무도 보지 못했으리라는 건 내가 분명히 말할 수 있지만. 뭘 더 존경해야 할지 모르겠다, 그 용기인지 아니면 멍청함인지. 하지만 헤클은 그냥 호프로드를 따라 올라갔다. 사람들 눈에 띄었을 때는 죽음 자체인 것 같은 모습이었다. 그렇게 헤클은 보안 검색대를 통과해, 가수가 집에서 나오자 그의 발밑으로 몸을 던지며 용서를 빌었다. 저를 죽이든지 살리든지 마음대로 하세요, 녀석이 말했다. 물론 그 건물에 사는 살아 있는 모든 영혼은 헤클을 죽이고 싶어했다. 시체를 어떻게 처리해야 할지 걱정할 필요조차 없었을 것이다.

어쩌면 파파-로가 그 자리에 없었다는 게 헤클에게는 다행한 일이었을지도 모른다. 어쩌면 지금에 와서는, 가수가 오직 장기적인 시각만을 취한다는 게 다행인 건지도 모른다. 가수는 도마뱀 꼬리를 피운 듯 눈이 퀭한 인간, 소똥과 대마초 냄새가 풍기는 인간, 엄지발가락이 튀어나오는 낡아빠진 신발을 신은 인간이라면 누구나 그 이상 낮아질 수 없다고 생각했던 건지도 모른다. 아니면 가수는 정말로 예언자인지도 모른다. 가수는 헤클을 용서해줬을 뿐 아니라 빠르게 자기 조직의 핵심으로 옮겨주었고, 심지어는 자메이카를 떠날 때 헤클을 데려갔다. 파파-로는 〈글리너〉에서 그 사진을 보기 전까지는 이런 사실을 알지 못했다.

몇 년 만에 처음으로 나는 가수를 다시 생각해야만 했다. 파파-로는 자기가 아무런 힘을 발휘하지 못하는 또하나의 상황을 두고 욕설을 하고 있었다. 가수가 이미 축복을 내려주었는데 누가 감히 욕을 할 수 있겠는가? 헤클은 건드릴 수 없는 존재가 됐다. 그는 코펜하겐시티로 돌아오지도 않았고, 정글이나 로즈레인으로 돌아가지도 않았지만, 자기가 죽이려던 식구들이 사는 바로 그 집에 살기 시작했다. 그 집에 없을 때면 세계 온갖 곳에 있었다.

이제 밤은 깊어지고 있다. 나는 여전히 전화벨이 세 번 울리기만 기다리며 전화기 앞에 앉아 있다. 이 사람들은 내가 시간 엄수에 대해 어떻게 생각하는지 알고 있다. 나는 시간에 늦는 것도 시간보다 이른 것도 견딜 수 없다. 시간을 지킨다는 건 시간을 지킨다는 말이다. 한 사람에게는 4분이 남았다. 다른 사람에게는 8분이 남았다. 또다른 사람에게는 12분이 남았다.

– 이게 무슨 일이야, 오늘밤에는 우리 애들이 전부 귀신이라도 들렸나?

막내딸이 하품을 하고 눈을 비비며 문간에 서 있다. 한 발만 짚고 서서는 다른 발로 자기 종아리를 문지르는 중이다. 아이의 조그만 원더우먼 티셔츠는 어둠 속에서도 튄다. 아이 엄마가 잠자리에 들기 전에 아이 머리를 두 갈래로 땋아 놓았다. 장담하는데, 아이가 밤늦게 꼭 어디가 가려운 것처럼 팬티를 잡아당기며 걸어다니는 꼴을 봤으면 그 여자는 아주 화를 냈을 것이다. 아이는 언제까지고 저 두 빰을 잃지 않을 거다. 애엄마가 그러지 않았듯이. 적어도 딸은 엄마만큼 피부색이 밝다. 자메이카에서 피부색이 어두운 여자한테는 미래가 없다. 흑인의 힘이 어쩌고 하는 개소리가 있기는 하지만. 내 말은, 미스 월드가 된 게 누군지 한번 보란 말이다.

– 더피가 입을 막아놔서 대답 못 하는 건가, 요 아가씨가?

딸은 아무 말도 하지 않는다. 그 대신 계속 팬티를 잡아당기며 내게로 걸어오더니 내 무릎 앞에서 바로 멈춘다. 우리 아가씨는 다시 눈을 비비고서 내가 맞는지 확인하려는 듯 나를 오랫동안 바라본다. 아이는 계속 아무 말도 하지 않으며 내 바지를 잡고는 자기 몸을 끌어당겨 무릎으로 올라오더니, 그대로 잠이 든다. 이런 식의 자유는 엄마한테서 물려받은 걸까, 나한테서 물려받은 걸까?

전화기가 발명되기 전에 배드맨들은 도대체 어떻게 비즈니스를 했을까? 나도 어떻게 소식을 주고받았었는지 잊어버렸다. 3분 후면 첫번째 전화가 온다. 또다른 전화 한 통이 내 머릿속에 튀어오른다. 물론 나는 그 이유를 알고 있다. 닥터 러브가 데자뷰라고 부르는 것이다. 그래 맞다, 제정신이 박힌 남자라면 누구나 이 모든 평화와 사랑이라는 좆같은 소리에 넌더리를 내던 그즈음의 일이다. 코퍼가 남자를 죽인 뒤 그 남자의 여자를 강간하던 쌍년이라는 사실을 사람들이, 그러니까 내가 잊어버리기라도 했다는 듯 자기가 살던 언덕에서 내려왔던 그때의 일. 심지어는 여자를–강간하는–남자는–누구든–죽여버리시는 파파–로 선생께서도 코퍼가 슬쩍 빠져나가 와리카 언덕에 올라가 살도록 내버려두었었다. 좋은 시절이란 누군가에게는 나쁜 시절이며 나쁜 시절을 이제 막 경험하려는 사람들의 수는 새로 온 미국인이 임계량이라고 부른 것에 근접해가고 있었다. 임계량의 사람들이, 자기 남자한테서 얻어맞는 여자들이 깨닫는 것을 깨닫고 있다. 상황이 나쁜 건 사실이지만, 그 나쁜 상황이 어떤 식으로든 도움이 된다면야 건드리지 말라는 것이다. 어쨌거나 이런 식의 나쁨은 우리가 이미 알고 있던 것이니 말이다. 좋은 것? 당연히 좋은 것은 좋은 것이겠지만, 좋은 것이란 아무도 모르는 무언가이기도 하다. 좋은 것이란 유령이다. 좋은 것한테서는 용돈을 탈 수가 없다. 자메이카는 나쁜 상태로 있는 게 낫다. 어쨌든 그런 식의 나쁜 사태는 굴러가기 때문이다. 그리하여 이 모든 좋은 바이브가 다음 선거를 위협한다는 걸 어떤 사람들이 느끼기 시작하면, 자기들이 거의 공황 상태에 빠진 거나 마찬가지임을 알게 되면, 특히 다가오는 선거의 결과가 어떻게 될 수밖에 없는지 깨우치게 되면, 그때부터는 내 전화기가 울려대기 시작하는 것이다. 내 여자가 받은 메시지는 한 단어뿐이었다.

– 코퍼래요.

– 다른 건? 다른 말은 안 하던가?

– 아뇨. 그냥 코퍼라고만.

나한테야 문제될 게 없었다, 나는 세상 첫날부터 그 씨발 배불뚝이 새끼를 싫어했으니까. 하지만 평화가 코퍼를 아주 바보로 만들어놓은 건 아니었다. 코퍼는 언덕 위에서도, 코펜하겐시티에서도, 심지어는 에이트레인즈에서도 안전했다. 하지만 경찰로부터는 안전하지 않았다. 그래서 코퍼는 자기가 모르는 울타리 안에서는 놀지 않으려 했다. 어느 일요일, 레이 타운에서 즉흥 공연이 펼쳐지고 있을 때 나는 코퍼에게 다가가 말했다. 있잖나, 코퍼 형님, 언덕 위에서 지내는 형님 같은 분들이 튀긴 생선을 마지막으로 먹어본 게 도대체 언제쯤이쇼?

– 워오이, 만, 솔직히 그런 것들을 냠냠해본 지도 오래됐지.

– 뭐요? 안 되지요, 스타, 그건 옳지 않은데. 내일입니다. 네, 내일 우리가 해변에 가서 튀긴 생선도 좀 먹고 축제를 즐길 생각이거든요.

– 워오이, 축제라니 진짜야? 그 생선을 그 기름에 튀긴단 말이지? 너 뭐야, 나를 유혹하려고 온 악마라도 돼?

– 노릇노릇하게 구운 얌에다가, 말린 코코넛을 곁들인 구운 옥수수에, 바미 빵* 열 개를 먹을 건데요. 빵 다섯 개는 후추를 뿌려서 찌고 나머지 다섯 개는 생선 튀긴 기름에다가 튀겨갖고 말이지.

– 젠장, 만.

– 사람 몇 명 보내서 클래런스 요새로 차 가지고 오라고 하쇼.

– 그런 위험한 바닷가로? 아, 진짜 무슨 소리야?

– 나란 놈이 보안 팀에 형님 이름을 미리 알려주도록 하겠수다. 어디 계속 안 내키는 척 해보쇼. 물고기도 많고 축제라니까. 경찰 한 명 없는 바빌론 해변을 마음껏 밟고 다니게 되는 거라고요.

– 만, 네놈이 여자였으면 내가 아주 무릎 꿇고 결혼을 했을 거야. 하지만 브레드렌, 난 그런 일은 할 수가 없어. 내가 둑길에 들어서기만 해도 경찰이 셋은 달려들 거라고. 손들어 소리도 안 할걸.

– 브레드렌, 머리를 좀 쓰지 그러쇼. 경찰들은 자기들이 똑똑하다고 생각해요. 배드맨들이 뒷길로 가서 자기를 속일 거라는 생각을 놈들이 안 할 것 같아요?

– 글쎄.

– 글쎄는 무슨 글쎄야. 제일 숨기 좋은 곳은 눈에 뻔히 보이는 곳

* 카사바 녹말로 만든 서인도제도의 납작한 빵.

이라니까.

– 아주 좆같은 생각인데.

– 나란 놈이 평생 좆같은 생각이나 하면서 살아온 사람처럼 보이쇼? 경찰한테 잡히고 싶으면 둑길로 가요. 트렌치타운이나 맥스필드 파크 거리로 가라고. 하지만 평화롭게 바닷가로 가고 싶다면, 형님이 무서워서 절대 못 가는 그 길로 차를 끌고 가시라고. 잘 생각해봐요, 그렇게 오래 굴렀는데도 경찰놈들이 어떤 식으로 생각하는지 모르쇼? 백만 년이 지나도 놈들은 형님이 뻔한 대낮에 하버 스트리트로 차를 타고 올 거라는 생각은 못 할 거라고. 그쪽으로 순찰을 안 도는 이유가 그거라니까.

한 가지 음식에 식욕이 왕성한 식충이들은 결국 다른 음식에 대한 식욕도 왕성한 식충이기 마련이다. 나는 코퍼에게 해변으로 간 후, 물고기를 파는 판잣집에 가서 그 집 주인인 쿨리 여자, 미스 지니를 찾으라고 했다. 그 여자한테는 벳시와 팻시라는 이름의 다 자란 쿨리 혼혈 딸 둘이 있었다. 둘 중 하나라도 자동차 뒷좌석으로 데려가면 미스 지니가 디저트를 줬다. 바로 같은 날 밤, 나는 형사에게 전화를 걸어 깨웠다. 코퍼는 해변에 도착조차 하지 못했다.

1분.

45초.

20초.

5.

나는 벨이 울리자마자 수화기를 든다. 너무 열정적이었나.

– 그래서?

– 어머니가 예의범절도 안 가르쳐주셨나? 예의 바른 사람들은 여보세요, 라고 한다고.

- 그래서?

- 다 이루어졌네.

- 자네가 예수 말을 훔쳐쓰는 걸 예수도 아시나?*

- 이런 세상에, 조시 웨일스, 자네가 신을 두려워하는 사람이라는 소린 하지 말게.

- 그럴 생각 없어, 난 누가복음만 좋아하니까. 장소는?

- 둑길.

- 56번?

- 피똥 싸고 있네, 이봐, 내가 무슨 〈세서미 스트리트〉**에 나오는 숫자 백작인 줄 아나?

- 총알이 56발이었다는 얘기를 꼭 언론 쪽에 흘리라고. 알겠나?

- 알겠습니다요, 싸.

- 56발이야.

- 56발. 한 가지 더, 내가……

나는 전화를 끊는다. 망할 전화가 4분을 통째로 잡아먹을 뻔했다. 그는 오늘밤엔 다시 전화를 걸지 않을 것이다.

43초.

35초.

12.

1.

마이너스 5.

마이너스 10.

---

* 신약성서 요한의 복음서 19장 30절, 십자가에 못 박혔던 예수가 숨을 거두기 전 남긴 말을 빗댄 표현.

** 영국의 유아 교육용 인형극 프로그램.

마이너스 1분.

– 늦었군.

– 죄송합니다, 보스.

– 그래서.

– 보스. 아, 이걸 어떻게 말씀드려야 할지 모르겠는데요.

– 말하는 게 최선일 거야.

– 그자가 없어졌습니다, 보스.

– 사람은 없어지지 않아. 네놈이 사라지게 놔두지 않는 한 사라지지 않는다고.

– 가버렸어요, 보스.

– 도대체 무슨 좆같은 소리를 하는 거냐? 멍청한 놈. 어떻게 그냥 가버릴 수가 있지? 그놈한테 비자라도 있다는 거냐?

– 모르겠습니다, 보스. 하지만 저희는 사방을 다 확인해봤어요. 집, 그놈 여자네 집, 그놈 두번째 여자네 집, 그놈이 며칠쯤 일한 레이 타운 문화센터, 그놈이 위원회 사무실을 차려놓은 가수 집까지 다요. 어제부터 모든 도로에 잠복해서 놈을 기다렸습니다.

– 그런데?

– 없었습니다. 그놈 집을 다시 확인해봤을 때 다른 건 다 그대로 있는데 서랍장 하나만 완전히 비워져 있었어요. 엄청 깨끗하게요. 거미줄 하나 없었습니다.

– 지금 멍청한 라스타 한 놈이 배드맨 열 명을 간단히 따돌렸다는 얘기냐? 그냥 그런 식으로? 뭐, 니놈이 가기 전에 갈 거라고 연락이라도 했어?

– 아닙니다, 보스.

– 놈을 찾아내는 게 좋을 거다.

– 네, 보스.

– 하나 더.

– 네, 보스?

– 그놈한테 정보를 흘린 놈을 찾아서 죽여. 그리고 브레드렌, 사흘 안에 찾아내지 못하면 내가 너를 죽이겠다.

나는 놈이 전화를 끊기를 기다린다.

이런 썅 피똥 쌀.

제기랄.

이 말을 입으로 뱉었는지 그냥 생각만 했는지 모르겠다. 하지만 아이는 여전히 자고 있다, 내 오른쪽 무릎을 침으로 적셔가면서. 트리스탄 필립스, 사실상 평화 지도를 그려냈다고 할 수 있으며 통합위원회 위원장을 맡고 있는 그 라스타가 방금 사라졌다. 그냥 이딴 식으로. 헤클 같은 놈과 비교해보라. 죽었든 죽지 않았든 어딘가로 가버린 것만은 분명하다. 그리고 지금까지 얼마나 멍청하게 굴어왔는지를 생각해보면, 피터 나세르가 앞으로 좀더 지혜롭게 행동할 일은 전혀 없다는 걸 알 수 있다. 나는 방금, 아직 오지 않은 전화 시간을 놓쳤다는 사실을 깨닫는다. 전화를 걸 남자는 절대로 늦지 않는 사람인데. 절대, 절대로 말이다.

5분 늦었다.

7분.

10분 늦었다.

15분.

20분.

토니 파바로티. 나는 수화기를 집어들고 소리를 들어본다. 수화기를 내려놓자 전화벨이 울린다.

– 토니?

– 아니 나야, 위퍼.

– 용건이 뭐냐, 위퍼.

– 이런, 오늘밤에는 팬티에 무슨 개미가 들어갔길래 이러시나.

– 내가 깨어 있으리라는 건 어떻게 알았지?

– 자네가 안 자는 건 모두가 알지. 자네 지금 간당간당하잖아.

– 뭐? 그게 무슨 뜻이냐고 묻기엔 너무 늦은 시간이군. 어쨌거나 끊어, 전화가 한 통 오게 돼 있으니.

– 누구 전화?

– 파바로티.

– 언제 전화하기로 했는데?

– 11시 정각.

– 전화 안 하겠군, 친구. 그 브레드렌이 11시라고 했으면 11시에 전화했겠지. 어떤 사람인지 알잖나.

– 나도 같은 생각을 하고 있었어.

– 왜 이렇게 늦은 시간에 전화하라고 했는데?

– 포시즌 호텔에 처리할 일이 있어서 보냈거든.

– 그렇게 사소한 일을 맡겼는데 아직도 전화를 안 했다고? 둘은 더 보내서 상황을 확인하게 했어야지, 자네가 그런 조치도 안 했다니 진짜 놀라운……

– 나한테 이래라 저래라 하지 마, 위퍼.

– 만, 진짜 팬티 속이 가렵기라도 한거야?

– 코펜하겐시티에서 내가 의지할 수 있는 사람은 딱 한 사람뿐이니까. 그 사람한테 의지할 수 없다는 게 마음에 안 든다고.

– 앗 따가.

– 앗 따가? 새 미국인 친구들한테서 배운 말인가?

– 그럴지도. 이봐. 어쩌면 무슨 일이 터져서 토니가 납작 엎드려 있어야 하는 상황인지도 몰라. 어떤 녀석인지 알잖아, 일을 제대로 마무리할 때까지는 전화하지 않을 거라고. 절대로.

– 모르겠군.

– 난 알겠는데. 어쨌거나, 계획이 바뀌고 있다는 얘기를 어떻게 나 빼고 다들 알고 있을 수가 있지? 그 콜롬비아년 앞에서 머저리 꼴이 날 뻔했다고.

– 브레드렌, 그런 얘기는 내 전화로 하지 말라는 얘기를 대체 몇 번이나 해야겠나?

– 이런 피똥 쌀, 만, 조시. 우리는 부시*를 다룬다고. 나를 여기로 보낼 때는 부시를 거래해야 한다고 했잖아, 화이트 와이프** 얘기는 한마디도 안 했어.

– 브레드렌, 벌써 네번째 말하는 거야. 부시는 골치 아픈 일이 너무 많고 빌어먹을 공간도 너무 많이 차지해. 이제는 양키들도 알아서 부시를 기르는 판이라 우리 부시를 찾지 않아. 화이트 와이프는 공간도 적게 차지하고 돈도 일곱 배는 많이 벌리지.

– 나란 놈은 잘 모르겠네, 만. 그냥 그 쿠바인들이 마음에 들지 않아, 만. 공산주의자들도 공산주의자들이지만, 미국에 있는 놈들은 피똥 지릴 훨씬 더하다니까. 운전할 줄 아는 놈조차 한 명도 없어.

– 쿠바놈들 얘기를 하는 건가, 콜롬비아놈들 얘기를 하는 건가? 위퍼, 지금은 정말 자네랑 그 친구들을 어떻게 해줄 수가 없네.

---

* 대마초.

** 코카인.

– 특히 그 여자 말이야, 완전 미친년인 건 알지? 이 사업 전체를 굴리는 그 여자 말이네. 피똥 쌀 미친년이라고. 브레드렌, 그년은 밤새 보지를 빨아대다가 다음날이 되면 그 계집애를 죽여버린다니까.

– 누가 그런 소리를 해?

– 그냥 아는 거야.

– 위퍼, 내일 잼인텔을 통해서 전화하도록 하지. 오늘 같은 밤에는 전화기가 하나라도 듣는 귀가 둘일 수 있어. 내일까지 어디 가서 좋은 시간이나 좀 보내라고. 자네 같은 사람들한테는 즐길 거리가 많잖나.

– 어이, 그게 무슨 뜻이야?

– 무슨 뜻은 피똥 쌀 그 뜻이지. 지난주에 미라마*에서 자네가 했던 그런 똥 같은 짓은 안 돼.

– 야우, 내가 뭘 어쨌으면 좋겠다는 건가? 그자가 나를 잡아서……

– 파바로티는 어떻게 했으면 좋겠나?

– 아침까지 시간을 줘. 파바로티가 직접 보고할 상황이 아니라면 파바로티에 관련된 얘기가 곧 들려오겠지.

– 잘 자게, 위퍼. 그리고 그 콜롬비아년은 믿지 말고. 그 여자는 잠깐 들르는 급유소고, 우리가 진짜 가려는 목적지는 따로 있다는 걸 나도 지난주에야 알게 됐거든.

– 아. 그럼 진짜 목적지는 어딘가, 친구?

– 뉴욕.

* 쿠바 하바나에 있는 행정구역.

아서 조지 제닝스 경

이제 무언가 새로운 것이 공기 중에 불어오는군, 나쁜 바람 말일세. 말라리아. 아직도 더 많은 사람이 고통을 겪어야 할 것이고, 더 많은 사람들이 죽어야 할 거야, 둘, 셋, 백, 팔백팔십구. 한편 나는 자네가 데르비시* 처럼, 소용돌이처럼 빙빙 도는 모습을 본다네. 리듬을 타고 또 리듬에 매달려, 무대 위아래를 뛰어다니며, 항상 몸 전체로 브루투스** 발가락을 누르는 자네의 모습 말이네. 몇 년 전 축구장에서, 스파이크 슈즈를 신고 있던 한 선수가—대체 누가 스파이크 슈즈를 신고 축구를 한단 말인가?—자네의 운동화를 세게 밟아 발가락을 그어버렸지. 자네 어릴 때 괭이질을 하다가 하마터면 두 조각으로 갈라놓을 뻔했던 그 발가락을. 암이란 건 반란이야. 세포 하나가 몸을 상대로 반항하며, 군복을 뒤집어 입은 채 자네 몸

---

* 극도의 금욕 생활을 서약한 이슬람교의 수도승.

** 카이사르의 양아들이면서 그를 죽여 배신자로 비난을 받은 로마의 정치가.

의 다른 부분들에게 자신처럼 하라고 유혹해대지. 나는 너를 부분부분 나누어 정복할 거야. 나는 너의 팔다리를 하나씩 하나씩 정지시키고 뼛속에 독을 흘려넣을 거야. 왜냐하면 봐, 내 안에는 암흑 말고는 아무것도 없거든. 자네의 어머니가 거즈로 싸매주고 골드본드 의약용 파우더를 아무리 뿌려준들 자네의 발가락은 절대로 낫지 않을 거라네.

그리고 이제 무언가 새로운 것이 불어오는군. 백인 남자 셋이 자네의 문을 두드렸었네. 5년 전, 첫번째 남자가 자네더러 떠나지 말라고 경고했었지. 1978년의 한창 때, 세번째 남자는—그들은 언제나 자네가 어디에 있는지 알아냈는데—자네더러 돌아오지 말라고 경고했고. 두번째 남자는 선물을 가지고 왔지. 지금 자네는 그자를 기억조차 할 수 없지만, 그 남자는 동방박사 세 사람 중 하나라도 되는 듯, 크리스마스 선물처럼 포장된 상자를 가지고 왔었어. 자네는 그 상자를 열어보고는 펄쩍 뛰었어—게토의 남자는 전부 〈리버티 밸런스를 쏜 사나이〉가 되고 싶어한다는 사실을 누가 그렇게 잘 알았는지. 갈색 부츠였네, 뱀 가죽으로 되어 있고, 경솔하게도 빨간색이 섞여 있었지. 자네가 갈색 가죽바지를 좋아하는 만큼이나 부츠를 좋아한다는 걸 분명 누군가는 알았던 거야. 자네는 오른쪽 부츠를 신고서 코코넛을 쪼개려고 하다가 발을 베인 아이처럼 비명을 질렀네. 자네는 부츠를 당겨 벗어 옆으로 집어던지고는, 맥박이 한번씩 뛸 때마다 엄지발가락이 피를 뿜는 모습을 지켜보았지. 마침 자네의 개인 요리사인 길리와 친구 조지의 손 닿는 곳에 칼이 있었네. 바느질된 부분을 뜯어내고 부츠의 외피를 벗겨내자, 바로 거기에 있었지. 가느다랗고 뾰족한 구리 선. 자네에게 잠자는 숲속의 미녀를 떠올리게 만든 그 곧고도 완벽한 바늘이 말이야.

무언가 새로운 것이 불어오고 있네. 와리카 힐즈 아래쪽에서는 코퍼라는 이름의 남자가 집을 나서곤 대문을 닫는군. 청람색 밤이 내달리며 지나고, 지나며 내달리고 있네. 그는 두 걸음을 내딛지만 세번째 걸음은 내딛지 않지. 코퍼라고 불리는 남자는 고꾸라져 자기 가슴이나 배에서 솟구친 것이 아닌 피를 조금 뱉어내더군. 총잡이는 M1을 떨어뜨렸다가, 생각을 바꾸어 다시 집어들고는, 이미 움직이고 있는 자동차로 달려가네.

자네는 새로운 노래를 만들며 밴드와 함께 스튜디오에 있어. 시계는 자메이카 시간에 맞춰 째깍째깍 움직인다네. 구경꾼들은 대마초를 두 대 피우고는 왼쪽으로 넘겨주지. 리드 기타 둘은 뱀들이 싸울 때처럼 몸을 꽉 조이게 말며 서로를 감싸. 짧은 레게머리의 새로운 기타리스트, 헨드릭스를 사랑하는 로커가 코드를 뽑는군. 자네는 눈을 크게 뜨고서는 그 사람을 빠르게 쏘아보네.

– 가지 마! 나란 놈은 시간이 별로 없다고.

무언가 새로운 것이 불어오고 있어. 파파–로라는 던이 경마장에 들렀다가 창문을 내린 택시를 타고 방죽길을 따라 달린다네. 누군가가 농담을 하고 짠 바닷바람이 그의 커다란 웃음을 와락 잡아채지. 길은 꺾이지 않고, 그저 완만하게 구부러져 다리로 이어지는데, 그 다리는 위쪽으로 올라갔다가 경찰차 세 대가 길을 막고 있는 아래쪽으로 다시 이어지지. 운전자가 멈추기 전부터 파파–로는 경찰들이 자기 정체를 안다는 걸 알고 있었네. 그들도 자기들이 안다는 사실을 파파–로가 알고 있다는 걸 알았고. 불심검문이 있겠다, 라고 말하기 전부터 말일세. 파파–로는 놈들이 도착하기 전부터, 자기 뒤를 몰래 따르는 자동차들이 더 많이 있으리라는 걸 알고 있었네. 경찰 1호가 자동챠 근처헤서 비켜라, 자동챠 수색이 힜겠다, 라고 말하는군. 다들 왼쪽으로 비켜서서 길 옆에 있는 저 야생 덤불 앞까지 움직이네. 경찰 2호는 파파-로의 38구경 권총을 찾아내지. 경찰 3, 4, 5, 6, 7, 8, 9, 10, 11, 12, 13, 14, 15, 16호가 총을 쏘는군. 어떤 사람은 44발, 어떤 사람은 56발이라고 하지. 1976년 12월 그 주에 56번가에서 발견된 정확한 탄피 개수 말일세.

자네는 파리에서 축구를 하고 있네. 에펠탑 아래에 있는 잔디밭에서. 자네는 누구와도 축구를 하지. 축구는 놀이니까. 스타에게 반해버린 백인 꼬마들과 프랑스 국가대표 출신의 그 남자. 자네의 팀원들은 그렇게 오랜 세월 투어를 했음에도 그 한 가지, 절대 잠들지 않는 도시들에는 익숙해지지 않았다네. 아직 오후인데도 그들은 느릿느릿 움직이지. 프랑스인들은 영국인처럼 게임을 하지 않아. 한 선수가 공작새처럼 뽐내는 일 따위는 없지. 그 녀석들은 꼭 한몸처럼 움직인다네. 그들 대부분은 전에 한 번도 만나본 적이 없는 사이인데도 말이야. 그런데 그들 중 하나가 더러운 플레이를 해서, 자네의 오른쪽 발가락을 세게 밟고는 발톱이 뜯어지게 만드는군.

무언가 새로운 것이 불어오고 있네. 나를 죽이라고 했던 남자는 왕 갱단에게 하루에 60달러를 지불한다네. 에이트레인즈의 여덟 골목 중 두 곳에 총격을 가하는 대가지. 바다와 가장 가까운 골목 두 곳. 그 골목들은 녹슬어가는 함석 울타리와 부식을 일으키는 똥물로 손쓸 수 없게 되어버리지. 갱단은 잠잠한 대낮 아무 때나 차를 몰고 나타나, 총이란 총은 다 난사해서 주위를 싹쓸이해버리는군. 총알의 급류. 소나기.

자네는 런던에 있네. 발가락을 잘라내십시오, 지금 당장 잘라내야 합니다. 의사는 자네 얼굴도 보지 않은 채로 말하는군. 부츠에는 솜이 들어간 화장지를 채우고, 퍼티를 바르고 아무에게도 말하지 마세요. 방에서는 똥냄새를 감추려고 뿌려둔 소독약 냄새가 나네. 그리고 쇠냄새도, 꼭 옆 병실의 누군가가 강철로 된 냄비를 박박 문질러 닦고 있는 것 같아. 하지만 라스타는 변변찮은 발가락만으로도 충분히 신의 저주라고 생각하네. 그런 마당에 발가락을 절단하면 어디에 쓰겠는가? 가수는 마이애미에 있네. 의사는 문제 부위를 도려내고 왼쪽 발의 피부를 이식하지. 성공적이라고 의사는 말하네만, 정확하게 이렇게 말한 것은 아니었네, 자네는 그게 정확히 어떤 말이었는지는 기억하지 못해. 하지만 의사는 자네의 암이 사라져버렸다고, 자네에게는 암이 없다고 말하는군. 그리고 매일 밤 자네가 무대에 올라 바빌론을 쿵쿵 짓밟아댈 때마다, 자네의 오른쪽 부츠는 목 부분까지 피로 차오르지.

무언가 새로운 것이 불어오고 있어. 인민국가당 의원인 토니 맥퍼슨과 그의 경호원이 어거스트 타운에 갇혀 있다네. 언덕 출신이지만 코펜하겐시티와 손을 잡은 총잡이들은 갑자기 둘씩 몰려들어 사격을 개시해. 놈들이 맞서서 총을 쏘지. 총잡이들이 자동차 문과 창문에 구멍을 내고, 총알이 앞유리에서 튕겨 나오는군. 총잡이들의 총알은 무겁지만, 철조망으로 감싼 울타리와 덤불에서 멀리 떨어진 곳에 그대로 머무른다네. 사이렌, 경찰, 총잡이들이 한 걸음씩 멀어질 때마다 희미해지는 미친듯한 퇴각의 발소리. 자동차 바퀴가 자갈들을 마구 튕겨 올리며 돌다가 마침내 길을 붙잡는군. 사이렌은 멈추고, 부츠가 땅을 내려밟네. 경찰들이 점점 더 가까이 오네, 점점 더 큰 소리를 내면서. 토니 맥퍼슨이 제일 먼저 만면에 미소를 띤 채 일어섰네. 100미터 떨어진 곳에서도 보일 만한 안도의 들숨과 날숨. 세번째 총알이 그의 목 옆쪽을 뚫고 지나가며 수질髓質*을 터뜨리고 그의 뇌가 죽었다는 사실을 미처 인지하기도 전에 목 아래에 있는 모든 것을 죽여버리네.

자네는 뉴욕에 있네. 9월 21일. 가장 먼저 잠에서 깨어나 가장 늦게 잠자리에 드는 사람이 바로 자네이고 스튜디오에서는 특히 그렇다는 걸 모두가 알지. 하지만 자네가 일년 동안 그 둘 중 어느 것도 하지 않았다는 사실은 아무도 눈치채지 못했네. 자네는 열이 펄펄 끓는 상태에서 깨어나는군. 매트리스는 자네 살갗에서 나온 물을 1킬로그램이나 빨아들였고, 자네는 에어컨이 근처 어딘가에서 웅웅대는 소리를 들어. 자네가 머리 오른쪽의 통증에 대해 생각하자 통증이 생긴다네. 이제 자네는 생각하기 전에도 그 통증이 있었는지 의아해하지. 어쩌면 통증은 자네 안에 너무 오랫동안 존재해 보이지 않는 몸의 일부가, 발가락 사이의 사마귀가 되어버린 것일지도 모르네. 어쩌면 자네는 언덕 위에 처박힌 늙은 여자들이나 할 법한 욕설을, 그런 꼴이 되어서 내뱉은 걸지도 몰라. 자네는 지금이 9월 21일이라는 것도 모르지. 자네는 어젯밤 있었던 두번째 쇼를 전혀 기억하지 못하고, 자네가 어디에 있는지, 누가 자네와 함께 여기 있는지도 전혀 모른다네. 하지만 적어도 자네는 여기가 뉴욕이라는 것만은 알아.

무언가 새로운 것이 불어오고 있다네. 아이실다는 크리스토퍼에게 자네가 밥을 다 먹는지 확인하라고 말하는군. 닭 등심이 싼 줄 알아? 아이실다의 아들은 세 입을 한 번에 꿀꺽 삼키고는 문을 향해 달려나가네. 그러더니 멈춰 서서 조리대 위의 비닐을 잡아채는군. 그날 찍어낸 따끈따끈한 비닐이라네. 내일 해야 할 일이 있다는 것만 기억해라, 아이실다는 그렇게 말하지만, 웃으며 아들을 문 밖

---

* 뇌간의 가장 후측 부위로 척수와 인접해 있다.

으로 내보내는군. 골드 스트리트의 차차보이*들은 사람들에게 깊은 인상을 남기려는지 개버딘 바지와 폴리에스테르 셔츠를 차려입었고, 섹시한 여자들은 꽉 끼는 청바지에 홀터 톱 같은 것을 입고 핫해질 준비를 마쳤군. 음향 기기는 탬린스**의 곡 연주를 그만두고 새로 왁스를 깔듯 미시건 앤드 스마일리***의 신곡으로 그 자리를 처발라버리지만, 크리스토퍼는 블랙 우후루****한테서 뭔가 새로운 걸 따와 다른 춤들을 아주 발라버릴 태세라네. 남자아이들과 여자아이들이 딱 달라붙어서는, 베이스 소리가 가슴으로 뛰어올라 머무는 동안 서로를 감아가네. 하지만 누가 이 파티에 폭죽을 가져온 겐가? 폭죽이 아니라 폭우처럼 함석에 빵 빵 빵 대는군. 하지만 왜 아무도 젓지 않는 거지, 총알 두 발이 오른쪽 가슴에 구멍을 내는 순간 재클린이 말하네. 재클린의 비명은 모든 사람들 한가운데로 사라져버려. 재클린은 한 차례 뒤를 돌아보는데, 그건 바다에서 나오는 그림자들, 기관총이 발사될 때 터져나오는 꼭짓점 다섯 개짜리 불빛이라네. 셀렉터(디제이)가 목에 한 발을 맞고 쓰러지는군. 사람들은 사방으로 달리며 비명을 지르고, 넘어진 여자들 위로 우르르 도망치고 있네. 하나 둘 셋이 쓰러지는군. 더 많은 남자들이 바다에서 오지만 그들은 밤의 색깔과 빛을 걸쳤어. 그들은 사방을 휩쓸고 싹쓸이하지. 재클린은 함석 울타리를 넘어가며 무릎 뒤쪽을 베이고, 여전히 뒤를 따라오는 비명소리와 함께 라드 골목을 따라 달려가

---

* 옷차림이나 행동거지가 여성스러워 게이라는 의심을 받는 남자를 일컫는 속어.

** 1970년대 자메이카의 레게 그룹. 피터 토시의 백업 코러스로 세계 투어를 함께 했다.

*** 1970년대를 풍미했던 레게 2인조 그룹.

**** 1972년에 결성된 자메이카의 레게 그룹으로 1980년대에 큰 성공을 거두었다.

네. 재클린은 자기 가슴에서 피가 솟구쳐 나와 골목 한가운데에 떨어지고 있다는 사실을 몰라. 두 개의 손이 재클린을 들어 멀리 끌고 가는군.

총탄이 비처럼 함석에 내리고, 골드 스트리트 남자들에게는 총이 두 자루밖에 없다네. 더 많은 남자들이 바다에서 도착하고, 몇몇은 육지로 오고, 출구 세 곳은 모두 폐쇄되었지. 비처럼 내리는 총탄이 몇 킬로미터 떨어진 곳에 잠들어 있던 경찰들을 깨우자 그들은 총을 집어들고는 자물쇠로 잠긴 문을 향해 달려간다네. 라스타들은 도망칠 곳이 없고 남자들은 다가오고 있어. 뒤에서는 사람들이 느린 파도를 그리며 쓰러지고. 바닥에 쓰러진 팻 얼은 부글부글 피거품을 흘릴 뿐이지. 라스타들이 자기 몸을 팻 얼에게 던지는군. 아직 안 죽었잖아, 그러고는 피를 다시 주워 담으려고 그를 굴리네. 그러는 동안 총잡이들이 그에게 닥쳐와. 그들은 정말로 죽었다고 생각하고는 팻 얼을 쏜다네. 총잡이들이 바다로 퇴각하는군.

자네는 센트럴 파크 남쪽에 있는 연못 주변을 조깅하고 있어. 이국땅이지만 팀원들이 같기에 자네는 해 뜨기 전의 버프베이에 온 듯한 느낌을 두번째로 받는군. 버프베이의 검은 모래 해변에서 달리던 것, 폭포수에 몸을 담그던 것, 축구도 조금 하고, 자네를 기다리며 길리가 만든 아침식사를 먹으려고 건강한 식욕을 돋우던 것. 하지만 자네는 여전히 뉴욕에 있고 습기가 벌써부터 휘젓고 들어오네. 자네는 왼쪽 다리를 높이 들어, 흙에 닿을 정도로 걸음걸이를 크게 늘려보지만 자네의 오른쪽 다리는 움직이지 않으려 든다네. 자네의 엉덩이는 흔들리지만—이게 씨발 무슨 일이지?—자네의 오른쪽 다리는 움직이지 않으려 한다네. 아무 생각도 하지 말고 들어올려보자. 소용없지. 그러면 생각을 하면서 들어보자. 소용없긴 마찬가지라네. 이젠 자네의 왼쪽 다리가 움직이지 않으려 해. 자네가 세 번이나 피똥 쌀, 하고 중얼거리며 명령을 내렸는데도 두 다리는 시간을 끌어댄다네. 자네의 친구가 뒤에서 따라오고 자네는 소리 높여 부르려고 눈을 돌리지만, 목이 1.5센티미터 정도 돌아가더니 그대로 굳어버리는군. 맞다고 고개를 끄덕일 수도 없고, 아니라고 고개를 저을 수도 없어. 비명소리는 자네 목구멍에서 입술까지 올라오는 길에 사라져버리지. 자네 몸이 처지고 있는데 자네는 그걸 멈출 수가 없어. 아니 처지는 게 아니라 넘어지는 것인데 자네는 팔을 뻗어 쓰러지는 걸 막을 수가 없는 거라네. 땅이 자네에게 쾅 부딪쳐 오네, 얼굴부터.

자네는 에식스 하우스에서 깨어나. 두 손과 두 발은 회복되었지만 공포가 머무르고 있지. 몸이 너무 약해져서 침대에서 일어날 수가 없는 겁니다, 사람들이 겨우 몇 분 전에 이런 거짓말로 자네의 아내를 내보냈다는 사실을 자네는 모르네. 자네는 잠에서 깨어나 섹스와 담배, 위스키 냄새를 맡지. 자네는 보면서 기다리지만 아무도 듣지 않고, 아무도 보지 않으며, 아무도 오지 않아. 당신의 귀는 방안으로 달려들어오는 친구들, 마약을 한 줄씩 킁킁대는 친구들, 소녀 팬들을 따먹는 친구들, 창녀들을 따먹는 친구들, 친구들을 따먹는 친구들, 순화코카인을 하고 와서 신성한 수연통을 강간해대는 라스타들을 향해 깨어 있네. 정장을 입은 남자들, 돈을 노리는 남자들, 자네의 와인을 마시는 사업가들. 자네의 방은 예수가 빡빡 닦여 나가기만을 기다리는 사원이라네. 예수가 아니라면 어떤 예언자든지. 아무 예언자라도 상관없네. 자네는 최소한 목을 움직일 수 있다는 사실을 다행으로 여기며 침대 속으로 가라앉아. 브루클린 애들이 총을 들고 지나다니는군. 고추가 달린 브루클린 애들, 그애들에게 라스타의 불길은 완전히 꺼졌다네. 자네는 일어날 힘이 전혀 없고, 욕을 하려 입술을 움직일 수조차 없어 속삭인다네. 부탁인데 문 좀 닫아줘. 하지만 아무도 듣지 않네. 에섹스 하우스가 사람들로 터져나갈 지경이 되자 친구들은 세븐스 애비뉴로 흘러넘쳐가네.

무언가 새로운 것이 불어오고 있다네. 반혁명. 로즈타운 게토의 남자들, 여자들, 아이들은 가만히 서 있거나 걷는 것으로 그 반혁명을 시작한다네. 때로는 학교에서 집으로, 집에서 가게로, 가게에서 럼을 파는 술집으로 달려가는 것으로. 정오쯤에는 모두가 자리에 앉는데, 도미노를 하고, 점심을 먹고, 숙제를 하고, 호그 쉣 골목의 걸레년 뒷얘기를 하려는 거라네. 오후가 되면 다들 집 바닥에 등을 구부리고 앉네. 저녁이 되면 그들은 방에서 방으로 기어다니고 밑바닥 인생들이 늘 그러하듯 바닥에서 저녁을 먹는다네. 한밤이 되면 다들 장판에 납작하게 드러눕지만 아무도 잠들지는 않아. 아이들은 등을 깔고 누워 함석지붕에 총알이 우박처럼 떨어지기를 기다리지. 총알에 실려 움직이는 총알들, 창문 너머, 천장을 가로질러 쉬익 날아와서는 벽과 거울, 머리 위 조명과 자리에서 일어나는 멍청이들에게 구멍을 뚫는 총알들. 한편 나를 죽인 남자가 텔레비전에 나오는군. 이제 마이클 맨리와 인민국가당 사람들은 총선 날짜를 정해야만 해.

자네는 피츠버그에서 쓰러진다네. 의사들이 무슨 종腫으로 끝나는 단어를 써가며 하는 얘기를 듣는 건 언제나 좋은 일일 리 없지. 그 종이 자네의 발에서 간으로, 폐로, 뇌로 깡충거리고 뛰어다니며 차올랐지. 맨해튼에서 사람들은 자네에게 라듐을 쪼이고 자네의 레게머리는 떨어져 흩어진다네. 자네는 마이애미로, 그다음에는 스티브 매퀸*을 살려내지 못했던 의원이 있는 멕시코로 가고.

11월 4일. 자네의 아내는 에티오피아 정교회에서 세례식을 준비한다네. 자네의 이름이 이제는 베헤인 셀라시에라는 사실은 아무도 모르지. 자네는 이제 기독교인이야.

무언가 새로운 것이 불어오고 있다네. 킹스턴 시내의 담벼락에 쓰여 있는 건: IMF—맨리가 잘못이다Is Manley Fault. 총선이 1980년 10월 30일로 예고되었네.

누군가가 자네를 차에 태워 오스트리아 국경지대에 있는 바이에른으로 데려가. 병원이 숲 바깥쪽에서 마법처럼 싹을 틔우고 있다네. 배경의 언덕들은 케이크 아이싱처럼 꼭대기에 눈을 뒤집어쓰고 있어. 자네는 키가 크고 쌀쌀맞은 바이에른 사람을 만난다네. 가망 없는 자들을 돕는 사람이지. 그자는 미소를 짓지만 두 눈은 너무 먼 곳에 고정되어 있고, 미소는 이마에 진 그림자 속으로 사라져버린다네. 암이란 전신이 위험에 처해 있다는 적색경보입니다, 그가 말하지. 그가 금지한 음식들이 라스타에겐 오래전부터 금해진 음식이라니 다행한 일이야. 해가 뜬다는 건 약속이지.

무언가 새로운 것이 불어오고 있어. 1980년 11월. 새로운 정당이 총선에서 승리하고 나를 죽인 남자는 형제들과 함께 강단에 올라 나라를 차지한다네. 너무도 오래 기다린 나머지 그는 계단으로 뛰어오르다가 발을 헛디디고 말아.

바이에른 사람이 물러나는군. 누구도 희망에 대해 이야기하지 않아. 누구도 무엇에 대해서도 이야기하지 않아. 자네는 비행기를 전혀 기억하지 못하는 채로 마이애미에 있다네. 5월 11일, 눈이 뜨이는군. 자네가 제일 처음으로 일어났다네(옛 시절과 똑같이 말이

* 미국의 영화배우(1930~1980).

야), 하지만 자네에게 보이는 것이라고는 늙은 여자의 것 같은, 검은 혈관이 빽빽하게 들어찬 두 손과 뼈만 앙상하게 튀어나온 양 무릎 뿐이지. 혈관이 달린 플라스틱 기계가 자네의 피부에 파고들어, 자네 대신 모든 생명 활동을 하고 있어. 자네는 벌써부터 잠든 것 같은 기분이네, 아마 저 모든 약 때문이겠지. 하지만 이번만은 그게 꼭 담쟁이덩굴처럼 감겨오고, 자네는 어디로 가게 될지는 모르지만 이번에 가면 절대 돌아오지 못한다는 사실을 이미 안다네. 스티비 원더의 노래가 창밖에서 들려오네. 〈마스터 블래스터〉*인가? 뉴욕과 킹스턴의 두 하늘은 모두 정오의 흰빛으로 빛나는데 천둥이 터져나오고 번개가 구름을 뚫고 칼질을 해대는군. 여름의 번개라니. 석 달이나 이르군. 맨해튼에서 깨어나는 여자와 킹스턴 현관에 앉아 있는 여자는 둘 다 알고 있지. 자네는 가버렸다네.

* 〈Master Blaster〉. 밥 말리에 대한 헌정곡으로 스티비 원더가 1980년에 발표한 레게풍의 노래.

A Brief History of Seven Killings

화이트 라인/ 키즈 인 아메리카

Original Rockers
Ambush in the Night
Shadow Dancin'
White Lines / Kids in America
Sound Boy Killing

1985년 8월 14일

도카스 파머

– 고 계집애들이 어떤 식으로 지내는지는 알고 있지, 이 먼 미국에 와서까지 하수도에서 온 더러운 창녀처럼 군다니까. 그런 계집애들한테는 아주 질려버렸어. 미즈 콜서스트랑 일하는 못된 걸레년한테 이렇게 말했지. 이 못된 걸레년아, 이 직장에서 일하면서 그 지붕 밑에서 살 거라면 품품은 잠가놓는 게 좋을 거야. 내 말 알아듣지? 품품은 잠가 놔. 뻔한 일이지만, 그년은 절대 말을 듣지 않더니 이젠 임신까지 해버렸다고. 뻔한 일이지만, 미즈 콜서스트는 고 계집애를 내보내야 했고. 물론 내가 그렇게 하라고 권해서 그런 거야. 상상이 가? 웬 냄새나는 밑바닥 검둥이 애새끼가 그 동네에서 미쳐 날뛰는 게? 5번가에서? 아니지, 얘야. 그따위 일이 벌어지면 백인들은 지들이 항상 일으키는 그 뭐냐, 아주 라히드(나쁜) 히스테리 발작을 일으키게 되는 거야.

– 그래서 그 여자분을 미스 콜서스트라고 불러야 하는 거예요, 아님 미즈 콜서스트라고 불러야 하는 거예요?

– 그래서 그 여자분을 미스 콜서스트라고 불러야 하는 거예요, 아님 미-즈 콜서스트라고 불러야 하는 거예요? 요거 당돌한 것 봐. 그 사람들이 금방 마음에 들어하겠어. 글쎄, 어떨 때는 나도 어떻게 불러야 하는지 모르겠더라고. 〈미즈〉라는 제목이 붙은 무슨 잡지를 읽기 시작하더니, 자기 이름이 미즈 콜서스트라고 하더구나, 얘야. 나는 그냥 마님이라고 불러.

– 마님이요? 무슨 노예처럼요?

그때 딱 한 번, 여자는 뭐라 대답해야 할지 모르겠다는 표정을 지었다. 내가 여기 신의 은총 고용센터에 드나들며 일을 소개받은 지 3년째인데, 내가 여기에 올 때마다 매번, 여자에게는 내게 들려줄 새로운 이야기가 있었다. 자기가 감시하고 있었음에도 불구하고 임신을 해버린 어떤 게토 걸레년에 대해. 내가 이해할 수 없는 건, 어째서 이 여자가 나를 항상 그런 이야기 상대로 생각하느냐는 거였다. 나는 그 여자 이야기를 이해하거나 공감해줄 마음이 전혀 없었다. 그냥 씨발 일자리를 구하고 싶었던 것뿐이지. 그래야 빈민굴의 영주님께서 최고급 5층짜리 집에서 날 쫓아내지 못할 테니까. 엘리베이터는 없고 물을 내리면 살인이라도 난 것 같은 온갖 소리가 나는 변기에, 이제는 나랑 같이 소파에 앉아서 텔레비전을 보려 달려드는 쥐새끼들이 있는 그 아파트 말이다.

– 콜서스트 씨네 가족들이 옆에 있을 때는 노예 같은 단어는 되도록 쓰지 말거라. 파크 애비뉴에 사는 뉴욕 사람들은 그런 식의 이야기를 들으면 아주 안절부절못하거든.

– 아.

– 어쨌거나 니 이름은 성서에 나오는 거니까.* 자메이카 사람이 그런 이름이면 다들 좋아한다고. 지난주에는 어떤 남자한테까지도

일자리를 찾아줬지 뭐냐. 상상이 가니? 아마 이름이 히스기야**여서 된 것 같아. 누가 알겠어? 훌륭한 책에 나오는 이름이 붙은 사람은 절대로 자기들한테서 뭘 훔쳐갈 거라고 생각하지 않는가봐. 넌 도둑질 같은 건 안 하는 아이지?

내가 급료를 받으러 들를 때마다 이 여자는 매주 같은 질문을 한다. 여기에 온 지 3년이 되는데도. 하지만 지금만은 정말로 대답을 듣고 싶다는 듯한 눈빛이다. 콜서스트 가족은 평범한 고객이 아닌 게 분명하다. 지금쯤이면 10학년 때 선생님이 나타나, 표준 영어를 구사함으로써 인생에서 어떤 관문들을 통과할 수 있었는지 얘기해 보라고 할 타이밍인데. 미스 벳시는 나를 바라보고 있다. 당연히 질투도 좀 어려 있지만, 그야 모든 여자들이 품고 사는 거니까. 부러워하는 마음도 좀 있는 것 같은데 그건 미인대회 참가자들이 기품이라고 부르는 뭔가가 내게 있기 때문이다. 어쨌거나 나는 세인트 앤드루의 헤이븐데일에서 고등학교 교육을 받은 여자니까. 물론 미스 벳시가 자부심도 느낄 만하다. 마침내 콜서스트 가족에게 깊은 인상을 남기는 데 쓸 만한 누군가가 생겼으니 말이다. 어쩌면 자부심을 너무 느낀 나머지, 지난번 여자애를 해고해야겠다는 생각만으로 무슨 거짓 헛소리를 날조했을지도 모른다. 하지만 동정심도 느껴진다. 그 감정이 제일 두드러진다. 이 여자는 나 같은 애가 어쩌다 이 지경이 됐는지 의아해하고 있는 것이다.

– 안 해요, 미스 벳시.

---

* 도카스 파머라는 이름에서 '도카스'는 신약성서 사도행전 9장에 나오는 여인으로 다른 이름으로는 다비타라고도 한다. 사도행전의 해당 부분에 베드로가 죽은 다비타를 되살려냈다는 이야기가 나온다.

** 구약성서에 나오는 인물로, 남유다 왕국의 13대 왕이다.

– 좋아, 좋아. 아주 좋아.

왜 내가 브로드웨이 55번가를 지나서도 계속 걷고 있는 건지는 묻지 마시라. 그 거리에서든 내 인생에서든 빌어먹을 아무 일도 벌어지지 않고 있으니까. 하지만 어쩔 때는, 잘은 몰라도, 뉴욕 거리를 따라 걸어가다보면…… 뭐 그런다고 삶의 문제들이 좀더 쉬워진다거나 처리 가능해지는 건 아니지만, 그냥 계속 걸어갈 수는 있을 것 같다는 기분이 들기는 한다. 그렇다고 나한테 무슨 문제가 있다는 얘기는 아니다. 솔직히 말하면, 나한테는 그 어떤 것도 없다. 그리고 장담하는데, 일주일 중 어느 요일에 묻든, 누구한테 묻든, 그 사람에게는 내 것보다 큰 무언가가 있을 거다. 어쩔 때는 걱정할 일이 아무것도 없다는 게 걱정스럽다. 아니, 이건 내가 뭐라도 생각하게 하려는 심리학 어쩌고 하는 개소리일 듯싶다. 어쩌면 난 그냥 지겨운 건지도 모르겠다. 여기 사람들은 쓰리잡을 뛰면서 포잡을 찾고 있는데 나는 일자리조차 찾지 않고 있었으니까.

누군가가 일을 하지 않는다는 말은 곧 그 사람이 걷고 있다는 뜻이다. 말이 안 되는 소리라는 건 나도 알지만, 어쨌든 이렇게 생각하면 왜 이 사람들이 절대 멈추지 않고 계속 걸어가는지가 설명된다. 전철을 타고 갈 수 있는 곳에 갈 때마저 걷는 이유 말이다. 이 도시에 누구라도 직업을 가진 사람이 있긴 한지 정말 궁금해진다. 어째서 거리에 이렇게 많은 사람들이 나와 있는 걸까? 그렇게 나는 120번가부터 브로드웨이를 따라 걷고 있었다. 모르겠다. 걷다보면 너무 멀리까지 온 나머지 계속 가는 것 말고는 할 일이 아무것도 없어지는 시점이 온다. 언제까지 그렇게 걷느냐면, 잘 모르겠다. 항상 잊어버렸다가 정신을 차려보면 다시 걷고 있다. 게다가 여긴 타임스스퀘어에서 겨우 몇 블록 떨어져 있는 곳이다. 그리고 하늘만이 알 일이지만, 타임스스퀘어에서 더도 말고 덜도 말고 딱 10분만 보내고 나면 진기하고 매력적인 웨스트 킹스턴 같은 곳을 그리워하게 된다. 뭐 웨스트 킹스턴에서 죽어 자빠진 내 모습이 발견될 거라거나 그런 건 아니지만. 어쨌든 나는 브로드웨이 55번가를 지나쳐 걸어가며 변태들과 노출증 환자들과 텔레비전만 켜면 항상 나오는 그런 것들을 찾고 있는데, 여기서는 하나도 눈에 띄지 않는다 (딱 하나 있는 건 놈팡이들인데, 그들 중에 위장근무중인 게리 샌디*처럼 보이는 사람은 한 명도 없었다). 조그만 간판은 51번가에 있는 중식 레스토랑 두 곳 사이에 있어 별로 눈에 띄지 않는다. 신의 은총 고용센터. 그 간판만으로도 그 센터를 운영하는 게 자메이카 사람이라는 건 자명했지만, 그것만으로는 분간이 어려운 사람도 간판 맨 아래쪽에 적혀 있는 '곱게 대답하면 신의 분노도 피할 수 있다'라는 속담을 보면 충분했다. 좀더 자메이카스럽게 만들 방법이 하나 더 있다면, 신의 은총 고용센터라는 이름 앞에 국제라는 단어를 덧붙이면 된다. 그래도 나한테는 깡이 있었다, 나 같은 패배자들을 돕기 위해 존재하는 곳을 깔보듯 말할 수 있다고 생각할 만큼은. 아칸소에 사는 미국인 전 애인에게 전화를 걸어 돈을 달라고 할 수 있는 횟수에는 한계가 있었다. 그가 이렇게 말했다. 알았어, 현금을 좀 보내줄게, 하지만 한 번만 더 우리집에 전화를 걸어서 아내한테 다 불겠다고 협박하면 당장 이민국에 전화해서 너라는 음흉한 검둥이 년이 자메이카로 가는 씨발 다음번 비행기를 타게 될지 어떨지 지켜볼 거야. 이민국에서 주는 투명한 비닐봉지를 꽉 쥐고 있으면, 니

* 미국의 영화배우(1945~). 시트콤 〈신시내티의 WKRP〉 에서 앤디 트레비스라는 라디오 PD 역할을 맡았다.

가 어느 회사 팬티라이너를 쓰는지 JFK 공항에 있는 사람들이 다 알게 되겠지. 검둥이라는 말에 전 애인이 믿는 만큼의 효과가 없다는 얘기는 하고 싶지 않았다. 개년이나 쌍년이라는 말에도. 자메이카 여자는 그런 말에는 전혀 반응하지 않는다. 하지만 뭐 그래, 나는 고용센터라는 이름이 붙은 곳이면 어디든 그냥 지나칠 수 없는 입장이었다. 전 애인이 보내준 마지막 선물이 다 떨어져가고 있었으니까.

– 내가 왜 이 일자리를 주는지 알아? 여기 걸어들어온 여자들 중에서 예의를 좀 갖춘 건 니가 처음이거든.

– 그런가요, 미스 벳시?

이 대화도 예전에 한 적이 있다. 미스 벳시는 대부분 흑인이고 대부분은 이민자인 여자들을 부잣집에 보내 그 집에 있는 너무 어린 아이들이나 너무 나이든 부모들을 돌보게 하는 고용센터를 운영하는데, 나로서는 새로 알게 된 사실이지만, 그 아이들과 부모들은 아주 똑같은 욕구를 가지고 있었다. 우리가 어떤 식이든 똥 같은 일을, 때로는 문자 그대로의 똥을 견뎌내는 대가로 그들은 이민 관련 정보나 고용상태 등을 묻지 않았다. 그러니 모두가 이기는 셈이다. 뭐, 두 사람은 이기고 나는 그냥 돈을 챙기게 된다. 모르겠다. 상사에게 돈을 달라고 하는 것이긴 하지만, 고용주가 회사를 제치고 직접 돈을 주겠다고 하면 그건 또다른 문제니까.

미스 벳시가 나에게 알선한 첫번째 고객은 백인 중년 부부였다. 이 부부는 너무 바쁜 나머지 노쇠하신 어머니가 고양이 똥 같은 냄새를 풍기며 USS 애리조나*에 있는 불쌍한 소년들 얘기를 하고 있

* 1910년대 중반에 건조된 미 해군의 전함으로, 1941년 일본군의 진주만 공습 때 폭격을 당해 침몰했다. 이때 장교와 선원 1177명이 사망했다.

다는 사실조차 눈치채지 못했다. 그 할머니는 온도 조절장치가 언제나 10도에 맞춰져 있는 방에서 혼자 지내고 있었다. 처음 그 부부를 만났을 때, 아내 쪽은 나를 아예 거들떠보지도 않았고 남편은 나를 지나치게 오래 바라보았다. 둘 다 온몸에 검은 옷을 걸치고 있었고 똑같이 둥글고 검은 안경을 끼고 있었다. 존 레넌처럼. 여자는 내 옆에 있는 벽에다 대고, 저기 있어요, 뭐든 해야 할 일을 하세요, 라고 말했다. 아주 짧은 순간, 나는 이 사람들이 내게 저 여자를 죽여주기를 기대하는 건가 싶었다. 그리고 여자는 무슨 여자? 방에는 침대 위에 마구 쌓인 베개와 이불보 말고는 아무것도 없었다. 가까이 다가가서야 침대 한가운데에 체구가 작은 늙은 여인이 있는 걸 볼 수 있었다. 오줌과 똥 때문에 하마터면 도로 걸어나갈 뻔했지만, 이제 더이상 아칸소에서 돈을 보내주지 않는다는 사실이 떠올랐다.

어쨌거나 나는 세 달을 버텼는데, 그만둔 건 똥 때문이 아니었다. 남자랑 한집에 살다보면, 그 남자가 옷을 하나도 걸치지 않고 내 주변을 걸어다녀도 괜찮다고 생각하기 시작하는 순간이 언젠가는 꼭 오게 돼 있다. 그자가 처음으로 그 짓을 한 순간 나는 분명히 알 수 있었다. 그자는 내가 깜짝 놀라기를 진심으로 바라고 있었다. 하지만 나로서는, 그저 간병해야 할 늙은이를 한 명 더 보게 되었을 뿐이다. 다섯번째로 그 짓을 했을 때 놈은 자기 아내가 퇴역군인 어머니회에 갔다고 말했다. 나는, 그럼 팬티를 어디에 잘못 두셨는지 찾아드려야 한다는 말씀이세요? 라고 말했다. 일곱번째에는 내 앞에서 그걸 흔들어댔고 나는 너무 크게 웃는 바람에 딸꾹질까지 했다. 방에 있던 할머니가 뭐가 그렇게 우습냐고 소리치기에 나는 사실대로 이야기했다. 저기, 전 신경 안 써요. 할머니도 웃음을 터뜨리며 말했다. 그자의 아버지도 똑같았다고, 표를 산 사람도 없는데 꼭 쇼를 하려 들었다고. 그날 이후 할머니는 내 곁에서 항상 신경을 곤두세웠다. 심지어는 아들에게 말대꾸 하는 방법도 좀 개발했다. 그런데 그게 자지 흔들이한테는 너무 지나친 말대꾸였나보다. 나는 그자가 나를 해고하기 전에 그만뒀다. 그리고 미스 벳시에게 똥이야 얼마든지 퍼주겠지만 다 시들어빠진 백인 성기에는 아무 볼일이 없다고 말했다. 미스 벳시는 내가 그 말을 하는 내내, 심지어는 이 고용센터가 늙은이들을 보너스로 교육시켜주는 본업상 사창가냐고 물을 때조차, 내가 표준 영어를 쓸 수 있다는 사실에 감명을 받았다.

– 성모수태 여자고등학교를 다녔나보구나, 틀림없네. 미스 벳시가 말했다.

– 홀리 차일드후드 고등학교였어요.

– 그게 그거지.

존 레넌이 살해당한 날* 나는 공원에서 두번째 일감을 산책시키고 있었다. 이번 일감은 또다른 늙은 여자였는데, 건망증이 있기는 했지만 자기가 뭔가를 잊어버린다는 사실마저 잊어버리는 수준은 아니었다. 나는 이미 그 여자를 공원으로 데려갔다가 돌아와 막 잠자리에 들 참이었는데, 그 여자가 갑자기 다코타에 가고 싶다며 입을 다물지 않으려 들었다. 산책을 나가든지 그 여자가 히스테리의 세계로 날아가버리든지 둘 중 하나였다. 그 히스테리란, 여자가 이상한 사람들과 검둥이 하나가 자기를 납치했다며 소리를 질러대는 것으로 끝나기 마련이었다.

---

* 존 레넌은 1980년 12월 8일 다코타 빌딩 앞에서 총을 맞아 숨졌다. 빌딩 가까이에 센트럴 파크가 있다.

– 갈 거야, 제기랄, 막지 마, 여자가 말했다. 여자의 딸은 자기 어머니가 먹는 바륨*을 내가 숨겨놓기라도 한 것처럼 나를 바라보더니, 그냥 손을 흔들어 우리 둘을 내보냈다. 나는 그날 밤을 다코타 바깥에서 그 여자와, 그리고 아마 2천 명 정도 되는 다른 사람들과 함께 보냈다. 밤새도록 〈평화에도 기회를 주세요〉를 불렀던 것 같다. 어느 순간부터는 나도 노래를 부르기 시작했고 심지어는 울음도 터졌다. 여자는 그 일이 있고 나서 2주 후에 죽었다.

나는 그 다음주에 브루클린에 있는, 스타 트랙이라는 자메이카 클럽에 갔다. 왜 갔는지는 모르겠다. 나는 레게도 싫어하고 춤도 추지 않으니까. 내가 자메이카라는 공동체에 어떤 식으로든 전혀 쓸모없다는 사실은 하늘도 알고 있었다. 그래도 어쩐지 가야만 한다는 기분이 들었다. 그 죽음들을 머릿속에서 빼낼 수가 없었으니까. 그곳은 3층짜리 낡은 건물이었는데, 거의 갈색 사암으로 되어 있었다. 내가 들어갔을 때에는 그레고리 아이작스**의 〈야근 간호사〉***가 흘러나오고 있었다. 남자 몇, 여자 몇이 꼭 문으로 들어오는 사람이 누구인지 알아내는 게 자기들 일이라는 것처럼, 이게 무슨 서부극이나 된다는 듯 나를 보았다. 시시때때로 마리화나와 담배 연기가 훅 끼쳐왔다. 여기에 오랫동안 있다보면 자메이카에서 왔다는 누군가가 나를 아는 사람이라고 생각하게 되는데, 내게는 그보다 더 나쁜 일은 없는 것처럼 느껴졌다. 언젠가는 그년이 나한테 뭘 하고 지내느냐고 묻고는, 대답도 듣기 전에 자기는 뭘 하며 지내며 어디에 살며 누가 엄청 뚱뚱해졌다느니 누구는 토끼처럼 줏나 새끼를 까대

---

* 신경안정제의 한 종류.
** 자메이카의 레게 가수(1950～).
*** 〈Night Nurse〉(1982).

고 있다느니 하는 얘기를 해댈 테니까.

어느 순간에는, 들어왔을 때부터 계속 눈짓을 보내던 라스타가 바에 앉아 있는 내게 슬쩍 다가오더니, 누군가가 등을 쓸어줘야 할 것처럼 보인다고 했다. 학교에서는 남자들이란 무시하면 그냥 가버리는 존재라고 가르치는데, 그 가르침을 적용할 때가 바로 이런 때였다. 남자애들도 항상 같은 수업을 듣는다는 게 문제지만. 뭐, 보기라도 하자. 나랑 아주 목소리가 비슷한 누군가가 머릿속에서 말했다. 레게머리인 건 맞지만 미용사가 손질해준 게 분명했다. 피부색은 밝아서 거의 쿨리 수준이고, 두꺼운 입술은 너무 진한 핑크빛이었다. 검게 물들이려고 수년간 흡연해온 노력이 무색하게 말이다. 야니크 노아*가 여긴 웬일이시래, 야니크 노아가 누구인지 그 남자가 안다는 생각이 들었으면 그렇게 물었을 것이다. 그 남자는 정말이지 사태가 그리 좋아 보이지 않는다면서 가수가 회복할 거라고 생각하는지 물었다. 정말 조금만 더 있었더라면, 도대체 어떤 자메이카 사람이 '사태가 그리 좋아 보이지 않는다' 같은 말을 하느냐고 물어볼 뻔했다. 가수 얘기는 진짜 하고 싶지 않은데, 라고 나는 말했다. 정말로 하고 싶지 않다. 남자는 부모님에게서나 어쩌면 이웃들에게서 옮았을 자메이카 억양으로 계속 말을 해댔다. 몬테고베이를 모베이가 아닌 몬테고로 줄이는 걸 듣지 않고서도, 나는 그가 진짜 자메이카 사람이 아니라는 걸 알 수 있었다. 내게 느꼈냐고 물은 순간 그는 정체를 드러내고 말았다. 그는 내가 잠들어 있을 때 화장대에 자기 번호가 적힌 쪽지를 남기고 떠났다. 내 안의 일부는 그 쪽지 아래에 돈이 놓여 있는 것을 봤을 때 불쾌감을 느낄 준비가

---

* 프랑스 출신 테니스 선수(1960~).

되어 있었지만, 또다른 일부는 최소한 50달러 이상이었으면 좋겠다고 바라고 있었다.

지금은 1985년이다. 지난 4년 내내 헌신적 관계는 사절한다는 자메리칸*과 떡치고 늙은이들 궁둥이나 닦아주며 살아왔다는 생각은 하고 싶지 않다. 하지만 일은 일이고 삶은 삶이니까. 어쨌거나, 고용센터의 마나님께서는 나를 콜서스트 가족에게 붙여주었다. 그냥 시험 삼아 늙은이에게 보모를 붙여주면 어떨까 했던 그 가족에게 말이다. 모르겠다. 여자의 어떤 부위를 닦아주는 것과 남자의 어떤 부위를 닦아주는 건 완전히 다른 일이니까. 물론 몸은 그냥 몸이다. 하지만 여자 몸의 어떤 부위도 딱딱해져서 내 옷을 찌르지는 않잖아. 하기야 누가 이런 말에 속겠어. 이 남자는 닉슨이 사기꾼이 된 이후**로는 아무것도 찔러본 적이 없을 텐데. 그래도 남자는 남자니까.

첫번째날, 8월 14일. 웨스트 86번가 80번지, 매디슨과 파크 애비뉴 사이. 15층. 나는 문을 두드렸고 라일 왜거너***처럼 생긴 그 남자가 문을 열었다. 나는 바보같은 표정을 짓고 그냥 거기 서 있었다.

－내 궁둥이를 닦으라고 애들이 고용한 새 여자가 그쪽인가보군, 그가 말한다.

* Jamaica와 America를 합친 조어로, 미국으로 이주한 지 오래되었거나 이민 2세대인 자메이카인을 일컫는다.

** 펜타곤 페이퍼가 세상에 알려진 것은 1971년이다.

*** 미국의 배우이자 모델(1935～).

위퍼

누가 이불을 잡아당겨 벗긴다. 난 나 자신을 보고 있다. 숨을 들이마시는 내 가슴, 숨을 내쉬는 내 가슴, 털 몇 가닥, 젖꼭지 두 개, 내 배 위에서 잠든 자지. 왼쪽의 그를 본다, 그는 나비가 되기 사흘 전의 애벌레처럼 이불로 몸을 꽁꽁 싸매고 있다. 춥진 않고 서늘한 아침. 그는 누가 그냥 있어도 좋다고 허락이라도 해준 것처럼 아니면 있으면 안 된다고 하기엔 너무 피곤해 보였던 사람처럼 거기 누워 있다. 나는 처음에 그를 그냥 금발로 염색한 스픽*이라 생각했는데, 그는 난 백 퍼센트 흰둥이야, 사촌, 이라고 말했다. 아침이다. 침대 옆, 그가 있는 쪽의 시계는 그렇게 말한다. 하지만 창밖 하늘에는 아침을 제대로 증명하는 게 아무것도 없다. 브루클린은 군청색이다. 형편없는 가로등은 골목에 어둠을 던지고 있다. 남자들이 살해당하고 여자들은 강간당하며 불쌍한 멍청이들이 머저리가 된

* 스페인 말을 쓰는 사람, 혹은 라틴 계열의 이민자를 뜻하는 속어.

것에 대한 세금을 내는 대신 따귀를 두 대씩 맞고 돈을 털리는 골목에.

3주 전, 토요일 밤. 다시 짚어보자. 지름길로 집까지 걸어가는데 웬 백인 보갈년*이, 운동보다는 크랙** 중독자 스타일로 다져진 빼빼 마른 근육 위에 찢어진 티셔츠를 걸친 채 이슬람교도의 아내라도 되는 양 한 발짝 뒤에서 따라왔다. 우리 둘 다 아무 말도 하지 않았지만, 〈그애를 위해 한번 들어봅시다〉***를 부르는 데니스 윌리엄스의 목소리가 팬티 한 줄이 걸려 있는 비상계단 2층 위의 유리창 뒤쪽에서 들려왔다. 이 더러운 호모새끼들 하는 짓 좀 봐라, 어떤 검둥이가 마치 퍼즐조각처럼 골목 벽에서 튀어나오며 말했다. 그 더러운 궁둥이로 돌아다닐 거면 여기가 아니라 다른 게토로 갔어야지. 그래, 너희 둘, 이 똥꼬파개 새끼들아. 백인 크랙 중독자가 움찔 뒤로 물러났고 나는 멈추라고 말했다. 그래도 계속 뒷걸음질치길래 나는 머리를 돌려 그를 보았다. 멈추라고, 내가 말했다. 백인 꼬마는 목소리를 낮춰 숨소리로 종알댔다. 저 검둥이가 선빵을 날리려고 한다느니 뭐 그런 얘기였다. 나는 빠르게 몸을 숙여 칼을 피하고 손을 왼쪽으로 빼, 왼손으로 검둥이 놈을 끌어당기곤 등을 획 돌려 오른손을 위로 쳐올렸다. 손마디가 그대로 검둥이놈 코에 명중했다. 검둥이는 소리를 질렀지만, 그건 내가 놈의 불알을 니킥으로 차버리고 칼을 빼앗은 다음 놈의 왼쪽 손목을 판자가 쳐진 창문에다 붙잡아놓고 그 씹새끼를 십자가에 못박아버리기 전의 일이었다. 검둥

* 게이들이 자기 자신을 자조적으로 낮추어 부르는 말.

** 코카인의 일종.

*** 〈Let's hear it for the boy〉(1984). 미국의 가수이자 작곡가 데니스 윌리엄스(1950~)의 앨범명이자 동명 타이틀곡.

이는 비명을 질러댔고 그때 나는 백인 녀석에게 말했다. 이제 도망가도 돼. 그는 한껏 웃었다. 우리는 달리고, 붙잡고, 웃고, 딱딱해지고, 멈춰 섰다. 그리고 나는 혀를 쓰지 않는다고 말하기도 전에 이미 혀가 내 입에 들어와 있었다. 내가 사는 낮은 아파트에 도착할 무렵 우리는 한 번에 두 단씩 계단을 올랐다. 마지막 층계에서는 벨트 버클이 당겨지고 바지는 바닥으로 떨어지고 속옷은 무릎까지 내려가고 똥구멍은 위로 올라간다. 게이 암은 걱정 안 돼? 그는 침을 뱉고 그걸 밀어넣는다. 응, 내가 대답한다.

이제 3주.

오늘.

그렇게 아침. 발은 이미 땅에 닿아 있다. 이렇게든 저렇게든 곧 해는 뜰 것이다. 동쪽 북쪽 동쪽. 이불 이쪽 끝을 잡아당겨서 저 녀석을 굴려 빼는 거야. 녀석은 바닥으로 떨어지겠지만 코고는 건 멈추겠지. 녀석은 보호라도 받으려는 것처럼 자기 몸을 꽁꽁 싸매고 있다. 뭐한테 보호받겠는다는 거지? 당기고, 끌고, 당기고, 끌고, 홱 잡아채고, 당기고, 끌고 하는데 이러는 와중에도 씨발 이 녀석은 깨지도 않는다. 녀석의 얼굴을 기억해봐. 갈색 머리카락, 빨간 턱수염, 짧은 털. 녀석의 하얀 가슴에 온통 짧고 빨간 털이 덮여 있다. 아 그래, 배드보이라 이 말이지? 녀석은 깊이 밀어넣을 때마다 그렇게 말한다. 나는 마침내 녀석을 이불 밖으로 굴려 빼냈고 이제 그는 등을 깔고 누워 있다. 그런데도 깨지 않는다. 자고 있거나 어쩌면 죽은 걸지도. 어제는 스트랜드 서점에 버트런드 러셀이 없었다. 내가 생각하는 인간이라는 걸 아는 사람은 많지 않다. 어쩌면 다시 침대로 들어가서 녀석의 털 많은 가슴과 젖꼭지를 문지르며 녀석의 배꼽에 내 혓바닥을 집어넣고 아래로 움직이며 빨아서 깨워줘야 할지도 모르겠다. 어젯밤에 녀석은 무언가 새로운 진실을 발견한 새로운 종류의 영혼이었다. 씹질을 당하는 남자가 계집년 역할이라고 생각하지 마. 나는 녀석의 입을 막고 내 구멍이 뭐에다 쓰는 건지를 보여주었다. 사랑해—진심으로 한 말은 아니야, 내가 말했다.

녀석의 다리를 걷어차서 쫓아내.

내버려두고 가면 돌아왔을 때도 여기 있을지 모르잖아.

내버려두었다가 돌아오면 녀석이 바퀴벌레까지 다 데리고 떠나서 집이 깨끗하게 비워져 있을 거야. 녀석의 다리를 걷어차서 쫓아내.

내버려두었다가 돌아와서 같이 한 줄을 나눠 피워. 이 녀석이 돈을 달라고는 하지 않았잖아.

하늘에 분홍색 점이, 동쪽 북쪽 동쪽. 분명 이제 해가 뜨고 있다. 스픽은 옆으로 굴러가더니 또다시 굴러 등을 깔고 눕는다. 영화처럼 생각해. 지금은 니가 옷을 챙겨 입고, 저 녀석은 일어나서 (영화에서는 남자 녀석이 아니라 여자애겠지) 둘 중 하나가 자기야, 나가봐야 돼, 라고 말하는 장면이라고. 아니면 계속 침대에 있으면서 뭐든지 할 걸 하는 장면이지. 이불이 남자한테는 허리까지 오는데 여자한테는 바로 가슴에 걸쳐져 있는 채로 말이야. 이런 침실 장면은 절대로 영화가 될 수 없을걸. 모르겠군. 지금 당장 침대로 돌아가면 되잖아, 녀석의 오른팔 아래로 들어가서 닷새 동안 머무는 거야. 그래. 그렇게 하자. 지금 하자. 오늘은 내가 없이도 굴러갈 수 있는 그런 하루야. 그렇게 해. 이 녀석은 소년이 아니라 남자다. 모든 걸 환영하고 아무것도 걱정하지 않는다는 듯, 침대에 몸을 쫙 펴고 누워 있다. 나는 어젯밤 내 안에 들어왔던 그것을 보는 중이다. 배드맨은 자지를 받아들이지 않아. 하지만 나는 배드맨이 아니야. 그보다 더 악랄한 놈이지. 배드맨은 누군가에게 자기가 씹질을 잘

한다는 것을 알리지 않는다. 그러면 자기 위에 올라탄 게 남자라는 사실을 문득 깨닫게 되니까. 일어서 있거나 허리를 숙여 상대가 뒤에서 침입해 들어오도록 하는 게 낫다. 신음소리를 약간 내고, 식식대고, 더 세게 해봐 씨발놈아, 하고 말한다. 포르노에서 흑인 자지를 받아들이는 백인 여자들이 그러듯이. 하지만 속으로는 소리치고 비명 지르고 울부짖고 싶다. 그래, 나도 「울부짖다」* 정도는 읽었다. 좆같이 잘난 척이나 해대는 백인 꼬맹아, 내가 흑인이고 게토 출신이니까 글도 읽을 줄 모를 거라고 생각하냐? 하지만 이건 멍청한 백인 꼬마의 문제가 아니다. 그렇게나 심하게 울부짖고 고함치고 싶어하는 너 자신의 문제지. 하지만 너는 울부짖거나 고함칠 수가 없잖아. 울부짖고 고함친다는 건 뭔가를 내주는 것인데 너는 뭔가를 내줄 수 없으니까. 다른 남자에게는, 백인 남자에게는, 어떤 남자에게도, 절대로. 어쨌든 소리를 질러대지만 않으면 여자가 아닌 것이다. 그렇게 타고나지를 않았으니까.

감옥에서 나왔을 때 내가 말했다. 성경이 뭐라든 좆까라 그래, 구멍은 그냥 구멍이야. 예금도 하고 인출도 하고 안에 뭔가를 남겨두기도 하는 구멍. 예금자가 되든지 은행이 되는 것이다. 어느 쪽이든, 감옥에서는 항상 똥구멍에 뭔가를 넣고 다니게 되고, 창살 너머에 있는 모든 똥구멍들이 합쳐져 하나의 교역로를 이룬다. 동쪽의 똥구멍들이 서쪽의 똥구멍으로 상품을 나르는 것이다. 도착지는, 돈이나 다른 상품을 가지고 있는 남쪽의 어떤 수감자다. 코카인 한 봉지, 리글리 껌 한 팩, 허쉬 초코바, 스니커즈, 밀키웨이, 대마초, 하시시, 삐삐, 치약, 다이어트 약, 자낙스, 퍼코셋**, 설탕, 아스

---

* 알렌 긴즈버그(1926~1997)의 시 「Howl」.

피린, 시가, 라이터, 담배, 담배나 코카인이 들어 있는 골프공, 담배 마는 종이, 성냥, 립밤, 윤활제, 바늘에 지우개를 끼운 주사기, 복권 열다섯 장. 감옥에 3년을 있으면 거시기란 그저 똥구멍에 넣을 수 있는 또 한 가지 물건이 될 뿐이다. 침대에 누워 있는 남자, 이 녀석은 누-요커***처럼 말하지 않는다. 녀석을 다시 볼 생각은 하지 마. 자지는 그냥 거시기일 뿐이야. 라티드! 이제 보지는 기억도 안 나는군. 마이애미 시절의 씨발 그리젤다 블랑코 이후로는. 공항으로 가야겠다.

6시 15분. 9시간 후면 조시가 자메이카에서 비행기를 탄다. 12시간에서 13시간 후면 여기에 도착하겠지. 우리는 자메이카에서 조시가 찍어두었던 브루클린의 한 하우스에 갈 예정이다. 뉴욕의 모든 블록에는 크랙하우스가 있고, 크랙하우스란 그저 크랙하우스일 뿐인데 조시는 굳이 이 특정 크랙하우스를 보고 싶어했다. 조시는 직접 메데인에 보고할 수 있도록, 누가 크랙 덩어리를 사며 누가 그걸 파는지 현장에 와서 두 눈으로 보고 싶다고 했다. 그게 조시가 전화로 한 얘기였다. 나는 조시에게 전화에 보안장치를 설치해두었냐고 물었다. 조시는 3분 동안 웃더니, 텔레비전은 그만 보고 할 일이나 하라고 말했다. 뉴욕도 마이애미처럼 쫀쫀하게 조여줘야 한다고 조시는 말했지만, 내가 정말 그 일을 할 수 있을 거라고 믿는 투는 아니었다. 나는 이 남자의 팔 바로 밑으로 기어들어가 거기서 살고 싶다. 조시 웨일스는 자메이카에서 열받은 것을 식히느라 뉴욕으로 오는 거라고 했다. 하지만 정작 열을 식혀야 하는 건 자메이카

** 강력한 마약성 진통제.

*** 뉴욕 사람들이 뉴욕을 '누-요크'라고 발음하는 것을 빗댄 표현.

다. 조시 웨일스에게서 받은 열기를. 2주 전에 파씨 사람 하나가 브루클린을 지나다가 5월에 벌어진 사건 소식을 내게 전해주었다.

부활절이 왔다 갔다. 코펜하겐시티의 등에 업힌 혹, 리마는 평소처럼 행동하고 있다. 가비지랜드가 어디에서 끝나고 리마가 어디에서 시작하는지 아는 사람은 아무도 없지만 최소한 1년에 한 번, 리마놈들은 가슴을 잔뜩 부풀리고는 더 많은 걸 원한다고 선언한다. 코펜하겐시티의 꼽사리보다 대단한 존재가 된 듯 인민국가당으로 넘어가겠다느니 어쩌느니 협박을 하며 자기들이 뭔가 요구할 수 있다고 생각한다. 북쪽에는 쓰레기, 남쪽에는 바다가 있지만 자기들이 잡은 물고기는 먹지 않는다. 토요일 밤, 9시나 어쩌면 10시, 아직도 더울지 모르겠다. 남자들은 도미노를 하고 여자들은 급수탑 옆에서 옷을 빤다. 여자애들과 남자애들은 댄디 샌디*를 하고 논다. 자동차 여섯 대가 거리 한가운데로 내려왔다가는 넓게 대형을 벌린다. 세 대는 왼쪽으로, 세 대는 오른쪽으로. 조시와 남자 다섯 명이 첫번째 자동차에서 뛰어내린다. 또다른 열다섯 명이 다른 자동차 다섯 대에서 뛰어내리는데, 모두 M16을 가지고 있다. 조시와 조시의 파씨는 도로를 휩쓸고, 남자 여자 애새끼들은 달리며 비명을 지른다. 한 남자와 한 여자가 자기들 집으로 달려가지만, 조시가 가까이 따라가 문 바로 앞에서 둘에게 구멍을 내버린다. 남자들은 사격을 개시해 도미노를 하고 있던 자들을 모두 쏘아버리는데, 두 남자가 도망치려고 하지만 총알 춤을 추며 그대로 갇혀버린다. 여자는 아이를 잡아채 달리고 있다. 파씨가 집에서 집으로, 울타리에서 울타리로 뛰어다니며 함석 너머로 손을 쿡 찔러넣고서 랏탓탓탓. 남

* 자메이카의 어린이들이 즐겨 하는 놀이 중 하나.

자들은 어디 있지? 총잡이 열아홉 명이 달리며 총을 쏘고, 사람들은 개미들처럼 미친듯이 도망친다. 조시 웨일스는 걷는다. 그는 절대로 뛰지 않는다. 조시는 표적을 보고, 생각을 해보고, 천천히 다가가 죽인다. 파씨 남자들은 함석에다가 총알로 무늬를 새긴다. 누군가가 애새끼를 쏜다. 여자가 너무 크게 소리를 지르고 너무 길게 고함을 쳐대서 조시가 다가가 총을 그 여자 뒤통수에 바짝 붙인다. 조시와 그의 파씨는 열두 명을 죽이고 리마에서 빠져나간다. 경찰이 코펜하겐시티로 내려와 총 두 자루를 가져가지만, 그게 전부다. 아무도 던을 건드릴 수는 없다.

조시가 뉴욕으로 오고 있다. 나란 놈이 전에도 여기 온 적이 있다는 사실을 아는지는 모르겠다. 조시는 절대 말해주지 않으니까. 브롱크스에 있는 조시의 형제가 윗동네를 차지했다. 콩깍지에 든 두 개의 콩알처럼, 그 둘의 관계는 1966년까지 거슬러올라간다. 조시의 형제는 1977년부터 대마초를 팔았는데, 코카인이 화이트 와이프가 되기 전부터 코카인 쪽에도 손을 뻗쳤다. 놈은 지릴 만큼 거대한 거래를 한다. 대마초 140톤, 코카인 10톤. 그는 브롱크스에 있는 기지로부터 토론토, 필라델피아, 메릴랜드로 상품을 가져간다. 나는 그자를 잘 모르고, 조시로서는 굳이 내가 그자를 위해 일하도록 만들 필요가 없다. 어쩌면 그자가 조시더러 날 이리 올려보내지 말라고 말했을지도 모른다. 자기 파씨에 짐승이 필요할 때면 킹스턴, 몬테고베이, 세인트앤에서 데려올 테니까. 그자는 나를 어디로 튈지 모르는 대포알이라고 부르는데, 나한테 대놓고 그러는 것은 아니고, 조시에게 그렇게 말한다.

조시가 뉴욕으로 오고 있다. 이건 나 때문이다. 나 때문이 아니라 침대에 있는 저 녀석 때문이다. 자메이카 사람은 뉴욕으로 오자마자 사라진다. 보스턴 로드와 건힐 사이에 새로운 잼다운을 세울 수 있도록, 자메이카 사람은 브롱크스의 다른 허드렛일꾼들 바로 옆자리에 올라탄다. 나는 아니다. 나는 사라지고 싶다. 그게 내가 마이애미를 떠나 뉴욕으로 온 이유다. 밤이 되기 전까지 조시는 오지 않는다. 나는 갈 곳이 아무데도 없다. 코카인 세 줄 반이 바로 저기, 커피 테이블 위에 있다. 저 녀석이 바로 여기 침대에 등을 깔고 누워 있다. 녀석은 두 손으로 머리 뒤를 받치고 날 바라보는 중이다. 지난주 이스트빌리지, 이 아파트 건물 뒤쪽의 주차장. 백인 꼬마 하나가 잘난 체하듯, 한 블록만 더 가면 바닷가가 나온다고 말하듯 체이스 라운지*에 팔다리를 쭉 뻗치고 있었다. 금발, 뿌리 근처에 갈색이 드러난 탈색한 금발, 그리고 너무 높이까지 말아올려 처음에는 비키니를 입고 있다고 착각하게 만들었던 파란 반바지. 햇빛 목욕중이야, 녀석이 말했다. 나는 녀석에게 그렇게 누워 있으면 태양이 깨끗하게 만들어준다는 뜻이냐고 물었다. 그는 뉴포트** 갑에서 담배를 한 대 꺼내더니 내게 내밀었다.

– 이 동네 출신 아니지?

– 뭐?

– 이 동네 출신 아닐 거라고.

– 어, 아니지.

– 둘러보는 중?

– 어…… 아니……

– 그럼 원하는 걸 찾았을 때 그것인지 어떻게 알아?

---

* 다리를 뻗을 수 있는 팔걸이 하나짜리 긴 의자.

** 미국 레이놀즈 사에서 만드는 멘솔 향 담배의 상표.

트리스탄 필립스

또 그런 눈으로 나를 보는군, 알렉스 피어스. 아니, 지금 그 눈 말고, 손전등을 들여다보는 부엉이 같은 그 눈길 말고, 15초 전에 나한테 던졌던 눈길 말이야. 나는 그 눈을 알지. 지금까지 꽤 오랫동안 나를 조심스럽게 연구해왔을 거야. 몇 달이나 됐나? 여섯 달? 아니면 일곱 달? 감옥이 어떤지 알잖나. 변기 바로 위에 달력이 걸려 있는데도 다들 날짜 세는 걸 잊어버리고 말거든. 자네는 모를지도 모르겠군. 솔직히 베트남전 참전용사인 지미한테 들은 대로라면, 감옥이란 신병 훈련소랑 똑같은 곳이야. 무엇보다도 지루하다는 게 문제지. 일단 보고 기다리는 것 말고는 아무것도 할 일이 없거든. 기다릴 거라곤 아무것도 없는데. 하지만 기다릴 필요조차 없다는 걸 깨닫게 되지. 그냥 기다림의 한가운데에 있는 것뿐이니까. 그러다가 뭘 위해 기다리는지 잊어버리는 순간, 기다림 자체 말고는 아무것도 남지 않게 된다네. 한번 해봐.

요즘에야 똥을 싸서 크랙이 들어 있는 약병을 똥구멍에서 빼낼 때까지 시간이 얼마나 남았는지를 가지고 날짜를 세지. 그래야 그걸 어떤 간수 주머니에든 넣어줄 수 있거든. 그래야 내가 머리카락을 계속 기를 시간을 간수에게 또 한 달 살 수 있고. 불과 지난주에 어떤 녀석이 나한테 물었네. 근데 머털이 양반, 감옥에 있으면서 어떻게 그렇게 오랫동안 레게머리를 하고 있을 수 있는 거요? 누가 보면 머리에 칼 열다섯 자루는 숨겨놓은 줄 알겠어. 나는 그 녀석에게 이바구, 미안하네, 이야기했지—자네가 녹음하고 있다는 걸 자꾸 잊어버려—무슬림 형제가 모자를 쓰고 턱수염을 빨갛게 물들일 수 있다면, 나한테도 레게머리를 계속 기를 권리가 있다고 당국자들을 설득하느라 몇 년이나 걸렸다고 말이야. 그게 먹히지 않을 때는 당국놈들이 듣고 싶어하던 얘기를 해줬지. 이 안에 머릿니며 진드기가 많이 들어 있으니 만지기만 해도 라임병에 걸릴 거라고. 또 나오는군, 자네 그 눈빛 말이야. '뭔가 할 수 있으면 좋을 텐데' 하는 표정. '어쩌면 나한테 한 탕'—아니 이렇게 말하면 안 되지, '기회만 있었으면' 하는 표정. 나는 다른 어떤 존재, 심지어는 당신 같은 존재도 될 수 있었을 텐데, 하는 표정 말일세. 뻔한 얘기긴 하지만 문제는, 내가 자네였다면 평생 가더라도 나 같은 인간하고는 말을 섞지 않았을 거라는 점이네. 아니, 씨발 게토에서의 삶이 어땠느냐는 질문은 하지 말라고, 그 시절은 오래전에 잊었으니까. 잊는 방법을 배우지 못하면 리커스*에서는 이틀도 못 버텨. 제기랄, 여기 있으면 거시기는 입으로 빠는 게 아니라는 사실마저 잊게 돼. 그러니까 묻지 말게. 게토가 어떤지 물어볼 만한 사람은 내가 아닐세. 난 거기서 태어나지도 않았어.

* 뉴욕 주 리커스 섬에 있는 교도소.

1966년? 정말로 나한테 1966년 얘기를 묻겠다는 건가, 브레드렌? 아냐 스타, 나는 1966년 얘기는 하지 않을 걸세. 67년도 마찬가지고.

헌데 정말이지, 알렉스, 감옥의 도서관이라는 곳은 아주 씨발 제대로야. 자메이카에서도 도서관을 꽤 여러 군데 가봤는데 리커스처럼 책이 많은 곳을 본 적은 한 번도 없네. 그중 한 권은 『중앙 통로』라는 책이었어. 어떤 쿨리가 쓴 책이지, V. S. 나이폴이라고. 브레드렌, 그자가 말하기를 웨스트 킹스턴은 너무 좆같이 구려서 사진 한 장 찍을 수 없는 공간이라고 했다네. 왜냐면 사진 촬영이라는 과정의 미학이 실제로 그곳이 얼마나 추잡한지 감추고 거짓말을 한다는 거야. 아, 읽었어? 내 말 믿게, 나이폴 말도 틀린 거야. 나이폴이 그 문장을 쓸 때의 그 아름다움이 게토가 얼마나 추한지 감추고 거짓말을 하게 되거든. 거긴 너무 추해. 게토에서 예쁜 문장 같은 걸 생산돼서는 안 된단 말이네, 절대로.

하지만 애초에 무엇 때문에 전쟁이 벌어졌는지를 모른다면 어떻게 평화를 알 수 있겠나? 뒷얘기를 알고 싶어하지 않는다면 자네가 무슨 기자라고 할 수 있겠어? 어쩌면 자넨 이미 알고 있는 건지도 모르겠군. 어떤 경우든, 발라클라바라는 이름이 붙은 장소에 대해서 먼저 알지 않고서는 평화나 전쟁이나 심지어는 코펜하겐시티가 애초에 어떻게 생겨나게 됐는지도 알 수가 없는 거라네.

상상해봐, 백인 친구. 급수탑 두 대. 욕실 두 군데. 인간 5천 명. 변기도 없고. 수돗물도 없고. 허리케인으로 찢겨나갔지만 원래 자석으로 붙여놓았다는 듯이 곧 다시 붙을 집들을. 그리고 그걸 둘러싼 것들을 보는 거야. 범퍼 홀에서 가장 큰 쓰레기장, 지금은 고등학교가 들어선 가비지랜드. 거리를 따라 도랑까지 그대로 피를 흘려보내는 도축장. 업타운 사람들이 자기네 똥을 곧장 우리에게로 내려보낼 수 있게 하는 최대 규모의 하수처리장. 서인도제도에서 가장 큰 공동묘지. 시체보관소와 서인도제도 최대 규모의 산부인과 병원 두 곳. 카리브해 지역에서 가장 큰 규모의 시장인 코로네이션 시장, 거의 대부분 여기서 장례식을 치르지, 기름에, 철도와 버스 터미널에, 그리고…… 그런데 자넨 여기 왜 온 건가, 알렉스 피어스? 정말 알고 싶은 게 뭔가? 왜 자메이카 안내소에서도 해결해줄 만한 질문으로 내 시간을 낭비하는 거지? 아. 알겠어. 무슨 수법인지 알겠군. 마지막으로 자메이카에 돌아갔던 게 언젠가? 진짜 이유 같은 건 없어, 자네는 한 번도 자메이카에 가보지 않았거나 아니면 자메이카로 돌아갈 수 없는 사람처럼 보이거든. 어떤가? 솔직히 말해서 자네 반응을 보려고 말한 건데, 지금까지는 나도 확실히 몰랐어. 이제는 어떤 건지 대강 알겠군. 이 먼 리커스까지 오려고 얼마나 이곳저곳에 줄을 대야 했나, 응, 피어스? 아니 됐어, 말하지 말게. 자네와 자메이카의 관계를 알아냈던 것과 똑같은 방법으로 알아내줄 테니까. 자네는 질문이나 하시게.

브레드렌, 자네는 내가 라스타 구역 출신인 걸 알 텐데 왜 그런 질문을 하는 건가? 자넨 정말로 노동당이 라스타 구역이나 발라클라바의 인민국가당을 도와줬을 거라고 생각하나? 아직도 그렇게 둔한가? 어쨌거나, 엉클벤 쌀로 지은 밥은 씨발 어떻게 처먹든 거칠다네. 그래도 그날은 달랐어. 제기랄.

그런데 그거 아나? 사는 곳이 어디냐, 같이 사는 사람이 누구냐에 따라 다르겠지만 발라클라바는 그렇게까지 형편없었던 적이 한 번도 없어. 매일같이 애가 죽어나가거나 인간들이 쥐든 뭐 그런 것에 얼굴을 뜯어먹히는 동네가 아니었다고. 내 말은, 그렇다고 상황이 좋았던 것도 아니었지. 절대로 좋았다고는 못해. 하지만 나는 아직도 밖으로 나가 풀밭에 마냥 누워 있던 어떤 아침이 기억난다네. 그냥 깨끗한 초록색 풀밭이었어. 거기서 벌새랑 나비가 내 위로 춤추듯 날아다니는 걸 지켜봤었지. 나는 1949년에 태어났네. 난 항상, 어머니가 날 낳았을 때 이미 영국으로 가던 중이라 그냥 배 밖으로 던져버린 것 같다는 기분이 들어. 아빠와 엄마가 둘 다 체크아웃을 해버린 거야 별로 신경쓰이지 않지만, 어째서 나한테 이 반쪽짜리 쿨리 상판을 남겨주어야만 했을까? 심지어는 라스타 형제들도 그걸 가지고 놀린다네. 블랙 스타 라이너호가 마침내 우리들을 아프리카로 데려가려고 오면, 나를 반으로 잘라서 실어가야 할 거라고 말이야. 만, 자메이카가 어떻게 굴러가는지 자네가 뭘 안다고 그러나? 어떤 때는 반쪽짜리 쿨리로 사는 건 바티만으로 사는 것보다도 못하다는 생각이 들어. 한 번은 어떤 갈색 피부 여자애가 나를 보더니, 신이 그 고생을 해서 예쁜 머리카락을 줘놓고 결국 그런 피부색으로 저주를 내리다니 얼마나 슬픈 일이냐고 하더군. 그 개년이 나더러, 내 검은 피부가 하는 일이라고는 내 조상이 노예였다는 사실을 떠올리게 만드는 것뿐이라는 거야. 그래서 대꾸해줬지. 나도 니가 불쌍하다고, 니 밝은 색깔 피부가 하는 일이라고는 니 고조할머니가 강간당했다는 사실을 떠올리게 만드는 것뿐이라고. 어쨌거나, 발라클라바 얘기로 돌아가면.

일요일이었네. 내가 쓰던 작은 매트리스는 병원에서 쓰다가 버린 거였어. 나는 일찌감치 깨어 있었지만, 꼭 그 우르릉거리는 것 때문에 깨어난 것 같았네. 우르릉하는 걸 먼저 느낀 건지 소리를 먼저 들은 건지는 나도 모르겠군. 한순간 아무것도 없다가, 다음 순간에는 우르릉대는 뭔가가 있는 그런 상황이었으니까. 그러다가 내

컵이 의자에서 툭 떨어지더라고. 우르릉거리는 게 점점 더 시끄러워지더니, 곧 더 큰 소리도 들렸어. 비행기가 아주 낮게 날 때 들리는 소리랑 비슷했네. 그것 때문에 벽 사방이 다 흔들리더군. 침대에서 일어나 앉았는데, 창문을 본 순간 벽이 납작하게 으드득 갈렸어. 그 커다란 강철 턱 같은 게 내 벽을 우적우적 씹어서는 찢어내버렸네. 그 턱이 벽을 찢고 들어와서 뜯어가버렸다고. 나는 여자애처럼 비명을 질렀지. 그 턱이 더 많은 함석을 뚫고 들어와서 바닥에 있는 흙이며 내 침대, 내 의자, 그리고 내 손으로 지은 내 지붕을 삼키기 직전에 나는 침대에서 뛰어내렸어. 지붕이 없어지니까 그 지붕을 받치고 있던 벽 두 군데가 무너지기 시작하더군. 나는 그것들이 전부 무너지기 전에 달려나왔는데, 강철 턱은 계속해서 돌아왔다네.

아니 와리카 언덕 얘기도 하고 싶지 않아. 염병할, 도대체 그런 질문은 어디서 난 건가?

이봐, 정말로 궁금한 게 뭐야? 66년인가 85년인가? 결정을 하려면 딱 하고, 빌어먹을 답을 이미 알고 있는 질문은 그만 물으란 말이야. 조시 웨일스 얘기를 하러 왔다고. 지난 5월 이후로는 다들 그 얘기를 하고 싶어하지. 잠깐, 몰랐다고? 리커스에 있는 나 같은 치도 전부 아는데 기자 양반이라는 자네가 몰랐다는 건가?

나도 웨일스와 내가 가까이 살았었다는 얘기는 들었네만, 그건 내가 웨일스를 처음 만난 때보다도 10년 전쯤 일이었을 거네. 하지만 웨일스는 노동당이잖나. 노동당이 나를 발라클라바에서 몰아낸 뒤로, 나는 그놈의 인간들이랑은 상종도 안 하고 지냈어. 평화조약 이전까지는 말일세, 셀라시에 아이 쟈 라스타파리께 감사드릴 일이지. 달리 뭘 해야 될지 모르겠으니 말이야. 어쨌거나, 발라클라바의 몰락 이후에, 하하, 알아들었나?* 어쨌거나 그 몰락 이후에, 바빌론이 나를 감금했어. 어떤 클럽에서 있었던 일인지도 기억나지 않는군. 턴테이블이었나? 넵튠 바? 뭘 잘 아는 사람이 할 때도 잘한다는 얘기가 있네. 다만 좆같았던 건, 내 주머니에 들어있는 게 5달러짜리 지폐 한 장과 조니워커 한 병뿐이었다는 거야. 조니워커는 연도 수가 하나씩 올라갈 때마다 가격도 1달러씩 올라간다지, 응?

아무튼 1972년인가? 나는 그때 일반 교도소에서 나왔네. 그랬더니 잼다운이 완전히 다른 장소로 보이는 거야. 아니면 최소한 다른 정당이 일을 굴리고 있든지. 심지어는 들리는 음악도 달라졌더군. 하기야 어떻게 보면 전혀 달라지지 않은 걸지도 몰라. 하지만 1972년에 자네가 젊은이였고 뭐든 가지고 싶었다면, 그게 일자리였든, 집이었든, 젠장할 특정 종류의 여자든 간에, 반드시 번틴-밴턴과 디시래그라는 두 사람을 거쳐야 했네. 그 두 놈은 킹스턴, 어쩌면 자메이카 전체에서 제일 서열이 높은 인민국가당쪽 던이었어. 그런데 내 말은, 감옥에서 나와보니까 온갖 사람들이 다 눈에 띄더라는 걸세. 쇼타 셰리프도 보였고, 지금은 평화롭게 잠들어 있겠지, S90 파씨 출신 스카츠맨이며 토니 플래시도 보였네. 그 사람들이 전부 뭐든 할 준비가 되어 있는 것 같은 수많은 섹시한 여자애들을 거느리고선, 최고 서열이나 있을 법한 옷차림을 하고 있더란 말이야. 그래서 내가 다들 돈이 어디서 났나? 라고 물었지. 그 사람들은 번틴-밴턴이랑 디시래그한테 연줄을 대서 하수 정비 프로젝트 쪽에 일자리를 구해보라고 하더군. 어쨌든 머리를 전혀 쓰지 않고도 품위 있게 돈을 벌 수 있는 일이었어. 내 말은, 걱정해야 할 거라

* 사이키델릭 포크 그룹 펄즈 비포 스와인이 1968년에 발매한 앨범 제목이 〈발라클라바〉다. '발라클라바의 몰락'이라고 하면 이 앨범이 망했다는 뜻도 되어 본문에서 농담처럼 쓰이고 있다.

고는 경찰밖에 없는 일이었다는 뜻이지. 물론 경찰이 번틴-밴턴과 디시래그를 죽이기 전까지의 일이었지만. 웃기지 않나, 마약상들이 있을 때는 나한테도 괜찮은 직업이 있었는데, 놈들이 마약상들을 죽여버리자마자 내가 마약상이 됐으니 말이야. 문제는, 인민국가당놈들이 포악하기는 해도 사실 야심이라고 할 만한 게 전혀 없었다는 거야. 깡패들의 문제는 작게만 생각한다는 거지. 그때 쇼타 셰리프가 에이트레인즈 최고의 던 자리를 차지했어. 부사령관을 하나 곁에 뒀는데, 아마 지금쯤에는 총사령관 노릇을 하고 있겠군. 그 놈을 퍼니보이라고 불렀던 것 같아. 이젠 기억도 안 나는군. 어쨌거나, 이 친구들이 할 수 있는 일이라고는 영토를 지키는 거였어. 땅 한 뙈기도 노동당 총잡이들에게 빼앗기지 않는 것. 하지만 그 노동당 깡패놈들은 말이야, 그놈들은 정말 대가리란 게 있었어. 곧 바하마인들에게 질려버릴 거라는 사실을 콜롬비아인들조차 깨닫기 훨씬 전부터, 조시 웨일스는 콜롬비아인들과 이야기를 해왔다네. 아, 그리고 많은 사람들이 모르는 게 하나 있는데. 조시 웨일스는 스페인어를 할 줄 알아. 딱 한 번 조시 웨일스가 전화로 스페인어를 하는 걸 들은 적이 있지. 도대체 언제 스페인어를 배웠는지는 아무도 모르지만.

양쪽은, 그러니까 인민국가당과 노동당은 자기들한테 공통점이 한 가지 있다는 걸 깨달았다네. 바빌론은 줄무늬 동물이든 점박이 동물이든 가리지 않고 죽인다는 거였지. 그린베이 사건 이후로는 다들 그걸 알게 됐어, 꼭 총잡이가 아니라도 말일세.

옛날엔 인민국가당 소속이면 사람들이 별로 귀찮게 굴지 않았어. 하지만 그 당시 경찰과 군인은 누구든 죽이려 들었다네. 로하이드와 우연히 만났던 얘기를 해줘야겠군. 자네 로하이드라고 아나? 그자도 모르면서 자메이카 책을 쓴단 말이야? 로하이드는 자메이카 경찰 소속 형사고, 성공한 정치인의 개인 경호원이라네. 아니, 진짜 이름은 나도 몰라. 아무튼 우리는 시내 쪽에, 부두에 있는 투 프렌즈 나이트클럽에 있었는데, 다들 바이브를 타면서 그냥 쿨하게 있었단 말이야. 신경쓰이는 일도 하나 없었고, 누가 누구를 쏘려고 하지도 않았고, 다들 그냥 술 마시고 얘기하고 여자들을 더듬고 있었지, 새로 나온 데니스 브라운 노래가 춤추기에 딱 좋았거든. 근데 거기에 갑자기 누가 확 뛰쳐들어온 겁세. 로하이드 아니면 누구였겠나? 배드맨들과 루드보이들은 아무도 겁내지 않지만, 로하이드 역시 누구도 겁내지 않는다는 건 모두가 아는 사실이었지. 거기다 그자는 최신식 쓰레기 스타일로 차려입고 나타났단 말이야. 자기 진짜 이름이 로하이드라도 되는 것처럼 총 두 자루를 옆에 차고, 손에는 M16을 들고서.

자, 다들 로하이드의 법칙은 알고 있었지. 녀석이 총을 들고 찾아오면 무조건 죽은 목숨이라는 거야. 다짜고짜 말이지. 묻지도 따지지도 않고 그냥 죽는 거야, 탕탕. 나는 허리에서 총을, 그게 무슨 똥기저귀라도 되는 것처럼 두 손가락으로 꺼내들고서 한 손은 내 여자 허리에 둘렀지. 그 여자랑 춤추는 것처럼 말이야. 그런 다음에 총을 여자 가슴에다가 바로 갖다 눌렀어.

롤라! 그 여자 이름은 롤라였어. 그 여자는…… 왜 웃는 거야? 아. 그렇지.* 어쨌거나, 나는 자네가 평화조약 얘기를 묻고 있는 줄 알았는데 말이야. 자네 곁길로 새게 하는 데는 아주 뭐가 있구먼.

---

* 영국의 록밴드 킹크의 노래 〈롤라〉(1970)를 암시. 클럽에 간 젊은이가 롤라라는 이름의, 여자 옷을 입고 있으나 남자일지도 모르는 한 인물을 만나 겪게 되는 혼란을 가사에 담았다.

그런데 뭐 하나 말해주겠나, 알렉스 피어스. 어째서 이 주제가 자네를 자극하는 건가? 자극이라고 하는 게 맞나? 어째서 이 주제가 자네를 그렇게까지 자극하는 건가? 솔직히 지금 와서 돌아보면, 이 평화조약은 세탁을 시작하는 순간 깨끗이 빨려나갈 조그만 똥자국에 불과했다고.

나한테 접근해서 평화위원회 의장을 맡아달라고 한 건 쇼타 셰리프였네. 처음에는 쇼타 셰리프랑 파파-로랑 다른 사람 몇이 전부 영국으로 가더니, 게토를 위해 쓸 돈을 모을 수 있도록 돌아와서 콘서트를 열어달라고 가수를 설득했다네. 매일 게토에 온갖 정치인들이 드나드는 마당인데, 어째서 모금을 하려면 콘서트를 열어야 했는지나 물어보지그래. 어쨌든, 쇼타 셰리프가 의장에 내 이름을 올렸고 아무도 반대하지 않았네. 쇼타 셰리프 그 친구, 나한테 총을 주면서 그렇게 슬퍼하는 사람을 난 한 번도 본 적이 없네. 내가 자기를 실망시키기라도 한 것처럼 말이야. 총잡이들 중에서, 쇼타 셰리프는 항상 내게 총잡이가 아닌 사람들이 할 법한 일을 맡겼다네. 무도회를 조직한다든지 장례식을 준비한다든지. 심지어 두어 번은, 게토에 오는 정치인이 있으면 그게 누구라도 얘기를 하라고 했지.

한번은 카메라를 든 백인들이 코로네이선 시장을 취재하겠다고 왔는데, 쇼타 셰리프가 내게 말했네. 트리스탄, 쿨리 친구, 가서 저 백인들한테 시장 좀 보여주고 할 얘기가 있으면 좀 해주게, 라고. 나는 쇼타 셰리프가 무슨 말을 하는 건지 잘 몰랐네만, 백인 여자가 카메라를 켜자마자 알았지. 그 여자가 기대하는 건 코로네이션 마켓을 보여주는 것뿐만이 아니라, 거기에 대해서 뭔가 한마디해주는 것이기도 했다는 걸 말일세. 내가 〈소울 트레인〉* 진행이라도 시작할 것처럼 나한테 마이크를 들이밀더군. 쇼타 셰리프, 그 친구. 그 친구는 뭔가 좀 달랐어. 그 친구는……

그 친구는……

난…… 나는……

테이프 끊어.

그냥 끊으라고. 씨발 테이프 끊어.

어디 가나? 앉아 앉으라니까…… 그래야 내가 얘기를 하나라도 해줄 거 아닌가. 가수는 두번째 평화 콘서트를 준비하고 있었어. 조명 장비며 마이크, 무대, 모든 걸 다 말이야. 심지어 음향까지도 한 번 더 확인하더군. 나는 사무실에 있었네. 그때 조시 웨일스한테서 전화가 왔는데, 조명장비가 들어 있는 상자 하나가 아직도 부두에 있다는 거야. 그걸 지금 무대에 올려야 한다고 했네. 그래서 내가 국가보안부 장관한테 전화를 걸어서 상자를 좀 통과시켜달라고 했지. 웨일스가 노동당 출신 부하를 한 명 보내서 그 장비를 처리하게 했는데, 그자는 스스로를 위퍼라고 부르더군. 위퍼라는 놈과 1분만 함께 있어보면, 놈이 연기를 한다는 냄새가 나. 뭔가가 하나 빠져 있단 얘기네. 무엇 때문인지, 그놈한테서 보이는 모든 것은 그놈이 보여주려고 내놓은 것뿐이라는 걸 알아채게 돼 있네. 그놈은 '네'라는 한마디도 관중들 앞에서 연기하듯이 해. 아무튼 내가 회의에 들어갔는데 누가 나더러 그놈의 장비 상자가 콘서트장에 도착하지 않았다는 얘기를 하더군. 내 책상 위에 서류가 다 얌전히 올라와 있었는데도 말이야. 어디서 본 적도 없는 신식 총이 갑자기 나타나는 바람에 수많은 코펜하겐 사람들이 구식 총을 왕 갱단한테 갖다버리고 있다는 얘기를 누가 해줬을 때, 나는 위퍼를 똑바로 바라봤어. 위퍼

* 1971~2006년 방영된 미국의 텔레비전 프로그램.

는 눈 하나 깜짝하지 않았네. 나는 회의를 일찍 끝내고 콘서트로 들어왔어야 하는 돈 일부가 아직도 안 들어왔다는 사실을 회의 참석자들에게 일깨워줬네.

– 위퍼, 잠깐, 내가 그렇게 말했고 위퍼는 뒤에 남았지. …… 피똥 지릴 뭔 일이 벌어지고 있는 건가?

– 피똥은 무슨 피똥이요? 위퍼가 말했네.

– 좆같은 그 조명장비 일 말이야. 그 안에 총이 들어있던 거 자네도 알고 있었나?

– 필립스, 그걸 가져올 사람으로 나를 고른 게 당신 아니었어요? 왜 나한테 물어요?

– 귀여운 수작 부리지 마, 쌍년아, 너랑은 어울리지도 않으니까, 내가 말했네. 위퍼는 뭔가 안 좋은 냄새를 맡기라도 한 것처럼 얼굴을 찌푸렸지. 그러더니 이렇게 말했네.

– 봐요, 브레드렌. 지금은 평화 어쩌구 하는 걸 하는 중이잖아요. 그러니까 하던 짓이나 계속하쇼. 나는 방해 안 할 테니까. 나도 평화란 걸 좀 처리하고 싶은데, 내 평화는 당신네 평화하고는 철자가 좀 달라서.

그러더니 나가버렸네. 우습지 않나, 나는 게토에 있는 다른 어떤 남자에게도 위퍼가 그런 식으로 말하지 않았을 거라고 생각하네. 지금까지도 그자가 위험해 보이고 싶었던 건지 영리해 보이고 싶었던 건지 모르겠어. 귀엽지 않다는 말이 마음에 안 들었던 것만은 아주 분명하고.

하지만 그 개년 얘기는 일단 이쯤 해두지. 솔직히 말해보게, 알렉스 피어스. 어째서 자메이카에는 돌아갈 수 없는 건가?

존-존 K

일 얘기를 좀 해보겠다. 그 콜롬비아 상또라이 미친년은 구체적인 지시사항을 빼면 시체다. 그놈을 천천히 얼려버릴 것. 하지만 이번 암살을 계획한 사람은 자기가 아닌 것으로 할 것. 하지만 비스케인 만에서 켄달 웨스트에 이르는 지역에 사는 검둥이들에게 마마자마*를 존경해야 한다는 사실은 분명히 알려줄 것. 마마자마라는 건 그 여자가 한 말이지, 내 말은 아니다. 그 멕시코 레즈비언 계집은 도대체 양키 말을 제대로 쓸 줄 모른다니까. 어쨌든 그게 전부였다. 나는 씹새끼가 과다출혈로 죽어가는 동안 이 정보를 이해하도록 만들어야 했다. 그리젤다는 또다른 헛소리도 한바탕 늘어놓았고 나는 그 역시 이해하지 못했는데, 아마도 그리젤다조차 처음에 전하려던 말을 기억하지 못했기 때문이었으리라. 그 쌍년은 실제로는 씨발

* 모든 것을 다 갖추었으며, 자기가 가진 그 모든 것들을 사용하는 데에 아무런 거리낌이 없는 여자를 말한다.

안내데스크 직원에 불과한 주제에 모든 명령이 자기한테서 나오는 것처럼 구느라 시간을 된통 잡아먹었다. 나는 뉴욕에 와 있다. 모든 상황이 좆같이 끝내준다.

들어보시라. 나는 시카고로 돌아와 있었는데, 깡패 몇 놈에게 다시는 돌아오지 않겠다고 약속한 다음이었다. 5년 전 마지막으로 했던 제거 작업이 좀 엉망이었기 때문이다. 사우스사이드 출신의 어떤 남자 때문에 벌어진 일이었다. 그 인간은 볼따구가 빵빵하게 부푼 자로, 조폭들 입장에서는 현금화해볼 만한 수표나 마찬가지였다. 나는 데니스에서 청구서를 꺼내들고 사업 얘기를 했다. 놈들은 500달러를 줄 테니까 너랑 니 형제 파코가 유스티스라는 이름의 그 남자를 제거해주면 어떻겠느냐고 했다. 유스티스? 무슨 호모새끼야? 파코가 물었다. 조폭은 대답하지 않았다. 작업은 간단했다. 화요일 9시 10분, 놈의 아내가 성가대 연습을 마치고 나오는 동안 유스티스는 지하실에 프로젝터를 켜 놓고 체리* 터뜨리기 1-4를 보며 딸딸이나 쳐대는 중이었으니까. 한 손에는 시가, 한 손에는 거시기를 쥐고서. 파코는 자기는 도둑이지 살인자가 아니라고 말해 보석을 받았다. 내가 지하실로 반쯤 내려갔을 때 유스티스가 내 소리를 들었다. 하지만 한 손은 물건에, 다른 손은 남자들 대부분이 만질 생각조차 안 하는 위쪽 어딘가에 대고 있었기에, 그에게는 총을 뽑아들 손이 없었다. 나는 총질을 멈출 수가 없었다. 소리가 너무 커서 처음에 나는 놈의 아내가 비명을 지르는 소리조차 듣지 못했다. 여자는 도망쳤고 나는 뒤따라 달리며 여자가 문에 도착하지 못하게 해달라고 기도했다. 결국 여자는 문에 다다라 비명을

---

* 미국에서 체리란 아직 성경험이 없는 어린 여자의 처녀막을 뜻하는 속어로 쓰인다.

지르며 달려나갔다. 그리하여 우리는 함께 마틴 스트리트를 달려내려가게 되었다. 잠옷 바람에 토끼 모양 슬리퍼를 신고서, 목구멍이 반쯤 잘려나간 것처럼 비명을 질러대는 여자와 그 여자를 쫓아가는 나. 나는 길 한가운데에서 그 여자를 쏴버렸는데, 바로 그때 스테이션왜건 두 대가 지나갔다. 한 대가 멈춰 서기에 나는 뒤쪽 유리창에 총을 쐈다. 놈들이 차를 몰고 달아나다가 70미터쯤 떨어진 곳에서 나무에 부딪치기 전까지 계속 총을 쏴댔다. 일처리를 엉망진창으로 했으니 나는 시카고를 떠야만 했다.

그후 뉴욕에서 6개월간 열을 좀 식히고 났을 때쯤 전화가 왔다. 여기저기 말이 돈 것 같았다. 사우스사이드 암살은 엉성하고 엉망진창이었지만, 어쨌거나 실패는 아니었으니까. 부수적인 피해가 심각했다는 정도지. 나는 어렸지만 멍청하지는 않았고, 자신만만했지만 경청하는 태도를 갖추고 있었다. 얘기를 들어보니 꽤 쉬운 일인 것 같았다. 지난 10년 동안 조폭들 대신 회계장부를 요리해주던 유대인놈이 갑자기, '다시 생각해보니까' 라는 악성 질병에 걸렸다는 게 요지였다. 하기야 내막은 알 수 없는 일이다. 뭐라도 안다는 사람들이 아는 거라곤 조폭들 손에 사진이 한 장 들어갔고, 그 사진에는 문제의 유대인이 정부 건물에 들어갔다가 3시간 후 거기서 나오는 모습이 찍혀 있다는 것뿐이었다. 어쨌거나, 그 히브리인은 돈을 꽤나 벌어들였다. 그리고 나는 욕조에서 쥐새끼 한 마리를 쏴버리려는 참이었다. 전화를 받았을 당시 나는 그 정도로 심심했다.

12월 14일 오후 4시, 브롱크스 207번가. 유대인들이 많이 사는 지역이라지만, 말을 웃기게 하고 누구랑도 말썽을 일으키지 않는 자메이카 검둥이 몇몇이 이미 업타운을 잠식하기 시작했다. 2층 다락방. 나는 일곱 살 때부터 자물쇠를 따왔는데, 제일 까다로운 부분은 계단이다. 사람들이 모두 그 조잡한 털 깔개를 깔아놓았으면 좋겠다. 그러면 어떤 삐걱거리는 소리도 덮여버릴 테니까. 집에 방이 몇 개 있는지와 같은 자세한 정보는 전혀 듣지 못했기에 어려운 방법으로 일을 처리해야만 했다.

첫번째 문은 이불장 문이었다. 어떤 씨발 새끼가 계단 바로 옆에 이불장을 만들어놓냐. 두번째 문은 욕실 문, 세번째 문은 침실문으로 보여서 나는 안으로 들어갔다. 새 총이 주는 여분의 무게 때문에 기분이 약간 이상했다. 안은 비어 있었다. 나는 복도를 따라 내려가 마지막 문을 밀어 열었다. 문제의 사내 녀석이 침대 헤드에 몸을 기댄 채, 나를 기다리고 있었다는 듯 똑바로 앉아 있었다. 그럴 리가, 제길. 녀석은 나를 똑바로 바라보고 있었고 나는 총을 쏠 수가 없었다. 그러다가 문득 깨달았다. 녀석이 나든, 다른 무엇이든 전혀 보고 있지 않다는 사실을. 녀석은 내 뒤쪽 너머를 바라보며 딸딸이를 치고 있었다. 이런 씨발 개좆같은 경우가 있나. 지금 총을 쏜다면 녀석이 온 집안 사람들을 다 깨울 판이었다.

– 지금 다락방에서 자고 있어요, 녀석이 말했다. 늙은이들은 뭐든 다 10도로 맞춰놓고 싶어한다는 거, 아시죠?

일주일도 지나지 않아 〈뉴욕 포스트〉는 새로운 샘의 아들이 나타났다는 헛소리를 지껄여댔다. 그때 파코가 내게 전화를 걸어와, 마이애미로 자기를 만나러 오라고 했다. 뉴욕이든 짤짤이 고생만 하는 미국 나머지 동네든 다 좆까라고 해, 여기 아래쪽은 아주 고모라야. 여기서는 다이아몬드를 얼려서 음료에다 넣는 얼음으로 쓴다고. 나는 첫 비행기를 타고 떴다.

그리하여 우리는 아나콘다에 와 있었다. 나는 뉴욕에서의 암살 사건 이야기가 여기까지 돌았다는 사실을 깨닫는 중이었다. 잠들어 있던 남편과 아내가 둘 다 머리에 총을 맞고 사망한 이중살인사건에 대한 경찰 조사 소식이 돌고 있었다. 아나콘다에서 나는 뉴욕의 밤 문화를 확인해보는 중이었는데, 배우 휴게실에는 도나 서머*와 유명한 티가 나는 다른 사람 몇 명이 있었다. 꽤 멋진 놈이라고 알려진, 백스터라는 이름의 형제가 내게로 다가왔다. 어이, 씨발놈들, 빛 좀 보고 있냐? 녀석은 웃더니 진지한 표정으로 나를 보았다.

– 뉴욕에서는 일처리를 아주 깔끔하게 했던데.

– 엄마 때문이지 뭐, 그 쌍년한테도 자랑스러운 사건이 하나쯤 있어야 할 거 아냐. 파코도 니가 여기 와 있는 거 아냐?

– 그 푸티토 새끼는 좆까라고 해.

– 모른다는 거군.

– 여기서 뭐하냐, 존-존? 진지하게 묻는 거야.

– 머리나 식히는 거지. 파코가 나를 뉴욕에서 데려왔어. 뉴욕은 너무 열이 올라 있으니까. 시간이나 죽이는 거지, 뭐.

– 그래? 뭐, 그딴 일은 다른 클럽에 가서 하는 게 좋을지도 모르겠군. 이 길 아래쪽에 트로픽 시티 한번 들러봐.

– 여긴 뭐가 문젠데?

– 고대 중국의 비밀이지.

– 응?

– 음, 이건 그냥 니가 마음에 들어서 말해주는 거야.

– 뭐? 씨발 음악 소리 좆나 시끄럽네.

– 저 뒤쪽에 쿠바놈들 보이지? 여섯 명 앉아 있는 큰 테이블.

– 어.

---

* 미국의 싱어송라이터이자 배우(1948~2012).

– 우리가 저 씹새끼들을 담가버릴 거야.

– 저놈들이 쿠바놈들인 건 어떻게 알고?

– 친구, 저 재킷 입은 꼴 보면 모르겠냐? 콜롬비아놈들이었으면 최소한 품격이라도 있었겠지. 어쨌거나, 꽤 오랫동안 놈들을 미행했는데 한 번도 같이 몰려 있는 적이 없더라고. 이제야 놈들이 한군데에 다 모여든 거야. 여자 하나가 하룻밤에 거시기도 빨아주고 똥꼬도 핥아주는 거나 마찬가지지. 테이블에 앉아 있는 놈들 중에 두 놈이 우리 보스를 잘못 건드렸는데, 보스 마님께서 그런 짓을 그냥 놔두지 않으시거든. 씹새끼들, 아주 밀라이* 꼴을 내줄 거라고. 여기서 다 뒈지게 될 거다. 그러니까 넌 튀는 게 좋을 거야. 뭐, 지금이라도.

– 그러지, 형제. 힌트 고맙다.

나는 파코에게 달려갔다. 파코는 어떤 년과 함께 바에 앉아서, 손으로 그년의 왼쪽 가슴을 브라처럼 덮고 있었다.

– 새끼야, 날라야겠어. 좀 있으면 심각한 일이 터질 거라고.

– 터진다니 웃긴데. 불알이라도 터진다는 거야? 지금 해볼래? 샬린 젖통이를 놓고 우리 둘이 각각 두 번은 갈 수 있을 거 같은데. 어때?

– 튀어야 한다고.

– 튀긴 궁뎅이에서 똥이나 튀지, JJK. 도나 서머가 있다니까. 소문으로는 뒷방에 진 시몬스가 피터 크리스**랑 같이 있는데, 그 사이

* 베트남 옛 남북 군사 분계선 근처에 있는 마을. 1968년에 미군이 이곳 주민을 대량 학살했다.

** 진 시몬스(1949~)와 피터 크리스(1945~) 모두 미국의 헤비메탈 록 그룹 키스의 멤버다.

에 중국 영계 하나를 샌드위치처럼 끼고 있대. 진정해. 좀 진정하라고. 지금 바쁜 거 안 보이냐?

– 내가 헛짓거리 하는 걸로 보여? 더러운 일이 터지게 생겼다고. 손가락으로 이쪽 선수 쑤셔대는 건 그만하면 됐으니까 내 말 들어.

– 너 지금 누구더러 선수……

– 괜찮아, 자기야. 앤 게이 무리의 일원이거든. 숙녀를 어떻게 대해야 하는지 모르는 거야.

– 그래, 진짜 어떻게 대해야 할지를 모르겠다. 너 같은, 파코, 씨발 뭐야?

– 좆같이 왜 이래, 자기야?

– 방금 백스터를 만났어.

– 백스터? 그 쌍년이 여기 왔어? 씨발 그 새끼 내가……

– 일이 있어서 온 거야, 멍청아. 백스터랑 후디* 열두 명쯤.

– 씨발! 왜 여긴데? 여긴 씨발 끝내주는 클럽이라고. 이런 데를 망쳐놓으려 하다니.

– 몰라, 쿠바놈들하고 콜롬비아놈들 사이에 더러운 일이 생겼나 봐. 어떤 테이블을 하나 담가버릴 거래.

– 이런 제기랄, 내 친구한테도 경고해줘야겠군.

– 그건 니 일이니까 니가 알아서 하고, 나는 뜰 거야.

나는 파코를 내버려두고 밖으로 나갔다. 파코는 아마 그 클럽이 곧 날아가게 생겼다는 얘기를 해주러 친구들에게 간 것 같았다. 처음에 나는 내 귀가 먹은 건지 의아했다. 5분도 지나지 않아 사람들

* 후드를 깊이 눌러쓴 사람이라는 뜻으로, 범죄자처럼 보이는 수상한 인물 혹은 깡패들을 지칭한다.

이 클럽에서 달려나왔는데, 그때까지 총성은 울리지 않았다. 화재경보 종료, 파코가 나와서는 그렇게 말했다.

– 친구한테 나가라고 말해줬어?

– 그래. 잘됐지, 외국에서 온 사촌들 다섯 명이랑 같이 있었거든.

– 니 친구 한 명에, 외국 친구 다섯 명? 쿠바놈이 여섯 명 앉아 있던 그 테이블 말하는 거야?

– 응. 어떻게 알……

– 너 이 씨발 멍청한 새끼야. 이 좆같이 모자란 씨발 개새끼.

나는 다음날 뉴욕으로 돌아가는 비행기를 예약했다. 내가 공항에 도착해 택시에서 내리자마자 놈들이 나를 기다리고 있었다. 남자 넷이었다. 갈색 정장에 옷깃을 날개처럼 휘날리고 있는 남자 하나, 하와이안 셔츠를 입은 남자 셋. 놈들이 입은 하와이안 셔츠는 각각 빨간색, 노란색, 히비스커스 무늬가 있는 분홍색이었다. 싸운다는 건 말도 안 되는 일이었다. 놈들은 게이블즈*까지 나를 데리고 갔는데, 가는 길에는 최근 발생한 아열대성 폭풍 때문에 아직까지 비틀거리는 나무며 간판이나 가로등이 서 있는 도로들, 낮이라 죽어 있는 클럽 두 군데밖에 보이지 않았다. 놈들은 비어 있는 코럴 게이블즈 고등학교를 지났다. 그렇게 해서 도착한 곳은 앞쪽에 머스탱 한 대가 주차되어 있는 2층짜리 건물이었다.

– 너를 산 채로 데려오라는 지시를 받기는 했지만, 그게 너를 한 토막으로 모셔가야 한다는 뜻은 아니지. 분홍색 히비스커스가 말했다.

– 어젯밤 일 때문인가?

---

* 미국 플로리다 주 마이애미의 도시.

– 그래.

– 염병할 내 친구 파코 일이었다고, 알잖아.

– 파코라는 놈은 모른다. 백스터 말로는 자기가 너한테 경고를 해줬다고 하던데.

– 그럼 빌어먹을 백스터한테나 가서 따지지 왜?

– 백스터하고는 벌써 얘기했지. 아주 잘.

– 아. 너희 보스 말이야, 그놈이 앞으로……

– 그 로카* 년이 뭘 할지 누가 알겠냐?

엄청 큰 물음표를 박아 넌? 이라고 물었지만 차에 탄 놈들 중 누구도 대답하지 않길래, 나는 아무도 듣지 못했나보다고 생각했다. 나는 그냥 창밖을 내다보았다. 1초 1초가 지날 때마다 플로리다에는 색깔이 하나씩 덧입혀지고 있었다.

– 아직 코럴 게이블즈인가?

– 아니.

– 그 여자가 날 죽일 생각이라면, 그냥 너희들한테 지금 당장 날 해치우고 악어나 그런 것들한테 던져주라고 하지 않았을까.

– 보스는 악어들을 아주 존중하거든, 그게 이유야. 이제 그냥 좆만한 아가리 닥쳐. 빌어먹을 누-욕 억양 때문에 씨발 벽 들이받고 싶어지니까.

– 시카고인데.

– 뭐든 간에. 도착이다.

지금 여기도 꽤 코럴 게이블즈처럼 보이는걸. 놈들은 진입로에

* 미친 사람, 이성을 잃은 사람을 뜻하는 스페인 단어로 여자에게만 쓴다. 남자는 로코라고 한다.

차를 세웠는데, 바로 그때 셔츠를 입지 않은 남자아이 둘이 밖으로 달려 나왔다. 한 명이 물총을 들고 다른 한 명을 쫓는 중이었다. 거리는 졸고 있는 듯했고 비어 있었다. 길 건너편에는 파란색 쉐보레가 머스탱 뒤에서 기다리는 중이었다. 나는 뉴욕과 샤이타운* 출신이다. 교외 지역에는 절대 마음이 안 간다는 말이다. 게다가 이 빌어먹을 것들은 서로 좆같이 멀리 떨어져 있다. 집 한 채, 자동차 두 대, 나무 세 그루만이 쭉 이어지다가 반대편으로부터 이어진 똑같이 거지같은 풍경과 저멀리 길 끝나는 지점에서 만난다. 집은 앞집이나 뒷집과 하도 비슷하게 생겨서 꼭 일부러 그렇게 만들어놓은 것처럼 보였다. 총각이든 아가씨든 모두 안락한 가정을 꾸리려 애쓰는 것처럼. 다만 한 가지 특징이 있다면, 이 집들이 모두 단조롭고 좆같이 크다는 점이었다. 그리고 위에 올라가면 공기가 희박해지기라도 하는지 전부 1층으로 지어놓았다. 전부 스페인식 타일이 깔린 지붕을 얹었고 온갖 파스텔톤 색깔로 칠해놓았다. 그런데 이 집은 파란색이었다. 코럴 게이블즈에 오면 즉시 깨닫는 게 한 가지 있다. 어느 정도 품위가 느껴지는 대저택과, 오타쿠한테 난 여드름처럼 방을 덕지덕지 붙여서 지어놓은 겁나게 커다란 집의 차이. 후자는 그래 씹새들아, 나 돈 좀 있다, 지금 당장 이 집을 살 거라고, 라고 고함치는 걸 한 번도 멈추지 않은 싸구려 물건이다.

기나긴 진입로였다. 코코넛 농장이라도 되는 것처럼 이 집의 진입로 양 옆에는 모두 야자수가 심겨 있었다. 무신경하게 지어졌다는 뜻만은 아니다. 현관만 뚫어놓은 대신 돌로 아치를 지어놓고 사방에 널찍한 유리 패널을 대어놓아 밖에서도 거실이 보였는데, 그

* Chi-Town, 시카고를 말한다.

건 진짜 끝내줬다. 갈색 정장을 입은 남자가 현관을 가리켰다. 그걸 보자 마음이 조금 놓였다. 어쩌면 놈들은 그냥 대화만 좀 하고 싶어 하거나, 최소한 대화라도 먼저 하려는 것인지도 몰랐다. 교양 있고 세련됐다. 품위라고는 눈 씻고 찾아봐도 없는 쿠바놈들과 달리, 콜롬비아인들에게는 쿠바인들이 한 번도 가보지 못했던 대륙*에서 물려받은 일종의 품격이 있는 걸지도 몰랐다. 갈색 정장을 입은 남자가 혼자서 나를 따라왔다.

집밥. 배가 고팠다. 걷다가 멈춘 게 언제인지는 기억나지 않지만, 갈색 정장이 나를 하도 세게 밀치는 바람에 하마터면 비틀거릴 뻔했다.

– 야이 씨발.

갈색 정장은 개머리판으로 나를 위협하며 말을 잘랐다.

– 마님께서는 집안에서 욕하는 걸 좋아하지 않으신다, 그가 말했다. 왼쪽에는 거실로 이어지는 또다른 석재 아치가 있다. 거실에는 검은 머리카락에 머리가 엄청 큰 꼬마아이가 세서미 스트리트의 〈우리는 모두 대문자 I에 살아요〉 편을 보고 있었다. 베이컨과 팬케이크. 우리는 베이컨과 팬케이크 냄새를 따라가는 중이었다.

* 유럽을 말한다.

조시 웨일스

배드맨은 책에다 메모하지 않는다. 내가 지금 하는 말은 밖에 있는 저 태양이 앞으로 점점 더 뜨거워지고 무거워지리라는 것만큼이나 분명한 사실이다. 머릿속에 뭔가를 써놓는다는 건 머리가 그걸 기억하도록 훈련시키는 것이다. 용서하고 잊어버린다는 말은 내 책에는 없다. 내가 용서하지 않기 때문은 아니다. 내가 용서하지 않았더라면 국민영웅 공원부터 킹스턴 항구까지 강 전체가 붉게 물들었을 테니까. 하지만 기억하고, 기다리고, 움직이는 것이야말로 내가 일을 처리하는 방법이다. 그놈의 바티보이, 보이 조지*가 라디오에 나와서는 검은 돈을 다루시나?**라고 묻는다. 나는 검은 것이면 모든 것을 다룬다.

뉴욕에 있는 위퍼는 브레이크 댄스를 추기에는 자기가 너무 늙

* 영국의 팝밴드 컬쳐클럽의 리드 싱어(1961~). 패션디자이너와 사진작가로도 활동했다.

** 컬쳐 클럽 노래 〈Black Money〉의 가사.

었다는 소리를 해댄다. 위퍼는 마이애미에 어울릴 만한 형제가 아니었다. 나 역시 위퍼가 자메이카에 있을 때부터 그 사실을 알았다. 위퍼는 자기가 생각하는 인간이라 생각하기를 좋아한다지만, 실제로 생각이라곤 전혀 하지 않는다. 그저 책을 몇 권 읽었을 뿐이다. 애새끼들이 좆같은 일 몇 가지를 겪었다고 자기들이 성숙하고 노련하다고 생각하는 것과 똑같다. 나는 위퍼에게 해야 할 일을 딱 한 가지 주었다. 잼다운과 그리젤다 블랑코사이의 연결고리를 유지하는 것. 그리젤다가 뉴욕으로 물건을 움직이려면, 일단 마이애미에서 빨리 물건을 받아야 했다. 우리는 노스 코스트나 쿠바를 통해 킹스턴에서 마이애미까지 물건을 옮겼다.

하지만 위퍼한테는 어떤 여자하고도 잘 지내지 못한다는, 혹은 어떤 여자도 자기한테 이래라저래라 할 수 없다는 그런 게 있었다. 그런데 엄연히 말하면, 그리젤다는 여자가 아니다. 수백 년 전에 거시기를 걷어차인 뱀파이어지. 그리젤다는 위퍼에 대한 인내심을 점차 잃어갔는데, 그런 미친년이 인내심을 잃으면 극강의 자메이카 갱이라도 물러서게 되어 있었다. 피똥 쌀 년, 너 이 사악한, 안 돼, 씨발, 하면서. 몇 달만 있으면 그 여자가 자기 손으로 직접 위퍼를 죽여버릴 판이다.

교회에 가면 안목이라는 은사 얘기를 해준다. 안목이란 전도사들이나 영성으로 가득찬 이들에게만 있는 재능이 아니라, 스스로 그 은사를 입었다고 믿으며 오랫동안 앞장설 수 있는 사람이라면 누구에게나 있다는 것이다. 블랑코를 만난 순간 나는 이년이 짐승이라는 걸 알아차렸다. 이성은 별로 없지만 황소라도 쓰러뜨릴 만큼의 의지는 충분히 갖춘 년이라는 것도. 이년도 나와 마찬가지로 옳고 그름이란 어떤 멍청이가 발명해낸 단어일 뿐이고 정말로 중요한 것은 상대의 머리 위에 있는 내가, 혹은 내 발 아래에 있는 상대가 가진 게 무엇인지라는 걸 알고 있었다. 하지만 블랑코는 아직 그걸 가지고 뭘 해야 할지 생각해내지 못했다. 때로 멍청한 검둥이란, 콜롬비아에서 온 못생긴 년을 뜻하기도 한다. 너무 멀떨해서 내가 메데인과 칼리 양쪽 모두와 거래를 한다는 사실도 모르고, 최소한 칼리 녀석들도 생각하는 방법은 안다는 사실도 모르는 년 말이다.

안목. 나는 언제든 사람을 보면 그 사람을 읽어낼 수 있다. 위퍼를 읽어냈듯이. 그놈이 남자와 씹질을 해댈 뿐만 아니라 사실은 씹질을 당하는 쪽이며, 말은 어떻게 할지 몰라도 출소한 일을 유감스럽게 여긴다는 사실을 나는 벌써 몇 년 전부터 알고 있었다. 그 이유만으로 놈을 죽여야겠다고 생각한 것도 벌써 몇 년이나 되었지만, 굳이 뭐하러 그러겠는가? 내 머리는 그놈이 이 보지 저 보지를 쑤셔대는 걸 지켜보는 편이 좋겠다는 쪽으로 움직였다. 바티만스러운 행동이란 놈의 정액 안에 차오르는 것이므로, 충분히 정액을 쏘아 내보내면 똥구멍에 자지를 집어넣고 싶다는 욕구도 함께 내보내게 되리라는 것처럼. 나는 그런 일에 대해선 잘 모르고 성경도 읽지 않는다. 하지만 내가 분명히 아는 것 한 가지는, 어떤 남자가 자기 자신을 속이는 경우이다. 그래도 지켜봐야겠지. 위퍼가 뉴욕에서 뭘 하고 있는지 누가 알겠는가. 미행을 붙일 수는 없다. 놈이 알아낼 테니까. 또 오직 위퍼만 할 수 있는 일이 있기도 하고.

어제는 내 여자가 나더러 어떻게 미국 비자를 딸 거냐고 묻더니만 웃었다. 웃을 만한 일이다. 하지만 올해에는 내게도 해야 할 일이 몇 가지 있다. 킹스턴 거리에서 일어나는 일에 마지막으로 관심을 기울였던 게 언제인지 기억조차 나지 않는다. 노동당은 처절하게 자메이카를 원했고 이제는 그토록 원하던 나라를 손에 넣었다.

노동당이든 자메이카든 알아서 뒈지라지. 이제는 다른 거리들에 내 관심이 필요했고, 내가 해야 할 일이라고는 지켜보는 것뿐이었다. 배드맨은 메모를 하지 않는다. 배드맨은 머릿속에 적어둔다.

유비는 브롱크스에 있다. 사람들은 내가 왜 그 형제를 눈여겨보는지 이해하지 못하는데, 이때 사람들이란 유비의 존재를 견딜 수 없어 하는 위퍼를 말한다. 2주에 한 번씩 이발을 하고 부자들이나 다니는 고등학교 7년을 꽉 채워 다닌 듯 이야기하며 날씨가 어떻든 간에 실크 정장을 입고 다니는 남자를 좋아하기란 어려운 일이다. 하지만 아무도 포착하지 못한 속사정이 하나 있다. 어떤 사람이 있는데 모두가 그자를 포주로 생각하는 데에만 정신이 팔려 있다면, 누구도 그자를 마약상이라고는 생각하지 않을 거라는 점이다. 유비는 학교를 다닌 녀석이고, 그래서 자기한테 어떤 격조가 있다고 생각한다. 실제로도 그렇다, 조금은. 그 녀석은 콜럼비아 로스쿨에 갈 준비를 다 마쳤지만 법에 관한 불쾌한 진실을 알게 되면서 그 길은 접어두었다. 유비는 퀸스와 브롱크스에서 일을 아주 완벽하게 해내고 있다. 나는 녀석이 위퍼에게서 마이애미를 넘겨받도록 내버려두었다. 위퍼한테는 말하지 않았으므로, 위퍼가 그 주에 전화를 걸어왔다.

– 브레드렌, 이게 무슨 피똥 지릴 일인가?

– 변화가 좀 필요한 것 같아서 말이야. 마이애미는 자네한테 너무 시골이잖아. 자네한텐 뉴욕이 필요해. 뉴욕에는 책이 많잖나. 야간에 개장하는 공원도 많고.

– 썅, 무슨 뜻으로 하는 말이지?*

---

* 게이들이 한밤중 공원에서 만나 성교를 한다는 소문을 염두에 둔 말.

– 무슨 뜻은 무슨 뜻이야, 있는 그대로의 뜻이지, 쌍년아. 자넬 맨해튼이나, 아니면 브루클린 쪽에 배치하기로 했다고.

– 그 동네는 전혀 몰라.

– 그럼 지도책이나 한 권 사서 피똥 싸게 배워.

브레드렌, 그쪽 일에는 내가 좀 감정이 있다는 걸 잘 알잖아, 그리고 그 친구는 믿음이 안 간다고, 위퍼는 거의 매주 똑같은 문장으로 말한다. 하지만 위퍼는 생각을 하는 자가 아니다. 책을 몇 권 읽었을 뿐이지. 반면 유비는 멀리, 또 널리 생각한다. 콜럼비아 로스쿨에는 유비가 이미 아는 것 외에 유비에게 가르쳐줄 돈벌이 방법이 하나도 없었으므로, 유비는 콜럼비아를 떠나 대마초를 팔았다. 유비는 지나치다고 할 만큼 똑똑하다. 겨우 1년 만에 대마초 45톤과 화이트 와이프 4.5톤을 팔았다. 그걸 나도 알고 유비도 알고 위퍼도 아는데, 그래서 위퍼는 더더욱 유비라는 존재를 못 견뎌한다. 우리를 부자로 만들어주고 있는 건 유비의 머리였다. 하지만 그 녀석의 머리에는 나의 공급이 필요했다. 유비가 벌써부터 스스로 에스코바르* 에게 연락을 시도했다는 건 분명하지만, 그쪽에서는 유비처럼 능수능란한 놈을 결코 믿지 않으므로 그러거나 말거나 나는 신경조차 안 쓴다. 오히려 당연히 그랬을 거라고 기대까지 하는 중이다. 하지만 위퍼에게는 이런 말을 하지 않는다. 또 한번은 위퍼가 나한테 전화를 걸어 한다는 말이, 유비가 잼다운에서 온 남자들 중 유일하게 페디큐어를 받는 놈인 게 틀림없으니 바티만이든 뭐든 그런 게 분명하다는 거였다. 내가 그 말을 듣고 너무 오래 웃자 위퍼는 농담을 한 게 아니라고 말하려 했다. 나는 위퍼에게 진정하라고 했다. 유비

* 콜롬비아 메데인 카르텔의 수장. 마약왕이라 불리는 파블로 에스코바르를 말한다.

가 사람을 직접 죽이지 않을 경우에는 형제 둘에게 일을 맡기는데, 그 형제들은 유비의 친형제들이며, 이미 유비를 위해 50명 넘는 사람을 죽여주었고, 내가 들은 것만 그 정도라는 얘기는 하지 않았다. 유비 같은 사람을 부르는 이름이 분명 있을 텐데, 그런 거야 대가리를 고치는 의사나 알 일이다.

배드맨은 메모를 남기지 않는다. 대신 나는 어떤 사람들이 위인들의 이름을 외듯 이름들을 왼다. 나는 목록을 만들고 노래처럼, 자장가처럼 기억한다. 누가 그걸 알아낸다 할지라도 심각하게 여기지는 않을 것이다. 아무튼 나는 위퍼와 어린 녀석 하나를 보내 플로리다에서 장비를 좀 챙기게 한 다음, 위퍼를 다른 트럭에 태워 버지니아와 오하이오에서도 다른 장비를 좀더 모아오도록 했다. 그런데 웨스트버지니아에서 경찰이 트럭 한 대를 멈춰 세웠다. 얼마 되지도 않아 애들이 워싱턴과 디트로이트, 마이애미, 시카고와 뉴욕 전체에서 총을 쏴대기 시작했다.

그리고 이 모든 일이 벌어지고 있는데도 위퍼 녀석은 유비를 물고 늘어졌다.

– 그 새낀 엄마 집 커튼을 떼어다가 정장을 지어서 입고 다닌다고. 지가 무슨 차차보이인 줄 안다니까. 내가 분명히 말하는데, 조시, 내 말 똑똑히 기억해둬. 그놈이 결국 자넬 배신할 거야.

– 나도 잘 지켜보고 있다네, 위퍼.

– 뭐, 그럼 좀더 열심히 지켜보는 게 좋을 거라고. 나는 그놈을 별로 믿지 않아. 그놈은 언제 보든 턱에다가 손을 대고 있단 말이야. 어떻게 해야 자네를 넘어설 수 있는지 생각하는 것처럼.

– 진심으로 하는 소린가? 내가 지켜보는 사람은 유비만이 아니야, 위퍼.

– 씨발 그게 무슨 뜻이야?

– 있는 그대로의 뜻이지. 왜 퀸스 녀석들한테서 자네와 유비 사이에 공급 문제가 있다는 소리가 나오나? 뉴욕에 연결 고리가 없어?

– 문제가 있는 게 아냐, 사람이 피똥 싸게 기다릴 줄도 알아야지.

– 사람들이 기다려줄 거라고 생각해? 염병할 도대체 뭐가 문제야?

– 무슨 소리야?

– 브레드렌, 자네한테는 뉴욕이 독점시장처럼 보이나? 랭킹 던즈, 블러드 로즈 크루, 핫 스테퍼 등등 모든 조직이 거리 한 조각씩을 차지하고 싶어한다고. 그나마 이건 자메이카놈들만 꼽았을 때 얘기야. 자네가 공급을 하지 않으면 사람들이 다른 공급자를 찾을 거란 말일세, 아주 단순한 얘기지. 게다가 자네처럼 생각하는 인간들 덕분에 내가 뉴욕으로 가서 모든 걸 다시 자연의 질서대로 돌려놔야 한다고. 이런 망할, 위퍼, 내가 뉴욕에 직접 가야 되겠나? 아니면 그냥 유비한테 브루클린 일도 맡기고 자네는 다시 자메이……

– 아냐! 아냐, 조시. 안 돼, 맨. 그럴 수는…… 이건 내가 할 수 있어. 난 그냥……

– 그냥 뭐? 퀸스놈들이 다시는 나한테 전화하지 못하게 해. 그 씹새끼가 하는 말도 반은 못 알아듣겠으니.

– 알았어, 브레드렌. 그 일은 내가 처리하지, 위퍼가 말했다. 하지만 위퍼는 지금 감당하기 벅찬 상태에 있다는 얘기는 하지 않았다. 사업이 어려워서가 아니라 새로운 파씨에서 나온 새로운 놈이 자기 영토에 들어왔기 때문이었다. 마이애미로 들어오려는 바로 그 파씨 말이다. 사람들은 노동당이 1980년 선거에서 이겼을 때 수많은 사람들이 재빨리 미국행 비행기에 몸을 실었다는 사실을 잊어버린다. 그때 비행기에 탄 사람들은 지금 블러드 로즈, 핫 스테퍼 등

에도 있지만 특히 랭킹 던즈에 자리를 잡았고, 지금까지 킹스턴에 남은 사람들이 그러듯 영토 싸움을 하느라 총질을 해대고 있다. 이 역시 생각이 필요한 일인데, 위퍼는 생각을 하는 자가 아니다. 책이나 몇 권 읽었을 뿐이지.

한 가지 더. 나는 진실이라는 걸 별로 요구하지 않는 사람이지만, 위퍼에게 이렇게 말한 적이 있다. 그 쌍년, 트리스탄 필립스 기억하지? 파파-로하고 쇼타 셰리프하고 가수하고 같이 평화위원회에 있던 놈 말이네. 한 놈도 아니고 두 놈씩이나 보내서 처리하도록 했는데 꼭 마법처럼 사라져버렸던 그놈 있잖나? 그놈이 지금 스즈에 사는데 자네가 그 브레드렌한테 배니싱 크림*을 좀 발라줬으면 좋겠네. 그놈이 인민국가당 갱단에 가입한다든지 뭐 그런 일을 벌이기 전에 말이야. 그놈이 미국 텔레비전에 나와서 평화운동 얘기를 지껄이고 있긴 하지만.

1982년, 나는 트리스탄 필립스를 처리하라고 위퍼를 보냈다. 비행기 표를 사 뉴욕으로 간 다음, 총을 한 자루 구해서 자메이카 역사의 한 장을 닫아버리라고. 1주 후에 나는 일 처리가 끝났다는 메시지가 담긴 전화를 받았다. 위퍼가 아니라 베니라는, 위퍼의 똘마니 중 한 명에게서. 이 귀여운 새끼한테 내 전화번호를 넘겼을 때 대체 얼마나 약을 맞았던 건지 위퍼에게는 굳이 물어보지 않았다. 더 나쁜 건, 베니라는 녀석이 나한테 이딴 식으로 말해도 된다고 생각하게 만들었다는 것이다. 위퍼가 배니싱 크림은 끝났다고 전한다, 알았나? 그럼 이만. 난 굳이 신경쓰지 않았다. 물어보면, 피똥 쌀 왜 그딴 짓을 했느냐고 물으면, 위퍼는 이렇게 말할 것이다. 무슨 짓 말

* 화장품의 일종. 사라지듯 흡수가 빠르다 하여 붙은 이름.

하는 거야? 계집년처럼 쫄아서가 아니라, 맹세컨대 뭐라 대답해야 할지 알 수가 없을 테니까 말이다. 어쨌든, 필립스는 죽었고 그 장은 마무리되었다고 생각해 나는 그 일이 그냥 지나가게 놔두었다.

2주 전 목요일, 얼마 전 리커스에서 풀려난 내 부하 중 하나가 나더러 트리스탄 필립스라는 사람을 아느냐고 물었다. 필립스는 나에 대한 온갖 것들을 다 알고 있더라면서. 내가 말했다. 아냐니 그게 무슨 뜻이지, 알았느냐고 물어야 하는 거 아닌가? 부하가 말했다. 아닙니다, 조시, 그 브레드렌은 죽지 않았습니다. 지금 리커스에 있고 무장강도 혐의로 선고받은 징역 5년 중에 2년을 살았어요. 전에는 아티카*에 있었지만 리커스로 옮겨졌습니다. 요즘은 랭킹 던즈하고 어울리던데요.

내 부하는 필립스를 제거할 생각이시라면 명령을 내려달라고 했지만, 나는 그냥 내버려두라고 말했다. 나는 금요일에 위퍼에게 전화를 걸었다.

– 언제 일인지는 모르겠는데, 내가 누구하고 마주쳤는지 아나? 트리스탄 필립스네 애엄마를 만났네. 그 먼 노동당 구역까지 와서 돈을 구하더라고. 트리스탄이 밑도 끝도 없이 사라져버리더니 애한테 돈도 안 보내더라는 거야. 웃기지 않나? 내가 말했다.

– 그래, 그거 웃기네, 위퍼가 말했다.

그래서 나는 지금 스포츠 가방에 짐을 챙겨 뉴욕 시로 떠난다. 오래 머물 계획은 없다. 유비가 이미 모든 준비를 다 해놓았다. 눈을 들자 교복을 입고 문간에서 나를 지켜보는 내 아들이 보인다.

– 피똥 쌀, 아빠, 방금 어디 갔다 오신 거예요? 엄청 기분좋아 보

* 뉴욕 주 버팔로 시에 있는 교도소.

이시네요.

– 감시하는 걸 좋아하는 놈처럼 거기 서 있구나. 학교나 가라, 자식아.

– 학교는 좆같아요.

– 니 눈엔 이 아버지가 눈앞에서 욕하는 애새끼를 그냥 내버려두는 부모로 보이냐?

– 아뇨, 아빠.

– 좋아. 그럼 인상은 그만 구기고, 피똥 지릴 궁둥이나 챙겨서 학교로 가는 게 좋을 거다. 월머스 남학교가 공짜라고 생각하는 건 아니겠지?

– 교육비는 전부 공짜잖아요, 아빠. 그러니까 그건 신경쓰지 마세요.

– 또 공짜인 게 뭔지 알려줄까? 건방지게 굴다가 대가리에 씨발 개머리판을 처맞는 거야. 그러니까 문 그만 막고, 교문 잠기기 전에 피똥 쌀 궁둥이나 들쳐업고 학교로 가.

– 아빠 그런 식으로 해봐야 제가 뭘 배울 수……

– 배운다고? 뭘 배우겠다는 거야? 니가 받는 교육 얘기하는 거냐? 니가 가려던 곳은 학교였던 걸로 아는데. 왜 아직도 그 못난 상판을 내 앞에 들이밀고 있는 거지? 하루하루 지날수록 빌어먹을 니 엄마랑 닮아가는구나.

나는 녀석이 너무 위협감을 느끼지 않도록 미소를 지어보이지만, 아이는 이제 열여섯 살이고 나는 내가 열여섯 살이던 시절을 아직 기억한다. 그래서 나는 아들 안에서 굶주림이 자라나고 있다는 걸 안다. 모든 말대꾸가 약간 귀여운 수준에서 위협적인 수준으로 바뀌고 있다. 어떤 면에서는 기분이 좋다. 이 어린 애새끼가 가슴을 잔뜩 부풀리는 모습을 본다는 것이. 아들이 몸을 돌려 떠나려 할 때 내가 말한다.

– 다음번에는 너도 데려가마, 정말이다.

아들은 미소를 짓는다거나 하지도 않고 고개만 한 번 끄덕이더니 나간다. 나는 파란색 배낭이 멀어지는 모습을 지켜본다. 1년, 어쩌면 지금으로부터 2년 후에는 저 녀석을 붙들어놓을 힘이 내게 더 이상 없을지도 모른다.

트리스탄 필립스

나한테 거짓말을 하는군. 1977년에 투 프렌즈 나이트클럽이란 게 아예 없었다고? 79년까지는 문을 열지 않았다고 했나? 그럼 내가 들어갔던 클럽은 어디였단 얘기야? 로하이드? 턴테이블? 아냐, 스타, 거기가 턴테이블이라고는 상상할 수가 없네. 이봐, 심지어 수상도 거기에 가곤 했다고. 거긴 인생의 좋은 쪽에서 온 사람들이 중산층 사람들하고 섞여들면서 자기들이 무슨 문화에 연결됐다고 느끼는 그런 곳이었어. 무슨 얘긴지 알잖나. 확실해? 어떻게 그렇게 확신하지? 1978년 이후로 자메이카에 가본 적이 없다는 사람치고 1979년에 대해서 아주 씨발 많은 걸 알고 있군그래. 자넨 가수 얘기를 다룬 책을 쓰고 있다고 하지 않았나? 근데 이게 가수랑 다 무슨 상관인가? 가수가 1981년에 떠나버린 건 알고 있지? 자네 지금까지 어디 똥구멍에라도 틀어박혀 있었나? 내가 무슨 마구간에서 태어난 촌뜨기처럼 보이는 모양인데. 더피 얘기라도 쓰는 건가? 가수의 더피가 로즈 홀을 떠도는 얘기? 그리고 생각해보니까 말이야,

가수 얘기를 쓰는 거라면 염병할 왜 나랑 얘기를 하는 건가? 내가 씨발 멍청이인 줄 알아, 피어스?

괜히 시간 빼앗아서 미안하다고—이런 좆같은, 앉아, 피어스. 자네 꼴을 좀 보라고. 가벼운 질문 하나 던졌을 뿐인데 씩씩대다가 알아서 이 방을 떠나려고 하다니. 하루종일 자네가 했던 일 중에 이게 처음으로 재미있는 일일 수도 있잖나. 자네 얼굴이 시뻘개졌어. 무슨 목 졸린 돼지처럼. 보라고. 처앉으라니까, 알렉산더 피어스. 좋아, 이렇게 하면 어떤가? 자네는 평화운동이니 조시 웨일스니 파파-로니 쇼타 셰리프 얘기를 알고 싶어하는 이유를 말해주지 않아도 되고, 나는 결국 그 이유를 알아내더라도 자네에게 말하지 않겠네. 어떤가? 괜찮지?

평화위원회는 사무실까지 있었네. 가수가 자기집 1층 뒤쪽을 개방해서 만들어줬지. 우리는 사람들이 형제지간이라고 생각할 만큼 사이가 좋았어. 어떻게 보면 실제로 형제지간이기도 했고. 우리 중 두 명은 잼다운의 게토 인생에서 빠져나오고 있었지. 사람들 대부분은 모르는 일이지만, 나도 한때는 음악이니 뭐시기니 하는 쪽에서 꽤 거물이었다고. 어떤 애들하고 같이 수상의 아버지—헷갈렸네, 전 수상의 아버지였지—집에서 연주하기도 했지. 가수의 가장 친한 친구랑 어린 시절을 함께 보낸 사람이 나야. 나는 항상 내가 똑똑하다고 생각했네만, 잘 모르겠군. 어쩌면 가수가 더 똑똑했던 걸지도. 사람들을 보다 보면 그런 뭔가가 있는 사람들이 있다네, 게토 뭐시기라고 해야 할까. 다른 사람이 파괴하려 들지 않더라도 자기 스스로를 파괴해버리는 그런 경향이지. 게토에 있는 모든 남자는 그걸 가지고 태어나는데, 어떻게인지 가수가 그걸 치료해줬다네.

자, 여기 사진에 있는 우리 둘을 봐. 우리 둘 다 게토보다 똑똑하지만 진짜로 빠져나온 건 한 사람뿐이지. 어떤 사람들은 그보다 더 잘할 수 있을 정도로 똑똑한데도 신세를 조질 운명이었고.

아무튼 가수는 평화위원회 사무실을 차리라고 나한테 방을 내줬어. 나는 그때까지도 뭘 해야 할지 생각하는 중이었지만. 처음으로 한 일은 평화 콘서트에서 번 돈을 전부 모으는 거였다네. 어느 날 오후에는 파파-로가 조시 웨일스를 가수 집으로 보냈다네. 서쪽 출입구 매표소에서 번 돈을 좀 놓고 가라고 말이지. 가수는 밖에 나와서 출입구 근처에 있었어. 방금까지 미식축구를 하고 있었거든. 조시 웨일스가 하얀색 다트선을 주차한 다음 내렸어. 그런데 그자가 가수 옆을 지나갈 때, 가수가 조시 웨일스를 보고는 사무실 창문 너머로 곧장 날 바라봤어. 브레드렌, 내가 분명히 말해두는데, 엑스맨 만화에 나오는 그 녀석처럼 가수 눈에서 진짜로 광선이 나왔다면, 아마 나는 그 광선을 맞고 천국까지 날아갔을 거고 집도 날아갔을 거야. 아무튼 그자가 떠나자마자 가수가 곧장 사무실로 걸어들어왔어. 내가 무슨 일이냐고 물어보기도 전에 가수가 저 브레드렌은 누구지? 라고 하더군. 나는 조시 웨일스요, 코펜하겐시티의 공동체 운동가죠. 파파-로 대리인이나 마찬가지고요, 라고 대답했어. 와, 그 짧은 순간에 나는 가수에 대해 아주 많은 걸 알게 됐다네. 이성을 잃을 정도로 화내는 모습이야 한두 번 본 적이 있지만, 가수든 다른 사람이든 그렇게까지 온몸이 떨릴 정도로 격노하는 모습을 본 적은 없었으니까. 가수는 몇 분 동안 아예 말도 하지 못했는데 입에 든 말이라고는 전부 쓰레기 같은 것이라 꺼낼 수도 없는 것 같았네. 나는 그저 그 자리에 앉아서 가수가 헐떡거리고 숨도 제대로 못 쉬는 모습을, 가수가 격분한 모습을 지켜봤지. 가수가 말했어.

– 트리스탄, 나란 놈은 저 브레드렌을 알아. 저자가 여기에 왔었

어. 바로 여기에 내가 총을 맞은 그날 밤에 말이야. 이 평화 어쩌고가 영원히 이어지지 않으리라는 걸 내가 언제 처음 알게 됐는지 아나? 바로 그때부터라네.

그렇게 나는 캐나다로 가서 몇몇 조직이랑 평화위원회 이야기를 하고 토론토에 있는 어떤 브레드렌한테 들렀다네. 그 브레드렌이 나한테 콘서트에 얽힌 그 모든 얘기를 해줬는데, 하도 얘기를 많이 하길래 내가 그랬지. 브레드렌, 꼭 거기 직접 가봤던 것처럼 말하는군요. 그 브레드렌은 아니, 만, 그게 아니라 텔레비전에서 본 거예요, 문화 프로그램을 틀어주는 채널에서요, 라고 하더군. 난 도대체 캐나다에 있는 사람들이 어떻게 콘서트를 볼 수 있는 건지 궁금해졌다네. 나한테 찾아와서 저작권이니 뭐 그런 걸 물어본 사람이 한 명도 없는데. 알고 보니까 코펜하겐시티 프로모션이라는 회사가 토론토, 런던, 미시소가에 있는 텔레비전 방송국에다가 동영상을 팔고 있었던 거야. 그래서 난 당연히 파파-로한테 당장 전화를 걸어서 브레드렌, 씨발 지금 무슨 짓입니까? 하고 물었지. 파파-로는 동영상 같은 건 전혀 모른다고 했어. 자기는 내내 믹 재거만 주시하고 있었다면서. 하지만 그 동네 출신이 아니라면 누가 회사 이름을 코펜하겐시티 프로모션이라고 짓겠느냐고? 그랬더니 파파-로가, 어쩌면 외국에 원래 있던 코펜하겐*에서 따온 걸지도 모른다는 거야. 내가 무슨 마빡에 멍청이라고 문신이라도 새기고 태어난 줄 알았나보지. 콘서트를 촬영한 백인 촬영팀은 한 명도 없다는 얘기는 굳이 하지 않았어. 보게, 파파-로나 나나 이 일의 배후에 누가 있는지는 알고 있었어. 그때 파파-로가 그러더군. 어쩌면 쇼타 셰리프

* 덴마크의 수도 코펜하겐을 가리킨다.

가 한 짓일지도 모르겠다고. 나는 웃어댔고 전화를 끊으려다가, 파파-로가 전화를 끊기 전에 말했지. 조시 웨일스 목줄 잘 쥐고 있으쇼, 아니면 내가 당신 대신 그 일을 하게 될 테니까, 라고. WLIB* 뉴욕에서는 나더러 뉴욕에 돌아와 자기네 토크쇼에 게스트로 출연해달라고 했어. 그래서 나는 파파-로한테 토론토 공항에서 JFK공항으로 비행기를 바꿔 타겠다고 말했지. 전화를 끊자마자 나는 생각을 바꿔서 마이애미로 가기로 했어. 마이애미에 있는 자메이카 사람들은 아직 위원회 얘기는 들어본 적도 없었던데다, 방송국하고야 전화로만 얘기해도 되는 거니까.

나흘 후에 나는 마이애미에 가 있었다네. 발라클라바 시절부터 알고 지낸 우리 형제 에이-플러스를 만나러 갔어. 내가 노크를 하자 이 친구가 문을 열더니 여자애처럼 비명을 지르더군. 진짜라니까. 그 녀석은 금방이라도 도망갈 태세였어, 자기 앞에 있는 건 더피가 분명했으니까. 아, 더피라는 건 유령을 말하는 거야. 정말로, 그 친구는 오줌을 싸야 하는지 똥을 싸야 하는지도 모르더라니까. 내가 자기 애새끼나 되는 것처럼 나를 붙들었지. 그런데 규칙은 자네도 알 것 아닌가. 배드맨은 사람을 끌어안지 않아. 특히 다른 남자를 포옹하는 일은 결단코 없지. 그자가 나를 끌어안더니 이렇게 말하더군. 세상에, 트리스탄, 여기서 뭘 하고 있는 거야? 어떻게 살아남은 건가?

- 살아남긴 뭘 살아남아? 내가 말했네.

- 그게 무슨 소리야, 브라더? 그놈이 사방 천지에 자기가 나님을 죽였다고 떠들어대던데.

---

* 뉴욕의 AM 라디오 방송국.

- 뭐? 피똥 지릴 뭔 소리야?

- 조시 웨일스 대신 나다니는 그놈, 위퍼 말이야. 그놈이 온 동네 사람들한테 이틀 전에 뉴욕으로 가서 자네를 끝장냈다고 했어.

- 날 끝장냈다고? 그럼 에이-플러스, 내가 더피라는 소리야 뭐야?

- 자네 때문에 나도 지금 똑같은 고민을 하고 있네, 진짜야.

- 브레드렌, 그 쌍년이 나를 죽이지 않은 건 당연한 일이고, 난 뉴욕에 아예 가지도 않았어.

- 뭐?

- 그랬다니까 친구, 라디오 방송국하고는 그냥 전화로만 얘기해도 되겠다는 생각이 들어서, 바로 마음을 바꿨다고. 어쨌거나 평화위원회 이야기를 듣고 싶어하는 사람은 마이애미에도 아주 많으니까.

- 브레드렌, 때마침 자네가 나타났으니 아주 잘됐군그래. 방금 두 놈을 붙잡아서 그 쌍년들 교육 들어갈 참이었거든.

- 잠깐, 그게 무슨 뜻이야? 그놈이 아직 마이애미에 있다는 건가?

- 그래, 친구, 30번가랑 46번가에 있는 친구 집에서 쓸데없이 헛소리나 씨불여대고 있어. 링컨 기념공원이 어디 있는지 아나?

- 그래, 알지. 장비는 어떤 걸 갖고 있나?

에이-플러스는 톰슨 경기관총하고 9밀리 권총을 보여주더군. 나는 9밀리를 갖고, 에이-플러스가 경기관총을 다루기로 했네. 그리고 우리는 링컨 기념공원으로 차를 몰았지. 그렇게 두 블록 떨어진 곳에 차를 세워놓고, 위퍼라는 친구 집 쪽으로 갔어. 마이애미 그쪽 동네를 본 적이 있나? 1층짜리 집인데, 옆에는 베란다가 있기도 하고 어떤 경우에는 유리창이 있기도 하다네. 죽은 풀과 말라서 버석버석한 흙을 그놈들은 잔디밭이라고 부르지. 잔디 바로 위에 고물

차가 있던 그 집은 이스트 킹스턴에 있는 거라고 해도 믿을 정도더군. 어쨌거나 우리는 그 집으로 다가갔네. 에이-플러스가 앞을 맡고, 내가 뒤쪽으로 돌아갔지. 뻔한 일이지만 그 쌍년들은 문을 열어놨더군. 당연히 위퍼 목소리가 크고 선명하게 들렸어. 복도 왼쪽에서 나오는 소리였네. 두 발짝을 들여놓으니까 거기에 바로 있더라고. 나한테 등을 돌리고서 변기에 오줌을 갈기는 중이었지. 나는 위퍼에게 덤벼들었네. 변기가 있는 곳을 지나서 계속 놈을 밀쳤지. 그 바람에 나랑 놈은 샤워 커튼을 뚫고 나갔고 나는 놈을 벽에다 처박았네. 놈의 얼굴이 벽에 그대로 처박혔는데, 너무 세게 박아버려서 놈은 순간 정신을 놓더군. 놈의 안경이 벗겨졌어. 나는 그놈이 뭘 할 겨를도 주지 않고 바로 놈의 관자놀이에 총을 대고서 철컥 소리를 듣게 했다네. 너무 세게 몸을 떠는 바람에 내가 손에서 총을 떨어뜨릴 정도였다네. 놈은 계속 오줌을 지리고 있었어. 내가 말했네.

– 쌍년아, 마이애미에 도착해 비행기에서 내렸는데 너는 죽어 있고, 니가 죽었다는 얘기를 너 빼고는 다 알고 있었다고 상상해봐. 어떨 것 같나?

– 워, 워이, 난 몰라요, 트리스탄, 어떻게 죽었다는 말인지 모르겠다고요. 여, 여기 바로 여기에 멀쩡히 계시는데.

– 모른다? 근데 브레드렌, 니가 여기저기 돌아다니면서 사람들한테 날 죽였다고 한 거 아니었나? 날 언제 죽였지? 지난주? 어제?

바로 그때 그놈 친구가 손을 허공에 든 채로 욕실에 들어왔지. 에이-플러스가 뒤에서 경기관총을 그놈 목에 대고 있었다네.

– 그러니까 위퍼, 브레드렌, 날 어떻게 죽였는지 말해보라고. 왜냐하면 말이지, 정말이지 난 죽은 것 같은 기분이 전혀 안 들어서 그래.

— 제가 당신을 죽였다고 했다는 소리를 누가 해요, 보스? 누가 거짓말을 퍼뜨리고 다니느냐고요?

— 난 네놈이 어떻게 그렇게까지 앞서갈 수 있었는지 궁금할 뿐이야. 내 말은, 브레드렌, 최소한 나를 먼저 죽인 다음에 자랑을 해도 하고 다닐 수 있는 거 아닌가?

그 쌍년은 한마디도 하지 않았네. 위퍼는 울기 시작했고 다른 남자도 울기 시작했지. 하기야 놈들이 터뜨린 건 울음이라고 할 수도 없었어. 두 놈은 흐느끼고 있었네. 물론 나는 놈을 제거하려고 놈의 관자놀이에 총을 댔지. 오늘 당장 나를 죽이지 않는 인간은 내일 나를 죽이게 돼 있으니까. 다른 놈이 고함을 치면서 위퍼를 살려달라고 애걸복걸하기 시작하더군. 내 말은, 진짜로 애원을 해대더라는 거야. 무릎까지 꿇은 건 좀 지나친 감이 있었는데 어쨌든, 어째서 그자가 그렇게까지 울고 빌었는지 아직도 이해가 안 가, 위퍼가 무슨 자기 애새끼나 뭐라도 된 것처럼 말이야. 내가 총을 치우기 전에 위퍼가 그자를 한 번 빠르게 훑어보더군. 그렇게까지 화가 난 사람을 나는 본 적이 없네. 우리는 그 두 놈을 개머리판으로 쳐서 기절시키고 떠났어.

내가 한 얘기를 전부 듣고도 별로 긴장하지 않는 것처럼 보이는군, 알렉스 피어스. 책상 밑에서 오줌 싸고 있는 건가? 하기야, 왠지 몰라도 자네는 쉽게 겁먹지 않는다는 생각이 드는군.

뭘 무서워하냐고? 복수? 내 말 믿게, 세상 모두가 날 쫓아와도 위퍼는 못 그럴 거야. 헌데 그러는 동안 경찰은 코퍼를 죽였지. 그 다음에는 파파-로를 죽이고. 자네도 하나 알아두어야 하네. 이 평화는 노동당 게토랑 인민국가당 게토 사이에 맺어진 거야. 경찰은 노동당이든 인민국가당이든 간에 어떤 조약에도 서명하지 않았어.

자메이카 경찰은 어떤 식으로든 생각을 한다고 알려진 인간들이 아니네만. 자넨 너무 어려서 옛날 영화는 잘 모르지. 키스톤 캅스*가 나오는 영화를 본 적이 있나? 있다고? 뭐, 자메이카 경찰 부대라는 게 딱 키스톤 캅스 한 무리라고 보면 돼. 코퍼든 파파-로든, 둘 다 머리가 좋은 사람들이네. 무슨 좆같은 조약을 맺든 간에, 그 조약에 경찰을 끼워주기엔 거리에 맺힌 원한관계가 너무 많다는 걸 알고 있었어. 그렇지만 경찰은 코퍼를 추적해 잡기에는 너무 멍청하거든. 그땐 코퍼가 이미 10년 동안이나 경찰을 피해 다닌 뒤였다고. 자네는 상식이 좀 있는 것 같은데 말이야, 알렉스 피어스. 내가 지금 무슨 얘기를 하려는 건지는 알아듣겠지. 어쨌거나, 그러다가 제이컵 밀러가 차 사고를 당했어. 쇼타 셰리프는 머잖아서 무슨 일이 벌어지겠다는 걸 알아차리고는 마이애미로 가는 비행기 다섯 대 중 한 대에 탔네. 그런데 그렇게 브루클린으로 튈 때, 왕 갱단에 있는 어떤 자의 브레드드렌에게서 코카인을 한 뭉치 훔쳤단 말이야. 자네가 알지는 모르겠네만, 그래서 왕 갱단의 뉴욕 형제단이 보낸 한 남자가 쇼타 셰리프를 추적한 끝에, 거기 스타라이트 볼룸에서 죽여버렸지. 바로 그 클럽에서 쏴 죽인 거야. 뭐 어떻게 돌아가는지도 모르는 사이에 평화 위원회에 관계된 사람들은 다 죽고 이 여자랑 나만 남았다고. 사고였는지 고의였는지 모르겠지만, 나는 굳이 기다리면서 알아볼 생각이 없네. 나는 자메이카로 돌아가서 코퍼를 묻어주고 다시 나올 거야. 그러고는 다시 돌아가지 않을 거라네.

---

* 20세기 초반의 무성 코미디 영화 〈키스톤 캅스〉에 나오던 무능한 경찰들.

도카스 파머

그러니까 나는 지금까지 한 시간을 이 남자가 자리에 앉아서 나를 지켜보는 모습을 자리에 앉아서 지켜보고 있다. 이 콜서스트라는 여자가 미세스인지 미즈인지 어떤 호칭을 골랐을지는 모르겠으나, 아무튼 그 여자로부터 지시를 받을 때까지 기다리는 상황이라는 걸 나는 알고 있었다. 문제는 이 남자도 꼭 지시를 기다리는 것처럼 앉아 있었다는 거다. 등은 단단하게 펴고, 손은 무릎에 내려놓은 채, 머리는 C-3PO*처럼 곧게 들고 있었다. 그러고 있으니 꼭 애완견처럼 보인다는 말을 하고 싶었지만, 그러면 여자인 나는 애완 암캐가 될 터였다. 대단한 게 틀림없다. 내키는 대로 얼마든지 사람들을 기다리게 할 수 있다는 사실을 알려주는, 완전히 새로운 차원의 자격면허 말이다. 나는 이게 권력 다툼에 쓰는 거지같은 전략, 즉 사람들에게 저마다의 자리를 알려주려는 술책이 아닌지 항

* 영화 〈스타워즈〉에 나오는 드로이드 중 하나. 금빛 몸체를 딱딱하게 움직인다.

상 궁금했다. 계산은 내가 하니까, 내 똥구멍에 입을 맞춰봐. 여기 계산서 있네, 이제 기사 양반은 택시 세우고 몇 시간 동안 가만히 기다리도록 해. 이 망할 놈의 나라. 어쨌거나 그 여자 돈이니까. 아무것도 안 하는 대가로 나한테 돈을 주고 싶다면, 나야 시간 단위로 돈을 받으면 되고 계산서야 그 여자 계산서가 되는 것이다. 솔직히 이 남자는 정말 라일 왜거너를 닮았다. 그리고 나는 매주 캐럴 버넷* 재방송을 본다. 키가 크고, 관자놀이 근처가 희게 센 머리카락에, 만화에 나오는 잘생긴 남자의 턱을 그대로 빼다 박은 턱. 1분이 다르게 이 남자는 나를 훑어보지만 내 눈이 자기를 기다리고 있다는 걸 알면 재빨리 시선을 피한다.

어쩌면 그냥 오줌 좀 눠야겠다고 말해야 할지도 모르겠다. 그러면 이 방에서 나갈 수 있을 테니까. 아니면 저 쉬 좀 할게요, 라든지. 세상에, 나는 쉬라는 단어를 견딜 수가 없다. 열 살을 넘은 어떤 남성도 그 단어를 쓰면 안 된다. 남자가 그 단어를 쓰는 걸 들을 때마다 떠오르는 건, 오직 소형 자지만 쉬를 한다는 것뿐이다. 남자가 갑자기 나를 바라본다, 아마 내가 낄낄댔기 때문일 것이다. 젠장, 이 모든 생각을 소리 내서 말한 게 아니었으면. 지금까지 당신이 들은 건 전부 기침소리였다는 시늉을 하는 것밖에는 할 수 있는 일이 아무것도 없다. 문제의 미세스 또는 미즈는 방금 자기 사무실에서 목소리를 높였다, 아마 상대는 남편일 테지만, 뭐 누구든 간에. 라일 왜거너는 여자가 있는 방문을 바라보고는 고개를 끄덕이며 웃는다. 도대체 어떤 남자가 분홍색 바지를 입는 거지? 용감한 건가?

* 미국의 배우이자 코미디언, 가수, 작가(1933~) 텔레비전 토크쇼인 캐럴 버넷 쇼의 진행자로 널리 알려져 있다. 라일 왜거너는 1967년부터 1974년까지 캐럴 버넷 쇼에 출연했다.

호모인가? 글쎄, 만일 호모였다면 며느리나 손녀는 없었을 듯싶다. 하얀 폴로셔츠가 가슴과 이두박근 때문에 근사하게 당겨져 있다. 솔직히 이 라일 왜거너는 자유로운 사랑의 난교 현장에 나타난다고 해도 쫓겨날 만한 인물은 아니다. 나는 이 남자가 수영장에 갈 때 짧은 속옷이나 가느다란 삼각 수영팬티를 입으리라는 데 다음번 월급을 걸겠다. 미국 여자애들이 씹질할 생각이 전혀 없는 남자들을 부를 때 쓰는 말을 빌리자면, 이 남자는 섹시한 실버 대디*라든지 섹시 도도남이라고도 할 수 있었다. 미세스 또는 미즈가 그놈의 피똥 쌀 통화 좀 빨리 끝냈으면 좋겠다. 그러지 않으면 곧 큰 소리로 생각을 입밖으로 내기 시작할 테고 여기 계신 라일 왜거너께서 충격을 받아 손가락질해대기 전까지 나는 그랬다는 사실조차 알아채지 못할 테니까.

차라리 집이라도 좀 돌아볼걸 그랬나. 일어나려고도 해봤지만 왠지 내가 움직이려 한 발이라도 떼는 순간 라일 왜거너가 그거 만지지 마, 라고 불쑥 내뱉을 것만 같다. 이 집은 탁자 위의 빈 꽃병 안에 동전이나 잃어버린 단추 하나 들어 있지 않은 것만 보면 딱 알 수 있는 그런 집이다. 테이블은 유리로 되어 있지만 식탁은 그렇지 않다. 나와 그 남자는 등받이가 둥글고 쿠션이 통통한 나무 의자에 앉아 있다. 천의 무늬는 크림색과 밤색 페이즐리** 같다. 벽에는 평범한 그림들이 걸려 있는데, 그림에 나오는 늙은 백인 여자 셋은 목까지 올라오는 옷을 입고 있고, 백인 남자 둘은 그림에 등장하는 백인들이 항상 짓는 특유의 뚱한 표정이다. 방의 오른쪽과 왼쪽에는

---

* 포르노 등에 등장하는, 머리가 희게 센 나이든 남자.

** 주로 직물 도안에 쓰이는, 깃털이 휘어진 모양의 무늬.

우리가 지금 앉아 있는 것과 똑같은 의자가 두 개 더 놓여 있다. 카펫도 의자와 똑같다. 커피 테이블 곳곳에 〈타운 앤드 컨트리〉* 잡지가 놓여 있는데, 이 방에서 단정해 보이지 않는 유일한 부분이다. 보라색 2인용 소파에는 옛날 우리집 내 욕조에 달린 것과 똑같은 동물 발톱 모양 다리가 달려 있다. 〈뉴욕 타임스〉 잡지 뒤의 광고면에서 언제나 볼 수 있는 그런 거실 중 하나. 왼쪽 벽의 그림들은 그냥 미친 것 같다.

– 가운데 있는 건 폴록** 작품이지, 남자가 내게 말한다.

– 음, 실은 데 쿠닝*** 작품입니다. 내가 말한다.

남자는 나를 노려보더니 고개를 끄덕인다.

– 뭐, 우리 가족들이 젠장할 뭘 사는지 도대체 모르겠으니까. 저건 꽤 오랫동안 여기 있었지만 말이야. 저 그림은 꼬마애가 크레욜라 크레용을 전부 먹어치운 다음에 모조리 토해놓은 것처럼 보여, 개인적인 의견으로는.

– 그렇군요.

– 나랑 생각이 다른가본데.

– 저는 다른 사람들이 미술에 대해서 어떻게 생각하는지 사실 별로 신경쓰지 않아요, 선생님. 어차피 작품이야 이해를 하거나 말거나 둘 중 하나니까요. 저런 그림쯤 네 살짜리 자기 딸도 그릴 수 있다고 말하는 멍청이가 하나 없어지면, 덕분에 미술관에서 좀더 쉽게 넉넉한 공간을 즐길 수 있지 않나요? 그런 사람들이 작품을 이

---

* 18세기 런던에서 출간되던 잡지로, 런던 상류층의 스캔들 등을 주로 다루었다.

** 잭슨 폴록(1912~1956). 미국의 추상표현주의 화가.

*** 빌럼 데 쿠닝(1904~1997). 네덜란드 출신의 추상표현주의 화가. 주로 미국에서 활동했다.

해하길 기다리는 건 좀 멍청한 것 같아서요.

- 도대체 시퍼런 열대길 어디를 가야 너 같은 걸 찾아낼 수 있는 거지?

- 네, 선생님?

- 켄이야.

- 네, 켄 씨.

- 아니, 그냥…… 됐어. 어떻게 생각하나, 바쁜 미즈 꿀벌이 사람들의 시간을 존중해야 한다는 걸 떠올리고 씨발 전화를 끊을 거라고 보나?

- 마님께서 못 들으셨을 것 같은데요, 선생님.

- 내 이름 얘기해줬잖아, 내 이름은…… 뭐가 됐든. 알 방법이 없었을 것 같긴 하지만, 내 며느리가 구체적으로 흑인 파출부를 구했다는 사실을 알고 있나?

- 저는 그런 정보에 접근하지 못하도록 되어 있어요, 선생님.

- 켄이라니까.

- 켄 씨.

- 그냥 궁금해서 그래. 왜냐면 콘수엘라가, 최소한 내 기억대로라면 그 여자 이름이 콘수엘라였던 것 같은데, 제기랄 이 집에서 들고 나갈 수 있는 건 거의 다 훔쳐갔거든.

- 그렇군요.

콘수엘라라는 이름의 자메이카 파출부는 없을 거다.

- 나는 그 여자가 아주 재간이 많다고 생각했지. 뭘 훔치겠다는 마음을 먹으면, 그 여자는 일단 가구 아래에다가 훔칠 물건을 넣어놓더라고. 예를 들어서 오늘 침대 시트랑 베갯잇을 훔치기로 했다고 해봐. 그럼 그걸 침대 아래에다가 뭉쳐놓는 거야. 다음날에는 침

실 문 옆에 있는 의자 밑에 비누를 넣어둘 수도 있겠지. 그다음에 훔칠 물건은 바로 그 문 바깥에 있는 테이블 옆에 두고, 그런 다음에는 거실에 있는 안락의자, 그다음에는 또 그 옆의 안락의자, 그렇게 계속하다가 문 옆에 있는 콘솔 테이블에다가 물건을 하나 갖다 놓는 거야. 그런 식으로 매일 물건을 하나씩, 한 자리씩 옮겨가니까, 그 여자한테는 항상 문 바로 옆에 가져갈 게 있었던 거지. 내가 그 여자한테 말했어. 이야, 이 불법 멕시코 이민자 좀 보게. 좆만한 우리집 안에다가 언더그라운드 레일로드*를 깔았네! 그랬더니 그 여자가 뭐랬는 줄 아나? 북부에서는 그런 식의 이야기가 용납되지 않아요**, 아저씨. 이러는 거야. 아니 씨발 코네티컷에서 태어난 건 난데. 그래서 나는 며느리가 푸에르토리코 사람들은 이제 그만 써야겠다고 생각하는 줄 알았지.

– 저는 자메이카 사람입니다.

– 그럴 리가. 자메이카는 나도 가봤어.

오 주여 또 나오는구나, 또다른 백인 남자가 오초 리오에서 정말 즐거운 시간을 보냈지만 그 엄청난 빈곤 문제만 아니었더라면 훨씬 더 재미있었을 거야, 라고 말하려나봐. 그때 든 생각은 그게 전부였다. 풍경은 너무 아름답고 사람들은 너무 친절하고 이토록 비극적인 일이 많은데도 모두들 아직 미소 지을 수 있다니, 특히 그 피똥싼 놈의 애새끼들 말이야, 어쩌고 하는 말들. 물론 이 남자는 네그릴*** 스타일에 더 가까워 보이긴 했지만.

---

* 남북 전쟁 전 노예 탈출을 도운 비밀 조직.

** 노예제도가 확고히 정착되어 있던 미국 남부에 비해, 북부에서는 인종차별과 노예제도가 비교적 배격의 대상이 되었다.

*** 자메이카의 휴양지.

– 맞아. 트레저 비치였지.

– 뭐어?

– 뭐라고?

– 죄송합니다. 트레저 비치라고 하셨나요?

– 거길 알아?

– 당연하죠.

사실대로 말하자면 나는 트레저 비치를 잘 몰랐다. 들어본 적도 거의 없었다. 트레저 비치라니. 우리 가족에겐 클래런던이나 세인트 메리 같은 시골에 사는 할머니가 없었기에 나는 그곳이 여태 한번도 가본 적 없는 지역에 있는 곳인가 생각했다. 아니면 관광객이 아니면 알 수 없는 종류의 장소라도 되는 건지. 프렌치맨 만이나 뭐 그런 곳 말이다. 뭐가 됐든.

– 거긴 하나도 훼손이 안 됐어. 어떤 곳을 훼손하기 바쁜 놈들이나 이따위로 말한다는 건 알지만. 내 친구 표현을 빌리자면, 거기 있는 사람은 아무도 미 크레이지 티셔츠를 입고 있지 않았지. 흰 셔츠에 검은 바지를 입은 어떤 사람한테 콜라 한 잔 갖다줄 수 있겠느냐고 물었더니, 피똥 싸고 있네, 직접 가져다 드쇼, 라고 하더군. 어땠을 거 같나? 바로 그 순간부터 그곳을 사랑하게 됐지. 어쨌거나 넌……

문제의 미즈가 마침내 가방을 움켜쥐고 머리카락을 만지며 방에서 나왔다.

– 우리 착한 아버님, 파머 양한테 집 구경 좀 시켜주실래요? 또 너무 무리해서 신경쓰지는 마시고, 아셨죠?

– 미안한데 파머 양, 뒤에 좆같은 애새끼를 달고 왔나? 문간이나 뭐 어디에.

– 아버님.

– 도대체 누구 애새끼한테 저딴 얘기를 하는 건지 모르겠어서 그래.

– 아, 제발요, 아버님. 어쨌거나, 아버님 아들이 지금 이사 갈 집 때문에 미쳐 날뛰고 있어요. 제가 전자레인지 좀 사야겠다고 했다는 이유만으로요. 너무 비싸다나 뭐라나. 그래서 지금 빨리 가봐야 해요. 파머 양한테 부엌이 어디인지 좀 보여주시고요, 아버님. 그리고 파머 양, 도카스라고 불러도 될까?

– 네, 마님.

– 아주 좋아. 청소 도구는 싱크대 아래에 있는데, 그놈의 암모니아 쓸 때는 조심하고. 냄새가 안 빠지더라고. 저녁식사는 보통 5시인데, 이번 한 번은 피자를 시켜도 좋아요. 셰이키네 피자만 빼고. 거긴 너무 짜. 또 뭘 얘기해줘야 하더라…… 흠. 모르겠네. 어쨌거나, 잘 있어요. 다녀올게요, 아버님.

여자는 나랑 그 아버님을 집에 남겨놓고 문을 닫는다. 이 남자에게 나는 파출부가 아니라는 얘기와 신의 은총 고용센터는 파출부 소개 업체가 아니라는 얘기를 해야 할까?

– 실수가 좀 있었던 것 같은데요.

– 누가 아니래나. 하지만 저년이랑 결혼한 건 내 아들놈이니까, 뭐 어쩔 수 없지.

남자는 일어나 창문 쪽으로 다가간다. 키도 크다. 이 남자를 보면 볼수록 내가 왜 여기에 와 있는지 궁금해진다. 내가 이 남자를 자기가 싸지른 똥에서 건져내 닦아준다거나, 오줌 천지가 된 시트를 갈아주고 도로 침대에 눕히는 날은 영원히 오지 않을 거라는 생각이 꽤 확실하게 들었다. 남자는 정말로 키가 컸다. 이제는 창가에 몸을 기대고 있는데, 한 다리는 곧게 펴고 다른 다리는 구부려서 마치 유리창을 밖으로 밀어내려는 듯했다. 그렇게 근사한 엉덩이가 아직도 남아 있는 늙은 남자는 지금껏 본 적이 없었다.

– 이번 달에는 니가 두번째야. 얼마나 버틸지 모르겠군. 남자가 여전히 창밖을 내다보며 말했다.

– 죄송합니다만 선생님, 저는 여기에 온 이유를 모르겠어요.

– 여기에 온 이유를 모르겠다고.

– 신의 은총 고용센터는 파출부 소개 업체가 아닙니다, 선생님. 다른 직원이 오래 버티지 못한 이유도 그래서인지 모르겠는데요.

남자는 몸을 돌려, 이제는 등을 창문에 기댄다.

– 신의 은총이니 뭐니 하는 건 내가 전혀 모르는 문제야. 그리고 제발, 제발, 제발 부탁인데 날 선생님이라고 부르지 말라고.

– 켄 씨.

– 그냥 켄이라고 부르게 하는 건 아무래도 욕심인 것 같군. 지금 몇시지? 배고파?

나는 손목시계를 흘깃 보았다.

– 12시 52분입니다. 저는 샌드위치를 싸왔고요, 켄 씨.

– 할 줄 아는 게임 있나?

– 네?

– 농담이야. 그래도 네? 보다는 뭐어? 가 훨씬 마음에 드는군. 진짜 자메이카 사람하고 같은 방에 있다고 느낀 적이 몇 번 안 되는데, 니가 아까 뭐어? 할때 그랬거든.

나는 자신에게 말한다. 이건 미끼야, 물지 마. 이건 미끼야, 물지 마, 이건 미끼야, 물지 마.

– 제가 진짜 자메이카 사람이 아니면 뭔데요, 켄 씨?

– 모르지. 돈을 노리는 사람이라든지. 연기를 하는 사람이라든지. 곧 알게 되겠지.

– 저는 잘 모르겠네요, 선생님. 며느님이 엉뚱한 회사에 전화를 거신 게 분명하거든요. 저는 파출부 일은 하지 않아요.

– 아, 제발 좀 긴장 풀라니까, 그 멍청한 쌍년은 여기 있는 사람 전부가 파출부인 줄 알아. 내 생각엔 그쪽 회사에 전화를 걸었던 건 며느리가 아니라 내 아들이었던 게 분명해. 며느리는 보통 날 무시하는데, 최근에 내가 변호사랑 얘기를 좀 자주 했더니 유언장을 변경할지도 모른다는 걱정이 드나보더라고. 무슨 수를 썼는지는 몰라도 내가 돌봐줄 사람이 필요한 지경에 이르렀다고 아들을 설득한 모양이야.

– 왜죠?

– 내 아들한테 물어봐. 어쨌거나 따분하군. 혹시 웃긴 얘기 아는 거 있나?

– 아뇨.

– 아, 이런 세상에, 진짜 이 정도로 유머 감각도 없고 재미없는 사람이란 말인가? 좋아. 그럼 내가 하나 얘기해주지. 넌 웃긴 얘기를 하나라도 들어볼 필요가 있는 사람 같으니까. 자, 가령 이런 얘기. 상어들이 절대로 흑인을 공격하지 않는 이유가 뭔지 아나?

이봐요, 여기 수영할 줄 아는 자메이카 사람이 한 명 있습니다만, 이라고 말하려던 참이었는데 그때 남자가 말했다.

– 고래 똥이랑 맨날 헷갈리니까.

그러더니 남자는 웃었다. 크게 웃은 건 아니고 그냥 빙그레. 나는 미국 흑인 모드로 전환해서 불쾌하다고 소리를 질러야 하는 건지, 아니면 이 순간이 알아서 죽어버릴 때까지 침묵이 떠돌게 내버려두어야 하는 건지 알 수 없었다.

– 백인 여자가 똥을 싸는 데 얼마나 걸릴까요? 내가 말했다.

– 음, 와 이건, 글쎄…… 모르겠는데.

– 열 달이요.

남자는 갑자기 얼굴이 시뻘게졌다. 짧은 순간, 길게만 느껴지는 침묵이 이어지더니 남자는 그대로 웃음을 터뜨렸다. 어찌나 오래 웃는지 발작이라도 일으켰나 싶었다. 숨을 헐떡이면서 기침을 하고, 눈까지 젖어들었다. 나는 정말로 그게 그렇게 웃긴 얘기인지 몰랐다.

– 이런 세상에, 이럴 수가 있나.

– 어쨌거나, 켄 씨. 가봐야겠어요. 아드님께는 파출부 소개 업체에 전화를 걸어서……

– 아니 아니 아니, 절대 안 돼. 지금 가버릴 수는 없는 거야. 빨리 대답해봐, 흑인들은 왜 손하고 발만 하얄까?

– 제가 그 답을 알고 싶은지 잘 모르겠습니다만.

– 신이 스프레이를 뿌릴 때 흑인들은 손발을 짚고 엎드려 있었거든.

남자가 다시 웃는다. 나는 웃지 않으려고 하지만, 웃음이 나오기 전부터 몸이 떨리기 시작한다. 남자가 내게로 다가오는데, 너무 심하게 웃어서 눈의 거의 없어진 상태다.

– 손발을 짚고 엎드려 있었단 말이죠, 응? 내가 말한다. 어떤 여자가 백인 여러 명한테 집단 강간을 당하면 어떻게 되게요?

– 아 이런 진짜, 어떻게 되는데?

– 아무렇게도 안 되죠. 여드름에 박히면 신경이야 거슬리겠지만.

이제는 남자의 손이 내 어깨에 올라와 있는데, 너무 격하게 웃어대서 몸을 어디에 기대려는 거라 생각했다.

－잠깐, 나도 또하나 있어. 이번에는 백인 농담이야. 백인 여자랑 탐폰의 공통점은?

－모르겠는데요. 둘 다 피를 빤다는 거?

－아냐! 둘 다 스턱 업 컨트라는 거지.*

이번에는 내 손이 그의 어깨에 올라가 있고, 웃음을 멈추지 못하는 사람은 나다. 우리는 둘 다 웃음을 멈췄다가 다시 터뜨린다. 어느 시점에 가방이 어깨에서 떨어져 바닥에 내려앉았는지 모르겠다. 우리 둘은 서로 마주보는 안락의자에 앉는다.

－부탁이니까 가지 마, 그가 말한다. 제발 가지 마.

---

* 영어에서 stuck up cunt는 오만한 여자를 비하하는 욕설이나 여자 성기에 박혀 있다는 뜻으로 쓰인다.

존-존 K

문 세 개를 지나자 나온 주방은 온통 베이컨 냄새, 지글지글, 탁탁 소리로 가득했다. 어두운 색깔 나무로 된 찬장이 사방을 둘러싸고 있었는데, 그중 하나가 열려 있어 안쪽의 위티즈시리얼과 콘플레이크와 라이프 시리얼이 보였다. 갈색 정장 사내와 별 차이 없어 보이는 한 남자가 빅 포파*라도 되는 양 식탁 머리에 앉아 신문을 읽으며 빨간색 마커로 줄을 치고 있었다. 그 남자의 양 옆으로 남자 아이가 하나씩 앉아 있었는데, 형으로 보이는 녀석은 콧수염이 나 있었는데 너무 오랫동안 바셀린을 바르며 관리한 것처럼 보였다. 동생으로 보이는 녀석은 귀여웠고 나한테 윙크를 한 게 분명했다. 녀석의 귀는 〈매드〉에 나오는 알프레드 뉴먼**처럼 컸다. 콧수염이 난 녀석을 보고 있자니 옛 생각이 났다. 그 옛날, 열두 살이던 내가

* '거물 아빠'라는 뜻.

** 알프레드 뉴먼은 미국의 유머 잡지인 〈매드〉의 표지에 실리는 마스코트로 귀가 매우 크다.

머리를 길렀을 때, 우리 아빠가 날 씨발 호모새끼라고 부르지 않았더라면 좋았을텐데, 하는 생각.

– 유카! 유카! 유카!*

– 아르투로! 식탁에서 소리 지르지 말라고 몇 번이나 말했니, 여자가 말했다. 여자의 등은 한마디 한마디를 할 때마다 한숨을 내쉬는 것처럼 보였다. 골이 지게 짠 여자의 스웨터는 미쉐린 맨**처럼 굴곡이 너무 많았는데, 하얀 바지가 그 스웨터를 바짝 당겨준 덕분에 요트를 샀으나 몰 줄은 모르는 남자들에게서 느껴지는 엉성하고도 부유한 느낌이 났다. 바짝 말아 올려 쪽을 진 머리 때문에 여자가 얼굴을 돌렸을 때에는 눈썹이 당겨진 것처럼 보였다. 짙은 색깔의 눈, 이런 이른 아침치고는 과한 마스카라. 립밤을 쪽쪽 빨아댄 십대 여자애보다도 반짝이는 입술.

– 키가 작군.

– 네? 실례지만 다시 한번 말해주시죠.

– 다시 한번 말해달라니? 내가 말을 하길 했나, 중얼거리거나 더듬길 했나?

큰 녀석이 신음소리를 냈다. – 엄마 때문에 죽겠어요, 그애가 말했다. 여자가 미소를 지었다.

– 맘에 들었니, 울 애기?

– 네, 엄마, 째낸 고양이들은 전부 알아들을 걸요.

– 엄마 궁둥이에 대고 춤추는 칠면조*** 짓거리는 하지 마라.

녀석이 다시 신음소리를 내는 동안 작은 녀석은 유카를 더 달라

* 카사바라고도 불리는 고구마와 비슷한 식물.

** 미쉐린 타이어 광고 캐릭터.

*** jiving turkey는 속어로 '허풍선이'라는 뜻이다.

며 접시를 들어올렸다.

– 너, 앉아서 아침 먹어, 여자가 그렇게 말하며 프라이팬으로 나를 가리켰다.

나는 그냥 가만히 서 있었다. 여자가 누구한테 얘기하는 건지 확실히 알 수가 없었다. 그러다가 갈색 정장놈이 나를 밀쳤다. 더 정확히 말하면 두 주먹으로 내 등을 후려갈겼다. 큰 아이가 나를 한 번 보더니 눈을 돌렸고, 작은 아이는 알비노 튀김처럼 보이는 걸 흡입했으며, 남자는 아무 말 없이 신문에서 한 번도 눈을 떼지 않았다. 가서 저놈한테 접시 하나 갖다줘. 여자가 딱히 누구에게라고 할 것도 없이 말했다. 남자가 자리에서 일어나 찬장에서 접시를 가져오더니 다시 신문으로 돌아갔다. 여자는 내 걸로 추정되는 접시에 유카를 숟가락으로 떠넣고, 빨간색 프라이팬에 있던 초리조*도 담아주었다.

– 너 이 씹새끼가 내 사업을 망쳤어, 여자가 말했다.

– 실례지만, 네?

– 그놈의 실례지만, 실례지만, 실례지만. 그렇게 실례하고 싶으면 어디 유아용 변기라도 갖다줄까?

작은 녀석이 웃었다.

– 어쨌냐?

– 어땠냐, 라고 해야죠. 엄마! 씨발!

– 우리 무차초, 엄마가 영어를 너무 잘한다고 생각하지 마라. 엄마가 사람들한테 미국 비즈니스 우먼이라고 말하고 다니니까 좀더 미국인처럼 말해야 하지 않겠니? 계속 그렇게 갈궈대.

* 스페인이나 라틴아메리카의 양념을 많이 한 소시지.

- 알겠사옵니다, 엄마.

- 어쨌거나, 너…… 그래, 너 말하는 거야. 너한테 말하고 있다고. 내 암살을 망쳐놓은 너 이 쌍년아.

- 일부러 그런 건 아닙니다. 당신이 보낸 녀석이……

- 그 녀석은 역사스러웠어.

- 역사적이었다고 해야죠, 엄마!

- 역사적이었어. 그 녀석은 역사적이라고. 역사적인 실수를 한 거지. 검은 검둥이한테 일을 맡기면 항상 이렇게 된다니까. 규율도 없고, 뭐 아무것도 없지. 놈들이 하는 일이라고는 사업 내용을 나불나불나불나불부루루불 해대는 것뿐이야. 너한텐 뭐라고 하디?

- 진짜 별 거 없었어요. 테이블 하나를 싹 쓸어버릴 건데, 거기에 젖은 등*들이…

- 씨발 입조심 해라, 푸티토.

- 죄송합니다. 자기랑 자기 부하들이 클럽에 있는 쿠바인 몇을 담글 거라고 했어요. 거기서 빠져나가라고 저한테 살짝 찔러준 거죠. 저는 제 친구 파코한테 나가야 한다고 말했고, 그 친구는 자기 친구한테 경고해줘야겠다고 했고요. 전 그 친구라는 게 클럽 문지기들인 줄 알았지, 그런……

- 이야기는 그만하면 됐어. 너희 쪽 얘기는…… 재미가 없어. 재미있는 게 뭔 줄 아니? 그 호모새끼들이 여섯 달 째 같은 장소에는 나타나지 않고 있다는 거야. 여섯 달 째라고, 하얀둥아.

- 흰둥아라고 해야죠, 엄마. 나 원 참……

* 미국에 불법 침입하는 멕시코인을 뜻하는 속어. 리오그란데 강을 헤엄쳐 건너는 사람이 많은 데서 나온 말이다.

– 식탁에서 공손하지 않은 태도는 이제 그만두도록 해, 여자가 말하며 아이를 가리켰다. 녀석은 재빨리 입을 다물었다.

– 다시 너. 너 내가 뭔지 아니? 나는 미국 비즈니스 우먼이야. 너 때문에 돈이 엄청 많이 나갔어. 현금이 아주 아주 많이. 이제 내가 알고 싶은 건 니가 그 돈을 어떻게 갚을 계획이냐는 거야.

– 제가요?

나는 유카를 한입 베어 물었다. 어차피 최후의 식사를 할 거라면 아침식사를 하는 게 왠지 말이 되는 것 같다고 생각했다. 마침내 텔레비전 소리가 방으로 흘러들어왔는데, 12미터짜리 고리릴릴릴릴라! 얘기였다. 남자는 여전히 신문에 깊이 빠져 있었다. 난 누군가가 쭉 자리에 앉아서 읽을 만큼 마이애미에 뭔가 재미있는 일이 벌어졌을 거라고 생각해본 적이 없다. 하지만 이 유카는 맛있는걸. 예전에 유카를 먹어봤다는 건 아니지만. 이건 집밥이고 집밥이라는 건 맛있다는 뜻인 게 분명하니까. 뭐 우리 엄마 요리는 좆나 구렸지만.

여자가 내 뺨을 세게 쳤다. 내가 집중하지 않는다며 뭐라고 말했는데, 그 따귀 한 대 때문에 나는 씨발 뵈는 게 없어졌다. 재킷 안에 손을 집어넣었는데, 너무 빠른 동작이라 총이 없다는 사실조차 잊어버렸다. 따가운 느낌이 얼굴을 좆같이 태우기도 전에, 그리젤다가 기름으로 가득찬 프라이팬을 내리칠 태세로 한 발 물러나기도 전에, 내가 펄쩍 뛰어올라 의자가 뒤로 넘어지기도 전에, 내가 그리젤다에게 개 씨발 더러운 젖은 등 쌍년아라고 쏘아붙이기도 전에 철컥 소리가 들렸다. 한 순간에 다섯 열 열다섯 번의 철컥 소리. 하와이안 셔츠를 입은 자들이 언제 부엌으로 들어왔는지는 전혀 기억나지 않았으나 그들은 거기에 있었다. 갈색 정장을 입은 남자도. 부억 식탁 앞에 앉은 남자도. 큰 아이도. 모두가 똑같이 미간을 찌푸린 채 나를 보며, 모두가 내게 총을 겨누고 있었다. 9밀리, 글록, 심지어는 하얀색 상아 손잡이가 달린 6연발 권총까지. 나는 손을 들었다.

– 앉아, 식탁에 있던 남자가 말했다.

– 이 마마자마를 존경하는 법을 배우도록 해, 여자가 말했다.

분홍색 하와이안 셔츠를 입은 자가 여자에게 마닐라지*로 된 봉투를 하나 건넸다. 여자는 봉투를 찢더니 사진을 한 장 꺼냈다. 여자는 격하게 낄낄대더니 숨을 쌕쌕거리며 몸을 떨기 시작했다. 그 씨발것이 여자를 아주 미치도록 즐겁게 만든 모양이었다. 여자는 사진을 식탁 앞에 앉은 남자에게 건넸는데, 남자는 신문을 볼 때와 똑같이 돌처럼 굳은 얼굴로 사진을 바라보았다. 그는 사진을 내게 던졌다. 사진은 허공에서 몇 바퀴 돌다가 거의 완벽하고 정확하게, 내 바로 앞에 떨어졌다.

– 엘 게이터**가 직접 사냥하는 편을 더 좋아하는 것 같지? 다음번에는 죽은 씹새끼가 아니라 살아 있는 놈을 그대로 먹여달라고 할지 모르겠다?

백스터였다. 악어들은 백스터의 머리로 뭘 해야 할지 생각해내지 못했다. 토하지 마, 토하지 말라는 말을 계속하면 토하지 않게 될 거야.

– 백스터를 제거하는 게 무슨 의미가 있습니까?

– 메시지를 보내는 거지. 귀가 있는 자는 듣게 하라. 여기서는 뭐

* 목재 펄프에 마닐라삼을 섞어서 만든 질긴 종이. 주로 봉투를 만들 때 쓰인다.

** 악어를 뜻하는 alligator를 el gator라고 스페인어식으로 잘못 발음한 것.

라고 하더라? 수녀원? 거기 있는 자매들이 하던 얘기야. 암, 그렇지. 백스터는 일을 좆같이 망쳐 놨고 너도 마찬가지야. 하지만 우리 애들이 확인을 좀 해봤다는 거 아니겠어? 떠도는 얘기로는 니가 뉴욕에서 경찰들조차 깔끔하다고 생각할 정도로 일을 처리했다던데.

하마터면 웃을 뻔했다. 내가 엉성하다는 건 세상이 다 아는 사실이었다. 마이애미놈들이 얼마나 구리길래 나를 능숙한 요원으로 생각할 수 있는 거지?

– 니가 나한테 해줘야 할 일은 이거야.

잠자리에 들었을 때쯤 몇 시간 정신을 잃었던 게 틀림없다. 침대에 누군가 있다는 낌새조차 채지 못하고 있었는데,

– 아뇨, 뭘 해드려야 하는지 모르겠는데요.

지난밤 떡진 머리* 놈들이 부렸던 수작. 제기랄, 내가 이 호모새끼를 데려온 게 아니었으면, 그 새끼 밑에서 마냥 정신을 잃은 게 아니었으면 좋겠다. 하지만 이놈이 아직도 여기 있는 걸 보면 어젯밤이 마음에 들었든지, 화대를 받고 싶은데 내 지갑을 찾지 못한 것일 터였다. 아니면 갈 데가 아무데도 없었든지. 뭐 엉망진창이다. 나는 티셔츠만 입은 채 바닥에 누워 있고, 그 콜롬비아 개년은 내 꿈속에 뛰어들어 거지같은 지시사항을 내리고, 나는 마이애미에서 뉴욕까지 타고 온 비행기조차 기억이 안 난다. 어디 보자. 오후 7시에 도착했다. 9시에는 첼시에 있는 호텔 방에 체크인을 했고 (왜 첼시에 가고 싶은 거지? 분홍색 하와이안 셔츠가 나한테 물었다. 나

* 영어로 기름기가 흐르는 머리라는 뜻의 greasy hair는 거리의 갱단 멤버를 뜻하는 속어로도 쓰인다.

는 어째서 첼시라는 말을 하니까 눈이 튀어나오려 하는 거냐고 놈에게 묻지 않았다)*, 11시 20분에는 일부러 그러고 있다는 듯 미트패킹 구역에서 딱 달라붙는 반바지에 라몬즈** 티셔츠를 입은 이 보갈년을 자세히 살펴봤다.

– 응? 또 뭐야?

– 나한테 뭐 시킬 일이 있다면서요. 돈을 더 주지 않을 거면 가야겠어요.

– 가야겠다고? 부두에서 하는 일이 너무 바쁜가보지?

– 부두라니. 늙은이네. 그 부두에 가면 마룻장이 무너져내려서 파상풍같은 게 걸릴걸요. 거기다 게이 암인지 뭔지를 에이즈라고 부르기 시작한 다음부터는 아무도 거기 안 간다고요. 찜방도 몇 군데 문을 닫는다고 하고.

– 아, 그래? 그럼 이렇게 하면 어떨까. 너는 그 바지를 벗고, 잠깐, 씨발 잠깐 기다리라고. 일단 좆만한 내 지갑부터 니 뒷주머니에서 꺼내자. 왜냐면 내 손에 들고 있는 이거 말이야, 내가 방금 침대 밑에서 꺼낸 이게 뭔지는 너도 알지, 여기 보이는 이 방아쇠를 당기면 빵야라고 쓰여진 깃발이 나오진 않거든.

– 세상에, 아빠.***

– 아빠 같은 소리 하네. 그래, 잘했어. 다음번에 또 소매치기를 하려거든 아침식사나 준비하면서 어정거리지 말라고, 이 멍청한 씹새끼야. 자, 이제 니가 하려고 한다는 그 일 얘기 좀 해봐.

---

* 첼시는 뉴욕 맨해튼의 한 구역으로, 게이 바가 많고 동성애자들의 인구 비율이 높은 것으로 알려져 있다.

** 미국의 4인조 펑크 록 밴드.

*** 게이들이 서로를 부르는 은어.

나는 몸을 굴려 눕고는, 허공으로 다리를 높이 들었다. 그러곤 팔꿈치 안쪽으로 두 다리를 감싸고 씨발 꽃처럼 활짝 벌렸다.

- 침을 좆나 많이 쓰는 게 좋을 거야.

그래, 내가 무슨 잘 갖추어진 서류를 기대했다거나 하는 건 아니다. 그런데 그년이 문제의 자메이카 사람에 대한 설명을 하도 대충 하는 바람에 놈은 애초부터 아주 신비한 인물처럼 느껴졌다. 처음에 나는 백스터한테 맡겼던 암살을 그냥 나한테 넘겨달라고, 내가 그 일을 끝내면 어떻겠느냐고 물었지만, 그년은 안 된다고, 일단 백스터의 일을 따내는 게 니가 제일 먼저 해야할 일이라고 했다 (맞다, 그년이 제일 먼저라는 말을 썼다는 건 나도 알아차렸다. 그 한마디로 그년은 두번째, 어쩌면 세번째 일이 있을지 모른다는 사실을 분명히 밝혀둔 것이다. 그 이상이 될지는 또 누가 알겠나). 뉴욕에서 내가 제거해야 할 자메이카인이 한 사람 있었다. 오늘은 그 일을 제대로 처리할, 평생에 한 번 올까말까 한 기회였다. 이 얘기는 그년이 극적인 효과를 주려고 한 말이지, 내가 한 말은 아니다—제기랄, 나는 호모라고. 그년은 신체적인 특징을 묘사하는 재주라곤 전혀 없었다. 그놈은 검은 검둥이이고 무기를 가지고 있을 거라고만 말했다. 갈색 정장이 그자의 주소와 기본적인 처리 방식을 마저 알려주었다. 1980년 어느 날 그자는 자칭 닥터 러브라는 씨발 쿠바놈과 함께 난데없이 펑 튀어나왔다고 한다. 쿠바놈들을 전부 죽여버리려고 할 때를 제외하면 그리젤다는 어떤 좆같은 쿠바인과도 절대 일을 도모하지 않았으므로, 쿠바인과 자메이카인이 함께 일을 하라는 명령은 메데인에서 내려온 게 틀림없었다. 여차저차해서 그놈은 벌써부터 마이애미가 자기 것인 양 이곳에 들어왔다. 자메이카를 콜롬비아와 마이애미 사이의 최적의 중계점으로 삼을 것이며,

좆같은 바하마놈들이 이 무역망을 끊어버리겠다고 염병을 떠는 한편 팔아야 할 상품을 지들이 주사해대는 이 판국에는 이 제안이 특히 유효하다는 얘기를 가지고서 말이다. 그리젤다는 자메이카인들이 칼리 카르텔과도 일을 하고 있다는 사실을 알아냈는데, 그건 아주 좆같은 일이었다. 하지만 메데인은 자메이카인들을 별로 나쁘게 생각하지 않았고 그들의 명령체계를 존중한다는 의사를 표현하기도 했다. 그리젤다는 그들과 함께 일했다. 마음에 들지는 않았으나 거절할 수는 없는 일이었다. 자메이카 패거리가 양쪽에서 샌드위치처럼 그리젤다를 압박하고 있다는 것, 콜롬비아에서 미국으로 들어가는 화물을 통제하고 거리에서 크랙을 소분 포장해 파는 녀석들에게 영향력을 미치고 있다는 것. 그리젤다가 이 모든 것을 마음에 들어하지 않는다는 것쯤은 말투만 듣고도 알 수 있었다. 놈이 CIA에서 훈련을 받았다고 말했다는데, 아마도 헛소리겠지만 주의해야 할 일이었다.

어쨌거나 놈은 지금 뉴욕에 있었고, 누군가는 놈이 사라지기를 원했다. 그리젤다는 명령을 내린 사람의 정체를 밝히진 않았지만 그게 자기가 아니라는 점만은 분명히 해두었다. 나는 그냥 메시지를 전달하는 사람이야, 그리젤다가 말했다. 솔직히 말하면 나랑은 별 관계가 없어. 돈만 낸다면야 누가 누구를 없애고 싶어하는 이유가 뭔지 궁금했던 적이 한 번도 없거든. 하지만 이상한 일이었다. 나한테 암살 임무를 맡긴 다음에도 그리젤다는 나를 자리에 남겨두고 자기와 이야기하기를 원했다. 그리젤다는 다른 사람들은 전부 쫓아냈다. 그리고 놈에 대한 얘기만 하고 또 했다. 놈은 절대 농담을 농담으로 받아들이지 않는다고 했다. 무슨 말을 들으면 그게 그냥 해본 소린지, 진짜로 엿먹이려고 한 소린지 구분하지 못하기에 결국 한 번은 어떤 남자를 쏴죽이기까지 했다고 했다. 그 남자가 놈에게, 입술이 뚱뚱한 걸 보니 자지를 잘 빨게 생겼다고 말했기 때문이라는 것이다. 그리젤다는 그런 얘기를 계속 해댔다. 잘 모르겠어, 하얀둥아, 자메이카 사람들이 제퍼슨 가족*을 보고는 웃을까? 스리스 컴퍼니**는? 장담하는데, 놈은 뭘 보고 웃은 적이 한 번도 없을 거야.

어쨌거나, 누군가는 놈이 죽기를 원하고 있었고 그건 사업상의 이유 때문이 아니었다. 놈에게는 사업적 수완이 있었으니까. 이 제거 명령은 보다 높은 권력자들이 내린 게 틀림없었다. 권력의 상층부에서 내려온 명령일수록, 명령을 내린 이유는 점점 더 말도 안 되는 것이니까. 그리젤다는 주둥이를 닥치고 아래쪽 입술을 떨었다. 어떤 문장을 내보내려는 듯하더니 말을 하기 전에 멈추었다. 그리젤다에게는 마뜩치 않은 뭔가가 있었다. 말하고 싶지만 그럴 수 없는 것이. 이번 건은 그리젤다의 손을 벗어난 일이었다. 자메이카에서 온 어떤 유령들이 뉴욕에 있는 놈을 잡으러 돌아오고 있었다. 누군지는 몰라도 놈을 죽이고 싶어하는 이는 방법 따위야 상관하지 않는 듯했다. 하지만 내게는 단 하루, 단 하룻밤만이 주어졌다. 정확히 말하면 오늘밤. 암살은 놈의 홈 경기장에서 하는 편이 낫다. 표적은 홈 경기장에서라면 대단히 방심하게 되어 있으니까. 그리젤다는 아마 밤늦은 시간까지 놈이 집에 있을 거라고 말했다. 그 집에는 깡패들이 빽빽하게 있을 테니, 이번 일은 저격수 스타일로 처리하라고도 했다.

---

* 1975~85년 미국 CBS사에서 방영한 시트콤.

** 1977~84년 미국 ABC사에서 방영한 시트콤.

어쨌든 나는 그냥 안으로 들어가 놈을 제거한 뒤 사라지고 싶었다. 아까 그 보갈년은 점점 더 초조해하고 있었다. 여전히 내 지갑을 뚫어지게 바라보며 내 베개 너머를 바라보는 중이었다. 나는 총을 제자리에 돌려놓았지만 이제는 이 씹새끼가 뭘 하고 싶어하는 건지 확실히 알 수가 없었다.

- 박겠다는 거야 뭐 어쩌겠다는 거야?

조시 웨일스

전화벨이 울렸을 때 나는 내 여자가 내 아디다스 가방을 챙기는 모습을 지켜보고 있었다. 나는 전화벨이 그냥 울리게 내버려둘 생각이었지만 내 여자가 여기-무슨-하녀라도-있는-줄-아나? 하는 눈빛으로 나를 노려보았다.

- 여보세요?

- 브레드렌, 나란 놈에게 최소한 빵나무 열매 세 개랑 스프랫* 열 마리, 쌀이랑 콩 한 양동이 정도는 챙겨줘야 해, 알았지?

- 유비. 무슨 일인가, 브레드렌?

- 일이 어떻게 돌아가는지는 자네도 알잖아. 그냥 쉽게쉽게 가자는 거지, 안 그래?

- 꼭 그렇지는 않네, 만. 가끔은 상황을 틀어쥐고 일이 돌아가도록 만들어야 한다고. 더이상 돌아가지 않게 될 때까지 말이야.

* 청어과의 작은 바닷고기.

– 내 말이 그 말이지. 브레드렌은 어떻게 지내?

– 잘 지낸다, 만, 잘 지내.

– 뭐 좀 알려주려고. 나란 놈도 자네 같은 사람들은 비행기를 좋아하지 않는다는 건 알거든. 여권이랑 비자는 있나? 버스 표 사는 거랑은 또 달라서 말이야, 알겠지만.

– 유비, 모든 게 잘되어가고 있어.

– 쩌는데. 그럼 조시, 전에 뉴욕에 와본 적은 있나?

– 아니 스타, 마이애미만 가봤네. 사업가한테는 휴가 다닐 시간이 없으니까, 스타.

– 그럼, 그럼. 사모님은 잘 계시고?

– 자네가 사모님이라고 부르는 소리를 들으면 아주 좋아하겠는데. 빌어먹을 저 여자가 벌써 한 달째 나를 따라다니면서 괴롭히고 있어. 언제쯤 업타운 사람들처럼 진짜 결혼을 할 거냐는 둥, 왜 우리가 사실혼 관계로만 지내면서 게토 사람처럼 살아야 하냐는 둥. 저 여자가 자네더러 말 좀 대신 해달라던가?

– 하하, 아니지 스타. 하지만 브레드렌, 성경에는 아내를 구하는 자는 좋은 물건을 구하는 것이라고 적혀 있다네.

– 지금 내 여자를 물건이라고 한 건가, 유비?

– 내가? 아니지. 성경이 그랬나? 그 문제는 자네랑 신이랑 알아서 푸시고. 물론 성경을 문자 그대로 받아들이라는 뜻은 아니야. 자네도 알겠……

– 알아, 유비. 컬럼비아 대학교까지 안 가도 그 정도는 이해한다고.

– 워워. 어쨌거나, 나란 놈은 지금까지 뉴욕에 10년 살았는데도 아직 뉴욕을 이해 못 하겠어. 자네가 뉴욕을 어떻게 활용하는지 보면 정말 재미있을 거야. 뉴욕은, 내가 묘사해준 그대로지만, 온갖

마천루에 모든……

–누구 얘기 하는 건가, 제퍼슨 가족?

–스티비 원더 말이야, 친구. 자네 같은 자메이카 사람들도 그 친구가 〈마스터 블래스터〉 이상의 뭔가를 해냈다는 건 알고 있지?

통화한 지 2분이 됐는데 유비가 나더러 무식하다는 말을 하려 한 게 두번째다.

–자네 같은 자메이카 사람들이라고? 자네도 지난주에 배 타고 가다가, 배를 멈출 수가 없어서 뉴욕쯤에 뛰어내린 것 아닌가?

–하하하, 제법인데, 조시 웨일스. 제법이야.

내 여자는 도대체–어떤–개자식이랑–통화하는–거야? 하는 눈빛을 보냈다. 내 여자는 한 번도 유비를 만나본 적이 없지만 내가 유비에게 어떤 감정을 느끼는지 알 수 있다. 유비의 문제는 웨스트 킹스턴이 키워내야 했던 이곳 사람들과는 달리, 게토 출신이 아니라는 것이었다. 유비는 나와 만나기 전부터 이미 완전히 틀이 잡혀 있었다. 유비는 브롱크스와 퀸스를 칼리 카르텔과 묶어 놓았다. 그건 내가 마이애미를 그리젤다 블랑코라는 쌍년에게 넘겨줘야겠다는 생각을 하기도 전이었다. 어쨌거나 그년은 바하마인들과 거래하기를 더 좋아했다. 그리고 유비는 1977년부터 벌써 코펜하겐시티 출신 형제 중 최고에 속하는 자를 몇 명 데려갔다. 우스운 일은 내가 유비를 거의 기억도 못 한다는 것이다. 유비는 발라클라바 출신도 아니었고, 컨트리나 가자 출신도 아니었다. 자동차 두 대가 있는데다 교육도 잘 시키는 어떤 좋은 집안 출신이었다. 유비가 딱 한 번 게토에 와, 동물원 구경 온 사람처럼 모두를 봤을 때 나는 알 수 있었다. 그때 유비는 실크 정장 너머로 땀을 삐질삐질 흘리면서도 주머니 속의 하얀 손수건을 꺼내 얼굴을 닦지 않았다. 수많은 남자들이 이쪽 일에 몸을 담그고 있으며 여기에서만 자신을 발견할 수 있기 때문이다. 그러니까 거물이 될 때까지는 어떻게든 그럭저럭 해나가야 했다. 하지만 잘 모르겠다. 내가 유비라면, 또 유비와 같은 출신이라면, 이런 상황에 빠지는 일은 결코 없었을 것이다. 유비는 다른 이유라고는 전혀 없이, 오직 욕망 때문에 이 게임에 뛰어든 내가 아는 유일한 인간이었다. 한 가지 더 말하자면, 유비는 이 일을 통해 무언가를 얻고 있다는 생각이 든다. 새 보지를 따먹으면 바로 또 새로운 보지를 쫓아나서는 어떤 녀석들이 얻을 수 있는 무언가를. 유비는 야망은 크고 판돈은 적은 남자다. 하지만 동시에, 겨우 2분 만에 이 동네 사람이라는 입장을 취한 사람치고는 흰색 손수건을 여전히 너무 자랑스럽게 내보이고 있다. 흰 손수건을 내보인다는 건 악마를 두려워하는 사람들보다 심하게 오베아를 두려워한다는 뜻인데, 미국에서 온 인간들은 그걸 모른다.

– 그래서 유비, 곧 나를 보게 될 텐데도 내 목소리를 듣고 싶어 견딜 수가 없었던 건가, 아니면 뭔가 할 얘기가 있는 건가?

– 워어, 예민한데 조시. 다른 사람들은 그런 얘기 안 하던가?

– 어머니는 하시더군.

– 하, 뭐, 그래. 일이 있어서 전화했네. 무슨 일이냐면…… 그건 그렇고 브레드렌, 자네가 이건 내가 상관할 일이 아니라고 하면 그 순간부터 모든 일에 대해서 그냥 입 닥치고 있겠네.

– 무슨 일인가, 브레드렌?

– 그러니까, 내가 자네의 브레드렌인 위퍼한테 이 일로 연락하려고 해봤는데, 연결이 되지 않아서……

– 무슨 일이냐고?

– 위퍼가 전화를 안 했다는 거지? 나란 놈은 자네가 그 문제는

이미 오래전에 해결됐다고 말할 줄 알았는데. 자네라도 브롱크스까지 올라와서 브루클린 사정을 듣게 되면, 내 알 바 아니지, 그건 위퍼라는 사람 문제잖아, 하고 생각하지 않겠나. 하지만 아까도 말했듯이, 자네가 옛날에 준 전화번호로 위퍼 집에 전화를 걸었는데 받는 사람이 위퍼가 아니더라고. 그쪽에서 전화번호를 바꿨나?

– 무슨 일이냐니까?

유비는 잠시 말을 멈춘다. 유비가 나를 겁내지 않는 건 분명하므로 초조해하고 있는 건 아니다. 여유를 부리면서 시간을 끄는 것이다. 유비는 내가 다르게 생각할지 몰라도 자기한테 내가 원하는 무언가가 있다는 사실을 알려주고 싶어하니까.

– 뭐, 이런 일이 그냥 한 번 벌어진다면야 문제가 아니지. 크랙 중독자놈들은 가끔씩 이 도시에서 저 도시로 뛰어다니면서 얻을 수 있는 만큼 많은 크랙 덩어리를 따내려고 하잖아, 안 그런가? 내 말은, 난 아무것도 몰라. 근데 그런 놈들 여섯 명이 브루클린에서 그렇게 먼 브롱크스까지 왔다면 뭔가 일이 터진 게 틀림없다는 거야.

– 그러니까 오늘 브루클린에서 온 고객 여섯을 받았다는 건가? 그들이 브루클린에서 어디로 가야할지 몰랐을 수도 있지.

– 자네 어디 달나라에서 왔나, 조시 웨일스? 크랙 중독자놈들한테는 매번 약이 필요하다고, 내 말 믿으라니까. 그 씹새끼들은 어디로 가야 하는지 알고 있어. 자기 구역이 아닌 곳에 공급처를 둘 여유가 없단 말일세. 이 사업에선 지리적 인접성이야말로 성공의 핵심이라네, 브레드렌. 뭐 자네도 이미 다 아는 얘기겠지. 어쨌든, 내 부하 하나가 그 중독자들 중 한 놈을 잡아서 이 먼 퀸스까지 와서 뭘 하느냐고 물어봤대. 그랬더니 그놈이 자기는 더이상 부시윅하고는 거래를 못 하겠다고 했다더군.

– 부시윅에서 무슨 일이 있었나?

– 자네 쪽 사람 위퍼가 부시윅을 굴리는 거 아니었나?

– 부시윅에서 무슨 일이 일어난 거지, 브레드렌?

– 그놈 말로는 갑자기 딜러 둘이 평소보다 두 배나 높은 가격을 불렀다는 거야, 그냥 다짜고짜. 우리가 여기서 고객 충성도를 높이려 하고 항상 새로운 고객을 찾는 걸 자네가 안다는 건 나도 알지. 그런데 자네가 가격 인상에 대해 얘기한 건 전혀 기억이 안 나서, 브루클린 쪽 가격이 그렇게 급등했다는데 놀랐지 뭔가. 내 얘기는, 그건 말이 안 되잖아. 우리가 이 도시에서 저 도시로 많이 옮겨 다닐 필요가 없는 게 가격 고정 때문 아닌가?

– 흐으으음.

– 그리고, 인마. 자네 쪽 딜러들 몇이 약을 계속 쓰고 있는 것 같아. 마이애미에서야 일이 그런 식으로 굴러가는지 모르겠어. 하지만 여기서는 그게 사업에 항상, 항상 악영향을 끼쳐왔다고. 크랙 중독자 한 놈이 자네 쪽 딜러를 찾을 수가 없어서, 누가 약을 좀 줄 거라는 생각에 밀매소까지 갔대. 근데 딜러 두 놈이 약을 하고 있는 모습만 보고 왔다는 거야. 두 놈이나! 내 말은, 피똥 쌀 도대체 어떻게 자네 쪽 딜러를 둘씩이나 크랙하우스에 둘 수가 있나? 밖에는 크랙 때문에 좀이 쑤시는 놈들이 줄을 섰는데 말이야. 그리고 어떻게 크랙 중독자놈이 사업적인 거래를 할 수 있을 거라고 믿냐고? 자네가 공급하는 물량을 태워버리고 있는 게 아니라면 그 약을 어디서 얻었겠느냐고?

조시?

– 그래, 듣고 있네.

– 이봐, 브레드렌. 나는 그냥 보이는 대로 말하는 거야. 고작 크

랙 두세 팩을 얻으려고 해도 자기가 사는 도시를 벗어나야 한다니, 이거 뭔가 문제가 있다는 얘기처럼 들리잖아. 한마디하게 해주게. 나는 브롱크스에서 사업을 아주 질서 있게 운영해. 대마초나 굴리던 시절부터 그래왔다고. 그 옛날 1979년부터도 다른 사업처럼 잘 꾸려놨어. 어떤 가게보다 더 제대로 말이야. 사탄이 그냥 어린애에 불과하던 그 옛날에도, 핵심 기반이 똑바로 서지 않으면 절대 사업을 확장할 수 없다는 걸 난 알았거든. 나는 어떤 식의 태만함에도 친절하지 않아. 그게 내 형제라면 더 문제지. 최근에 일을 조진 놈한테 내가 뭐라고 했는지 아나? 나는 녀석에게 선택의 기회를 줬어. 이렇게 말했지. 인마, 기회를 한 번 주마. 어떤 눈을 잃을지는 직접 선택하게 해주지. 오른쪽 아니면 왼쪽 눈? 느슨한 바퀴를 그냥 굴러가게 놔두면 그 바퀴가 빠져서 사람들을 전부 죽이게 돼 있어. 그리고 브롱크스에서 통하는 방법이라면 퀸스에서도 통하게 돼 있지.

나는 아직까지도 이자가 나를 인마라고 불렀다는 게 믿기지 않는다.

- 그놈들을 고용한 게 누군가? 자네야 위퍼야? 내 말은, 위퍼라면 그런 일이 벌어지는 걸 알고서 재빠르게 찍어냈어야 해. 하기야 위퍼는…… 뭐, 자네야 자네 일을 제대로 처리하니까.

- 그래.

- 하지만 이건 말해두겠네. 내가 지난번에 내 대리인한테 약을 쓰게 했을 때는, 그 친구를 제거할 때까지 시간이 얼마 안 남았을 때였어. 문제는 이거거든, 조시. 코카인은 크랙하고 다르다는 거지. 코카인 중독자들은 최소한 어떤 품위가 있고, 품위가 없어도 최소한 돈은 있지. 그놈들은 계속 신사처럼 다룰 수가 있다고. 크랙? 크

랙 하는 놈들은 말이야, 한 번 뿅 갈 수만 있다면 자네 거시기라도 기꺼이 빨아주고 지 자식 심장이라도 꺼내줄 놈들이라네. 그런 씹새끼가 자네 사업을 굴리게 놔둘 수는 없잖나? 안 되지, 인마. 절대 안 돼. 그런데 자네랑 위퍼는 오래된 사이랬지?

– 그렇게 오래된 건 아니야.

– 아.

뭐, 잘 모르겠군. 아까도 말했지만 위퍼에 대해서야 자네가 분명 잘 알고 있겠지. 하지만 적어도 부시윅에서 무슨 일이 벌어지고 있는지는 확인해봐야 할걸세. 나로 말할 것 같으면, 어떤 상황에든 주삿바늘 하나랑 총 한 자루를 가지고 들어가지. 놈을 고쳐주거나, 그 비극에서 끄집어내주기 위해서 말이야. 나를 베드스타이*나 부시윅이나 어디로든 보내야 할 거야, 그냥 말만 하게. 사람이 좀더 필요하긴 하지만 그래도……

– 벌써 말했잖나, 유비. 그쪽은 내가 이미 제재했다고. 자네는 자네가 잘 아는 곳 일이나 처리해. 어쨌거나 도착하면 전화하지.

– 응? 아, 그래. 물론이지. 전화하게.

나는 전화를 끊는다. 내 여자가 아직도 나를 보고 있다. 나는 위퍼에게 전화를 건다. 받는 사람 없이 신호음만 울린다. 내가 언제 화를 내는지 알기에 이 여자가 나를 지켜본다는 걸 알고 있다. 안 돼요, 순수한 아이한테 굳이 그런 걸 보여주지 말아요, 내 여자가 그렇게 말하는 소리가 벌써 들리는 것 같다. 나는 나를 바라보는 내 여자를 바라본다.

– 아무 문제없어, 그렇게 보지 마. 내가 말한다.

---

* 뉴욕의 한 지역인 베드퍼드-스타이베선트를 말한다.

위퍼

– 받을 거야?

– 아니.

– 공항에서 누구 태워 와야 한다고 하지 않았어?

– 그런 얘길 했던가? 이따가 가도 돼.

– 벨이라도 꺼. 저기 있는 저……

– 염병할 벨이 어디 있는지는 나도 알아. KY* 어디 있어?

– 몰라, 여기 침대 어디에 있겠지.

– 어디?

– 모른다고 했잖아. 깔고 누워 있는 거 아냐? 니가 벤 베개 밑에 있을지도 모르고. 아, 그래. 돌아누워봐. 괜찮다니까 그러네. 침 좀 뱉는 게 뭐가 그렇게 나쁜지 모르겠어. 자메이카 사람들은 침 얘기만 나오면 유난스럽게 군다니까.

---

* 성행위에 사용하는 윤활용 젤.

– 뭔 말이 그러냐? 사람한테 침을 뱉었잖아. 그건 모욕이라고.

– 그냥 물이잖아. 내 엉덩이에다가 침 뱉고 다시 핥아볼래?

– 으엑. 싫어.

– 엉덩이라서 싫은 거야, 침이라서 싫은 거야? 엉덩이를 핥는 건 그냥 니 침을 다시 핥는 거라는 건 알지?

– 어떻게 자기 침을 다시 핥을 수가 있냐. 한번 입에서 나가면 침은 없어진 거야. 절대로 다시 돌아오지 않게 돼 있는 거라고.

– 하하. 돌아누워.

– 뭐?

– 들었잖아. 돌아누우라고.

– 난 이렇게 하는 게 더 좋아. 니가 더 깊이 들어오니까.

– 더 깊기는 염병할. 그냥 날 보기 싫은 거잖아.

방에서 보내는 오후. 나는 돌아눕는다. 침대가 너무 부드러워서 나는 아래로 가라앉고 그는 나를 위에서 아래로, 이불 속으로 누르고 있다. 가라앉는다. 그는 미소를 띤 채 내가 너무 낯을 가린다고 한다. 하지만 나는 그게 무슨 뜻인지 알 수가 없다. 그는 나를 보고 있고 눈을 돌리지 않는다. 오늘은 화요일, 노란색처럼 보이는 날이다. 그는 여전히 나를 바라보고 있다—내 입술이 건조한가? 눈이 사시인가? 그는 내가 먼저 눈을 돌릴 거라고 생각하지만, 나는 눈을 피하지 않을 것이고 깜빡거리지도 않을 것이다.

– 넌 아름다워.

– 괜한 소리 하지 마.

– 진짜야, 안경 같은 게 너처럼 잘 어울리는 사람은 별로 없다고.

– 이봐, 그딴 소리는 집어치워. 남자는 남자한테 그런 소리 하는 거 아니야, 그런 건……

– 호모새끼들이나 하는 거라고? 알아. 저번에 니가 말했던 것까지 포함하면 일곱번째로 듣는 셈이니까. 장담하는데, 넌 푸에르토리코 사람들을 아주 좋아하게 될 거야. 그 친구들도 거시기를 빨거나 똥구멍에 박는다고 해서 게이가 되는 건 아니라고 생각하거든. 박히는 입장이 될 때만, 그때만 씨발 호모가 되는 거지.

– 그럼 지금 내가 피똥 싸는 호모새끼라는 거야?

– 아니, 아니지. 너는 보지라면 미치잖아.

– 난 보지가 좋아.

– 듀드, 우리 지금 씹질을 하는 거야, 아니면 내가 너라는 마이클 온트킨에게 해리 햄린*이 되어주어야 하는 거야?

– 피똥 지릴 뭔 말을 지껄이는 거야?

– 방금 한 얘기를 지난 2년 동안 몇 번이나 했는지 맞혀볼래? 지친다, 맨, 그리고 조용히만 있는 칵써커**들도 질려. 특히 너 같은 흑인 녀석들. 난 그냥 이걸 하고 싶은 거야.

나는 입술을 다물고 있다. 나는 그를 기다린다. 하지만 그는 이미 내 오른쪽 젖꼭지를 빨고 있고 그다음에는 왼쪽을 더 강하게 빤다. 꼭 떼어내기라도 할 것처럼. 아프기 시작해서 씨발 아프잖아, 라고 말하려는 참에 그가 핥기 시작한다. 혀를 튕겨댄다. 튕기고 핥고. 나는 몸을 떤다. 떨림을 멈추기 위해서라도 오른쪽을 핥아달라고 그에게 빌고 싶다. 내 젖꼭지에 따뜻한 침이 원을 그리는 게 느껴진다. 그가 후, 하고 발라놓은 침을 부니 건조하고 시원하게 느껴

* 마이클 온트킨과 해리 햄린은 1982년에 개봉한 미국 영화 〈사랑을 나누다〉에 함께 출연했다. 영화는 결혼한 남자가 자신의 동성애적 정체성을 깨닫고, 아내와 다른 남자 사이에 삼각관계가 형성되며 일어나는 일을 다루었다.

** 남자 성기를 빠는 놈이라는 뜻의 속어.

진다. 그는 나를 여자로 만드는 일을 그만두어야 한다. 씹질도 아니고 젖꼭지에 바람을 불어서 그렇게 하다니.

– 제기랄, 할말 있음 그냥 질러, 씹새끼야. 계속 그렇게 중얼거리다가는 숨 막혀 죽겠다.

– 뭐?

– 씨발 그따위로 쿨한 척을 하는 동시에 너 자신의 몸을 즐길 수는 없는 거야. 그러니까 둘 중 하나는 포기해. 그냥 가야겠다. 결정하면 전화줘.

– 안 돼. 내 말은, 안 돼.

내가 배드맨은 키스를 하지 않는다고 말하기도 전에 그는 다시 내 입에 들어와 있다. 내 혀를 빨고, 자기 입술을 내 입술 위에서 움직이고, 혀와 혀를 맞대고, 혀로 춤을 추고, 나도 똑같이 하도록 만든다. 그는 내가 호모새끼처럼 생각하게 만들고 있다.

– 에고, 요것 봐라. 너 방금 학교 다니는 여자애들처럼 낄낄거렸어. 너도 아직 구제불능은 아닌지 모르겠네.

입술 위에 입술, 끄트머리가 들린 채 내 입을 핥는 입술, 혀 위에 혀, 혀 아래에 혀, 입술이 내 혀를 빨고 있고 나는 눈을 뜨고 그의 두 눈이 꽉 감긴 걸 본다. 이 신유소리는 내가 아니라 그에게서 나오는 것이다. 나는 손을 위로 뻗어 그의 젖꼭지를 비틀어 짠다. 너무 세지 않게. 나는 아직도 아픈 것과 뜨거운 것의 차이를 모르겠다. 그는 신음소리를 낸다. 그러곤 내 가슴을 따라 혀를 아래로 젖꼭지로 배꼽으로 가져가며 축축한 길을 남긴다. 그의 혀는 따뜻한데 그 길은 차갑다. 내가 이걸 하고 있는 걸 뉴욕이 엿보고 있을까? 나는 엿본다, 뭘 엿보는데? 바-티-이 가늘게 뚫어놓은 바늘구멍같은 눈으로. 창밖은 5층 높이인데. 모르겠다. 창문닦이나 비둘기나 누가 됐든 벽을 기어오르는 사람한테는 너무 높은 높이다. 누구라도 어떤 벽을 기어오르고 있지는 않겠지만. 아무도 볼 수는 없어도 하늘이 있잖아. 에어 자메이카가 창문 바로 옆을 날아가고 조시가 나를 보고 말 거야. 남자는 혀로 내 배꼽을 간질이고 나는 그의 머리를 잡아챈다. 그는 잠시 눈을 들어 미소를 짓는다. 머리카락이 내 손가락 사이를 스친다. 너무나 가늘고, 너무나 부드럽고 너무나 갈색이다. 백인들이 쓰는 말로 묘사하게 되는 그런 머릿결.

– 다시 이리 와, 씹새끼야.

나는 이미 여기에 있다고 말하고 싶은데 그가 방금 내 자지를 삼켰다. 그 바람에 내 입에서 나오는 소리는 말이 아니다. 뭔가 포피에 대한 걸, 그가 말하고 있다. 내 걸 다시 당기며, 그리로 곤두박질치는 머리를 보곤 나는 펄쩍 뛴다. 너처럼 포경수술 안 받은 녀석들은 진짜 민감하더라, 그치? 그는 귀두 부분만 핥고 빨다가, 그 아래 내 사타구니 털이 있는 곳에 입술이 부딪칠 때까지 삼켜버린다. 위로 아래로, 씹질을 해대고, 나는 그의 입술과 그의 혀와 그의 목구멍 윗부분과 그 축축함과 따뜻함, 진공상태를 느낀다. 빨았다가 놓았다가 빨았다가 놓았다가 빨았다가 놓았다가. 나는 그가 포피를 다시 당겨놓을 때마다 그의 어깨를 잡지 않을 수가 없다. 그리고 그 모습이라니, 흰색이 검은색을 향해 아래로 내려갔다가 다시 올라오고, 흰색이 아래로 내려갔다가 몸을 비틀고 다시 올라오며 분홍색 혀로 핥아댄다. 세번째에 나는 그의 어깨를 잡고 쥐어짠다. 결국 그가 멈춘다. 하지만 그는 내 두 발목을 잡고 내 엉덩이를 위쪽으로 밀어 올린다. 그의 혀가 나를 박아대고 있다. 나는 내가 이걸 얼마나 싫어하는지 생각하지 않는다, 그냥 뭔가 축축한 것이 내 똥구멍을 축축하게 적시는 느낌밖에 안 난다는 생각도 하지 않는다. 그는 내 다리를 허공에 그대로 내버려둔다. 그러곤 침대에서 굴러 내려가 콘돔을 집는다. 나는 아직도 커버업과 베어백*의 차이를 모르는데, 콘돔도 그런 식으로 나오고, 잘 모르겠다. 여기가 5층 높이라는 건 알지만, 누군가가 바로 지금 창문 옆을 지나가다가 내 다리가 허공에 들려 있는 걸 보면 어떻게 하지? 정말이지, 또 시작이군. 매번 그런 일은 벌어지지 않을 거라 생각할 정도로는 아직 충분히 씹질을 하지 않았다. 이 방안에 곧추선 자지가 하나 더 있는데, 그게 내 것은 아니라는 사실을 생각하지 않을 정도로는 아직 충분히 씹질을 하지 않았다. 나는 그냥 그걸 잡아서 쥐어짜고 잡아당기고 싶고, 언젠가는 빨고 싶어질지도 모른다. 그때 그의 손가락이 내 똥구멍에 윤활제를 바르는데, 이번만은 나도 감옥의 씹질을 생각하지 않는다. 감옥의 씹질을 생각하지 않는다고 말함으로써 감옥의 씹질을 생각하는 것이기는 하지만. 그는 내 똥구멍에 윤활제를 정말이지 잘 바르고 손가락으로 박아대다가 무언가 어딘가를 건드려 내가 펄쩍 뛰어오르게 만든다. 아니야, 내가 거기를 건드렸을 때 여자들이 느끼는 기분이 이런 건지 궁금하지 않아. 왜냐면 여자들은 씨발 좆같고, 보지도 좆같고, 지금 여기 5층 높이에서 씹질이나 하는 내가 호모스러운 걸 빼내겠다고 생각하는 것도 좆같으니까. 백인 남자가 위에 있다는 게 무슨 뜻인지 생각하는 것도 좆같아. 왜냐하면 나는 백인 남자가 위에 있다는 걸 생각하지 않으니까. 여기는 미국이고 내가 검둥이처럼 생각한다면 그건 백인 남자가 위에 있다는 게 뭔가를 의미한다는 걸 생각하는 거야. 그가 계속 나를 몰아갈 수 있겠지만 이제 내가 위로 올라가야겠어. 자지가 딱딱해야 하는 사람이

---

* 포경수술을 하지 않았으면 커버업, 했으면 베어백이라 한다.

내가 아니라서 얼마나 다행인지.

전화벨이 다시 울린다.

– 언젠가 들여보내주긴 할 거니, 자기야?

– 뭐? 아.

– 도대체 뭐가 그렇게 긴장되는데? 인정할 수밖에 없겠다, 자기야. 자메이카 사람들이 쌀쌀맞다는 소문이 파다하던데, 이젠 아주 신화처럼 느껴지네. 그냥 하는 소리야.

– 나 긴장 안 했어.

– 애기야, 나 그냥 천장에 매달려서 니 엉덩이에 엄지손가락이나 박고 있을까봐.

– 하하.

– 아하, 그러니까 비결은 너를 계속 웃게 하는 거네. 아니면 어두울 때 박든지. 어두울 땐 별 문제 없어 보이던데.

– 내가 본 영화에서는 다들 어두울 때 박던데. 텔레비전에서도.

– 미국의 모든 남자가 바비 유잉*처럼 생기지 않았다는 사실을 깨닫게 된 계기는 언제이신지?

– 난 어두운 게 좋아.

– 말 바꾸기는, 배트맨 씨.

– 말 바꾼 건 너지, 내가 아니라.

– 저 창문 바깥에서 너를 볼 사람은 슈퍼맨밖에 없다는 거 알지. 믿든 말든 그건 니가 선택할 일이고. 일 좀 보고 와야겠다, 금방 올게.

입을 손바닥으로 막고서야 나는 빨리 돌아오라는 말을 간신히

* 미국 CBS사에서 방영한 〈댈러스〉에 나오는 가상의 인물로, 1978~85년, 1986~91년까지 배우 패트릭 더피가 연기했다.

하지 않을 수 있었다. 킬로이가 나타났다는 식으로 조시가 창문 밖에 펑 튀어나오리라는 생각을 지금도 그만둘 수가 없다. 근데 있잖아, 내가 할말이 좀 있는데, 여기는 미국이고 나는 내가 하고 싶은 걸 할 수 있어, 그러니까 너희들이 씨불이려던 말은 엿이나 처먹으라고 해, 미국인처럼 말해보자면, 내 궁둥이나 빨아보라고. 로워 이스트사이드는 전부 묶였고 나는 베드스타이에서 직접 사업을 굴리고 있으며 그 멍청이 유비한테도 전화를 걸 필요가 없다. 유비가 조심하지 않는다면 브롱크스도 내가 곧 차지하게 될 것이다. 사실 나는 브롱크스도 씨발 흑인들도 필요 없다. 나한테는 값을 세 배는 쳐줄 수 있는 맨해튼 백인들이 있으니까. 오늘밤에 결국 문제의 비행기가 도착하면, 조시는 뉴욕과 자기가 해야 하는 모든 일을 위퍼가 제대로 굴리고 있다는 걸 알게 될 거다. 모든 게 내 덕분에 더 잘 돌아가고 있으니까 그냥 씨발 나 좀 혼자 내버려두고 내 집에 오지 말고 내 이불도 들춰보지 말라고, 만약에 이불을 들춰보더라도 아무 말도 하지 말란 말이야. 염병할 도대체 얼마나 더 많은 일을 해야 한다는 거지?

버겁다. 그게 다야. 이제 버겁다고.

그가 왼쪽으로 구부러진 딱딱한 자지에 벌써부터 콘돔을 끼운 채로 욕실에서 나온다. 백인 남자들은 입고 다니는 팬티 색처럼 피부색이 밝다. 그의 자지와 불알 주변에는 빨간 털이 나 있다. 나는 남자가 원래 부드러워도 되는지 궁금하다. 이 부드러운 뭔가가 나를 호모처럼 느끼게 한다. 다른 상황에서는 이렇게 느낄 때가 전혀 없다. 게이들이 활동하는 마인샤프트나 독수리 둥지, 스파이크, 뉴 데이비드 극장, 아도니스 극장, 웨스트 월드, 비쥬 82, 쥬얼, 크리스토퍼 스트리트 성인 서점, 제이스 행아웃, 헬파이어 클럽, 레좀, 앤스트리트 성인 서점, 램로드, 배드랜드나 램블에서도 이런 식으로 느끼진 않는다. 아내에게 가는 사업가에게서도, 자전거 선수나, 히피처럼 머리를 길게 기른 학생, 아니면 구아포*나 무차초나 마리콘티토에게서도, 교회에 가는 남자아이에게서도, 청바지 속에 든 20센티짜리 물건을 티내며 다니는 복제인간들에게서도, 다른 남자들이 프레피**하다고 부르는 남자들에게서도, 개를 산책시키는 백발 남자에게서도, 평범한 일을 하는 평범한 사람일 뿐 그 이상은 아무것도 아닌 것처럼 보이는 남자에게서도. 어떤 사람들은 내가 팬티를 내리면 바로 내 뒤로 다가오고, 어떤 사람들은 내게 화이트 와이프가 있는 경우 나를 집으로 데려간다. 미국에서는 내가 화이트 와이프라고 하면 무슨 뜻인지 알아먹는 인간이 한 명도 없어서 그냥 레몬이나 예요, 족제비 가루나 빅 C, 아니면 그냥 씨발 코카인이라고 말하기는 하지만. 어쨌거나 딜러는 자기 몫을 조금씩 빼돌릴 수가 있다. 집에서든 공원에서든 나는 팬티를 내리고, 그러면 그들은 침을 뱉거나 윤활제를 바르고서 씹질을 하고, 나는 그들이 몸을 떠는 순간을 기다린다. 그들은 가끔 내가 먼저 싸기를 기다렸다가 내 엉덩이에 대고 자위를 한다. 하지만 이 모든 건 남자가 남자를 잡아서 남자로 만드는 것처럼 느껴진다. 이 침대에서는, 너무 부드러워서 꼭 호모새끼 두 명이 된 것 같은 기분이다. 우리한테서 호모새끼 두 명의 소리가 난다. 그래서 뭐? 그럼 우리가 호모새끼인가보지.

– 하루종일 거기서 자위나 하고 있을 거야? 내가 말한다.

바로 그때 전화벨이 울린다. 그는 전화를 보더니 전화를 보지 않

---

* 스페인어로 '잘생긴 남자'.

** 상류 사립학교 학생 같다는 의미의 신조어. 고급 의류를 소탈하고 편하게 입고 다니는 어린 남자들을 가리킨다.

는 나를 본다. 그는 무언가를 말하려고 하지만 하지 않는다. 전화벨은 여전히 울리고 있다. 나는 벨소리가 멈추기를 기다리고 그는 침대로 올라와 내 발목을 잡는다. 벨소리가 멈추고 그는 내 두 다리를 허공으로 들어올린다. 나는 전화벨이 다시 울리기를 기다린다. 정말로 중요한 전화라면 그놈이든 그년이든 그 무엇이든 다시 전화를 할 테지. 그는 윤활제로 내 똥구멍을 문지른다. 전화벨은 울리지 않는다. 그는 자기 자지에 윤활제를 문지른다. 전화벨은 울리지 않는다. 나는 그가 자 넣는다, 라고 말하는 순간을 기대하다시피 하고 그가 그렇게 말하지 않는데도 어쨌든 낄낄거린다. 무슨 계집애처럼. 그는 미소를 짓고, 나를 똑바로 보며 그대로 밀어붙인다. 빠르지도 느리지도 않지만 단호하고 멈추지 않는 움직임이다. 순간의 아픔은 그 구부러진 자지가 자리를 잡고 박아대자 바로 사라진다.

화장실에서 오줌을 누고 있는데 씨발 전화벨이 다시 울린다.

– 여보세요?

제기랄. 침대에 있던 남자가 전화를 받는다.

– 여보세요? 한번 더 해봐야 하나, 여보세요? 잠깐만요. 너한테 온 전화 같은데.

전화를 받기까지 5초.

– 여보세요?

– 씨발 방금 누구였냐?

– 누구? 무슨 소리야?

– 피똥 싸지 말고 새꺄, 내가 무슨 소리하는 것 같은데? 방금 전화 받은 건 뭐 더피라도 되나?

– 아냐, 유비.

– 그럼 누군데?

– 복도 아래쪽 집에 사는 브레드렌이야, 여기에 온 건…… 내가 음악을 틀었는데…… 필 콜린스* 알지?

– 그런데 그놈이 니 사업상 전화를 받는다고?

– 이봐 잠깐, 유비. 무슨 전화든 내가 받으라고 한 거 아니야. 화장실 갔다 왔는데 벌써 받고 있더라고. 아무튼, 그래서 뭐 어쨌다고, 인마? 무슨 일인데?

– 나한테 말할 때 미국 사투리 쓰지 마.

– 그럼 너도 내가 니 애새끼라도 되는 것처럼 말하지 마. 무슨 일 났냐?

– 당연히 무슨 일이 났지, 미친놈아. 내가 브레드렌한테 전화 건 게 벌써 세번째라고.

– 그러니까 지금 받았잖아.

– 그래, 내가 뭘 들이받은 건 분명한 것 같다.

– 씨발 그게 무슨 뜻이야?

– 어쨌거나, 계획이 바뀌었어. 니가 아니라 내가 조시를 태워 올 거야, 그리고……

– 뭔 씨발 개소리야. 계획이 바뀌었으면 조시가 나한테 말을 해줬겠지.

– 그럼 무슨 수를 써서든 공항으로 와서 내가 조시 태우고 가는 거 구경이나 해. 사람이야 많으면 많을수록 즐겁다는 게 내 지론이니까. 하나 더. 조시가 이스트 빌리지에 또 가고 싶지는 않대. 부시윅 사업 현황을 좀 보고 싶다는군.

– 부시윅? 조시가 갑자기 부시윅에 가고 싶어하는 이유라도 있어?

---

* 영국의 가수, 작곡가, 연주자, 음반 제작자이자 배우(1951~).

– 갑자기 니가 나를 독심술사라고 생각하는 이유라도 있냐? 조시랑 문제 있으면 조시랑 얘기해.

– 처음에는 미스 쿼니 레스토랑에 데려갈 생각이었다고. 뉴욕 시에서 자메이카 음식 제일 잘하는 데야. 브루클린 플랫부시쪽에 바로 있고.

– 위퍼. 조시가 매일 자메이카 음식을 먹을 수 있는 자메이카를 내버려두고 여기까지 날아와서 좆같은 모조품이나 먹고 싶어할 것 같냐? 너 멍청한 거야, 아니면 텔레비전에 나오는 멍청이인 척하는 거야?

– 이봐, 너 지금 누구한테……

– 9시 30분에 만나기로 했어. 부시윅에서 보자.

도카스 파머

어떤 사람들은 내가 모르는 무언가를 알고 있는지도 모르지만, 나는 '그냥 궁금해서요' 라고 말하는 남자들 중 다른 동기가 없는 사람을 만나본 적이 한 번도 없다. 혼자 사세요? 그냥 궁금해서요. 그래, 그거야말로 끝내주는 밤의 시작이었다. 애초에 내가 집으로 데려갔으니 멍청한 건 나였다는 점은 인정한다. 왜 그런 짓을 했느냐고? 처음에는 남자를 따라 시끄러운 자메이카식 클럽에 들어갔다. 그야, 남자가 도저히 자메이카 사람으로는 보이지 않았으니까. 그렇게 문제의 남자를 데리고 나온 다음, 주차장에서 그보다 더 멀리 진도를 뺄 이유를 만들어주기까지 했지만, 도저히 그의 집으로는 가고 싶지 않았기 때문이다. 왜냐하면, 성모수태 여자 고등학교 교장이라면 분명 그게 무슨 걸레같은 짓이냐, 라고 말했을 테니까. 남자를 집으로 데려가면 그는 즉시 손이 일곱 개는 더 생겨서, 한 손은 내 목에 두르고 다른 한 손은 벌써 내 팬티 쪽으로 내려가 나를 더듬는다. 내 클리토리스가 자지처럼 튀어나와 있을 거라고 생각한 게 틀림없다. 맥주 냄새가 나는 숨결은 바에서 맡을 때에만 섹시하다니, 참 우스운 일이다. 내가 생각이 바뀌었다고 말하자 그는 내 목을 움켜쥐고는 조르기 시작한다. 나는 그의 두 손을 붙잡지만 그는 더욱 세게 움켜쥐면서 말한다. 무슨 문제 있는 거 아니지, 그치? 내가 말한다. 아니야, 자기야. 그냥 침실로 가서 더 편한 옷을 입고 싶어서 그래. 그러니까, 영화에서 하는 그대로 말이다.

– 그럼 바는 어느 쪽에 있어? 알아서 뭐 좀 만들어 마시게.

– 그럴 시간 없을 텐데, 자기야.

그렇게 나는 욕실로 들어가고 기분을 훨씬 더 편안하게 만들어 줄 무언가를 정말로 찾아낸다. 그거 하나를 찾겠다고 건힐 로드가 거의 끝나는 지점까지 그 먼길을 걸어갔던 게 기억난다. 가게 주인은 나를 보더니 그걸로 뭘 따려는 거냐고 물었다. 남자는 내가 거실에 놓아둔 식탁 의자 중 한 곳에 앉아 있다. 문제없지, 한 블록이나 두 블록만 걸어가면 또다른 의자가 나를 기다리고 있을 테니까. 부수적 피해일 뿐이야. 그는 몸을 구부린 채, 몸에 걸친 유일한 옷, 그러니까 짝이 맞지 않는 양말을 잡아당기고 있다. 단검이 허공을 너무 빠르게 가르는 바람에 나는 거의 통제할 수가 없었다. 칼날은 의자 맨 위의 가로대를 깨끗하게 가르고 지나가 뒤쪽에 박혔다. 남자는 펄쩍 뛰었지만 충분히 재빠르지 않았다. 그는 남자들이 해야만 한다고 느끼는 행동을 했다. 한 걸음 가까이 다가와, 팔꿈치를 이쪽저쪽으로 찔러대며, 여자가 겁먹었다고 생각하는 것처럼 웃어댄 것이다. 하지만 그가 혼이 빠지도록 겁에 질린 건 내가 단검을 휘둘렀기 때문이 아니었다. 그가 겁을 냈던 건 내가 브루스 리 영화에 나오는 스턴트 대역처럼 빠르게 움직여 또 한번 단검을 휘두를 수 있었다는 사실이었다. 이년이 취미생활이 필요했나보네, 어머니라면 그렇게 말했을 것이다. 나는 다시 한번 그를 향해 칼을 긋고서는 비명을 지르기 시작한다. 피똥 쌀 내 집에서 나가! 그는 진정해 자기야, 진정해라고 말하고 있고, 나는 강간이야! 피똥 쌀 내 집에서 나가라고 비명을 지르기 시작한다. 나는 실수로 그를 놓친 것처럼 보이려고 칼을 휘두르며 내 비싼 화병을 깨버리지만, 사실 그 화병은 똥값도 안 된다. 그걸 깨뜨린 이유는 이 미친년이 아주 제대로 진심이라는 걸 보여주려는 것뿐이었다. 그는 여전히 뒤쪽으로 씨발 너무 천천히 물러나고 있다. 최소한 옷이라도 입게 해주면 안 될까? 그가 말한다. 하지만 나는 계속 비명을 지르며 덤불이라도 정리하듯 염병할 단검을 왼쪽, 오른쪽으로 휘두르면서 그를 쫓아간다. 그는 문으로 달려가 복도를 따라 빠져나갔다. 웬 미친 씨발년이라고 비명을 지르며. 누구 얘기를 하는 건지 모르겠다. 당시만 해도 나는 좀더 자메이카 사람다웠는데 지금은 그저 무슨 욱하는 미국인이 된 건 아닌지 궁금해진다. 그리고……

– 됐으니 말하지 마. 알 필요도 없어.

– 뭘 알아요?

– 맹세하는데, 알츠하이머 걸린 내 사촌 래리도 너보다는 주의력 지속 시간이 길어.

– 아, 죄송해요. 용서해주세요.

– 아니, 용서 못 해줘. 이제 내가 농담을 또하나 들려줘야겠어.

– 세상에, 켄 씨. 검둥이 농담을 하나 더 하시겠다는 건 아니죠.

– 나 원 참, 그건 이제 그만 좀 하자고, 제발. 이건 알츠하이머에 대한 농담이야. 웃기지, 대문자 A로 시작하는 병에 걸린 사람들이 대문자 C로 시작하는 병*을 가진 사람들을 가지고 농담을 한다니 말이야. 자기가 아프다는 사실을 기억하지 못하면 질병이 낫기라도

한다는 건가.

– 그럼 켄 씨는 대문자 A인가요, 대문자 C인가요? 대문자 P? D? 자메이카에 있는 우리 가족은 전부 다 대문자 D예요.

– 대문자 D라니?

– 당뇨병Diabetes이요.

– 아, 그렇겠군. 그럼 P는 파킨슨병이고? 가끔은 차라리 중세시대 병에 걸린 거였으면 좋겠어, 결핵이나 이질 같은 거.

– 어떤 병이신데요?

– 벌써부터 이 상황을 이주의 명화로 만들어버리지는 말자고, 안 되겠나? 그렇게 되면 꼭 우리 며느리의 텔레비전 속에서 사는 것 같은 기분이 들 테니까 말이야. 사실 이 장면 전체는 〈슬픔은 그대 가슴에〉** 같은 분위기를 빼고 좀더 걸리버 여행기 같이 만들어야 할 필요가 있어.

그는 문간으로 걸어가더니 모자와 스카프를 집어든다.

– 가자.

– 네? 가다니 어딜요? 릴리펏***이요? 좀 있으면 피자 배달 와요.

– 아, 그 거지같은 거 난 절대 안 먹어. 피자야 배달부가 계단에 놔두고 우리집에서 달아둔 돈에서 값을 빼가겠지. 여길 좀 뜨자고, 씨발 지겨워 돌아가시겠어.

솔직히 말하면, 나도 정말 떠나고 싶었다. 보기만 해도 겨우 몇 년 전에 만들어졌다는 걸 알 수 있는, 노예 시대식 가구가 신경을

---

* 암(Cancer)을 가리킨다.

** 1934년에 개봉한 미국의 로맨틱 영화로, 인종과 계급, 젠더 등의 문제를 다루고 있다.

*** 『걸리버 여행기』에 나오는 소인국.

긁어대기 시작했다. 미즈 콜서스트는 이 집 어딘가에 잡지 〈빅토리아〉*의 모든 호를 보관하고 있을 것이다. 아이싱을 직접 만들고 싶어질 때를 대비해 〈레드북〉**도 보관중인지 모르지.

– 어디로 가는데요?

– 그걸 누가 알아. 니가 나를 브롱크스에 있는 어딘가로 데려가서 저녁을 먹을 수도 있는 거고. 아무튼 릴리펏 얘기는 스위프트***를 읽었다는 뜻으로 받아들이겠네.

– 자메이카 학생들은 열두 살만 되면 걸리버 여행기를 읽어요.

– 아, 이런. 앞으로 40분 후에는 그녀가 우리를 또 어떻게 놀라게 해줄까요? 호기심 많은 영혼이라면 궁금해하기 마련입니다. 가지.

이 남자는 농담으로 브롱크스 얘기를 꺼낸 게 아니었다. 우리는 택시가 유니언 스퀘어에 닿자마자 뛰어내리다시피 내려, 지하철역으로 가서 5호선을 타고, 우리가 왔던 곳으로 곧장 되돌아갔다. 그때 왜 내가 아무 말도 하지 않았는지 잘 모르겠다. 우리는 둘 다 문 옆에 있는 3인용 자리에 앉았다. 나는 눈을 들어 누구라도 나를 보고 있는 건 아닌지 확인하고 싶지 않았다. 이제는 실내에도 그래피티가 있다. 96번가에 도착하기 전까지 차량 안에 있는 사람들은 대부분 백인이었다. 그들은 아무데도 갈 곳이 없는 것 같은 남녀 노인들과 서둘러 집에 가고픈 마음이라곤 전혀 없는 어린 학생들이었다. 110번가와 125번가 사이에 도착했을 때, 백인들은 거의 다 내린 상태였고 라틴계와 흑인 몇 명만 남아 있었다. 145번가쯤에서는 차량 안의 사람들이 거의 흑인이었다. 어느 그룹에 속한 사람이든

* 세계적 출판 미디어 회사인 호프먼 에이전시에서 발간하는 격월간 여성 잡지.

** 성공한 여성들의 경험담을 주로 다루는 미국의 여성용 잡지.

*** 『걸리버 여행기』의 작가 조너선 스위프트.

단 한 명도 참지 못하고 우리를 보았다. 내가 간호사 복장을 하고 그가 라일 왜거너처럼 생기지 않았더라면 좋았을 텐데. 어쩌면 흑인 남자들은 이렇게 생각하고 있는지도 몰랐다. 흑인 여자를 다룰 줄 아는 걸 보니 이 남자는 뭔가 특별한 게 분명하다고. 아니면 콜걸 하나 만나자고 진짜 이 멀리까지 여행을 왔을까 궁금해하고 있을지도. 더 최악이었던 건, 목적지가 180번가였던 만큼 우리를 보는 사람들이 없어질 때까지 열차 안에 가만히 앉아 기다려야만 했다는 것이다.

– 이 근처 사나?

– 아닌데요.

– 그냥 물어본 거야.

– 이 시간에 이쪽으로 가는 이 전철을 탄다는 게 안전하지 않다는 건 알고 계시죠?

– 무슨 소리야? 이제 겨우 오후 5시 돼가는데.

– 오후 5시의 브롱크스잖아요.

– 근데?

– 텔레비전 없어요?

– 세상 살면서 뭘 두려워해야 할지는 제각각 결정하는 거야, 도카스.

– 파크 애비뉴에 사는 사람들이야 오늘은 공포를 좀 느껴볼까 하고 결정할 수 있겠죠. 우리 같은 나머지 사람들한테 그 말은 5시 이후에는 브롱크스에 가지 말라는 뜻이라고요.

– 그럼 왜 그리로 가는 건데?

– 제가 가는 거 아니에요. 켄 씨가 가는 거죠. 저는 그냥 따라가는 거고요.

– 하, 나한테 보스턴 로드에 있는 저크치킨 집 얘기를 해준 건 너잖아. 내가 1973년 이후로 자메이카 음식을 먹어본 적이 없다고 이미 말을 해놨는데.

– 뭐예요, 산다는 건 그런 거야, 백인 남자들한텐 자기 나름의 『암흑의 핵심』*식 경험이 필요하거든, 이런 건가요?

– 어떤 걸 더 인상 깊게 느껴야 할지 모르겠군. 니가 그렇게 책을 많이 읽었다는 점인지, 5번가에서 멀어지면 멀어질수록 나를 대하는 니 말투가 점점 더 대담해진다는 점인지.

– 다음엔 또 무슨 얘기를 하시려고요, 켄 씨? 너 진짜 영어 잘한다, 그 말씀 하시려고요? 미국인들은 고등학교에서 책도 안 읽나 보죠? 뭐 말투 문제야, 저를 고용하신 것 자체가 실수였으니까요. 내일은 제가 됐든 누가 됐든 고용센터에서 보낸 사람을 만날 일이 없으실 거라는 점 확실히 말씀드릴게요.

– 와, 실수의 무게에 비해 대가가 너무 가혹하군그래, 그가 말했다. 내가 아니라, 뭐든 창밖에 있는 걸 보면서. 누군가 방금 주고받은 대화를 들었는지 확인하려고 나는 차량 안을 훑어본다.

– 무슨 속셈이신지 알겠네요, 내가 말한다.

– 그래? 한번 말해봐.

– 무슨 병인지는 모르겠지만, 그 병 때문에 죽기 전 소원을 풀고 계신 게 분명해요. 이제 더이상 아무것도 겁낼 게 없으니까 뭐든 원하는 걸 할 수 있는 거죠.

– 그럴지도 모르지. 그게 아니라면, 프로이트 씨, 나는 그냥 염병

* 1899년에 출간된 조지프 콘래드의 소설로, 콩고의 강을 따라 아프리카의 심장부로 거슬러올라가는 백인 남자 말로와 그가 정글 한복판에서 만나게 된 남자 커츠의 이야기를 담고 있다.

할 저크포크랑 얌이랑 럼 펀치가 좀 먹고 싶을 뿐, 니가 싸구려 서점에서 사 읽은 대중 심리학 책에는 좆도 관심이 없는 건 아닐까? 그런 좆같은 생각은 안 해봤어?

두 남자가 눈을 든다.

– 미안하군. 아들이랑 그놈 마누라한테 그런 헛소리는 이미 많이 들어놔서. 그런 얘기는 듣고 싶지 않아, 특히 내가 돈 주고 고용한 사람한테서는.

세 남자와 두 여자가 눈을 든다.

– 뭐, 사람들이 전부 저를 창녀라고 생각하게 만들어주셔서 감사하네요, 내가 말한다.

– 뭐? 무슨 소리야?

– 다들 켄 씨 말을 들었다고요.

– 아. 아, 이런.

그러더니 그는 자리에서 일어난다. 나는 핸드백을 활짝 열고 내 머리를 통째로 이 안에 밀어넣을 것인지 고민해본다.

– 여기 좀 봐주시죠, 여러분…… 저는 어…… 여러분들이 뭐라고 생각하실지 알고 있습니다.

– 진짜 왜 이래요? 저 사람들은 아무 생각도 안 하고 있어요. 앉아요.

– 제가 드리고 싶은 말씀은 그냥, 여기 있는 도카스 말입니다, 이 여자는 제 아내예요, 무슨 창녀 같은 게 아니고.

내가 머릿속에서 비명을 질렀다는 것만은 분명하다. 공공장소에서 대놓고 그랬는지는 모르겠지만, 장담하는데 분명 머릿속에서라면 비명을 질렀다.

– 저희는 결혼한 지 이제, 이제 몇 년이냐, 한 4년쯤 됐지, 자기

야? 그런데도 인정할 수밖에 없군요, 꼭 결혼한 첫날 같아요. 안 그래, 이쁜이?

그가 내 체면을 살려주려다가 심각하게 실패하고 만 것인지, 아니면 정말 재미있어서 이러는 것인지 알 수가 없다. 그러는 동안 나는 우리를 보지 않으려고 무진 애쓰는 사람들을 사납게 바라본다. 나이든 여자 하나가 입을 가리고 웃고 있다. 나도 웃으면서 내가 이 농담의 일부가 아니라는 점을 분명히 알리고 싶지만, 웃음이 나오지 않는다. 우스운 건, 그에게 화가 나지도 않는다는 것이다. 그는 난간을 잡고서, 곧 춤이라도 출 듯이 열차와 함께 흔들리고 있다. 열차는 모리스 파크에서 멈춘다.

– 여기서 내려야 돼요.

– 응? 여긴 모리스 파크잖아. 건힐 로드로 가는 건 줄 알았는데?

– 여기서 내린다고요.

나는 문이 열리자마자 내리고 그를 기다리지 않는다. 뒤도 돌아보지 않는다. 나는 그가 계속 열차에 타고 있기를, 씨발 바라던 대로 건힐 로드에나 가기를 바라고 있다. 하지만 그때, 뒤에서 그의 숨소리가 들려온다.

– 와, 진짜 재미있었어.

– 사람들 당황하게 만드는 게 재미있어요?

나는 승강장에 서서 그가 사과하기를 기다린다. 왜냐하면 나도 영화를 봤으니까. 이게 지금 해야 하는 일이다.

– 글쎄, 그보다 왜 나는 이렇게 쉽게 당황하는 걸까, 하고 너 스스로 질문을 던져봐야 할지도 몰라.

– 뭐어?

– 난 니가 자메이카식으로 말할 때가 참 좋더라.

– 장난해요?

– 아 씨발, 도카스. 열차에 타고 있던 사람 중에 아는 사람은 한 명도 없잖아. 그 사람들 중에 다시 볼 사람도 없고. 보게 된다 해도, 그 사람들이 어떻게 생겼는지 기억도 못 할 거야. 근데 그 사람들이 뭐라 생각하든 말든 왜 쥐똥만큼이라도 신경을 쓰는 건데?

이런 세상에, 이 구역에서 말이 되는 소리를 하는 사람이 내가 아니라는 게 정말 싫다.

– 다음 열차 기다려야 돼요.

– 다음 열차는 좆까라고 해. 걷자.

– 걷겠단 말씀이죠. 브롱크스에서.

– 그래, 내가 하려는 게 바로 그거야.

– 해펜 공원에서 거의 매일 아침 시체가 발견된다는 건 아실 텐데.

– 지금 참전용사한테 죽은 시체 얘기를 하려는 거야?

– 실제 범죄는 〈폴리스 우먼〉에 나오는 거하곤 다르단 걸 아시겠네요.

– 〈폴리스 우먼〉이라니? 너 마지막으로 텔레비전 본 게 언제야?

– 브롱크스에서 그냥 걸어다닐 수는 없어요.

– 걱정 마, 도카스. 최악의 경우에도 사람들은 헤로인을 구하려는 나를 니가 돕고 있다고만 생각할 거야.

– 방금 헤로인이라고 했어요?

이거 아주 끝내주는 광경이겠는데. 신상 관련 서류에 의심의 여지가 있는 이민자가, 나는–무적이야–왜냐하면–나는–백인–남자니까 주스를 마시는 바람에 중요한 나사가 빠져버린 게 분명한 이상한 남자와 함께, 저녁에 브롱크스를 걸어가다니.

– 그럼 가족들한테도 전화 안 하실 거예요?

– 좆까라 그래. 우리 며느리가 인상 찌푸리고 있을 걸 생각하면, 특히 주름살 제거 수술을 받은 다음에 그럴 걸 생각하면, 이건 아주 할 만한 가치가 있는 일이라고.

트리스탄 필립스

아, 그러니까 원하기만 하면 언제든 자메이카로 돌아갈 수 있다는 건가? 아, 그래? 자네는 꼭 원하기만 하면 언제든 헤로인을 끊을 수 있다고 하는 사람 같군그래. 알지 모르겠네만, 알렉스 피어스, 자메이카는 자네 핏줄을 타고 번져나갈 수 있고 자네한테 좋지 않은 여느 어둡고 달콤한 것들처럼 될 수도 있다네. 하지만 수수께끼처럼 말하는 건 그만두도록 하지. 문제는 말이야, 자네가 어디에서 나를 찾아야 할지 알고 있었던 게 아니라면, 나를 찾을 수 있는 방법은 없었을 거라는 점이야. 그래, 그래. 평화조약 추진 과정이 몰락한 것에 관심이 많았다고. 그럼 말해보게, 1978년 이후로 자메이카에 가본 적이 한 번도 없다면 뭘 대체 어떻게 조사할 계획인가? 자네가 그 소식을 들었다는 것만으로도 놀랐네. 그 일이 벌어졌을 때는 자네가 현장에 있지도 않았으니 말이야. 루시랑 이야기해볼 생각인가? 브레드렌, 농담하지 말게. 루시야말로 열쇠야. 평화위원회에서 살아남은 사람은 나란 놈과 루시밖에 없다고. 이 친구야, 자메이카로 가서 그 여자를 추적해야 한다니까. 다른 사람들은 다 죽었는데 어째서 우리 둘만 살아남았는지 궁금한 적 없었나? 물론 없었겠지, 바로 지금까지는 살아남은 사람이 오직 한 명이라고 생각했을 테니까. 기억해두라고. 실은, 서류상으로는 나도 죽은 것으로 되어 있어. 모두 살해당했어. 이건 자네가 누구랑 이야기를 하는지에 따라서 달라지는 얘기지. 그리고 살해당했다는 사람 중에는 가수도 포함되네. 말해보게나. 어디 암이 옮았다는 사람 얘길 들어본 적이 있나?

아직까지 이해가 안 되는 건 어째서 이 주제가 자네를 그토록 유혹하느냐 이거야. '자메이카가 재앙으로 향한 날' 같은 걸 만들어내려나 보군. 자메이카한테 어디 달리 갈 곳이라도 있는 것처럼 말야. 그럼 자네가 자메이카에서 제일 좋아한 장소는 어딘가? 트렌치 타운? 도대체 어떤 인간이 트렌치 타운을 제일 좋아하는 장소로 꼽는단 말인가? 백인이라서 다행이지, 안 그래? 하나 물어봄세, 트렌치 타운에 사는 사람 중에 한 명이라도 트렌치 타운을 가장 좋아하는 장소로 꼽을 것 같나? 거기 현관 입구 계단에 앉아 있는 사람 중에 한 명이라도, 그래 이게 인생이지, 라고 할 것 같아? 웃기는 관광객 친구로군.

아, 자네는 관광객이 아니라고. 그런 소리는 하지 말게, 진짜 자메이카를 안다느니 어쩌느니. 거기에 애인도 하나 두고 있다고? 아이샤. 좋은 이름이네, 쌀 때 내는 소리 같군. 그래서 그 여자가 좋은 여자라는 건가, 아니면 자네 거시기를 빨아줬다는 건가? 하하, 난 상관없네, 흰둥이 친구, 나야 전 세계의 물정을 다 잘 알고 있으니까. 그 전 세계가 제3세계이긴 하지만, 뭐 어쨌든. 오늘 시간이 얼마나 남았지? 무제한이라고? 리커스에서? 브레드렌, 대체 어떤 연줄을 동원한 건가? 어쨌거나 하던 얘기는 마저 하는 게 좋겠군. 안 그런가?

가수가 나한테 조시 웨일스 얘기를 하기 전까지 나는 그 녀석에 대해 깊이 생각해본 적이 없었네. 하지만 이런 저런 일들이 터지고 또다른 일들이 벌어지면, 평생 교회라고는 좋아해본 적이 없는 사람도 어떤 조짐을 느끼기 시작하잖나. 내 말은, 그자가 정말로 가수를 죽이는 데 관심이 있었다면, 바로 다음날 밤에 그 일을 해치워버렸을 거라는 걸세. 조시는 분명히 다른 의견을 전달하려는 게 틀림없었어. 내 말은, 제기랄, 아무 일도 벌어진 적이 없다는 듯이 가수의 뒷마당으로 곧장 걸어들어온다는 게 말이 되나? 그렇게까지 간이 큰 놈이 있어? 조시의 앞길을 막지 말게. 지금이야 뭐 전쟁이야말로 게토 남자들의 본성이니 평화는 애초부터 실패할 운명이었다고 쉽게 말할 수 있지. 그래. 아주 그럴싸한 얘기처럼 들려. 하지만 이걸 이해해야 하네—희망이 너무 새롭고 신선하게 다가와서 다채로운 색깔로 보이는 때가 언젠지 아나? 절대로 일어나지 않을 걸 아니까 머리 한구석에 간직만 하고 있던 것이, 갑자기 진짜로 실현될 수 있을 것처럼 보이는 때야. 진짜로 하늘을 날 수 있다는 사실을 알게 되는 거랑 같다고. 우리는 젖소 뒤에서 태어난 촌놈들이 아니잖나. 자네 식으로 말하자면, 나이브하지 않다는 얘기지. 우리 중 누구도 멍청이는 아니란 말일세. 우리 모두는 이 평화라는 게 90퍼센트 확률로 실패할 거라는 걸 알고 있었어. 만, 하지만 살면서 그 10퍼센트가 평생 그토록 달콤하게 보인 적이 없었던 거야. 우리는 그냥 그걸 붙드는 수밖에 없었네. 그리고 쇼타 셰리프가 나더러 이 평화위원회의 의장을 맡아줘야겠다고 말했을 때는, 꼭 누가 나를 보더니, 나조차도 내 안에 있는지 몰랐던 다른 무언가를 처음으로 봐준 것만 같았어. 난……

나는……

또 잠깐 딴생각을 했군.

그러다가 한순간에 코퍼가 총을 맞고, 파파-로가 총을 맞았지. 처음에 나는 우리 방비가 허술해져서 경찰이 원한을 갚는 거라고만 생각했어. 그보다 더 나쁜 상황이라면, 결코 평화 따위는 원한 적이 없는 정당들이 다음번 선거에 대비해서 늦지 않게 평화를 제거하는 거라고 생각했지. 하지만 경찰의 지능에 대해서는 이미 이야기하지 않았나. 정치인들도 마찬가지야. 자기들이 평화를 죽여버렸다는 얘기가 새어나오기를 원하지는 않지. 더 깊이 들여다봐야 하네. 경찰이 배드맨을 죽이는 건 원한이 있기 때문이야. 하지만 시체 한 구 들쳐업고 시내를 행진하는 걸 빼면, 경찰은 사실 누굴 죽여서 득 볼 일이 하나도 없어. 자네도 생각해보게. 지금 이 순간, 이런 살인사건들이 일어나기 전보다 더 좋은 자리에 올라 있는 사람이 누군가? 단 한 명뿐이지.

조시 웨일스 피똥 쌀 새끼.

파파-로가 죽었으니 이제는 그자가 코펜하겐시티 최고의 던이야. 쇼타 셰리프도 죽었고 인민국가당의 뉴욕 패거리들은 그 이후로 흩어져버렸네. 내가 거느리던 패거리를 포함해서 말이야. 뉴욕에 있는 사람들은 죄다 화이트 와이프를 킁킁대든지 담배로 피우든지 주사로 맞고 있었고 그 콜롬비아놈한테는 물건을 미국 더 깊숙한 곳까지 들여갈 수 있는 능력이 있는 자가 필요했어. 내가 듣기로는 지금은 영국에까지 갔다는군. 평화조약만 길을 비키게 만들면 되는 거야. 특정한 정치인에게 빚을 지우는 거지. 남은 평생을 바쳐 갚아야 할 만큼 큰 호의를 베풀어주기만 하면 되는 거라네. 자의 백성들이 일으키는 어떤 운동이든 죽여버리기만 하면, 미국인들로서는 우리가 쿠바처럼 변하게 될 일을 더이상 걱정할 이유가 없어지는 거야. 나도 실제 상황이 어땠는지는 하나도 모르지만, 장담하는데 높은 사람들 중에서도 몇 명은, 어쩌면 해안경비대를 지휘하는 사람이든 입국심사대나 세관 같은 데서 일하는 사람이든, 이제 다들 특정 보트나 비행기나 배에는 그냥 눈을 감아버리기로 한 거지. 한 남자가 1980년의 자메이카를 접시에 담아서 자기들한테 줄 테니까.

브레드렌, 나 같은 사람이 결국 감옥에 갇히는 그 이유를 알았다면, 나 같은 사람들은 결코 감옥에 갇히지 않았을 거네. 자네 이야기의 첫 문단을 방금 한 말로 시작해도 좋아. 게토식 지혜든 뭐든 이름이야 마음대로 붙이게. 수상쩍은 흑인들에게 휩쓸릴 때마다 자네 백인들이 하는 얘기 있잖나. 그래, 나도 책을 읽는다네, 알렉스 피어스. 자네보다 많이 읽지. 맨, 나 같은 사람만 보면 아주 흥분돼서 죽겠지, 안 그래? 백인 기자를 그 기자만의 스태거 리* 옆에 놓아두면, 뇌가 아주 돌아버리는 거야. 자네 자신의 얘기는 쓸 게 없어서 그러는 건가? 그래, 자네 얘기를 하려는 건 아니지. 자네는 이야기가 되려고 여기에 온 게 아니라 이야기를 전하려고 여기에 온 거니까. 하지만 그런데도 내 안의 어떤 부분은 이게 내 이야기가 아니라 자네의 이야기라고 말하는군. 1976년 이후의 어느 한 해에라

* 미국의 범죄자. 본명은 리 쉘튼으로 아프리카계 미국인이다. 1895년 크리스마스에 빌리 라이온스라는 인물을 살해했는데, 쓰러진 쉘튼의 손에서 모자를 빼앗아 들고 아무 일 없다는 듯 걸어나갔다는 일화 때문에 대중문화 영역에서 터프함의 상징처럼 소비되고 있다. 그 결과 〈스태거 리〉라는 포크송이 탄생해 오랫동안 인기를 끌었다.

도 관심이 있나? 1981년은 어때? 많은 일들이 일어났지, 가수가 천국이라는 곳을 알게 됐고 나는 아티카라는 곳을 알게 됐으니까. 뭐, 사람들이 무슨 브로셔라도 보고 리커스에 오는 줄 아나? 모든 걸 다 끝내고 졸업해서 리커스에 오는 거야, 브레드렌.

뭐 어쨌거나, 그 호모새끼 위퍼가 다시는 나를 뒤쫓지 않을 거라는 건 알았지만, 그렇다고 조시 웨일스도 안 그러리라는 법은 없었어. 그건 그렇고, 그 친구 만나본 적 있나? 없다고? 평화 추진 과정을 얘기하면서 그 친구를 만나본 적이…… 됐네. 나는 그자가 무슨 일을 벌일 셈이었는지 정말 알 수가 없었고, 그래서 랭킹 던즈와 손을 잡기로 했네. 간단한 얘기야. 스톰 파씨는 그 자체로 조시 웨일스이고, 조시 웨일스는 코펜하겐시티니까. 그리고 랭킹 던즈는 에이트레인즈지. 나는 놈들이 발라클라바를 불도저로 밀어버린 그 날부터 에이트레인즈에 속해 있었으니 랭킹 던즈가 아니면 어딜 가겠는가? 아니야, 스타. 정치적인 전쟁이라는 건 전장을 바꾼다고 해서 끝나는 게 아니라네. 나한테는 안전이 보장되는 게 절실히 필요했어. 그놈들에게는 두뇌가 필요했지. 그 귀여운 씹새끼들은 누가 어디에서 뭘 팔고 있는지, 유비 브라운과 유비의 스톰 파씨가 어느 거리에 총질을 할 예정인지조차 파악하지 못했으니까.

괜찮네 형제, 테이프 갈게나.

어쨌거나, 스톰 파씨나 유비, 조시 웨일스에 대해서 이것 하나만 말해두지. 그자들은 한 사람을 잡으려고 극장에 있는 사람들을 한 줄 통째로 쓸어버릴 수 있는 자들이네만, 적어도 품격이란 건 있어. 아니, 최소한 유비한테는 품격이 있지. 아니, 그놈은 그냥 실크로 만든 옷을 입고도 포주처럼 보이지 않는 법을 알고 있는 건지도 모르지만. 그런데 내 쪽 사람들은? 그놈들은 더럽고 추잡한 검둥이

일 뿐이야. 한번은 이런 일이 있었네. 누군가가 잼다운에서 필리*까지 와서 자리를 잡고는 대마초를 왕창 쌓아놓고 있다는 얘기를 우리 보스가 들은 거야. 헌데 그자는 코펜하겐시티 소속이면서도 스톰 파씨의 보호는 받지 않고 있었어. 그 멍청이가 그런 건 필요 없다고 생각했거든. 그래서 보스가 우리를 필라델피아로 보냈네.

그자는 지나칠 만큼 아무것도 몰랐고 우리는 그냥 그자의 집으로 걸어들어갔다네. 문도 안 잠가놓고 있더군. 뭘 많이 쌓아둔 인간처럼 굴지를 않은 거지. 내가 랭킹 던즈에게, 이 물량이 유비에게 공급된다면 다섯 개 도시 중 최소 한 곳에서는 또다른 전쟁이 벌어질 거라고 말했던 게 기억나네. 하지만 랭킹 던즈는 그자가 단독으로 행동하는 인물이라고, 무슨 비틀거리다 넘어졌더니 대마초 화물이 있더라는 식이더라고 확신하더군. 어쨌거나, 그자는 우리를 보더니 총을 가지러 위층으로 달려가려 했네. 총을 몸에 지니고 있지 않았으니까. 나란 놈은 혼잣말을 했지, 이 새끼 뭐하는 아마추어야? 랭킹 던즈가 나를 제대로 된 집에 보낸 건 분명 맞겠지. 이자는 뭔가 값진 물건을 감춘 놈처럼 굴지를 않는데. 나와 같이 간 씨발 멍청이가 이런 소리를 하더군, 놈이 반反 심리학 수법 같은 걸 쓰는지도 모른다고 말이야. 왜 있잖나, 자기한테 보호해야 할 물건이 아무것도 없는 것처럼 굴면 우리가 놈은 깨끗하다고 생각하고 그냥 떠날 거라는 소리지. 이런 말 하기는 정말 싫네만, 뭔가 말이 되더군. 그래서 우리는 놈을 묶어놓고서 따귀를 몇 대 때리며 대마초를 포기하라고, 안 그러면 더 힘들어질 뿐이라고 말했네. 어떤 식으로 힘들어질지 말해주기도 전에, 나랑 같이 갔던 좆같은 멍청이가

* 필라델피아의 애칭.

그자의 입을 그대로 개머리판으로 후려쳤어. 씨발 미쳤냐? 나는 그 멍청이한테 말했지만 놈은 나를 보면서 멍청이처럼 미소만 짓더군. 이제는 입을 열어야 할 거야, 놈이 그렇게 말했네. 말할 때 필요한 물건을 박살내놨는데 어떻게 말을 하겠냐, 이 씨발 모자란 새끼야, 라고 내가 말하자 그 멍청이는 입을 닥쳤지. 하지만 그전에 우선 나를 오랫동안 바라보더군. 그렇게 하면 내가 미치도록 겁먹을 거라고 확신하고 있었어.

여자가 비명을 지르지 않았으면 나는 그자에게 아내가 있었다는 것도 몰랐을 거네. 여자는 도망치려고 했지만 아기를 안고서 멀리 갈 수는 없지. 우리는 여자도 묶었고 그러는 동안 나는 아이를 들고 있었네. 이 씨발 멍청이가 아기를 그냥 차가운 바닥에 내려놓으려고 했거든. 나는 세 차례 더 그자에게 대마초가 어디 있느냐고 물었고, 그자는 세 차례 더 자기한테는 대마초가 없다고 했지. 나는 그자가 거짓말을 하고 있다는 걸 알았네. 왜 참말을 하겠나, 어쨌거나 아직 위험이 그렇게 고조된 것도 아닌데. 씨발 멍청이는 그러는 내내 그자의 아내를 보면서 지 사타구니를 쥐고 있더군. 놈은 발로 여자 다리에서 치마를 걷어올려 초록색 팬티를 보았네. 초록색이라니? 왜 분홍색이 아닌 거야? 놈이 말했지. 나는 이 집도, 이 남자와 그 아내도, 그 씨발 멍청이도, 심지어는 내 어깨에서 잠든 그 아기도 슬슬 지겨워졌네. 그때 그 씨발 멍청이가 말했지. 어이, 친구, 이것 좀 봐봐. 내가 저 보지구멍을 들어올려서 자지를 좀 담가야겠어, 알겠지? 내가 무슨 말을 하기도 전에 놈은 벌써 바지를 내리고 팬티째로 사타구니를 그러쥐더군. 너도 사람 빨아주는 더러운 미국년이냐? 빨아도 돼, 그냥 내가 박기 전에 싸게 만들지만 말라고. 아, 빨라는 게 무슨 쪽쪽 뽀뽀나 하라는 건 아니야.

-강간하지 마, 내가 그 씨발 멍청이에게 말했네.

-무슨 소리야, 누가 날 막으려는 건데? 니가?

그놈은 마치 전투용 장갑이라도 던지는 것처럼 말하더군.* 나는 생각했지, 제기랄, 이 씨발 멍청이가 저 불쌍한 여자를 아기가 보는 앞에서 강간하려 하는데 나는 아무것도 할 수가 없군. 자동차부터 호텔 예약까지 전부 그놈 이름으로 되어 있었으니까. 아내가 소리를 지르자 그 멍청이가 여자의 얼굴을 주먹으로 쳤네.

-이런 피똥 쌀, 대체 뭐가 문제야?

-아무 문제없어, 그냥 저 개년한테 침묵이 금이라는 걸 보여주는 거지.

놈은 팬티를 내리고 말했네. 다리 벌리고 보지 열래, 아니면 내가 직접 벌려줄까? 아내는 울기 시작했고, 아기인지 나인지를 돌아보았네. 뭐라 말할 수가 없더군.

-브레드렌, 바지 다시 입지그래.

-쌍. 자지가 흐물흐물해지면 다시 입을 거야.

-자기 남자가 보는 앞에서 여자를 강간하겠다는 건가?

-저놈더러 내가 하는 걸 보고서 여자를 어떻게 다루어야 하는지 배우라고 해.

-브레드렌, 강간은 안 된다고 말했어.

그랬더니 놈이 나한테 총을 겨누더군. 닥쳐, 그놈이 말했네. 여자는 놈에게 콘돔이 있느냐고 물었는데, 그놈은 콘돔이란 흑인들을 죽이려는 계획이라고 말했지. 그리고 어쨌든, 콘돔을 쓰면 자연스러움이 없다고 했네.

---

* 중세시대 기사들이 결투를 신청할 때 하던 행동.

나는 놈이 여자의 다리를 억지로 벌리는 모습을 보고 있었고 남자는 나를 보고 있었고 나는 아기를 보고 있었네. 지하실 책장 뒤에 있어요, 남자가 말했지. 하지만 저한테는 다섯 봉지밖에 없다고요, 그가 말했네. 그러고 나서 제발요, 라고 덧붙였다는 생각이 들었네만, 그 씨발 멍청이가 가슴을 비틀어 짜는 바람에 여자가 낑낑대고 있어서 잘 들리지 않았어. 그때 놈이 여자를 바닥쪽으로 홱 잡아당겼지.

- 브레드렌……

- 씨발 꺼져.

- 바본가? 우리는 대마초만 챙겨서 떠나는 거야. 그러면 저자가 경찰을 부를 수 없어. 하지만 니가 여자를 강간하면 경찰이 이리 올 테고 우리가 주 경계에 도착하기도 전에 찾아낼 거라고.

- 그럼 죽여야지.

놈이 그냥 그렇게 말하더라니까. 이봐, 나는 쌍년들로 가득찬 클럽에다 총을 갈기는 데야 아무 문제 없지만, 냉혈한처럼 가족을 죽이지는 않아. 그냥 자기들이 마약을 다룰 수 있을 거라고 착각했다는 이유만으로는 죽이지 않는다는 말이네.

- 감옥에는 몇 번 가봤냐, 이 멍청한 새끼야.

- 너 누굴 지금 멍청이라고……

- 피똥 쌀 감옥에 몇 번이나 가봤냐고 물었어.

- 한 번. 그리고 다시는 안 갈 거다.

- 니가 저 여자를 강간하면, 놈들이 강간으로 너를 잡을 거야. 저 여자를 죽이면 놈들이 살인으로 너를 잡을 거고. 아직 눈치 못 챘을지 모르겠는데, 우리 둘 중 한 명은 장갑을 꼈는데, 그 씹새끼가 너는 아니거든.

놈은 내가 자기를 함정으로 이끌었다는 듯 나를 바라보았지만 머리가 나쁜 것에 책임질 사람은 자기 자신밖에 없잖겠나. 특히 놈은 차를 타고 오는 내내 던 중의 던이라도 된 것처럼 굴었으니까 말이야.

– 그럼 이제 바지를 입고 가서 대마초나 가져오지 그러나?

놈은 지하실로 내려가더니 네 봉지만 가지고 올라왔네. 자네가 지금 메모를 하고 있는 그 종이만한 크기의 봉지였어. 이번에는 내가 직접 그 멍청한 놈을 개머리판으로 후려치고서, 그 브레드렌에게 말했지. 이봐, 계속 좆같은 구라 까면 나는 이 방에서 나갈 거고 이 새끼가 니 아내한테 자기가 하고 싶은 짓을 뭐든 할 수 있게 될 거야. 그자는 울기 시작했지. 불쌍한 인간 같으니. 아마 자기가 스스로 빠져든 게 어떤 구렁텅이인지도 몰랐을 거야. 그런 일이 벌어지고 나서도 아내가 그자를 떠나지 않았다면 사랑에 눈이 먼 게 아니라, 귀머거리에 벙어리에 멍청하기까지 한 거지. 그자는 침실에 한 봉지가 더 있다고 말했네. 씨발 멍청이가 침대 밑에서 그걸 찾아냈는데, 같이 찾아낸 총 세 자루는 자기가 챙기려는 게 분명했어. 상관없었네, 그 총을 추적하는 건 매우 쉬운 일이라는 얘기도 굳이 해주지 않았어. 게다가, 왠지 이 부부가 경찰에 신고하지 않을 거라는 생각이 들었거든. 얄궂은 시절이지, 안 그런가? 하지만 최소한 조시 웨일스는 말이야, 조시가 그 집에 다섯 봉지가 있다고 말하면 그 집에 다섯 봉지가 있다고 믿어도 되네. 그런데 나는 멀쩡히 열린 문 밖으로 나가는 길도 제대로 못 짜는 랭킹 던즈를 만나게 된 거지.

그래도 뭐 하나 말해줄까, 알렉스 피어스? 내가 조시 웨일스를 입에 담을 때마다 자네는 흠칫 놀라는군그래. 아주 미약하긴 하네만, 그 정도면 충분해. 신경성 경련이야, 그치? 시거한테도 신경성

경련이 있었어. 그래서 흠칫 떨곤 했지. 자네가 왜 나를 보러 왔는지 알아낸 것 같은데. 알 필요가 있는 사람들은 전부 다, 뭐랄까, 어느 순간에 조시 웨일스가 내 죽음을 바랐다는 사실을 알고 있어. 하지만 조시 웨일스가 더이상 나를 뒤쫓지 않는 것만은 분명하다네. 그러니까 중요한 질문, 자네한테 살인 청부가 걸려 있다는 사실은 어떻게 알아냈나?

위퍼

– 말했잖아요. 그 씨발년이 우리 아들한테서 용돈을 타겠다고 애 거시기를 빠는 걸 현장에서 잡았다고. 저기, 바로 저기 문 옆에 있는 저 암소년이야. 내가 지금 씨발 눈이 먼 줄 알아요? 우리 애는 겨우 열두 살이라고. 좆같은 크랙 중독자년들이 죄다 냄새나는 보지를 쳐들고 이 동네에 와 있다니. 당신 사업은 거의 합법이네 어쩌네 하면서 저년들을 멀리 치워주겠다고 했었잖아요. 저기, 엿이나 처드세요. 그리고 또하나……

부시윅. 노을도 오래전에 사라졌지만 부시윅에서는 모든 게 씨발 언제나 덥다. 여자가 내 바로 앞에 서서는, 내 얼굴에다가 마늘 냄새를 뿜어내고 있다. 아이섀도는 발랐으나 립스틱은 바르지 않았고, 제리스타일 곱슬머리*는 말라가고 있었다. 뱃살은 청바지 위

* 1980년대에 미국 흑인들 사이에서 유행한 헤어스타일로, 느슨한 곱슬머리에 젤 등을 발라 광택이 나도록 한 것.

로 쏟아져내리는 머핀 같았다. 우리는 거리에 있었는데, 여자는 뛰었다가 걸었다가 하며 멀어지기 시작하는 크랙 중독자를 가리켜댔다.

– 그리고 저기 있는 저곳을 크랙하우스로 바꾸겠다는 말은 안 했었잖아. 이 개짓거리도 정말 지치네. 저 건물들은 시에서 갖고 있는 거지, 그쪽이 주인이 아니라고요.

여자는 이 건물에 살지 않는다. 길 건너에 있는 저 집들, 부시윅을 브롱크스로 보이게 만드는, 한 줄로 늘어선 똑같은 벽돌집 중 한 곳에서 산다. 흑인 남자애 셋과 여자애 하나가 이 여자네 집 철제 울타리 바로 앞에서 자전거를 고치고 있지만, 울타리가 지키는 건 잔디밭이 아니라 콘크리트뿐이다. 도로 반대편에는 집이 다섯 채 있고 거기에도 모두 울타리가 있다. 우리는 내 건물 앞에 서 있는데, 3층짜리이고 현재 운영중이다. 순찰차가 이 거리를 너무 많이 굴러다니기 시작해서 이제는 물건을 실내에 보관해야 하고, 딜러들에게도 한 번에 팔 수 있는 적은 양만을 주어야 한다—경찰이 눈곱만큼이라도 신경쓸 양은 절대로 주지 않는다. 차라리 이편이 낫다. 이렇게 하면 최소한 통제는 되니까. 시에서 건물을 고쳐놓자 노숙자들이 이사를 왔다. 이사 온 건 우리도 마찬가지다. 딴놈들은 아가리를 닥쳤고, 나는 이곳을 제값 하는 곳으로 만들었다. 관리인들에게 딴놈들이 아가리를 닥치지 않아서 운영중인 사업장에 경찰이 들이닥칠 경우, 관리인 몫은 끝장이라고 알려주었다. 브루클린에 있는 건물 관리인 상당수는 사업에서 자기들 몫을 원한다. 그야 내가 가져다줄 수 있는 부분이다. 하지만 부시윅은 똥 쪼가리에 불과하다. 이스트빌리지에서는 단 하나의 문제도 발생한 적이 없는데, 부시윅은 매주 아주 새로운 문제들을 들고 온다. 그리고 나는 거리를 올라오는 내내 스파터*나 러너**를 단 한 명도 보지 못했다.

거의 버려지다시피 한 거리를 두 블록 걸어가자 스파터가 붐박스***로 〈괴물들은 한밤중에 나온다〉****를 쿵쿵대며 도로 연석에 앉아 있다. 이 어린 녀석은 지금도 눈부시게 깨끗한 운동화를 새로 사려고 노력중이다. 지난주에 왔을 때는 운동화도, 붐박스도 가지고 있지 않았다. 녀석의 바로 앞에 서 있을 때까지 녀석은 내가 오는 것도 보지 못한다.

– 씨발 꺼져, 개년들아, 지금 근무 시간 아니니까, 녀석은 위를 올려다보지도 않고 말한다. 그래서 내가 말한다.

– 고개 들어, 쌍년아.

꼬마는 열다섯 살 나이가 무색하게 펄쩍 뛴다.

– 예! 예 알겠습니다!

– 여기가 무슨 군대냐?

– 아닙니다!

– 여기 일은 좀 어떠냐?

녀석은 땅을 내려다본다. 내가 좋아하지 않는 무슨 말을 전하게 될까봐 두려운 듯하다.

– 브레드렌, 니 일은 나한테 메시지를 전달하는 거야. 난 메시지를 전달하는 사람을 쏴버리진 않아. 사업이 어떻게 돌아가고 있느냐고?

녀석은 여전히 땅을 내려다보고 있지만, 무언가를 중얼거린다.

* 행인 가운데에서 마약 구매의사가 있는 사람을 찾아내는 사람.

** 스파터가 찾아낸 구매의사자에게 마약을 전달해주는 운반책.

*** 대형 휴대용 카세트 라디오.

**** 〈The Freaks Come Out at Night〉(1984), 미국의 힙합 그룹 후디니의 노래.

– 뭐라고?

– 아무 일도 없습니다, 맨. 지금까지 며칠째 여기서는 아무 일도 없어요.

– 씨발 그게 무슨 개소리야. 코카인 중독자들이 어느 날 갑자기 눈을 뜨더니 대신 헤로인을 하기 시작했다는 거냐? 시장이 그냥 말라비틀어질 리가 없잖아.

– 그게……

– 그게 뭐?

– 그러니까, 사람들을 저쪽으로 보내봤자 소용이 없거든요. 다들 이렇게 말해요. 내가 무슨 거위 사냥*이라도 다니는 줄 알아? 저쪽 골목에는 상품을 가진 사람이 하나도 없던데, 라는 식으로. 애들도 지치죠. 저는 할 일을 다 했어요, 2킬로미터 떨어진 곳에서도 약쟁이를 찾아낼 수 있다고요. 아무 일 아닌 것처럼 걔들한테 가서, 요, 부시윅이 말도 안 되게 신선해. 좀 뜨거운 거나 팝 락** 같은 게 땡기면 말하라고, 하면 걔들이 고개를 끄덕여요. 걔들이 크랙 중독자들이나 하는 무슨 멍청한 소리를 지껄이기 전에, 제가 우리 창고 뒤쪽에 있는 골목을 고갯짓으로 가리켜주죠.

– 창고 위치를 안단 말이야?

– 씨발 창고야 다들 찾을 줄 알아요. 그냥 형님한테 찍히기 싫어서 말을 안 하는 거지. 어쨌거나, 보통은 형님이 러너를 거기다 두세 명 두고 약쟁이들을 상품 있는 곳까지 데려가서 물건을 팔게 하잖아요. 그런데 지금까지 나흘 동안, 약쟁이들이 계속 이쪽으로 돌

* 보석을 삼킨 거위의 행방을 찾아 꼬리에 꼬리를 물고 이어지는 단서를 따라 여러 곳을 방문하는 과정을 담은 셜록 홈스 시리즈 일화를 빗댄 표현.

** 돌멩이 형태로 굳힌 크랙.

아와가지고 저더러 헛소리꾼이라고 했어요. 거리에 러너가 한 명도 없다고요. 딜러도 없대요. 형님네 보디가드는 이런 짓거리에 진저리가 난다면서 여길 떠나 플랫부시에다가 진짜 직업까지 얻었죠.

– 러너들이 다 어디로 간 거지?

– 모르죠. 핸들 잡을 사람이 아무도 없어요. 형님네 딜러들이 더 이상 거래를 안 한다고요.

– 그럼 씨발 뭘 하는데?

– 크랙하우스 쪽을 확인해보셔야 할지도요.

나는 자기가 무척 용감하다는 식으로 구는 이 꼬마를 보며 개머리판으로 후려쳐줄지 아니면 승진을 시켜줄지 생각한다. 조시가 여기에 도착할 때까지 5시간도 채 남지 않았다. 씨발.

– 아, 그리고요. 물건 사겠다는 사람을 못 찾겠어서 좀 다른 걸 찾아냈는데요. 요, 지금으로부터 이틀 전에 무슨 거지같은 폰티악 차가 지나가는 걸 봤어요. 장담하는데 거기에 탄 검둥이들은 랭킹 던즈놈들이었고요. 이 동네 보안이 약하다는 걸 아니까 벌써부터 코를 킁킁대고 있는 거예요.

– 꼬맹이치고는 많은 걸 보는구나.

– 요, 그러니까 이런 돈을 버는 거죠.

나는 이 녀석을 바라본다. 조시가 오기 전에 부시윅을 고쳐놓으려면 이 녀석이 필요하겠다는 생각이 든다. 나는 그 빌어먹을 여편네가 나를 따라오는 것조차 눈치채지 못했다.

– 처음에는 저 냄새나는 멍청이 암소년이 팬티도 안 입은 채로 치마를 들추고선 니미럴 우리집 대문까지 왔다고요. 그러고선 우리 어린 아들한테 2달러만 내면 자기 보지를 먹을 수 있다고 했다니까요. 대문 쪽에서 무슨 시끄러운 소리가 났을 때 내가 창가에 있었으

니 망정이지. 그랬더니 다음에는 또 아무짝에도 쓸모없는 밑바닥 인생들이 셋씩이나 이쪽으로 오더라는 거지, 당신 건물에서 벌어지는 무슨 거지같은 일 때문에 여기를 염병할 크랙하는 곳이라고 생각하고서.

내 건물. 관리인의 몫. 뉴욕에서 이만큼 지켜지지 않는 비밀도 없다. 자메이카의 붉은 흙 같은 붉은 벽돌, 방마다 두 개씩 바깥을 내다보는 창문들. 한가운데에 있는 비상용 계단. 이 건물이 상류층 집이라도 된다는 듯 계단을 세 단 올라가면 돔형으로 된 입구가 있다. 하지만 부시윅에 살았던 부자라고는 맥주를 만들던 사람들밖에 없다. 나와 오마르는 지금까지 거의 10분 동안 밖에 있었다. 길 건너에서 온 게 분명한, 창문에 붙어사는 이 여자도 내가 여기에 왔다는 사실을 아는 마당에, 딜러나 보디가드는 아직 한 명도 밖으로 나오지 않았다. 그 녀석 말이 맞았다. 어디에도 러너는 없었다.

– 오마르, 들어가서 확인해봐. 안에 그 피똥 지릴 두 놈이 있는지 보라고.

– 네.

오마르가 왼쪽 오른쪽을 살핀다. 습관이다. 그러더니 오마르는 현관 계단에 앉아 있는 크랙 중독자를 지나친다. 문은 살짝 밀자 바로 열린다. 씨발 좋지 않은데. 나는 오마르에게 총을 꺼내라고 말하려던 참이었지만 그럴 필요가 없었다. 길 위쪽에는 닷지 밴 한 대가 네 블록에 걸쳐 주차되어 있다. 그러다가 누군가가 캐리어를 가지고 온다. 자전거를 고치던 아이들은 마리화나를 찾으러 지하철역으로 사라진다. 그 여자는 소리를 지르고 있다. 어떤 검둥이가 큰 사업가가 되려고 하는 건 자기야 털끝만큼도 신경쓸 일이 아니며, 사업은 사업일 뿐이고, 웬 멍청한 검둥이나 크랙 중독자가 그깟 일에 돈을 날리겠다면 그것도 상관없지만, 그 자리에 크랙하우스가 들어올 거라는 얘기는 아무도 해준 적이 없다고. 어떻게 된 딜러가 크랙 파는 곳 바로 근처에다가 크랙하우스를 열어? 나는 그 여자에게 가서 떡이나 치라고, 약쟁이들은 약을 손에 넣는 순간 그걸 지체 없이 당장 피워버리고 싶어 몸이 근질근질해지므로 근처에 라이터를 켤 만한 안전한 공간이란, 특히 그들이 살 수 있는 물건까지 갖춘 공간이란 두 배의 돈을 뜻한다고 말할 참이었다. 게다가 이 공간 덕분에 약쟁이들은 마약용품을 지니고 다니다가 경찰한테 걸릴 걱정을 할 필요도 없었다. 하지만 이 개념이 우리 학교 교장도 아닌데 돌아가는 사정을 시시콜콜 설명해줄 필요는 없겠다는 생각이 들었다.

오마르가 문간에 서서 고개를 젓는다. 그걸 보고 나니 비로소 아까 그 꼬마 녀석 말이 맞았으며 놈들이 정말로 크랙하우스 창고를 버렸다는 사실이 와닿는다.

서쪽으로 두 블록, 게이츠와 센트럴 가가 만나는 모퉁이. 그곳에는 방화 때문이든 우연한 화재 때문이든 불타버리지 않은 유일한 건물 두 채가 있다. 부시윅에서는 어떤 집도 씨발 팔리지 않았다. 그래서 누군가가 보험금을 노리고 불을 질러 무너뜨린 집이며 아파트, 브라운스톤*이 한 골목, 한 거리마다 있는 것이다. 우리는 지금 게이츠와 센트럴이 만나는 모퉁이에 있다. 여기가 크랙하우스다.

– 좆같은 자메이카놈들은 자기들이 전부인 것처럼 굴지. 당신들이 전부는 아니라고. 하다못해 당신은 자기 뒤도 혼자 못 닦잖아. 당신은 똥덩어리도 못 돼. 당신들 전부 다. 당신들이 해야 할 일이란 건 날 고용해서 사업을 대신 운영하도록 하는 거라니까. 당신 혼

* 적갈색 사암으로 지은 집.

자서는 염병할 아무것도 굴리지 못하니까. 그리고……

나는 따귀를 때려 여자의 입에서 남은 문장을 빼낸다. 너무 세게 때렸는지 여자가 뒤로 비틀거리며 물러난다. 여자는 머리를 젓고는 비명을 지르려 하지만 뭐라도 나오기 전에 내 주먹이 그년 주둥이에 닿는다. 나는 여자의 좆만한 목구멍을 붙들고서는 오리 같은 소리를 낼 때까지 꽉 쥐어짠다.

– 이봐, 너 이 씨발 뚱땡이 암캐년아. 피똥 지리는 모기새끼마냥 내 귀에 대고 앙앙거리는데, 그만하면 됐어. 지금도 매주 돈을 좀 받고 있지 않나? 원하는 게 돈이야, 아니면 죽음이야? 씨발 어떤 걸 원하냐고? 어느 쪽이냐? 아, 그래. 나도 그거라고 생각했어. 그럼 이제 씨발 내 눈앞에서 꺼져. 그 좆같은 지방 덩어리 뱃살을 사격 연습용 표적으로 만들어버리기 전에.

여자는 몸을 추스르고 달려간다. 나는 크랙하우스로 걷기 시작하고 오마르와 꼬마 녀석이 나를 따른다.

누군가가 통행금지 표지판을 탁자로 쓰고 있다. 멀리까지 가볼 필요도 없다. 내 딜러들 중 한 명이 피똥 쌀, 저 문 바로 왼쪽, 들어오자마자 보이는 앞쪽 거실 매트리스 위에 있다. 방금 한 대 피운 것 같다. 파이프가 곧 떨어질 것처럼 손가락 끝에 대롱대롱 매달려 있다. 놈은 눈치를 채고는 파이프를 꽉 쥔다. 놈의 눈이 보이지 않는다.

– 어이, 쌍년아. 너 지금 팔아야 될 물건을 빼돌리고 있는 거냐?

– 아, 무슨 말입니까, 브레드렌? 한 대 피우러 오셨수? 난 암것두 아냐. 나는 이기적이지 않다고요, 브레드렌, 같이 나누죠.

– 개년아, 니가 여기에 이러고 있으면 우리 창고는 누가 지키냐?

– 창고?

– 그래, 창고. 우리가 물건 쌓아놓고 니가 지키도록 되어 있는 거기 말이다. 니가 씨발 러너들한테 물량을 대주기로 되어 있는 그곳 말이야. 그건 그렇고, 러너들은 다 어디 간 거냐?

– 러너? 러너라…… 뭐…… 핸들을 잡고…… 그러니까 한 대 피우고 싶다는 거야, 아님…… 왜냐면 형님이 싫다면 내가 피울라고.

그러더니 놈은 내가 자기 제안을 받아들이리라는 걸 알고 있다는 듯 나를 본다.

– 니가 일을 얼마나 조져놨는지 아냐, 새꺄? 이제 나는 러너도, 딜러도, 심지어는 보디가드까지도 새로 찾아야 한다고. 그것도 4시간 안에. 씨발 딜러라는 새끼가 약쟁이가 돼버렸으니.

– 딜러가 약쟁이가 돼……

놈은 메아리를 울려보려고 노력중이지만 자고 싶기도 하다는 식으로 말한다.

나는 굳이 크랙하우스를 살펴보지는 않는다. 그런데 어린애 자지를 빨아보려 했던 그 여자가 방 쪽으로 머리를 쑥 내민다. 이 새끼를 아는 것처럼. 아니면 나를 알거나. 나는 여자에게 총을 흔들어대지만 여자는 펄쩍 뛰지도 않고, 그저 위아래를 훑어보더니 다시 어둠 속으로 사라진다. 오마르가 창문 옆에 있다. 시에서 창문에 판자를 쳐놨지만 약쟁이들이 그걸 다시 부숴버렸다. 라이터를 들고 매트리스에 있는 내 딜러뿐이다.

– 넘버투는 어디 갔지? 내가 묻는다.

– 누구?

– 이 새끼 봐라. 씨발 일어나, 여기서 옷을 다 찢어발겨버리기 전에.

놈이 나를 바라본다. 처음에는 눈이 번들거리지만 그다음에는 꽉 맑아지는 것 같다. 어쩌면, 놈이 처음으로 나를 뚫어지게 노려보는 걸지도 모른다.

– 목에 키스 마크 쪼가리 있는 호모새끼한테는 명령 안 받아.

나는 놈의 눈을 보고, 순간 총을 들어 놈의 이마에 그대로 씨발 구멍을 하나 뚫어버린다. 다시 매트리스에 쓰러질 때에도 놈은 여전히 나를 보고 있다. 나는 놈의 왼발을 잡아 창문 바로 아래, 방 오른쪽으로 끌고 간다. 여자가 문간으로 와 다시 들여다보고, 허리를 숙이더니 놈의 파이프를 잡으러 간다. 나는 그 여자에게 총을 겨눈다.

– 쌍년아, 쏴버리기 전에 꺼져.

여자는 몸을 돌려 들어왔을 때처럼 천천히 돌아간다. 나는 놈을 뒤집어놓고 쭈그린 것처럼 앉혀놓는다. 나는 놈의 팔을 팔짱 끼워 무릎 위에 놓고는 머리를 아래로 눌러놓아 놈이 잠들어 있거나 아니면 멀미나는 여행을 마친 끝에 속을 가라앉히는 것처럼 보이게 해놓는다. 놈의 주머니에서 크랙 덩어리 두 개가 떨어진다. 나는 파이프와 라이터, 크랙 덩어리를 내 주머니에 넣는다. 바깥에서 오마르가 나를 기다리고 있다.

– 오마르, 그 다른 딜러 좀 찾아와. 그리고 그 망할 스파터새끼는 당장 나한테 데려오고.

존-존 K

씨발 이 일이 다 끝난 거였으면 좋겠다. 최소한 그 쿠바 쌍년을 만나지만 않았어도. 백스터와 우연히 마주치지만 않았어도. 그 씨발 클럽에 가지만 않았어도. 애초부터 그 씨발 꼬마가 나한테 마이애미로 가야 할 이유를 한 가지 더 만들어주지만 않았어도. 그러지만 않았으면 나는 그 씨발 꼬마 녀석을 찾아 시카고로 돌아갔을 테니까 말이다. 장담하는데 그 자식은 단 1분도 나를 그리워하지 않았을 것이다. 자기야 미안, 나 돌아왔어. 아 그래, 간 줄도 몰랐네. 캔맥주는 좀 사왔어? 그걸로 끝일 것이다, 아닐까? 그게 바로 바위처럼 단단한 진실이라는 거다. 대체 씨발 어떻게 그런 일이 일어난 거지? 이게 전부 누군가를 필요로 할 때 치러야 할 대가였던 건가? 염병할 상대는 나를 필요로 하게 만들지도 못했는데? 하지만 한 번은 그런 적도 있었다. 딱 한 번 그때에는……

– 아빠, 배춧잎 좀 찔러줄 거야, 말 거야? 미트패킹 구역*으로 돌아가려면 택시비도 좀 필요할 텐데.

나는 그에게 15달러를 주었다. 녀석은 같잖은 표정으로 나를 보더니 돈을 왼쪽 앞주머니에 쑤셔넣었다. 그러고선 바지를 추어올리고는 목소리를 낮춰 씨발 싸구려 호모새끼, 라고 중얼거렸다. 일 년 전이라면 그대로 놈의 얼굴을 갈겨버렸을 것이다. 그러면 놈은 뒤로 비틀거리며 물러나다가 자기 바지에 발이 걸렸으리라. 저 협탁에 머리를 부딪치면서 나가떨어졌겠지. 씨발 그놈이 멍해져 있으면, 나는 놈을 잡아채 비상구로 끌고 나가서 난간에 매달아놨을 것이다. 씨발 싸구려 호모새끼라고? 누가 씨발 싸구려 호모새낀지 어디 보자. 나는 놈이 바지에 오줌을 지린 다음에야 다시 끌어올려줬을 것이다. 그러나 이번엔, 나는 열을 식히고 놈을 보내주었다.

심부름 업계에는 교과서 같은 게 없다. 하지만 만일 그런 책이 있다면, 나는 일을 조지는 법이라는 장의 1번 사례가 되었을 것이다. 얼음처럼 시원한, 아니지, 얼음처럼 차갑고 좆나게 매끄러우며 아주 살짝 맛이 간 사이코. 하지만 그건 내가 아니다. 나는 원래는 볼일도 없는 업계에 어쩌다가 발을 들여놓게 된, 화를 잘 내고 성깔이 더러운 시카고 출신의 서툰 양아치일 뿐이다. 한쪽에는 자동차 털이 시절이 있고, 다른 한쪽에는 뉴욕에서 벌인 암살 사건이 있는데, 그 사이에는 검은 공간밖에 없다. 기억 대신 남은 구름 한 조각. 이 녀석을 만나기 전까지 나한테는 전화번호를 기억해야 할 이유조차도 없었다. 날 그렇게 만들다니, 씨발새끼 좆 까라. 그 개자식은 아마 집구석에 앉아서 걸려오는 전화를 씹까고 있을 터였다.

늦어지고 있다. 30분 전에 그리젤다가 전화했으니까. 그때 그리

---

* 뉴욕 맨해튼에 있는 도살장 및 육류 가공공장 밀집지역. 1980년대 이후 해당 산업이 몰락하면서 마약 거래와 성매매 등이 성행하는 지역으로 전락했다.

젤다가 씨발 텔레비전 끄고 타말레*나 먹으라고 아들에게 소리 치는 사이, 나는 이 보갈년에게 어이 애기야, 시간이 늦었다, 라고 말하느라 좆나게 정신이 없었다.

그 자메이카놈. 그리젤다의 하와이안 셔츠 찌질이들이 주소는 맞게 가르쳐주었다. 잠깐 동안은 아닐 거라 의심했지만, 그건 내가 플랫부시에 대해 아는 게 좆도 없기 때문이었다. 그 자식들이 염병할 찌질이새끼들이기도 하고. 이스트 18번가, 4106동, 엘리베이터가 없는 6층짜리 빨간 벽돌 건물의 4층. 일출을 볼 수 있도록 동쪽으로 창이 난 스튜디오. 그리젤다는 그자가 집에 있는지 없는지는 직접 잘 알아내라고 했다. 우리 뉴욕은 참 멋지기도 하지, 두 블록을 걸어가는데 거리 전체에 엘리베이터 없는 6층짜리 건물 말고는 아무것도 없다니. 최소한 건물 입구에는 아직까지 파란색 비 가리개가 달려 있었다. 날이 더 어두워질 때까지 거리 반대편, 이쪽 보도에 그냥 서 있어야겠다고 생각했다. 왜냐고? 그런 것도 모르나? 단정한 차림새의 백인 소년은 절대로 수상쩍게 느껴지지 않는 법이다. 다른 건물들은 뉴욕에 사는 흑인들이 미학에는 별 소질이 없는 인간들이라는 걸 증명해주고 있었다. 미학이라니. 내가 하는 말 꼬라지 좀 보란 말이다. 씨발 호모새끼 같으니라고.

아주 짧게 친 금발에, 밀리터리 재킷을 멀끔하게 차려입은 백인 소년. 나는 하마터면 놈들이 가져가라고 꺼내준 육중한 여행 가방을 들고 올 뻔했다. 분홍색 하와이안 셔츠를 입은 놈이 건넨 가방 속에는 씨발 우지 기관단총이 들어 있었다. 마이애미에서는 일 처리를 그딴 식으로 하는 게 틀림없었다. 하와이안 셔츠는 진심으로

* 옥수수 가루와 다진 고기, 고추로 만드는 멕시코식 요리.

눈을 반짝반짝 빛내며 내가 해야 할 일을 설명해주었다. 놈이 전달한 지시사항이란, 우지를 쏜 다음 그냥 버리라는 것이었다. 마피아 스타일로. 하지만 내가 하려는 일은 한 사람을 제거하는 것이지 어떤 민족 전체를 쓸어버리는 게 아니었으므로, 나는 그냥 내 9밀리를 고집하기로 했다. 좋아, 내 9밀리에 AMT* 권총 한 자루까지. 우리 같은 언니들한텐 지원군이 필요한 법이니까. 오 주여, 나를 점점 잠식해오는 게이라는 병을 멈출 수 있으면 참 좋겠습니다. 이 좆같은 도시에 있으니 점점 심해지는 것 같은데. AMT는 그 무차초에게 가까이 붙을 일이 생기면 써라, 라고 분홍색 하와이안 셔츠가 말했다. 어쩌면 이 게이더**라는 게, 실제로 뭔가 있는 걸지도 모른다. 내가 마이애미에 하룻밤만 더 머물렀어도 이 판데호*** 녀석은 내 똥구멍에 지 물건을 불알 있는 데까지 깊숙이 집어넣었을 테니까. 웃기면 외워놨다가 딴 데 써먹도록. 호텔로 돌아와 우지 총을 봤을 때, 나는 씨발 도대체 날더러 누굴 죽이라는 거냐고 물었다. 뭐, 케네디라도 돼? 어쨌거나 지금은 기다리는 것 말고는 할 일이 아무것도 없다.

시카고에는. 이 자식 집에 있는 거 맞겠지? 아파트 어느 구석에 틀어박혀가지고 씨발 전화도 안 받으면서. 이 꼬맹이가 침대 싫어하는 꼬맹이래요. 어쩌면 녀석은 아빠 침대 발치에 무슨 새처럼 몸을 웅크리고서, 어떻게 하면 아빠를 죽일 수 있을지 상상하고 있는 걸지도 몰랐다. 무료로도 일해줘? 이봐, 난 솜씨가 서툴다고. 서툰데다 자신만만해서, 대부분의 경우에 생각이란 걸 안 해. 그리고 뭐랄

* 무기 제조회사 아카디아 머신 앤드 툴의 줄임말.

** 게이와 레이더의 합성어로, 게이들이 서로를 알아보는 감각을 뜻한다.

*** 스페인어로 '얼간이'.

까, 멍청하고. 사람들이 아주 오랫동안 이런 경고를 하더라. 너 그러다가 퓨즈 빨리 끊긴다고. 우리 꼰대도 나한텐 어그로에 어울릴 만한 총알이 없다고 생각한다니까.

두번째 암살은, 그것도 사우스사이드에서 한 일이었는데, 48번가와 8번가의 폭도들을 위해 회계장부를 조작했던 어떤 깡패를 제거한 것이었다. 가볍게 표현하자면, 일은 계획한 대로 돌아가지 않았다. 그자는 씨발 너무 뚱뚱해서 몸에 들어간 총알들이 그냥 지방에 박혀버렸고 그러는 동안 그 괴물은 그냥 웃어댔다. 그자가 내게 야옹아 어디 울어봐 야옹 야옹, 이라고 씨불인 다음에도 조금이 지나서야 머리를 쏴야겠다는 생각이 떠올랐다. 하지만 총알이 그자의 왼쪽 눈을 그대로 꿰뚫어 두개골 뒤쪽이 침대 헤드와 벽에 온통 흩뿌려진 뒤에도 그자는 웃음을 멈추지 않았다.

나는 점점 더 가까이 다가가며 계속해서 쏘고 또 쐈다. 결국 남은 것은 그자의 목이 잘리고 남은 부분과 빠진 머리카락뿐이었다. 하지만 그 웃음소리는 8번가를 가는 내내 나를 따라왔다. 나는 아무리 뛰어도 그 소리를 따돌릴 수 없었다.

아파트에 돌아왔을 때 나는 씨발 너무 추웠고 떨고 있었으며 그 웃음은 내 피부 밑에 파고든 상태였다. 로키가 나를 만졌고 나는 그애를 꽉 잡고서는 벽에다 밀어붙였다. 내가 그애를 놔주자 녀석은 내가 무슨 꼬맹이라도 되는 것처럼 옷을 벗기더니 욕조로 데려가 그 안에 따뜻한 물이 차오르는 동안 머리카락을 문질러주었다. 괜찮아, 애기야, 괜찮아, 로키가 그날 밤 내내 한 말은 그것밖에 없었다. 그 씨발놈, 그 씨발새끼. 바빠야 하는 상황에 절대로 생각해서는 안 되는 존재가 바로 그놈이다.

그런데 플랫부시에 온 지금 잔뜩 열을 받고 만 것이다. 나한테 갑자기 덮쳐온 이 씨발 호모새끼 때문에 별 멍청한 짓을 다 한다. 씨발 깊은 밤보다도 더 냉정한 그 꼬마 녀석, 사람을 죽이고 다니는 남자랑 서슴없이 말을 섞는 녀석. 그리고 사람을 죽이고 다니는 남자는 머잖아 그자를, 모든 일의 시발점을, 자기를 씨발 이딴 식으로 만들어놓은 그 개새끼를 죽이려는 생각이기에 사람을 죽이고 다니는 것이다. 씨발것. 나는 좆같은 세상이며 잘나간다는 남자놈들, 샤워중인 다른 아이를 지켜보는 내 모습을 본 아이들, 그리고 내가 두른 염병할 수건을 벗겨 씨발 발기한 내 물건을 드러냈던 놈들에게 전부 총을 쏴서 구멍을 내줄 것이다.

계속 이런 식이면 일을 처리할 수 없을 텐데. 그리젤다가 다시 전화할 때까지 기다리는 것 말고 할 일은 아무것도 없다. 아니면 하와이안 셔츠 중 한 명이 나타날지도 모른다. 내가 일을 제대로 처리하는지 확인한 다음 뒷정리를 할 누군가를 분명 보낼 테니까. 어쩌면 분홍색 하와이안 셔츠, 클럽 쪽 일을 지나치게 많이 알고 있는 그놈을 보낼지도 모르지. 그놈은 내가 거시기를 빨아주면 나를 그냥 보내줄지도 모른다. 내 말은, 남자란 아무리 빠는 솜씨가 나빠도 기다리면 나아지겠지 기대하며 눈을 감게 된다는 말이다. 나한테는 이 총을 잡아채 놈의 머리를 턱에서부터 깔끔히 날려 보낼 순간만 있으면 충분하다. 가끔은 샤이타운에서 자동차나 털던 시절로 돌아가고 싶어진다.

3미터 떨어진 곳에 전화 부스.

– 여보세요?

– 로키? 지금 대체 어디야? 제기랄 전화를 받기는 할 거냐고?

– 존-존.

– 전화했었어. 여러 번.

– 나 진짜 좀 자야 돼.

– 아주 씨발 바빴나보다.

– 아니, 별로 그런 건 아니고. 아빠한테 어떤 생일 카드를 보내야 할지 생각하고 있었어. 매년 보내거든. 왜 전화한 거야, 존-존?

– 뭐? 뭐라고? 그게 무슨 소리야?

– 나는 항상 꽤 분명하게 말하는 편인데. 왜 전화했냐고?

– 그야 그냥, 그냥이지.

– 방금 〈매시〉*에서 아주 우울한 에피소드를 봤고 〈한 번에 하루씩〉에서는 더 우울한 에피소드를 봤어. 로 그랜트**를 보든지 자러 가야겠어. 이번 편 주인공은 자살하겠다고 떠들어대는 어떤 젊은 여잔데, 아직 1부니까. 아, 이건 〈한 번에 하루씩〉 얘기야. 용건이 뭐야?

– 뭐? 용건이 뭐냐고? 용건 같은 건 없다고.

– 나 진짜 좀 자야 돼.

– 그럼 씨발 처자라고, 그럼.

– 뭐? 너 무슨 문제 있구나, 그치?

– 문제없어. 아주 염병할 압권이네, 응? 어떻게 하루종일 아무것도 안 하는 인간이 그렇게 피곤할 수 있냐.

– 아, 우리 새엄마가 돌아가신 줄 알았더니 여기서 나한테 전화를 걸고 계셨네.

– 너희 새엄마는 좆까라 그래.

---

* 1972~83년 미국 CBS사에서 방영한 드라마 시리즈. 한국전쟁 당시 남한의 의정부에 파견된 외과 기동대의 의사 및 의무대원들의 이야기를 다루었다.

** 〈매리 타일러 무어 쇼〉와 〈로 그랜트〉 등 두 작품에 등장하는 가상의 인물로, 배우 에드워드 애스너(1929~)가 연기했다.

-나 보고 싶구나?

-씨발 웃기지 마. 무슨 좆같은 멍청한 질문이야.

-그래, 멍청하겠지. 날 보고 싶다고 말하면 호모가 된 것 같은 기분도 들 거고.

-호모는 너지.

-넌 열두 살짜리 어린애고. 뭐든 난 신경 안 써.

-내가 호모라도 신경 안 쓴다고?

-아니, 이런 대화를 나눌 만큼 신경쓰고 싶지가 않다고. 다른 용건은 없어?

-넌 씨발 도대체 왜……? 아, 그래. 없어. 빌어처먹을 용건 없다고, 로키.

-뭐 그럼, 잘 자.

-잘 자. 잠깐! 그러니까, 잠깐만.

-뭔데?

-난……음…… 나는…… 너…… 너 누구랑 그거 했어?

-너한텐 그거가 뭔데?

-쌍, 좆같네, 로키, 무슨 씨발!

-아니, 내 대답은 아니오야. 그게 왜 문제가 되는지 모르겠네. 우리는 사귀는 것도 뭣도 아니잖아. 그리고 너는 뭐든 너 하고 싶은 대로 하면서. 넌 어때, 너는 누구랑 그거 했어?

-아니.

-왜 안 했는지 모르겠다. 넌 뉴욕에 있잖아. 호모들에 온갖 구식 인간들에 외국인들까지 있고 넌 아직도 꽤 젊은데 말이야. 어쨌거나, 난 이만 침대로 가야겠어.

-니 침대 아니잖아.

- 잘 자.

- 기다려.

- 이번엔 또 뭔데, 세상에. 폰섹스라도 하고 싶어? 나가떨어질 때까지 박아줘 아빠라고 말해줬으면 좋겠어? 박아줘, 아 그 커다란 씨발 자지로 박아줘, 아빠, 우, 얼굴에 싸줘, 걸레처럼 대해줘, 아……

- 이런 염병할, 좋은 얘기는 좀 못 하냐? 한 번이라도.

- 미안. 난…… 하암. 하품이 나오네. 무슨 얘기 하던 중이었지?

- 잘 자.

- 다음에 보……

이 개년의 전화를 끊어버리니 기분이 좋았다. 집중하자. 나는 지금 이 자메이카놈을 제거하려고 길 건너에서 기다리는 중이다. 아직 정확히 어떻게 해야 될지는 생각 못 했지만. 이게 한 사람이 처리할 수 있는 일인지도 잘 모르겠다. 사실 얻을 게 그렇게 많은 일이면 한 사람이 처리할 수 있는 일일 리가 없지. 그놈이 집에 혼자 있는지조차 모르겠다. 몇 시간 동안 들어간 사람도 나온 사람도 없는 것 같긴 한데. 하지만 아직 불이 들어오기에는 너무 어두우니까 확실히 알 수 없다. 나는 정말이지 아무것도 모르는 상태에서 깜깜한 곳으로 걸어들어가고 있다. 애초부터 이게 그리젤다가 짠 좆같은 계획의 일부겠지만. 내가 그자를 제거할 때, 그자도 나를 제거하게 된다면야 그년한테는 그냥 씨발 보너스인 것이다. 8시밖에 되지 않았다. 놈이 안에 있을지는 모르겠지만, 있더라도 잠들어 있지는 않을 거다. 최선은 놈이 집을 나서기를 기다렸다가 거리에서 제거하는 것이다. 하지만 놈이 그리젤다가 말한 그대로의 인물이라면, 혼자서 거리에 나올 리는 절대 없었다. 이 마이애미 녀석들이 나한테 우지 총을 준 것도 그 때문인지 몰랐다. 문제가 좆나 복잡해지고 있었다. 적당한 때를 기다렸다가 들어가는 것밖에는 할 수 있는 일이 없다. 소음기를 장착한다. 자물쇠를 따고, 방을 살핀 다음, 훅 들어가 놈을 제거한다. 프로가 되기 위해서 해야 할 일은 프로처럼 생각하는 것밖에 없을지도 모른다. 완전 아이스맨처럼.

하지만 나한테는 깡밖에 없다. 어쨌거나 이건 씨발, 내가 암살할 일이 아니었다고, 나는 그냥 며칠 더 살아 있으려고 노력하는 것뿐이야. 세상에, 도대체 어떤 암살자한테 아빠와의 관계 문제가 있을까? 10년 전, 시카고 길모퉁이의 세븐일레븐. 그 전날에 나는 20블록을 걷고나서야 세븐일레븐을 한 곳 찾을 수 있었다. 아버지의 두껍고 너저분한 가죽 자켓을 입은 채 땀을 흘리며. 그 전날 내가 문제의 장소를 살펴보고 있을 때는, 어떤 늙은 남자가 카운터에서 라디오로 토크쇼를 듣고 있었다. 이번에 보이는 건 '버지니아는 연인들의 것'이라 적힌 고동색 티셔츠를 입고, 라디오에서 나오는 〈러브 트레인〉*에 맞춰 리듬을 타는 여자애다. 그애는 내가 들어왔을 때 신경도 쓰지 않고 눈도 들지 않았다. 잡지 선반 맨 끝에는 〈펜트하우스〉 〈위〉 〈펜트하우스 포럼〉 〈펜트하우스 레터〉가 있다. 〈허슬러〉도 괜찮았다. 거시기가 나오니까. 내가 과연 거시기를 원하는 건지 확실히 몰랐지만. 그뒤에는 〈혼초〉 〈맨데이트〉 〈인치〉 〈블랙인치〉 〈지옥으로 급행〉이 있었다. 게다가 〈블루보이〉는 밀봉 포장이 되어 있지 않았고 누구도 이쪽 복도로 내려오지 않았다. 잠깐 동안 나는 어떤 씹새끼가 다스 베이더처럼 숨을 쉬어대는지 궁금했는데, 알고 보니 그게 나였다. 20블록 떨어진 곳이니까 아무도 모를

* 〈Love train〉(1972), 미국의 R&B 트리오 오 제이스의 노래.

거야, 그렇지? 카운터의 남자는 여자한테 이번 이란 사태는 정말 손쓸 수 없이 번져가고 있으며, 대통령 형제가 뭔가 해야 할 거라는 얘기를 하고 있었다. 표지 속의 어린 녀석이 쓴 카우보이모자는 모든 걸 그림자 속에 감추어놓고 있었지만, 그 촉촉한 입술은 담배에 입을 맞추는 듯했다. 〈블루보이〉 1979년 3월호. 무법자들: 언제라도 좋아하는 배드 보이.

병자새끼. 그건 아빠가 나를 부른 이름이기도 했다. 담배와 음료수와 감자칩을 사려고 아버지가 내 물건을 뒤지던 어느 날이었다. 아버지는 안 그래도 빵빵한 풍선같은 엉덩이를 더 크게 부풀릴 작정으로 현금을 찾고 있었다. 아버지가 〈수퍼 노바 자지〉 〈수퍼 헝 자지〉 〈자지 골리기〉 〈자지가 고파요〉, 그리고 앨 파커*가 분수를 뿜는 예수처럼 나온 〈수퍼 폭발 자지〉를 발견했을 때 나도 그 자리에 있었으면 좋았을 텐데. 아버지는 그것들을 보고 토했을까? 머리를 저으며 저 녀석이 어딘가 수상한 줄은 진작 알았다고 말했을까? 앉아서 몇 편을 읽어봤을까? 그야 모른다. 어쨌든 나는 결국 집으로 돌아왔다. 누구의 개소리도 들어줄 준비가 되어 있지 않은 상태였다. 그 완전판 찌질이의 개소리는 더더욱. 그리고 그때 내가 본 모습은, 아버지가 분홍색 표지의 〈수퍼 노바 자지〉를 든 채로 너 이 씨발 더러운 호모새끼! 라고 소리치면서 거실로 절뚝이며 나오는 장면뿐이었다. 너 이 씨발 더러운 호모새끼! 너 같은 새끼들 가라고 지옥에 특별히 마련된 자리가 있다. 이런 염병할 내 아들이, 씨발 정상적인 피를 타고 난 아들이, 저 바깥에서 웬 씹새끼들 똥구멍이나 걸쭉하게 쑤셔대고 있다니. 안 그래도 좆같은 집구석이지만,

---

* 미국의 게이 포르노 배우이자 감독, 제작자.

그딴 건 특히 니 에미 쪽에서 타고난 걸게다. 그 짓 하고 다녔던 거지, 호모새끼야, 밤새도록 똥구멍이나 쑤시면서?

– 틀렸는데요, 아빠. 보통은 딴 사람들이 내 똥구멍을 따먹죠. 밤새도록.

– 씨발 뭐라고 했냐?

– 몰랐어요, 아빠? 이스트사이드 전체에서 내 똥꼬가 제일 핫한데. 날 보려고 사람들이 아주 이 블록을 둘러싸고 줄을 섰어요. 특히 그 흑인 친구들 말이죠. 언젠가 한 번은 그 흑인 남자가 나를 하도 거칠게 따먹어서 도저히……

– 너 이 새끼……

– 너 이 새끼 뭐, 새끼야.

아빠는 내게 한 걸음을 내디뎠지만 나는 열 살짜리가 아니었다. 물론 아빠는 나보다 덩치도 크고 살도 더 쪘지만, 나는 몇 년 동안 이 순간을 기다려 왔다.

– 너 이 새끼……

– 좆같은 니 방구석으로 돌아가서 〈올 인 더 패밀리〉*나 처보셔. 씨발 내 일에 간섭하지 말라고, 아빠. 프리토스** 사게 2달러라도 드릴까?

나는 아빠를 지나쳐 곧장 내 침실로 향하려 했다. 그런데 아빠가 내 팔을 잡더니 나를 뒤로 당겼다.

– 이 집안에 이런 치욕을 가져오다니, 너 이 새끼 죽여버릴 테다.

– 씨발 손 치워.

---

* 1971~79년 미국 CBS사에서 방영한 시트콤.

** 미국의 감자 칩 상표.

– 넌 염병할 지옥불에 타게 될 거야, 너……

– 씨발 손 치우라고.

– 너 이 새끼 내가……

나는 권총집에서 베레타를 꺼냈다. 씨발 그래, 그때쯤 나는 총을 가지고 다닐 때였으니까. 어떤 자동차에 아직 운전자가 있을 때, 그리고 그 운전자가 소동을 피우려 할 때를 대비해서 말이다. 아빠는 펄쩍 뒤로 물러났는데, 칼라를 바짝 세운 셔츠 차림의 은행 직원마냥 두 손을 뻣뻣하게 들고 있었다.

– 니가 뭘 어쩔 건데, 개새끼야? 내가 너한테 겁먹을 놈처럼 보여?

– 너, 너……

– 니가 뭐라도 아는 것처럼 떠들어대고, 온종일 개소리를 지껄여대는 유일한 상대가 나라고. 난 씨발 방으로 들어가서 잘 생각이니까. 절대 다시는 내 방에 들어오지 마. 알았어?

– 씨발 내 집에서 나가, 이 잔챙이 깡패새끼야.

– 넌 호모새끼밖에 못 키우는 찌질이새끼고. 잘 기억했다가 다음번에 코스타 씨랑 브릿지 게임할 때 가서 말해주지그래. 아 맞다, 코스타 씨가 화장실 찾아서 위층으로 올라올 때마다 내가 매번 빨아줘.

– 씨발 아가리 닥쳐라.

– 자지가 너무 커서 물고기처럼 숨을 헐떡거리게 되더라고.

– 내 집에서 나가.

– 아, 꺼져드릴게, 꼰대 양반. 씨발 꺼져드린다고. 이 집구석도 니 헛소리도 진저리가 나. 돈이나 좀 줄까?

– 너 같은 호모새끼 돈은 필요 없어.

– 마음대로 하셔. 돈은 그냥 가져가서 나 같은 호모새끼가 처먹

는 짐 빔 위스키나 사야겠네.

– 넌 씨발 악마야.

– 그리고 넌 씨발 찌질이고.

나는 내 방으로 갔다. 우리 꼰대가 뭐라고 중얼거렸다.

– 뭐라고 씨불이시나?

– 됐어, 그냥 놔둬.

– 씨발 뭐라고 씨불였냐고?

– 넌 니가 잘난 줄 알지, 응? 그래, 내가 염병할 찌질이일지는 모르지. 하지만 세상 사람들이 나보다 질 낮은 쓰레기라고 생각하는 놈이 하나 있다면 그게 바로 너야. 리사, 리사가 너 때문에 그렇게 힘든 시간을 보냈는데. 넌 태어날 때 리사를 거의 죽일 뻔했잖아.

아 제기랄, 씨발 이런 개소리는 필요 없다. 필요 없어, 정말로 필요 없다고. 나는 그냥 이 도시를 벗어나고 싶다. 전화벨이 끊기기 전까지, 나는 내가 공중전화 부스로 돌아왔다는 사실조차 깨닫지 못했다.

– 로키, 나야. 그러니까 그게…… 난…… 난 뉴욕에 와 있고 난…… 난…… 내 용건은, 내 용건은 음…… 내가……

– 메시지를 남겨주세요. 삐.

나는 수화기를 쾅 내려놓았다.

도카스 파머

날이 어두워지는데요, 를 핑계로 그에게 떠나라고 요구하기에는 이제 너무 어두워졌다. 또다른 도카스 파머, 좀더 똑똑한 도카스 파머라면 어쩌다 이 남자가 내 아파트에 오는 것으로 오늘 저녁이 마무리되었는지 의아해했으리라. 그렇긴 하지만, 뭐 그래서 어쩌라고. 남자는 이웃들이 무슨 생각을 할지 궁금해하지 않으면서도 여자의 아파트에 불쑥 나타날 수 있다. 게다가 나는 내 이웃들을 모른다. 하지만 오늘밤이 무슨 프랑스 희극처럼, 나는 이불을 가슴까지 끌어올리고 그는 담배를 피우며 만족스러운 미소를 짓는 것으로 마무리 될 거라 생각한다면, 그는 그냥 슬픈 실수를 하나 저지른 것이다. 그는 내 창가에서 스카이라인을 바라보고 있다. 난 여기 경치가 아주 구리다고 생각했는데.

지금이 어떤 순간인지 나는 안다. 나도 〈다이너스티〉*는 봤으니

* 1981~89년 미국 ABC사에서 방영한 멜로드라마.

까. 지금은 내가 그에게 한잔하겠느냐고 물어야 할 차례다. 나한테 있는 거라곤 술이야 뭐 다 쓴 거지 싶어 갖다놓은 싸구려 보드카 조금이랑, 상하지 않았다고 장담할 수 없는 파인애플 주스 조금뿐이지만. 어쨌거나 술을 권한다는 건, 그냥 지금 나랑 하고 싶으냐고 물을 때 쓰는 암호일 뿐이지 않은가? 그가 정말로 라일 왜거너를 닮긴 했고, 라일이 〈플레이걸〉 화보를 찍었다는 소리를 듣긴 했지만 그런 일은 벌어지지 않을 것이다. 슬픈 일은, 정말이지 뭔가 더 편안한 옷으로 슬쩍 갈아입고 싶다는 것이다. 한여름에 이런 좆같은 트위드 천을 두르고 있자니 피똥 쌀만큼 온몸이 가려워 죽겠다. 그리고 내 두 발은 엄격히 5시간이라는 한계를 갖고 있어서, 그 시간이 지나면 개년아 피똥 쌀, 우릴 죽일 셈이냐? 라고 소리지르기 시작한다. 내가 너무 크게 낄낄댔는지 그가 몸을 돌려 나를 바라본다. 남자가 짓는 미소는 첫 할부금일 뿐이야, 도카스 파머. 저 사람한테 아무것도 팔아서는 안 돼.

– 집에 가야 한다는 얘기는 하지 않기로 약속했다는 거, 저도 아는데요. 내가 말한다.

– 그럼 하지 마. 약속을 도통 못 지키는 인간들을 내가 얼마나 많이 아는지 짐작이라도 가나?

– 그건 부자들이나 겪는 문제 같은데.

– 뭐라고?

– 들었잖아요.

– 맹세하건대 내가 떠날 수 없는 이유 중 하나는……

– 떠날 수 없다뇨?

– 그래, 떠날 수 없어. 그 이유 중 하나는 시간이 지날수록 니가 점점 더 대담해지고 있기 때문이지. 10시쯤에는 니가 어떻게 될지

누가 알겠나.

– 칭찬인지 잘 모르겠네요.

– 솔직히 말하면, 칭찬 아니야. 그럼 그냥 10시까지 기다려봐야겠군.

나는 내 공간으로 들어와 내 시간에 침입해서는 나한테 더 괜찮은 할 일은 없으리라고 지레짐작한 이 남자에게 뭔가 말해주고 싶었다. 그런데 그때 그가 말한다.

– 하긴, 너한테는 늙은이를 즐겁게 해주는 것보다 괜찮은 일들이 많겠지.

– 별로 늙지 않으셨다고 오늘만 두 번 말씀드렸잖아요. 좀 새로운 칭찬을 유도해보지 그래요?

그가 웃는다.

– 해가 떨어졌군. 술 좀 있나?

– 보드카가 좀 있어요. 파인애플 주스도 있고, 잘 모르겠네.

– 얼음은?

– 만들어내려고 하면 만들 순 있겠죠.

– 그럼 거지같은 술밖엔 없다는 얘긴데. 보드카랑 파인애플 주스 조금이랑 뭐든 냉장고에 있는 거나 좀 마시지.

– 손이 아프신가보죠? 보드카랑 깨끗한 유리잔은 둘 다 조리대에 있어요.

그는 나를 보며 고개를 끄덕이더니 웃는다. 씨발 너무 좋은데, 그가 말한다. 나는 이게 무슨 건방진 흑인 하녀가 늙은 주인한테 살아갈 이유를 재발견하게 해주는 영화인가 싶어진다. 하기야 이 남자가 어떤 식으로든 늙었다거나, 그런 방면에서 누구의 도움이라도 필요하다는 증거는 아직 없지만.

– 아드님이랑 며느님이 지금쯤이면 걱정하고 있을 텐데요.

– 그러겠지. 냉장고에 탄산수가 있는데. 이거 좀 써도 되나?

– 네.

– 그리고 저 피자 쪼가리는 버릴 때가 된 것 같아. 라면 반 상자 남은 것도 그렇고.

– 감사합니다. 제 냉장고 상태에 대해 더 조언해주실 부분은요?

– 나라면 반쯤 먹고 남은 저 햄버거도 버렸을 거야. 그리고 자존감이 있는 인간이라면 절대 쿠어스* 맥주를 마시다 걸리는 일은 없어야 한다고.

– 정말로 냉장고 상태에 대해 조언해주시길 기대했던 건 아닌데.

– 흠. 그럼 왜 물어봐? 파인애플 비슷한 풍미가 좀 나는 보드카 탄산수 한잔 어때?

– 좋아요.

– 곧 갑니다.

나는 그 남자가 내 부엌을 차지하는 모습을 지켜본다. 저 라임은 언제 샀는지 기억이 안 나는데. 저 사람이 가져다 쓰는 걸 보니 최근에 산 게 틀림없겠지? 그는 내 칼로 라임을 써는 걸 세 번 시도한 끝에 다른 칼을 꺼낸다. 그러곤 혼자서 칼싸움을 하는 것처럼 두 칼을 서로 부딪친다. 마침내 그가 라임을 썰어낸다. 그는 조리대에 놓인 내 유리잔들을 바라보더니 불쌍하다는 듯 고개를 끄덕인다. 살사 소스 두 병을 저장해놨었는지 나는 기억도 안 나는데 그가 찾아낸다. 썰고, 부수고, 짜고, 젓고, 그래, 남자가 일하는 모습을 지켜보는 건 제법 괜찮은 일이다. 텔레비전에 나오지 않는 남자 중에서

* 미국의 아돌프 쿠어스 사에서 나온 맥주.

부엌일을 하는 남자를 본 적이 있었나? 모르겠다. 아니 이 말은 사실이 아니다. 그는 병 두 개를 가지고 와서 내게 하나를 건넨다.

– 어때? 괜찮아?

– 아주 좋은데요.

– 열정적인 칭찬 감사합니다.

– 진짜 맛있어요. 정말로.

그는 내가 이웃에게 도와달라고 부탁해 길거리에서 가지고 올라온 안락의자에 앉는다. 그 이후로 나는 그 이웃과 한 번도 이야기해 본 적이 없다. 안락의자에서 지금까지도 냄새가 나지는 않았으면 좋겠는데. 그는 천천히 음료를 홀짝인다. 마치 그 술이 다 떨어지지 않기를, 더 나아가 이번 방문이 끝나지 않기를 바라는 것처럼.

– 그 치마 입으면 가렵지 않아? 내 말은, 여름이잖아.

– 치마 벗는 일은 없을 거예요.

– 벗으라고 한 적 없어. 그런 식으로 생각하지 말라고. 나를 여기로 초대하다니 얼마나 큰 실수를 한 건지 모를 거야.

– 아녜요.

– 안다는 얘기네.

– 난 말 꼬아서 안 해요.

– 잘됐군.

생각해보면 이상하지만, 나한테는 그가 앉아 있는 모습을 묘사할 수 있는 단어로 '강하다'밖에 떠오르지 않는다. 그의 집에서도, 전철에서도 똑같은 점을 눈치챘는데, 그는 등을 구부리라는 모든 의자들의 유혹에 저항하듯 등이 움푹 팰 정도로 꼿꼿이 앉아 있었다. 군대 시절부터 생긴 습관인 게 틀림없다.

– 지금쯤이면 분명히 경찰이 찾아나섰을 거 같은데요?

– 24시간 전에는 실종 신고 못 내.

– 납치 신고는요?

– 납치하기에는 내가 너무 크지 않나? 안 그래?

– 덩치는 별 문제가 아니라고 생각했죠.

– 계속 이런 식으로 하면 나만큼이나 이 시간을 즐기게 될 거야. 노래 없나?

– 요즘 애들은 무슨 노래 듣는지 알고 싶으신가보네요?

– 그래, 맞아. 최신곡이 뭔가? 그 〈굿 타임즈〉* 꽤 괜찮던데, 아닌가? 꽤 좋지?

– 와, 노래 들으신 지 한참 되셨나봐요.

나는 일어나서 레코드를 튼다. 뭐, 더미에서 제일 위에 있는 것으로. 우스운 일이다. 레코드란 자메이카 시절에 아버지가 듣는 것이었고, 거기에 들어있는 건 죄다 빌리 본의 〈라 팔로마〉나 제임스 라스트 오케스트라 같은 음울한 기악곡뿐이었는데. 지금은 1985년이고 저런 올인원 스테레오, 최소한 텔레푼켄이라는 이름이 붙은 저런 장치 중 하나를 갖고 있는 사람은 틀림없이 나뿐일 것이다. 나는 아직도 어머니가 딱 한 번 집으로 레코드를 가져왔던 때를 기억하고 있다. 밀리 잭슨의 〈월요일까지 다시 사랑으로 돌아오지 않으면〉이 담긴 45rpm짜리 레코드였다. 어머니는 우리 가족이 다 나갈 때까지 기다렸다가 그걸 틀었을 것이다.

– 교회 오르간이라니? 이런 세상에, 지금 교회 음악 트는 거야?

– 아녜요.

– 저건 목사잖아, 사후세계 얘기를 하고 있다고. 그리고 저건 분

* 〈Good times〉(1974), 엘비스 프레슬리의 노래.

명히 오르간인데.

– 닥치고 들어요.

그가 다시 자리에 앉는 순간 프린스가 말한다. 이 삶에서는 당신이 홀로 서는 거예요.

– 이런 세상에. 와 이런, 이건 정말 마음에 드는데.

그는 다시 자리에서 일어나 손가락을 꺾으며 고개를 끄덕인다. 나는 엘비스 시절에 그가 청소년이었는지, 그리고 비틀스에 대해서는 어떻게 생각하는지 궁금해진다. 나는 그에게 로큰롤을 좋아하느냐고 묻고 싶지만 빌 코스비한테서 방금 춤을 배운 사람처럼 손가락을 꺾고 두드려대는 남자에게 던지기엔 어리석은 질문이다.

– 미쳐보자, 졸아보자, 프린스*가 말한다. 춤을 추지 않고 있자니 죄책감이 든다. 자리에서 일어나 춤을 춘다. 그리고 그때 나는 절대로, 결코, 영원히 하지 않을 일을 한다.

– 모든 게 괜찮을 거예요, 박사는 모든 걸 잘못되게 할 거예요, 스릴, 스필, 대포딜 윌 킬, 끝까지 버텨라, 얘들아 그가 온다. 그가 와. 오고 있어. 우후 후 후-후.

나는 부엌 조리대에 놓인 빗을 집어든다. 세 번 더 우후 후 후-후가 나오는 동안 빗이 내 마이크가 된다. 이어 기타 독주 부분이 나오는데 처음에 나는 그가 심장마비라도 온 줄 알았다. 그는 사실 손으로 기타 독주 흉내를 내는 것이었다. 나는 폴짝폴짝 뛰면서 미쳐보자, 미쳐보자 소리를 지른다. 노래는 순간을 아주 길게 늘려버린다. 나는 수백, 수천만 번도 더 이 노래를 들었지만, 이렇게까지 이 노래가 길게 느껴진 적은 없었다. 그러다가 노래는 갑자기 무너

---

* 미국의 팝 가수 프린스(1958~2016)의 노래 〈Let's go crazy〉(1984) 중 일부.

져내리고 우리도 마찬가지다. 나는 바닥에, 그는 소파에. 〈나도 함께 데려가줘요〉*가 나오자 그는 곧바로 다시 뛰어오르지만, 나는 여전히 바닥에 쓰러진 채 숨을 헐떡이며 웃고 있다.

– 비틀스가 〈에드 설리번〉 쇼에 나왔을 때 이후로 이렇게까지 재미있었던 건 지금이 처음이야.

– 도대체 당신네 사람들하고 비틀스 사이에 뭐가 있길래 그래요?

– 비틀스는 온 시대를 통틀어서 가장 위대한 록밴드라고.

– 지난번 고객은 그날 밤에 우리를 밤새도록 존 레넌 호텔 밖에 세워놓던데.

– 도대체 왜? 폴이랑 같이 녹음이라도 하고 있었대?

– 뭐라고요? 그게 웃긴 얘긴지도 잘 모르겠네.

그는 스테레오 쪽으로 걸어가 앨범 재킷을 집어든다.

– 자전거 타고 있는 이 가정적인 레즈비언은 누군가?

– 프린스예요.

– 무슨 프린스?

– 그냥 프린스요. 콧수염 보면 몰라요**?

– 글쎄, 다시 생각해보니까 내가 본 턱수염 난 아가씨 중에 제일 섹시한 것 같은데.

– 영화에도 나왔어요. 〈퍼플 레인〉이라고.

– 퍼플 헤이즈 아니고?

– 레인이에요. 프린스라니까. 지미가 아니고. 음반 좀 내려야겠다. 너무 뻔해지는 것 같아서.

* 프린스의 또다른 노래. 〈Take Me With U〉(1985).

** 프린스가 '왕자'를 뜻하는 데 빗댄 말장난.

– 자기야, 인근 다섯 도시 중에서 블로우플라이* 음반을 실제로 가지고 있는 유일한 사람이 나라고. 이쪽 프린스를 봐도 나는 겁나지가 않아. 자기라서 불러서 미안. 더이상은 여자들한테 그런 식으로 말하면 안 된다는 건 나도 알아.

나는 그에게 그런 건 나한테 별로 문제가 되지 않는다고, 누가—특히 남자가—어떤 식으로든 나를 친절하게 불러준 것 자체가 오랜만에 처음 있는 일이라고 말하고 싶었다. 하지만 창밖으로 하나둘 불빛이 켜지는 스카이라인이 눈에 들어왔다.

– 표지에 있는 여자는 누군데?

– 아폴로니아요. 실제로 프린스의 여자친구라고들 했죠.

– 그럼 동성애자가 아니네.

– 배고프실 거 같은데. 집에서도 피자 한 쪽 안 드셨잖아요.

– 뭐 약간. 먹을 거 뭐 있나?

– 나초랑 라면이요.

– 젠장, 그 두 가지를 같이 먹으라는 건 아니지?

– 일주일 묵은 치킨 맥너겟도 있는데 그게 더 좋으시다면야 뭐.

– 우리 마나님 말씀에도 일리가 있으십니다요.

나는 라면을 삶으려고 주전자를 올려놓는다. 물이 끓는 동안은 가만히 앉아 앨범의 남은 곡을 들었다는 뜻이다. 주전자에서 휘파람 소리가 났을 때쯤에는 앨범이 거의 끝나가고 있었고, 나는 레코드를 뒤집을까 생각하는 중이었다. 침묵 속에 가만히 앉아 있는 일은 나도 못 할 것이고 그도 마찬가지라는 사실을 알고 있었으니까.

– 그럼 정확히 어디 출신이지?

---

* 본명 클라렌스 헨리 레이드. 미국의 음악가이자 작곡가, 음반제작자로 활동했다.

– 네?

– 그러니까 어디…… 저것 좀 끌 수 없나? 엘비스가 이 건물에 아주 눌러앉은 느낌이군. 어디 출신이냐고?

– 라면 먹어요. 킹스턴이죠.

– 그 얘기는 벌써 했잖아.

– 헤이븐데일이라는 동네예요.

– 도심에 있는 덴가?

– 교외죠.

– 중서부처럼?

– 퀸스처럼.

– 끝내주는데. 왜 떠났나?

– 떠날 때가 됐으니까.

– 그냥 그뿐이야? 몇 년 전에 일어났던 마이클 맨리랑 그놈의 공산주의 대소동 때문인가?

– 냉전에 대한 정보를 아주 많이 갖고 계시는군요.

– 자기야, 난 50년대에 어린 시절을 보냈다고.

– 빈정거린 거예요.

– 알아.

– 어쨌든, 꼭 뭐에 쫓겨나야만 떠나는 건가요? 그냥 떠나고 싶었을 수도 있잖아요. 어쩔 때는 가족들하고 같이 있는데도 환영받는 시간을 지나서까지 머물렀구나 하는 느낌이 들죠. 그런 느낌 받아본 적 있어요?

– 이런 씨발, 그걸 말이라고. 그놈의 빌어먹을 집이라는 게 제기랄 내 돈 내고 산 내 집이면 더 최악이지.

– 그래도 결국은 돌아가게 되실 걸요.

– 아, 그렇게 생각한다 이거지? 넌 어떻고?

– 돌아갈 데가 없어요.

– 정말이야? 가족도 없고? 애인도?

– 정말 50년대의 산물이시네. 자메이카에서 애인이라고 하면 아내를 두고 바람피우는 여자를 말하는 거예요.

– 아주 멋지군. 멋지다는 얘기가 나와서 말인데, 화장실 좀 써야겠어.

– 들어온 복도를 따라 내려가세요. 끝에서 두번째 오른쪽 문이에요.

– 오케이.

지금 당장 텔레비전을 틀었을 때, 콘카이트에서 콜서스트 집안 어르신이 납치를 당해 몸값을 요구받고 있다는 보도가 나오면 재미있을 텐데. 아내이자 며느리가 카메라에 대고 소리를 지르다가 마스카라가 뺨을 따라 흘러내리는 걸 깨닫고는 컷! 하고 소리를 치는 거지. 아들은 내내 자제력을 발휘한 표정을 짓겠지. 말을 하고 싶지 않아서든, 아내가 도무지 닥치려고 하지 않아서든. 저희는 거기가 평판 좋은 곳이라고 생각했어요, 하지만 누가 알겠느냐고요. 그 여자는 정말 믿어도 될 사람처럼 보였다고요—이름이 도카스였다니까요, 글쎄. 협박 쪽지를 보낼지 몸값을 얼마나 부를지 누가 알겠어요. 뉴스 카메라들이 나타나기 직전에 그 여자가 옷을 차려입을지 궁금하다. 텔레비전에 내 사진이 어떻게 나올지도. 고용센터에는 내 사진이 없을 게 분명하지만. 뭐, 적어도 내가 기억하는 한은 그렇다. 하지만 고용센터에 내 사진이 하나 있다고 해보자. 살짝 맥락만 바꾸면 그건 범인 사진처럼 보일 것이다. 하루도 그런 적이 없다가 딱 한 번 머리 만지는 걸 잊어버리고 아파트를 나선 날에 찍힌 사진일 거라고 장담한다. 부부는 아마 손을 잡고 있을 것이고 여자는 납치범, 그러니까 나한테 인간애를 조금이나마 보여 달라고 말할 것이다. 자기 시아버지는 건강이 좋지 않고, 전혀 좋지 않으니까……

– 이게 뭐야?

나는 그가 욕실에서 나오는 소리를 듣지 못했다. 물 내리는 소리도, 문이 삐걱거리는 소리도, 아무것도 못 들었다. 생각이 너무 멀리까지 달려가는 바람에 나는 그가 내 바로 앞에 오기 전까지는 인기척도 느끼지 못했다.

– 말했잖아, 이게 뭐냐고? 도대체 너 누구야?

그가 내 앞에 그걸 흔들어댔다. 나는 사람들이 우리집에 오는 것으로 하루를 마무리할 일은 없을 거라고 나 자신에게 이미 이야기해둔 상태였다. 내 말은, 이 집은 절대로 손님이 오지 않는 여자의 집이라는 것이다. 하지만 제기랄, 미리 욕실을 확인했어야 했다. 딴 건 몰라도 세면대에 새 수건이 걸려 있는지 정도는 확인했어야 했다. 그리하여 이제는 그가 무슨 경찰이라도 되는 것처럼 내 앞에 서서, 보통은 내 베개 밑에 안전하게 놓아두는 책을 흔들어대고 있다.

『완벽하게 사라져 절대 발견되지 않는 방법』

더그 리치먼드 지음

쵸, 피똥 싸겠네.

트리스탄 필립스

개소리, 개소리, 개소리. 그렇게 똑같은 소리만 해대는 걸 보니 혀가 갈색이겠군. 아, 아니야? 그래, 뭐 정 그렇다면 자네 방식대로 해보지. 또 물어볼 게 뭐가 있나. 발라클라바? 그건 벌써 물어봤잖아. 코퍼? 메모지 확인해봐, 멍청아. 파파-로랑 쇼타 셰리프라, 그 얘기는 에이트레인즈 때부터 브루클린 시절까지 쭉 다 얘기했으니까 메모 확인해보라고.

응? 그렇단 말이야?

내 생각은 좀 다른데. 내가 무슨 생각을 하는지 알고 싶은가? 자네한텐 메모가 하나도 없어. 자네가 거기에다 휘갈겨 쓰고 있는 건 전부 의미 없는 낙서나 개소리니까. 내가 아는 한, 자네는 내내 떴다 떴다 비행기를 스페인어로 적고 있었거든. 아니야? 그럼 한번 보여주게. 얼른. 그럼 그렇지, 자네 미국인들이 그렇게 말하잖나. 정확히 내가 생각했던 그대로야. 우리 백인 꼬맹이께서는 그냥 게임을 그만두셨다 이거지. 아니면 이렇게 하는 건 어떤가, 자네는 입을 다물고 있고, 자네가 여기에 온 이유를 내가 자네한테 말해주는 건? 자네를 보란 말이야. 내 말은, 지금은 1985년이잖나. 그런데 자네는 제대로 머리를 자르지도 못하고, 좆같은 히피 차림이나 하고 있잖아. 카우보이처럼 청셔츠에, 청바지에, 말을 말아야지, 카우보이 부츠까지. 젠장. 감옥에 있는 사람들도 〈마이애미 바이스〉* 에피소드 두 개 정도는 보는 세상이라고. 그렇게 생긴 푸나니** 본 적 있나? 아, 푸나니가 뭔지 알아? 그렇군. 이게 자네 스타일인가, 아니면 어디 일년 처박혀 있었는데 다들 자네를 그냥 내버려둔 건가?

내 말은, 자네는 여기까지 와서 나한테 평화 추진 과정에 대한 이야기를 취재한다고 했잖나. 그런데 하나, 그건 7년 전 일이고 여태껏 자네는 왜 그 사건이 아직까지 흥미로운 건지 한 번도 그럴싸한 이유를 대지 못했어. 내가 바보처럼 보이나? 브레드렌, 맥락이라는 게 있잖나. 그런데 자네는 여태 그런 맥락 하나를 못 댔다고. 브레드렌, 내가 가끔 엉터리 영어를 쓴다는 이유로 나를 모욕하지 말게. 자네도 맥락이 무슨 뜻인지는 당연히 알겠지? 자네는 우리가 실제로 뭘 하고 있었는지 알고 있는 건가, 아니면 우리가 한 일이라고는 가수와 함께 콘서트를 한 번 연 것뿐이라고 생각하는 건가? 뭐든 간에, 여태까지 자네가 던진 질문은 평화 추진 과정의 종말에 대한 게 전부였어. 처음에 대해서도, 심지어는 그 중간 과정에 대해서도 전혀 묻지 않았다고. 왜 이러시나, 백인 친구. 1978년 이래 그 섬을 한 번도 본 적이 없다고 주장하는데, 자네가 여태껏 한 얘기는 하나하나 전부 다 1979년과 80년에 일어난 일이었어. 자네

---

* 1984~89년 미국 NBC사에서 방영한 수사극.

** 여자의 성기를 이르는 속어.

는 파파-로에 대해 물었지만, 오직 파파-로의 죽음에 대해서만 물었지. 자네는 코퍼에 대해 물었지만, 오직 코퍼의 죽음에 대해서만 물었어. 자네는 루시에 대해서는 한 번도 묻지 않았고 내가 먼저 루시 얘기를 꺼낸 다음에도 그 여자한테는 아무런 의미가 없다는 듯이 화제를 옮겼단 말이야.

아. 그냥 철저하게 확인하려고 하셨다. 아. 뭐 어쨌거나 자네는 기자니까.

으흠.

그럼, 이 친구야.

내가 1980년에 랭킹 던즈에 가입한 일을 좀더 알고 싶다고.

피어스.

피어스.

알렉스.

나란 놈은 1980년에 랭킹 던즈에 가입했다는 얘기를 한 적이 없어. 랭킹 던즈에 가입했다는 얘기만 했지, 그게 언제인지 말하진 않았다고. 아니면 자네가 알고 싶은 게 혹시 조시 웨일스 얘기는 아닌가? 조시 웨일스는 뉴욕으로 오고 있어, 알지 모르겠지만. 리커스에 도는 소문으로는 오늘 비행기로 도착한다더군. 뭘 찾아서 오는 건지야 누가 알겠나. 누군가를 찾아서 오는 걸지도.

아.

자네 이제 조용해졌군. 이것 보라고. 사실 자네는 내가 조시 웨일스 얘기만 입에 올리면 그때마다 매번 조용해지더란 말이야. 아냐, 브레드렌. 겨우 몇 분 전에 웨일스가 평화위원회를 어떻게 조져놨는지 얘기한 순간, 자네는 분명 벌써 알게 됐는데도 나더러 어떻게 감옥에 오게 됐느냐며 화제를 돌렸잖나. 내가 위원회를 대표해서 했던 인터뷰만 봐도 답을 알 수 있는 질문 말고는 물어본 게 없다고. 내가 얘기했던 뉴욕 방송국 인터뷰까지 포함해서 말이야. 하지만 이건 사실이지. 조시 웨일스는 오늘 뉴욕으로 오고 있다네. 그리고 한 가지 분명한 건, 나를 보러 오는 건 아니라는 거야.

이것 보게나. 겁먹지 않은 것처럼 굴려고 거기 앉아 있군. 더 긴급한 일이 있을 테니 인터뷰 정리할 시간을 5분 주겠네. 베드스타이 아파트에 있는 자네 집으로 달려가서 싱크대 밑에 숨으라고. 아 그럼, 알렉스 피어스, 자네에 대해서 알아야 할 것들을 알아내는 데 시간이 얼마나 걸릴 거라고 생각했나? 베드포드와 클리프턴에 사니까 자네가 뭐라도 된 줄 알았나? 클리프턴 플레이스 238번지 맞지? 아파트 1층, 아니다, 잠깐, 2층이지—자네 미국인들은 로비 층도 1층으로 세니까. 하하. 자네가 사는 거리의 사람들은 다들 흑인이고 〈스릴러〉 영화 오디션이라도 보는 것처럼 차려입었는데, 자네 혼자만 이글스 출연자처럼 생겼어. 자네는 진짜 물건이야, 알렉스 피어스. 맞혀볼까, 내가 자네를 이글스랑 비교해서 꼭지가 돈 거지. 하지만 내 생각이 틀렸군. 자네는 5분 후에 떠나지 않을 거야. 자네는 여기 온 목적을 이루기 전까지는 떠나지 않을테니. 조시 웨일스가 뉴욕에 온다는 사실이 일을 어렵게 만들기는 하겠지만, 자네는 여전히 여기에 온 목적이 뭔가 있는 거야.

아, 그래.

으흠.

그렇지.

응?

뭐라고?

계속해봐.

그냥 그렇게 말인가? 그냥 거기에 그렇게 앉아서?

그럼 이렇게 해보지. 내가 조용히 할 테니까 말을 해보게.

흠.

흠.

젠장, 알렉스 피어스.

제기랄.

하하하하하하하하.

미안. 웃으려던 게 아닌데. 그래도 웃기긴 하군. 침대에서 자다가 일어나보니까 어떤 남자가 자네 옆에 앉아 있었다. 그자랑 씹질을 했는데 그자가 먼저 깨어난 건 아닌가? 확실해? 진정하라고, 이 친구, 자네가 호모새끼가 아니라는 건 누구라도 알 수 있을 거야.

그전에도 사람을 죽여본 적이 있나? 그래, 알렉스 피어스, 내가 알고 싶은 건 그거야. 씹새끼랑 붙어먹은 에미년처럼 입을 닥치고 있겠다. 그럼 간수를 부르지. 묻는 말에 대답해.

그 이후로도 누구를 죽여본 적이 있나? 하하, 알아, 그냥 농담해본 거야. 사람 죽이는 게 얼마나 기가 막힌 일인가, 안 그래? 엄청난 일이지. 그자가 해 뜰 때부터 해 질 때까지 하려던 모든 일을 멈춰버리는 건데, 뚝, 그냥 그렇게. 그자가 좋은 놈이었는지 나쁜 놈이었는지는 상관없어. 죽은 자를 보면, 그자가 과연 이날이 자기 마지막 날이 될 거라는 걸 알면서 하루를 시작했을지 궁금해지는 거지. 꼭 그놈이 아니더라도 말이야, 누구라도 그렇게 하루를 시작하는 사람이 있겠나? 이상하지 않나? 사람들은 자리에서 일어나 아침, 점심, 저녁을 먹고, 일하고, 파티에 가고, 씹질을 하고 또 일어나서 그걸 전부 다시 하지. 하지만 그날 밤에는, 그 사람이 다시는 내일을 볼 수 없게 되는 거야. 일어나지도, 씻지도, 똥을 싸지도, 길을 건너지도, 어떤 버스를 타지도, 자기 아이들과 놀아주지도, 그 어떤 것도 하지 않게 되는 거지. 그런데 그렇게 만든 사람이 바로 자네인 거야. 자네가 그자에게서 그걸 빼앗아 간 거지. 무슨 얘긴지는 알겠어. 그자가 자네한테서 목숨을 빼앗으려는 참이었고 자네는 필요한 행위를 했을 뿐이라는 것 아닌가. 그러지 않았으면 지금 이 순간 내 앞에 있지도 못했을 테니까. 그자가 죽었을 때 어떻게 보이던가? 만져봤나? 그냥 내버려뒀다고? 그럼 그자가 죽었다는 건 어떻게 알지?

이 친구, 호텔 방을 나왔는데 그다음에 아무 일도 일어나지 않았다고? 흥미롭군. 자네가 무슨 가명을 써서 방을 잡았던 것도 아니지 않나. 신문에 나지도 않고, 수사도 없고, 경찰이 부른 것도 아니고, 아무 일도 없었다. 거의 자네가 그 모든 일을 꿈에서 본 것처럼 말이지. 진정하라니까, 백인 꼬맹이. 자네가 꿈을 꿨다는 얘기는 한 적 없다고. 하지만 누군가가 자네 뒷정리를 해준 거야, 아주 솜씨 좋게 말이지. 그리고…… 잠깐, 파란색 제복이라고 했나? 파란색 제복 같다고?

그리고 대머리였고?

빨갛게 보였고? 내 말은, 피부색이 밝아서 혼혈처럼 보였느냐는 거야.

피똥 싸고 있네.

그러니까 토니 파바로티를 죽인 사람이 바로 자네라는 얘길 하는 건가?

피똥 쌀, 이 자식, 피똥 지리겠군.

아니, 나는 그자를 몰라. 하지만 게토에 있는 사람 중 토니 파바로티 얘기를 들어본 적 없는 사람이 누가 있겠나? 그자는 조시 웨일스가 거느린 최고의 해결사였어. 얼음처럼 차가운 놈이라고 들었고, 그자가 뭐라도 말하는 소리를 들어본 사람이 아무도 없어서 어떤 사람들은 그자를 벙어리라고 했다네. 아메리카 수련원이라는 곳 얘기를 들어본 적이 있나? 그 얘기를 들어보려면 미국 밖으로 나가봐야 하지. 내가 아는 거라곤 파바로티가 실제로 그곳에 들어갔다가 나온 유일한 소년이었다는 것뿐이네. 총 다루는 법을 제대로 알고 있었던 유일한 소년이기도 했고. 경찰이나 군인보다도 뛰어난 저격수였단 말이네. 그런데 자네는, 웬 가죽만 남은 히피 꼬맹이가 자메이카 최고의 살인기계를 죽였다는 얘길 하는 건가? 아, 아니야, 브레드렌, 진짜로 웃으라고 한 얘기네. 아니. 어쩌면 자네 말이 맞을지도 모르겠군. 어쩌면 말이야. 뭐랄까, 자네는 그 일 때문에 정말 기분이 상한 것처럼 보이니까. 그건 확실해. 내 말은, 그게 정말 파바로티라고 확신하나? 아 잠깐, 자네는 잘 모르겠군. 그자의 생김새만 알고 있으니까. 미안하네만 형제, 이 일을 받아들이려면 시간이 좀 필요하겠는데. 꼭 해리 캘러핸을 죽인 남자를 보고 있는 것 같아서 말이야. 그게 언제 일인지 기억하나?

1979년 2월이라. 이제야 나오는군. 자네는 1979년 2월까지 자메이카에 있었던 거야. 자네는 그린베이 쪽으로도 구린 얘기를 좀 파헤치고 있었다고 했지. 맞나? 그런다고 무슨 의미가 있는 건 아니지만. 심지어 자메이카 신문조차 그 사건 배후에 있는 진실을 벌써 오래전에 폭로하지 않았나. 하지만 만일 토니 파바로티가 자네를 뒤쫓고 있었다면, 그 명령은 단언컨대 코펜하겐시티에서 나왔을 수밖에 없어. 그리고 그건 파파-로 스타일이 아니니까, 파바로티를 보냈을 만한 사람은 조시 웨일스뿐이야. 젠장, 이 친구, 도대체 뭘 했길래 조시 웨일스가 사람을 보내 자네를 죽이려 하는 건가?

모르시겠다.

어쩌면 자네는 알고 있는데 알고 있다는 사실을 깨닫지 못한 걸지도 모르지. 어떻게 된 기자가 자기랑 관련된 사실도 모르는 건가? 다른 사람은 아무도 모르는, 조시 웨일스에 대한 뭔가를 자네가 알아낸 게 분명해. 전혀 그런 게 아니었을지도 모른다고. 조시는 자네가 자기한테 어떤 혐의를 두고 있다는 사실을 알게 된 거야, 자네는 자네가 안다는 사실조차 눈치채지 못했지만. 그래, 6년 전이지만 분명 지금까지도 자네를 피폐하게 만드는 걸 보니 자네가 뭔가를 기억하고 있는 게 틀림없어. 자네 노트 같은 데 적혀 있거나 그럴 거야. 그런데 이상하긴 하군. 조시는 사실 아무것도 겁내지 않는 것처럼 보이는데 말이야. 자네 같은 사람들이 사이코패스라고 부르는 그런 인간일지도 모르거든. 자 생각해봐, 만. 자네랑 조시만 알고 있는 게 대체 뭐가 있나?

마약 루트를 알고 있나? 조폭 관계라든지? 최근 콜롬비아 관련 취재를 한 적 있나? 아니 잠깐, 옛날 그 시절 일을 생각해야지. 1979년은 뭐든 정말로 시작했다고는 할 수 없는 때인데, 특히나 자네가 알 만한 일은 말이야. 그린베이라, 아니지. 자네는 정치를 다루지 않았잖아. 자네는 평화조약과 관련된 걸 취재하고 있다고 했지. 그런데 왜 그 이야기에 관심을 가진 걸까? 가수를 따라다니고 있었어? 아. 가수. 왜지?

아.

브레드렌.

그냥 까놓고 말해봐, 피어스. 전개도를 전부 깔아놨는데도 그림이 안 보인다는 건가. 자네가 알고 있는 것보다도 우리 사이에는 공통점이 많아. 그걸 생각해보게. 누군지는 모르지만 가수를 쏜 사람은 심장을 겨누었고, 그랬는데도 그냥 가슴팍밖에 맞히지 못했다는 걸 지금이야 다들 알지. 가수가 숨을 들이마시는 대신 내쉬었다는 이유만으로 죽일 수는 없었던 거야. 안 그런가? 내 말은, 가수를 다룬 책에까지 나오는 얘기잖나. 하지만 1978년으로 돌아가보면 가수랑, 그 강도랑, 지금 나오는 얘기로 봐서는 자네를 빼면 누가 그걸 알았겠냐고. 그러니까 조시는, 자기가 절대 알 수 없는 어떤 사실을 자네에게 말해줬다는 걸 깨달은 모양이군. 어쨌거나 병원에서도 총알이 어디를 맞혔는지만 알 수 있을 뿐이지, 암살자가 어디를 쏘려고 했는지는 말해줄 수 없으니까. 내 말은, 나도 조시가 총을 쐈다는 사실은 알지만 79년까지는 몰랐거든. 그리고 심지어는 그때에도, 누구를 쏠 것인지, 누구를 죽이려 했는지 말고는 어떤 의도도 알 수가 없었단 말이야. 조시가 이상한 표정을 짓지는 않던가? 그 말을 하고 나서 바로 인터뷰를 끊어버렸다고? 그럴 수밖에 없었겠지. 제기랄 이 친구, 자네 아주 영화 같은 삶을 사는군. 문제는, 우리 둘 다 그린베이에 대해서는 잘 알지만, 내가 자네 얘기를 제대로 들은 거라면, 자네는 다른 모든 사람들이 알아내기 전에 어떤 진실을 발견했다는 거잖나. 자네 뭐 셜록이라도 되나? 그러니까 조시는, 자기가 가수를 죽이려고 했다는 사실을 자네가 알아냈다는 이유로 자네를 죽이려 하거나, 자네가 그린베이의 진실을 알아냈다는 이유로 자네를 죽이려 하는 거야. 조시가 자기네 사람들을 죽이려 한다는 건 말이 안 되지만. 이제 나도 헷갈리는군.

있잖나, 그린베이는 잊어버리게. 자네가 그린베이에 대해서 너무 많이 아는 건 사실이네만, 자네를 죽이려 든 게 토니 파바로티라는 데에도 의미가 있을 수밖에 없거든. 그건 범인이 절대적으로 조시였다는 뜻이지. 의문의 여지가 없어. 조시 웨일스는 자기가 가수를 죽이려 했다는 사실을 자네가 알고 있다는 걸 깨달은 거야. 아니면 적어도 자네가 알아내게 되어 있었던 거지, 뭐 나야 조시가 생각했던 것만큼 자네가 영리한지 잘 모르겠지만. 왜냐하면 자네 머리엔 지난 6년 동안 지금 한 얘기 중 하나라도 떠오른 적이 없잖나.

이제야 말이 되는군. 그러니까 자네가 굳이 나를 면회하러 온 이유가 바로 이거였어. 내가 세상에서 자네랑 이런 식의 공통점이 있는 유일한 사람이었던 게 분명하군. 대단한 일이지, 조시 웨일스가 죽이려 했는데 아직까지 살아 있는 두 남자라니. 그리고 지금, 조시가 당장이라도 뉴욕에 도착하게 될 거라니 말일세.

조시 웨일스

이 비행기는 25분 전 JFK 공항에 착륙했고 우리는 막 세관을 통과하려는 참이다. 어떤 종달새들은 이 절차가 오직 자메이카인들이 탄 비행기가 내릴 때에만 있는 일이라고 말해주었다. 내가 어떻게 아는지는 나도 모른다. 그냥 아는 것일뿐. 지난번 바하마로 비행기를 타고 갔을 때는 세관의 쌍년들이 진짜로 이렇게 말했다. 자메이카분들은 전부 왼쪽으로 줄 서주세요. 아니, 나는 씨발 왼쪽으로 서지 않았고 곧장 세관으로 나아가 여권을 내밀었다. 그때 빌어먹을 한마디라도 토를 단 멍청이는 아무도 없었다. 심지어는 내 여행 가방을 열어보자고 하지도 않았다. 가수도 전에 한 번 그런 적이 있지 않던가? 세관 직원이 무슨 씨발 세관에서 하는 헛짓거리를 하려 들 때 마침 가수가 줄을 서 있었던 것이다. 그때 가수는 가방을 들고 곧장 밖으로 나갔다. 이 줄에 서 있던 자메이카인 둘은 이미 이동 조치됐는데, 그중 한 명에게는 경비가 셋이나 붙었다. 씨발 멍청한 년, 코카인을 똥구멍에 넣었기만을 바란다. 보지에 집어넣거나, 더 나쁜 경우에는 집어삼킨 게 아니길. 똥구멍에 넣지 않았다면, 세관 줄에서 그 오랜 시간을 보내는 사이 대가를 치르게 될 테니까. 정말이다. 모든 자메이카 사람들이 마약을 실어나르는 노새라고 생각하는 것이다.

그런 노새처럼 보이는 여자를 멈춰 세웠다는 건 안된 일이다. 그러니 일등석에 타고 이 나라 사람들을 당황시켰던 그 멍청이를 멈춰 세웠어야 하는데 말이다. 우리는 상공 3만 2천 피트 지점에 있었다. 그때 스튜어디스가 저녁식사 시간을 알렸다. 내 여자는 기내에서 제공하는 음식을 슬쩍 보곤 말했다. 어림도 없지, 지금 그걸 음식이라고 가져온 거야? 알아서 챙겨오길 잘했지. 그후 나는 이 빌어먹을 여편네가 가방을 열어 튀긴 생선과 밥, 콩이 들어 있는 아이스크림 통을 꺼내는 모습을 지켜봐야만 했다. 빌어먹을 생선이 일등석에 하도 심하게 냄새를 풍기는 바람에 나는 하마터면 뒤쪽으로 자리를 좀 옮겨도 되느냐고 물어볼 뻔했다. 돈을 낼 용의도 있었다. 그게 아니라면 권총을 꺼내서 손잡이로 여편네를 후려쳐 품위란 걸 좀 집어넣어줬을 것이다. 총을 가지고 타기만 했다면 말이다.

– 미국에 오신 걸 환영합니다, ________ 선생님.

나는 세관을 통과해 나와 수화물 코너로 갔다. 그리고 직원 두 사람이 그 젊은 여자를 서 있던 줄에서 끌어내 바닥으로 팽개치는 모습을 힐끗 보았다. 세관 밖으로 나가서도 우리는 여전히 공항 안에 머물렀는데, 그것도 자메이카와의 또 한 가지 차이점이었다. 그리고 유비가 있었다. 사람들이 나오기만 기다리며 무리지어 있는, 상당수는 흑인이고 또 상당수는 인도인처럼 생긴 군중 바로 앞에 유비가 서 있었다. 〈마이애미 바이스〉에 나오는 흑인이라도 되는 양 감청색 실크 정장에, 앞주머니에는 하얀 손수건을 꽂은 차림으로. 진짜 그 프로를 한 번은 봐야겠다. 왠지 텁스라고 불러주면 유비가 좋아할 거라는 생각이 든다. 텁스는 아주 악랄한 척하는 업타운 꼬맹이다. 하지만 유비는 진짜로 악랄한 놈이라는 차이가 있다. 나는 위퍼 생각을 하면서도 꽤 오랜 시간을 보내는데, 유비를 생각할 때와 같은 방식으로, 같은 이유로 생각하진 않는다. 그런데 도대체 저놈이 손에 든 게 뭐지?

– 유비.

– 마 맨! 마 메인 맨, 유비는 미국 흑인처럼 말한다. 그는 여태 조시 웨일스라고 쓰인 팻말을 들고 있는데, 자기 옆에 서 있는 운전기사 둘이 든 팻말과 정확히 똑같은 것이다. 이름은 되도록 숨기고 싶은데 말이다.

– 이건 뭔가?

– 하하, 이거? 이건 우리가 조시 웨일스라고 부르는 장난이지.

– 아. 안 웃긴데.

– 세상에, 조시. 유머감각은 다 어디로 사라진 거야? 아니면 애초에 유머감각 같은 게 없었나?

나는 자메이카인들이 미국인들 방식대로 말하기 시작할 때가 아주 마음에 들지 않는다. 나아가 놈들이 이랬다저랬다 해대면 아주 이가 갈린다. 나는 웃는다.

– 좀 낫군. 진심은 아닌 것 같지만.

유비는 그냥 그렇게, 허공으로 종이를 던져버리고는 내 가방을 잡아끌고 걸어나가기 시작한다. 나는 유비를 따라가는 한편 종이가 허공을 휘젓고 나아가 근처의 렌터카 부스에 내려앉는 모습을 계속 지켜본다.

– 밤 비행기로 뉴욕에 오다니, 재미있는 경험이었지. 낮일 때랑

은 아주 다른 도시거든.

– 부시윅까지는 얼마나 걸리나?

– 진정하라고, 조시, 맨. 이 밤은 아직 어리고 자네는 방금 들어왔잖나. 배고파?

– 비행기에서 음식을 주더군.

– 장담하는데 피똥 쌀, 자네는 안 먹었을 테지. 보스턴 로드에 보스턴 저크치킨이 있어.

– 진심인가, 유비? 내가 2등급 자메이카 음식이나 먹으려고 자메이카를 떠나온 줄 알아? 그렇게 생각하나?

– 좋아, 그럼 빅맥은 어때? 치즈 곁들인 와퍼는?

주차장에서 까만 미니밴이 한 대 나와 우리 앞에서 멈추어 선다. 어쩌면 총을 가지고 있지 않았던 게 다행인지도 모른다. 안 그랬으면 벌써 총을 뽑아들었을 테니까. 하지만 여기는 킹스턴 시내 같은 곳이 아니다. 문이 열리고 유비가 손짓을 한다. 뭔가 이유가 있을테니, 유비가 먼저 타기 전까지는 움직이지 않는다. 유비는 고개를 끄덕인다.

– 우리 멋진 조시, 그렇게 오랜 세월이 지났는데도 아무도 믿지 않는군.

유비는 웃는다. 그런데 나는 아직까지도 유비가 무슨 말을 하는 건지 모른다. 오래전의 유비가 기억나지 않으니까. 밖으로 나가자, 마치 불빛 사이로 차를 타고 가는 것 같다. 나가는 즉시 몇 킬로미터씩 뻗어 있는 고층 건물들 사이를 지나게 될 거라고 생각했는데, 지금까지는 뉴욕이 꼭 마이애미의 레조이네처럼 보이지만, 나는 거리가 그보다는 넓을 거라고 생각했다. 고속도로에 들어서자 속도를 내며 지나가는 자동차들 말고는 아무것도 보이지 않는다. 뉴욕에서는 아무도 차를 타고 다니지 않는다고 유비가 말했기에 이상하게 느껴진다. 어쩌면 여기가 뉴욕이 아닌지도 모르겠다. 물어볼 수도 있었지만 유비는 그렇잖아도 자기가 지나칠 만큼 똑똑하다고 생각하고 있었다. 미니밴은 속도를 늦추었고, 처음으로 나는 뒷자리에 또다른 자가 타고 있다는 사실을 깨달았다. 멍청이, 멍청한 조시 웨일스, 이렇게 어리석을 수가 있나. 총도 없이, 함께 일은 하지만 실제로는 믿지 않는 남자가 데려온 일행에 둘러싸이다니. 최소한 공항 밖으로 발을 내딛자마자 총 한 자루를 달라고 했어야 했다. 드넓은 고속도로에서 빠져나오자 내 눈에는 퀸스 대로라고 쓰인 표지판이 보인다. 이 대로가 고속도로보다 훨씬 넓다니. 이상한 일이다. 우리는 벽돌 타운하우스들이 있는 거리를 따라 내려간다. 그 집들은 전부 3층인데 이따금씩 베란다가 있는 4층집도 보인다. 건물 밖에는 플라스틱 의자와 자전거가 놓여 있다.

– 그건 그렇고, 여기가 퀸스야.

– 알아.

– 안다고?

나는 대답하지 않는다. 차가 움푹 팬 곳에 부딪치고 나는 펄쩍 튀어오른다.

– 베트럼, 이 씨발놈아, 무슨 염소라도 쳤냐?

– 도로가 패여서요, 보스.

– 던께서 잼다운을 떠나 도로 구멍 속으로 뛰어드는 장면을 상상해보라고, 그게 무슨 일이야.

– 우리가 던께 너무 거리를 둔다고 생각하지 않으셨으면 좋을 것 같아서 그런 거죠, 유비.

– 하하.

아무도 내가 어둠 속에서 펄쩍 뛰는 모습을 못 봤길 바란다. 그렇지 않으면 내가 뭔가를 해야 할지도 모르니까.

– 우리 친구 조시는 무슨 더피 소리라도 들은 것처럼 뛰어오르던데.

모두가 웃는다. 유비가 마치 다른 모든 사람들과 동급이라는 식으로 말하는 게 나는 마음에 들지 않는다. 어떤 씹새끼가 됐든 나한테 무례하게 구는 게 마음에 들지 않는다. 설령 그게 그저 장난이라도. 이자는 정말로 나와 자기가 막상막하라 생각하고 있다. 정말로 그렇게 생각한다. 유비가 퀸스와 브롱크스를 운영할 때 쓰는 것 같은 방식으로 위퍼가 맨해튼과 브루클린을 운영한다면, 거기에서도 이런 일이 일어나게 될지 궁금해진다. 밴에서 내리자마자 대화를 좀 해야겠다. 한편 나는 뒷자리에 있는 남자가 뭘 하고 있는지 궁금하다. 그때 차는 또다른 고속도로에 오른다. 밖을 내다보니 바다인지 강인지가 보인다. 낡은, 내 어린 시절만큼 오래된 펩시 간판의 네온사인이 있다.

– 아무튼 조시, 내 생각에는 말이야. 나는……

– 차에서 사업 얘기를 하겠다는 건가?

– 뭐, 차가 왜? 나는 내 사람들을 무조건적으로 신뢰해, 조시, 그 말은……

– 무조건적으로, 가 무슨 뜻인지 설명하려는 건 아니겠지.

– 어이, 조시. 자네 영 호락호락하지 않군! 이 친구 아주 시커먼 악당이란 말이야! 하지만 뭐, 모르겠군. 보스턴 저크 치킨에 도착할 때까지 좀 기다리자고. 웃기지 않나, 포틀랜드에서 온 보스턴 저크 치킨이 뉴욕 모스턴 로드에 정착할 확률이 얼마나 될까? 우리 아들이 아이러니라고 부를 만한 그런 일이야, 문학 수업에서 배웠다더

라고. 애들 참 빨리 커, 안 그런가? 자네 아들은 지금 몇 살이지?

– 열넷. 차에서 내릴 때까지 이 얘기도 다 참을 수는 없나?

– 그냥 수다나 좀 떨자는 건데, 뭐 좋을 대로.

미니밴이 멈춘다. 나는 우리가 브롱크스에 도착했다는 것조차 알아채지 못했다. 분명 9시가 넘은 시간이었는데 거리는 여전히 붐볐고, 사람들은 아직도 한낮이라는 듯 길 한가운데나 인도를 따라 가게를 들락거리며 이리저리 돌아다니고 있었다. 도로 양옆에 주차된 차들은 전부 뷰익이나 올즈모빌, 아니면 쉐보레였다. 미스 뷸라 헤어 클리닉, 퐁텐 형제 유통사, 웨스턴 유니언, 또다른 웨스턴 유니언, 피터 남성복 부티크, 애플 은행, 그리고 나서 보스턴 저크 치킨. 막 문을 닫으려는 참으로 보였는데, 누군가 유비를 본 게 분명했다. 뒤쪽에서 불이 막 켜졌으니까. 아무튼 지금 나는, 자메이카 음식은 싫다고 했던 걸 유비가 잊어버린 건지, 아니면 이것 역시 또 한번의 귀여운 무례인지 궁금해하고 있다. 우리는 자리에 앉는다. 나와 유비만 문 근처의 주황색 플라스틱 좌석에 앉는데, 유비가 바로 내 정면에 자리를 잡는다. 유비의 부하 중 한 명은 계산대 근처에, 다른 둘은 바깥에 서 있다.

– 이 동네는 보통 보안이 얼마나 필요하지?

– 그렇게 많이 필요한 건 아니야, 랭킹 던즈도 보스턴이나 건힐 로드에 들어올 만큼 멍청하지는 않거든. 지난번에 한 번 그러려고 하다가 그놈들이 내 딜러 둘을 죽였지. 근데 자네도 나라는 검둥이가 그런 개짓거리를 그대로 내버려두지는 않는다는 걸 알잖나? 해펜 파크에서 파티가 열렸는데, 랭킹 던즈놈들이 거기에 꽤 많이 참석했다는 얘기가 들리더라고. 우리는 바로 차 세 대에 나눠 타고 가서 뛰어내린 다음 공원 전체에 소나기처럼 총알을 퍼부었지. 굳이

작정하고 누굴 죽일 필요도 없었어. 한두 명은 그날 소금 좀 빨았겠지만*. 내가 관심을 기울인 건 놈들 중 최소 한 놈은 남은 평생 동안 인공항문조형술 팩에다가 똥을 누게 만들어야겠다는 것뿐이었지. 그 씨발 바티보이들이 브롱크스에 숟가락을 얹으려 든 건 그때가 마지막이었어. 필리에 발 한 번 담가보는 정도가 놈들이 할 수 있는 최선이야. 그래도 브루클린에서는 점점 대담해지고 있다네. 지나치게 대담하지. 내 개인적인 생각으로는.

– 말해봐.

– 뭘?

– 어떤 식으로 대담한지 말해보라고.

– 뭐, 그거야 자네 부하 위퍼가 제일 잘 얘기해줄……

– 위퍼한테 물어본 거 아니야. 자네한테 물었네.

– 알았어, 알았다고. 그럼 진짜 얘기를 한번 해볼까. 자네 친구가 일을 망치는 방식이 꼭 한 가지만 있는 게 아니야. 그러는 동안 랭킹 던즈는 브로드웨이, 게이츠, 머틀을 삼각형의 꼭짓점으로 삼아 그리로 차를 타고 다니며 자네 친구가 일을 조지는 모습을 지켜보고 있다고. 마약을 찾으려는 녀석들은 러너를 찾지 못하고, 딜러들은 마약이나 해대고, 그러는 동안 랭킹 던즈 애들은 쉐보레를 타고 사방을 순찰 돈다는 얘기야. 브롱크스나 퀸스에는 발도 못 들인다는 걸 아니까. 이건 우리 쪽 사람이 전부 알려준 얘기네.

– 자네 쪽 사람이라니? 자네 쪽 사람이 어떻게 그렇게 잘 알지?

– 오해하지 말게. 내가 위퍼 쪽 선수 중 한 명을 파수꾼으로 섭외했거든.

---

* 고생 좀 했다는 뜻으로 쓰이는 파투아 관용적 표현.

– 이게 무슨 피똥 쌀, 유비, 위퍼를 놓고 스파이질을 한다는 건가? 나한테?

– 아 씨발, 조시, 자네는 나한테 붙여놓은 스파이가 없다는 거야? 그럼 브릭스가 매일 밤 공중전화로 달려가는 건 지 여편네한테 콜렉트콜이나 걸려고 그러는 거였겠네. 난 상관없어. 진짜로 전혀 신경 안 쓴다니까. 경계심을 풀지 않는 데도 도움이 되고 일을 망치지 말아야겠다고 마음을 다잡게 되니까. 내 쪽 사람은 일주일에 두 번씩 나한테 보고를 해. 내 말은, 자네가 이미 아는 것 말고 내 부하가 뭔가를 알아냈을 거라는 생각은 안 든다는 거네.

– 예를 들면? 날 시험해보지 그러나.

– 뭐, 자네 친구 위퍼가 약을 한다든지.

– 위퍼는 75년에 벌써 코카인을 흡입해댔어, 전혀 새로운 소식이 아니지.

– 하지만 이건 새로운 소식이라고, 조시. 이제 위퍼는 크랙을 하고 있으니까. 자네도 나도 크랙은 코카인하고 다르다는 걸 알잖나. 코카인을 하면서도 사업을 잘할 수 있을까? 당연하지. 음악 쪽 업계에 있는 인간들 중에서 내가 아는 놈들은 하나같이 코카인을 핥아대거든. 후커와 블로우*라고들 한다니까, 인마. 그 시절에는 이 업계에 품격 비스무리한 것도 있었어. 하지만 크랙은 다른 얘기지. 코카인에서 크랙으로 갈아탄 딜러들은 하나같이 아주 뭉그러졌다고. 크랙을 하면 한 가지 생각을 계속할 수가 없어. 씨발 일을 전혀 할 수가 없다고. 크랙을 하는 것만이 일이 되니까. 크랙을 하면 숫자도 더할 수가 없어. 뭘 팔고 뭘 사야 할지 구분할 수도 없고. 모

* 각각 창녀와 마약을 뜻하는 속어. 이때 마약은 주로 코카인이다.

든 게 좆같이 굴러가도 신경도 안 쓰게 된다니까. 위퍼를 만나면 부시윅에 마지막으로 가본 게 언제냐고 물어봐. 크랙을 하는 데다가…… 뭐…… 그런 다른 일들이야 위퍼가 알아서 하겠지만, 어쨌거나 그놈 제대로 크랙에 중독됐다고. 그리고 이건, 피똥 쌀, 우리도 신경써야 하는 일이야.

– 위퍼가 크랙을 한다는 건 어떻게 알았나?

– 하는 장면을 우리 애가 봤대.

– 그게 씨발 말이 되나, 유비.

– 브레드렌, 위퍼가 그걸 숨길 거라고 생각하는 이유가 뭔가? 자네는 몰라. 크랙을 하면 씨발 신경도 안 쓰게 돼. 아주 허술해진다고, 맨. 그 친구, 무슨 크랙에 미친 년처럼 크랙을 맞고 다녀. 자기 구역을 자기가 어지럽히지. 그런 짓을 하지 않을 때는 또 온갖 더러운 짓을 다 하고. 그런 더러운 짓은 마이애미에서 배워온 게 틀림없겠지. 잼다운에서 그런 거지같은 짓거리를 할 수는 없었을……

– 됐네.

– 그리고 랭킹 던즈는 누가 뭐래도 존 크로라고. 시체가 완전히 숨이 끊어지기 전에도 근처를 날아다닌다니까.

– 됐다고 했네, 유비, 피똥 쌀.

– 알았어, 브레드렌, 알았다고.

– 이 피똥 지릴 씨발 잡소리는 그만 됐다. 가지.

– 브레드렌, 아직 음식도 안 나왔는데.

– 피똥 쌀 내가 지금 배고파 보이나? 내가 하고 싶은 건 부시윅에 가는 거야. 지금 당장, 유비.

존-존 K

그러니까 한때는 마이애미보다도 사우스 비치에 인접한 콜린스에서 이런 일이 있었다. 나는 안 그래도 냄새가 구린 머스탱을 타고 팔러먼트를 피우면서 대마초 픽업 장소에 대해 잘못된 정보를 받은 일을 씹어대고 있었다. 그놈의 픽업은 씨발 절대로 이루어지지 않을 것 같았다(뭐 그래, 내 목표는 물건을 빼앗아서 파는 것이었다). 그때 새 친츠* 냄새를 맡은 나방처럼, 어떤 남자애들이 내 쪽으로 다가오려 했다. 대부분의 나날을 파라 포셋 흉내를 내며 보낸 듯 보이는, 곱슬곱슬한 금발을 길게 기른 녀석이 미끄러져 왔는데, 청바지는 옆이 트이고 핫팬츠처럼 잘려 있었다. 너무 짧아서 하얀 주머니가 삐죽 나왔다. 녀석은 노래를 부르고 있었는데, 목소리는 파라의 바이브를 죽일 수 있을 만큼 깊었다. 모어, 모어, 모어, 하우 두 유 라이크 잇, 하우 두 유 라이크 잇. 나는 이렇게 말해주고 싶었다. 호모

* 꽃무늬가 날염된 광택 나는 면직물.

새끼야, 지금은 씨발 1983년이라고.

그 씹년의 롤러스케이트는 소녀티가 나는, 분홍색과 보라색의 중간 어딘가에 멈추어 섰다. 아마도 라일락 색깔이겠지, 호모들이라면 알 만한 색깔이다. 롤러를 탄 쌍년은 녀석이, 그 더러운 놈이 다가오는 것을 보지 못했다. 놈의 머리칼은 검은색이었으나 하도 먼지가 앉아 거의 회색으로 보였고, 그림자라도 쫓듯 자동차의 사각지대에서 미끄러져 오는 중이었다. 나는 롤러를 탄 년이 곧장 미끄러져 와서 애들이 신는 군화 비슷한 신발로 쿵푸식 발차기를 날리기 전까지 놈을 보지도 못했다. 롤러 쌍년은 자세를 다시 잡으려 애썼다. 술 취한 춤의 여왕처럼 계속 롤러를 탄 채로 넘어질 듯 비틀거리며 나아갔지만, 아스팔트에 문대지 않고서야 스케이트를 멈출 수 없는 상황이었다. 쌍년은 비명을 지르며 욕을 하고 어떻게든 계속 서 있으려 애쓴다. 하지만 한 발로 곧 또다른 발로 바꿔 서서 뒤로 쏜살같이 질주하다가, 철조망 근처에 있는 쓰레기통 더미에서 엉덩방아를 찧는다. 그놈의 엉덩방아랑 냄새나는 궁둥이 챙겨서 하이얼리아*로 꺼져, 남자아이가 말했다. 당연히 스픽이었지만 귀여운 스픽이다. 어쩌면 쿠바에서 온 지 얼마 지나지 않았을지도 모른다, 저 더러운 핑구에로**는 〈위험한 질주〉***가 좆나게 오래된 영화이며 지금까지도 열대지방인 이곳에서는 가죽옷이 최선의 선택이라

---

* 마이애미 부근의 도시로, 자동차 경주장이 있는 것으로 유명하다.

** 쿠바에서 남자든 여자든 상대를 가리지 않고 성매매를 하는 남자를 말한다. 보통은 남자 관광객을 상대로 소극적인 역할을 맡아 해주는데, 자신들은 스스로를 게이라고 생각하지 않는다.

*** 1953년에 개봉한 미국 영화. 미국의 오토바이 갱단과 그들이 저지르는 폭력을 다루었다.

는 사실을 알 정도로는 오래 지내지 않은 것이다.

스픽은 자동차 창문으로 몸을 숙이는데 겨우 30분 전에 담배를 피운 듯한 냄새가 난다. 녀석의 왼쪽 송곳니는 빠져 있지만 까만 두 눈은 굶주려 있다. 턱은 〈돌아오신 걸 환영합니다, 코터 선생님〉에 나오는 비니 바바리노의 턱처럼 강해 보인다. 꼬마가 손을 차에 집어넣자 나는 녀석을 붙잡았다. 사냥꾼의 본능이랄까. 나도 담배 피워요, 꼬마가 말했고 나는 녀석을 놔주었다. 꼬마는 다른 말은 한마디도 하지 않고서 그냥 오른쪽으로 돌아가더니 차에 탄다. 그 자리에서 녀석이 나를 빨게 만들 수도 있었지만, 제기랄 나는 어디로든 튀고 싶었다. 이 낡아빠진 20년대 스타일 호텔들은 특히 기분을 우울하게 만드는 것들로 변해가고 있었으니까. 꼬마가 말했다. 뭐야 씨발, 아빠, 난 멀리는 안 가. 나는 그럼 씨발 내려, 라고 말했다. 꼬마는 생각을 바꾸더니 어디 멋진 데로 데려가줘, 라고 말했다. 녀석은 담뱃갑에서 담배 한 대를 더 꺼내더니 그걸 귀 뒤에 꽂았다. 나는 침대에 소총이 나와 있지 않았으면 좋겠다는 생각을 한다. 그렇지 않으면 꼬마가 겁먹을 테니까. 꼬마는 내 카우보이 부츠만 뚫어지게 바라보고 있었다.

– 목장주라도 돼, 아빠?

– 씨발 내 모자 벗어.

정말 좆같았던 건 내 머리에 떠오르는 게 로키뿐이었다는 점이다. 꼬마의 머리가 위아래로 빠르게 움직이는 내내, 그 더러운 머리카락 속에 손을 넣고 있으면서도. 나는 로키의 규칙에 대해 생각했다. 우리한테는 몇 가지 규칙이 있었다. 아니 어쩌면 있다고 생각했던 건지도 모른다. 누군가와 자야 한다면, 씹질은 소파에서 할 것. 침대에서 하는 건 바람피우는 거니까. 그리고 그 남자가 정말, 정말로 귀여울 때만 그렇게 할 것, 왜냐면 메모리 젬*에서, 우리는 이 길을 건너갈 수는 있지만 그럴 수 있는 건 오직 한 번뿐이고, 그런 다음에는 어쨌든 이 녀석과 해야 한다고 일러줬기 때문이다. 왜냐하면 우리는 이반이고 개소리 같은 규칙은 적용되지 않으니까 말이다. 뭐, 일반적인 규칙들은.

하지만 빌어먹을, 몇 년 전 침대에 넣어놨던 것들이 지난 며칠간 나타나 내 머릿속에 임대료도 안 내고 눌러살기 시작했다. 도대체 왜인지는 좆도 모르겠다, 전에는 뉴욕의 이 지역에 와본 적도 없는데. 여기, 이렇게 하는 거야, 봐, 내 손가락을 빨고 빨고 니가 진공상태가 될 때까지 빨라는 거야. 알았지, 공기가 다 빠져나갈 때까지 비닐봉지를 계속 빠는 거 알지? 그렇게 세게 빨아. 내가 손가락을 빼지도 못할 정도로 세게 빨라고—나는 할 줄 알지. 뉴욕 시가 유령이 들끓는 곳이라는 얘기는 누구도 해준 적이 없다. 너는 씨발 괴물이야, 존-존. 나도 그애를 밀어버릴 생각은 없었어. 뭐 그래, 생각은 했어. 나는 일부러 그애를 다치게 한 건 아니야. 아 그래, 씨발 일부러 그랬다. 그래도 죽일 의도는 없었어. 의도라는 게 무슨 뜻인데? 그 녀석이 얼굴을 아래로 해서 기찻길에 엎어지고 내가 녀석을 들어올렸을 때, 녀석의 머리를 가로대 위에 올려놓고 벌어진 입에 가로대를 물린 다음 녀석의 머리 뒤쪽을 차고 차고 와작 소리가 날 때까지 걷어찼을 때, 내게 떠오른 거라곤 여름 캠프 생각뿐이었어. 넣었어? 응 그럼. 다 넣었어? 응. 열네 살, 여름 캠프에서 돌아왔더니 아빠가 내 배를 한 번 주먹으로 치고서 말했다. 넌 좀더 강해질 필요가 있는 좆같은 겁쟁이 새끼야. 여름 캠프에는 질 나쁜 음식과 칼라민 로션**, 그리

* 주일학교 등에서 가르치는 짧은 계율.

고 춤추는 커플들 사이로 자를 든 채 지나다니며 예수님 계실 공간을 만들라고 하던 생활지도원들밖에 없었다. 나와 토미 마테오는 캠프장 주변 자리에 앉아서 이건 헛짓거리라고 쉭쉭대고 있었다. 토미는 새빨간 머리를 아프로 스타일로 한 백인 남자아이였다. 야, 너 담배 피고 싶냐? 어, 응. 캠프가 끝나고 2주가 지났을 때 내가 생각할 수 있는 것이라고는 토미를 다시 만나는 일뿐이었다. 전화를 했을 때 토미는 뭔가 달라지고 바빠진 것 같았다. 다른 사람하고 이야기하는 느낌이었다. 너 링컨 쪽에 있는 낡은 기차 터널 알지? 터널로 가니 멀리 떨어진 곳에 토미가 보였다. 토미는 그 씨발 숲속에서 매일 밤 내가 똥구멍을 채워넣어주던 녀석이 아니라는 듯 가만히 있었다. 내가 가까이 다가가자 토미가 내 얼굴에 연기를 훅 불었다.

토미, 너 있잖아, 그거 하고 싶어?

뭐? 아니, 이 씨발 호모새끼야.

씨발 호모새끼는 너지, 똥구멍이나 뚫리고.

좆까, 그거야 씨발 거기에 여자들이 없어서 그랬던 거지.

여자들이 니 똥구멍을 쑤셔주냐? 캠프에 여자들이 얼마나 많았는데.

내가 박고 싶은 여자는 한 명도 없었어, 제기랄, 심지어 걔들 전부 다 합친 것보다 니가 더 귀여워 보였다고. 하지만 우리는 집으로 돌아왔잖아. 여긴 여자애들도 귀엽고.

나는 씨발 여자애들 필요 없어.

필요해야지, 아니면 넌 호모라고. 넌 좆같은 호모고 내가 니 아빠한테 말할 거야.

씨발, 씨발, 씨발, 씨발, 씨발. 왜 지금 이 순간 이 온갖 개같은 일

** 햇볕에 탔거나 따가운 피부에 바르는 분홍색 약물.

들을 생각하는 거지? 그놈의 침실 불은 켜졌다가 꺼졌고, 욕실 불도 30분 동안 켜져 있다가 꺼졌다. 그리고 지금까지 30분째 꺼져 있다. 남자에게 30분을 주면 다소 차이는 있더라도 잠들게 되어 있다. 놈이 어떤 젊은 여자랑 불을 꺼놓은 채 씹질을 한 건지도 모르겠지만, 그 경우에도 같은 규칙이 적용된다. 놈은 잠들어 있거나 정신이 팔려 있을 것이다. 비상계단을 올라갈 수도 있겠지만 거긴 3층 높이고 내내 까치발로 간다는 건 좆나 까다로운 일이다. 그리젤다가 나한테 열쇠를 한 꾸러미 주기는 했으나 정문으로 들어간다는 건 진짜 멍청한 일 같았다. 여기는 뉴욕이니까, 놈은 분명 자물쇠를 달아놓았을 것이다. 어쩌면 놈은 씹질을 마친 끝에 그 영계가 자기 집에 계속 머물지 않기를 바랐을지도 몰랐다.

길을 건너 나는 건물 안에 들어와 있다. 가끔씩 나는 내가 그냥 전형적인 호모라는 암시를 받는다. 예를 들어, 이 복도 전체를 겨자색으로 칠해야겠다는 위대한 생각을 씨발 대체 누가 하겠느냐는 말이다. 3미터, 5미터, 그리고 첫번째 계단이 나온다. 계단 위에도 카펫이 깔려 있다. 3층으로 올라간다. 등을 타고 흐르는 건 절대 땀이 아니야. 문 앞에 선 채, 나는 무의식적으로 문을 쓸어본다. 그게 진짜 나무인지 무슨 거지같은 걸로 되어 있는지 확인이라도 하듯. 내가 그 콜롬비아 쌍년을 얼마나 믿지 않는지, 열쇠도 듣지 않을 거라고 반쯤은 기대하고 있다. 나는 열쇠를 밀어넣고 세게 돌리며, 그게 부러지든 뭐 어떻게든 될 거라고 예상하지만, 열쇠는 돌아간다. 씨발 쾅 소리를 내면서 돌아간다. 이런 씨발, 처음에 나는 그만둘까 생각해본다. 어쩌면 저 안보다 여기 밖에서 소리가 더 크게 난 건 아닐까? 어느 쪽이든 좆같은 총의 안전장치를 풀어두는 편이 현명하겠다.

문은 삐걱거리며 열리고 거실은 없다. 뉴욕 사람들한테는 사실 거실이 필요 없는 모양이다. 바로 앞에는 식탁과 의자 두 개가 있다. 다른 의자들은 어딘가 다른 곳에 있는지도 모른다. 밖에서는 빛이 거의 들지 않아, 눈에 들어오는 것이라고는 벽에 바싹 대놓은 소파 하나와 반대편 벽에 바싹 붙여놓은 침대뿐이다. 창문 바로 옆에 텔레비전. 이불이 검은색인 건지 아니면 그냥 침대 근처가 어두운 건지 알 수가 없다. 어느 쪽이든, 나는 침대로 다가간다. 그리고 이불 아래의 살짝 튀어나온 부분을 찾은 다음 탄창에서 일곱 발이 뜯어져나가게 한다. 세 가지 소리: 소음기의 슉-슉 소리, 베개를 터뜨리는 총알의 조그마한 탕 소리, 그리고 내 뒤에서 들려오는 헉 소리. 몸을 돌리자 벌거벗은 백인 남자가 눈에 들어온다. 아마도 빨간 머리, 그자가 욕실 등을 꺼진 채로 놔둔 탓에 어둠 속에서는 정확히 알 수가 없다. 그 쌍년이 씨발 엉뚱한 아파트를 알려줬다. 나는 그자의 머리를 맞히려고 총을 들어올리지만 그자는 곧장 내 눈에 뭔가를 던져버린다. 씨발 소리를 질러댈 때 나는 내 몸 밖에서 내 목소리를 듣는 것만 같다. 그 무언가는 내 얼굴을 따라 흘러내리고 나는 그것을 맛본다. 개좆같은 씨발 구강청결제다. 내가 욕실로 뛰어들어가 눈을 씻어낼 때쯤 그자는 이미 창문을 밀어올리고 비상계단으로 뛰어나갔다. 나는 그자를 따라간다. 이 벌거벗은 백인 남자는 한 계단 한 계단을 달려내려갈 때마다 비명을 지르고 나는 조준을 잘해보려 애를 쓴다. 나는 총을 쏘고 총알은 쇠에 부딪치며 불꽃을 쏘아올린다. 세 발짝 달려내려갔나 싶었는데 나는 벌써 또다른 계단으로 내려와, 비명을 지르는 벌거숭이 친구에게 총을 갈겨대고 있다. 놈이 뭐라고 소리를 지르는 건지는 모르겠지만 살려주세요처럼 들리지는 않는다. 그런데 내 총에 맞는 것이라고는 이 좆같은 비상계단밖에 없다. 놈은 사다리를 타는 대신 남은 길을 그냥 뛰어 내린다.

그리하여 우리는 골목길을 따라 달리고 있다. 그자는 목이 반쯤 잘린 것처럼 비명을 질러대고 내가 그뒤를 쫓는다. 오른쪽 눈 때문에 씨발 아직까지도 죽을 것 같은 상태로, 반쯤 눈이 먼 채로. 더 나쁜 건, 우리가 한 걸음을 내디딜 때마다 이 똥-썩은-시큼한-죽은 냄새가 풀썩거리며 올라온다는 것이다. 나는 총을 쏴보려고 하지만, 영화에 나오는 씹새끼들이나 달리면서 총을 제대로 쏠 수 있는 것이다. 그것도 두 눈이 멀쩡한 상태에서나. 내가 쏜 총알들은 계속 어둠 속으로 사라지고, 튀어나오는 것도 뭣도 없다. 그자는 맨발치고 꽤 빠르다. 이 어두운 골목을, 사방이 패이고 쓰레기통이 널부러져 위험한 이곳을 깡충거리며 쏜살같이 나아간다. 나는 뭔가 질척거리는 것을 밟는데 그게 쥐인지 뭔지 굳이 확인하지 않는다. 우리는 교차로에 접어든다. 갑작스러운 헤드라이트와 가로등 불빛이 놈을 너무 오랫동안 얼떨떨하게 멈춰 서도록 만든다. 놈이 다시 달리려는 그 순간 나는 놈을 총으로 쏘아 튕겨낸다. 바로 그때 스테이션 왜건* 두 대가 놈의 양옆으로 지나간다. 한 대는 아주 잠깐 멈추었다가 비껴나가는데, 가로등을 들이받을 뻔하면서 급히 우회전하고, 그다음에는 다시 좌회전, 또 우회전해 거리 어딘가로 사라진다. 거리에 아무도 없다는 사실이 뉴욕치고는 씨발 이상한 일이라는 생각이 든다. 처음에 나는 벽이 이상하게 생겼다고 생각했다. 까맣고, 울룩불룩하고, 광택이 있다. 그러다가 나는 그게 쓰레기 봉투들이라는 걸 깨닫는다. 차곡차곡 쌓인 채 길이 완전한 암흑 속으로 잠겨

* 접거나 뗄 수 있는 좌석이 있고 뒷문으로 짐을 실을 수 있는 자동차.

드는 곳까지 양옆을 뒤덮고 있다. 나는 놈에게로 걸어가, 놈의 왼쪽 발꿈치를 쥐고서 골목으로 끌고 들어간다.

도카스 파머

– 진지하게 묻는 건데 진짜 이 구린 걸 제대로 보기는 한 건가? 이 표지를? 두꺼운 안경테에 커다란 분홍색 코라니. 작가가 뭐, 그라우초 마르크스*라도 되나? 그리고 세상에, 여기서 나온 다른 책들을 좀 보라고. 『미국 지하세계의 즉석제조 무기』, 이건 또 뭐야, 『전문가의 수제 화염병』, 이건 분명 고전의 반열에 올랐겠군. 『전처를 영원히 따돌리는 방법』. 이게 대체 뭐야? 민병대라면 모를까, 그런데 넌 텍사스에 있는 것도 아니고, 내가 아는 한 민병대는 검둥이 출입금지 정책을 완화시킨 적도 없다고.

한편 나는, 이 남자가 정확히 무슨 이유로 멀쩡한 내 집에서 이런 식으로 행동해도 된다는 생각을 하게 되었는지 생각해보려는 중이다. 뭐 그래, 하루종일 스스럼없이 굴기는 했지만, 자기가 내 아

* 미국의 코미디언이자 배우(1890~1977). 본명은 줄리우스 헨리 마르크스. 말장난을 빨리 잘하는 것으로 유명했다.

버지나 남편 아니면 뭐라도 된 듯이 구는 이런 짓거리는 아주 다른 차원의 문제다. 아니, 그는 따분한 와중에 마침내 풀어볼 만한 수수께끼를 발견해 그게 대단히 따져 물을 일이라도 되는 것처럼 구는 노인이었다. 아니, 그는 내가 자기한테 어떤 의무를 지고 있는 만큼 나를 잘 안다고 생각했다가, 너무도 실망한 모양이다. 어떤 경우든 이 남자, 배짱 한번 좋다.

– 진정하세요.

– 진정하라니 뭔 소리야? 너 무슨 도망자라도 되는 거야? 이런 책이 왜 필요해?

– 설명해야 할 의무가 있는 건 아니지만, 서점에서 보고 호기심이 생겼어요.

– 무슨 서점, 용병단 서점? 그 미친놈들이 책도 읽나?

– 그냥 책이라고요.

– 그건 설명서야, 도카스. 그게 진짜 이름인지는 모르겠지만. 사용할 계획이 없으면 아무도 설명서를 사지 않는다고. 그리고 귀퉁이를 접어놓은 걸 보니까 여러 번 사용한 것 같은데.

– 제가 대답해야 할 의무는 전혀 없어요.

– 그럼 하지 마. 하지만 이봐, 정말이지 이 책은 쓰레기 같은 내용만 가득 담겨 있지 않나?

– 네, 말씀하신 것처럼 정말 쓰레기죠. 그게 바로 제가 그 책을 사용하지 않은 이……

– 나는 이 책이 쓰레기라고만 말했어. 니가 이걸 사용하지 않았다는 말은 하지 않았고.

내게 화를 내고 있는데도 이 사람을 쫓아내지 않는 이유는 뭘까? 여긴 씨발 내 집인데. 임대료도 내가 낸다고.

– 그리고 누구도 나보다 목소리를 크게 낼 수는 없어요.

– 뭐?

– 여긴 내 집이고, 빌어먹을 내 집에서는 누구도 나보다 목소리를 크게 낼 수 없다고 했습니다.

– 미안.

– 사과 필요 없어요. 유감스러운 건 나니까.

그는 자리에 앉는다.

– 너희 집이지.

또다른 버전의 나라면 신경써줘서 정말 고맙다고 말했을 것이고, 나에 대해 아는 것이 그토록 적은데도 누군가가 나를 신경써줄 수 있다는 사실에 감동받기까지 했다고 말했을 것이다. 하지만 나는 그중 어떤 말도 하지 않았다.

– 그 책을 따라하진 않았어요.

– 뭐 그럼 다행이고.

– 왜냐하면……

– 왜냐하면이라니?

– 왜냐하면 거기 나와 있는, 그 책에서 알려주는 내용 대부분은 벌써 해봤으니까. 나와 있는 책이 그것밖에 없는 건 아니라서요.

– 그게 무슨 소리야?

콜서스트 씨는 내 식탁 의자 하나를 가까이 당겨와 내 바로 앞에 앉는다. 그는 재킷을 벗는다. 나는 만물에서 상징을 읽어내는 짓을, 최소 하룻밤만은 그만두려고 노력한다. 이건 미국 여자들한테서 배웠다. 남자가 하는 모든 행동 하나하나에 담긴 나를 위한 비밀 메시지를 읽어내려고 노력하는 짓거리 말이다. 지금 당장은 이 남자야말로 씨발 도망자다. 그는 질문을 던지고 나서 대답을 기다린다는 듯, 특유의 동작으로 머리를 기울이고 있다. 〈도너휴〉*에 나오는 그 모든 인간들과 내가 같지 않다는 사실을 이 남자가 이해해줬으면 한다. 사생활을 13억 인간에게 말해주고 싶어 안달이 난 그 인간들 말이다. 그 인간들 중 한 명에게 그냥 안녕하세요, 라고 말하기라도 하면, 그들은 허리를 깊이 숙이고 자기가 아는 일은 뭐든 말해줘야 한다고 생각한다. 모두가 그냥 고백을 하고 싶어하지만, 그들은 사실 아무것도 말해주지 않는다. 아무것도 드러내지 않는다.

- 플러싱 공동묘지. 뉴욕 플러싱 46번가.

- 응?

- 플러싱 공동묘지라고요. 거길 꼼꼼히 살펴보면 그 여자를 찾을 수 있을걸요.

- 그 여자라니?

- 도카스 파머. 도카스 네버린 파머, 1958년 11월 2일 자메이카 클래런든 스폴딩스 출생. 1979년 6월 15일 퀸스 아스토리아에서 사망. 부고에 따르면 사인은 비극적 상황이라는데, 차에 치였다는 뜻이예요. 상상이 돼요, 뉴욕에서 차가 사람을 핥았다는 게?

- 핥다니?

- 치였다고요.

- 그런데 그냥 그렇게 그 여자 이름을 쓴단 말이야?

- 클로데트 콜베르는 너무 뻔하게 들려서.

- 안 웃겨.

- 농담 아닌데. 클로데트 콜베르는 너무 뻔하게 들린다고요.

* 미국의 방송인이자 프로듀서 필 도너휴(1935~)가 1967년부터 29년 동안 진행한 미국의 텔레비전 토크쇼.

– 죽은 사람 이름을 그냥 쓸 수는 없는 거야. 그거 추적이 꽤 쉽지 않나?

– 충격적이라고 생각하실지도 모르겠는데, 사망증명서를 발급하는 부서가 시청에서 제일 큰 부서는 아니거든요.

– 그보다는 자네가 계속 아이러니를 쓴다는 게 더 충격적이야. 내가 기억하는 자메이카 사람들은 그러지 않았는데. 그렇게 보지 마, 굳이 5분에 한 번씩 폭탄을 떨어뜨리겠다면 나도 필요할 때마다 여기에 그만큼의 경박함을 불어넣어야겠으니까.

– 그래요. 진짜 듣고 싶으신가보네.

– 니가 정말 말하고 싶은 것 같은데.

– 아뇨, 꼭 그렇진 않아요. 사방에서 벌어지는 이 고백의 대유행에 저는 별 관심이 없거든요. 당신네 미국인들이 항상 해대는 '어때, 얘기 좀 해보고 싶니?' 하는 것들. 제 대답은, 원 세상에.

– 어쨌거나.

– 어쨌거나, 여기는 뉴욕이에요. 왜냐하면 뉴욕이니까. 여기에서 죽는 사람 중 상당수가 여기서 태어난 사람이 아니죠. 그리고 주 정부는 모든 사람들을 위대한 국가기록에 올려놓지 않고요. 사실 출생기록을 담당하는 부서랑 사망기록을 담당하는 부서는 서로 아무 상관이 없어요, 같은 건물에 있지도 않죠. 그러니까 사망증명서가 있다고 하더라도, 꼭……

– 출생증명서가 있다는 건 아니로군.

– 그리고 출생증명서를 손에 넣게 된다면……

– 니가 바로 너라는 증거를 얻게 되는 거지, 실제 인물한테 추적당하지 않으면서도. 하지만 가족들이 있잖아?

– 전부 자메이카에 있어요. 비행기를 타고 와 장례식에 참석할

만한 여유가 없었죠.

– 사회보장국은?

– 아, 그건 이제야 받고 있고.

– 그 여자는 그럼……

– 해야 할 일이라고는 출생증명서를 손에 넣는 것뿐이에요. 네, 그냥 자메이카에 있는 호적 담당자한테 전화를 걸어서 제, 아니 그 여자의 출생증명서 사본을 달라고 했죠. 얼마를 냈는지도 기억이 안 나네. 사람들은 항상 그리 나쁘지 않은 스토리보다 최악의 스토리를 믿을 준비가 돼 있어요. 그러니 최악의 스토리를 들려주지 않을 이유가 뭐겠어요? 얼마나 여러 가지를 얘기할 수 있는지 알면 놀랄걸요. 죄송해요, 여권을 다른 데 놔뒀나봐요라든가, 아니면 그냥 도둑맞았다고 하는 거죠. 하지만 어쨌든 전 출생증명서를 가지고 있어요.

– 아직도 이름이 클로데트 콜베르였으면 좀 문제가 있었겠네.

– 아니면 킴 클라크라든지.

– 누구라고? 또 언제 그 여자로 살았나?

– 이젠 오래 됐죠. 그 여자는 사라졌어요. 다음으로 제가 한 일은 인구조사국에 연락해서 도카스 파머에 대해 가지고 있는 정보를 전부 요청한 거예요.

– 아 그래, 근데 그냥 그런 식으로 넘겨주더란 말인가?

– 아뇨. 7달러 50센트를 받고 넘겨줬죠.

– 이런 세상에. 너 대체 몇 살이야?

– 그걸 왜 알고 싶은데?

– 그래, 그거 하나는 비밀로 하고 싶단 말이지. 사회보장국에서는 사회보장번호를 그렇게 늦게 신청한 게 좀 이상하다고 생각하지

않던가?

– 이민자한테는 그렇게 생각 안 하죠. 출생증명서는 있는데 여권을 찾을 수 없는 경우에도 그렇고. 너무 길고 지겨운 사연을 가지고 있어서, 그 사람을 늘어선 줄에서 물러나게 하려면 뭐라도 할 수 있는 경우에는 안 그래요. 이거 두 개만 있으면 쉽게 신분증을 얻을 수 있죠. 그다음에는 35달러를 내고 여권을 발급받을 수 있지만, 그건 신청 안 했어요. 책의 2장 내용에 따른 거죠.

– 하지만 미국 시민권자는 아니지?

– 네.

– 영주권은?

– 뭐, 자메이카 여권은 있죠.

– 실명으로 된 거야?

– 아뇨.

– 세상에. 무슨 짓을 한 거야?

– 제가요? 전 아무 짓도 안 했어요.

– 그야 니가 하는 말이고. 왜 이래. 넌 경찰한테 쫓기는 신세인 게 분명해. 이렇게까지 신나는 얘기를 들어본 게 언젠지 기억도 안 나는군. 씨발 무슨 일을 저지른 거야? 누구한테서 도망치는 거냐고? 꽤 짜릿한 얘기라는 건 인정할 수밖에 없겠어.

– 그날 하루가 문을 열면서부터 이렇게 마무리되고 말리라는 걸 누가 알았겠어요. 그리고 전 경찰한테 쫓기는 신세가 아니에요. 범죄자가 아니라고요.

– 그럼 남편이 개자식이라서 너를 때렸나보군.

– 네.

– 진짜?

- 아뇨.

- 도카스. 이름이 뭐든 간에.

- 지금은 도카스예요.

- 이름을 빌려준 그 여자의 관대함에 감사 인사라도 했기를 바란다.

그는 일어나 창가로 돌아간다.

- 가명으로 여기에 이주를 했으니, 니가 도망치고 있는 상대가 자메이카에 있다는 추정은 타당하겠군. 하지만 놈들은 분명 여기에서도 너를 추적할 수 있는 자원을 가지고 있을 거야, 그러니 가명을 쓴 거겠지.

- 탐정이라도 되셔야겠네.

- 도대체 무슨 염병할 근거로 니가 그렇게 안전하다고 생각하는 거지?

- 달 가리니까 비켜요. 전 1979년부터 쭉 여기에 살았는데, 그놈이 아직 나를 찾아내지 못했으니까.

- 그러니까 니가 도망치는 상대가 그놈, 남자라는 얘기네. 애들은 떼어놓고 왔나?

- 뭐라고요? 아뇨. 애들은 없어요. 세상에.

- 애들이 있는 것도 그렇게 나쁘지는 않아, 말을 하기 시작할 때까지는 말이지. 니가 도망치고 있는 남자가 누군데?

- 왜 알고 싶은데요?

- 어쩌면 내가……

- 뭐, 도와줄 수 있을 거라고요? 도움이야 이미 내가 나한테 베풀었고요. 놈은 뉴욕에서 먼 곳에 있어요. 그리고 여기에 올 이유는 없을 거고.

– 그런데도 넌 아직 숨어 있잖아.

– 뉴욕에는 자메이카 사람들이 많이 사니까. 그놈을 알지도 모르잖아요. 그래서 내가 자메이카 사람들 근처에 안 사는 거예요.

– 하지만 애초에 왜 뉴욕이었지?

– 메릴랜드에서 인생을 보낼 생각은 없었고, 아칸소는 제대로 될 리가 없었으니까. 그것도 그렇고, 대도시가 여러모로 낫잖아요. 대중교통이 있으니 차가 없어도 되고, 업타운 기차에 백인 남자랑 같이 타지 않는 한 눈에 띌 리도 없고, 아무도 아무것도 묻지 않는 일자리도 있죠. 새 일자리를 구하기 전에도 일하는 것처럼 보여야 하니까, 매일 똑같은 시간에 집을 나가서 매일 저녁 비슷한 시간에 돌아오게 돼요. 일을 하지 않고 있을 때는 그냥 도서관이나 모마*에 가고.

– 그래서 폴락과 데 쿠닝의 차이를 알았구만.

– 염병, 그게 모마까지 가야 알 수 있는 건가.

– 그렇게 좋은 인생 같지는 않은데, 아직도 뒤통수를 조심하고 있으니까. 지치지 않나?

– 뭐에 지친다는 거죠?

– 뭐에 지친다라, 하긴 그렇군.

– 지금 당장은 인생이 자리잡혀 있어요. 신용도 쌓고 있고요. 여기 있는 물건 중 상당수는 지불 계획이 잡혀 있죠. 전부 선불로 살 수도 있었겠지만. 이 내용은 책 4장에 나오는 거예요. 저기, 이 순간이 우리 모두가 크나큰 카타르시스를 느끼는 그 순간이라면, 실망시켜 드려서 미안해요.

* 뉴욕에 있는 현대미술관.

– 아, 실망이라니. 너를 생각할 때 절대로 떠올릴 수 없는 한 가지 단어가 실망이라고, 자기야.

정말이지 난 당신 자기가 아니라고 말했어야 했다. 정말로 그렇게 말했어야 했다. 그 대신 나는 이렇게 말했다.

– 시간이 늦었네요. 집에 가셔야 돼요.

– 어떻게 특정 연령대의 눈에 띌 백인 신사에게 알아서 나가라고 할 수가 있나? 여긴 가뜩이나…… 여기가 어디지?

– 브롱크스요.

– 응? 이상하군. 전혀 생각이 안 나. 그럼 우리가 여기엔 어떻게…… 됐어. 화장실 좀 가야겠군.

그는 문을 닫는다. 그의 재킷이 의자에서 미끄러져 나는 그걸 집어든다. 무겁다. 여름 재킷치고는 너무 무겁게 느껴진다. 심지어 안감까지 있네. 이 재킷을 입고 있었으면 나는 이놈의 궁둥이에서 땀을 흠뻑 흘려댔겠지. 재킷을 개고 있는데 왼쪽 어깨 한참 위쪽에 글자가, 세탁 방법 같지는 않은 글자가 보인다. 손으로 쓴 글씨다. 누군가 매직으로 쓴 것 같다.

이 메모를 보고 계시고 근처에 이 재킷의 주인이 있다면 212 468 7767로 연락 주십시오. 긴급. 즉시 전화 주세요.

신호음이 세 번 울린다.

– 아버지! 아버지! 세상에 지금……

– 저는 도카스인데요.

– 도카스 누구요?

– 도카스 파머요.

– 그게 씨발 누…… 잠깐, 고용센터에서 나온 그 여잡니까? 자기야, 고용센터에서 나온 여자래.

– 네, 고용센터에서 나왔습니다. 콜서스트 씨……

– 아, 천만다행이군, 부디 아버지랑 지금 같이 있다고 말해주시오.

– 네, 선생님은 여기 계세요. 이건 좀 알아주셨으면 좋겠는데, 집을 떠나야겠다고 우기신 분은 선생님이세요. 제 말은, 선생님께서는 자기가 원하는 걸 할 수 있는 성인이시잖아요. 하지만 저는 그 분을 혼자 내버려둘 수가 없어서……

– 지금 어디요? 아버지는 괜찮으시고?

– 브롱크스고요, 네. 무슨……

– 지금 당장 당신 주소가 필요해요. 지금 당장, 내 말 알아듣죠?

– 그럼요.

나는 그에게 내 주소를 알려주고 그는 그냥 그렇게 전화를 끊어버린다. 미국인들이 말하는 대로, 덤불 주변을 아무리 후려쳐봐야 의미는 없으니까. 나는 욕실 문을 노크한다.

– 켄? 켄? 저기 제가, 제가 아드님한테 전화했어요. 당신을 데리러 온다고 하는데요. 유감이지만 시간이 늦어서 당신이 여기 있을 수는 없어요. 켄? 켄? 콜서스트 씨?

– 너 누구야?

분명 제대로 듣지 못했기에 나는 문에다가 머리를 가까이 댄다.

– 씨발 누구냐고? 씨발 문에서 떨어져. 씨발 떨어지라고 했어.

– 콜서스트 씨?

나는 몸을 숙여 문고리를 잡아보지만, 그가 안쪽에서 문을 잠가버렸다.

– 씨발 꺼지라고.

트리스탄 필립스

이제 진짜로 말해보게. 자네 정말로 조시 웨일스가 이 먼 뉴욕까지, 직접 자네를 처리하기에는 6년이나 늦은 이 시점에 왔을 거라고 생각하나? 자네는 스스로를 너무 대단한 인물로 생각하는 병을 앓고 있는 것 같은데, 형제, 그냥 충고하는 거야. 뭐, 하기야. 나는 조시가 나를 그냥 내버려둔 이유는 그자가 정말로 죽이고 싶었던 것이 평화운동이었기 때문이라고 꽤나 확신한다네. 그게 죽어버렸으니 다른 뭔가를 죽일 필요가 없었던 거지. 거기다가, 나는 네 길을 막지 않을 테니 너도 내 길을 막지 말라는 입장을 아주 확실히 밝혔거든. 나 하나를 건드린다는 건 랭킹 던즈를 직접 건드린다는 걸 의미하니까. 그래, 우리는 스톰 파씨에 비교할 수 없을 만큼 작지만, 그렇더라도 우리를 무력화시키려면 조시 역시 엄청난 시간을 허비해야 할 테니. 위퍼야 뭐, 나를 상대로 절대 움직이지 않는 이유는 나도 그 녀석도 다 아는 거고.

하지만 자네의 경우는 뭐랄까, 좀 다르지. 뭔가 특별하달까. 조시가 자네한테 바를 배니싱 크림을 주문했는데 자네가 조시의 오른 팔을 제거해버린 거야. 어쩌면 조시는 자네를 존중할지도 몰라. 그런 문제에 관해서는 좀 특이하게 굴 때가 있거든. 어쩌면 자네 일은 다 잊어버렸을지도 모르지…… 하지만 아니, 조시 웨일스는 아무것도 잊어버리지 않아. 조시는 자네가 살아 있든 죽었든 별 차이가 없다고 생각하는 게 틀림없어. 그러니까 자네를 제거하는 데 들어가는 시간과 돈의 차이 말이야. 아니면 조시의 우선순위가 바뀌었을지도 모르고.

그렇긴 해도, 내 생각에 조시가 여기에 온 건 자네 때문은 아닐 거야. 여기 사람들은 너무 많은 걸 안다고 해야겠지. 조시는 자네가 6년 전 만난 적이 없다고 말하는 그 인간과도 아주 다른 사람이라네. 조시, 그리고 유비라는 남자가 1979년부터 여기에 와서 대마초랑 코카인을 팔고 있는데, 자기네들 거래를 거의 합법적인 사업으로 만들어놨지. 거의 말이야. 말했잖나, 스톰 파씨가 언제나 랭킹 던즈보다 더 커질 수 있는 한 가지 이유는, 그 녀석들에게는 야심이 있다는 거야. 녀석들에게는 계획이 있거든. 여기 사람들이 나한테 스톰 파씨가 뉴욕, 워싱턴, 필리, 볼티모어에서 일을 굴리고 있다고 얘기해주더군. 그러니까 내가 감옥에 들어온 다음, 놈들이 쿠바인들을 전부 마이애미로 다시 밀어냈다는 거야. 그놈들 덕분에 칼리 카르텔은 랭킹 던즈하고 수다떨 생각조차 안 했지. 다들 크랙 때문에 이 난린데 헤로인을 운반해야 한다면 나쁜 상황 아니겠나. 하지만 그 조시 웨일스는 말이야, 그자는 생각을 하는 사람이고 유비는 그보다도 머리가 좋지. 한 가지 얘기만 해주자면, 그 둘 다 서로를 믿기에는 너무 머리가 좋아.

조시가 자네를 쫓는 게 아니라는 확신이 안 드나보군. 잘 들어,

형제. 조시 웨일스는 자네가 새로운 이유를 만들어주지 않는 한 자네를 쫓지 않을 걸세. 그 녀석들 중 누구도 백인들을 죽이려고 안달이 나 있지 않아. 그러면 연방 경찰들이 냄새를 맡기 시작할 테니까. 아니야 형제, 자네는 깨끗해졌어. 이 모든 일에 대해서 무슨 기사라도 쓸 게 아니라면 말이지.

책?

그러니까, 어떤 사람들이 그 책을 요구하고 있다 이 말이지? 형제, 여기에 대해서는 어떤 책도 쓸 수 없어. 단도직입적으로 말하지. 자네는 가수랑 갱단, 평화조약에 대한 책을 쓰겠다고 하는데, 여러 갱단들에 대한 책이라니? 있잖나, 갱단 하나하나가 책 한 권감이야. 어쨌거나 무슨 얘기를 쓰려는 건가? 아무 증거도 없잖아. 나 말고 또 누구랑 얘기해봤는데?

잘 들으라고. 자네는 이미 신의 자비를 누리고 있는 거야. 여기에 대해서 뭐라도 쓰면 누구라도 자네를 지켜줄 수 없네. 지금 당장 자네는 더이상 조시가 신경써야 하는 인물이 아니지. 가족이 있나? 없어? 왜 없지? 뭐 어쨌건, 잘된 일이군. 그 녀석들은 거리낌없이 자네 가족들을 핥아낼 테니까. 그런데 가족이 없다는 말이 형제나 자매, 어머니도 없다는 말인가? 제기랄, 피어스. 그럼 가족이 엄청 많은 거야. 올해만 해도 그 녀석들은 브롱크스에서 활동하던 스팽글러 출신 딜러 둘을 찾아냈어. 이번 한 번만은 스톰 파씨도 그곳에 총알 폭풍을 퍼붓지 않았지. 그럼 이 친구야, 대신에 놈들은 두 녀석의 머리를 잘라서는 몸 두 개에다가 머리를 바꿔 달아놨어. 자네 자신에게 친절을 좀 베풀어서 모두가 죽을 때까지 기다리는 건 어떤가? 형제, 우리는 지금 갱단 얘기를 하는 거야, 그렇게 오래 기다리지 않아도 될 거라는 말이지. 날 보라고. 나는 그나마 덜 어리석은 인간이라고들 하지. 내가 텔레비전에까지 나왔다는 거 알고 있나? 전쟁과 평화에 대해서 두 번 얘기했었지. 다들 나를 보면서 와, 게토를 졸업하고 나오는 사람이 다 있네, 하고 생각한다고. 하지만…… 그래, 그 이후로 온갖 좆같은 인생이 이어지긴 했지만…… 하지만 덜 어리석고 말도 더 잘하는 나 같은 인간조차도, 결국 어디와 있게 됐나? 그것 보라고.

조시가 왜?

아니지, 이 친구야. 그런 남자는 감옥에 가지 않아. 솔직히 1975년 이후로 조시가 감옥 구경을 했다는 생각은 안 드는데. 어떤 경찰이, 어떤 군대가 조시를 잡으려 할 정도로 악랄하겠나? 나는 79년 이후로 코펜하겐시티를 본 적이 없네만 소식은 들었어. 형제, 뉴스에나 나오는 공산주의 국가 같더군. 포스터에 벽화에 그림에, 파파-로랑 조시가 동네 전체에 깔려 있다면서. 여자들은 애새끼 이름을 조시 원, 조시 투라고 짓고. 조시는 자기 아내를 빼놓고는 아무하고도 씹질을 안 하는데도 말이야, 아니, 진짜로 결혼한 사이는 아니야. 조시 식으로 보자면, 아주 고급스러운 형제라고 할 수 있을걸세. 그야 어쨌든, 조시를 잡고 싶다면 일단 코펜하겐시티 전체를 쓸어버려야 해. 하지만 그다음에도 문제가 있지. 이놈의 정부도 무너뜨려야 할 거라고. 정부라니, 자네 뭘 말하는 건가? 왜 이러시나, 알렉스 피어스. 1980년 선거를 여당에 넘겨준 게 누구라고 생각해?

자네를 보니 무슨 생각이 드는지 아나? 자네는 기자라는 거야. 의심의 여지가 없지. 자네는 어디론가 가서 그냥 정보를, 특히 사람들이 자네한테 줄 계획이라고는 없었던 정보를 얻어내는 거야. 내 말은, 오늘만 해도 자네가 나한테 어떤 정보를 얻었는지 보란 말일세. 자네는 제대로 된 질문을 던지거나, 최소한 사람들이 입을 열고 싶게 만드는 엉뚱한 질문을 던지지. 하지만 자네 문제가 뭔지 아나, 아니 어쩌면 이건 전혀 문제가 아닐지도 모르겠군. 자네가 기자라는 점을 증명해줄 뿐이니까. 자네한테는 모든 걸 짜맞추어내는 감각이 없어. 아니, 어쩌면 감각은 있는데 방법을 모르는지도 모르지. 우습지 않나? 조시 웨일스가 자네로서는 할 수도 없는 무슨 일 때문에 자네를 뒤쫓는다니. 아, 이제는 할 수 있다고? 그래서 책을 쓰는 거야? 알아낼 수 있어서인가, 아니면 여전히 알아내려고 글을 쓰는 건가?

질문이 하나 있어.

정확히 언제 자네가 자메이카에 꽂혔는지 궁금하군. 아니 이유가 궁금한 게 아니야, 백인들이 자메이카 얘기를 할 때면 언제나 씨불여대는 그 멍청이 같은 개소리만 지껄이게 될 테니까. 자메이카는 보지가 하도 달콤해서 도저히 포기할 수 없는 창녀라든지 뭐 그런 멍청한 개소리 말이네. 3센티짜리 좆만이가 언젠가 그따위 소리를 하더군. 하지만 자네한테는 자메이카 여자가 하나 있다니까, 자네는 3센티보다는 클 거라고 생각하네. 아무튼 미국 사람들 말을 빌리자면, 썰 한번 풀어보라고. 자메이카가 도대체 왜? 해변이 아름다워서? 왜냐면 자네도 알겠지만, 피어스, 우리는 해변 그 이상이거든. 우리는 한 나라야.

아.

똑같은 개소리를 하지 않아줘서 고맙군. 똥구덩이라. 자메이카는 지옥처럼 덥고, 차는 언제나 막히고, 사람들은 언제나 미소를 짓는다느니 뭐 그런 게 아니고, 지체 없이 문제없죠, 맨이라고 말할 사람은 한 명도 없다는 거지. 자메이카는 똥 같고, 섹시하고 위험한 동시에 정말, 정말, 정말로 따분하다네. 솔직히 말하면 나도 별로 자메이카를 좋아하지는 않아. 그런데도 우리 두 사람을 보란 말일세. 상황만 바뀌면 우리 둘 다 돌아가고 싶어서 좀이 쑤실걸. 그래도 어려운 일이야. 안 그런가? 자메이카를 여자랑 비교하지 않는 게 자네한테는 힘든 일이었겠지. 축하하네, 그건 정말이지 백인답지 않은 말이었어.

아주 제대로 된 논-클라이맥스로군! 안티-클라이맥스, 그렇게 말하는 건가? 조시 웨일스가 이 감옥 문 바로 바깥에서 자네를 기다리고 있다면 더 재미있는 이야기가 되었을 거라는 점만은 인정해야 할 거네. 적어도 자네는 떠날 수 있잖나, 내가 할 수 있는 일이라고는 기다리는 것뿐이라고.

1986년 3월이라네, 친구.

뭘 할 거냐고? 잘 모르겠군, 브루클린에서 아키랑 소금에 절인 대구를 먹을 수 있는 곳 어딘가로 가든지.

하하. 내가 랭킹 던즈를 떠날 수나 있겠나. 내 인생도 자네 인생처럼 그대로야, 피어스. 나 같은 인간들은, 우리의 삶은 태어나기 전부터 이미 쓰여 있다네. 우리 허락도 받지 않고 말이지. 신이 사람 위에 뭘 떨어뜨리겠다고 결정하는데 우리가 할 수 있는 일은 별로 없잖나. 응? 이걸 운명주의라고 부르나? 잘 모르겠군, 형제. 그 단어는 운명적이라는 말보다는 운명하셨습니다, 라는 말하고 더 관계가 있어 보여. 그거 아나, 어쩌면 자네는 이 책을 그냥 쓰는 게 좋겠어. 알아, 내가 방금 뭐라고 말했는지는 나도 안다고. 하지만 지금은 좀더 깊이 확인을 해보는 거야. 어쩌면 누군가는 이 모든 미친 짓거리를 짜맞추어야 할지도 몰라. 왜냐하면 자메이카 사람은 절대로 하지 않을 일이거든. 어떤 자메이카 사람도 그런 일을 할 수는 없네, 형제, 우리는 너무 가까이 있거나 누군가가 우리를 멈춰 세울 것이기 때문이지. 그렇게 멀리까지 갈 필요도 없어, 누군가가 우리를 쫓아온다는 공포심 때문에라도 우리는 멈춰 서게 된다네. 하지만 우리는 그렇게 멀리까지는 결코 못 볼 거야. 내 말은, 젠장.

제길.

염병할.

사람들도 알아야 해. 사람들도 알아야 한다고, 내 생각에는 언젠가, 언젠가 한 번은 우리가 그런 일을 했을 수도 있었어. 알아듣나? 정말로 해낼 수도 있었다고. 뭐랄까 그냥, 사람들이 충분한 희망을 갖고 있었고 충분히 지쳤고 충분히 신물이 났고 충분히 꿈꾸고 있어서 정말로 뭔가가 일어날 수도 있었단 말이네. 왜 있잖나, 가끔은 여기서 자메이카 〈글리너〉를 보는데, 전체가 다 흑백으로 돼 있지만 헤드라인 한두 개는 빨간색으로 되어 있거든. 컬러 사진이 실릴 때까지 시간이 얼마나 걸릴 것 같나, 3년? 5년? 10년? 전부 틀렸네, 형제. 우리한테는 이미 색깔이 있었지만 그걸 잃어버린 거야. 그것도 자메이카답지. 우리한테 좋은 시절이라고는 단 한 번도 없었는데 이제야 뭔가 고대할 만한 일이 생긴 게 아니란 말이야. 우리한테는 잘되어가던 뭔가가 있었는데 그게 전부 똥이 된 거지. 지금은 너무 오랫동안 똥인 채로 있는 바람에 사람들은 똥 속에서 어린 시절을 보내고 자기들이 그냥 똥일 뿐이라고 생각한다네. 하지만 사람들도 그건 알아야 해. 어쩌면 자네한테는 너무 큰일일지도 모르겠군. 어쩌면 책 한 권에 담기에는 너무 큰일일지도 모르겠어. 자네는 가까이, 좁게 범위를 잡아야 할 거야. 초점을 맞추라고. 내 말은, 라티드, 날 좀 보라고, 어째서 내 나라는 항상 실패하지 않으려 애를 쓰는지 400년 전체의 이유를 써달라고 부탁하고 있잖은가. 웃어야지. 내가 자네라면 웃었을 거네. 하지만, 맨, 자네도 눈치챘잖아. 아닌가? 그래서 이 평화 어쩌고 하는 게 자네를 그토록 오랫동안 따라다닌 것 아닌가. 나 역시 놓여나지 못했던 것처럼 말일세. 심지어는 평소 최악의 상황만을 기대하는 사람들조차도 그랬어. 겨우 두세 달이지만 평화에 대해 조금씩 생각하기 시작하더니 그다음에는 많이 생각하게 됐고, 그다음에는 사람들이 생각할 수 있는 거라고는 평화밖에 없었다네. 마치 비가 오기 전에 불어오는 바람에서 그 맛을 느낄 수 있는 것과 마찬가지야. 날 좀 보게, 난 아직 마흔도 안 됐는데 벌써부터 무슨 늙은이처럼 이미 지나온 일만 보고 있다니까. 하지만 이봐, 80년대는 아직 반밖에 지나지 않았어, 안 그런가. 일은 어떤 쪽으로든 벌어질 수 있는 거야. 향수라고들 하던가? 그런 게 틀림없어, 나는 외국에 너무 오래 나와 있었으니까. 어쩌면 그저 감옥에서는 새로운 기억을 쌓을 수가 없는 걸지도. 어떻게 생각하나? 첫 문장을 쓰면 나한테 연락을 해줘야 하네. 어떤 문장이 될지 아주 알고 싶으니까. 아, 벌써 썼다고? 아냐 형제, 말해주지 말게. 그보다 먼저 그 문장을 써놨으면 좋겠어.

그래, 내 본명을 써도 되네. 그럼 누구 이름을 쓰려고 했나? 하지만 그래, 맨, 책을 쓰게나. 그냥 나를 위해서나 자네를 위해서나 부탁 하나만 들어줘. 그 책을 펴내기 전에 모두가 죽기를 기다리란 말일세, 알겠지?

조시 웨일스

– 그래도, 자네 친구 위퍼는 인정할 만한 점도 있지.

부시윅. 어떻게 자메이카인들은 다섯 배 크고 세 배 높은 게토에 와서 살면서 처지가 더 나아졌다고 생각할 수 있는가. 나는 여전히 그 고민을 하느라 뇌를 굴리고 있다. 좋은 것과 덩치가 더 크지만 나쁜 것의 차이를 아는 사람이 아무도 없다는 건가? 그건 어떤 다른 형제가 알아낼 일인 게 분명하다. 지금까지 우리가 지나온 모든 블록마다 최소한 불탄 집이 두 채씩은 있었다. 마지막 블록에는 아직 서 있는 집이 두 채뿐이었고 떠돌이 개, 떠돌이 인간과 무너진 돌무더기 말고는 아무것도 없었다. 그리고 모든 곳에, 심지어 상태가 좋은 거리에조차 공기 중을 떠돌다가 와락 덮쳐오는 특유의 악취가 있었다.

– 그렇다니까, 맨, 최소한 그 친구가 알아낸……

– 왜 사방에서 정육점 뒤편 냄새가 나지?

– 부시윅이잖나, 친구. 고기 가공 공장들은 아직도 전부 부시윅

에 있거든. 뭐, 한두 군데는. 대부분은 사라져서 여기 사람들은 일자리를 찾을 수가 없지.

– 저 집들은 다 어떻게 된 건가?

– 방화라네, 형제. 말했듯이 공장이 문을 닫았거든. 사람들은 일자리를 잃었고, 부동산 가치가 형편없이 떨어져서 자기집에 불을 놓아 보험금을 타는 게 집을 파는 것보다 돈을 더 많이 버는 길이었던 거야. 동네가 하도 죽어버려서 창녀들조차 이 근처에는 집을 사려 들지 않아.

– 그런데 어째서 이 근처에 가게를 연 건가?

– 그래서 자네 친구 위퍼가 똑똑하다는 거야. 말했지만 그래서 여기야말로 가게를 세우기 좋은 곳이거든. 랭킹 던즈가 여기를 왜 그렇게 갈급하게 원한다고 생각하나? 크랙을 찾아다니는 인간들은 크랙을 찾아다니는 모습을 들키고 싶어하지 않는다고. 그럼 어디로 가겠어? 온 뉴욕이 보지 못하는 어딘가로 가겠지. 주위를 둘러보라고, 맨. 사람들이 자네를 잊어줬으면 할 때 갈 만한 곳이 바로 여기야. 그리고 길 아래쪽에 마약굴을 만들어놓으면 사람들은 멀리 갈 필요도 없지. 어떻게 나는 한 번도 이런 생각을 못 한 건지. 내가 크랙을 산다고 치면 크랙 파이프를 핥을 때까지 너무 오래 기다리고 싶지는 않거든. 원래 사는 곳으로 그걸 다시 가져가고 싶은 마음은 피똥 쌀 당연히 없고. 그렇다니까, 맨, 자네 형제 덕에 나도 퀸스에다가 판잣집을 좀 열어볼까 하는 생각을 하게 됐어. 거짓말이 아니라고.

나는 주변을 둘러보느라 천천히 한 바퀴 몸을 돌린다. 대체 뭘 기대했던 건지 나 자신에게 물어봐야겠다. 이 동네는 어떤 일이라도 틀림없이 벌어질 만한 곳으로 보인다. 부시윅이 그밖에 다른 어떤 모습으로 보이겠는가? 그렇더라도. 여기 오기 전까지는 미국에 대해 아는 것 중 얼마나 많은 부분이 텔레비전을 통해 알게 된 것인지 깨달을 수 없었다. 거리는 넓지만 외롭다. 그리고 더 나쁜 점은, 여기에 나와 있는 존재라곤 나와 유비, 그리고 유비의 부하들뿐이라는 생각이 내 머릿속을 꽉 채웠다는 것이다.

미니밴은 두 블록 떨어진 곳에 있고 우리는 걷는 중이다. 우리는 창문에 판자가 쳐진 어느 집 앞에 멈추어 선다.

– 여기가 거긴가?

– 그래, 맨.

– 그럼 들어가지. 내가 먼……

– 아직 아냐, 조시. 자네는 운영 상황을 점검하러 왔으니, 운영이 어떻게 되어가는지나 보게.

유비는 거리 아래쪽을 가리키지만 내게는 아무것도 보이지 않는다. 그러다가 두 사람이 그림자에서 가로등 불빛 속으로 걸어나온다. 여기서는 알 수가 없지만, 그중 한 놈이 스파터인 게 틀림없다. 다른 놈은 얼굴을 후드로 가리고 있다. 스파터는 몸을 돌려 거리 아래, 우리가 있는 쪽을 가리킨다. 후드는 계속 걸어가고 두번째 남자가 그자를 멈춰 세운다. 아니 최소한 멈춰 세우려 노력하지만, 후드는 걸음을 멈추지 않는다. 두번째 남자가 뭐라고 소리를 치자 후드는 멈추더니 그리로 걸어간다. 더 먼 곳에서는 첫번째 남자가 이미 새로운 누군가에게 말을 걸고 있다. 후드는 두번째 남자와 악수를 하더니 가로등 불빛 아래 선다. 유비가 나를 어두운 쪽으로 잡아당긴다. 후드가 엉덩이를 위로 들어올린다. 여자다. 두번째 남자는 5미터, 어쩌면 6미터쯤 걸어가더니 가로등 기둥 뒤에서 나온 세번째 남자와 악수한다. 나는 날카로운 눈을 자랑으로 삼지만 나조차도 그전까지는 그자를 보지 못했다. 세번째와 두번째 남자가 손을 스치고 두번째 남자가 후드에게로 돌아간다. 여자는 다시 걷기 시작하는데, 두번째 남자를 지날 때에는 둘 중 누구도 멈추지 않는 와중에 둘의 손만은 닿는다. 후드는 내 옆을 지나 거리를 따라 올라간다.

– 어디로 가는 거지?

– 크랙하우스지, 유비가 말한다. 우리가 가서 확인해봐도 돼.

– 아냐. 저 녀석을 이리 불러봐. 나는 그렇게 말하곤 가로등 기둥 뒤에서 전혀 보이지 않던 녀석을 가리킨다. 유비가 그를 부르자 녀석이 우리에게 다가온다. 미국 흑인 젊은 애들 특유의 어슬렁거리는 걸음걸이가 눈에 띈다. 마치 걸을 때는 손과 다리를 반대 방향으로 멀리 휘둘러야 한다는 듯이. 녀석은 내 바로 앞까지 걸어온다. 사실 내 앞에 섰다고도 할 수 없다. 그냥 잠시 머무를 뿐.

– 썹.

– 뭐라고?

– 왓썹이라는 거야, 조시. 무슨 일이냐, 무슨 일이 벌어지고 있느……

– 알아들었네.

– 요즘 젊은 애들은 그렇게 말하더라고. 나는 내 아들 말도 못 알아듣겠다니까. 안 그런가?

– 장사는 어떠냐, 내가 묻는다.

– 금요일 밤인데 씨발 장사가 어떻긴요? 인간들이 돈 타서 보지나 거시기를 찾아 거리를 살금살금 돌아다니고 있는데. 요, 약쟁이들이 푼돈이나 벌어보겠다고 D*를 빨고 다니다가 나한테도 들러붙

* 남자의 성기를 뜻하는 속어, dick의 앞 글자를 딴 것이다.

는다고요. 금요일 밤이 그렇죠, 뭐.

– 위퍼가 너를 여기로 내보낸 지 얼마나 됐나?

– 누구요?

유비는 조용히 웃지만, 나한테 들릴 정도의 웃음이다.

– 위퍼, 니 보스 말이야.

– 아아, 마이클 잭슨이요. 근처에 있어요. 적어도 몇 시간 전에는 그랬죠. 아마 열 좀 식히려고 집에 간 것 같던데, 그 씹새끼한텐 아주 바쁜 날이어서.

– 어떻게 보스를 씹새끼라고 부르는 거지?

– 조시, 여기서는 그게 그 뜻이 아니야. 다들 형제를 그렇게 부른다고, 자기네 최고 씹새끼라고 말이야.

– 그게 씨발 무슨 짓거리지, 유비? 난 마음에 안 드는데.

– 알았어요, 마이 맨, 씹새끼 소리는 더 안 할게요. 참내, 녀석이 말한다.

– 여기서 맡은 일을 아주 잘하는 것 같던데. 위퍼가 이 자리에 너를 러너로 심어놓은 지 얼마나 됐지?

– 시계 있어요?

– 그런데?

– 요, 지금 몇시죠?

– 11시.

– 지금까지 5시간 됐네. 내가 산수 하나는 잘하거든요.

– 뭐? 방금 뭐라고 했나? 5시간이라니? 새로 뽑은 사람을 그렇게 빨리 러너로 쓴다고?

– 나라면 새로운 녀석을 절대 러너로 쓰지 않을 텐데, 유비가 말한다.

– 새로운 건 아니죠, 행님들. 그냥 새 러너라고요. 2주 동안 스파터였어요.

– 니가 이 자리를 아주 잘 관리한다는 건 알겠다, 내가 말한다. 하지만 어떻게 그렇게 빨리 승진한 거지?

– 그야 내가 씨발 죶나 잘하니까. 오늘밤은 일이 잘 돌아가고 있어요. 잘된 거지, 일주일 전만 해도 아주 죶같았으니.

– 더 얘기해봐, 유비가 말한다.

– 선생님, 여기 있는 이 똥 같은 포주 새끼한테는 아무 말도 안 할 건데요, 녀석은 손가락으로는 유비를 가리키면서도 눈으로는 나를 똑바로 보고 있다.

– 포주? 포주라니? 이런 썅 지금 누구더러 포주라는 거야? 너 내가 누군지……

– 유비, 어린애니까 그냥 내버려둬, 내가 말한다. 웃을 생각은 없지만, 내가 미소 짓는 모습을 유비가 확실히 볼 수 있게 한다. 나는 이 녀석이 마음에 든다. 나는 녀석에게 한 발짝 다가가 녀석의 어깨에 손을 얹는다.

– 좋군. 좋은 자세야. 상식도 있고 어떤 새끼가 지랄을 해도 물러서지 않고. 좋아. 하지만 이건 알고 있도록. 위퍼가 너한테 돈을 주는 건 내가 위퍼에게 돈을 주기 때문이다. 위퍼가 너를 살려두는 건 내가 위퍼를 살려두기 때문이고. 알겠나?

– 그럼요, 형씨, 형씨가 아빠 던이신데.

– 근데 잠깐, 저 자식이 어디서 저런 말을 배운 거지, 조시?

– 요, 자메이카 씹새끼들이 이 동네에 깔렸잖아. 저놈의 약쟁이들처럼 형씨네 포주가 여기 플랫부시에서 작업을 하고 있다고요.

– 브레드렌, 나는 포주가 아니라고 했어.

– 그럼 진짜로 그런 옷을 입고 다닌단 겁까? 브로, 젠장.

나는 이 녀석이 유비의 신경을 긁는 모습을 밤새도록 지켜볼 수 있을 것 같다.

– 지난주는 얼마나 안 좋았길래? 내가 묻는다.

– 맨, 뭐 괜찮았어요. 내가 씨발 밀고자는 아니니까 그렇다고 아는 겁다. 하지만 씹새끼가 하루라도 더 이런 일이 벌어지게 놔뒀으면, 여기는 지금쯤 랭킹 던즈 구역이 됐을걸요.

– 뭐?

– 내가 헛소리하는 것처럼 보여요? 요, 스파터들 시켜서 고객들을 러너한테 보내고, 러너들은 딜러들한테 물건을 좀 얻으려고 하죠. 하지만 그때 만난 딜러 둘 다 지네들이 팔아야 할 물건을 맞고 뿅 가느라 너무 바쁘더란 거예요. 그러니까, 그럼 대체 무슨 일이 벌어지겠느냐고요?

– 들었지? 내가 했던 말하고 똑같네, 조시.

– 위퍼는 뭘 했지?

– 형씨 쪽 녀석에게 전해주세요. 아주 씹새끼처럼 일을 처리했더라고. 딜러 중 한 명이 바로 거기 크랙하우스에서 녀석에게 물건을 넘겨줬고, 위퍼가 그냥 그렇게 놈을 쏴버렸어요, 맨. 그 녀석은 아무것도 아니라는 것처럼. 제에에에엔장. 당신네 자메이카 사람들은 장난을 몰라. 그건 딱 사실이죠. 그런 다음에 위퍼가 나를 데려와서 승진시켜주더니, 돈 좀 벌고 싶어하는 친구들이 있느냐고 묻더라고요. 나는 씨발, 네, 친구야 있죠, 하고 말했고요. 지금은 우리가 일을 전부 하고 있슴다, 형씨. 이 거리를 장악했다고요.

– 딜러한테 물건을 대는 건 누군데?

– 형씨네 부하 위퍼겠죠, 제 생각엔.

– 위퍼는 어디로 갔지?

– 몇 시간 전에 크랙하우스에 놔두고 왔어요. 확인해볼 데가 몇 군데 더 있나보다고 생각했죠. 어쨌거나, 맨, 여기서 수다를 떨면 떨수록 형씨 떡고물 만들어줄 시간은 점점 줄어든다고요.

– 좋아, 좋아. 넌 이름이 뭐냐?

– 여자들은 로미오라고 부르죠.

– 좋아, 로미오.

나는 녀석이 으스대며 다시 멀어져가는 모습을 지켜본다.

– 현장에 있는 사람을 전부 오늘 고용했단 말이야? 주요 영토를 통제하는 방법조차 모른다는 건가? 아니, 정말이지, 아무도 정체를 모르는 새로운 녀석들 둘이서 지금 물건을 지키고 있다고? 거길 확인해봐야겠어, 조시. 바로 저쪽에……

– 아니. 그냥 이 크랙하우스부터 살펴보지, 내가 말한다. – 자네 부하들은 어디 갔나?

– 근처에 있어.

– 물러서 있으라고 전해. 전혀 부담 주지 않고 이 하우스가 어떻게 굴러가는지 보고 싶으니까.

우리는 두 블록을 걸어가 오른쪽으로 돈다. 그 집은 이곳에 있는 여느 다른 집과 비슷해 보인다. 3층, 판자가 덮인 창문에는 판자들이 반쯤 없어진 상태다. 킹스턴 시내의 몇몇 집들처럼, 자세히 들여다보면 한때는 상류층 집이었다는 걸 알 수 있다. 3층 건물이지만 계단은 2층까지만 이어져 있다. 온갖 쓰레기와 똥, 엉덩이를 긁고 있는 개처럼 보이는 무언가. 그리고 무슨 가족이라도 여기에 살면서 잔디밭에 물을 준다는 듯이 버티고 있는, 좆같은 울타리. 어둠 속에서 알아볼 수는 없지만 아마도 거리에 있는 다른 모든 집들처럼 벽돌로 되어 있을 것이다. 가로등 불빛이 계단에 스포트라이트처럼 떨어진다. 블록의 다른 부분은 전부 돌무더기로 덮여 있다. 한 남자가 가로등이 자기 그림자를 어떤 모양으로 만들어내는지 보는 것처럼 계단 맨 아래쪽에 앉아 있다. 안에는 조명이 두 종류 보인다. 작고 하얀 불빛은 손전등처럼 그곳 전체를 쓸어대고 있고, 불꽃, 촛불과 크랙 파이프로 된 불빛이 깜빡이고 있다. 작년에야 나는 마침내 발 델 코카*에 들어갔다. 지금 나는 이 집 바깥에 있다.

– 우리가 들어갔으면 좋겠나? 유비가 묻는다. 나는 대답하지 않는다. 유비가 그걸 내가 두려워서 그런다는 뜻으로 읽어내는 건 바라지 않지만, 아직은 들어가고 싶지 않다. 유비가 내 뒤에 서서 뭘 해야 할지 기다리는 게 느껴진다. 위퍼가 안에 있을지도 모른다.

– 그럼 가서 뒤쪽에다가 오줌 좀 싸고 올게. 곧 올 거야.

나는 유비의 발소리가 점점 멀어지는 소리를 듣는다. 만일 위퍼가 이렇게까지 오래 안에 있는 거라면, 모르겠다. 위퍼가 이렇게까지 안에 있는 걸 보면, 그럼 위퍼는…… 위퍼가 안에 있다면 어쩌면 위퍼는 위퍼식 변명을 하나 주워섬길지도 모른다. 위퍼가 이렇게까지 오래 안에 있다면, 어쩌면 놈은 나오지 말아야 할지도 모른다. 만약에……

– 씹새꺄, 그거 전부 내놓는 게 좋을 거다! 그거 전부!

나는 몸을 돌린다. 제일 먼저 놈의 냄새가 풍겨온다, 땀, 똥, 그리고 토사물. 구겨진 신문 뭉치가 놈의 머리카락 사방에 튀어나와 있다. 코트를 입은 흑인이 왼쪽 다리를 긁는 게 보인다. 다른 손으로는 내 얼굴을 향해 총을 들고 있다. 놈은 통증이 느껴지는지 눈을

* 콜롬비아의 농장 밀집 지역.

찌푸리고, 재빨리 오른쪽 왼쪽을 살피더니 다시 나를 본다. 여전히 다리를 긁고 있다. 확실히 알 수는 없지만 맨발처럼 보인다. 놈은 오줌을 참는지 한 발에, 또다른 발에 번갈아 몸무게를 실으며 허벅지를 한데 모아 죄고 있다.

– 내가 장난하는 거 같냐, 씹새꺄? 내가 장난처럼 보여? 너 이 씹새끼 궁둥이에다가 그냥 확 총알을 박아줄 거야! 그거 전부 내놓으라고!

놈이 다시 총을 흔들어댄다. 그거 버리라고, 놈이 말한다. 나는 앞주머니에서 지폐를 몇 장 꺼낸다. 지갑에 손을 대려는데 놈이 내 손에서 돈을 낚아챈다. 나는 놈을 지켜보고 동시에 놈은 내 얼굴에 총을 겨눈다. 나는 놈이 방아쇠를 당기는 모습을 지켜본다. 내가 몸을 사리기도 전에 내 이마를 때리더니 방울방울 얼굴로 떨어져 내린다.

물.

아니다.

오줌.

놈은 웃으며 도망친다. 계단을 올라 한 남자를 지나서 크랙하우스 안으로. 계단에 앉은 남자는 움직이지 않는다. 나도 움직이지 않는다. 나는 얼굴에서 오줌을 닦아낸다. 유비가 내게로 돌아오고 있고 그뒤로 또다른 남자가 달려온다. 그 남자가 유비를 지나쳐 내게 먼저 도착한다.

위퍼.

– 조시! 조시, 브레드렌, 여기서 혼자 뭘 하고 있는 거야? 유비가 나님을 그냥 내버려두고 간 건가? 무슨…… 피똥 쌀, 브레드렌, 무슨 냄새가 이렇게 나?

– 오줌이야, 위퍼. 피똥 쌀 빌어먹을 오줌.

– 아니 어떻게?

유비가 도착한다. 오줌을 싼다더니 나일 강을 싸고 왔느냐고 나는 굳이 묻지 않는다. 총은 뭘 갖고 있지, 나는 놈을 똑바로 바라보며 묻는다.

– 9밀리.

– 내놔. 위퍼?

– 같은 거랑 글록 한 정.

– 글록 이리 줘.

나는 총 두 자루의 안전장치를 모두 해제한다. 그리고 9밀리는 왼손에, 글록은 오른손에 들고 크랙하우스로 향한다.

위퍼

진짜 무법자처럼 한 손에 하나씩 총 두 자루. 발소리 말고는 목소리도, 소리도, 아무것도 없다. 조시 웨일스는 쿵쿵대는 발걸음으로 천천히 어둠 속 크랙하우스로 들어간다. 조시는 우리 둘이 따라오는 소리를 듣더니 뒤로 돌아 잠시 멈춰 바라본다. 우리는 멈추고, 조시가 다시 걷기 시작할 때까지 기다리지만 유비는 가만히 서 있고 나는 따라간다. 조시는 빠르게 걷다가 짐승처럼 어깨를 숙인다. 나는 유비에게 무슨 일이냐고 묻고 싶지만 계속 조시를 따라 걸어갈 뿐이다. 바람이 조시의 셔츠에서 내 콧속으로 오줌을 실어온다. 조시는 계단에 있는 남자를 그대로 지나쳐 문으로 들어간다. 바닥에 온통 놓여 있는 촛불 때문에 집이 꼭 교회처럼 보인다. 촛불들은 천천히 움직이는 빛을 만들어낸다. 조시가 빠르게 움직이지 않는 것처럼. 바닥에는 언제든 걷어차일 준비가 된 맥주캔이 널려 있다. 종이, 널빤지, 리놀륨이 떨어져나와 벗겨지는 피부처럼 말려 올라가 있다. 흔들리는 촛불 빛에 벽에 그려져 있는 그래피티가 뛰어오른다. 커다란 K와 커다란 S가 오른쪽에, 벗겨진 페인트가 왼쪽에. 가운데에는 또다른 문이 있는데 조시는 이미 그리로 넘어갔다. 조시가 총을 쥔 오른손을 들어올리고 갑작스럽게 번쩍하는 불. 조시는 위스키 병을 차버리고 나는 조시 바로 뒤에서, 조시를 따라간다. 오른쪽에는 남자가 하나 납작하게 누워 있고 그자의 피가 슬금슬금 기어나오는 중이다. 오른쪽 욕실. 백인인지 라틴계인지, 생머리 남자가 바지를 내리고 변기에 앉아 있다. 어쩌면 똥을 누는 중이겠지만 핏줄이 튀어나오도록 왼쪽 팔을 때리고 있다. 조시는 글록을 들어올려 두 발을 쏜다. 두번째 총알이 남자를 변기에서 들어올리고 남자는 바닥에 처박힌다. 조시는 오른쪽으로 열린 다음 문을 지난다. 손전등이 찬장에 테이프로 매달려 있다. 부엌인 게 틀림없다. 기도하는 것처럼 무릎을 꿇고 있는 남자에게 손전등 불빛이 내리쬐고 있다. 콘로* 머리를 한 남자의 얼굴은 위를 보고 있지만 눈은 감겨 있고, 작고 빨간 불빛 하나, 크랙 파이프가 타고 있는 곳. 그리고 팝팝팝, 총소리는 절대로 영화에서의 탕, 이 아니라 언제나 팝팝팝팝. 조시는 여전히 움직이고 있고 이 집은 아직도 깨어나지 않았다. 한 발 한 발 내딛는 걸음에 맥주캔과 콜라캔과 피자 박스와 포장해 온 중국음식과 맥아주 병과 마른 똥이 와작대고 조시는 여전히 쿵쿵 발을 구르며 또다른 문을 지난다. 한 남자가 그 문의 경첩 쪽에 살짝 몸을 기댄 채 우리에게 계속 등을 돌리고 있다. 검은 두 손이 남자의 허리 주변 벨트를, 그다음에는 단추를 잡아당기고 있다. 여자는 고무젖꼭지를 빠는 아기를 업은 채 남자의 자지를 빨고 있다. 조시가 놈을 쏴버리자 놈은 문 쪽으로 늘어지지만 여전히

* 머리털을 딴딴하게 여러 가닥으로 땋아 머리에 붙인 헤어스타일.

서 있는 상태고 여자는 여전히 자지를 세게 빨아대다가 그걸 입에서 꺼내 계속해서 탁탁 친다. 남자의 자지가 물렁해졌고 남자가 싸지 않으면 돈을 주지 않을 것이기에. 조시는 걸어가버린다. 자지를 다시 입에 집어넣는 그 여자를 두고 나도 조시를 따라 걷는다. 우리는 거실로 들어간다. 누구를 찾고 있느냐고 물어볼까 생각한다. 그리고 오른쪽, 흰색 브래지어를 차고 있는 흑인 여자가 담배를 피우고 있다. 브래지어 왼쪽 어깨끈이 대롱대롱 매달려 있다. 여자 뒤에 있는 남자는 셔츠를 입지 않고 흰색 반바지만 입었다. 빛이 충분히 밝지 않으므로 어쩌면 검은 셔츠를 입은 걸지도 모르지만, 그자의 담배 끝은 타오르고 있다. 이번에도 팝팝팝 하니 남자가 소파 뒤로 축 늘어진다. 흑인 여자가 뒤로 돌아서더니, 나를 본다. 그런 다음 다시 뒤로 돌아서, 보고, 비명을 지른다. 그걸로 시작이다, 한 번의 비명소리가 또다른 비명소리로 이어지고 촛불-손전등 불빛을 받은 백인 여자 하나가 비명을 지르지만 주사기를 떨어뜨리고 바닥으로 자맥질을 하더니만 얼굴부터 처박혀 바늘이 아래쪽 입술을 그대로 꿰뚫어버리는데 그래도 여자는 주사기를 찾겠다고 왼쪽 오른쪽으로 쓰레기를 헤집어대고 여자 주변에 있던 온갖 사람들은 이제 어둠 속에서 나와 다리를 절고 깡충깡충 뛰고 기고 도망친다. 조시는 총 두 자루를 모두 들어올려 아수라장을 만들어버리고 사람들은 달리고 발이 걸리고 넘어지고 한 남자는 조시에게 곧장 달려오지만 오른쪽 눈이 터져버리고 나무처럼 풀썩 넘어지고 한 여자는 달리다가 뒤쪽의 창문 너머로 뛰어내리지만 우리는 한 층 올라온 상태고 나는 여자가 떨어지는 내내 비명을 지를 거라 확신하고 그 여자가 머리부터 떨어지지는 않았으면 좋겠다고 생각하는데 야구모자와 체크무늬 모직 셔츠 차림에 술병을 담은 갈색 종이가방을 들고 있는 한 남자가 방에서 나와 옆쪽으로 가서는 뭐야 씨발이라고 말하고 가슴에 두 방을 맞고 술병이 떨어져 박살나고 방안에는 두 사람이, 곱슬머리 남자애 하나와 크랙파이프의 첫 한 모금을 막 빨아들이려던 참인 빵모자를 쓴 여자 하나가 있었는데 그때 총알이 여자의 이마를 터뜨리며 뚫고 지나가 파이프가 떨어지고 씨발년아 씨발 파이프 떨어뜨렸잖아 씨발 파이프 떨어뜨렸다고, 그 곱슬머리 녀석이 말한다. 하지만 조시는 계속 움직이고 있고 집은 비어가고 있으며 나는 조시를 붙잡고 씨발 뭐하는 짓이냐고 묻고 싶지만 조시는 말이 통하지 않는 상태고 계단으로 올라가 어둠 속에 있는 것처럼, 오른쪽 계단이 분리된 것처럼 머물러 있고 나는 조시를 따라가는데 한 남자가 계단 꼭대기까지 바로 올라오고 조시는 총 두 자루를 동시에 쏘고 놈이 난간 너머로 떨어지고, 한 여자가 애새끼를 잡아채 작은 방으로 달려가서는 조시가 문에다가 세 발을 쏜 그 순간에 문을 쾅 닫는다. 조시는 문고리를 발로 차고 방으로 걸어들어가는데, 바닥에 놓인 매트리스 위에 덩치 큰 흑인 남자가 여자와 거칠게 씹질을 하고 있고 팝팝팝 남자는 여자 위에 축 늘어지고 여자는 머리를 흔들어 몽롱한 크랙 기운을 떨쳐내고 나서야 비명을 지르기 시작한다. 한 남자가 문을 지나 달려오고 조시가 달려나가 쌍년아! 하고 외친다. 조시는 문밖으로 달려나가 그자에게 오른손으로 그다음엔 왼손으로 총을 쏘고 왼쪽 총이 그자의 귀 근처 목을 맞히고 그다음에 오른쪽은 어깨를 왼쪽은 머리 뒤쪽을 오른쪽은 등을 왼쪽은 목을 마침내 놈은 무릎을 꿇고 쓰러지고 왼쪽 총이 놈의 머리 꼭대기를 한 움큼 뜯어내고 오른쪽은 어두운 곳을 가르고 지나가지만 놈의 입에서 피가 뿜어져나오고 놈은 쓰러지고 신문 쪼가리가 놈의 머리 밖으로 날린다. 조시는 그자에게로 걸어가면서도 여전히 총을 쏘고 또 쏘다가 총 두 자루가 모두 비어 철컥 소리가 난다. 조시는 여전히 철컥 철컥 철컥 방아쇠를 당겨댄다. 조시, 내가 부르자 조시는 획 돌아 재빨리 내 머리에 총을 겨누고는 철컥. 조시는 내 머리에 총을 겨눈 채 그렇게 서 있고 나는 그 모습을 보며 서 있는데 등이 뻣뻣해진다 나는 숨을 뿜어내고 배에 힘을 준다. 다른 총 이리 줘, 조시가 말한다. 조시는 놈에게 다가가, 놈을 굴리더니 놈의 주머니에서 돈을 꺼낸다. 그러더니 엄청난 무게의 흑인 남자 밑에 깔려 훌쩍이는 여자가 있는 침실로 돌아가는데 왜냐하면 그 남자는 아주, 아주 크기 때문이고 조시는 남자의 머리를 다시 쏜다. 그런 다음 조시는 아래층으로 내려가 방으로 돌아서서는 한 발을 쏜 뒤 밖으로 걸어나가는데 내가 안을 들여다보니 밝은 피부색의 남자아이가 여자의 임신한 배를 문지르며 울고 있다. 조시는 눈에서 피를 흘리는 남자를 지나 머리에 한두 발 팝팝 하고 우리는 거실에 있는, 주사기가 입술에 박힌 채 아직까지도 네 발로 기어다니며 주사기를 찾으려고 똥과 쓰레기 더미를 뒤지는 여자를 지난다. 우리는 침실을 지나고 흰색 브래지어를 한 여자는 가버렸지만 남자는 여전히 담배를 피우고 있고 조시는 놈의 머리에 한 발을 박아주고 우리는 마지막 문을 지나고 아까 그 남자는 아직까지도 그 문에 기댄 채고 여자는 여전히 자지를 빨고 있고 아기는 여전히 여자의 스웨터에 매달려 있고 여자는 여전히 세워봐 자기야, 좀 세워봐, 라고 말하며 거시기를 당겨대고 여자는 여전히 빨고 우리는 그 여자를 지나고 우리는 콘로 머리 남자를 지나고 그자는 여전히 짧게 숨을 쉬며 피 사이로 꾸르륵대며 비어져나오는 침을 뱉으며 질식해가고 있고 손전등 불빛은 놈의 목에서 뿜어져나오는 피를 비추고 조시는 놈의 이마에 대고 총을 쏘고 그다음에는 화장실로 걸어들어가 안에 있던 라틴계 백인 남자를 하나 날려버리고 우리는 마침내 문 근처에 도착하고 조시는 내가 몇 시간 전에 쏴버린 남자의 시체 바로 옆에서 총을 쏘는 마지막 남자를 잊어버린 채 현관으로 걸어나가고 밤이 그를 삼켜버리고 나는 오랫동안 멈춰 있다가 문 너머로 달려가 계단을 내려간다. 계단에 있던 그 남자는 사라지고 없다. 나는 조시와 유비에게로 걸어가고 조시는 획 몸을 돌려 다시 총을 내게 겨눈다. 조시가 겨눈 총이 내 머리 근처에 오랫동안, 오랫동안 머물러 나는 철컥 하는 소리가 날 때까지 째깍째깍 소리를 헤아리기 시작한다.

조시?

조시?

이게 무슨 일이야, 브레드렌?

조시? 이게 다 뭐냐고?

그러자 조시는 내게 총을 돌려주지도 않고 그냥 떨어뜨리더니 걸어가버린다. 유비도 몸을 돌려 걸어가려 하지만, 그때 멈추더니, 다시 내게로 돌아선다. 내게는 유비의 얼굴이 보이지 않는다.

도카스 파머

잘은 모르겠지만, 나는 헤더 로클리어*의 머리 스타일이 〈다이너스티〉에서보다는 〈T. J. 후커〉**에서 더 나아 보인다는 결론에 좇나 가까워지고 있다. 아니면 그냥 〈다이너스티〉에 나오는 여자들 중에서 뭐라도 얻으려면 애를 써야만 하는 유일한 사람이 개년이라는 사실이 마음에 들지 않는 건지도 모른다. 심지어 그 인물은 알렉시스 캐링턴*** 같은 진짜 개년도 아닌데. 돈이 전혀 없으니까 실은 강아지년 정도일 뿐이다. 이 여자 머리 스타일이 이 프로그램에서 피똥 싸게도 전혀 안 먹히는 이유는 그것이다. 뿐만 아니라 이 여자를 보고 있으면 이 여자가 〈T. J. 후커〉에 나올 때 입는 제복을 입고 싶어진다. 아니면 진짜로 여경이 되고 싶어진다든지. 멋져 보이려 노

* 미국의 여배우(1961~).

** 1982~85년 미국 ABC사에서 방영한 경찰 수사극.

*** 〈다이너스티〉에 나오는 캐릭터로, 극중 블레이크 캐링턴의 전처이다. 갖은 음모를 꾀해 전 남편과 아이들에게 끝없는 골칫거리를 만들어낸다.

력하지 않을 때조차도 하루종일 매력적인 옷을 입으려 시도하는 건 지랄 맞게 돈이 많이 들어가니까 말이다. 가끔은 아직도 내게 가슴이 있다는 사실을 남자들에게 알려줄 수 있는 셔츠를 원하게 되는 법이다.

그는 아직도 욕실에 있다. 내가 저 사람을 지난, 뭐야, 지금까지 한 55분 정도 '그'라고 불렀다니 이상한 일이다. 내 말은, 내 말은, 도대체 내 욕실에 있는 저 사람이 누군지 모르겠다는 얘기다. 문제는 그걸 알아내려 하면 할수록 점점 더 말이 안 되는 쪽으로 생각이 흘러가는 것 같았다. 가장 좋은 방법은 사실 그냥 생각을 안 하는 것이다. 도스토예프스키가 생각 너머에 있다라고 했던가 뭐 그렇게 말했던, 『죄와 벌』에 나오는 그 남자처럼. 진심으로 말하는데 나는 가끔 내가 도시 어딘가로 가는 어떤 버스에서 넋 놓고 책을 읽는 여자였으면 한다. 그 바람은 어느 순간에 내가 뭘 시도하는 듯한 노력으로 변해버렸는데, 그 자체로는 사실 문제가 아니었다. 내가 정확히 뭘 하려고 노력하고 있는지 궁금해지기 전까지는. 결국 모든 일에는 목표가 필요한 모양이다. 염병할 무슨 소리를 하는 건지도 모르겠다. 어쨌거나 이 남자는 이게 영화 〈샤이닝〉*의 한 장면이고 내가 여기 바깥에 서서 곧 잭 니컬슨처럼 덤벼들기라도 할 것처럼 여전히 내 욕실에 있다. 그렇게 긴 시간 동안 저렇게 건장한 남자에게 어떤 건강상의 문제가 있을지 추측해보려 애를 썼는데, 그 문제가 분명 신체적인 게 아닐 수 있다는 생각은 단 한 번도 못 했다. 내 코가 시련과 고난의 냄새를 얼마나 잘 맡는지 참 놀랍지 않은가. 진심이다. 최소한 저 사람이 알아서 욕실에 갇혔다는 얘기는 도끼를 든

* 스탠리 큐브릭 감독, 잭 니컬슨 주연의 공포 영화(1980).

살인마로 변하지는 않을 거라는 얘기니까. 일이 돌아가는 꼴을 보니, 이 이야기에서 도끼 살인마는 바로 나다.

내 말은, 이건 도저히 말도 안 된다는 거다. 아니, 그러면 다시 생각이란 걸 하게 될 거라고. 이건 어때: 내 욕실에는 밖으로 나와야만 하는 남자가 있다. 내가 저 남자를 꺼낼 수 없어서 저 사람 가족이 저 사람을 데리러 오고 있다. 이제 이 상황과 관련된 객관적 사실에만 집중하는 간단한 방법으로 평화를 얻을 수 있다. 그러면 모든 게 내가 신경쓸 필요 없는 무언가로 축소된다는 게 마음에 든다. 나는 축소가 좋다. 졸여서 줄이기, 잘라서 내버리기, 뒤에 남겨놓기. 이제 은유는 이만하면 됐다. 그것들은 내 인생에 필요 없는 똥덩어리들을 없애는 일일 뿐. 그리고 지금 당장 필요 없는 똥덩어리 전부는 저 욕실에 갇혀 있다.

내가 아는 소리 두 가지. 창문이 위로 미끄러져 올라갔다가 다시 내려오는 소리. 하지만 창문에는 방범 창살이 있는 데다가, 우리집은 5층 높이다. 아마 저 사람은 기억하지 못할 것 같지만. 저 사람은 탈출을 시도하고 있다. 발로 차 문을 넘어뜨리고 싸우겠다는 용기를 짜내기까지 남은 시간이 얼마나 될까. 집안에 혼자 있는 게 여자라는 걸 알고는 떠날까? 나를 두들겨패려고 할까? 뭐, 나야 이런 전직 군인들에 대해서 잘 모르니까. 이 도시에 사는 인간들은 죄다 어느 순간에든 무너져내릴 것처럼 보인다. 아 그래, 나는 그냥 이 소파에 계속 앉아 있을 것이다. 팔을 덮은 빨간 벨벳 천을 잡아당겨 펴면서 〈T. J. 후커〉를 끝까지 보는 거야. 여기에 앉아서 저 사람 아들이든 누구든 나타날 때까지 기다리는 거지. 그 사람들이 주소를 달라며 세 번이나 전화를 건 걸 보면 그게 대체 언제쯤일지는 모르겠지만.

뭐라도 좀 필요한지 물어봐야 할지도 모르겠다. 그놈의 텔레비전만 틀면 사람들이 항상 물어봐대는 게 바로 그거니까. 물론 얘기를 좀 하고 싶은 거냐고 물어보지는 않을 것이다. 어쩌면 사람들이 오고 있으니까 아파트를 좀 치워놔야 할지도. 그러시겠지. 그 사람들이 무슨 여기 검사라도 하러 오는 건가. 자기네 아빠가 깔고 앉은 욕실 깔개도 눈치채지 못할 텐데. 어쩌면 변기에 앉아 있을지도 모른다. 아니, 욕조 가장자리에 있을지도. 모르겠다. 저 안에서 뭘 하는 걸까? 세상에 몇 시간 전만 해도 그렇게 정상적이던 사람이, 그렇게 정상적이고 사람 좋고 멋지고 명랑하고, 남자들로서는 더이상 쓸 자격이 없는, 미음으로 시작하는 그런 온갖 단어에 어울리던 사람이. 그러니까 저 사람은 거의…… 내 말은, 남자들을 그런 식으로 생각하면 절대 끝이 좋지 않은 만큼 나는 저 사람을 그런 식으로 생각하지 않으려고 모든 노력을 기울였다는 말이다. 그런데 요것 봐라, 어쨌거나 끝이 좋지 않게 되어버렸다. 이 행성에서 제일 흡족한 삶을 사는 건 레즈비언들일 게 틀림없다. 어쩌면 문 쪽으로 가서 저 사람한테 아들이 오고 있다는 말을 한번 더 해줘야 할지도 모르겠다, '누군지는 모르겠지만 좆이나 까'라는 대답은 처음 들을 때도 별로 웃기지 않았으니 두번째 듣는다고 웃길 일도 없을 것이다. 우리 둘 중 악몽을 꾸다가 깨어난 사람이 어느 쪽일지 궁금하다.

기다리고 볼까 아니면 보고 기다릴까? 이렇게 뒤집어보는 생각은 전에 한 번도 해본 적이 없는데. 우리가 어떤 행위를 기다린다는 것처럼 말이다. 대개는 어떤 행위가 나를 그냥 기다리게 만드는 것 같은데. 나는 문을 보면서 저 사람이 나오기를 기다리고 있다. 어쩌면 내 뚫어뻥이나 드라이기, 컬링 기구로 무장하고 있을지도 모른다. 그리고 내가 여자라는 걸 알아채고는 아무리 못해도 나를 두들겨펠 수는 있으리라고 생각할지도 모른다. 콜서스트 씨네 가족이 내가 미친놈을 상대하게 되리라는 사실을 말해준다는 걸 그토록 쉽게 잊어버리다니 참 웃긴 일이다. 물론 내가 뭐라고 한마디만 했으면……

문을 두드리는 노크 소리. 헤어롤러를 감춘 것처럼 머리에다 스카프를 두르고 두꺼운 캐멀코트를 입은 미즈 콜서스트가 서 있다. 여름 밤의 옷차림으로 아주 완벽한 모습이로군. 그 여자는 원 세상에, 라고 숨죽여 말하더니 나를 곧장 지나쳐 안으로 들어온다. 더이상 이 일을 못하게 됐다는 게 꽤나 확실한 만큼 멋대로 들이대는 백인들에게 정중하게 굴 필요가 없어진 만큼, 지나치게 꾸미고 온 이 쌍년에게 남의 집에 왔으면 염병할 예의를 좀 차리라고 말하려는데 그 남자의 아들이 계단을 다 올라와서는 곧장 내 문으로 다가온다.

– 전부 다 정말 정말 죄송합니다, 그가 말한다. 하지만 그 역시 내가 안으로 초대할 때까지 기다리지 않는다. 이제 나는 내 집인데도 꼭 처음 온 사람이 된 기분이 든다. 실제로 나는 걸어다니는 내 발걸음 수를 헤아리는 중이다. 그들이 내 욕실 문 앞에 모이는 동안 내가 큰 소동을 피우는 일이 없기만을 바라며.

– 아버님, 휴, 아버지, 이건 정말 말도 안 되는 짓이에요. 나오시라고요.

– 좆까, 쌍년아.

– 아빠, 제 마누라한테 그런 식으로 말하는 거 제가 싫어하는 거 아시잖아요.

– 마누라라니. 나한테도 이름이 있어, 개스턴, 여자가 말한다.

– 문제는 한 번에 한 가지씩 풀자, 자기야. 아빠, 지금 나오실 수 있어요? 여긴 우리집이 아니라고요, 혹시 눈치 못 채셨을까봐 하는

얘기예요.

– 도대체 누가 나를 여기다 집어처넣은 거냐?

– 아버님, 아버님이 약을 안 드시니까 거기 계신 거잖아요.

– 저 신경 거슬리는 개년이 왜 나를 계속 아버님이라고 부르는 거야?

– 우리 결혼식에도 오셨잖아요, 아빠. 그것도 잊어버렸다는 식으로 굴지 마세요.

아들은 나를 보고는 입 모양으로, 전부 다 죄송합니다, 라고 말한다.

– 어쨌거나 아빠, 진짜로 파머 부인께 아파트를 돌려드려야 한다고요. 부인은 이 정도만으로도 충분히 고생하셨어요.

– 내가 어떻게 여기 온 거냐고?

– 납치당하신 거 아니에요, 아버님.

– 납치 안 당한 건 나도 알아, 멍청한 년아. 저 쬐그만 흑인 여자가 나를 납치할 수 있었을 거라고 생각하냐?

쬐그맣다고?

– 아빠, 전에도 얘기 했잖아요…… 아빠? 얘기 좀 해요. 아버지 깜빡깜빡하시는 건 기억하세요?

– 내가 어디에 와 있는 거냐?

– 브롱크스에 계세요, 아버님.

– 씨발 깜빡깜빡하는 인간이 무슨 브롱크스에 와서 정신을 차려?

– 한 가지 분명한 건 아버님이 그러셨다는 거네요.

– 누가 저 쌍년 좀 닥치게 못 하냐?

– 알겠어요. 이제 그만하면 됐어요, 아빠. 그만하고 나오세요.

– 너 아주 웃기는구나.

– 알았어요, 아빠. 알았다고요. 제가 웃기는 놈이라고 쳐요. 브롱크스 한가운데에 있는 어떤 여자분의 욕실에 와 있다는 걸 방금 깨닫고 어떻게 거기 오게 됐는지는 모른다는 다 큰 남자가 누군데요? 웃기는 놈이라고요? 아버지, 잘 들어요. 이 불쌍한 여자분 아파트에 어떻게 들어왔는지는 모르겠고 관심도 없지만, 이 여자분이 주거침입죄로 경찰에 전화를 걸어서 아버지 궁둥이를 감옥까지 질질 끌고 가게 하거나, 더 나쁜 상황이 벌어지게 만들 생각이 아니라면, 씨발 당장 욕실에서 나와요. 씨발 좀 가게.

– 나는 절대로……

– 켄, 당장!

아내가 내 쪽으로 다가온다. 저 안락의자, 데니시 모던 거예요? 여자가 말한다. 나는 아뇨, 라고 대답한다. 하지만 실은 이렇게 말해주고 싶었다. 정말이지 저 의자는 너무 모던하죠. 너무 모던해서 겨우 며칠 전에 누가 길거리에 내다버렸다니까요, 라고. 이 여자는 자메이카를 포함해 사방에 깔린 부유한 여자들과 똑같다. 실로 꿰어놓은 진주가 아니면 이 여자들은 손을 어떻게 써야 하는지도 모른다. 켄이 마침내 밖으로 나온다. 누가 말하지 않더라도 더이상 그를 켄이라고 불러서는 안 된다는 건 알고 있지만. 켄은 똑같은 모습이다. 다만 머리카락은 더이상 영화배우의 머리카락 같지 않다. 몇 가닥이 그의 왼쪽 눈썹 위에 매달려 있다. 켄은 똑바로 서서는 수갑이라도 찬 것마냥 손을 앞으로 하고 내 집 밖으로 걸어나가기 시작한다. 게일, 자기야, 아빠 좀 차로 모셔다 드릴래?

– 진심인데, 자기야, 나 정말로 할 얘기가 몇 마디……

– 이 쌍년하고는 아무데도 안 갈 거다.

– 씨발 둘 다 이 여자분 집에서 나가. 염병할 차로 가라고.

아내는 진주를 잡아당기며 떠난다. 꼭 자기 자신을 잡아당기는 데 목걸이를 쓰는 것처럼 보인다. 콜서스트 씨는 멈춰 서서 나를 보는데, 잘난 체하는 인간들이 그러듯 위아래로 훑어보는 게 아니라 똑바로 눈을 바라본다. 내가 먼저 시선을 돌린다. 나는 그가 떠나는 모습을 지켜보지 않는다. 그의 아들, 개스턴이 앉는다.

– 지금 처음 뵙는 거지요, 개스턴이 말한다.

– 네. 출근하고 안 계시던데요.

– 맞아요. 그리고 그쪽이 도카스, 맞죠?

– 네.

– 아버지가 여긴 어떻게 오신 겁니까?

나는 대답을 해야 할지, 아니면 그 역시 라일 왜거너처럼 생겼다는 사실을 좀더 받아들여야 할지 잘 모르겠다. 둘이 꼭 형제 같다고 말하면 이 사람이 좋아할지 화를 낼지 궁금하다.

– 나가고 싶다고 한 건 저분이셨어요. 제가 어떻게 말릴 수 있는 상황도 아니었고, 제가 할 수 있는 일이라고는 저분을 따라가서 저분이 곤란에 빠지지 않도록 하는 것뿐이었습니다.

– 하지만 여긴 브롱크스잖아요. 당신 집이고.

– 거기에 제가 대답할 필요가 없다는 건 아시죠. 당신들이 엉뚱한 고용센터에다가 전화를 걸었잖아요—적어도 겉으로는 그래 보였어요. 브롱크스에서 뭘 좀 먹고 싶다고 하신 것도 저분이었어요. 저는 저분을 따라갈 필요가 없었고요.

– 저기요, 지금 그쪽한테 뭐라고 하는 게 아닙니다.

– 아무 일도 일어나지 않았어요.

– 도카스 씨, 저는 정말 상관없어요. 그러니까 우리 아버지 문제는 알고 계시는 건가요?

– 아내분께서 아무것도 설명해주진 않으셨지만, 우리 고용센터에 전화를 거셨으니 뭔가가 있기는 하겠다고 생각했죠.

– 아버지한테는 매일매일이 새로운 날이에요.

– 모든 사람한테 매일매일은 새로운 날이죠.

– 그렇겠죠. 하지만 아버지한테는 매일매일 모든 게 다 새롭다고요. 아버지한테는 어떤 질환이 있습니다.

– 제가 잘 이해하고 있는 건지 모르겠는데요.

– 기억을 못 하세요. 어제도, 오늘도 기억하지 못하실 겁니다. 당신을 만난 것도, 아침으로 뭘 먹었는지도, 내일 정오쯤 되면 당신 욕실에 있었다는 것조차 기억 못 하실 거예요.

– 영화에나 나오는 질환 같은데요.

– 영화라고 치면 엄청나게 긴 영화겠지요. 다른 건 잘 기억하세요. 넥타이나 신발끈을 묶는 방법이라든지, 어느 은행과 거래하는지 사회 보장번호는 뭔지. 하지만 아버지한테 대통령은 아직도 카터죠.

– 존 레넌은 아직도 살아 있고요.

– 네?

– 아무것도 아니에요.

– 아버지한테 말을 해줘도, 무슨 얘기를 해줘도, 다음날이 되면 잊어버리세요. 1980년 4월 즈음 이후로는 아무것도 기억하지 못하는 거죠. 그래서 아이들이 있었다는 것도 기억하고, 병이 발생한 바로 그날에 말다툼을 하는 바람에 내 아내를 못 견디게 싫어했다는 것도 기억하시지만, 우리 애들은 매일 아침 우리가 아버지한테 갑자기 던져준 놀랄 거리가 되는 겁니다. 그리고 아버지한테는 엄마가 6년 전이 아니라 2년 전에 돌아가신 거고요. 게다가 이 얘길 전

부 설명해드려도 믿지 않으세요. 뭐 하기야, 믿을 이유가 뭐겠습니까? 매일 아침 절망감을 느끼고 싶은 사람이 누가 있겠느냐고요. 그것도 기억을 못 하신다는 게 최소한 다행스러운 일이긴 하죠. 제 말은, 그쪽도 아버지가 그냥 그쪽을 지나쳐버리는 걸 보셨잖아요, 하루 온종일을 같이 보낸 사람인데. 염병할 브롱크스에서 말이죠.

– 무슨 일이 있었던 거죠?

– 긴 얘기예요. 사고에, 질병에. 4년이 지나니까 이유는 조금도 중요하지 않게 느껴지네요.

– 자기가 잊어버린다는 사실도 절대 기억 못 하신다고요.

– 네.

– 악화되고 있나요?

– 진짜 잘 모르겠어요.

그거 썩 나쁘지 않은데, 하는 생각이 든다.

– 그쪽이 오기 바로 전 분이 그만두신 이유도 이것 때문이었습니다.

– 그래요? 제가 듣기로는 그게 아니라…

– 네?

– 아니에요. 지난번 분이 그만두신 거예요?

– 네. 몇 주 지나니까 슬슬 괴로웠던 거죠. 자기가 왜 거기에 와 있는지도 모르는 괴팍한 노인네한테 매일매일 자기소개를 해야 했으니까. 그 여자는 아버지를 환자 대하듯이 다루지 못했어요. 그러라고 부른 건데 말이죠. 매일매일 폭탄이 터지기만 기다리는 것과 비슷한 상황이에요.

– 연로하신 분도 아닌데.

– 네? 뭐…… 그러시진 않은 것 같네요. 어쨌거나 집으로 모셔가

야겠어요. 내일 센터에 전화를 걸어서 새로운 분을 부르게 된 이유가 그쪽 잘못이 아니라는 걸 알려……

- 그러지 마세요.

- 네?

- 센터에 전화하지 마시라고요. 제가 하고 싶어요.

- 정말이세요?

- 네, 그럼요. 제가 할게요.

존-존 K

빌어먹을 씨발놈 엄청 엉성하구만. 놈이 문으로 들어오는 순간 나는 놈을 보내버렸다. 뭐 그래, 기절시켰다. 놈은 들어오자마자 불을 켰어야 했는지도 모른다. 나는 이제 놈을 등받이 없는 놈의 의자에 머저리처럼 앉혀놓고, 손을 뒤로 돌려 묶어놓았다. 좀 두들겨패줄까도 생각해봤다. 하지만 뭐 글쎄, 어쩌면 녀석이 그냥 걸어들어왔기 때문인지도 모르고, 아니면 내가 하고 싶었던 일이 그냥…… 모르겠군.

- 니가 위퍼냐? 내가 묻는다.

- 씨발 누구야? 놈이 말한다.

나는 소음기를 다시 끼운다.

- 아, 정체가 그거였구만. 너 내가 아는 사람 같은데. 나 알아?

- 아니.

- 확실해? 난 사람들 잘 안 잊어버리거든. 누가 들어오는 순간에 나는 얼굴을 외워두지, 혹시라도 그놈이……

–뭐가 웃기냐?

–그놈이 총을 갖고 있을 수도 있으니까. 그거 무슨 총이야?

–9밀리.

–계집애들이나 쓰는 거네. 내게 이런 일이 닥치다니, 바티만들이나 쓰는 총으로 뒈지게 되다니.

–바티만?

–쌤피 비즈니스.

–뭐? 왜 계속 말을 하는 거야?

–내가 말하는 게 싫었으면 왜 재갈을 안 물린 건데? 내 말은, 내가 살인이야 하고 소리지를 수도 있잖아.

–어디 해봐, 키티 제노비스.*

–그게 누군데?

–됐고.

–나한테 말해주고 싶은 게 있구나, 그치?

나는 놈의 앞으로 의자를 당겨 앉는다.

–담배? 내가 묻는다.

–나란 놈은 대마를 빠는 편이 더 좋지만, 한 대 물려줘, 응?

–좋다는 뜻으로 알지.

나는 내 입에 한 대, 녀석의 입에 한 대씩 담배를 물리고 두 대에 모두 불을 붙인다.

–넌 내가 처음으로 본 백인 해결사야. 그리고 이 근처에선 한 번도 본 적이 없고. 그래도 본 적이 있다는 건 알아. 아마 자메이카에

* 1964년 3월 뉴욕 퀸스의 길거리에서 강간, 살해당한 여성이다. 주변에 행인들이 많았는데 아무도 키티 제노비스를 도와주지 않고 살해당하는 것을 방관하였다. 이후 방관자 효과라는 심리학 용어의 대명사 같은 사례가 되었다.

관광객으로 왔겠지.

- 아닌데.

- 난 그리젤다한테 붙어서 일하는 놈은 전부 알아. 근데 넌 모른다고.

- 그리젤다가 날 보냈다는 건 어떻게 알았냐?

- 그럴 수단이 있는 사람한테서 그럴 욕망이 있는 사람을 빼면 되지.

- 하. 너랑 그리젤다랑 뭐가 문젠데?

- 그 쌤피, 똥내 나는 미친 개쌍년. 지금 씨발 누구한테 이러는 건지 알기나 한대? 콜롬비아에서 마이애미로 가는 공급선을 마련하라고 자메이카가 나를 보낸 지도 벌써 오래라고. 그 씨발 쌍년하고 일하는 건 참을 수가 없어. 하긴, 그 애기 같은 발은 니 보지 구멍에나 처넣으라고 얘기하면 그년도 감정적으로 받아들일 수밖에 없다는 생각은 했어야 하는데. 개년이 딱 한 번 배송 늦었다고 내 따귀를 때려도 된다고 생각하더라니까. 그년이 자기한테 먹이를 주는 손을 물어뜯는다는 얘기가 나오면, 놈들이 그년 클리토리스를 묶어서 매달 거라고. 알겠냐. 그년은…… 근데 잠깐. 그 여자는 백인 남자하고는 개짓거리 안 하는데. 백인 남자는 아무도 안 믿으니까. 어쩌다 너랑 거래하게 됐냐?

녀석이 기침을 하기에 나는 담배를 입에서 빼주었다. 놈이 기침을 멈추고 심호흡을 두 번 깊이 하자 나는 다시 담배를 녀석의 입에 물려주었다. 영화에 나오는 갱처럼, 입 가장자리에 말이다.

- 내 마음은 그 쌍년한테 도저히 부응을 못 한다니까, 참내.

- 뭐?

- 그리젤다 말이야! 어떻게 움직이는 건지 모르겠다고. 내가 아

니었으면 아직까지도 쿠바놈들하고 거래하고 있을 년이. 나를 죽이면 자기한테 어떤 일이 닥칠지 알고 있긴 하대? 조시 웨일스가 이 얘기를 들으면 어떻게 될 거 같은데? 씨발년. 근데 넌 누구라고?

– 아무도 아냐. 그냥 부탁이나 들어주는 사람이지.

– 아무도 아니면서 어떤 사람일 수는 없는 거라고. 아니면 뭐, 넌 아무도 아닌 어떤 사람인가보네, 하하.

– 무슨 이름이 위퍼냐?

– 안경잡이보단 낫지 뭐.

– 재밌네. 한 대 더?

– 아니, 이 씨발것 더 피우다간 뒈지겠다. 그 개년, 그 쌍년. 얼마나 주디?

– 꽤.

– 두 배로 줄게. 코카인을 원하나? 코카인으로 가득찬 집 두 채를 넘겨줄 수 있어. 넌 앞으로 10년 동안 엘비스처럼 살 수 있다고. 보지를 원하면, 뉴욕에 있는 보지 중에서 니가 원하는 보지는 내가 다 가져다줄 수 있어. 아직 보지가 안 된 보지까지 말이지. 아니면 바티를 원할지도 모르겠군.

– 바티?

– 항문. 직장. 똥구멍.

– 아, 알아들었어.

– 난 사람들이 뭘 하고 싶어하든 관심 없어. 배드맨이 하는 짓거리를 충분히 한 다음엔, 다리를 쫙 벌려서 남자들이 바티에 씹질을 하게 해주는 거지. 인간들은 인간들이 하는 짓을 하는 거고, 나는 그냥 돈이 필요할 뿐이야. 들어봐, 인민국가당 구역을 굴리던 남자가 하나 있었거든? 퍼니보이라고들 불렀는데. 그놈은 맨날 남자들

한테 자기 자지랑 똥구멍을 빨게 하고서는 그 직후에 쏴서 죽여버렸지.

- 뭐라고?

- 내 말이.

- 젠장, 잘 빨아주는 놈을 죽이는 건 괜한 주둥이 하나 낭비하는 거잖아. 웃냐, 진지하게 하는 얘기라고.

- 너 몇 살이야?

- 먹을 만큼 먹었다.

- 애새끼네. 넌 그냥 초짜야. 이건 진짜 사업이라고. 묶여서 너한테 죽게 생겼다니, 말도 안 되는군. 놈들이 너를 살아서 이 집에서 나가게 둘 거라고 생각하진 마. 죽이고 나면 누군가 뒷정리를 하러 오게 돼 있는데, 그때 너한테서는 지난주에 내다버린 쓰레기처럼 고약한 냄새가 날 거야.

- 난 살 거야.

- 방아쇠 당기는 순간 넌 죽는 거야. 그 여자가 얼마나 주는데? 두 배로 줄게, 세 배로, 알겠지.

- 봐, 이게 문제라니까, 두 배, 세 배, 네 배, 다섯 배, 몇 배를 하든 숫자가 계속 똑같거든.

- 뭐? 돈을 아예 안 준다는 거야? 이 짓을 공짜로 한다고? 그 못생긴 개년보다 더 역겨운 쌍년이구만. 니네 전부 다 돌았어. 돌았어, 돌았다고. 나도 사람이라면 죽일 만큼 죽여봤지만 비즈니스가 아니었던 적은 한 번도 없었다고. 너희네 인간들은 총알 공급원이 마르지 않는 상태에 너무 익숙해진 거야. 잼다운에서는, 자메이카에서는 총알 하나하나가 제 역할을 하도록 만들어야 한다고. 화물이 항상 제 시간에 오는 건 아니니까. 한번 말해보지그래? 자메이

카쪽 연줄을 제거해버리면 이제 누가 화물을 옮긴다는 거야? 다시 그 씨발 쿠바놈들하고 일하겠다는 건가? 그 여자 2주 전에 무슨 클럽에서 그놈들을 여섯 명이나 죽여버리려고 했다고.

- 그걸 알고 있어?

- 당연히 알지. 그런데 너는 공짜로 이 짓을 해준다니. 뭐 약점이라도 잡혔냐? 그년이 보지 빠는 모습이라도 봤어?

- 그리젤다가 레즈야?

- 조니 캐시*가 까만 옷을 입던가? 그년은 맨날 고고 댄서들한테 살랑거리다가 걔들한테 질리면, 총알 딱 한 방을 먹여준다고. 감사합니다, 사모님이 되는 거지. 그년이랑 퍼니보이랑 무슨 합창단이라도 결성해야겠어.

- 그거 웃긴 얘긴데.

- 그년 아주 또라이야. 알고 있겠지만. 그래도 전에는 또라이 기질 때문에 사업에 영향을 받지는 않았는데.

- 그야 그 여자 지시가 아니니까.

- 뭐?

- 그냥 무대 연출만 하는 거라고, 친구.

- 그걸 어떻게 알아?

- 그 여자가 암살을 명령한다는 게 말도 안 된다는 얘기는 니가 했잖아. 누가 너를 잡으면서도 흔적은 감추고 싶어하는 것 같아.

- 그럴 리가. 니 얘기는 좆같이 말이 안 돼. 잼다운 사람이 배후에 있을 리가 없어. 설령 그렇다고 해도 이런 식은 아닐 거라고.

* 미국의 싱어송라이터, 기타리스트, 배우이자 작가(1932~2003). 20세기의 가장 영향력 있는 음악가 중 한 명으로 꼽힌다. 검은 옷을 즐겨 입었다.

– 그리젤다로서는 거부할 수 없는 제안을 누가 했다고 보면 돼. 개인감정은 없어. 들어보니까 그 여자는 너에 대해서라면 좋은 얘기만 하고 싶어하던데.

– 씨발 펩시병으로 구멍이나 쑤시라고 해.

– 진짜 아니라니까. 내가 알 바는 아니겠지만. 그 여자가 거부할 수 없는 제안을 누군가가 했다고. 알겠어? 〈대부〉 안 봤냐? 아저씨 때문에 흥이 다 깨지잖아, 이거.

– 돈 때문이야?

– 씨발 자메이카놈들이란. 아이러니라는 거 잘 모르지?

– 돈 때문이야, 아니야?

– 돈 때문은 아니야. 그리젤다도 그렇고 나도 그렇고. 나는 그냥 좆같은 때에 좆같은 곳에 갔다가 잡힌 거고. 너는 그냥 결국 좆같은 적에게 걸린 거고.

– 그리젤다보다 거물이라고? 콜롬비아 쪽 보스야? 그놈들은 나를 죽일 필요가 없는데. 그놈들은 그리젤다보다도 더 비즈니스를 잘한다고. 몇 년 전에 먼저 연락을 한 것도 조시지 그리젤다가 아니야.

– 콜롬비아보다도 거물인 것 같던데.

– 그럼 신밖에 남는 게 없군. 신인가보네? 하, 그럼 넌 무슨 천사냐? 가브리엘? 미카엘? 문에다 새끼 양의 피라도 적셔놓을걸.

– 하하. 누가 이 좆같은 도시가 어떤 곳인지 나한테 경고라도 해줬으면 좋았을 텐데.

– 뉴욕이 뭐가 어때서? 난 여기서 꿈의 인생을 살고 있다고, 형제.

– 살았던 거겠지.

– 쌍년.

우리는 둘 다 웃는다.

– 이 씨발 도시에서 나가고 싶어서 목 빠지겠다, 내가 말한다.

– 누구한테 그렇게 달려가시려고?

– 뭐? 왜 그런 식으로 물어보는 거지?

– 품품이 죽나 조여주나봐.

– 품품?

– 보지.

– 아. 뭐 그렇다고 할 수도 있겠네.

– 그래서, 그년을 사랑하냐?

– 뭐? 제기랄, 씨발 무슨 질문이 그따위야.

– 맞는 것 같은데.

– 너 시간 끄는 거지.

– 여자 얘기 좀 해봐.

– 싫어.

– 내가 뭘 어쩐다고 그래? 〈내셔널 인콰이어러〉에 제보라도 할까봐?

– 시간 끄는 거잖아.

– 아까도 말했지만, 여기서 예상 외로 목숨이 오래 붙어 있는 놈은 나뿐만이 아니야.

– 닥쳐.

– 귀엽냐?

– 아니.

– 못생긴 년들만 좋아해?

– 아니.

– 그럼 귀엽고 예쁜가보네. 여자 이름이 뭔데?

– 로키. 토마스 앨런 번스틴이지만 나는 로키라고 불러. 이제 닥

쳐줄래?

-아하.

-그래, 그러니까 씨발 개소리는 안 해줘도 된다.

-그래서 그 남자가 귀엽다고?

-뭐 이런 씨……

-글쎄, 바티만이 될 거라면, 최소한 최고의 바티를 가지라고.

-바티? 아 그래, 말해줬었지. 하, 생각해보니까 그 녀석 바티가 귀엽긴 했네.

-제일 먼저 보는 게 바티야? 너 진짜 자메이카 사람인가보네.

-그 녀석은 바티가 귀여워. 그리고 얼굴도. 보조개, 그 녀석한테는 보조개가 있다고. 항상 면도를 하고 싶어하는데 나는 아예 안 했으면 좋겠어. 녀석의 손은, 꼭 녀석이 터프가이라도 되는 것처럼 생겼지만 살면서 힘든 일에는 손 한 번 안 담가본 녀석이야. 하지만 씨발 족제비처럼 웃지. 그리고 코도 골아. 그리고……

-알았어, 맨, 바티보이 얘기를 너무 많이 하네.

-어쨌든 시간은 잘 끌었네. 유감이군. 이 좆같은 도시에서 대화할 가치가 있는 놈은 니가 처음이었거든.

나는 일어나 놈의 뒤로 돌아간다. 그리고 놈의 두개골에 닿을 때까지 머리카락 속으로 총을 질러넣는다.

-들어왔을 때 여기 누구 있었어? 여기에 누구라도 있었느냐고?

-아니.

-아. 아, 잘됐네. 잘됐어.

나는 막 방아쇠를 당기려는 참이다.

-잠깐! 잠깐! 잠깐만 기다려. 우누 어떻게 나를 이딴 식으로 처리하려고 하냐? 마지막 부탁도 못 들어줘? 한 대만 하게 해달라고,

응? 마지막으로 딱 한 대만. 저기 텔레비전 스탠드 뒤쪽에 이미 까놓은 봉투가 하나 있어. 마지막으로 한 대만. 최소한 총을 맞든지 말든지 상관없는 상태로 만들어달라고.

– 씨발놈아, 나는 이 도시를 떠야 한다고.

– 씨발 봉투 하나 뜯어서 한 대만 달라는데 그게 어렵냐? 한 대만 달라고, 맨. 한 대만 줘.

– 너네 자메이카놈들은 그런 식으로 일하냐? 시카고에서는 아무도 마약을 하면서 팔지는 않아, 적어도 자기네가 파는 물건을 쓰진 않는다고. 그런 일이 벌어지면 언제나 종말의 시작이지.

– 너희 어린 흰둥이들이 언제나 불쌍해 보이는 게 그 때문이야. 우누들은 즐길 게 없는 거지. 그리젤다가 아니면 누가 살인 청부를 한 건지 말해줄 생각은 없고?

– 몰라, 버디. 코로 할 거야?

– 라인이라도 잘라주려고? 혹시 모를까봐 하는 얘긴데, 내가 지금 두 손이 좀 바빠서.

나는 봉투를, 실제론 봉투가 여러 개 들어 있는 자루를 텔레비전 스탠드와 벽 사이에서 찾아낸다. 그중 하나를 스위스 군용 칼로 잘라 열고, 봉투는 던져버린다. 코카인이 흘러나온다.

– 그럼 라인 하나 잘라줘, 안 되겠냐 보스, 그가 말한다.

나는 두 손가락으로 코카인을 조금 떠내, 책상 위에서 담배 한 대 크기의 가느다란 줄 모양으로 만든다.

– 여기서 무슨 코끼리라도 죽이겠다는 거야 뭐야?

– 이 정도면 뿅갈 거야.

– 그 정도면 플랫부시 전체를 뿅가게 할 수 있다고.

나는 성냥개비 크기로 다시 코카인 한 줄을 잘라낸다.

– 손이 묶여 있어서 힘들 것 같은데.

– 잘해봐.

자메이카놈은 책상 위로 몸을 숙이고는 머리를 왼쪽으로 기울이고 왼쪽 콧구멍으로 흡입하려 한다. 그러더니 포기하고는 오른쪽으로 머리를 기울인다. 이런 씨발, 그가 말한다. 그는 다시 노력해본다. 더 열심히 두 번, 세 번 킁킁댄다.

– 제기랄, 이거 진짜 쏴버려야겠는데.

– 그건 내가 못 도와주고.

– 옘병. 아직도 그년이 이딴 짓을 했다는 걸 믿을 수가 없어. 내일밤만 되면 싸움이 벌어질 거라고. 씨발 내일밤에 말이야. 이스트빌리지랑 부시윅은 준비가 돼 있고, 더 나쁜 건 조시까지 뉴욕에 들어와 있다는 거야. 내가 없으면 내일 무슨 일이 벌어지겠느냐고?

– 나야 모르지, 아저씨.

– 이런 짓을 하다니 놈들이 그년을 죽여버릴 거야, 진짜로. 자메이카 사람들 사이에 총력전이 벌어졌는데 이런 짓을 하다니.

– 말했잖아, 그 여자가 한 짓이 아닌 것 같다고.

– 하지만 너한테 얘기를 전한 건 그 여자잖아. 이 짓을 승인한 것도 그 여자라고. 그야 괜찮아, 뭐 다 잘됐어. 근데 씨발 누가 그리젤다보다 더 거물인 거냐고? 메데인보다도 거물이어야 할 텐데. 나는 그냥 미친한 장사꾼일 뿐이라고. 내가 누구를 그렇게까지 빡치게 했길래?

왠지는 모르겠지만, 나는 누가 도로 모퉁이에 서 있지는 않은지 확인하려고 창문으로 간다. 총이 한 자루 더 필요하다. 그때 기억이 났다.

– 잊어버릴 뻔했네. 나한테 한 얘기는 아니지만 그 여자 말이, 놈

은 뉴욕에 있다고 했어. 놈이 보답으로 마이애미에 있는 랭킹 던즈를 무력화시켜주겠다던가 그런 소릴 했다던데.

– 무슨 소리야, 스톰 파씨는 마이애미에서 랭킹 던즈하고 아무 문제도 없어.

– 문제가 있는 사람이 분명 있는 것 같던데. 그리고 그놈은 뉴욕에 있고.

– 그래서? 뉴욕에 살면서 랭킹 던즈랑 결판을 내야 하는 놈이라니. 브레드렌, 그건 나뿐이라고. 나랑……

제길.

그는 나를 보지만 눈은 텅 비어 있다.

– 유비. 나랑 유비야.

– 그놈 이름이 투바처럼 들렸다고 얘기하려던 참이었는데.

자메이카놈은 눈을 크게 뜨고 나를 응시한다. 스테핀 페칫*처럼 소름끼치게 놀랐지만, 웃기지는 않다. 전혀 웃기지 않다. 놈의 아래쪽 입술이 뭔가를 말하려 했지만 그럴 수 없었다는 듯 느슨하게 벌어져 있다. 그 입술이 움찔거린다. 놈의 어깨가 축 처진다. 놈은 나를 보더니 머리를 숙인다.

– 그 씨발 쌍년이 혼자 뉴욕을 가지고 싶어하는군. 그런데 조시는 그걸 절대 모를 거야. 이 암살은 랭킹 던즈가 한 것처럼 보일 테니까, 조시는 절대 모를 거라고.

– 유감이야, 맨.

나는 창문 쪽으로 돌아간다.

– 요, 친구, 이리 와봐.

---

* 미국의 코미디언이자 영화배우(1902~1985).

– 뭔데?

– 나를 보내버릴 거라면 하늘 위 저 바깥으로 보내줘, 응? 맨.

– 맨, 씨발 나는 니가 무슨 소리를 지껄이는지 모르겠다.

그는 고갯짓으로 코카인 봉투를 가리킨다. 아까 잘 안 됐었잖아, 기억도 안 나냐? 내가 말한다.

– 그러니까 내가 쏘게 해줘야지.

– 또 뭘 어쩌라고?

– 놔달라고. 주사로. 어쨌든 코카인을 코로 하는 건 멍청한 방법이거든. 계집애들이나 그렇게 하지. 크랙이 있으면 얘기가 달라. 담배로 피워야 하니까. 하지만 여기는 크랙 덩어리가 없으니까.

– 이 자식아, 난 시간이 없……

– 시간이 왜 없는데, 밖에 남자친구라도 기다리고 있냐?

– 좆까.

– 너나 좆까고, 죽은 사람한테 마지막 소원이라도 들어달라고. 주삿바늘은 욕실 캐비닛에 들어 있어. 욕실은 니……

– 욕실이 어디 있는지는 나도 알아, 내가 말한다.

– 새 바늘로.

나는 녀석의 캐비닛을 열고 주사기의 포장을 벗겨낸다.

– 이걸 가지고 뭘 해야 되는데? 나는 다시 녀석에게 향하며 묻는다.

– 그냥 봉투에서 꺼낸 것 좀 섞어서 주사기로 빨아들여.

– 알았어, 버디. 어디다 섞는데, 침?

– 물이면 다 돼. 한 번도 안 해봤냐?

– 믿거나 말거나지만, 모든 사람이 엄마랑 코카인을 하는 건 아니거든.

– 그냥 안 해봤다고만 하면 되잖아. 응? 좋아, 좋아. 그냥 물에다 좀 섞으면 돼.

– 내가 이런 짓을 하고 있다니 믿기지가 않는군.

– 그냥 해.

– 씨발 나한테 이래라저래라 하지 마, 씹새끼야.

나는 봉투를 집어들고 싱크대 쪽으로 걸어간다. 커피잔으로 하면 되나? 내가 묻자 그가 고개를 끄덕인다.

– 코카인은 얼마나? 이 새끼야, 어떻게 하는지 계속 설명해줘야지.

나는 수도꼭지를 틀고 커피잔을 놓는다. 그가 내 쪽을 보며 말한다.

– 아냐, 테이블 스푼을 써.

– 주사기로 물을 좀 빨아들여, 그가 말한다. 그런 다음에 눌러서 테이블 스푼에다가 넣어. 그리고 코카인 한 줄쯤 되는 양을 더해. 그러고 나서 니 손가락 같은 걸 써서 좀 저어주고, 오래 걸리지는 않을 거야 코카인은 설탕보다 빨리 녹으니까. 그런 다음에 그걸 전부 다시 주사기로 빨아들여.

– 어디다 할까, 친구. 내 말은, 뭐랄까, 니 손이 좀 바쁘니까.

– 바티놈.

– 좆까.

– 내가 널 막기라도 하겠어?

– 하하. 꼭 팔일 필요는 없잖아, 형제. 내 발가락 사이에 놔도 되는데 그건 그냥 아프니까. 목에서 맥박 찾아서 그냥 놔줘.

나는 녀석의 목을 만져본다.

– 계집애처럼 만지면 잘 안 느껴질 거다.

녀석을 개머리판으로 내려치고 싶다는 생각이 들지만, 나는 금방이라도 졸라버릴 것처럼 놈의 목을 잡는다. 놈의 맥박이 내 검지 아래에서 뛴다.

- 그냥 넣고 누르면 되나?

- 그래, 맨.

- 알았어, 그렇다면야.

나는 바늘을 찔러넣고 누르기 시작한다. 피가 바늘 안쪽으로 튀어오르고 나는 펄쩍 뛴다.

- 이 자식아…… 피가…… 젠장……

- 아니, 아냐, 피는 좋은 거야, 멈추지 마. 그렇지…… 그렇게…… 예에에에스스스스스.

- 그만 해, 맨. 제기랄. 여기다 뭘 섞은 거야, 비타민 B?

- 하하, 안 섞은 거야, 형제. 이건……

위퍼의 눈이 변한다. 핀볼이 엉뚱한 센서를 건드려 기울어졌을 때처럼 뭔가가 위퍼를 휩쓸고 있다. 이 씹새끼가 몸을 떨기 시작한다. 처음에는 전기가 오른 것처럼 조금 떨더니, 점점 세고 거칠게 발작이라도 하는 것 같다. 눈동자가 하얗게 뒤로 넘어가지만 돌아오지는 않고, 거품이 입에 고여 가슴팍으로 흘러내린다. 숨결처럼 소리가 입 밖으로 밀려 나온다. 어 어 어 어 어 어. 머리가 너무 격렬하게 흔들리기 시작해 나는 뒤로 펄쩍 뛴다. 위퍼의 사타구니에서 오줌이 폭발하듯 솟구친다. 나는 위퍼를 붙잡고, 이 쌍년아 순수 코카인을 놓게 만들다니, 라고 소리치고 싶지만, 위퍼가 눈을 크게, 크게 뜨며 비명을 질러댄다. 위퍼는 의자에서 자기 몸을 밀어내고 우리는 둘 다 뒤로 넘어진다. 위퍼는 뭔가 끔찍한 것을 걷어차고 있다. 마치 괴물이 자기 다리를 잡아채려고 한다는 듯이. 위퍼의 숨결에서 온통 맥주나 똥 아니면 뭔가 또다른 악취가 느껴진다. 위퍼는 여전히 몸을 뒤틀고 숨을 쉬지 못하고 식식대는데, 입에서 나올 수 있는 소리라고는 스스스스스스스밖에 없는 것 같다. 그리고 이유는 잘 모르겠지만, 씨발 도저히 모르겠지만 위퍼가 내 위에 있는데도 나는 위퍼의 가슴팍을 감싸안고 꽉 움켜쥔다. 왠지는 모르겠지만 나는 위퍼를 끌어안고 붙들고 쥐어짜고 있다. 그리고 위퍼는 몸을 떨기만 하는데, 떨고 떨다 못해 머리를 뒤로 젖혀 내 이마에 처박으며 좀더 떤다. 위퍼의 입에서 거품이 터져나온다. 나는 위퍼의 목을 움켜잡지만 쥐어짜지는 않는다. 위퍼는 세 차례 쌕쌕대더니 떠나고 만다.

아서 조지 제닝스 경

사제 넷은 번갯불로 얼굴을 가린 채, 나와 있는 신도들 가운데서는 아무도 모르는 전례문을 읊는다. 모든 사도들이 성서를 썼지만 모든 성서가 성경에 들어가 있는 건 아니지, 한 남자가 그 말을 이해하지 못하는 여자에게 말한다. 국립경기장에 가로질러 놓여 있는 철제 의자 서른 개 중에, 열 개 떨어진 곳에서. 가수의 장례식. 복음과 이단이 시체를 놓고 개싸움을 벌인다. 나이 든 자들이 시편을 외라고 했는데도 라스타는 코린트서의 내용을 외고, 열 명이 모두 앉아 있는 동안 라스타는 왕을 신이라고 부른다. 이단. 에티오피아 대주교가 말한다. 자메이카에서 더 나은 삶을 위해 다 같이 노력하면 더욱 이득이 될 텐데, 어째서 아프리카로 가려 하시오? 라스타파리안들은 법석을 떨며 욕을 한다. 대주교는 무기도 가져왔다—모든 라스타파리안들은 폐위당한 황제가 수여한 60만평의 땅, 샤시매닐랜드*에서

* 라스타들의 천국이라는 뜻.

깨어나고 싶어한다. 반항적인 라스타들은 자 라스타파리, 라고 소리친다. 오직 몇몇만이 묻는다. 가수는 라스타였는데 왜 장례는 에티오피아 정교회식으로 치르는지. 수백 명이 앉아서, 서서 지켜본다. 지금까지도 서퍼라들의 사랑을 받는 늙은 수상이 상실감에 사로잡힌 채, 가만히 앉아 있다. 새 수상은 누가 일어나라고 부르기 전까지 앉아 있는다. 그는 거의 알지도 못하는 남자를 위한 추도 연설을 하지만, 끝은 축복으로 마친다. 그의 영혼이 자 라스타파리의 품 안에서 안식을 찾기를. 복음 대 이단. 이단이 승리한다.

사람은 어떻게 묻는가? 땅에다 집어넣는가, 아니면 그의 마음속 불길을 밟아 꺼버리는가? 그들은 죽음을 앞둔 가수에게 메리트 훈장*이라는 영예를 베풀었다. 흑인 혁명가들이 대영제국의 기사단에 합류하고, 바빌론의 영광은 높은 곳에 머문다. 짐바브웨, 앙골라, 모잠비크, 남아프리카공화국을 밝히던 불이 O와 M**이라는 두 글자에 흠뻑 젖어 꺼진다. 이제 그는 우리 가운데 하나다. 하지만 가수는 처음부터 다 알았다. 시간이 지나면 사람들은 가수가 바로 그 점을 예언했다는 것, 거짓 영예에 대해 노래했다는 사실을 알게 될 것이다. 그 영예가 부여되기도 전에. 질병의 손아귀에 들어가기 전에. 나는 가수가 잠결에 노래하는 소리를, 미국 검둥이 군인들에 대해 노래하는 소리를 듣는다. 페일페이스***들의 명령을 받아 코만치, 카이오와, 수, 샤이엔, 우트, 아파치족을 학살한 제 24, 25 보병연대와 제 9, 10 기병연대의 흑인 미군 병사들. 더러운 부츠를 신은

---

* 군사, 과학, 미술, 문학, 문화의 증진 등에 혁혁한 공을 세운 사람에게 수여하는 영국 왕실의 훈장.

** 메리트 훈장(Order of Merit)의 머릿글자.

*** 창백한 얼굴이라는 뜻으로, 북미 인디언들이 백인을 부르는 말이다.

흑인 남자 열네 명이 한 민족과 한 사상을 죽여버린 대가로 명예훈장을 받는다. 인디언들은 그들을 버팔로 군인이라고 불렀다. 명예훈장, 메리트 훈장, 똑같은 소리에 따라붙는 글자만 바뀌었다. 한편 나는 소포와 편지 더미의 오른쪽 맨 윗부분으로 가수가 들어왔다 나가는 모습을 본다. 나는 벌써 시간에 쫓기고 있다.

이러는 내내 나를 죽인 남자는 여전히 죽지 않을 것이다. 대신 그는 썩는다. 나는 그자의 비서가 작은 파란 뱀 같은 정맥들이 우글거리는 그자의 허연 두피를 매만지며, 그 가느다란 머리카락을 검은 염색약으로 씻어내는 모습을 지켜본다. 그자의 새 아내는 그걸 만지려 들지 않는다. 그러면 손가락 끝이 망가지고 매니큐어가 검게 물들기 때문이다. 약간 회색으로 염색하는 건 정말 싫으세요, 미스타 P? 젊어 보이면서도 좀더 자연스럽잖아요? 검은 게 좋다고, 내 말 안 들려? 검은 게 좋다고. 인민국가당은 그자의 정당을 권력의 게임장 밖으로 밀어냈지만, 그는 매일 아침 꼭 출근이라도 하듯 옷을 입는다. 그토록 이상한 10년이다. 70년대와는 전혀 달라 보이고 그자는 더이상 자신의 언어를 쓰는 사람이 주변에 아무도 없는 상태로 길을 잃었다. 놈의 정당에 속한 무지렁이 깡패들은 더이상 그를 원하지 않고 생각하는 자들은 한 번도 그를 필요로 한 적이 없었으므로, 이제 그는 수탉처럼 늘어진 턱살을 흔들거리며 공산주의와 사회주의에 반대하는 고함을 쳐대고 있다. 나는 그자가 더이상 운전하지 못하게 금지당했다는 사실을 이번주에만 세번째로 잊어버리고서, 그자가 자동차로 걸어가는 모습을 지켜본다. 그자는 정원 호스에 발이 걸려 콘크리트 바닥에 세게 넘어진다. 넘어지면서 그자 안의 바람이 훅 빠져나가는데, 비명을 지르거나 소리치거나 흐느낄 수 있는 모든 가능성이 죽어버린다. 그자는 거기에 거의 1시간 동안 누워 있다. 그러다가 요리하는 여자가 부엌 창문 너머로 그자를 발견한다. 새로운 엉덩이, 새로운 중재자, 아내와 씹질할 때 쓸 새로운 파란 알약들. 그자의 아내는 그자가 자기 위에서 발기하지 못하는 데 익숙해져버렸다. 여전히 민달팽이 같군. 하지만 그자는 다시 한번 죽음을 비웃는다. 나를 비웃는다.

나는 한밤중에 그자를 방문했던 남자를 지켜본다. 그 역시 좀더 살이 쪘고, 더 커졌다. 둘이 같은 공간을 차지하기에는 몸집이 너무 커져버렸다. 뉴욕과 마이애미로 가는 비행기. 뒷주머니에서 터져 나오는 사업 때문에, 천 명이 죽었다. 그 와중에 돈이 쓸려나와 게토로 치고 올라간다. 외국의 게토에서 사람들은 흡입하고, 요리하고, 끓이고, 주사를 맞는다. 콜롬비아, 자메이카, 바하마. 마이애미. 놀라운 시나리오다. 우리는 사방에서 살인을 목격한다. 워싱턴, 디트로이트, 뉴욕, 로스앤젤레스, 시카고. 총을 사고, 가루를 팔고, 괴물을 만들 때는 그것들이 괴물 같이 된다고 해서 놀라서는 안 된다. 그들이 본 적 없는 새로운 갱단, 새로운 패거리들. 뉴욕에서는 헤드라인의 글자 두께가 3센티는 된다. 자메이카가 온 도시를 크랙에 중독시키다. 한 여자 배심원이 재판에 회부된 랭킹 던즈 단원의 말을 듣는다. 조시 웨일스의 친구라고는 할 수 없다. 그 여자로서는 처음 나온 법정.

– 내가 놈의 머리를 쐈소.

– 머리 어디를요?

– 뒤를.

– 몇 번이나……

– 한 번. 한 번이면 되지.

– 시체는 어떻게 했지요?

– 도랑에 버렸수다. 그리고 운전수한테 차를 불태우라고 했지.

– 그 사람이 증거를 전부 불태워버렸다는 걸 알게 됐을 때는 어떻게 하셨지요?

– 아무것도 안 했는데. 가서 잤소.

마지막 대사를 하며 놈은 여자를 바라본다. 배심원은, 학교 선생처럼 옷을 입은 그 여자는 사흘 동안 잠을 자지 않는다.

살인자 셋은 가수보다 오래 산다. 한 명은 뉴욕에서 죽는다. 한 명은 킹스턴에서 돈과 코카인에 둘러싸인 채 보고 기다리고, 한 명은 철의 장막 너머로 사라져 그곳에 가만히 앉아 있다. 자기 머리에 총알이 날아들리라는 걸 알고 기다리면서. 머지않아.

카슈미르 출신 여자아이 셋이 베이스, 기타, 드럼을 두드려댄다. 부르카 밖으로 비어져나온 앳된 얼굴이, 기둥처럼 두꺼운 빨강, 초록, 금색 줄무늬로 색이 입혀진 가수를 배경으로 도드라지고 조화된다. 그들은 자칭 퍼스트 레이 오브 라이트*로, 떠오르는 햇살과 함께 미소를 짓는 가수의 영적 자매들이다. 감싸인 얼굴 밖으로 흘러나오는 선율은 너무도 연약해 거의 허공으로 흩어져버린다. 하지만 그 선율은 드럼에 떨어진다. 드럼은 노래가 머무르고, 휩쓸고, 달래는 곳으로 리듬을 다시 차올린다. 이제 가수는 망가진 나라들에 펴바르는 연고다. 머잖아, 여자아이들을 죽이는 남자들이 신성한 명령을 발령할 것이다. 온 계곡에 사는 소년들은 총을 깨끗이 닦고, 자지를 꼿꼿이 세우고, 제압하고 빼앗을 것이라고 맹세할 것이다. 가수는 지원군이지만 방패는 아니고, 밴드는 해산한다.

하지만 또다른 도시, 또다른 계곡, 또다른 게토, 또다른 슬럼, 또

* 처음 떠오른 빛줄기라는 뜻이다.

다른 빈민가, 또다른 흑인 거주구, 또다른 인티파다*, 또다른 전쟁, 또다른 탄생에서 누군가는 〈구원의 노래〉**를 부르고 있다, 마치 가수가 다른 어떤 이유로 그 노래를 쓴 게 아니라는 듯이. 오직 이 서퍼라는 지금 당장, 바로 그곳에서 노래하고, 소리치고, 속삭이고, 울부짖고, 고함치기 위해 그 노래를 썼다는 듯이.

* 팔레스타인 사람들의 반이스라엘 저항운동. '인티파다'는 반란·각성을 뜻하는 아랍어.

** 〈Redemption Song〉, 밥 말리 앤드 더 웨일러스의 앨범 〈업라이징〉(1980) 수록곡.

A Brief History of
Seven Killings

사운드 보이 킬링

Original Rockers
Ambush in the Night
Shadow Dancin'
White Lines / Kids in America
Sound Boy Killing

1991년 3월 22일

하나

- 낮잠을 자고 있는 것 같나?

- 거기에는 대답을 못 드리겠습니다, 보스.

- 그래? 뭐 좋아, 그냥 그 친구 방이 어딘지만 찍어주게.

- 2분 전에 찍어드렸습니다. 이런 토굴 같은 감옥에 누구 다른 사람이 있는 것도 아니고요.

- 토굴 같은 감옥이라? 그 말은 좀 부적절한데.

- 볼일 끝나면 알아서 가십시오.

- 나를 계속 호위해주지 않고?

- 어두운 걸 별로 안 좋아해서.

걷는 동안 발소리가 메아리친다. 내가 생각할 수 있는 거라고는 뭐랄까, 그 장면을 직접 봤으면 좋았을 텐데 하는 것뿐이다. 농담이 아니다. 놈들이 그 귀여운 씨발년 그리젤다 블랑코를 덮쳐버렸다. 자메이카에서 완성된 참으로 사악한 생각이었다. 값비싼 대가를 치르고서야 사라진 그 쌍년에 대해 이것 하나만은 인정해주어야 한다. 다른 건 몰라도, 그년은 우리에게 위대한 발명품 한 가지를 남겨주었다. 일은 이렇게 돌아갔다. 조시가 살인, 공갈협박, 공무집행방해, 마약 등등의 혐의로 미국으로 인도될 날만 헤아리는 가운데, 조시의 다 자란 아들 벤지 웨일스(아빠보다 뚱뚱하고 피부색이 검으며 더 따분하게 생긴)가 던이 되어 코펜하겐시티를 다스리게 되었다. 일종의 섭정, 자리 채우기, 뭐 그런 거였다. 그리하여 벤지는 파파-로 추도 기념 연례 크리켓 경기를 준비하고 있었다. 어쨌거나, 그 얘기는 곧 킹 스트리트에서 회의가 열리게 된다는 뜻이었고, 킹 스트리트는 웨스트 킹스턴 동쪽에 있었다. 웨스트 킹스턴의 던이 동쪽으로 향한다는 건 언제나 까다로운 일인데, 특히 그 던이 오토바이를 타고 혼자 떠나는 경우에는 상황이 더 심각하다. 벤지는 아마 앞만 뚫어지게 바라보며, 자기 일에만 신경쓰면서 교차로에 접어들었을 텐데, 그때 또다른 오토바이가 벤지 바로 옆에 붙었다. 누구인지 보려고 벤지가 고개를 돌렸을 때는 검은 옷을 입은 두 남자가 총격을 개시, 벤지의 심장을 터뜨려버렸다.

웃기지 않은가? 벤지라는 녀석 말이다. 그래, 녀석의 아버지는 씨발 조시 웨일스였다. 벤지는 평생 총이 내뿜는 불꽃을 봐왔으면서도, 계속해서 세상을, 그러니까 미국을 여행했고, 상류층 학교에 다녔으며, 살면서 단 하루도 배를 곯며 잠자리에 들어야 했던 적이 없었다. 그 결과는? 괜찮은 인생에 지나치게 익숙해져버린 좆같은 총잡이. 센트럴 파크 웨스트에 있는 아버지의 아파트에서 막 한걸음을 내디딘 어떤 씨발 말썽쟁이나 마찬가지였다. 이 나라를 최소 세 차례는 정지시켰던 녀석의 아버지는 감옥에 들어가 마침내 녀석에게 이것저것 물려줄 참이었는데, 이 금수저 꼬마가 한 짓은 뭐란 말인가? 지 혼자서 좆만한 오토바이를 타고 돌아다녀? 도대체 무슨 생각이었던 걸까. 다른 총잡이들이 전부 교회에 갔을 거라고? 그리젤다식의 살인은 그렇게 멍청한 행운의 힘으로만 일어나지 않았다. 그 사건은 미리 작전을 세워둔 정도가 아니라, 그 특정 교차로까지의 동선이 계획되어 있었다. 그 어린 녀석들, 녀석들은 생각이란 걸 하지 않는다. 씨발 나도 이제 늙었지. 예전에는 허리를 굽혔다가 펼 때 으으 하고 신음 소리를 내는 게 늙었다는 첫 신호라고 생각했다. 이제 보니 나이듦이란, 너무 늙어서 싸울 수 없는 적을 만나는 것, 그리하여 옛 전쟁에서 남은 것이라고는 씨발 향수뿐인 그런 것이다. 그리고 어떤 종류든 향수란 마셔야 할 무언가이지 쏴버리는 것이 아니다.

머리와 가슴에 사입구. 머리, 목, 어깨와 등에 사출구. 나는 지난주에 당일 아침 응급실 당직 의사였던 닥터 로페스와 이야기를 나눴다. 옘병 피똥 쌀, 그가 말했다, 살면서 그렇게 무서운 적은 없었다니까요. 그건 자기 자신에 대한 기본적인 두려움뿐만이 아니라 응급실에 아마겟돈의 순간이 다가오고 있음을 느끼는 두려움이었다. 벤지 웨일스가 병원에 도착했을 때 녀석은 이미 가망이 없었다. 남은 일이라고는 사태를 종결시키는 것뿐이었다. 하지만 벤지의 시신은 3천 명가량의 불청객들과 함께 응급실로 쏟아져 들어왔다. 의사가 할 수 있는 일이란 사망시각을 선언하는 것밖에 없는 상태에서 사람들이 녀석을 들것에 실어 밀고 들어온 것이다. 하지만 바깥에 있는 3천 명의 사람들은 예수를 일으키기를 기대하고 있었다. 의사가 던에게 해주는 일이 그거니까. 그래서 의사들은 가부키라는 이름이 붙지 않은 것 중에 가장 우스꽝스러운 연극을 연출해야만 했다. 닥터 로페스가 내게 이 모든 걸 말해주었다. 병원에서는 녀석을 병상으로 옮겨야 했는데, 그 자체가 이미 공간 낭비였다. 하지만 그때쯤에는 군중들이 벤지를 살려내라고 너무 크게 소리를 질러대서 2킬로미터쯤 떨어진 아래쪽 계곡에서도 그 소리가 들릴 정도였다. 처음에 병원 측에서는 기도를 확보하려고 노력했다. 물론 그게 원래 해야 하는 일이긴 했다. 결정적인 대출혈을 통제하는 것 말이다. 다만 사람들이 녀석을 데리고 왔을 때쯤 녀석의 폐 안에 피 말고는 아무것도 없었다. 그러는 동안에도 군중들은 점점 시끄러워졌고 의사들은 시체를 가지고 씨발 쇼를 계속 해야만 했다. 순환 작용이 딱 끝나버린 시체의 순환 작용을 회복시키려고 노력하는 걸 상상해보라. 맥박 없음, 혈압 없음, 어떤 종류의 의식이라고 할 만한 의식도 전혀 없음. 벤지는 잠시 멈춘 게 아니었다. 씨발 아주 가버린 거였다. 벤지가 죽었다는 말을 군중에게 해준 게 언제였냐고 묻자 닥터 로페스가 말했다. 거짓말이 아니라, 보스, 소생술을 할 때는 저도 기적을 바라고 있었다니까요. 밖에서 군중이 너무 거세게 밀고 들어와 유리창을 두 장이나 깨버렸다.

심폐소생술을 할 때가 최악이었다. 벤지에게 전기충격을 주어 시체가 움찔할 때마다, 군중도 함께 움찔거렸다. 그 모습을 볼 수 없었던 바깥 쪽 사람들까지도 말이다. 전기 충격–시체 꿈틀–군중 점프. 전기 충격–시체 꿈틀–군중 점프. 전기 충격–시체 꿈틀–군중 점프. 1시간이 지나서야 닥터 로페스는 사람들이 시신을 굴려 들어왔을 때부터 선언했어야 할 내용을 마침내 선언했다. 그러고 나자, 후아. 의사놈들이 벤지를 살려내지 못했다는 말이 군중 사이에 돌았다. 벤지 웨일스가 죽었어. 군중은 제일 먼저 응급실 문부터 넘어뜨렸다. 3천 명의 남자, 여자, 아이들은 대부분 총을 들고 있었고 나머지는 굳이 총이 필요 없는 마음을 가지고 있었다. 피똥 쌀 어디야, 우누 전부 죽여버리겠어, 이 옘병 피똥 쌀 병원 전부 다 썰어버릴 거야. 벤지를 죽였으니까 의사 간호사 50명은 썰어야지. 남자 몇 명이 간호사 하나를 잡고 따귀를 때리기 시작했다. 닥터 로페스는 자기가 뛰어들었지만 두 남자한테 잡혀 개머리판으로 머리를 맞았다고 했다. 군중은 접수대를 뒤집어엎었고 불쌍한 경비원들은 할 수 있는 유일한 일을 했다. 도망친 것이다. 닥터는 어떻게 그런 일이 벌어졌는지는 몰랐지만, 바로 그때 새로운 물결이 군중을 휩쓸고 지나갔다고 했다. 군중은 이제 벤지를 죽인 건 의사들이 아니라 인민국가당이라고 소리치기 시작했다.

일요일 밤 무렵 군중들은 에이트레인즈의 여섯번째 골목을 공격했다. 보이는 남자는 전부 쏴버리고 손닿는 곳에 있는 여자는 전부 강간했다. 집들의 3분의 1가량을 태워버렸고, 종지부를 찍기 위해 아이들도 몇 죽였다. 이틀 후에는 씨발 에이트레인즈의 세번째 골목을 아작냈다. 그런 다음 군중은 그 싸움을 마이애미로까지 이어가 차를 타고 가며 총을 쏴댔고, 혼다 어코드와 나이트 클럽에 총알구멍을 뚫어놓았다. 내 친구 둘은 자메이카 사람들이 서로를 쏴대던 길목, 롤렉스 클럽에서 하마터면 빠져나오지 못했을 거라고 말했다. 수상은 휴전을 위해 노동당에게 손을 내밀어야 했고, 그런 다음에도 교회를 동원해 평화 행진을 몇 차례 조직해야 했다. 이 모든 살육이 벤지의 장례식 계획에 방해가 되기 시작했을 때에야 군중은 행동을 멈추었다. 나는 그 장례식에 가지 않았다. 공식적으로만 보면, 나도 여기에 있어서는 안 된다. 뭐 그래, 거짓말이다. 나는 장례식에 갔지만, 사람들이 나를 보디가드나 뭐 그런 것으로 착각했을 수도 있다고 생각한다. 그렇게 규모가 큰 장례식은 가수의 장례식 이후로 처음이었다.

최소 2만 명이었다. 당연히 전직 수상도 있었다. 말할 필요도 없이, 그는 1976년에 야당이었다가 80년에는 수상이 되었고 91년 현재 다시 야당으로 돌아갔다. 처음에는 뉴올리언스에서 봤던 것과 거의 똑같은 악단, 흰 제복을 입은 남자들, 미니 드레스를 입고 폼폼 꽃수술을 든 여자아이들. 그다음엔 죽은 녀석이 검은색 벨벳 정장 차림으로 누워 있는, 은색 손잡이가 달린 검은색 관. 하기야 땀 흘릴 일도 완전히 없어졌는데 겨울옷을 입고 외출하면 또 어떻단 말인가? 좆같게도 백마가 끄는 유리 영구차에 실린 관이 악단 바로 뒤를 따른다. 그뒤에 전직 수상이 벤지의 왕비라고 할 수 있는 여자와 함께 걷는다. 여자는 몸에 딱 달라붙는 짧은 검은색 드레스를 입고 랩을 한다는 놈들한테서 볼 수 있는 금색 체인을 차고 있다. 커다란 귀고리. 그 여자를 보는 순간 거기 있는 다른 모든 여자들이 눈에 들어온다. 볼품없는 금색 미니드레스, 분홍색 미니드레스, 흰색 미니드레스, 그물 스타킹, 은색 하이힐, 모자 대신 새 모양, 새 모양 대신 모자, 더 많은 화물용 체인. 여자애 하나는 엉덩이 골까지 등이 쭉 파인 드레스를 입고 있다. 모든 여자들은 무슨 패션쇼 무대에라도 선 것마냥 거리를 따라 움직인다.

조시는 휴가를 내고 (휴가라고 하니 이상하기는 하다만) 아들의 장례식에 가려고 했으나 놈들이 허가해주지 않았다. 뭐하러 해주겠는가? 감옥에 갇힌 던을 그 던이 거느리던 2만 명의 사람들에게로 내보내면, 도대체 어떻게 다시 잡아 가두겠느냐는 말이다. 미국 정부도 아마 그 소식을 듣고는 천 번쯤은 안 된다고 비명을 질렀을 것이다. 조시가—물론 엄청난 도움을 받아—자신의 제국을 건설하던 80년대 대부분의 기간에는 그에게 좆도 관심 없던 자들인데 우스운 일이다. 뉴욕도 좆같다니까, 맨. 나는 조시에게 그런 짓거리는 하지 말았어야 한다고 말했다. 흑인 녀석들은 정말이지 그 좆같은 성질머리를 다스리는 법을 좀 배워야 한다. 1985년의 그날, 조시 웨일스는 난데없이 마약단속국과 FBI 요주의 인물 목록 꼭대기로 치고 올라갔다. 그리고 노동당이 권좌에서 쫓겨난 직후부터는 멀거니 앉아 총 맞기만 기다리는 오리 신세가 되었다.

하지만 이 모든 일이 벌어지기 전, 조시는 더 거대한 거물이 되어갈수록 더 건드릴 수 없는 인물이 되었다. 조시가 거리를 따라 차를 몰 때였다. 거리 이름은 기억나지 않지만, 데남 타운이라는 동네였다. 웨일스는 그대로 버스를 받아버렸다. 기사는 버스에서 내릴 때 화가 나 있었다. 하지만 기사는 도를 지나쳤고 군중이 몰려들었다. 뭐라고 말했는지는 모르겠지만, 기사는 계속해서 떠들고 떠들며 고함을 지르고 뭐라고 하는지 알아들을 수도 없는 협박을 해댔다. 그가 입을 닥친 단 한 번의 순간은 어떤 여자가 조시 웨일스잖아, 라고 말했을 때였다. 그러자 거리 전체가 불쌍한 버스 기사만 남겨놓고 휑해졌다. 그 불쌍한 인간이 로드러너처럼 곧장 경찰서로 달려갔을 때 조시는 눈길조차 주지 않았다. 불쌍한 놈. 대략 30분 후에, 조시 웨일스는 자기 쪽 애들 열 명을 데리고 경찰서에 나타났다. 그들은 그대로 경찰서에 걸어들어가 버스 기사를 잡아채서는 곧바로 나왔다. 경찰은 단 한 명도, 자리에서 일어날 생각조차 못했다. 경찰들이 다른 데도 아니고 씨발 자기네 경찰서에서 외면하는 모습을 봤을 때 그 불쌍한 버스 기사는 똥을 싸고 염병할 계집애처럼 소리를 질러댔을 게 뻔하다. 경찰서 바로 앞에서, 경찰들과 사람들이 지켜보는 가운데 총을 든 자들은 버스 기사를 쏴버렸고 총이 없는 자들은 그를 칼로 찔렀다. 새로운 시체를 만난 까마귀떼 같았다. 물론 조시는 체포되었지만, 검사 측에서는 단 한 명의 목격자도 찾을 수 없었다. 단 한 명도.

한편 칼리에서는 이 씹새끼야말로 다른 어떤 씹새끼들보다 더한 악당놈이라는 얘기를 하기 시작했다. 녀석과 그 일당들에게 영국을 넘겨주자고.

이자가 바로 부하들을 데리고 리마에 들어가 그 자리에서 열두 명을 죽여버린 그 남자였다. 왜 죽였냐고? 그 동네에 사는 놈 몇몇이 자기네 조그만 지역사회가 무시당하고 있다고 불평하기 시작했으니까. 조시는 언제나 자기 입장을 분명히 밝히는 편이었다. 경찰에서 영장을 신청하자 조시는 미국으로 튀었는데, 이제는 미국에서 요주의 인물이 되어 다시 자메이카로 튄 것이다. 놈들이 조시를 법정으로 데려갔지만 유일한 증인이 갑자기 기억 상실에 걸려버렸다. 아니 잠깐, 그 여자는 그 자리에 없었다. 아니 잠깐, 그 여자는 너무 오랫동안 안경 처방전을 바꾸지 않아서 지금은 박쥐처럼 눈이 먼 상태다. 정말이지 그 여자는 아무것도 기억하지 못하고 이 모든 일에 극심한 혼란을 느낀다. 총알이 사방에서 날아다니고 있었으니까.

작년에는 조시의 딸이 남자친구와 함께 어느 클럽에 갔는데, 에이트레인즈 깡패들 몇몇이 난데없이 튀어나와 그 둘에게 총을 갈겨대기 시작했다. 그들은 사내녀석을 더이상 구멍을 뚫을 공간이 남지 않을 때까지 아주 스위스 치즈로 만들어놓았다. 여자애가 남자아이의 시체를 끌어안고 있을 때, 놈들이 바짝 다가와 여자애의 머리를 쏘아 깨끗이 날려버렸다. 내가 생각할 수 있는 거라곤 적어도 먼저 강간을 하지는 않았군, 하는 것뿐이었다. 그 여자애가 누구였는지 놈들이 알았을까. 아직도 궁금하다. 내 말은, 객관적인 사실을 볼 때, 마이애미에서 그리젤다가 그랬듯이, 뭔가를 너무 먼 곳까지 밀고 또 밀다보면 머지않아 적들도 마주 떠밀어온다는 것이다. 그리고 계속 적을 만들어내다보면 머지않아 적들이 임계치에 다다르게 된다는 것이다. 본인만큼이나 무자비한 적을 만들어내는 건 오직 시간문제다. 어쨌거나 기대치를 높여놓는 사람이 바로 본인이니까. 나는, 적들에게 점호가 필요해질 때까지 같은 장소에 머무는 법이 없다. 그 짓거리도 다른 인간관계랑 똑같다. 공을 들여 키워내야 하는 것이다. 그게 내가 결코 콜롬비아나 킹스턴에 어울리는 인물이 될 수 없었던 이유다. 나는 조력자다. 임계치 얘기가 나와서 말인데, 현재 FBI는 조시를 간절히 원해 그에게 다양한 혐의를 쌓아올린 상태다. 누군가는 마약과의 전쟁에서 승리해야만 했고, 변기에 처박혀야 마땅한 카리브해 똥통 출신 검둥이가 그 승자가 될 일은 결단코 없었으니까. 이번에는, 놈들이 조시를 감옥에 잡아넣었다. 그리고 이번에 조시는 감옥에서 썩게 될 것이었다.

그래, 나는 감옥에 있는 조시를 방문했고 그때는 면회시간도 아니었다. 내가 어이 조시, 라고 말하자마자 조시는 침대에 일어나 앉더니 시간을 꽤 오래 끈 후 눈을 들었다. 그때, 조시는 미소를 짓고 있었다. 수줍어하는 듯한 작은 미소 말이다. 조시가 말했다.

– 놈들이 자넬 보낼 거라 생각했네.

– 어떻게 지내나, 미호?

– 나보다 나은 처지의 자네를 보고 있지, 닥터 러브.

둘

– 미스 세그리? 미스 세그리? 밀리센트 세그리? 미스 세그리?

– 미스 아니에요.

– 아. 죄송합니다.

– 괜찮아요.

– 그럼 미세스 세그리시군요.

– 미세스도 아니에요. 미스도 아니고. 밀리센트 세그리라고.

– 알았어요, 아주머니.

– 있잖아요, 됐어요. 얼마죠?

– 처방전 전체는 14달러입니다, 아주머니.

알겠지만, 이놈의 페미니즘 어쩌고 하는 것들은 미국 백인 여자들이 백인이 아닌 여자들에게 뭘 해야 하고 어떻게 해야 하는지 말해주는 것뿐 아무것도 아니다. 나처럼만-되면-너도-자유로워질-거야 하는 개소리로 가르치려 들면서 말이다. 하지만 나도 동의하는 한 가지가 있다면 빌어먹을, 누군지도 모르는 사람한테 내 혼인 여부를 밝힐 의무가 있다고 웬 남자가 생각하는 순간이다. 이 혼인 여부라는 개소리 자체도 그렇다. 결혼을 했느냐, 노처녀냐 하는 게 나 자신을 정의할 때 택할 수 있는 단 두 가지 선택지인 것 마냥. 그게 아니라면, 내가 여자이니까 으레 혼인을 하든 안 하든 했을 것이라고 생각하는 것이라든지. 안녕 형씨, 내 혼인 여부는 이래. 안녕, 이름도 말하기 전에 알려줄 게 하나 있는데 바로 내 혼인 여부야. 차라리 그냥 레즈비언이라고 말하는 것으로 이 문제를 놈들의 면전에 되던져야 할지도 모르겠다. 놈들이 알아서 결정하게 말이다.

불안장애에는 자낙스. 수면에는 바륨. 우울증에는 프로작. 구토에는 프로메타진. 두통에는 타이레놀. 붓기에는 마이란타. 위경련에는 마이돌. 내 말은 그러니까, 아 세상에, 갱년기 좀 빨리 오라고. 안면홍조로 가는 지름길 같은 것 없나? 나는 새끼를 칠 것도 아닌데, 빌어먹을 가게 문을 왜 계속 열어둔단 말인가? 나는 코르사 애비뉴에 있는, 우리집에서 한 블록 떨어진 브롱크스 이스트체스터의 라이트에이드 *에 있다. 8월이 되면 여기에 2년째 사는 셈이다. 물론 베스 이스라엘** 에서 일하기는 하지만, 그러니까 베스 이스라엘 안에 약국이 있다는 건 말할 필요도 없지만, 나는 이스트체스터까지 와서 처방약을 받는다. 간호사가 이렇게 약을 많이 사는 꼴을 누가 보고 싶어하겠는가? 그래, 환자 기밀 엄수니 뭐니가 있지만, 기회가 왔는데도 남 얘기를 하지 않으려 드는 사람을 지금껏 본 적이 없다. 이건 그냥 일을 덜 복잡하게 만들려는 것이다. 지난 몇 년 동안 나는 온갖 복잡한 일들에 알레르기까지 생겼다. 남자들한테도.

---

* 미국 전역에서 체인점으로 운영되는 드러그스토어.

** 1900년대 초반 뉴욕에 건립된 병원으로, 처음에는 유대인 이민자들을 치료하는 데에 목적을 두었으나 현재는 맨해튼의 영세민층이 주로 이용한다.

어제도, 오늘도 앞으로도 영원히 똑같을 남자 때문에 질려버리신 분? 그분한테 내 전화번호나 좀 전해주시길. 남자들이 자기 감정에 대해 이야기하기 시작하며—나는 이게 특히 좋아 죽겠는데—이 관계는 어떻게 되는 거야? 라고 말하는 순간이 너무 역겨워서 프로메타진에 손을 뻗어야 하는 지경에 이르렀다.

아무튼 나는 길을 건너 버스 정류장에 가서 약을 하나 깐다. 잔탁. 아침으로 머핀을 꾸역꾸역 쑤셔넣은 다음에는 이 약, 잔탁이 필요해진다. 던킨 도넛 가게가 저멀리 건힐 로드까지 올라가야만 있는 게 아니었으면 좋겠다. 그러면 커피를 대신 쓸 수 있을 텐데. 나는 건힐 로드를 견딜 수가 없다. 특히 요즘처럼 축축한 날에는. 겨울은 떠나야 할지 결단을 못 내리고 봄은 나타나야 할지 결단을 못 내리고 있다. 겨울이나 봄이 마음을 정하는 동안 신발을 한 켤레 더 버릴 생각은 없다. 역 바깥에는 언제나 아무데도 갈 곳이 없는 노인들이 있는데, 나는 그자들이 남자로서 나를 보는 건지 자메이카 사람으로서 나를 보는 건지 알 수가 없다. 비둘기 똥 속에서 5번 버스를 기다리며 가만히 서 있을 필요가 없었다고 해도, 거리에서 문으로 문에서 개찰구로 개찰구에서 기차로 길을 뚫고 가는 것만도 충분히 힘든 일이었을 텐데. 그리고 틀림없다. 기차를 기다리는 사람들 중에는 어디라도 갈 곳이 있는 것처럼 보이는 사람이 하나도 없다. 쇼핑백도 없고, 배낭도 없고, 서류가방도 없고, 누구 하나 무엇도 들고 있지 않다. 나는 병원으로 가고 있으니 미스 동정 마리아처럼 보일 것이다. 아직 간호사는 아니니다. 수련 과정을 밟고 있으니까.

학원장은 나를 보더니 말했다. 그쪽이랑 비슷한 인생 단계에 와 있는 여자들을 항상 받아주는 건 아닙니다. 보통은 다들 이제 막 시작하는 사람들이지요. 내가 지금 막 삶을 시작하는 게 아니라는 말을 누가 할 수 있는 건데요? 나는 그 인간에게 이렇게 말했다. 그는 이 말을 받아들이지 않으면서도, 어떤 이유에서인지 여자한테 너무 늙었다고 말하고 싶지만은 않은 게 분명했다. 매일 출근할 때마다 나는 그 이유가 뭔지 알아내려고 노력한다. 하기야 사람들을 안다고 해봐야 그건 전부 그 사람들이 나를 필요로 하는 이런저런 맥락 속에서만 아는 거니까. 이 사실은 나도 알고 하늘도 안다. 밀리센트, 이렇게 고약하게 굴기엔 아직 너무 이른 아침이지 않니. 넌 사실 하얀색 스타킹이나 여기선-섹스-금지라고 말하는 그 신발을 좋아하잖아, 기억하지? 게다가 베스 이스라엘에서 니가 예진실에서 근무한다는 것도 아주 마음에 들어하잖아.

하지만 2주 전에는, 일주일 내내 자메이카 사람들이 온갖 종류의 총상을 입고 계속 들어왔다. 전부 남자였고, 그중 네 명은 병원에 도착했을 때쯤에는 해줄 수 있는 일이 아무것도 없었다. 여자친구들과 애엄마들이 우오이! 나 혼자 애새끼는 어쩌라고? 라며 소리를 질러댔다. 나한테 해답이라도 있다는 듯이. 나? 나는 유난히 걸쭉한 미국식 억양으로, 워터 대신에 워러 하는 식의 개소리를 지껄인다. 누구도 내가 자메이카 사람이라는 사실을 눈치채지 못했으면 하니까. 뭐 이건 그냥 잡소리에 불과하다. 지금까지는 병원 사람들이 나를 〈의학박사 트래퍼 존〉*에 나오는 자기들만의 마지 싱클레어**로 여기는 게 꽤 마음에 들었으니까. 의사 중 한 명은 심지어 한 번 나를 어니라고까지 불렀고, 제 이름은 밀리센트입니다, 선생님, 하고 말하긴 했지만 씩 웃지 않을 수 없었다. 하지만 이건 정말

---

* 1979~86년 미국 CBS사에서 방영한 의학 드라마.

** 자메이카계 미국인 여배우(1983~1995).

기이한 일이었다. 총상을 입은 이 자메이카 사람들이 브롱크스에서 몰려오다니, 브롱크스가 이 병원 근처에 있는 것도 아닌데 말이다. 나는 이번주에 무슨 일이 벌어진 건지 묻지 않았지만, 의사 하나가 물었다. 등에 총알 세 발을 맞았던 한 남자가 놈들이 어린 벤지를 죽였어요, 라고 말했다. 이제 아르마기데온이라고, 킹스턴, 마이애미, 뉴욕, 런던 전부. 놈들이 어린 벤지를 죽였어. 벤지가 대체 누구고 어떻게 죽었길래요, 의사가 묻는다. 나는 손에 너무 힘을 주는 바람에 들고 있던 링거액 주머니를 터뜨릴 뻔한다.

– 간호사? 의사가 말한다. 나는 그 남자를 보지 않으면서 남자의 팔에 링거를 달아놓는다. 나는 남자가 나를 알아본다는 듯한 눈빛을 보내지 않기를 바란다. 나는 전혀 동족의식 같은 걸 느끼는 인간이 아니니까. 그 벤지가 누구냐고 의사가 다시 묻고 나는 씨발 닥치라고 말하고 싶지만, 내가 할 수 있는 일이라고는 링거액을 투여하기 시작하는 것뿐이다. 천만다행으로, 내가 마침내 남자를 보았을 때 그는 눈썹을 추어올린 채 의사에게 특유의 눈빛, 벤지가 누구냐니 그게 무슨 뜻이야? 라고 생각하며 분노한 듯한 눈빛을 보내고 있었다. 나는 그게 무슨 뜻인지 분명 알고 싶지 않았다.

– 벤지 웨일스, 던 중의 던의 아들 말요, 남자가 말한다.

의사의 표정은 별로 바뀌지 않았지만 나는 눈을 돌려야만 했다. 나는 딱 멈춰버렸다. 잘 모르겠다—뭔가 눈앞이 깜깜해져서 그 자리를 떠나버렸다. 의사가 간호사? 간호사? 하고 부르는 소리가 들리긴 했지만 어디 멀리서 들려오는 트랜지스터 라디오 소리 같았다. 계속해서 걷고 또 걷다가 엘리베이터에 들어갔다. 그다음 1시간은 1층에 있는 구내식당에서 보냈다. 사람들한테는 현기증이 난다고 말했는데 임신한 거 아니냐고 묻는 사람을 셋이나 참아내야 했다. 진짜 한 번만 더 물어봤으면 보지를 썰어서 마빡에 붙여놓고 다닐까요, 라고 말할 뻔했다. 나는 사람들에게 주체할 수 없을 정도로 편두통이 심해 링거를 놓을 혈관을 찾는 일을 망칠 수밖에 없다고 말해야만 했다.

나한테는 한 가지 시스템이 있다. 시스템이라기엔 사실 딱 한 문장으로 요약할만큼 간단하다. 드라마는 이제 그만. 남자들과 남자들이 하는 그 모든 개짓거리에 신물이 난 어떤 미국 흑인 여자한테 배운 말이다. 나는 어떤 소동도, 법석도, 갈등도, 의견의 불일치나 관계의 꼬임도 원하지 않는다. 심지어는 텔레비전에 나오는 드라마도 싫다. 자메이카 사람들이 자기네 파티를 병원으로 끌어들인 다음부터 나는 계속 출근하기 위해서만이라도 처방약물 목록에 타이레놀을 더하고 자낙스 용량을 늘려야 했다. 웨일스라니, 그냥 이름이잖아. 그냥 빌어먹을 이름이라고. 밀리센트 세그리처럼.

M10 급행을 기다리고 있다. 그날 이후로 나는 오른쪽 관자놀이 바로 위에 두통을 달고 살았다. 절대 나아지지도, 더 나빠지지도 않지만 결코 떨어지지도 않는다. 어쩌면 혹이 생긴 걸지도 모르겠다. 건강 염려증 환자가 되는 수련은 이제 그만둬야 할지도 모르겠다. 솔직히, 이틀 전만해도 불안감이 너무 심해져서 숨도 쉴 수가 없었고 사람들이 불안장애 발작으로 죽기까지 한다는 사실을 떠올렸었다. 물론 그런 생각을 하면 불안감만 더 심해질 뿐이었다. 가장 최근에 발작이 일어났을 때 나는 발작이 어서 지나가기만 기다리며 〈저스트 갓 페이드〉*를 큰 소리로 부르기 시작했다. 맨해튼의 버스 정류장에서. 어린 여자애 하나가 나와 함께 그 노래를 불러주었던 것

* 〈Just got paid〉(1987). 바하마 출신 미국 가수 조니 켐프(1959~2015)의 노래.

같다. 조그만 흑인 여자애가 이 버스 정류장에서 벤치 주위를 뛰어다닌다. 또다른 아이는 아버지 무릎에 앉아 있다. 아버지는 벤치에서 버스를 기다리는 중이다. 여자아이는 달리면서 〈나는 남자들이 뭘 좋아하는지 알지〉*처럼 들리는 무슨 노래를 부르지만 그애가 그 노래를 들어봤을 리는 없다. 아버지는 아기에 불과한 딸과 신문 읽기 사이에서 균형을 잡으려 노력하고 있다. 여자아이가 아버지의 가슴팍에 머리부터 달려든다. 아버지는 신음하더니 웃는다. 여자아이는 자기 베이글을 아버지 입에 밀어넣고, 아버지는 곰처럼 한입을 베어문다. 여자아이가 비명을 지른다. 나는 눈을 돌리려 해보지만 그럴 수가 없다. 그들이 먼저 나를 바라보기 전까지.

아빠를 사랑하는 딸들은 언제나 아빠 곁으로 온다. 병원에 있으면 그 모습을 항상 보게 된다. 숨을 잘 못 쉬거나 벌레에 물린, 아픈 여자 아기들을 데려오는 아빠들. MRI를 한 번만 더 찍어보려고, 아니면 화학요법을 한 번만 더 받아보려고 아버지를 부축하고 오는 딸들. 어쩌면 아버지들이란 옆에서 볼 때 더 가냘파 보이는 건지도 모르겠다. 어제는 응급실에 있던 십대 여자애 하나가, 자기 아버지한테 10분 동안 소리를 질러댄 다음 아버지 옆으로 오더니, 자기 손가락이 만날 때까지 아버지를 손으로 감싸고는, 아버지가 자기를 감싸도록 자기 머리를 아버지 겨드랑이에 그대로 파묻었다. 내가 아버지를 그리워한다거나 하는 건 아니다. 아버지가 죽었는지 아닌지도 모르는데. 하지만 자낙스를 안 먹던 시절은 그리워지려 한다.

나는 버스 정류장에서 한 아버지와 그의 두 딸과 함께 기다리고 있다. 그 아버지는 웃으며, 뭔가 웅얼거리며, 응 그랬어, 그럼 애기

* 〈I know what boys like〉(1982). 미국의 뉴웨이브 밴드 더 웨이트리스의 노래.

야, 하며 어르고 있다. 그가 자메이카 사람인지는 아직도 알 수가 없다. 건힐 로드와 보스턴 로드 사이에서는 어디에 있든 그냥 추측만 할 수 있을 뿐이다. 아이들은 아버지가 자기들에게 '아빠의 눈길'을 보내고 있다는 사실조차 알아채지 못한다. 병원에서 한 남자가 내게 말했다. 누군가나 어떤 것을 그토록 사랑할 수 있을 줄은 몰랐다고. 늘 겁이 난다고, 어떤 꼬마가 버스에 치였다는 소리를 들을 때마다 그렇다고. 아빠의 눈길, 나는 언제 그들이 그 눈길을 잃게 되는지 궁금하다.

좋은 소식이라고는 들려오지 않기에, 나는 뉴스를 더이상 보지 않는다. 나는 자메이카에서 무슨 일이 벌어지는지 알고 싶지도 않지만, 그게 뭐든 브롱크스와 맨해튼으로 흘러들어온다면 좋은 소식일 리는 없다. 이 동네 자메이카 사람들은 내가 듣고 싶어하는 소식은 절대 한마디도 전해주는 법이 없다. 그래서 나는 자메이카 사람들과 말을 나누지 않는다. 나는 그 나라를 한 번도, 단 한 번도 그리워하지 않는다. 나는 향수병이 아주 싫다. 향수병이란 기억이 아니며 향수병에 걸리기엔 제기랄 내 기억력이 너무 좋으니까. 문제는, 만일 이 말이 전부 사실이라면, 왜 내가 피똥 쌀 브롱크스의 자메이카 타운에 와 있느냐는 것이다. 코르사, 펜턴, 보스턴, 저번, 이 동네는 전부 킹스턴의 스물한번째 지구라고 불러도 될 지경이다. 나는 코르사의 구석 집에 사는 그 외로운 여자, 누군가 내게 무슨 일이 벌어졌는지 궁금해하기도 전에 죽고 썩어서 양귀비 꽃을 피워낼 그 사람이다. 길이 끝나는 곳에 사는 마녀, 부 래들리*. 피똥 싸고 있네, 무슨 말도 안 되는 소리야, 사람들은 나를 절대 남자친구를

* 소설 『앵무새 죽이기』에 나오는 인물로, 은둔해 사는 인물이다.

사귀지 않는 독실한 기독교 신자 아주머니쯤으로 생각할 것이다. 나는 언제나 흰색 스타킹에 실용적인 신발을 신은 채로 거드름을 피우는, 불친절한 바로 그 간호사다. 집에서 나설 때나 집으로 돌아올 때나 항상 유니폼 차림이라 누구도 다른 맥락에서는 알지 못하며, 누구와도 말을 섞지 않는 간호사. 밤중에 밖으로 나가는 내 모습을 누구라도 본 적이 있을지 궁금하다. 나는 사람들이 뭐라 생각하든 쥐똥만큼도 신경쓰지 않는다고 생각하기를 좋아하지만, 실은 항상 뒷문으로 나간다. 내가 바라는 건 그저 총상을 입은 자메이카 사람들이 더이상 병원에 나타나지 않는 것이다. 내가 바라는 건 그저…… 너 그거 알지, 밀리센트 세그리, 그쪽 방향으로 생각해봤자 좋을 거 하나 없어. 그 사람들 생각하는 걸 생각하는 것만으로도 머리 한쪽을 깨뜨릴 것 같은 두통이 더 심해질 뿐이라고. 빌어먹을 생각은 그만해. 지난주에는 백인 대학생 녀석이 내 억양을 듣더니 나더러 가수를 만나본 적이 있느냐고 물었지. 그래서 이런 생각이 들었어. 그 질문에 그렇다고 대답할 수 있는 몇 안 되는 사람 중 하나가 바로 나라는 거. 그런데도 아주 열이 받더군. 그런 다음에 녀석은 새들과 함께 노래를 불렀는데 나는 잠깐 동안 그 소리를 견딜 수가 있었어. 그것 때문에 죽어버린 세월이 떠오르기 전까지는 말이야. 젠장, 죽어버린 세월을 기억하는 걸 생각하면 항상 죽어버린 세월들을 정말로 기억하게 되고 좆같아, 좆같아, 좆같아, 전부 좆같다고. 죽은 것들은 좆까라고 해. 나는 아직 살아 있어.

버스가 왔다.

나는 아직 살아 있다.

셋

– 아뇨, 이건 C라인이고. A라인은 125번가까지 한 번도 안 서고 가요.

– 아.

남자는 열차 안에서 만나고 싶지 않은 사람을 보기라도 한 것처럼 문가에서 한 걸음 물러선다. 나는 그를 내버려두고 문이 닫히는 모습을 지켜보곤 다시 자리에 앉는다. 열차가 움직이기 시작한다. 뉴욕 시민들이여, 업타운 열차가 당신들에게 거짓말을 해왔습니다. 다들 이런 식으로 타시죠, 163번가에서 145번가까지는 C라인을 타고 가다가 거기서 급행으로 갈아타는 식으로요. 씨발 바쁜데다가 여기는 업타운이니까. 그런데 여기서는 열차가 항상 연착되거나 무슨 극적인 일이 벌어진단 말입니다. 극적인 일, 그러니까 겨우 지난주에 벌어진 일이다. 나는 엄마가 그렇게 끝내주게 지내지 못한다는 소식을 듣고 미네소타 주로 돌아가는 비행기를 타러 서둘러 JFK 공항으로 가던 중이었다. 그때 열차에서 한 남자가 바지를 내리더니 똥을 싸기 시작했다. 자리에 딱 쭈그리고 앉아서는 배출을 해버린 것이다. 그러는 내내 남자는 애라도 낳는 것처럼 소리를 질러댔다. 참 뻔하게도, 그 남자는 열차가 풀턴을 빠져나가는 순간에 이 짓을 했다. 그건 즉 저멀리 브루클린의 하이 스트리트에 도착할 때까지 영원 같은 시간을 보내게 될 거라는 뜻이었다. 몇 명인지는 정확히 모르겠지만, 우리 중 여섯 명인가 일곱 명이 문으로 달려갔다. 그러나 그 사람들은 그 문이 다음 열차로 갈아탈 수 있는 문 중에서 유일하게 열리지 않는 문이라는 걸 깨닫게 되었을 뿐이다. 나는 거기서 생각하고, 아니 빌고 있었다. 제발 똥을 던지지만 말아요, 제발. 제발 그러지 마. 마침내 열차가 하이 스트리트에 접어들었을 때 우리는 모두 비틀거리며 밖으로 도망쳤다. 하지만 요점은 이게 아니다. 내가 하고 싶었던 말은, 사람들이 C라인을 타고 145번가까지 가서 A라인으로 갈아타는 이유는 A라인이 급행이기 때문이라는 것이다. 하지만 좆같게도 A라인은 C라인보다 더 느리다. 예컨대 웨스트 4번가에 와서 일이분쯤 기다리다보면 145번가에서 내렸던 바로 그 C라인 열차가 들어오는 것이다.

그래서 나는 지금 C라인에 그대로 앉아 뭘 좀 읽으려 노력하고 있다. 거짓말이다. 나는 〈뉴요커〉를 읽는 사람들을 확인해보려고 C라인 열차에 그대로 타고 있다. 나는 사람들이 그걸 읽고 있는지 궁금하다. 아일랜드 출신 소설가 친구가 하나 있는데, 한 번은 기차를 탔다가 어떤 여자가 자기 책을 읽는 걸 봤다는 거다. 친구는 그 여자에게 재미있느냐고 물었고, 여자는 어떤 부분은 재미있는데 다른 부분은 읽기 힘들다고 말했단다. 여자는 친구를 알아보지도 못했지만 친구는 아주 행복해졌다고 했다. 그러니까 뭐 그래, 나도 C라인에 앉아 그 여자를 찾고 있는 것이다. 〈뉴요커〉를 읽는 건 거의 항상 여자고, 나는 그 여자들 옆에 앉아서 그들이 그게 있는 쪽으로 페이지를 넘기길 기다릴 수 있었으면 좋겠다. 그러면 와 젠장, 이거 꼭 영화 같네요. 그러니까 현실에서 이런 일이 일어나지는 않잖아요, 안 그래요? 라고 말할 수 있을 테니. 그러면 여자는 뭐가 이런 일인데요? 라고 물을 것이고 나는 이렇게 대답해줄 것이다. 작가가 열차에 탔는데, 우연히도 자기 글을 누가 실제로 읽고 있는 일 말이에요, 라고. 이 이야기에서 그 여자는 또한 귀엽고, 바라건대 흑인이며, 싱글이 아니라면 분명 일부일처제처럼 낡아빠진 개념에 집착하지 않을 것이다. 지금 뭔 소리를 하는 거야. 자유연애 같은 개소리를 지껄여대다니 나야말로 구닥다리군. 공화당원들과 에이즈 덕분에 요즘은 모두가 결혼을 한다. 심지어는 게이들조차도 결혼 생각을 하고 있다.

C라인에는 남자 하나만 타고 있다. 찢어진 운동복 바지를 입고 그 밑에 기다란 자지를 숨기고 있는 애송이다. 가죽재킷을 입고 있다는 것 이상은 잘 알 수가 없는데, 녀석이 표지에 액슬 로즈*처럼 보이는 가수가 실린 〈롤링스톤〉을 읽고 있기 때문이다. 건즈 앤 로지즈가 몇 년 전 로큰롤을 구원했다고들 했다, 아니 최소한 〈롤링스톤〉에서 일하는 사람이라면 누구나 그런 소리를 했을 것이었다. 근데 내 생각은, 그게 사실이라면 어째서 라디오에서는 항상 호모 같은 영국놈들이 부르는 거지같은 댄스 팝만 나오냐는 거다. 씨발 밴드명이 지저스 존스 크라이스트다. 세상에. 그리고 제발 부탁인데, 블랙 크로우 앨범을 또 틀지는 말았으면 좋겠다. 나는 그 앨범 제목이 스팅키 핑거일 때 그 노래를 처음 들었다. 제기랄, 택시가

* 미국의 싱어송라이터(1962~).

이렇게까지 비어 있는 이유는 다들 내가 이렇게 독설을 쏘아대는 씹새끼라는 사실을 느낄 수 있기 때문인지도. 러시아워는 지났으나 점심시간은 되기 전인 이상한 시간대다. 이때는 대낮에도 빈 차를 탈 수가 있다. 택시들은 새로운 그래피티로 뒤덮여 있다. 창문에, 좌석에, 심지어는 바닥에까지 그려진 그래피티들은 최첨단 공상과학물처럼 보인다. 내 생각에 그건 글자 같은데, 꼭 녹아내린 금속처럼 보인다. 그래피티와 짜잔! 엄지발가락 건막류 비수술 치료 포스터 및 씨발 〈미스 사이공〉 포스터.

제길, 나한테 〈뉴요커〉가 있었으면 좋았을 텐데. 그게 아니라면 뭐라도. 마감이 닥쳤다는 걸 알고 있던데다 스트레스를 받는 상황에서는 집에서 일하는 편이 더 좋았으므로 나는 사무실에서 달려나왔다. 어제 4부를 넘겼다. 전체 7부 중 4부. 그래 내 안의 일부는 사람들이 여전히 〈뉴요커〉를 읽거나, 최소한 겨우 몇 달 전 제프리 맥도널드와 조 맥긴니스에 대한 재닛 맬컴의 기사에 반응했던 식으로 관심을 기울여줬으면 하고 바란다. 내가 뭐 묵직한 주제를 다룬다는 건 아니지만. 그것도 그렇고, 요즘에 대학교 남학생 동아리 녀석들이 아니면 씨발 누가 빌어먹을 가수니 자메이카니 하는 것에 관심을 갖겠나? 알렉스 피어스, 너는 요즘 애들이 유물이라고 부르는 그런 놈이야. 아직 3월밖에 안 됐는데.

나는 163번가에서 내려 계단을 올랐다. 나한테서 담배를 한 대 얻으려는 그 인간이 또 한 대 얻겠다고 그 자리에 있지 않기만을 바라며. 제기랄, 날마다 나한테서 한두 대를 얻어 피울 수 있는데 뭐하러 담배를 한 갑씩 사겠는가? C 타운*에서 멀어지면 멀어질수록 냉

* 뉴욕과 뉴저지의 북동부에 있는 슈퍼마켓.

장고 안에 먹을 만한 게 아무것도 없다는 사실이 사무치게 다가온다. 먹을 게 아무것도 없는 집으로 가고 있다. 이것 때문에 나는 씨발 열이 받을 것이고, 이 코트를 다시 걸치고서 지금 내가 멀어지고 있는 C타운으로 곧장 돌아갈 것이다. 하지만 씨발, 난 벌써 160번가에 와 있다.

지금은 3월이고, 아직도 좆나 추운데 이 좆같은 집은 공짜로 넘기려 해도 넘길 수가 없다. 내가 산 이 브라운스톤은 손볼 데가 아무데도 없었지만, 집주인이 하도 나가고 싶어 근질거려하길래 나는 이 집에 뭔가 아주 심각한 문제가 있다고 확신하게 되었다. 그러자 집주인은 집값을 더 내려버렸다. 그치는 루이 암스트롱이 여기 살았다느니 어쩌니 하는 개소리를 해대며 집을 팔아치우려고 했다. 고작 3분이 지난 다음에는 캡 캘러웨이 얘기를 했고. 어쨌거나, 나는 사람들이 도망치려 하는 이 동네가 마음에 들었다. 뭐 굳이 내 의견을 묻는다면, 사람들이 워싱턴 하이츠의 이 지역에서, 실례, 역사적인 우리 할렘에서 토끼려는 이유는, 이곳이 70년대 이후 똥통에 빠진 이래 80년대에 반짝 흥하는가 싶더니 결국 진정한 파멸에 이르렀다는 사실이 진저리났기 때문일 것이다.

결국 내가 하고 싶은 말은 이 거리가, 특히 이 시간대에는 보통 꽤나 한산하다는 거다. 그런데 어째서 흑인 남자 넷이, 방금 힙합 뮤직비디오를 찍다 나온 것 같은 차림새로, 우리집 현관 계단에 앉아 있느냐는 말이다. 나는 돌아설 수 없다. 놈들이 이미 나를 보았으니까. 겁먹은 백인 남자처럼 굴면 놈들은 눈 깜짝할 사이에 나를 큰 소리로 불러대거나, 공포의 냄새를 맡고는 따라올 것이다. 씨발. 염병할 돼지꼬리 모양 레게머리를 늘어뜨린 한 놈이 일어나서 내 쪽을 바라보았다. 나는 내 집에서 겨우 6미터 떨어진 곳에 있었고 흑인 넷이 계단에 있었다. 놈들 중 둘은 그냥 큰 소리로 농담을 주고받았다. 뒤로 조금 물러나자 멍청이가 된 기분이 들었다. 그냥 우리집 계단에 앉아 있는 흑인들이잖아. 아무 계단에나 앉은 거라고, 그리고 이 씹새끼야, 니 이웃들일 수도 있어. 저들 중 한 명도 모르고 지내는 건 니 잘못이라고. 나는 있지도 않은 지갑을 꺼내는 것처럼 엉덩이를 두드리며, 아-이런-제기랄-지갑을-두고-왔네 하는 표정을 꾸며내보려 한다. 그러나 돼지꼬리는 여전히 나를 뚫어지게, 심지어 눈을 부라리며 바라보고 있다. 하지만 내가 상상하는 걸지도 모르잖아. 그냥 여기 가만히 서 있을 수는 없어. 어쩌면 이대로 걸어서 여기를 지나 모퉁이에 있는 카페로 갈 수 있을지도 모르겠군. 저 사람들이 갈 때까지 몇 분 기다려주는 거야, 갈 데가 아무데도 없는 것처럼 보이긴 하지만. 씨발. 그냥 여기에 서 있을 수는 없다고. 여긴 뉴욕이고, 버니 고츠* 이후의 흑인 애들은 방심하고 있는 백인 남자들을 덮쳐버릴 정도로 멍청하지 않다고, 안 그래? 하기야 그게 한참 전 일이긴 하지만.

계단에 가보니 우리집 문이 활짝 열려 있다. 돼지꼬리가 옆으로 비켜서더니 안으로 들어가라고 손짓을 한다. 마치 자기집인 것마냥. 내킬 때마다 주변을 빙빙 도는 경찰차가 곧 나타나기만 바라던 소망을 나는 잠시 내려놓는다. 돼지꼬리가 다시 내게 신호를 보내는데, 이번에는 지브스**처럼 과장된 동작이다. 나는 한 걸음을 내딛는다. 다른 놈들이 나를 뚫어지게 바라본다. 한 놈은 회색 후드

---

* 1984년 12월 22일, 버너드 고츠라는 백인 남자가 지하철을 타고 가던 중 같은 칸에 타고 있던 흑인 남자 4명이 자신을 둘러싸고 돈을 요구하자 가지고 있던 총으로 4명 모두를 쏘았다.

** P. G. 워드하우스의 단편소설에 등장하는 캐릭터인 집사 레지널드 지브스를 말한다.

를 덮어쓴 채 얼굴을 가리고 있고, 다른 놈은 스타킹 같은 걸 머리에 쓰고 있으며, 또다른 놈은 자메이카 사람들이 풀어서 아프로 머리로 만들기 전에 하는 것처럼 머리를 땋아놓고 있다. 바지를 너무 내려 입어서 사타구니 부분이 무릎에 닿아 있다. 놈들이 입은 바지는 전부 황갈색 팀버랜드다. 총을 가지고 있다면, 굳이 나한테 보여줄 필요는 없다고 생각하는 게 분명하다. 돼지꼬리가 나를 세 번씩이나 내 집으로 안내해주는 상황은 원하지 않으므로, 앞으로 다가간다. 거의 움직일 수가 없다. 이런 세상에. 겨우 지난주에, 플리트우드 맥에게 코카인을 파는 친구 하나가 이런 얘기를 해주었다. 씨발 자메이카놈들이 쳐들어오는데, 놈들은 누구를 얼마나 많이 죽이든 전혀 개의치 않기에 사업을 접었다고. 형제 그렇게 돌아가는 게 아니라니까, 누군가가 바깥에서 자메이카 억양으로 말한다. 지금은 집 좀 치우고 살라고 가르치시는 자메이카 어머니들 얘기로 농담을 할 시점이지만, 그 농담을 해봐야 같이 웃어줄 사람이 아무도 없다.

나는 우리집 복도를 남의 집 복도인 것처럼 걸어가고, 마룻널이 삐걱거리며 나를 인도한다. 2층으로 가는 내 집 계단을 지나자 위층에서 사람들 소리가 들려온다. 어떤 놈이, 아니 어떤 놈들이 부엌에서 소란을 떨고 있다. 민소매 티셔츠에, 멜빵끈 하나를 늘어뜨린 카키색 작업복 차림의 키 큰 흑인놈이, 내 것이 분명한 믹서기로 노란색 주스를 갈고 있다. 누군가가 소음을 뚫고 액션, 이라고 소리치기라도 한 것처럼 다른 놈이 내 시야 안으로 걸어들어온다. 그놈은 싱크대 옆에 있는 의자에 앉자마자 내게 말을 건다. 마찬가지로 흑인에, 머리는 짧게 깎았고 약간 통통했다. 하지만 민소매 새끼보다 키가 더 컸고, 하얀색 포켓 스퀘어를 꽂아둔 로열 블루 실크 정장을 입고 있었다. 포켓 스퀘어가 마치 심장에서 죽은 꽃이 펑 튀어나온 것처럼 보인다. 나는 이놈을 모른다. 이놈들 중 누구도 모른다. 그렇게 반짝거리는 신발도 본 적이 없는 것 같다. 어두운 빨간색 신발인데, 어떤 부분은 검은색에 가깝다. 눈을 든다. 내가 그 신발을 멋지다고 생각한다는 걸 그놈이 눈치챘다.

– 조르지오 브루티니.

조르지오 아르마니의 B급 영화 버전이냐고 묻고 싶었지만, 자메이카 사람을 상대로 아이러니를 던지는 게 언제나 최선의 수는 아니라는 사실이 떠올랐다.

– 아, 내가 말한다.

– 자 봐봐, 여기 이 남자 보이지, 렌-독 말이야. 이 친구는 자기가 방아쇠를 잘 당겨서 내가 자기랑 계약한 줄 알아. 하지만 내가 이 친구를 곁에 두는 진짜 이유는, 여기 있는 이 친구처럼 주스를 잘 만드는 사람이 아무도 없기 때문이야, 쟈께선 아시겠지.

– 쵸 맨, 보스. 좀 보내주실래요, 이제 요리학원 갈 시간인데.

– 야간반으로 다녀, 하하.

실크 정장을 입은 놈이 내가 하려는 말을 끊으려고 손가락을 하나 들어올리지만, 나는 아무 말도 할 생각이 없었다. 놈은 유리잔을 집어들더니 안에 담긴 걸 시끄럽게 꿀꺽대며 다섯 모금만에 다 삼켜버렸다.

– 망고네, 놈이 말한다.

– 무슨 종류게요? 민소매 티가 말한다.

– 줄리랑…… 잠깐…… 아는 건데…… 이스트 인디언.

– 쟈께서만 아시는 건데. 보스, 무슨 심령술사세요?

– 그냥 망고를 잘 아는 시골 촌각일지도 모르지. 백인 꼬맹이한테도 좀 따라줘.

– 난 별로 목 안 마른데.

– 내가 너한테 목마르냐고 물어봤냐? 미소가 잠깐 떠올랐다가는 사라져버린다. 그냥 그렇게. 장담하는데 나는 자메이카 사람들 외에는 이럴 수 있는 사람을 본 적이 없고, 자메이카 사람이라면 누구나 그렇게 할 줄 안다. 갑작스럽게 표정을 바꿔 차가워지는 것. 눈썹은 찡그리고 있지만 두 눈은 완전히 안정되어 있다. 이런 표정을 짓는다면 열 살짜리 꼬마한테도 겁먹을 수 있다.

– 뭘 좀 마셔도 될 거 같긴 하네요.

– 잘됐네, 이 자식. 니 냉장고에 있는 우유랑 요거트, 신선한 과일도 마음껏 먹으라고. 피똥 쌀, 렌-독이 형제 냉장고를 열었는데, 난 형씨가 연쇄살인범이고 저 안에 무슨 시체라도 넣어놨는 줄 알았다고.

– 진짜 그랬죠, 보스. 쥐새끼가 아직까지 냉장고 바닥에 구멍을 뚫어놓지 않은 게 이상할 지경이던데, 민소매 티가 말한다.

– 저 안에 1월부터 우유 넣어놨던 건 알고 있나?

– 수제 요거트 좀 만들려고 했죠.

– 이거 아주 코미디언인데요, 보스.

– 하하, 그런 것 같네. 아니면 그냥 우스운 놈이거나. 어쨌건, 브레드렌, 이리 와. 좀 자세히 보게.

나는 의자에 앉았다. 놈의 눈을 똑바로 바라보는 게 놈에게 깊은 인상을 남길지 놈을 짜증나게 할지 알 수가 없다. 그러다가 놈은 내가 무슨 전시물이라도 되는 것처럼 내 주변을 걸어다니기 시작한다. 나는 하마터면 이 박물관은 문을 닫았습니다, 라고 말할 뻔했다, 정말 그 말이 나올 뻔했다. 왜 농담을 하면 분위기가 조금이라도 누그러질 거라고 생각하는지 나도 모르겠다, 씨발 단 한 번이라도 그랬던 적이 없었는데. 단 한 번도.

– 렌–독, 내가 토니 파바로티라는 사람 얘기해준 적 있나?

– 얘기해주신 적은 없지만 누군지는 알죠. 어렸을 때 토니 파바로티 얘기 안 들어본 사람이 누가 있습니까?

– 요, 12년이나 됐다고, 내가 너를 찾아다닌 게 말이야. 알고 있나?

그가 내게 말하고 있다는 걸 깨닫기까지 최소 3초는 걸렸다.

– 그런데 유비, 파바로티 얘기는 왜 꺼내십니까? 77년쯤에 죽지 않았어요? 78년인가?

– 79년이지. 1979년. 렌, 이분이 그 토니 파바로티를 죽인 분이시다.

넷

- 머리가 왜 그런가?

- 머리가 센 거지. 일찌감치 잿빛으로 변하더니 이제 하얘졌어. 여자들이 나를 은여우라고 부르더군.

- 일찌감치는 피똥 싸고 있네. 시간 맞춰 제때 변한 거지.

- 재미있는 농담이군, 조시.

- 자네 이젠 미국에서 너무 오래 살았나봐. 꼭 미국인처럼 말하는군.

- 내가 미국에 사는 게 자네 마음에 드나?

- 아니, 자네가 쿠바인들과 같이 사는 게 마음에 들어.

- 하하. 조시 웨일스한테 유머감각이 있다고 하면 아무도 믿지 않던데.

- 그래? 누구랑 내 얘기를 했길래?

- 맨, 조시. 우리를 좀 보게나. 옛일을 생각하는 때가 있긴 한가, 무차초?

– 아니. 내가 씨발 과거에 대해서는 절대 생각하지 않는다는 걸 자네도 알잖나. 과거라는 놈은 좆같이 나한테 엿을 먹이지만, 씨발 나는 놈에게 복수한다고 엿먹이는 것 자체가 불가능하잖나.

– 감옥에서 혀가 더러워졌군, 미호.

– 입이 더러워진 거겠지. 로마에 가면 로마법을 따르는 거라고.

– 하하. 재미있는 농담이야, 조시. 재미있는……

– 피똥 쌀 그런 경시는 그만두지 그러나, 루이스. 어떤가, 경시, 자네를 위해 마련한 어렵고, 어려운 이 단어가. 7년 동안 그자를 본 적이 없는데 우리가 결국 어디에 처박혔는지 보라고. 감옥 아닌가? 요즘 세상은 진짜 이상하다는 말이 무슨 뜻인지 알겠지? 특히 이번주처럼 과거가 자꾸 나타날 때는 정말 이상하게 느껴진다고. 얼굴도 잊어버린 애엄마부터 돈 걱정 해대는 친척까지. 나한테가 아니라, 피터 나세르한테 나타난 거지만 말이야. 그 녀석 때문에 감방에 카메라가 숨겨져 있었으면 좋겠다는 생각이 들더군. 그놈 하나만 봐도 사람이 나이가 들면 더 현명해진다는 말이 맞는 건지 궁금해진다니까.

– 피터 나세르?

– 모르는 사람인 척하지 마.

– 1980년 이후로는 한 번도 그자와 이야기해본 적이 없어. 자네, 내가 그자를 일단 만나봤던 게 자네에게 접근하기 위해서였다는 건 잊어버렸나보군.

– 뭐, 지금 그자는 나세르 경이 되고 싶어해. 과거에 있었던 일 때문에 짐 스크리치* 꼴은 나지 않았으면 한다고.

* 자메이카 등지에서 쓰이는 속어로, 남편이나 남자친구가 있는 여자와 비밀리에 성적인 관계를 맺고 있는 남자를 말한다.

– 누구?

– 짐…… 됐네.

– 아. 하지만 경이라니, 옴브레. 경*이 되고 싶다고? 거시기는 원래 갖고 있던 거 아니었나, 옴브레?

– 기사 말이야. 경, 란슬롯 경처럼. 이제 그자는 여왕이 자기를 검으로 축복해줄 수 있도록 무릎을 꿇고 싶어한다네. 모든 흑인 남자들의 본능 같은 거지. 백인 여자가 너만 보면 쌀 것 같다고 말해주길 바라는 본능 말이야. 안 그런가?

– 그자가 흑인인 줄도 몰랐네, 호세프.

– 우습군. 5분밖에 안 지났는데 자네는 나를 다섯 가지 다른 이름으로 불렀어.

– 어쩌겠나, 미호? 자네는 볼 때마다 다른 사람이 되어 있는걸.

– 나는 같은 사람이야.

– 아니. 그렇지 않아. 자네는 방금 과거를 절대 생각하지 않는다고 했지. 자네가 어떻게 생겼는지 보지 못하는 이유가 바로 그걸세.

– 피똥 쌀 무슨 소리를 하는 건지 모르겠군. 여기까지 들어와서 온갖 멍청한 소리를 지껄이느라 입을 놀려대다니. 좀만 더하면 어디서 바이올린 소리까지 들리겠어.

– 또 한번 말할 수밖에 없겠군. 아무도 조시의 유머감각을 모른다고 말이야.

– 브레드렌, 벌써부터 지루해지려 하는군. 자네나 나나, 여기가 자네의 마지막 정류장이 아니라는 건 알고 있잖나.

– 가면 내가 또 어딜 가겠나?

* 영단어에 sir이 남자에게만 붙이는 말이기 때문에 말장난을 하는 것임.

– 자네를 여기로 보낸 그 개자식한테 곧장 돌아가겠지.

– 날 보낸 사람이 아무도 없다면?

– 닥터 러브는 대가를 받지 않으면 침대에서 구르지도 않는다네.

– 우리가 어떤 존재인지 아나, 호세프?

– 우리가 전면적인 개소리를 떠들어대고 있다는 건 알겠군.

– 유물이야.

– 내가 씨발 방금 뭐라고 했는지 듣긴 했나?

– 어제의 산물이라고. 기념품 같은.

– 나 원.

– 그러니까 그 얘기는, 친구. 대부분의 사람들은 절대 모를 테지. 어쩌면 누군가는 우리 안에서 가치 있는 무언가를 찾아낼지도 모르겠지만, 아마 우리는 그냥 내버려질 거야.

– 형제, 은유를 써서 나한테 뭔가를 말해주려는 거라면, 진짜 좆나 서툴다고 할 수밖에 없겠군.

– 그냥 수다 좀 떨자는 거야, 미호.

– 아니. 자네는 아주 가까이에서 뭔가를 해야 했던 경험이 없어서 시간을 끄는 거야. 자네가 씹질을 해본 적이 있다는 것만도 놀라운 사실이지.

– 폰섹스가 있잖아?

– 진담인가?

그가 웃는다.

– 그게 요즘 대박이야. 포르노 쪽 녀석들이 촬영용 세트를 전부 뜯어내고 유선전화를 깔고 있다니까. 웬 돼지새끼가 1-900-젖은-보지로 전화를 걸면, 목소리가 섹시한 200킬로짜리 썅년이 멋진 오빠, 안녕 하고 말한다고. 그러면 남자가 자위를 하고 비용은 그대로

전화 요금 고지서에 청구되는 거지.

– 진짠가?

– 진짜라니까, 제기랄.

– 진작 포주가 됐어야 하는 건데.

– 글쎄, 마약상도 그럭저럭 괜찮았잖나. 자네가 여기에 처박히기 전까지는 말이야.

– 풍경을 좀 바꿔보고 싶었지.

– 누가 똥 같은 은유를 쓴다고?

– 오랜 세월 동안 자네한테 소식이라고는 눈곱만큼도 못 들었어. 베를린 장벽이 무너지고, 제임스 본드 이야기는 다 떨어졌는데 닥터 러브한테는 할 일이 아무것도 없다라. 뭐, 이제 자리를 잡고 진짜 의사이던 시절로 돌아간 건가? 잠깐, 진짜야? 이제 진짜 의사란 말인가? 수술은 어떻게 하나, 브레드렌. 신체 일부를 폭파하는 건가?

– 하하.

– 재미 삼아 시체를 살려두는 건 자네 욕망의 범위 바깥에 있는 일 같은데. 이제 한번 말해봐, 닥터 러브. 집안싸움 얘기가 어떻게 마이애미에 있는 자네 귀까지 들어간 건가?

– 내가 마이애미에 있다고 누가 그러던가?

– 나도 자네만큼은 멀리 볼 수 있어.

– 흠. 호세프, 자네는 영리한 남자야. 내가 만났던 어떤 남자보다도 영리하지. 계속 떠들어대면 온갖 사람들이 자네 목소리를 듣게 된다는 것쯤은 당연히 알았을 것 아닌가.

– 내가 떠들어대기 시작한 건 2년 전부터였어. 왜 하필 지금, 왜 하필 자넨가?

– 나는 그냥 지켜보고 있었네.

– 피똥 쌀. 있잖나, 진도를 좀 나가는 게 어떤가. 짜증나서 뒈질 지경이거든. 자네도 알겠지만 나한테 무슨 일이라도 일어나면, 특정 지방검사의 책상에 특정 서류들이 나타나기 시작한다네.

– 거리에 도는 얘기로는……

– 자네는 거리에 대해서 쥐똥만큼도 몰라.

– 마약단속국 수사관 말이야. 그자가 자네를 면회한 게 언젠가? 지난주 목요일?

– 마약단속국에서 나를 보러 왔다는 걸 알고 있으면, 빌어먹을 날짜도 이미 알고 있을 텐데. 나 원, 루이스, 자네가 정말 유물이었으면 좋겠군. 왜냐하면 거짓말이 아니라—지금 버전의 자네는 아주 심각하게 실망스럽거든. 지난번 봤을 때 이후로 대체 몇 킬로나 찐 건가?

– 사는 게 재밌더라고.

– 삶이 자네를 살찐 씹새끼로 바꿔놓았군. 방아쇠 당길 때 손가락이 들어가긴 하나?

– 자넨 좋아 보이네.

– 예전엔 헛소리를 해도 더 그럴싸하게 했었는데.

– 피차일반이야, 멍청아. 서류 같은 소리 하고 자빠졌네. 자네가 절대 어떤 기록도 남기지 않는다는 건 모두가 알고 있어. 마약단속국에서 원하는 건 자네 머릿속에 들어 있는 거지, 염병할 서류 같은 게 아니라고. 자네랑 같이 살고 있는 게 뭔지는 모르겠네만, 그건 자네와 함께 죽게 될 거네. 웬일로 말이 없군. 자네가 85년에 그 크랙하우스를 청소하기로 결정하기 전까지는 아무도 자네한테 눈곱만큼도 신경쓰지 않았어. 대략 그즈음, 자네가 새로 사귄 마약단속

국의 절친들이 관심을 기울이기 시작했지. 그게 던이 겪은한 드문 순간 중 하나였는지 위퍼한테 물어보고 싶었는데, 그 친구도 85년에 같이 사라진 것 같더라고.

– 위퍼한테 일어난 일에 이상한 구석 따윈 없어. 그 친구는 그냥 자기 물건에서 손을 뗄 수가 없었던 거야. 언제든 일어나게 되어 있던 일이네.

– 자기가 자기한테 순수 코카인을 주사한단 말이야? 무슨 딜러가 그따위 사고를 내나? 아무리 약을 하는 딜러라도 말이지.

– 그럼 사고가 아니었나보지.

– 자살이라는 얘긴가?

– 위퍼가? 위퍼는 자살할 이유가 전혀 없어. 그 녀석이 항상 바라던 방식대로 살기 시작한 그 순간에 자살을 했겠나? 그 녀석 사는 게 별로 좋지 않았다는 건 자네도 알잖나. 뉴욕에 가기 전에 위퍼가 행복하게 지냈던 시절은 녀석이…… 제길. 여기에 있었을 때뿐이군. 바로 이 감옥에.

– 그럼 지금 무슨 소리를 하는 건가, 조시?

– 아무것도 아니야. 이 얘기를 먼저 꺼낸 건 자네였잖나. 좆같은 위퍼. 그런 일이 벌어질 줄은 알았어. 그것 때문에 온 건가, 루이스? 자네는 내가 오래전에 두고 온 똥 얘기밖에 하지 않은 것 같은데.

– 얘기하기 좋아하는 사람들에 대해서 자네가 얘기해야 한다니 우스운 일이야. 만나니 정말 반갑군, 조시. 상황이 이렇기는 하지만.

– 상황이 이렇지 않았으면 애초에 자네를 보지 않았겠지.

– 맞아. 그렇다고 해야겠군.

– 언제 떠나나?

– 자메이카? 시간은 안 정했네.

– 그래서 몇시쯤?

– 내일 아침 6시. 첫 비행기로 갈까 하네.

– 시간은 충분하군.

– 무슨 시간?

– 자네가 해야 할 일을 할 시간 말일세. 그리고 뉴스를 전달할 시간도.

– 자네랑 마약단속국 양반은 아직 형량 거래 얘기는 안 하고 있나?

– 형량 거래라니? 자네 성격이 급하군그래. 사실은, 사건이 일단 법정으로 가야 한다네, 닥터 러브.

– 이런, 아 그래?

– 그래, 그렇다네. 삶이 교도소와 법정 주변을 빙빙 돌다보면 많은 걸 알게 되지.

– 법정 얘기가 나와서 말인데, 그건 정말 좆같았어. 항소 법원에서 본국송환을 기각하지 않은 것 말이야.

– 추밀원이지 상소법원이 아니었네. 그리고 누구한테 좆같다는 거야? 나한테? 내 관점에서는, 그저 한참 기한이 지난 미국 방문을 하는 것뿐이네.

– 할머니 댁에라도 가는 것처럼 말하는군.

– 미국 교도소에 간다는 이유로 똥을 지리고 있는 사람은 내가 아니니까. 누군진 몰라도 그건 자네를 보낸 사람이 될 거네.

– 나를 보낸 사람은 아무도 없……

– 알았어, 이 자식아. 숨겨야 할 것 같은 일은 계속 그렇게 숨기라고. 뭘 할지는 모르겠지만, 뭘 하든 내가 잠들어 있을 때 하게.

– 정말 괜찮은 장례식이더군.

– 뭐?

– 진짜 괜찮았어. 내가 가봤던 어떤 장례식보다도 거창했지만, 진짜 괜찮았다네. 영구차를 뒤따르는 악단을 본 적은 한 번도 없었던 것 같아. 배턴 걸까지 있는 악단 말이야. 미니스커트를 입은 섹시한 배턴 걸이던데. 처음에는 싸구려 같다고 생각했는데, 품격을 더한 파란색 팬티를 입고 있더군. 자네 아들한테 정말 잘해주던데.

– 내 아들 얘기는 하지 마.

– 근데 하나가 걸리더군. 너무 이상했어, 뭐랄까, 전에는 한 번도 그런 걸 본 적이 없어서.

– 루이스.

– 벤지를 무덤 속으로 내렸을 때, 남자 여자 한 무리가 두 줄로 서더란 말이야? 무덤 양쪽에 말이지. 그러더니 누군가가, 아마 벤지의 여자였겠지? 그 여자가 첫번째 남자한테 아기를 건네주었는데, 그다음엔 그 사람들이 그 아기를 앞뒤로 주고받으면서 저멀리 줄 끝까지 보내더란 말일세. 그게 무슨 의미인가, 조시?

– 내 아들 얘기 하지 말라고.

– 내 말은, 그냥 알고 싶었다는 거야. 그게 무슨……

– 피똥 쌀 내 아들 얘기 하지 말라고.

다섯

– 그럼 지금쯤은 깨어났어야 하는 거 아니에요, 간호사? 간호사? 간호사? 깨어났어야 하는 거 아니냐고요?

– 부인, 엄밀히 말씀드리면 지금 잠들어 계신 게 아니에요. 지금은 진정제를 투여해놓고 있어야 합니다, 환자분을 위해서예요.

– 의사가 이런 짓을 하는 거예요? 우누들은 어째서 저 사람이 깨어나는 걸 원하지 않는 거지? 우누들은 뭘 하는 거예요?

– 부인, 의사 선생님이랑 얘기하셔야 해요, 부인.

– 부인이라니. 웬 난척이람. 어디 출신이에요, 메이너 파크?

– 브롱크스인데요.

모니터에서 삑 소리가 날 때마다 여자는 펄쩍 뛴다. 5분째 나는 문 근처에서 이 방을 떠나려 노력하는 중이다. 그래, 내가 간호사라는 건 알지만, 병원에서 일하다 보면 냄새 때문에 괴로워진다. 면회객들이 맡게 되는 냄새도, 환자들이 맡게 되는 냄새도 아니다. 그건 다른 냄새다. 심각한 부상을 입은 사람과 상태가 너무 악화되어, 상태를 확인하기도 전에 절대 돌아오지 못하리라는 걸 알 수 있는 사람에게서 나는 냄새. 그런 사람한테서는 기계 같은 냄새가 난다. 깨끗한 플라스틱, 빡빡 닦은 요강, 손 소독제 같은 냄새. 청결이 너무 지나쳐 구역질이 난다. 침대에 있는 이 남자한테는 양팔과 목에 튜브가 하나씩 달려 있고, 입으로 들어가는 네 줄씩 묶인 튜브 하나, 오줌을 뺄 튜브 하나와 똥이 될 것들을 뺄 튜브 하나가 달려 있다. 자메이카 남자다. 하얀 시트 아래의 검은 남자가 스프링클 무늬* 잠옷을 입고 있다. 나는 몇 시간에 한 번씩 이 남자의 자세를 바꿔주며, 약간 왼쪽으로 기대놓았다가 몇 시간 뒤에는 약간 오른쪽으로 기대어놓아야 하는 담당 간호사가 아니다. 그의 바이탈을 체크해야 하는 간호사도 아니다. 그 여자는 5분 전에 나갔다. 나는 환자의 링거나 영양 상태를 확인하러 온 것도, 진정제 투여량이 충분한지 확인하러 온 것도 아니다. 나는 이 남자가 있는 층에 있어서도 안 된다. 응급실만 해도 두 손이 쉴 새 없이 바쁘니까. 하지만 나는 여기에, 또 한 번 중환자실에 와 있다. 너무 많이 와서 아마도 환자의 애엄마일 이 여자는—내 말은, 오늘은 아니지만 항상 아기를 한 명 데리고 오니까 말이다—나를 담당 간호사라고 생각하고 있을 것이다. 그렇지 않다는 말을 할 수는 없다. 그 말을 하면 내가 매일 궁금해하는 한 가지를 이 여자도 궁금해할 테니까. 나는 왜 여기에 오는 걸까?

모르겠다.

응급실에 나타났던 자메이카 사람 대부분은 치료를 받고 귀가 조치됐다. 최소 6주 동안은 똥을 누기 전 잠시 망설이게 될 남자 한

* 짧고 알록달록한 막대 모양이 여러 개 흩뿌려진 형태의 무늬를 뜻한다.

명을 포함해서. 두 사람은 살아서 나가지 못했고, 한 사람은 여기 도착하기 전에 이미 죽어 있었다. 그리고 여섯 군데 총상에 머리에는 중대 손상을 입고 경추가 골절된 이 남자가 여기에 있었다. 다음 주까지 살아남거나 심지어는 그다음주까지 살아남는다 하더라도, 그의 삶을 삶으로 만들었던 것들은 지금쯤 하나도 남김없이 전부 죽어버렸을 것이다. 배운 대로라면 중환자들의 가족을 대할 때, 추상적으로 둘러대야 한다. 희망적이거나 긍정적인 방향으로. 하지만 내가 끌어올릴 수 있는 최선은 일종의 무관심이다. 머잖아 이 여자도 알아챌 수밖에 없는 그런 무관심.

이 여자가 병실을 떠나기 전에 나는 나간다. 그런데도 이 여자는 내가 일찍 올 때도 벌써 와 있는 경우가 많다. 침대 옆에 앉아 남자의 이마를 닦아주면서. 어제 나는 여자에게 환자는 세균에 감염되어 있으니 최소한 아기를 안기 전에 문에 있는 소독제를 사용해야 한다는 사실을 상기시켜 주었다. 그런데 여자는 내가 자기를 모욕했다는 듯 나를 바라보았다. 그냥 권해드린 거예요, 부인, 병원 정책은 아니고요, 라고 내가 말했다. 정말 나는 여자가 여기 없을 때 이 환자를 보고 싶다. 왜인지는 모르겠다고 나 자신에게 말하는 건, 문제를 너무 깊이 생각하지 않는 한 정말 효과가 좋다. 이 남자는 자메이카 사람이 아무리 멀리까지 도망치더라도, 항상 한 뼘 거리에서 따라오는 그 무언가 때문에 병상에 누워 있다. 나는 이 남자가 왜 여기까지 오게 됐는지 알고 싶지 않다. 이 전쟁이니 뭐니 하는 개소리는 전혀 내 관심을 끌지 못한다. 내가 아직도 브롱크스에 있는 유일한 이유는 다른 곳으로 이사 갈 여유가 없기 때문이다. 자메이카 사람들이 마약이든 뭐든 놓고 서로 총질을 하겠다면야, 정말이지 그건 그 사람들이나 신경쓸 일이다. 나는 그자의 이름을 듣고 싶지 않다. 사람들이 그자의 아들 얘기를 하고 있을 때조차도. 그 이름을 들으면 비명을 지르던 시절도 있었다. 이제는 그 이름을 들어도 나는 무슨 일이 일어났는지 모른다. 그러다가 문득 정신을 차리거나 누군가가 지적해서 보면, 나는 뭔가를 잃어버린 사람처럼 구내식당 창문 바깥을 응시하고 있다. 빌어먹을, 왜 그 이름 때문에 내가 그러는지조차 기억나지 않는다. 빌어먹을 나 자신을 속일 수 없다는 걸 아는데도, 나는 언제나, 언제나 노력한다.

– 그럼 아는 건 뭐예요?

– 네?

저 여자가 쭉 나한테 말하고 있던 게 아니면 좋으련만. 여자는 남자의 머리를 만지며 나를 보지 않고 있다.

– 우누가 말하는 거라곤 우누가 뭘 모른다는 얘기뿐이잖아. 간호사 아니에요? 이 사람 나아지지 않는 건가요? 이 사람한테 새 약을 주지도 않을 거고? 이 사람이 다시 걷게 될지 어떨지 왜 아무도 말을 안 해줘. 척추가 어쩌고 하는 얘기는 나도 들었는데. 아주 신물이 나. 여기 들어오는 빌어먹을 간호사들은 종이 뭉치를 집어들고 읽고 나서는, 이 인간을 만지고, 움직이고, 온갖 일들을 하면서도 빌어먹을 의사하고 얘기하라는 소리 말고는 아무 말도 안 한다고. 도대체 그 빌어먹을 의사는 어디 있는 건데?

– 선생님은 확실히 오고 계세요, 부인.

– 의사 벌써 왔습니다, 사모님들.

방금 제기랄 소리를 입밖으로 크게 낸 게 아니어야 할 텐데. 닥터 스티븐슨은 의사 특유의 뽐내는 걸음걸이로 병실에 곧장 들어왔다. 금발이 번드르르했다. 어쩌면 일을 끝내고 어디 따로 갈 데가 있는 건지도 모르지. 그는 키가 크고 창백하며 영국식으로 잘생겼다. 두세 달 전 사무실로 배달받았던 바우플렉스*를 아직까지 한 번도 안 썼는데도 〈불의 전차〉** 한 장면에서 그대로 튀어나온 것처럼 보였다는 뜻이다. 지난주에 의사는 짧은 소매를 걷어 내게 더더욱 하얀 팔뚝을 보여주면서, 자메이카에 가면 살을 좀 태울 수 있겠느냐고 물었다. 사방을 돌아다녀도 실패했다면서. 이 빌어먹을 여자 때문에 시간이 늦어졌다. 나는 여기 있어서는 안 됐다. 특히 이렇게 의사와 우연히 마주칠 정도로 오래도록은.

– 여기서 우연히 만나게 되다니 아주 끝내주네요, 세그리 간호사. 응급실이 오후에는 별로 안 바쁜가, 아니면 끝끝내 중환자실로 전보를 시킨 건가?

– 어…… 선생님. 저는 그냥 지나가다가 안을 들여다……

– 왜, 뭐 잘못된 거라도 있었어요? 누군지는 모르겠지만 담당자한테는 알렸고?

– 아뇨, 잘못된 건 아무것도 없었습니다. 아무것도 없었고…… 저는 그냥 지나가던 중이었어요.

– 흠. 응급실에서 이제 간호사 수련생들을 중환자실로 보내나 봐? 맹세하는데, 그쪽이야말로 내가 이름을 아는 유일한 간호사가 틀림없어요, 세그리 간호사.

– 음, 저는 따로 갈 곳이 있어서요, 선생님……

– 아니, 잠깐 있어봐요. 당신 도움이 필요할지도 모르니까.

막 무슨 말을 하려는 참이었는데 의사는 눈을 감더니 딱 한 번 고개를 끄덕여 긍정의 표시를 했다. 이 문제에 대해서 해야 할 말이

* 가정용 운동기구.

** 휴 허드슨 감독의 영국 영화(1981).

라고는 그것밖에 없다는 듯이.

– 안녕하세요, 부인.

– 왜 다들 내가 늙은 여자라도 되는 것처럼 말을 하는 거죠?

– 네? 간호사, 이분이 지금…… 뭐, 어쨌든. 그럼 여기 이분이 남편이신가요?

– 스티븐슨 선생님, 내가 말한다. 나는 이 빌어먹을 여자한테 얘기나 해주라고 말하고 싶다. 이 여자가 사실혼 관계를 설명하기 시작하면 이해할 때까지 또 한 달이 걸릴 테니, 피똥 쌀 이 여자의 혼인 여부를 알아내는 짓은 그만두라고도. 대신 나는 그냥 이렇게 말한다.

– 가장 가까운 친척으로 되어 있으세요, 선생님.

– 아. 뭐, 부인. 뭐라고 말씀드리기엔 아직 너무 일러요. 반응은 보이는데…… 그러니까 치료에 반응은 보이고 있는데. 아직 시기가 이릅니다. 아직도 위중한 상태이긴 하지만 며칠 내로 안정될 수도 있고요. 그 사이에 몇 가지 테스트를 좀더 해야 할 텐데……

– 테스트를 더 한다니? 뭐 때문에 테스트를 해? 우누들이 마음껏 테스트해도 되는 학교에 이 사람을 넣어놨다고 생각하나봐. 그리고 우누들이 한 테스트 중 하나도 나한테 결과를 알려준 게 없다고.

– 아…… 어…… 밀리센트?

– 밀리센트라고? 여자가 말한다. 굳이 보지 않아도 이 여자가 지금 이 순간 나를 뚫어지게 바라보며 눈살을 찌푸리고 있다는 걸 알 수 있다. 의사는 나를 한쪽으로, 그러나 충분히 멀지는 않은 곳으로 잡아끈다. 나는 의사의 모든 말이 여자에게 들릴 것이라는 걸 안다.

– 밀리센트…… 아…… 이걸 어떻게 말해야 하나. 내가 저분이 하는 말을 정확히 못 알아듣겠어요. 내 말은, 요점은 알 것 같은데

본의 아니게 실언을 하기는 싫어서. 내 말 무슨 뜻인지 알죠. 나 대신 말 좀 해줄래요?

– 네, 그럼요.

– 모국어로 하면 더 좋고요.

– 네?

– 왜 있잖아요, 그 자메이카 말로. 그게 참 음악적이어서 꼭 버닝 스피어*를 들으면서 코코넛 주스 마시는 것 같더라니까.

– 코코넛 워터예요.

– 뭐가 됐든. 정말 아름다운 언어라고요. 세상에, 당신들이 죄다 뭐라고 하는지 빌어먹을 단서 하나 잡을 수가 없네.

– 왜 이렇게 테스트를 많이 하는 건지 알고 싶어하세요, 선생님.

– 그래요? 뭐, 그러면 이렇게 한번 말해줄……

– 부인은 영어로 말해도 알아들으세요, 선생님.

– 그래도 세그리 간호사가 모국어로 말을 하……

– 그게 무슨 다른 언어가 아닙니다, 선생님.

– 아, 뭐. 부인, 알고 계시겠지만 남편분은 총상 때문에 심각한 두부 손상과 불안정한 척추 골절이 생겨 수술을 받으셨어요. 환자가 의식이 있는 상태로 내원하는 케이스에는 앞으로 상태가 어떻게 될지 알 수가 있습니다. 그런데 남편분의 경우는 그렇지가 않았고요. 거기다가, 총알은 얄궂게도 몸에 들어갈 때보다는 나오면서 더 심각한 손상을 초래합니다. 그 때문에 남편분이 깨어나지 못하신 거고, 깨우는 데에도 너무 큰 위험이 따라요. 그래서 저희로서는 아직 남편분의 척추 기능이나 정신 상태가 어떤 식으로 변화되었는지

---

* 자메이카 레게 가수(1948~). 본명은 윈스턴 로드니.

알 수가 없어요. 테스트를 몇 가지 해봐야 해요, 상태가 변하고 있을 수 있거든요. 어쩌면 호전되는 걸 수도 있고요. 하지만 정기적으로 테스트를 하지 않고서는 확실히 알아낼 방법이 없습니다. 어쩌면 투약 용량을 늘려야 할 수도 있어요. 줄여야 될 수도 있고요. 아직 분명히 단정지어 말씀드릴 수는 없는 수술을 좀더 받아야 하실 수도 있습니다. 그래서 정기적으로 테스트를 해야 하는 거예요. 알아들으셨으면 좋겠군요, 부인?

– 잘하셨어요, 선생님. 나는 이 말이 의사를 더럽게 짜증나게 만들리라는 사실을 알면서도 말한다. 의사는 처음에는 여자에게, 그 다음에는 내게 고개를 끄덕이더니 떠난다. 벌써부터 의사가 정수기 옆에 서서 내게 훈수를 두듯 이야기하는 소리가 들려오는 것 같다. 이제 나도 어느 정도 나이가 있어서, 의사로서도 그런 이야기를 할 때 자기 손을 내 손에다 올려놓지는 못한다. 간호사들의 팬티를 젖게 만들려는 수작 말이다. 맹세하는데, 의사들이 중간에서 훼방놓지만 않으면 간호사들은 실제로 사람들을 치료하는 일을 시작할 수도 있을 것이다.

– 그래서, 자메이카 어디서 온 거예요?

– 네?

– 네는 무슨 네야. 자메이카 어디에서 왔느냐고.

– 그게 무슨 상관이 있는지 잘 모르겠……

– 이봐, 아가씨. 의사한테 하는 얘기 나도 다 들었어. 내가 이 사람을 데리고 갔던 그 응급실에서 여기까지 13층을 기어올라와 놓고선 그냥 지나가는 중이었다고 했지. 이 남자가 당신 남자라도 되는 것처럼, 당신이 아무 이유도 없이 매일 여기에 온다고 하면 의사가 뭐라고 할까? 그러니까 빌어먹을 좆같은 개수작은 그만두라고.

이름이 밀리센트인데 자메이카가 아닌 다른 곳 출신일 리는 없으니까. 밀리센트 세그리? 자메이카에서 오기만 한 게 아니라, 시골 출신이기까지 하잖아. 저놈의 백인들한테야 마음대로 잘난 체하고 다녀도 상관없어. 하지만 날 속이려 든다면 사람 잘못 본거야.

나는 이 얘기를 굳이 받아들일 필요는 없다고 스스로를 타이른다. 내가 지금 당장 떠나기만 하면, 이 병원은 너무 커서 저 여자가 다시는 나를 볼 수 없을 테니. 해야 할 일이라고는 떠나는 것뿐이다. 해야 할 일이라고는 이 여자가 무지막지하게 성질을 내기 전에 한 발 한 발 번갈아 떼며 여기에서 행진해 나가는 것뿐이다.

– 자메이카에서 나올 때부터 그런 식으로 말했을 리는 없지.

– 제가 업타운 출신이라면요?

– 그럴 수도 있겠지. 정말 업타운 여자들처럼 아무 억양도 없이 재미없게 말하니까. 하지만 최소한 아가씨는 혼자 똥구멍에 얼굴 처박고 사는 것 같진 않은데. 아니, 아가씬……

모니터에서 삑 소리가 나고 여자가 다시 펄쩍 뛴다.

– 저 소리는 들리는 게 좋은 거예요, 내가 말한다. 한 번 삐 소리가 나서 멈추지 않고 계속되면 그게 나쁜 거고요.

– 아? 아. 몰랐네. 아무도 말을 안 해줘서. 근데 왜 계속 올라와서 내 남편을 봤지?

– 남편분과는 아무 관계도 없어요.

– 날 믿으라고, 아가씨, 그런 걱정은 해본 적도 없으니까.

나는 둘 다에게 당장 꺼지라고, 그리고 빨리 꺼져주면 더 고맙겠다고 말하고 싶다.

– 이 병원에는 자메이카 사람이 별로 안 오거든요. 딱 한 명 오셨었는데 작년에 뇌졸중으로 돌아가신 나이든 여성분이셨고요. 그러

다가 갑자기 자메이카 사람들이 한꺼번에 몰려왔는데, 전부 총상을 입고 있었던 거죠. 남편분은 아직까지 병원에 남아 있는 마지막 분이세요. 그러니 당연히 궁금하죠.

– 궁금하긴 개뿔. 궁금했으면 들어와서 저 사람 침대 옆에 있는, 다른 간호사들이 다 읽은 저 종이 뭉치를 읽었겠지. 하지만 아가씨는 그냥 들어와서 보기만 했잖아. 거기다 내가 늦으면 항상 와 있고, 일찍 오는 날에는 내가 들어오자마자 재빨리 나갔지.

– 자메이카에서도 항상 사람들이 사람들을 총으로 쏴대지만, 뉴욕에 와서야 가까이서 보게 되네요.

– 가까이서 보다니? 아가씬 아무것도 못 보는 거야. 어린애가 클럽에서 총을 맞을 때까지는 기다려야지.

– 근데 왜 그 사람들은 여기까지 와서 이러는 건데요? 왜 미국까지 끌고 오느냐고요? 여기에 오면 그 모든 쓰레기 같은 일들은 다 털어버리고 새로 시작해야겠다고 생각하게 되잖아요.

– 아가씨는 그랬나보네?

– 그랬다는 얘긴 아니고요.

– 아니긴 뭐가. 그 잘난 척하는 영어하며.

여자는 몇 초 동안 서 있더니 다시 앉는다. 나는 그때까지도 문 근처에서 뒷걸음질을 치려면 천천히 해야 할지, 빨리 해야 할지 고민하고 있다.

– 어떤 사람들, 꽤 많은 사람들이 바로 그 쓰레기 같은 일들 때문에 여기로 오는 거야. 그런 일이 없었으면 미국에 올 방법도 찾지 않았겠지.

– 그렇겠네요.

– 그렇다니까. 그리고 아가씨가 이 방에 온 것도 자메이카 사람

을 본 적이 없어서가 아니야. 뭔가 다른 이유가 있어서지. 아가씨, 봐서 알겠지만 나도 여자라고. 여자가 뭔가를 원한다는 건 딱 보면 알게 돼 있어.

– 이제 정말 응급실로 돌아가봐야겠어요.

– 그러든지. 다음번에는 의사한테 아가씨가 내키는 대로 아무 때나 여기에 온다는 식으로 말해줘야겠네.

– 뭘 알고 싶은 건데요?

– 내 남편. 이 사람이 말하는 소리를 다시 들을 수 있게 될까?

– 그건 정말 의사 선생님한테 물어보셔야……

– 말해.

– 저한테 들으실 순 없어요. 전 의사가 아니라고요.

– 말하라고 하잖아.

– 네 살짜리 아이처럼은, 말하게 될지도 모르죠. 그것도 회복할 경우 얘기지만. 모든 걸 새로 배워야 할 거고 그런다고 해도 저능아처럼 말하게 될 거예요.

– 아. 다시 걸을 수는 있고?

– 지금 보이는 대로라면, 컵 하나도 못 들지 몰라요. 방금 한 얘기 때문에 제가 해고당할 수도 있다는 건 알아두셨으면 좋겠네요.

– 처음으로 진실을 말해준 사람이라서 해고를 당한다는 건가?

– 제 일은 진실을 말하는 게 아니라서. 제 일은, 우리 생각에 그쪽이 받아들일 수 있을 만한 걸 말해주는 거예요. 그리고 여기 있는 사람들 중에는 환자한테 어떤 일이 일어날지 실제로 예측할 수 있는 사람이 없고요. 그래서 누구도 무슨 말을 했다가 일이 그렇게 돌아가지 않는 경우를 원치 않는 거죠. 남편분은 회복하실 수도 있고, 아니면……

– 죽을 수도 있겠네.

– 그럴 수도 있죠.

여자는 내가 그 질문을 하기만을 기다린다는 듯 나를 바라보고 있다. 아니면 나는 그냥 내가 원하는 뭔가를 그 여자의 얼굴에서 읽어내는 걸지도 모른다. 모니터에서 삑 소리가 나지만, 이번에는 여자가 펄쩍 뛰지 않는다.

– 조시 웨일스가 남편분을 쐈나요? 드디어 말해버렸다. 오랜 세월 동안 나는 단 한 번도 그자의 이름을 말해본 적이 없다. 그 이름을 입 밖으로 낼 용기도 내본 적이 없었다. 시간이 지나면 그간의 일로 나 자신을 두들겨패고 싶어질 거라는 건 내내 알았다. 그자가 나를 사냥하고 있다는 생각 때문에 몇 년 동안이나 스스로의 정신이 미쳐 날뛰도록 내버려두다니. 그자의 바로 옆을 지나가더라도 그자가 나를 다른 누구와도 구분하지 못하리라는 걸 알고 있으면서도 말이다. 그자가 뭔가 말을 걸려고 나를 불러 세울지라도.

– 조시 웨일스라니?

– 무슨 개인적인 이유가 있어서 그런 게 아니고요. 제 말은, 그 사람은 갱단이니까.

– 브롱크스에 사는 자메이카 사람 한 명도 몰라요?

– 그게 무슨 상관인데요?

– 그 사람들은 갱단이라고 하지 않아요, 파씨라고 하지. 그리고 조시는 지금까지 2년 넘게 감옥에 갇혀 있어서 아무데도 못 가.

– 뭐라고요?

– 그러니까 〈글리너〉를 한 호도 읽지 않고 자메이카 뉴스도 전혀 안 본다는 말이지? 자메이카에서 이달에 조시를 미국 법정에 세우려고 미국으로 보낼 거예요, 미 러브. 클럽에서 총질을 한 건 조시

웨일스 패거리였지. 태터스가 랭킹 던즈네 나이트클럽이라는 건 다 들 알고 있으니까. 랭킹 던즈가 거기 주인이라거나 그런 건 아니지만, 항상 거기에 가거든. 웃긴 게 뭔 줄 알아? 무슨 노래가 나왔는지 아직까지 기억이 난다는 거야. 어떻게 〈야근 간호사〉가 지금까지도 이렇게 달콤하게 들릴 수 있느냐고 어떤 사람한테 물어봤거든. 왜 이런 일이 닥칠 줄 몰랐느냐고는 묻지 말아요. 조시 웨일스 아들이 자메이카에서 살해당했는데, 누군지는 몰라도 그 짓을 한 인간이 어떤 식이든 랭킹 던즈랑 연관되어 있었으니까. 잼다운에서 멀리까지 도망칠 수 있었다니 아가씬 아주 운이 좋은 거야. 하지만 우리 같은 나머지 사람들은 잼다운이 바로 등뒤를 쫓아오지.

- 그러니까 남편분이 그때 거길 지나가셨다는 거죠?

- 아니지, 아가씨, 남편은 랭킹 던이었어.

여섯

- 그러니까 예수 그리스도가 토니 파바로티를 죽였다는 거야?

- 진짜 예수네. 저놈 머리 좀 봐. 니 여자는 니가 그 꼴로 나돌아다니는 걸 그냥 놔두냐? 그리고 내가 알기로 백인 남자들은 자기 여동생하고 짝짓기하는 광신도 아니고선 전부 면도를 한다던데.

- 그리고 저거 나팔바지 아냐? 이런 라티드.

- 브레드렌, 내가 알고 싶은 건 말이야. 지금이 1991년이라는 걸 형씨한테 알려주려면 도대체 어디로 전보를 쳐야 할까 라고. 형씨는 금방이라도 〈디스코 덕〉을 부를 것 같은 꼴이라고.

- 아냐, 유비, 〈인 더 네이비〉*겠지.

- 우누 전부 여기 있어도 돼. 옷 입은 꼬라지만 보면 알 수 있거든. 형씨 MTV도 안 보시나? 아니지, 만, 내 친구 녀석은 형씨가 요즘 유행하는 패션으로 차려입을 때까지 총을 꼽아놓고 기다릴 수

* 〈In the Navy〉(1979), 미국 디스코 그룹 빌리지 피플의 노래.

있을 거야.

- 퍽이나 오래 기다려야겠군. 근데 거의 11년 동안 뭘 기다려왔던 거냐? 우리 중 하나가 널 찾으러 오기만 기다렸어?

이 작자들은 요점만 말할 인간들이 아니라는 느낌이 온다. 놈들은 나를 스툴에 앉혀놓았고 지금 나는 놈들 한가운데 앉아 있다. 놈들은 어느 순간에라도 내 머리에 멍청이 모자*를 씌울 것처럼 내 주변을 빙빙 돌고 있다. 모자가 아니라면 나를 덮치거나 야구방망이로 내 머리를 갈겨서 쓰러뜨리든지 하겠지. 처음에 나는 놈들이 상어처럼 내 주변을 돈다고 생각했지만, 지금은 형편없는 은유를 떠올리기에는 씨발 좆나게 부적절한 순간이다. 씨발 멍청한 놈, 덩치 큰 흑인 남자들이 총을 들고 내 집을 차지한 이 순간에도 인생 수기나 편집하고 앉았네. 어쨌든 이건 확실히 강도 사건은 아닐 것이다. 딱 한 번은 나도 씨발 이게 강도 사건이었으면 좋겠다고 바랐지만. 토니 파바로티라는 이름은 몇 년 동안 들어본 적이 없었다. 아마 7년 전인가 그쯤. 딱 한 번 트리스탄 필립스에게서 그 이름을 들었다. 나는 그날의 일은 전혀 생각하지 않는다. 다른 누군가에 대해서도 마찬가지다. 누구도 어떤 짓을 하지 않았으니까. 확인도 해봤다. 어쨌거나 자메이카 신문의 마이크로필름을 통해서 확인할 수 있는 만큼은 말이다. 그런데 아무것도 없었다. 살인 사건에 대한 경찰의 발표도, 호텔에서 발견된 시체에 대한 이야기도. 좆까라, 포크너. 과거는 절대 죽지 않는다고?** 과거라고 할 수도 없군. 트리스탄 필립스를 만나기 전까지 나는 그놈의 이름조차 몰랐다.

---

* 학교 수업 시간에 학습 진도가 느린 아동에게 씌우던 원뿔 모자.

** 윌리엄 포크너의 소설 『어느 수녀를 위한 진혼곡』(1951)에 등장하는 구절로, 포크너는 '과거는 절대 죽지 않는다. 과거란 사실 지나간 것조차 아니다'라고 서술했다.

– 목에다가, 내가 말한다. 실크 정장과 돼지꼬리 둘 다 내가 자기들 말을 끊기라도 한 것처럼 나를 쳐다본다. 렌–독인지 뭔지, 최소한 내가 듣기로는 그런 이름의 남자가 남은 과일을 냉장고에 집어넣고 믹서기를 싱크대로 가져간다. 그 순간이 닥쳐오는 소리가 들린다. 믹서기 하나 씻겠다고 식기세척기를 쓰지는 말라고 내가 말해버리는 순간이. 하지만 돼지꼬리와 실크 정장은 여전히 나를 보고 있다.

– 목에다가 했다고.

– 뭘 했다는 거야? 실크 정장이 묻는다. 분명 이놈이 자기 이름이 유비라고 말한 것 같은데, 뭐든 기억을 붙들어둘 수가 없다. 지금 이 순간 놈들을 전부 합치면 일곱 명인가 여섯 명일 텐데, 정확히 기억할 수가 없다.

– 죽였다고. 내 말은, 찔렀지. 그러니까 놈의 목을, 아마도 경정맥을 찔렀다고.

– 목을 찔렀다네요, 보스, 돼지꼬리가 말한다. 유비가 매섭게 쏘아보자 놈이 움찔한다.

– 여기서 컬럼비아 대학교 나온 사람이 누구냐? 응? 너야, 나야? 넌 내가 경정맥이 어디에 있는지도 모를 것 같냐? 죽을 때까지 시간은 얼마나 걸렸어? 2분?

– 5분쯤.

– 그럼 엉뚱한 경정맥을 고른 거야, 이 자식아.

– 내가 무슨 그 분야 전문가도 아니고.

– 그러셔? 캐묻고 다니기 좋아하는 질문들이며 쓰고 싶어하는 내용을 보면 그 문제에 대해서도 생각을 좀 해보는 게 좋을 것 같은데. 특히 내가 〈뉴요커〉에서 읽은 내용을 보면 말이야.

– 개나 소나 평론질이군, 내가 말한다.

날아오는 주먹을 보지 못했다. 주먹은 관자놀이에 그대로 꽂혔다. 나는 충격을 떨쳐내려 눈을 깜빡이며, 씨발이라고 고함을 친다.

– 이게 영화인 줄 알아? 니 눈에는 내가 백인하고 말장난할 시간이 있는 사람으로 보이냐?

– 너희 자메이카놈들은 원한 품는 게 좋은가봐, 안 그래?

– 무슨 소린지 모르겠군, 젊은이.

– 그 토니 파바로티라는 자식 말이야. 너희 총대장. 니놈들은 그 자식이 역사상 최고로 악랄한 씹새끼라는 식으로 떠들어대더만. 그런데 무슨 씨발 말라빠진 기자 새끼가 그 자식을 염병할 커터칼로 담가버린 거지. 그러다가 니놈들이 11년 후에 나타나서는……

– 12년이다.

– 씨발 뭔 상관이야. 그래서 나타난 이유가 뭐, 옛일이라도 마무리하겠다는 건가? 아주 대단한 〈대부〉 속편이구만.

– 보스……

– 괜찮아, 렌–독. 저 형제는 여기 있는 사람 중에 영화를 보는 사람이 아무도 없다고 생각하나봐.

나는 관자놀이를 문지르고 놈들은 여전히 빙빙 돌고 있다. 놈은 내 뒤로 와서야 입을 연다.

– 형씨는 이 모든 사람들에 대해서 어떻게 생각해, 렌–독이 왜 이 방에 들어왔을까? 주스나 만들자고 들어온 걸까?

– 나야 모르지.

– 렌–독?

렌–독이 나를 보며 말한다.

– M60.

– M60. 이 파씨에 속한 모든 남자는 다들 버스를 하나 골라서 세워야 해. 그 버스에서 처음 내리는 게 남자든 여자든 쏴버리는 거지. 죽으면 보너스고.

– 그래서 무서워하라는 건가?

– 이것 봐라, 보스, 웬 녀석 바지 속에서 불알이 점점 커지는 모양인데요, 돼지꼬리가 말한다.

내 눈앞에는 지금 돼지꼬리처럼 레게머리를 땋아내린 놈과 흰색 민소매 티셔츠를 입고 주스를 만드는 놈과 염병할 새틴처럼 반짝이는 실크 정장을 입은 놈이 있다. 실크 정장은 엄마한테 씨발 손수건을 네모지게 접는 방법을 배운 적이 없는지 정장 주머니에 하얀 손수건이 튀어나와 있다. 갑자기 이 모든 게 얼마나 기이한 일인가 하는 깨달음이 온다. 아니 기이한 게 아니다. 좆나 우스꽝스러운 거지.

– 점점 대담해지는데, 이 자식, 렌-독이 말한다.

– 아주 씨발 무서워서 지리겠어.

– 이봐……

– 아니 너나 봐. 니놈들이 무슨 씨발 시트콤에 나오는 거물들처럼 구는데 아주 구역질이 난다. 씨발 내 집에 들어와서는 주스를 처만들질 않나, 무슨 영화에서처럼 복잡하게 머리 쓰는 지능범이라도 된 것마냥 대화를 하려고 들잖아? 실제로는 여자들이랑 애들이나 쏴갈기는 씨발 멍청한 깡패새끼들이. 니놈들이 염병할 뭘 읽든 말든 나는 좆도 신경 안 써. 니들이 얼마나 머리가 좋든 씨발 관심 없다고. 씨발 신선하게 주스를 갈든 말든 좆나 관심 없다니까. 그 엿같은 섬나라에서 너희 같은 씹새끼들이 뽑아낼 수 있었던 최악의 갱을 담가버린 일도 그렇고. 아 뭐, 그냥 해버리지그래, 응? 그냥 하라고. 어쨌거나 니들이 하는 개소리는 덜 들으면 덜 들을수록 잘

된 일이니까. 그냥 씨발 해버리라고, 그런 다음에 이 집에서 나가. 동네 사람들이 경찰 좀 부르게. 그리고 씨발 그놈의 과일도 가져가. 난 주스 좋아하지도 않아.

– 형씨 말이 맞아, 유비가 말한다. 형씨를 겁주려던 게 아니었어. 사람을 겁줄 때 나는 씨발 입이나 털어대진 않거든. 렌-독, 이 쌍년 손 좀 봐줘라.

일곱

– 아무튼 그래서 피터 나세르가 뭘 원했다는 건가?

조시 웨일스는 감방 안을 돌아다니고 있다. 장담하는데 지금 그는 자신이 어슬렁거리고 있다는 사실조차 깨닫지 못하고 있다. 하지만 조시가 어두운 구석으로 들어갈 때마다, 나는 그가 사람을 놀라게 할 만한 추잡한 뭔가를 가지고 다시 나타날 거라는 생각이 든다. 총은 아니겠지만, 단검처럼 내 눈에 그대로 던져버릴 수 있는 막대 같은 것일지도 모르겠다. 그리고 이 일은 매번 일어난다. 조시는 감옥 창살 너머로 천천히 지나다니며, 구석에 다다를 때까지 나를 바라본다. 그러고는 비스듬한 그림자가 자기를 삼켜버릴 때까지 머리를 뒤쪽으로 돌린다. 그 상태로 조용해지기까지 해서 어둠 속에 있는 그의 소리조차 따라갈 수가 없다. 발소리조차도. 가끔 그가 멈추면 궁금해진다. 저기서 뭘 하는 거지? 뭘 준비하는 거지? 그러다가 그가 아주 짧은 순간 그림자 밖으로 나오면 심장이 마구 쿵쾅거린다. 조시가 그 짓을 할 때마다 심장이 쿵쾅거린다. 사람들이 뭐가 더 위험하다고 했었는지 기억나지 않는다. 상처 입은 사자였던가, 아니면 우리에 갇힌 사자였던가?

– 개짓거리를 그만둘 만한 이유지. 갑자기 피터 나세르한테는 왜 관심을 갖는 거지? 방금 그 친구를 11년 동안 못 봤다고 하지 않았나? 그리고 그자는 이번주에 나한테 경의를 표하겠다고 찾아온 사람들 중 여섯번째였어. 요즘엔 내가 미국 감옥으로 보내질 경우 무슨 짓을 할지 다들 궁금해하더군. 글쎄, 애초에 내가 감옥에 들어가지 않도록 다들 좀더 신경을 썼어야지. 또 우스운 건, 다들 미국 법정이 나한테 유죄 판결을 내릴 거라고 생각한다는 거야. 하지만 생각해봐. 양키들의 정의가 문을 두드리면, 다들 이 조시를 잊고 내가 그 모든 걸 혼자 해결하도록 내버려둔단 말이야. 그런데 지금은 모든 게 제대로 풀리지 않으니까 갑자기 다들 각자 일을 해결하려고 한다는 얘기지.

– 무슨 뜻이지?

– 아직도 어떤 사람들이 나를 죽일 수 있는 좋은 방법을 찾아내려 애쓰고 있다는 뜻이네. 내 말은, 한 번인가 두 번인가 이미 시도를 했다는 거야. 세 번이었나, 아니 네 번이군. 여기 있는 내 부하들이 지난주에 그 네번째 녀석을 손봐줬는데, 간수들 중 한 명이 오줌을 싸러 갔다가 변기통에 그 쌍년 대가리가 들어 있는 걸 발견하기 전까지는 굳이 나한테 얘기도 안 해주더군. 지금까지도 놈들은 재소자 대가리가 간수의 변기에서 도대체 뭘 하고 있던 건지 알아내지 못했어. 간수들 얘기를 하자면야, 씨발 견습생놈들이지, 그 녀석들. 첫번째 간수? 지금은 똥구멍에 튜브를 끼고 있지. 두번째놈이 내 감방에 와서 텅 빈 매트리스에 총 두 발을 쏠 때쯤에는, 이미 아내를 잃고서 이틀 뒤엔 아빠가 됐을 수도 있다는 걸 알게 될 걸세.

– 제기랄, 옴브레.

– 어떤 사람들은 자기가 왜 정상에 올라앉게 됐는지 잊어버리더군. 어떤 씹새끼가 자기들을 거기에 올려줬는지도.

– 누가 자네한테 무슨 빚이라도 졌다는 듯이 말하는군.

– 암, 빚을 지고 있지. 씨발 다들 나한테 빚을 지고 있다고. 내가 이 씨발 정부한테 이 나라를 줬으니까.

– 그 정부는 더이상 정부가 아니고, 아무도 자네한테 쥐똥만큼도 빚진 게 없어, 호세프. 아무도 자네한테 뭘 억지로 시킨 적이 없고, 아무도 자네가 씨발 토니 몬타나*로 변하는 걸 막아선 적도 없지. 다들 아무렇지 않게 딴 데로 눈을 돌리고 있었다고. 자네가 그 씨발 크랙하우스에서 눈곱만큼도 가치가 없는 좆같은 약쟁이들 몇 놈을 살해해야겠다고 결정하기 전까지는. 누가 자네 새 구두를 밟았다든지 하는 이유 말고는 어떤 이유도 없었는데 말이야. 내가 자넬 모르겠나. 자네는 사람들이 자네한테 빚졌다고 혼자서 생각하는 것들 이상을 받았어. 그런데 자네가 씨발 망쳐버린 거야. 알겠나? 자네가 좆같이 망쳐버렸다고.

조시는 다시 어둠 속에 들어가 있다. 나는 그가 다시 나오기를 기다린다. 그가 지금 발을 질질 끌고 있는지 귀를 기울인다. 조시가 그럴 리가 없지. 그림자 밖으로 나온 조시는 키가 크다. 지나치다고 할 만큼 크다. 무슨 이유에서인가 가슴에 힘을 주고 있는 것 같다.

– 크랙 중독자가 필요하면 뉴 킹스턴 덤프리스 로드에 가서 아무나 하나 골라. 개뿔 크랙 중독자 하나 없어진 걸 피똥 쌀 누가 알겠

* 브라이언 드 팔마 감독의 영화 〈스카페이스〉(1983)의 주인공. 알 파치노가 연기한 이 캐릭터는 밑바닥 인생부터 시작해 마약 조직의 보스까지 올라간다.

나?

– 아무도 모르지. 크랙 중독자 녀석의 임신한 여자친구 정도? 이건 좀 다른 얘기지만. 〈뉴요커〉가 그 여자 얘기로 도배되었더군. 자네가 잘하던 짓 아닌가, 호세프? 임신한 여자들을 담가버리는 거?

– 좆까.

– 진짜 제대로야, 던. 자네가 데리고 있는 모든 자메이카 팀원들도 그렇고, 한-블록-전체를-쓸어버릴-수-있는데-왜-옴브레-하나만-쏴버리라는-거지 하는 놈들 사고방식도 그렇고. 총알의 폭풍이라고, 응? 스톰 파씨. 아주 품격 있어.

– 이봐, 보스 양반. 그놈들을 만들어낸 건 자네야, 내가 아니고. 괴물을 만들어놓고 나서 그놈들이 괴물 같다고 고함을 질러대면 안 되지.

– 어이, 내가 자네랑 같이 일할 때 그 녀석들 중 몇 명은 젖먹이에 불과했다고. 걔들을 돌본 건 내가 아니야, 빅 대디.

– 내가 음식을 확인하는 데 시간이 얼마나 걸리는지 아나?

– 뭐? 그게 무슨 소리……

– 20분이야, 하루에 세 번씩. 쥐들한테 물어보게나. 매일 나는 음식을 두 조각으로 나눠서 던져놓고 쥐들이 그걸 먹는지 지켜보지. 쥐들이 그걸 먹고 쓰러져 죽을 것을 예상하면서. 매일 나는 바나나를 하나씩 꺼내 조그맣게 잘라보고, 밥덩어리도 하나하나 뭉개보고, 주스 한 팩 마시려 해도 이빨 사이로 빨아먹어. 깨진 유리든 녹슨 못이든 에이즈가 들어 있는 뭐가 됐든 넘어오지 않게 하려고 말이야. 내가 음식 한 숟갈 삼키는 데 시간이 얼마나 오래 걸리는지 아냐고? 이미 주방 사람들을 모조리 매수했는데도 말일세.

– 하지만 누가 감히 그런 짓을 하겠나, 조시.

– 안 할지도 모르지. 그런데 밖에 있는 인간들은 죄다 내 입이 무슨 짓이라도 할까봐 좆같이 겁을 먹고 있으니. 그저 시간문제일 뿐이라네, 브레드렌. 나보다 자기들을 더 무서워하는 간수나 재소자를 한 명 찾아낼 때까지, 이건 그저 시간문제일 뿐이야.

– 자네 너무 오래 갇혀 있었군그래.

– 그럴지도. 장식이라도 새로 해야겠어, 커튼도 좀 달고.

– 자네가 교수대에 올라서도 유머감각을 발휘하는 모습은 상상도 못했네, 미호.

– 아직 안 죽었어, 닥터 러브.

조시는 침대에 앉아 시선을 돌린다. 지금으로서는 할말을 다 했다는 듯. 여기 온 이래 내가 눈을 돌린 건 그때가 처음이다. 감방과 복도 전체가 빨간 벽돌로 되어 있고 벽돌 몇 개는 이미 빠져 있다는 사실을 알아챈 것도 그때가 처음이다. 누가 감옥이라는 말만 하면 그에게 딱 적당한 감옥을 구해줄 수 있는 곳이 바로 자메이카인 모양이다. 최소한 지금 바닥은 콘크리트로 되어 있다. 정말이지 이곳은 숟가락 하나와 미국인들이 진취성이라 부르는 무언가만 있다면, 몇 년 안에 굴을 파내서 자유를 찾을 수 있는 종류의 감옥이다.

– 피터 나세르, 그 불쌍한 쌍년이 여기로 굴러들어와서는 나를 협박하려고 했지.

– 아, 그래? 그 일은 어떻게 됐나?

– 씨 없는 남자가 강간하겠다고 협박하는 거랑 비슷했지. 놈은 갑자기 카나리아가 노래를 부르게 될까봐 걱정하더군. 그놈이 말한 그대로 옮긴 거야, 나라면 그런 멍청한 소리는 안 했을 거네.

– 알아. 하지만 그자만 있는 건 아니야, 조시.

– 그러니까 2백번째 다시 묻는데, 자네는 왜 여기 온 건가?

– 그냥 면회를 온 걸 수도 있지.

– 면회야 미국에서 해도 되는 거지. 이틀만 있으면 그리로 갈 텐데.

– 아들을 묻는데도 자네를 안 내보내주다니, 그럴 수가 있나.

– 너 이 씨발 쌍년아, 드 라스 카사스, 좆같은 쌍년.

– 내가 왜 항상 자네를 이토록 매력적이라고 생각하는지 아나, 조시? 내가 아는 사람들은 대부분, 맨, 그 뭔가를 껐다가 켰다가 할 줄 알아. 하지만 자네는 그 두 가지를 동시에 켜놓고 있을 수 있단 말이야. 자네는 죽은 아들 얘기는 거의 하지도 못하면서, 임신한 여자 둘을 담가버린 일은 아무렇지 않게 얘기할 수가 있지. 자네는 사람들이 사이코패스라 부르는 그런 존재 같아. 뭐야? 뭐가 그렇게 웃긴가?

조시는 웃었다. 너무 오래 웃은 나머지 딸꾹질을 시작했고, 그런데도 웃음을 멈추지 않으려 들었다. 하도 오래 웃어 나는 조시가 약간 증오스럽게 느껴지기 시작했다. 정말이었다. 전에는 조시에게 그런 감정을 느껴본 적이 한 번도 없었다.

– 그 문장 전체 말이야. 여기 오기 전에 읊는 연습이라도 했나?

– 좆까, 호세프.

– 아니, 진심으로 하는 말이야. 그걸 뭐라고 부르더라, 내가 누구 얘기하는지 알지. 텔레비전에도 한 번 나왔었는데. 무릎에다가 인형을 앉혀놓고 있는 그 남자. 움직이는 건 인형의 입인데 말은 다른 사람이 하지.

– 복화술사. 내가 복화술사라는 건가? 누구의 복화술사라는 건데, CIA?

– 아니, 나는 자네가 인형이라는 얘길 하는 거네. 누가 자네를 보낸 건가, 브레드렌? 클라크라네–그냥–끝에–E만–떼어버려–씨?

정말 진심이라고, 그자가 아직도 활동을 하나?

– 몇 년 동안 그 사람 생각은 해본 적도 없어. 듣기로는 쿠웨이트에 있다던데.

– 자네 기억에 구멍이 너무 많군그래. 반면 나 같은 사람은 모든 걸 다 기억하지. 이름 같은 것들. 사람들 대부분이 이름을 얼마나 잘 잊어버리는지 아나? 루이 존슨이라든지 말이야. 클라크라네-그냥-끝에-E만-떼어버려-씨, 피터 나세르, 루이스 에르난 로드리고 드 라스 카사스. 살 레스닉? 나는 이름을 잊어버리지 않아. 늑대인간 작전 같은 것들? 그런 것들도 잊어버리지 않지. 어떤 날짜들도 잊어버리지 않네. 1968년 10월 16일이라든지, 1976년 7월 15일이라든지, 1976년 12월 6일이라든지, 1980년 5월 20일, 1980년 10월 14일. 나는 날짜를 잊어버리는 법이 없어. 어떻게 생각하나? 할말이 없어진 모양인데, 무차초.

– 내가 보기엔, 사람들이 요즘 자네가 할지도 모르는 말 때문에 더 마음이 쓰이는 모양이야.

– 할지도 모르는 게 아니라 하게 될 말들이지, 루이스. 말할 거야. 사람들이 나한테 이 구멍을 파줬거든. 너무 구멍을 크게 파면 그 구멍이 모두를 삼켜버릴 거라는 말을 나는 굳이 하지 않았네. 자네 보스가 뭘 걱정하는지 모르겠군. 그 친구가 해야 할 일이라고는 마약단속국에 전화를 거는 것뿐일 텐데—FBI 맞지? 전화를 걸라고. 그러면 이야기의 일부라도 무너질 테니까.

– 마약단속국은 FBI가 아니야. 그쪽에서 지휘하는 것도 아니고.

– 그쪽이라? 그러니까 누가 보내서 온 건 맞군.

– 자네랑 같은 편에 서 있을 때 했던 대화가 더 마음에 드는군그래.

– 문이랑 자물쇠도 저기에 있어. 넘어오지 그러나.

– 나이 먹더니 재치가 늘었군, 맨.

– 그래도 아직 자네보다는 어리지. 뭘 원하나, 닥터 러브. 내가 입을 다물면, 감옥에서 나왔을 때 나한테 줄 돈이라도 좀 꿍쳐뒀나?

– 그런 얘긴 한 적 없네만.

– 그럼 내가 대신 얘기해주지, 답변도 들려주고. 내가 감옥에서 나오게 될 거라고 생각한 이유가 뭔가?

– 마약단속국과 자네가 하게 될지도 모르는 거래 때문이지.

– 아직도 자네가 뭘 걱정하는지 모르겠군. 닥터 러브는 흐릿한 형체일 뿐이야, 자네가 나한테 그렇게 말하지 않았나? 대부분의 사람들은 닥터 러브가 존재한다는 것조차 모르지. 어쩌면 자네는 피그스 만에서 죽은 걸지도 몰라. 바베이도스에서 비행기를 폭파할 때 휘말려서 같이 죽은 것일지도 모르고. 어쩌면 지금은 그 산디니스타*들이랑 같이 일하는 걸지도 모르지.

– 콘트라스**라네.

– 그거나 그거나. 아니면 자네는 유령이 필요할 때마다 사람들이 먼지를 긁어모아 만들어내는 뭔가일지도 모르겠군.

– 어쩌면 지금 자네와 이야기하는 내가 유령일지도 모르네.

– 정말 그럴 수도 있겠군. 자네 같은 사람은 말이야, 세상에 더이상 필요하지 않아. 내가 언제부터 그걸 알게 됐는지 아나? 1976년부터야. 정치는 좆도 의미가 없어. 권력 역시 좆도 의미가 없지. 의미 있는 건 돈이야. 사람들한테 그들이 원하는 걸 주라고. 피터 나세르가 나한테 사람을 보내서 내가 걸어온 길의 오점을 알려주겠다

---

* 1979년 소모자 정권을 무너뜨린 니카라과의 민족 해방 전선의 일원.

** 콘트라 반군, 니카라과 반정부 세력.

고 생각하는 모양인데, 킹스턴 사람 중에 내가 소유하지 않은 사람이 한 명이라도 있던가?

– 정말 그렇게 생각하나, 호세프? 한 명도 빠지지 않고?

– 그래.

– 단 한 명도?

– 왜, 내가 여기서 마이크라도 가지고 말해야겠나, 귀먹었어?

– 단 한 명도?

– 그래, 씨발.

– 뉴욕에서도?

– 뉴욕에서는 특히 그렇지. 그쪽 사람들이 나를 못 잡아먹어 안달인 이유도 그게 틀림없을걸.

– 자네 친구 위퍼를 담가버린 게 누구라고 생각하나?

– 위퍼 본인을 제외하고 말인가? 이 얘기는 슬슬 질려가는군, 닥터 러브. 그렇게 열심히 들여다보지 않아도 위퍼한테 일어난 일이 뭔지는 알게 돼 있어.

– 흠. 그 여자가 좆같이 어디로 튀어버리기 전에 내가 그리젤다 블랑코 여사랑 재미있는 수다를 좀 떨었는데 말이야.

– 그 미친년 일은 메데인에서 이미 처리하지 않았나?

– 그전이라고 했잖나, 조시. 내 말 좀 잘 들어주겠나? 그 여자가 벽에 쓰인 글씨를 보고서는 친구들을 찾아다니던 시절 얘기야. 그 여자가 나한테 그 갱단, 어…… 랭킹 던즈라는 파씨 얘기를 해주더군. 들어본 적 있나? 거기 속한 놈들은 거의 대부분 자메이카 사람이라던데.

– 그래, 루이스. 랭킹 던즈는 잘 알지.

– 아. 자네가 아는지 모르는지 몰라서. 어쨌거나, 아무튼 그 여자

가 얘기하더라고. 어느 땐가 그놈들이 마이애미 바닥을 싹쓸이할 뻔했다고. 그런데 한 달 만에 싸그리 없어졌다는 거야.

– 그래서?

– 그래서, 물론 그리젤다는 놈들을 몰아내고 싶다는 바람이야 있었지만, 그 여자한테 일을 실제로 해낼 수 있는 머리가 없다는 건 씨발 아주 확실했거든. 자네 같은 자메이카 사람들을 처리할 인력도 그렇고. 자메이카 사람들을 처리하기 위해서는 그리젤다한테 바위 같은 남자가 필요했던 거야. 빠르게 움직일 수 있고, 이미 이해관계가 얽혀 있는 사람이면 더 좋았고. 그런데 그 씹새끼는 자네가 아니었어, 호세프. 자네가 그 친구를 과소평가했다는 건 아니지만, 미호. 그자가 그리젤다에게 마이애미 남부를 돌려주었다네. 그리젤다는 그자에게 위퍼를 넘겼고. 그런 다음에 그자는 전능하신 조시 웨일스님을 기다리기로 했지. 그냥 자네가 씨발 일을 망쳐버리기만 기다리고 있었던 거야. 크랙하우스에 들어가기만을. 왜 그냥 내버려두지 않았나, 맨?

– 오줌맛이 싫었으니까.

– 뭐?

– 아무것도 아니야.

– 아냐, 뭐라고 했잖나.

– 피똥 쌀 아무 말도 안 했다잖아, 닥터 러브.

– 한 사람뿐이야, 조시.

– 유비?

– 유비.

여덟

– 전에는 한 번도 본 적이, 그러니까 제 말은, 전에는……

– 전엔 뭐요?

– 이런 분이요. 그러니까 그런 쪽에 있는 사람이요.

– 어쩜 이리 오만하실까. 내가 언제 내 남자가 그런 쪽에 있는 사람이라고 했어?

– 랭킹 던즈였다면서요.

– 교회 다닌다고 다 기독교인인가.

– 제가 제대로 알아들은 건지 잘 모르겠네요.

– 제대로 알아들은 건지 잘 모르겠네요, 라니. 진심으로 묻는 건데 항상 그렇게 젠체하면서 말을 해요, 아니면 백인들한테 보여주려고 그러는 거예요?

– 제대로 된 영어를 쓰는 사람은 전부 백인을 흉내낸다는 말씀이세요?

– 뭐든 흉내내고 있는 거지.

– 아, 그럼 말을 제대로 못하니까 그쪽은 진짜 자메이카 사람이겠네요. 뭐 기분이 좋으실지는 모르겠지만, 백인들은 저보다 당신네 사람들이 말하는 방식을 훨씬 좋아할 거예요.

– 당신네 사람들?

– 네, 당신네 사람들이요. 진짜 자메이카 사람들. 당신들은 전부 빌어먹을 만큼 현실감이 넘치잖아요. 그리고 그쪽은…… 아니 됐어요. 벌써 선을 한참 넘어서 전 해고를 당할 수도 있다고요. 보호자랑 얘기를 하고 있는 것만으로 모자라서 이제 말다툼을 하고 있으니. 다음에는 당연히 불만사항이 쌓이면서 저는 해고당하지 않더라도 징계를 받게 되겠죠. 환자분이 회복하시기를 진심으로 바랍니다.

– 근데 전에는 총잡이를 한 번도 본 적이 없다니 그게 무슨 뜻이야? 왜 총잡이가 보고 싶은 건데?

여자는 정말로 알고 싶다는 눈빛으로 나를 바라본다. 여자의 눈썹은 추어올라가 있고 입도 살짝 열려 있다. 정말로 궁금한 것 같다. 여자가 방어적인 태도로 나오면 그걸 공격할 수 있었겠지만, 여자는 정말로 그냥 알고 싶어하는 것 같다. 그리고 나한테는 말이 되는 대답이 하나도 없다. 나도 정말 모르니까. 여자는 남자 옆에서 일어나더니 창문 쪽으로 간다. 정말 끝나지 않는 하루다. 그런데 아직도 3월이라니?

– 아무리 생각해도 총잡이만큼 보고 싶지 않은 사람은 세상에서 한 명도 못 찾겠는데, 여자가 말한다.

– 이해해요.

– 원래는 어디 출신이에요?

– 헤이븐데일이요.

– 그럼 이해를 못 하는 거지. 가까이서 본 적도 없다고 하고.

– 없죠.

– 그러니까…… 잠깐만. 이것 좀 봐라, 지금 꼭 우리가 동물원에 와 있고 저 사람은 그 동물원에 있는 고릴라라도 되는 양 말하고 있잖아. 웃기니까 웃어야겠지. 랭킹 던즈와 스톰 파씨 사이에서 뭔가가 부글부글 끓기 시작한 지도 벌써 한참 됐어.

– 근데 왜 여기까지 오느냐고요?

– 그게 무슨 뜻이야? 그럼 어디로 가겠어? 마약을 원하는 건 당신네 사람들인데?

여자는 아이에 대해 참을성을 잃어가는 어머니처럼 나를 바라본다. 여자에게 내가 무슨 멍청이는 아니라고 말하고 싶지만, 대신 창문으로 다가가 여자 옆에 선다.

– 그나마 거의 다 끝났으니 다행이지.

– 뭐가요? 목소리가 너무 작게 나와서 여자가 내 말을 들었는지조차 모르겠다.

– 죽이는 거 말이야.

– 어떻게 아세요?

– 죽일 사람이 몇 명 안 남았으니까. 그리고 조시 웨일스는 양키 감옥에서 한참 동안 썩게 될 거고. 뭐 내 눈으로 직접 봐야 믿겠지만.

– 조시 웨일스가 감옥에 있다는 것도 몰랐어요.

– 자메이카 얘기 뭐 아는 거나 있어? 자메이카 신문에 실리는 거라고는 조시 웨일스 뉴스밖에 없는데. 그래, 나도 글 읽을 줄 알아. 매일매일 법정이니 재판이니 목격자니 재판 연기니 추밀원 얘기가 새로 실렸지. 그 사람이 죽인 사람들 얘기며 미국이 얼마나 그 사람을 간절히 원하는지. 텔레비전만 켜면 조시 웨일스가 무슨 영화계

스타라도 되는 것처럼 그 사람 얘기를 해댄다니까. 심지어 미국 뉴스에서도. 오로지 조시 웨일스, 조시 웨일스, 조시 웨일스…… 괜찮아? 원 세상에 아가씨…… 잠깐…… 이리 기대…… 이리 기대.

나는 고개를 끄덕이고 내가 그 랭킹 던 옆에 있는 의자에 앉아 있다는 사실을 깨닫는다. 의자까지 어떻게 갔는지는 거의 머리 밖으로 날아가버렸지만, 아예 잊어버릴 정도로 어지럽지는 않다.

– 이제 괜찮아?

– 물은 됐어요.

– 뭐?

– 텔레비전 보면 다들 물을 권하잖아요.

– 라티드. 아가씨, 반쯤 정신을 잃으니까 이제 자메이카 말을 하네? 이렇게 근사할 수가.

– 정신 잃지 않았어요.

그러자 여자가 정말로 크게, 랭킹 던을 깨울지도 모른다는 생각이 들 정도로 크게 웃는다. 오랜 웃음은 미소로, 낄낄거림으로 이어지고, 그다음에는 여자의 가슴이 소리 없이 오르내린다. 어느 시점에선가 여자가 나 때문에 웃은 게 아니라는 걸 알 수 있었다.

– 자메이카 말 마지막으로 해본 게 언제야?

– 무슨 말씀이신지, 저는 항상 자메이카 말로…… 그거 알아요? 지난주에 브롱크스에서 라이트에이드를 운영하는 피똥 쌀 뚱땡이 새끼가 저더러 이 흰색 스타킹이 다리 어디까지 올라가냐고 묻더라고요.

– 하하, 그래서 뭐라고 했는데?

– 니 손닿는 곳보단 높이 올라간다, 이 불어터진 뚱땡이 똥자루야.

머리는 더이상 핑핑 돌지 않았다. 그런 것 같았다. 잘 모르겠다.

애초에 왜 머리가 돌기 시작했는지도 알 수가 없다. 그때 여자가 말한다.

– 재판이 텔레비전에도 나올지 모르겠네?

– 무슨 재판이요?

– 내가 아까 했던 얘기 하나도 안 들은 거야? 조시 웨일스지.

뭔가가 전혀 신경쓰이지 않는다는 시늉을 하는 여자를 알아볼 수 있는가? 그 여자는 이미 펴고 있는 등을 더 곧게 펴고, 목걸이를 만지작거리기 시작하고, 아무도 자기를 보고 있지 않은데도 시선을 돌리고, 유령이 자기한테 농담을 던지기라도 한 양 미소를 짓는다. 더이상은 미소 지을 수도 없을 때까지 짓는 미소. 그 여자는 입술이 치아를 끌어당기는 듯한 느낌을 받는다. 그래, 랭킹 던의 침대 맞은편에 있는 거울 속 여자를 엿보고 하는 말이다.

– 그놈은 목을 매달아야 해. 똑똑히 말하는데, 감옥에 있을 때 누가 쏴야 했다고.

– 이런 짓을 해서요? 내가 말한다. 정말이지 침대에 있는 남자를 손가락으로 가리키고 싶지는 않다. 그건 빌어먹을만치 너무 드라마틱한 일이니까. 그래서 나는 대신 고갯짓을 한다. 미묘하게.

– 왜요, 랭킹 던즈는 아무도 안 죽이나? 내가 말한다. 웃기네요. 그런 소식은 일절 안 들으려고 노력하지만 그래도 기억이 나요. 그렇게 오래된 일도 아닌데, 〈뉴욕 포스트〉에 어떤 헤드라인이 실렸어요…… 그래…… 뉴욕을 크랙에 중독시킨 자메이카인이었나. 그 사람이 랭킹 던즈 두목이었던 것 같은데. 신문을 집어든 게 그때가 마지막이라 기억이 나네요.

– 랭킹 던즈에는 지도자가 없어.

– 당연히 그렇겠죠, 그 사람이 감옥에 들어갔는데.

– 아니, 내 말은 조시 웨일스 같은 지도자가 없다는 얘기야. 그놈은 다르잖아. 한 번은 어떤 사람이 조시 웨일스의 차를 들이받았는데…… 아니다, 조시 웨일스가 그 사람 차를 들이받고는 그 사람을 쫓아간 거야. 말이 돼? 그 남자는 곧장 경찰서로 달려들어갔지.

– 경찰이 그 사람을 집까지 태워다줬고요?

– 아니. 경찰은 뒷짐만 지고 서 있었지. 그러는 사이 조시는 다른 사람들을 몇 명 데리고 경찰서로 행진해 들어가서는, 그 남자를 끌어내 바로 거리 그 자리에서, 경찰서 바로 앞에서 죽였고.

– 말도 안 돼.

– 내 말이 그 말이야. 근데 있잖아, 그렇게 사악하게 굴면 그 사악함이 자기한테 돌아와도 놀랄 일이 아닌 거야. 조시의 딸과 아들은 둘 다 총 맞아 죽었지. 그 아들놈은 조시가 상류층 사람으로 만들겠다고 월머스 고등학교에 보내던 녀석이었어. 나도 엄마된 입장에서 애가 죽었다는데 속상하지. 근데 솔직히 그 씹새끼한테 정당한 일이었다고 생각해. 하지만 이 한 번의 일로 온갖 법석이 벌어졌다고. 상상이 가느냔 말이야, 여자애가 죽었을 때는 아무 일도 일어나지 않더니 남자애가 죽으니까 킹스턴에 아주 들불이 번지듯 했어. 참 그렇다니까. 그리고 그 불이 이 멀리 마이애미랑 뉴욕까지 번진 거야. 내 남자가 나한테 말해주기로는 그 연기가 저멀리 캔자스까지 날렸대. 캔자스가 어딘지는 알아?

– 아뇨.

– 나도 몰라.

– 그럼 그 사람이 감옥에 있다는 말이네요. 그리고 나오지 않을 거고.

– 나올 수가 없는 거지. 나올 거였으면 자메이카에 있을 때 나왔

어야지. 하지만 여기서 듣기로는, 그놈이 이것저것 잔뜩 떠벌리기 시작했다는 거야. 너무 많은 사람들이 겁을 먹은 데다가 멍청하기까지 하니까. 내가 그놈이었으면 애저녁에 비행기 타고 미국으로 떴을 텐데.

– 그럼 감옥에 있다는 거죠? 안 나온다는 거죠?

– 지금은 그렇지. 조시 웨일스한테 왜 이렇게 신경을 쓰는 건데? 그쪽은 게토 출신도 아니라면서?

– 전……

아직 크리스마스도 되지 않았다. 겨우 12월 문턱인데 누군가가 벌써부터 폭죽을 터뜨리고 있고 나는 달리고 달리고 다시 달리고, 그다음에는 깡충 뛰고, 그다음에는 56번 게이트에서 겨우 3미터 정도쯤 떨어져 있는 곳까지 곧장 걸어간다, 걸음은 점점 뻣뻣해지고 폭죽 소리는 점점 커지고, 특히 저 빠른 랏탓탓탓탓 하는 것들이 마음에 들지 않아서 나는 몸을 돌리고 56번 게이트는 이미 열린 채 이번만은 나를 환영해주고 있다 널찍이 열려 있다 게이트는 어서 오너라 내 딸아 여기에는 사랑과 하나됨뿐이란다, 라고 말하는 두 개의 팔이라도 된 것처럼 그런데 폭죽이 바로 곁을 스쳐지나간다. 뒤쪽으로 달려가는 한 남자가 나를 쳐서 하마터면 메리노를 입은 남자에게 쓰러질 뻔하고 거의 발을 헛디딘다 두 손으로 들고 있는 기관총 반동? 으로 떨리는 기관총 반동 반동 텔레비전에서는 그게 반동이라고 했다. 기관총 엉덩이가 흔들린다 랏탓탓탓, 아니 파파파파파파팝 남자가 나를 지나쳐 달리고 내 뒤에서 달리고 나는 코티나처럼 생긴 흰색 자동차에 눈을 두고 그뒤를 따르고 피똥 쌀 한 남자가 말하고 나는 주위를 둘러보고 또다른 남자 둘이서 달리고 있다 한 사람은 앞에서 고함을 쳐대고 다른 사람은 양손에 권총을 들고 그 총은 위아래로 불꽃을 뿜어댄다 팝-팝 팝 소리가 한 번 날 때마다 내 몸은 움찔하고 한 남자가 내 옆을 지나갈 때 내 옆쪽을 쳐버리고 또다른 남자가 반대편을 쳐버리고 나는 빙글 빙글 빙글 돌고 또다른 남자가 두 발을 쏘고 끼이익 하얀 자동차는 사라져버렸고 또다른 자동차가 멈춰 서는데 나는 그 다른 자동차는 보지 못했어 그냥 갑자기 멈춰 선 거야 나는 아직도 빙빙 돌고 있는 것 같은 기분이다 내가 방금 멈췄다는 걸 알고 있는데도 왜냐하면 멈추려고 바닥에다가 발을 쿵 디뎠으니까 사이렌이 나를 깨운다 아니 어쩌면 모기일지도 몰라 오른쪽 경비초소 근처에 여자 하나가 흙바닥에 납작하게 퍼질러져 있어, 피가 그 여자 머리 주변으로 퍼지고 비명을 지르는 사람들 너무 많이 비명을 질러 비명을 나는 돌아서서 그 사람의 가슴으로 곧장 걸어들어가 키가 큰 남자 나보다 키가 큰 남자 남자답게 굵지만 가늘기도 한 남자 피부색은 어두운데 저녁이라서 그렇게 보이는지도 몰라 눈은 중국인 눈처럼 가느다랗지만 그 사람은 흑인이야 아니야 피부색이 어두운 편이야 그리고 바로 앞쪽에 내 바로 앞쪽에 내 얼굴 바로 앞쪽에 내 목 바로 앞쪽에서 그 사람이 킁킁 킁킁 킁킁대 개처럼 조시 피똥 쌀 차에 타라고 흰색 자동차가 말하고 그 사람은 총을 내 얼굴 바로 앞으로 들어올려 구멍이야 아니야 O야 아니야 구멍이 있는 O야 성냥 냄새가 나 성냥을 그었을 때의 그 냄새가 조시 피똥 쌀 차에 타라고 자동차 안에 있는 남자가 소리치지만 그 사람은 아직도 내 앞에 서서 총을 가까이 더 가까이 내 왼쪽 눈 바로 앞에다 흔들어대 하지만 사이렌 소리는 점점 커지고 그 사람은 뒷걸음쳐서 물러나 나를 보면서 총을 겨눈 채 점점 더 멀리 걸어가지만 점점 더 가까워져 그 사람은 차에 타지만 나는 그 사람이 바로 내 목에다가 숨을 내뿜는 것만 같아 그 사람은 차를 타고 멀어져가는데 나한테는 그 사람 냄새가 나 아직도 여기 있어 그리고 나는 움직일 수가 없어 여자는 아직도 흙바닥에 있지만 한 무리의 아이들이 비명을 지르면서 그 여자한테로 달려가 그리고 몇 사람들이 뒤쪽에서 돌아나와 나를 쏠 사람들이 더 있는 게 틀림없어 나는 뛰어 뛰고 뛰고 자동차 경적이 울리고 사이렌 소리 그리고 휘익 하는 소리 계속 달려 버스다 속도 늦춰요 신호등에서 그리고 달리고 점프해서 계단에 내려서니 사람들이 나를 보고 있다. 집에 도착 캐리어를 챙겨야 해 아니 손잡이 달린 여행 가방 아니 핸드백 제기랄 이 여자야 빌어먹을 핸드백이 왜 필요하니, 침대 밑에 있는 조그만 캐리어를 챙겨 대니랑 같이 네그릴에 갈 때 챙겼던 가방, 외국의 백인 남자 여행 가방을 잡아 여행 가방을 잡긴 개뿔 피똥 쌀 도마뱀 도마뱀 도마뱀 도마뱀이다 너 피똥 쌀 침대 밑에 먼지가 너무 많아 지금은 그럴 시간 없어, 빨간 드레스, 파란 치마, 청치마, 피오루치 청바지, 셸리-앤 청바지, 청으로 된 홀터 톱 청으로 된 게 너무 많아 근데 어디로 가려고? 칼리코 드레스 빼고, 보라색 드레스 빼고, 벨벳 치마 빼고 바보같이 이런 건 왜 샀니 꼭 엄마처럼 말하네 팬티를 샀지 서랍 맨 위 칸, 양말 양말이 뭐 필요하다고, 화장품 화장품이 뭐 필요하다고, 립스틱 빼고, 루즈 아이라이너 원 세상에 이년아 그 사람이 안에 총알이 들어 있는 O를 가지고 오는 중인데 근데 어디로 갈 거야? 칫솔, 치약, 구강청결제 피똥 쌀 구강청결제 챙길 시간이 어디 있어 가 가 가 가라고 이년아 용돈 기입장—뭘 쓰겠다고? 성경—뭘 읽겠다고? 끈 없는 구두, 어디서나 신을 수 있는 아디다스 맥시-드레스, 갈아입을까? 갈아입어야겠어, 그 사람이 알아보지 못하게 갈아입어야겠어 그 사람이 나를 따라오고 있어 문 앞에 있어 그 사람은 내가 떠나기 전에 차를 타고 떠났어 아니 아니 아니 아니 옷이 너무 많아 드레스를 입고선 빨리 달릴 수가 없지 바지가 더 필요해 그리고 운동화랑 아니 난 못 하겠어…… 아니야…… 그냥 가만히 있어. 그냥 집에 가만히 있으라고. 그 사람이 널 알기라도 한다는 거야. 그 사람이 널 찾아낼 수 있기라도 하다는 거야. 그 사람이 어디를 찾아보겠어? 하지만 킹스턴은 작아. 자메이카도 작지만 킹스턴은 더 작아 그 사람은 개처럼 사냥할 거야 그 사람이 내 냄새를 맡았던 것도 그 때문인게 틀림없어 그 사람이 나를 끝까지 사냥해서 오늘밤 개처럼 쏴버릴 거야. 생각 좀 해 제발 신이시여 아 예수님 생각 좀 하라고. 경찰이 너를 목격자로 소환할 거고 너를 지켜주지는 않을 거야. 성경을 챙겨. 아니야. 맞아 쌍년아 성경 챙기라고. 라디오 켜지 마, 텔레비전도 켜지 마 그 사람이 텔레비전을 통해서 너를 찾아낼 거야 그 사람이 니 냄새를 맡아내고 너를 죽일 거야, 구멍이 뚫리고 안에 총알이 들어 있는 그 O 난 알아. 게토를 모르는 사람이 누가 있겠어, 이래서 비상상황이라는 게 있는 거 아냐 게토 남자들은 어디든 자기가 가고 싶은 곳에 갈 수 있으니까, 게토 남자들이 우리 엄마 집을 부수고 들어와 우리 아빠를 두들겨패고 엄마를 강간할 수 있다면 그 사람들은 어디에 있는 누구든 찾아낼 수 있을 거야 그 사람들 생각은 하지 마 그 사람들이 못 들어오게 해, 못 들어오게 해, 못 들어오게 하라고.

아무도 못 들어오게 해.

모두를 멈추게 해.

그냥 가.

하지만 아직도 나는 그 사람 냄새가 나. 지금도 그 사람 냄새가 나.

-간호사 아가씨? 아가씨?

아홉

〈일곱 건의 살인에 대한 간략한 역사〉

—크랙하우스, 대학살, 그리고 범죄자 왕국의 형성

3부

알렉산더 피어스 씀.

이번만은 모니파 티보도도 진심이었다. 모니파의 목소리에서 뭔가 결정적인 게 느껴졌기에, 그녀의 어머니도 그녀가 진심이라는 걸 알았다. 예전에도 그 결정적인 목소리를 들어본 적이 있다는 점만 제외하면 말이다. 그것이야말로 모니파 같은 사람의 곤란한 점이다. 그 결정적이라는 게 유동적이라는 점. 결정적이라기엔 그게 뜻하는 바가 매주 달라지는 것이다. 사람이 그 이상 추락할 수는 없다고 생각하는 순간, 그들은 가엾은 어머니로서는 꿈꾸지도 못했던 새로운 구렁 속으로 떨어져버린다. 하지만 이번 '진심'은, 걸린 판돈만큼은 다를 게 없다 하더라도 다른 진심들과는 좀 다르게 느껴졌다. 내일 모니파는 자신의 습관을 끊어버릴 것이었다.

모니파는 어머니인 앤젤리나 젱킨스에게 그렇게 말했다. 가장 친한 친구인 칼라에게도 같은 말을 했다. 칼라는 모니파가 발가락에 주삿바늘이 꽂힌 채 욕실에서 발견되었던 3년 전에 그녀와 절교했었다. 모니파는 심지어 전 남자친구 래리에게도 말했다. 래리는 한때 모니파와 결혼하고 싶어했고, 모니파를 놀라게 해주려고 제일스에서 반지를 집어오기까지 한 사람이었다. 모니파는 꼭 12단계짜리 마약 중독 치료 프로그램을 이수하다가 사랑하는 사람들에게 가한 상처를 배상한다는 과제를 수행하러 돌아온 것만 같았다.

모니파는 내일이면 끊을 생각이었다. 하지만 끊는다는 말은 그녀 자신을 먹어치우는 마약 중독을 극복하고, 어머니가 크랙 창고라고 부르던 존재에서 벗어나 원래 상태로 돌아온다는 뜻이었다. 그리고 모니파에게 내일은 항상 하루만큼 떨어져 있었다. 두 달 전에도 모니파는 내일이면 끊을 생각이었다. 그전은 다섯 달. 또 그전은 일곱 달. 또 그전은 열여섯 달. 하지만 이번에는, 그 내일이 바로 1985년 8월 15일이었다.

1985년 8월 14일, 모니파는 거의 일주일 동안 '스트레이트'한 상태였다. 스타이브센트 고등학교를 중퇴한데다가 열일곱의 나이로 임신한 몸이었던 그녀는, 자신의 인생 이야기를 그렇게 복잡하게 만들지만 않았더라면 게토라는 클리셰에 대한 클리셰적인 개념이 되었으리라. 그녀는 SAT에서 1900점*을 받은 뒤 학교를 자퇴하고 임신 기간 대부분 동안 약을 하지 않았다. 푸에르토리코인들의 마을 부시윅에 있는 어머니의 아파트와 베드스타이, 브롱크스에 있는 가족들 사이를 오가며 어린 시절을 보낸 모니파는, 언니의 말에

* SAT의 만점은 2400점.

따르면, 운명이 전부 선을 그어놓아서 색칠할 곳이라고는 숫자밖에 남지 않은 그 삶에서 탈출하려는 결심을 단단히 굳힌 상태였다.

– 색칠할 곳이라고는 숫자밖에 남지 않았다고? 이걸 쓰고 나서 아주 뿌듯하셨겠어, 귀여운 녀석. 안 그래?

– 보스, 스트레이트하다*는 게 무슨 뜻이에요? 그년이 호모새끼들하고도 했다는 얘기에요?

– 렌-독, 너랑 씹질 안 하는 여자는 다 호모인줄 아나본데. 첫째, 제대로 된 용어는 레즈비언이야. 그리고 둘, 여기에서 스트레이트하다는 말은 약을 끊었다는 소리야. 그러니까 요 계집애가 일주일 동안이나 크랙 파이프 빠는 짓을 그만뒀다고.

– 그렇구나. 씬.

– 그런데 내가 알고 싶은 건, 1부에서는 사람이 열한 명 죽었다고 했잖아. 어째서 일곱 명 얘기만 쓰게 된 거지?

대답해야 하는 건지 모르겠다. 5분 전에 나는 놈들에게 소변을 봐야 한다고 말했고 유비라는 자식은 막지 않겠다고 말했다. 내가 자리에서 일어나자 렌-독이 내 얼굴을 정통으로 갈겨 왼쪽 어금니가 흔들렸다. 그전에는, 돼지꼬리가 바닥에 있는 나를 걷어찼다. 그 전에는, 유비가 렌-독에게 나를 처리하라고 말했고 렌-독이 내 셔츠를 잡아채 찢어버렸다. 그러고 나서 뒤에 있던 누군가가 내 머리를 때렸고 무릎이 바닥에 부딪혔다. 놈들이 언제 내 바지와 장화를 벗겼는지도 기억나지 않는다. 놈들은 내 손을 잡고 나를 위층으로 끌고 갔다. 올라갈 때 머리가 계단 하나하나에 계속 부딪혔고, 놈들은 웃거나 소리를 질렀거나 비명을 질렀거나 했다. 잘 모르겠다.

* 약을 끊고 지낸다는 뜻과 동성애자가 아닌 이성애자라는 뜻이 있다.

렌-독이 내 목을 잡아챘을 때 우리는 욕실에 들어와 있었다. 누군가가 다시 웃었다. 그자가 밀치는 바람에 나는 뒤쪽으로 발을 헛디뎌 욕조에 주저앉았다. 일어서려고 했지만 미끄러졌다. 씨발 그자는 힘이 너무 셌다. 놈이 다시 내 목을 움켜잡자 나는 주먹질을 하고 할퀴고 손바닥으로 후려치고 긁어댔다. 그자와 다른 누군가는 그냥 웃더니 나를 수도꼭지 바로 아래에 쑤셔 박았다. 그러곤 수도꼭지를 최대로 틀었다. 물이 이마와 눈을 후려쳤고 나는 숨을 쉬면 안 된다는 걸 기억하려 애썼지만, 어쨌거나 물은 코와 입으로 들어왔으며 비명을 지르려고 할 때마다 입을 가득 채우곤 했다. 부츠 한 짝이 내 가슴을 아래로 눌러 고정시키는 게 느껴졌다. 손을 움직일 수가 없었다. 물은 마구 터져나와 주먹질을 하고 내 입술을 후려갈기고 치아를 후려치고 눈과 코로 파고들었으며, 나는 질식하고 기침하고 울부짖기 시작했는데 그자는 여전히 내 목을 잡고 있었다. 기억할 수 있는 건 그게 전부다. 나는 달랑 팬티 하나만 걸치고 잔뜩 젖어서 숨도 쉬지 못하는 채로 의자로 돌아왔다. 유비가 〈뉴요커〉를 내게 던지더니 읽으라고 했다.

– 내가…… 내가 정말 소변이 마려워서. 정말 진짜로……

놈들은 나를 보며 웃는다.

– 부탁이야, 부탁해. 화장실을 좀 써야겠어.

– 방금 화장실에 있다 나온 거잖냐, 꼬마야.

놈들이 모두 웃는다.

– 부탁이야. 난 정말……

– 그럼 싸, 멍청아.

나는 등받이 없는 의자에 앉아 있고 나는 씨발 남자다, 나는 씨발 남자야 그리고 사람을 이렇게 대할 수는 없는 거야, 라고 말하고 싶은데 나는…… 나는 너무나 자고 싶고 일어나고 싶고 참고 싶다. 놈들에게 나도 뭔가를 할 수 있다는 걸 보여주기 위해서라도 말이다. 하지만 나는 그렇게 많은 것들을 할 수는 없다. 어떻게 심호흡을 하는지도 기억이 나지 않는데다, 눈은 타는 것 같다. 내 팬티 앞쪽이 축축해지며 노랗게 물든다.

– 보스, 저놈 진짜 오줌 싸는 거예요?

– 뭐야, 무슨 여섯 살짜리냐? 더러운 새끼.

– 못 참겠나보지. 이 꼬마 녀석한테 벌을 줘야겠다.

놈들이 웃는다. 유비를 뺀 모두가. 눈이 자꾸 흐려져서 몇 분에 한 번씩 문질러야만 한다. 기사는 천천히 읽는다. 기사 끝까지 가는 순간 놈들이 나를 죽여버릴 테니까. 나는 나한테서 나는 냄새를 맡을 수 있고, 내 오줌에 젖은 발가락도 느낄 수 있다.

– 다른 네 사람에 대해서는 어떤 정보도 찾을 수가 없었으니까. 게다가, 7은 괜찮게 딱 떨어지는 수잖아.

– 우리 애기 기저귀 필요하니, 렌-독이 말한다.

– 계속해, 유비가 말한다.

놈이 다시 내게로 걸어오자 나는 몸을 뒤로 밀어대다가 너무 세게 미는 바람에 넘어진다. 놈이 나를 당겨 일으킨다. 내가 또 울고 있는데 그가 말한다. 마음 좀 가라앉혀, 인마.

– 이제 계속해.

– 하지만…… 하지만…… 하지만…… 하지만 그때, 하지만 그때, 하지만 그때 찾아온……

– 브레드렌, 마지막 문장부터 말이야. 우리가 그걸 아직까지 기억할 것 같나?

– 미안…… 내가 미안해.

– 괜찮아. 마음을 좀 추스르지그래. 우린 아무데도 안 가니까.

– 모니파는…… 모니파는, 언니의 말에 따르면, 운명이 전부 선을 그어놓아서 색칠할 곳이라고는 숫자밖에 남지 않은 그 삶에서 탈출하려는 결심을 단단히 굳힌 상태였다. 하지만 그때 한 소년이 나타났다.

"항상 무슨 씨X 남자가 나오게 돼 있다니까." 모니파의 언니가 말한다. 플랫부시에 있는 셸리네 식당에서, 그녀는 아이스크림소다를 조용히 한 모금씩 삼키다가 이미 두 차례 울었다. 키가 작고, 통통하며……

– 왜 그 여자를 그렇게까지 게토식으로 묘사해야 했던 거지?

– 뭐? 무슨 소린지 잘……

– 키가 작고 통통하다며. 내가 기억하기로 나머지는 '피부색은 어둡고 붙임머리는 방금 떨어져나간 것 같았다'였지. 씨발 그게 뭐야, 백인놈아, 그 여자가 그걸 읽으면 좋아하겠냐?

– 이걸 쓴 건 왜냐면……

– 왜냐면 뭐?

놈은 내 바로 뒤에 있었고 나는 떨지 않으려 애쓰고 있었다. 입을 열 때마다 얼굴이 아팠다.

– 내가 '알렉산더 피어스는 3센티짜리 성기에서 오줌을 털어내고 화장실에서 한 걸음 걸어나왔다'라고 쓰면 기분이 어떻겠냐고?

– 당신이…… 당신이 나한테 글 쓰는 법을 가르치겠다는 거야?

– 이제야 잘난척쟁이 알렉산더 피어스님께서 돌아오시는구만. 나는 니 씨발 성기에 대해서 눈곱만큼도 모른다는 얘기를 하는 거야. 그리고 너는 흑인 여자 머리카락에 대해서 아무것도 모르고.

놈의 손이 내 목에 닿아 있다. 놈이 목을 움켜쥐었다. 부드럽지 않다. 놈의 굳은살이 내 살갗에 닿는 게 느껴질 만큼. 하지만 그렇게 단단하지도 않다. 그냥 잘 모르겠다. 그때 놈이 약간 힘을 준다.

– 아직도 날 이해 못하겠어? 내가 지금 장난치는 게 아니라는 걸 이해했으면 하는데. 나는 니 머리를 잘라서 그걸 니네 어머니한테 보내드릴 그 남자라고. 드라마틱한 효과를 위해서 이 얘기를 하는 게 아니야. 내 말 이해하지.

– 그래.

– 말해봐.

– 말해보라고?

– 이해합니다, 라고 말해.

– 이해합니다.

– 좋아. 계속.

나는 1분 동안 기침을 한다.

– 붙임…… 붙임머리는 방금 떨어져나간 것 같았다. "머니-러브는 그냥 나가버리려고 했다니까요, 알아듣죠? 부시윅을 보고서는 무슨 담에 봐, 이런 식이었다니까. 내가 무슨 말 하는지 감 오시죠? 내 말은, 걘 정말 엄청나게 똑똑……"

– 하하, 흑인 여자애처럼 말하려고 노력할 때보다 백인 남자가 백인으로 보일 때도 없지.

– 아…… "엄청나게 똑똑했다고요. 그러다가 그 씹새끼가 그냥 어디서 갑자기 튀어나와서는 걔 인생을 망쳐버린 거야. 동생이 죽은 건 딜러 탓이 아니에요. 그놈 탓이지." 옛 남자친구와 바늘을 공유하다가 크랙에 중독된 것이든 아니든, 1984년경 모니파는 크랙에 완전히 꽂혀버렸고 80년대 중반 크랙의 인기가 치솟기도 전에 이미 중독자가 되어 있었다. 뉴욕 시에서 빛의 속도로 인기가 치솟

은 이 마약을 추적하다보면 한 줌의 남자들에게로 이어진다. 모니파를 죽인 갱단도 그 남자들 중에 포함된다.

중독자들 사이에서는 약을 끊기 전 마지막으로 딱 한 번만 약을 사려는 행동이 그리 드물지 않다. 사실 모니……

– 그 딱한 계집년 얘기는 이제 됐어. 아래로 내려가.

– 알겠어. 정확히 어디로?

– 크랙하우스 얘기 시작하는 부분. 그러니까, 2부에서처럼. 2부가 2호 살인이었잖아, 맞지? 2부가 정말로 더 현실감이 있지. 최소한 네놈이 예쁜 단어들을 많이 안다는 걸 자랑하느라 시간을 낭비하지는 않았으니까. 그 여자가 3호 살인으로 바뀌는 데로 가.

– 아…… 어…… 아…… 잠깐만.

– 니가 쓴 글도 모르냐?

놈이 내 목을 움켜쥔다.

– 알았어, 알았다고. 어디서부터?

– 크랙하우스.

– 고마워. 부시윅은 거리의 눈높이에서, 크랙의 눈높이에서는 보이지만 눈을 드는 순간 사라져버린다. 부시윅은 온갖 종류의 마약 거래, 비밀스러운 연줄, 아마추어 성매매자들, 사기꾼들, 약쟁이들, 창녀들과 랩 음악에 관해서라면 지금까지도 대호황 시대*가 눈을 번뜩이는, 뉴욕에서 몇 안 되는 장소다. 지금은 폐허가 된 보스트위드 스타일 저택은 과거 가공육 사업으로 백만장자가 된 사람들 소유였다. 저택은 촌스럽게 화려한 기둥들과 유럽식 대저택에서 뜯어온 거대한 건물 정면 디자인을 갖추고 있다. 그 정면은 수입 벽돌

* 미국 남북 전쟁 후의 대호황 시대를 가리킨다.

과 석재로 마감되어 있다. 회랑의 창문이 없어지고 남은 자리와 바깥의 비상계단, 식품 운반용 승강기와 내부의 비밀통로들. 마치 로버 배런스가 크랙 배런스*를 위해 부시윅을 건설해놓은 것만 같다.

게이츠와 센트럴이 만나는 모퉁이의 크랙하우스는 그 장엄한 붉은 벽돌의 색깔을 지금까지도 대부분 잃지 않고 있다. 두 곳의 층계로 연결되는 두 개의 아치형 문과, 그 사이에 있는 세번째 아치. 여기에는 넓은 창문이 있어 밖에서도 한때 거실이었던 공간을 볼 수 있다. 문 두 개는 여전히 초록색 페인트로 칠해져 있어 눈에 띈다. 하지만 집의 나머지 공간은 전형적인 유령의 집이다. 돌출형 창문이 있었던 곳에는 뻥 뚫린 틈새가 있는데, 그 구멍은 나무로 때워져 있거나 신문지로 막혀 있다. 다른 창문들에는 세월에 시달려 썩어버린 나무로 된 셔터가 내려져 있고, 1층 전체에 그래피티가 그려져 있으며, 떠돌이 개들이 눈더미만큼 높이 쌓인 쓰레기 더미 사이로 달려들어왔다가 나가곤 한다. 1984년 즈음에는, 중독자 한 명이 지나치게 위험한 꼭대기 층에서 나무를 뚫고 아래로 떨어지는 바람에 목에 못이 꽂혀버렸다. 그는 과다출혈로 사망했다. 그의 시신은 누군가가 경찰에 신고하기까지 그곳에 이레 동안 매달려 있었다. 그……

- 나 원, 백인 꼬맹아, 사람 죽이는 부분으로 가라고, 못 들었냐? 렌-독이 거의 잠들어버린 거 안 보여?

렌-독은 크고 드라마틱하게 하품을 한다. 내 말이, 그가 말한다.

나는 읽는다.

---

* 배런(baron)은 영어로 남작이라는 뜻으로, 크랙 배런이라 하면 크랙을 팔아 큰돈을 번 마약계의 거물을 뜻한다.

– 크랙 중독자나 다른 어떤 중독자들 사이에서는 약을 끊기 전에 마지막으로 딱 한 번만 약을 사려는 행동이 그리 드물지 않다. 따라서 모니파가 크랙하우스에 갔다고 놀란 사람은 아무도 없었다. 그 사실을 알면서도 모니파의 친구들은 다음날이 시작되면 모니파가 '스트레이트'해질 거라고 믿었다. 브루클린에서 크랙을 한번 해보겠다면, 게이츠와 센트럴에 있는 크랙하우스야말로 메카……

부엌 전체가 신음을 했다.

– 나 원, 백인 꼬맹아. 진짜로 그렇게 썼단 말이야? 그가 말한다.

– 뭘 그렇게 써?

– 그거. 전 세계에서 제일 신성한 곳 중의 한 곳을 크랙하우스에다가 비교했잖아. 그 문단을 니 가슴팍에 스테이플러로 박은 다음에 이슬람 국가*에다 던져버릴라.

– 그게 아니라……

– 생각이 없었던 거지. 그 친구들 중 한 명이 너를 쏴버리게 만드는 데 그 이유면 충분하다고. 씨발 멍청한 새끼. 좆나 책임감이 없어요.

– 갑자기 웬 마약 딜러가 나한테 설교하기 시작할 거라고는 생각을 못……

그가 의자를 걷어차고 나는 쓰러진다.

– 일어나.

나는 일어나지만, 고통이 다시 복부를 엄습하자 나는 또 넘어진다. 숨조차 쉴 수가 없다. 그는 그저 나를 바라본다. 기다리며 짜

* 미국의 흑인 이슬람교도로 구성된 과격파 흑인단체다. 영문 명칭은 Nation of Islam. 현재의 IS와는 다른 단체이다.

증을 내며. 나는 다시 일어난다. 딱 무릎까지만. 나는 의자를 잡고 자리에 앉는다. 내 안의 일부는 뺨에 흐르는 게 눈물이 아니라 침이었으면 좋겠다고 생각하고, 다른 부분은 아무 신경도 쓰지 않으려 한다.

– 나머지도 읽어. 읽으라고.

– 딜러들과는 두 블록 거리밖에 떨어져 있지 않으나, 그래도 센트럴 애비뉴에 있다. 자기가 팔아야 할 물건을 너무 많이 써버리는 바람에 무리에서 축출된 그 구역의 전직 딜러 G-머니와 그녀의 관계를 확인해줄 수 있는 사람은 아무도 없지만, 둘이서 크랙 중독을 공유했다는 점만은 확실하다. 굵은 곱슬머리와 환한 미소를 지닌 멕시코계 혼혈 G-머니에게는 크랙 이전에 야심도 있었다. 그날 밤, G-머니의 형제들은 그가 오후 8시경 누군가와 함께 떠나는 모습을 보았다. G-머니는 그 누군가가 남자일 거라고 생각했으나 사실 그 사람은 모니파였다. 모니파는 남자 행세를 하기 위해서라기보다는 임신 사실을 감추기 위해 후드 티에 지나치게 큰 사이즈의 청바지를 입고 있었다. 임신한 여자를 보면 노련한 크랙 딜러라도 한 번쯤 망설이기 마련이니까.

게이츠 가에 있는 듯한 낡은 대저택에는 방과 모퉁이, 통로, 복도가 아주 많다. 크랙을 하고, 팔고, 피우고, 주사로 맞고, 심지어는 크랙을 얻으려 성매매를 하는 등의 모든 일이 한 지붕 아래에서 벌어질 수 있는 까닭이 바로 그것이다. G-머니는 그때까지 침대가 남아 있던 유일한 방인 층계 근처의 2층 침실 하나를 확보해놓았고, 모니파는 후드를 끌어올려 쓴 채로 길에서 크랙을 입수했다. 그녀는 혼자 있을 때는 주사로 맞는 편을 선호했지만, G-머니와 함께 있을 때면 담배로 말아 피우는 편을 선호했다. 방 하나를 둘이

서 차지하고 한 층 위에 있었기에, 둘은 아래층에서 어떤 아수라장이 벌어졌는지 전혀 알지 못했다. 폭행범들로 이루어진 갱단, 부시윅 거리 대부분을 운영하는 마약 갱단과 연줄이 닿아 있던 남자들이 크랙하우스로 쳐들어와 발길 닿는 곳에 있는 모든 사람들을 죽이기 시작했다. 무너지지 않고 남아 있는 부엌에서 요리하던 설교가 밥과 더불어, 미스터 시는 이미 죽어 있었다. 1층에 있는 중독자들은 패닉 상태였다. 목숨을 구하기 위해 도망치려는 마음과 어둠 속에서 파이프와 주삿바늘과 약병을 잃어버리고 싶지 않다는 마음 사이에서 꼼짝하지 못하고 있었던 것이다. 2층에서는 한 여자가 복도 끝에 있는 창문으로 뛰어내렸는데 추락 시에 두 다리가 모두 부러졌다. 문 바로 바깥에서는 또다른 남자가 가슴에 총을 두 발 맞고 쓰러졌다. 두 발 모두 글록과 반자동 권총에서 나온 총알이었다. 갱단은 문을 걷어차 넘어뜨리고 모니파의 머리를 그대로 쏴버렸다. 그 힘은 모니파를 침대에 쓰러뜨렸고 임신 상태이던 모니파의 배는 매트리스 위에서 죽은 흙더미가 되어버렸다. G-머니는 무슨 일이 벌어지고 있는지 깨닫지도 못한 상태에서 모니파의 파이프를 낚아채 차지했다.

갱단은 멈추지 않았다. 죽일 사람이 더 있었으니까. 그들은 자칭 스톰 파씨로, 경찰 기록을 보면 그들이 해당 크랙하우스를 운영했음을 알 수 있다. 살인은 경고일지도 몰랐다. 한 목격자는 총기를 난사했던 것이 갱단이 아니라 갱단의 일원, 추정컨대 그 지도자였다고 주장했다. 그야 어찌됐든, 이 사건은 그 갱단의 전형적인 일처리 방식이었다. 스톰 파씨는, 제3세계의 폭력성과 콜롬비아의 마약 자금의 결합물로 태어난 자메이카 깡패들의 느슨한 연대로, 몇 년 만에 이스트코스트 전체에서 가장 무시무시한 범죄 연합체가 되었다.

유비가 내게서 〈뉴요커〉를 낚아챘다.

- 4부: T-레이 베니테스와 잼다운의 연결고리. 이거 벌써 보냈나?

- 그래.

- 안됐군. 지금 당장 놈들한테 전화를 걸어서 아주 여러 군데를 수정해야 할 테니까 말이야.

열

–조시, 정말 이러지 말게, 옴브레. 조시.

나한테는 조시가 보이지도 않는다. 조시가 두 손으로 잡아서 던진 매트리스가 내 시야를 계속 가로막고 있다. 나는 조시가 쇠로 된 침대 프레임을 일으켜세워 감옥 창살에 부딪히도록 넘어뜨리기 전에 뒤로 펄쩍 뛰었다. 매트리스가 그 공격을 받아냈지만 침대 헤드가 창살에 부딪히고 사방으로 불꽃이 튀었다. 나는 뒤쪽으로 펄쩍 뛰다가 넘어졌다. 조시가 그 창살 너머로 뚫고 나올 가능성은 전혀 없었는데도. 조시는 저기 어둠 속에서 뭐라 끙끙대고 으르렁거리고 또다른 짐승 같은 소리를 내고 있었다. 그리고 싱크대를 넘어뜨릴 수 없자 그걸 벽에서 뜯어내느라 애를 쓰고 있었다.

–조시.

조시.

호세프.

–피똥 쌀 뭘 원하는 건가?

– 싱크대나 변기를 깨버리려던 수감자가 자네만은 아니었을 거네.

– 좆까.

나는 문 앞에 있다. 그리고 왼손으로 매트리스와 침대를 밀어내려 한다. 둘 다 꿈쩍하지 않는다. 오른손으로도 밀어보려 하는데 조시가 손을 붙든다.

– 뭐야 씨발, 조시?

– 씨발 조시 조시 거리지 마, 쌍년아. 임신한 년을 쏘는데도 씨발 전혀 신경쓰지 않았는데 너한테는 어떻게 할 거라고 생각하나?

조시가 나를 세게 잡아당기자 내 관자놀이와 오른쪽 눈썹이 쇠에 쾅 부딪친다.

– 염병할, 갑자기 다들 나한테 개길 수 있다고 생각하더군.

– 조시.

그가 다시 나를 홱 잡아챈다. 이번엔 어깨 전체를 끌어당기고 있다. 창살이 가슴을 으스러뜨릴 것 같다—나를 그 너머로 끌어당기려 든다.

– 조시.

불이 한 차례 번쩍인다. 나는 그게 내가 눈을 깜빡였기 때문이라고 생각한다.

– 조시, 놔주게. 부탁이네.

번뜩이는 건 마체테다. 새것인 양 빛난다.

– 여기 들어와서 나를 죽이려 했던 네번째 경찰한테는 어떤 일이 일어났는지 알고 싶나?

– 이런 세상에, 조시.

– 하지만 나랑 자네는 선의로 맺어진 사이니까 선택의 기회를 주지. 팔꿈치 위로 해줄까, 아래로 해줄까? 잘 고르라고. 내가 듣기로

는 가짜 팔이 그렇게 싸지 않다니까.

– 아, 이런 세상에.

– 이렇다니까. 닥터 러브 꼴 좀 보라지, 비행기를 터뜨리고 어떻게든 죽고 싶어하는 늙은이들을 죽였다고 해서 자기가 악랄하다 생각한다니까. 내가 무릎 꿇고 앉아서 자네가 던져주는 뼈다귀만 기다리고 있다는 듯이 어슬렁어슬렁 여기로 들어오다니, 안 그래? 나를 과소평가하는 것도 이젠 지겹지 않냐, 씨발년아? 내가 쥔 건 손잡이고 니가 쥔 건 칼날이라는 걸 너한테 계속 보여주는데 지겹지도 않아? 지금 골라, 씨발년아, 고르라고.

조시는 내 팔꿈치 위쪽으로 마체테를 후려친다. 피부가 베어 피가 흘러나온다.

– 팔꿈치 위쪽이야……

이번에는 팔꿈치 아래쪽으로 마체테를 더 깊이 후려쳐 또 한번 피를 흘리게 한다.

– 아니면 아래쪽이야? 5초 안에 결정하지 않으면 내가 고를 거고, 내가 고르면 어깨 전체를 가져갈 수도 있어.

– 조시, 안 돼.

– 다섯, 넷……

– 이런 세상에.

– 셋, 둘.

– 하나 더 있잖아, 조시.

– 뭐가 하나 더 있어? 1초가 남아 있다는 건가? 시간이 없는 건 너지.

– 아들이 하나 더 있잖나, 조시.

번쩍이는 칼날이 위로 획 올라가더니 어둠 속으로 사라진다.

– 아들이 하나 더 있지.

마체테가 내 목 바로 앞에 다시 나타난다. 조시는 창살 너머에 있는 내 손을 바짝 당기고 있다.

– 이런 세상에, 조시.

– 방금 뭐라고 했지?

– 씨발 내가 뭐라고 했는지는 자네도 들었잖아! 자네한테 다른 아들이 있다고. 우리가 모를 줄 알았나? 자네 맏아들은 죽었고, 딸도 죽었고, 이제 하나 남았어, 조시. 그런데 우리가 그 녀석을 쫓지 않을 거라고 생각한다면, 맹세컨대 나는 남은 한 손으로 그 녀석 배를 염병할 생선처럼 따버릴 거야.

– 그래? 문에 도착하기도 전에 과다출혈로 죽을 텐데 어떻게 그 짓을 할 셈인가?

– 왜냐하면 자네 말이 맞으니까, 조시. 나뿐만이 아니거든. 씨발 뭐라고 생각한 건가, 옴브레? 내가 씨발 멍청이도 아니고 그냥 맨몸으로 쫄래쫄래 여기 들어왔을 것 같아? 내가 자네를 몰라? 아빠가 보낸 귀여운 깡패들이 나를 막고 그 녀석을 지켜줄 수 있을 거라 생각해? 나 닥터 러브야, 이 씹새끼야. 나한테 어떤 개좆같은 기술들이 있는지 잊어버린 모양인데. 그러니까 씨발 놓으라고.

– 내가 피똥 쌀 멍청이처럼 보이는 게 틀림없군. 자네를 놔주라니, 전선 두 개를 이어서 씨발 내 집을 날려버리도록 하란 말인가?

– 아니지, 미호, 나를 놔줘야 그 전선을 떼어놓고 폭발을 멈출 수 있을 것 아닌가.

조시는 손을 놓기도 전에 마체테를 떨어뜨린다. 나는 팔을 꽉 잡지만 출혈이 멈추기를 기다리는 수밖에 없다.

– 그 안에 화장지를 넣어주지는 않았겠지? 아닐 줄 알았어.

– 자네를 죽였어야 하는 건데.

– 그래, 날 죽이면 어쩌겠다는 건가, 호세프? 그들은 다른 사람을 하나 더 보낼 거야. 그냥 다른 사람을 하나 더 보낼 거라고.

조시는 내게서 한 발짝 떨어져 침대 프레임을 살짝 잡아당긴다. 침대 프레임이 넘어지며 온 방을 뒤흔든다. 매트리스가 바닥으로 미끄러진다. 조시는 침대 스프링 위에 앉지만 나를 보지는 않는다.

– 유비가 내 아들을 어쩌고 싶어하는 건가?

– 유비는 빌어먹을 자네 아들한테 아무것도 원하지 않아. 심지어는 자네한테도 바라는 게 없어. 그냥 자네가 씨발 뉴욕에서 손을 떼기만 하면 된다는 거야, 내 생각엔.

– CIA가 원하는 건 뭔가?

– 라스타는 CIA를 위해 일하지 않아. 미안하군, 형편없는 농담이었어. 누가 날 보냈는지 말해주려고 내가 여기에 와 있는 건 아니잖나, 조시. 긴장 풀라고. 아무도 자네 아들을 원하진 않아. 우리가 알고 있는 한, 녀석은 또다른 자네가 됐을 거네. 최소한 그건 현상유지잖아. 믿거나 말거나지만, 자네가 씨발 모든 걸 망쳐놓기 전까지는 다들 꽤 만족하고 있었단 말이야. 자네는 자네가 세운 정부가 권력을 쥐고 있는데도 머리가 없어서 잡혀버린 것 아닌가.

– 나는 누구도 내 아들을 건드리지 않기를 바라네, 루이스.

– 나는 자네 아들을 쫓지 않는다고 말했어, 조시.

– 우리집에 폭탄을 설치했다는 말은 사실인가?

– 당연히 염병할 자네 집에 폭탄을 설치했지. 자네나 나나 누가 허풍을 치면 냄새 맡을 줄은 알잖나.

조시가 웃고 나도 웃는다. 어디 앉을 곳이 있으면 좋겠다. 내가 바닥 쪽으로 몸을 구부리고 벽에 등을 기대고 앉아 그를 마주볼 때까지도 그는 계속 웃고 있다.

– 여기까지 와놓고 누가 자네를 보냈는지는 말하지 않겠다?

– 아, 지금쯤이면 자네가 생각해냈으리라고 봤는데. 내가 명령을 받는 사람은 몇 명밖에 되지 않으니까.

– 자네는 누구든 돈을 가장 많이 주는 사람의 명령을 받잖나.

– 그렇지 않아. 나는 한두 가지 일을 공익상 무료로 처리해준 것으로도 알려져 있다네.

– 그게 무슨 뜻인지도 모르겠군.

– 신경쓰지 않아도 돼.

– 무슨 일이 벌어진 건지 확인하러 들어오는 사람이 하나도 없다니 우습군. 특히 여기서 그 난리를 쳤는데도 말이지.

– 오늘밤에는 아무도 돌아오지 않네, 옴브레.

– 자네가 들어온 순간부터 그럴 거라고 생각했어야 하는 건데. 누군지 말해주지는 않을 셈이로군, 아닌가?

– 그러느니 케네디를 죽인 사람이 누구인지 말해주겠네. 제길, 오늘 멘트가 잘 안되는군.

– 그래, 오늘 내가 웃은 건 자네 농담 때문은 아니야, 닥터 러브.

나는 어깨를 으쓱한다. 조시가 자리에서 일어나 창살 쪽으로, 내 바로 앞까지 걸어온다.

– 내가 중요한 일들에 대해서는 노래를 하지 않겠다면 어떻겠나?

– 노래를 부르겠다고 여태 협박하던 그런 일들 말인가?

– 그래.

– 이제 와서 뭐가 중요한지 알고 있기는 한가?

– 자네는 정말로 힘없는 한 개인이 누군가를 끌어내릴 수 있을 거라고 생각하나?

– 씨발, 자네 자메이카인들은 질문에 질문으로 답하는 걸 너무 좋아해. 하지만 모르겠군, 조시, 그럴 가능성을 제기한 건 자네니까.

– 자네 쪽 사람들에게 전하게. 우리가 함께 뭔가를 만들어낼 수 있지 않겠느냐고. 그쪽에서 적당한 카드를 내기만 하면, 나는 갑자기 1981년 전에 있었던 일을 모조리 잊어버릴 거라고. 모든 길의 끝에는 내가 있다고 말하도록 해주겠네. 1976년은 그 사람들 신경 쓸 일이 아니고, 1979년도 마찬가지라고. 내 말은, 마약단속국 말이야. 그자들은 그냥 마약 혐의에 대해서만 유죄를 받고 싶어할 뿐이니까.

– 그러면 텔레비전 코미디쇼에서도 더이상 낸시 레이건이 나오는 특집을 낼 필요가 없겠군.

– 뭐라고?

– 형편없는 농담을 한번 더 해본 거야.

– 자네 쪽 사람들한테, 내가 기억상실증이라는 상자를 팔 수 있고 가격도 그리 비싸지는 않다고 전해주게.

– 이러지 마, 조시.

– 뭘 이러지 마?

– 빌지 말라고.

– 배드맨은 피똥 쌀 빌지 않아.

– 그럼 자네가 지금 하는 게 뭐든 간에, 하지 말게.

– 나는 그냥 말이 되는 소리를 하는 거야, 루이스. 내가 말이 안 되는 소리 하는 거 한 번이라도 본 적 있나? 자네의 그 마약단속국 녀석들에게 증인이 한 명이라도 있을 것 같아? 내 변호사 얘기로는, 나는 최대로 살아봐야 7년을 살게 될 거고, 혐의도 마약과 공갈 협박밖에는 없을 거라고 하더군. 어떤 혐의도 확실하게 굳힐 수가

없다고.

– 자네는 편할 대로 아주 많은 걸 잊어버리는군.

– 예컨대?

– 아까는 그렇게 말하지 않았잖나. 양키들이 자네를 잡도록 내버려두면, 다른 사람들도 다 끌고 들어갈 거라고 했지. 정확히 그렇게 말한 건 아니지만, 자네 특유의 다채로운 언어로 말한 셈이지. 글쎄, 무차초, 일이 돌아가는 꼴을 보면……

– 주변이나 둘러봐. 바빌론이 벌써 무너지기라도 했나? 자넨 이게 전부 뭐라고 생각하나, 루이스? 자네 정말로 놈들이 나한테 영향력을 행사할 수 있을 거라고 생각해? 놈들이 큰 신문에 나오게 큰 쇼를 벌이고 큰 기자회견을 열어서 자기들이 마약과의 전쟁에서 승리했다고 떠들어댄 다음에는, 나를 절대 다스릴 수 없다는 걸 깨닫고서는 아주 빠르게 모든 신경을 끄게 될 테니 지켜보라고. 이 모든 헛짓거리는 로널드 레이건 조지 부시*가 소중한 백인 계집들이 크랙 창녀로 바뀌지 않도록 구해주는 것처럼 보이게 만들려는 것뿐이야. 나는 이 씨발 양키놈들 짓거리에서 손떼자마자 아무 일도 없다는 듯이 곧장 코펜하겐시티로 돌아갈 테니 지켜보라고. 그리고 나는 내 친구들을 잊지 않을걸세, 루이스. 그리고 어떤 씹새끼가 나를 여기다 푹 썩혀뒀는지, 놈들이 나를 죽이려 들지 않았던 때가 언제였는지도 기억할 거야. 나는 기억할 거라고, 루이스. 메데인도 기억할걸세.

– 메데인에서 나를 보내지 않았다고 확신하나, 호세프?

조시의 얼굴을 지켜보는 것으로는 평소와 마찬가지로 아무것도

---

* 조시가 미국으로 세를 넓힐 당시 대통령직을 맡고 있던 두 사람.

알아낼 수가 없다. 봐야 하는 건 방금처럼 조시가 주먹을 꽉 쥐는지, 방금처럼 어깨를 약간 숙이는지, 공기를 삼켰다가 뱉어내는지, 등을 지나치게 빳빳하게 젖히고 똑바로 서 있는지다. 그래, 방금 한 말이 조시에게 큰 충격을 줬다. 그때 조시가 입을 열었는데, 목소리가 너무 작아 하마터면 다시 말해달라고 부탁할 뻔했다.

– 메데인에서 보냈나?

– 말해줄 수 없다는 걸 자네도 알잖나. 하지만 정말이지, 호세프. 그건 정말이지 아무 문제도 아니라네. 이것들 전부가 말이야. 자네는 나한테 자네가 뭘 할 수 있는지 말하고, 흥정하려고 하지. 자네는 이게 어떻게 진행될지 이미 알고 있잖나, 형제. 아직도 거래에 관심이 있었다면 저쪽에서는 다른 사람을 보냈을 거야. 내가 아니고.

– 물론 그랬겠지.

– 나는 그쪽과 대화하지 않아. 그쪽에서도 나와 대화하지 않고. 나는 그쪽에서 전하는 메시지를 전달하지 않고, 자네한테서도 메시지를 받아가지 않을 거네. 그렇게 돌아가는 거야. 닥터 러브가 나타났다면, 베이비, 이미 너무 늦은 거지.

– 자네 손을 썰어버렸어야 했는데.

– 그래야 했을지도 모르지. 그래도 나는 자네가 세운 조그만 왕국을 그냥 내버려두지 않나. 지금 그대로 말이야.

– 어쨌거나 자네가 내 아들한테 손대지 않을 거라는 건 어떻게 알 수 있지?

– 알 수 없지. 하지만 누가 자네 아들을 뒤쫓더라도 뭐하자고 거짓말을 하겠나, 조시. 결국에는 누군가가 자네 아들을 뒤쫓게 될걸세. 그리고 그건 내가 아닐 거야.

조시는 나를 오랫동안 뚫어지게 바라본다. 조시는 할 수 있는 한

포커페이스를 유지하며 이 문제를 곰곰이 생각해보고 있는 것 같다.

– 유비가 내 아들에게 접근하지 못하게 막아주게.

– 그놈이 자네 아들한테 눈곱만큼이라도 관심이 있을 거라 생각하지는 말게. 하지만 메시지는 보내두도록 하지. 내 말은 들을 거야.

– 왜지?

– 자네도 이유는 알잖나.

– 이봐.

– 왜?

– 그 CIA 양반이 내가 스페인어를 할 줄 안다는 걸 알아냈을 거라고 생각하나?

– 원 세상에, 한다는 질문이 그건가? 아닐거야. 그 친구는 보츠와나에서 동네 여자애를 좇나 두들겨패다가 무기한 정직을 당했어. 루이 존슨이 어찌나 쓰레기 같은 놈이던지, 그 녀석이 속한 회사에서도 동네 경찰이 나흘 동안 놈을 가두게 내버려둔 다음에야 석방을 요구했다니까.

– 개뿔 피똥 쌀.

– 벽에도 귀가 있어, 맨. 무슨 소리라도 했을 거네.

– 굳이 소음기도 가져오지 않은 걸 보니 알겠군.

– 총이 아니니까.

– 아니야?

– 그들은 조시 웨일스한테는 그보다 훨씬 드라마틱한 걸 기대하거든.

– 세상에, 닥터 러브. 그런 짓을 했다가는 감옥 전체가 무너져내릴걸세.

– 배려까지. 그거 고맙군. 하지만 폭탄도 아니라네, 왜냐하면 첫

째, 그 빌어먹을 걸 설치하는 건 아주 골치 아픈 일이 될 테니까. 그리고 둘째, 글쎄, 둘째는 없군. 어쨌거나 폭탄은 아주 끔찍한 생각이야.

– 오늘이 몇일인가?

– 씨발 내가 그걸⋯⋯ 잠깐. 3월 22일이네. 그래, 3월 22일이야.

– 1991년.

– 자네 생일은 언젠가, 호세프?

– 4월 16일이지.

– 양자리로군. 씨발 말 되네.

– 영화에 나오면 사람들이 울 수 있게 뭔가 엄청난 대사라도 치길 기대하는 건가?

– 꿈도 꾸지 않네, 친구.

– 그럼 방법은?

– 그건 걱정 말고.

– 방법은?

나는 창살로 걸어가 손을 내민다.

– 이걸 받게.

– 피똥 쌀 그게 뭔가?

– 그냥 받아.

– 싫어. 집어치워.

– 호세프, 물 한 잔 따라서 이 염병할 알약을 먹으라고.

– 그게 무슨 계집애 같은 방법인가?

– 미호, 잘 들어. 자네를 고통스럽게 죽이라는 뜻은 꽤나 분명했네. 보통 나는 명령에 불복하는 인간이 아니지. 그런데 이번만은 불복하고 있다고.

– 그냥 빨리 해치우면 안 되겠나?

– 안 돼.

– 그럼 이 알약은 뭔데, 내가 고통을 겪지 않게 해줄 마법이라도 되는 건가?

– 아니. 자네가 아무 관심을 갖지 않게 해줄 마법이지.

– 원 세상에, 루이스. 세상에. 나 원……

– 아냐, 친구. 우리 사이에 이따위 감상적인 헛소리는 그만두지. 맨. 지금은 아니야.

조시는 알약을 받아들고 다시 어둠 속으로 걸어들어간다. 수도꼭지에서 물이 쏟아진다. 조시가 컵을 채우는 소리는 들리지만 마시는 소리는 들리지 않는다. 조시는 내게로 돌아와, 매트리스를 잡아서는 다시 침대에 올려놓는다. 그는 다시 나를 본 다음 침대에 올라가 등을 깔고 눕는다. 나는 그를 지켜본다. 그가 숨을 들이마셨다 내쉬고, 들이마셨다 내쉬는 소리를 듣는다. 그가 천장을 응시하는 모습을 지켜본다. 조시는 저기에, 두 손을 가슴에 올린 채 누워 있다. 미호, 벌써부터 염병할 관에 들어간 것처럼 굴 필요는 없잖아, 라고 말해주고 싶다. 하지만 나는 1976년부터 이 남자와 이야기를 해왔고 마침내 할말이 다 떨어졌다.

– 얼마나 걸리지?

– 그렇게 오래는 아냐. 계속 얘기하게.

– 루이스.

– 그래, 미호.

– 가끔은 그 사람 생각이 난다네.

– 누구?

– 가수 말이야. 그 사람이 죽고 나서 나온 노래, 〈버팔로 솔져〉*

있잖나. 그걸 들으니까 생각이 나더군.

– 나는 쉰두 살이야, 생각하기엔 너무 늙은 나이지. 그 사람을 죽이려 했던 일이 유감인가?

– 뭐? 아니야. 나는 그 사람이 고통받았던 게 유감이네. 총으로 죽었으면 더 편안했을 텐데. 가끔 나는 이런 생각이 들어. 나 같은 사람들과 그 사람 같은 사람들 사이에 한 가지 공통점이 있다면, 우리가 죽어야만 한다는 것일지도 모른다고. 뭐든 간에 우리가 시작한 일은 우리가 길을 비키지 않는 한 끝날 수가 없다는 거지. 이 게토놈이 똑똑한 친구였다는 건 잊지 말아주게.

– 호세프, 나야말로 사람들이 잊어버릴 인간이야. 잊었나? 나는 존재하지도 않는다네.

– 닥터 러브. 지금이 1976년이었으면 좋겠군. 아니, 1978년.

– 1978년에 그렇게 좋은 일이 있었나?

– 모든 게 좋았지, 브레드렌, 전부 다. 자네도 할 수……

알약 한 알이면 조시를 쓰러뜨리고도 남겠지만, 나는 위험을 감수할 생각이 없었다. 나는 20분을 기다린 후에야 주머니에서 열쇠를 꺼내 감방 문을 연다. 상처 입은 사자들이 더 사납다고 하지 않던가.

---

* 밥 말리는 1981년에 사망했고, 〈Buffalo Soldier〉는 1983년 발표됐다.

열하나

– 아무튼 내가 여기에 왔다 이거야. 꽤 괜찮은 크랙중독자 프로필을 달고 말이지. 내 말은, 누군가는 인간쓰레기들도 인간이라는 걸 알아봐줘야 하잖아. 그치, 마음 따뜻해지는 그 인간들의 수작이 그들을 다시 '인간'으로 만들어줘서, 백인 여자들이 자기가 얼마나 감동을 받았는지 어쨌는지 하는 개소리를 지껄일 수 있도록 말이야. 그런데 그때 니가 씨발 다 망친 거지, 제멋대로 탐정 놀이를 할 기회로 만든 거니까.

나는 아무 말도 하지 않는다. 나는 그자나 렌-독을 보지 않는다. 바닥이나 내 손에서 막 미끄러져 나가려는 〈뉴요커〉도 보지 않는다.

– 앞으로 10분을 살아남을 수 있을지 어떨지도 모르는 놈치고, 너는 백인들이 말하는 대로 수탉처럼 시건방진 편이로군.

– 백인들한테 아주 관심이 많은 것 같네.

– 나는 온갖 것들에 아주 관심이 많아. 하던 얘기 마저 하면, 여기서 4호 살인은 어느 부분에 나오나?

– 내가 대답했으면 좋겠어?

– 아니, 니가 러닝맨 댄스* 를 췄으면 좋겠다. 니 눈엔 내가 뭘 바라는 걸로 보이냐?

– 뭐, 어느 순간에는 이야기를 확장해야 하거든. 그냥 초점만 맞출 수는 없어. 어떤 시야를 줘야 한다고. 무슨 좆같은 일이든 진공 상태에서 벌어지는 건 아니야. 파문이 일고 응보가 따르지. 그리고 그 모든 것에도 불구하고 누가 뭘 하든지 말든지 돌아가는 씨발 전 세계가 있고. 그게 글에 없다면 그냥 어디에서 뭐가 일어났다는 단신 보도에 지나지 않는 거야. 그런 건 야간 뉴스에서 들을 수 있는 거고. 내 말은, 모니파는 크랙 한번 해보려고 총을 맞았는데 그 크랙은 방금 누가 사온 거였고, 그 누군가는 또다른 누군가한테서 그걸 얻었고, 그 누군가의 공급원은 또다른 사람한테서 왔다는 걸 밝혀야 된다는 거야.

나와 함께 부엌에 있는 사람은 그자와 렌-독 뿐이다. 아마 다른 놈들은 모두 지겨워진 것 같았다. 렌-독조차도 다시 냉장고로 돌아가 나를 위해 남겨놓겠다던 망고 주스를 알아서 마시고 있었다. 나는 계속해서 지금 이 상황의 위험성은 10분 전보다 조금도 덜하지 않다고 나 자신을 타이른다. 그렇게 보일 뿐이지. 살인자 한 무리가 내 집을 아주 자기집처럼 쓰고 있으니, 내가 꼭 랩 뮤직비디오에 나오는 것 같은 기분이다. 푹 젖은 속옷의 촉감이 느껴지기 전까지는. 미소를 짓든가. 아니면 삼키든가.

– 제일 중요한 것부터 해야지. 니가 스톰 파씨에 대해서 쓴 이 모든 개소리들 말이야, 이 개소리는 대부분 사실도 아니라고. 한 가지

---

* 폴짝폴짝 뛰는 스텝이 포함되어 있는 스트리트 댄스의 일종.

만 말하자면, 퍼니보이는 에이트레인즈 출신이고 아직도 거기 소속이니까 그 녀석이 스톰 파씨일 리는 전혀 없다고. 그리고 사람들이 우리를 스톰 파씨라고 부르는 이유가, 뭐라고 했었지? 총알이라는 우박을 동반한 폭풍으로 적들과 무고한 행인들을 베어버리기 때문이라고? 그따위 소리는 누구한테 들었나? 여기 있는 사람 중에 우박을 동반한 폭풍 같은 소리를 쓸 사람이 있어 보여? 씨발 넌 뭐가 잘못된 거냐? 하기야 이제와서 생각해보니 스톰이라는 단어를 고른 건 빌어먹을 허리케인은 너무 길어서였지.

– 나한테도 정보원이 있다고.

– 정보원이라.

– 별 사람은 아냐.

– 아이고, 고귀하셔라. 트리스탄 필립스를 보호해주려 하다니. 그 녀석도 너하고 똑같은 마음일 거라 생각해?

– 트리스탄이 귀띔해준 건가?

– 애초에 무슨 비밀을 지키려고 했어야 말이지. 그리고 니가 뭔데 트리스탄이 니 비밀을 지켜줘야 한다는 거야? 제기랄, 니가 쓴 글 1부가 나왔을 때, 랭킹 던즈랑 같이 굴러다니던 내 부하 둘이 트리스탄에게서 니 얘기를 들었던 걸 떠올렸어. 녀석은 누가 듣든 신경도 안 썼다고. 브레드렌, 겉모습을 바꿔보는 걸 진지하게 한번 생각해봐. 니 사진은 누가 보기라도 하면 그냥 쾅. 어쨌거나, 나는 그렇게 너에 대해 알게 된 거야.

– 트리스탄이 날 팔았군.

– 트리스탄이 팔아치운 형제라고는 트리스탄밖에 없어. 그 녀석 지금은 크랙을 빡세게 빨아대고 있지. 씨발 멍청한 놈, 그게 무슨 낭비야. 하지만 랭킹 던즈의 삶이라는 건 그런 거니까. 스톰 녀석이

자기 물건을 피우기 시작하면, 나는 서둘러 그 형제를 끝장내버린다고. 그런데 니가 감옥에 있는 필립스를 살펴보러 갔었다면 그건 최소한 몇 년 전 일일 수밖에 없는데. 왜 지금 와서 이런 걸 쓴 거지?

- 조시 웨일스가 감옥에 들어갔다는 걸 알았으니까.

- 그래서 이제는 조시 웨일스가 너를 건드릴 수 없다고 생각했다? 아니면 조시가 너무 멍청해서 〈뉴요커〉라는 이름이 붙은 물건에 대해서는 까맣게 모를 거라고 생각했나?

무슨 말을 해야 할지 알 수가 없다. 그래서 나는 그냥 렌-독이 손에 들고 있는 주스 잔을 바라보며 지금까지 대체 몇 잔이나 마셔댄 건지 떠올려보려 애썼다.

- 걱정 마, 형제. 둘 다 맞는 생각이니까. 하지만 이 유비라는 사람은 얘기가 또 다르거든. 잡지 맨 앞을 보면 내 이름하고 사서함 번호가 적힌 걸 볼 수 있을 거야. 조시가 감옥에 들어가서 안전해졌다고 생각한 거야? 대답해.

- 그래, 그랬어.

- 그런 식으로 느슨하게 생각하니까 씹새끼들이 총을 맞는 거라고.

유비는 내 식탁 옆에 있는 의자를 잡고는 내 쪽으로 가져온다. 그러더니 나와 마주보고 앉는다. 너무 가까이 앉아서 그의 하얀색 포켓 스퀘어에 있는 나비 무늬까지 보인다.

- 이제는 이 이야기를 포기하지 않으면 나한테 뭐든지 하겠다고 얘기할 차렌가? 내가 말한다.

- 진짜 너도 어쩔 수가 없는 거구나, 안 그래? 마지막 순간까지 주둥이만 살아가지고. 이제야 더이상 잃을 게 없다는 생각이 들었을 수도 있겠군. 글쎄, 아냐, 브레드렌. 심지어는 나도 이게 어떻게

된 일인지 알고 싶다고. 내 말은, 결국 일이 어떻게 돌아갈지는 알지만, 니가 지금 곁눈질하는 게 마음에 들거든. 그냥 너무 멀리까지 곁눈질하지 말고, 피똥 쌀 너 자신을 좀 멈춰 세우라는 말이야. 그러면 내가 너를 건드릴 일도 없잖아.

– 무슨 말인지 모르겠는데.

놈은 〈뉴요커〉로 내 뺨을 때린다. 따갑기는 하지만 그렇게 심하게 아프지는 않다.

– 씨발 멍청한 놈처럼 굴지 마. 오늘밤 내가 들러야 하는 정류장이 너밖에 없는 것도 아니고, 다른 둘은 너처럼 괜찮게 끝나지도 않을 거야. 3부 마지막에서 너는 자메이카와의 연결고리를 발견해 좆같은 크랙하우스를 떠나게 되니까……

– 내가 그 부분을 뺐으면 하는군.

놈은 다시 내 따귀를 때린다.

– 내가 피똥 쌀 너한테 말하는 도중에는 끊지 않았으면 하는 거다.

– 원하는 게 그거잖아. 아니야? 자메이카 얘기를 뺐으면 좋겠다는 거 아닌가?

– 아니야, 인마. 전혀 아니라고. 자메이카에 대해서야 씨발 니가 원하는 게 뭐든 그대로 넣어놔. 조시 웨일스 부분도 놔두고. 그건 그렇고 조시에 대해서 알고 싶은 거 있나? 내가 이거 하나만은 말해줄 수 있지. 아마 너로서는 꿈도 못 꿨을 얘기일 텐데. 이 모니파라는 여자는 조시가 죽인 마지막 임산부가 아니야. 조시는 놔둬. 자메이카도 놔두고. 씨발 그놈의 나라는 그냥 통째로 불태워버리라고, 누가 신경이나 쓴다냐. 하지만 뉴욕은 빼놓으라고.

– 잘 못 들었는데, 뭐라고?

– 여기서 스톰 파씨가 뉴욕에 분파를 두고 있다고 언급했잖아.

난 그게 마음에 안 드는 거야.

– 하지만 스톰 파씨가 있는 곳이 뉴욕이잖아.

– 이봐, 또 멍청하게 굴겠다는 건가? 하나만 말해주자면, 니가 모르는 게 한 가지 더 있어. 어떤 빌어먹을 갱단이 그 크랙하우스를 쏴댄 게 아니야. 총을 쏴댄 건 조시 한 사람이었다고. 총 두 자루를 든 한 사람. 조시 웨일스 하나가 크랙하우스에 있는 사람을 전부 죽였어. 조시가 그 일을 저지르는 걸 내 눈으로 직접 봤다고.

– 난…… 나는…… 그걸 믿을 수가 없는데.

– 조시는 그런 놈이야. 그리고 니가 쓴 내용이 맞아. 그자는 메시지를 보내고 싶었던 거야. 하지만 니가 저 이야기에다 써놓은 것처럼 무슨 심오한 개소리 같은 건 아니었다고.

– 그럼 무슨 메시진데, 그냥 다 싫다는 건가?

– 아주 유머감각이 넘치는 친구로군그래? 우리가 서로 친구가 될 수 없는 사이라니 유감이야.

– 아.

– 이제 보니까 요 백인 꼬맹이가 농담을 알아듣질 못하네, 렌. 내가 큰 기사를 쓰는 도중에 그 기자를 죽여버릴 멍청이로 보이나, 그 기자놈 집 사방에 내 지문을 처발라놓고? 내가 차기 고티*가 되고 싶어하는 것 같아?

– 그건 아닌 것 같군.

– 아닌 것 같은 게 아니라, 아니지.

– 그 메시지가 뭐였는데?

* 뉴욕 시에서 활동했던 이탈리아 갱단 보스. 그가 활동했던 갱단은 '마피아'라는 이름의 유래가 된 조직이었다.

– 던 고르곤*에게 오줌을 뿌리지 말라는 거지.

– 미안, 뭐라고?

– 그건 그만 됐어, 백인 꼬맹이. 하지만 지금부터는 잘 들어. 나는 이 인간이나 어떤 지랄맞은 구역이랑은 전혀 엮이고 싶지 않아. FBI나 마약단속국이 그 브레드렌을 기소하고 싶다면야 얼마든지 하라고 해. 하지만 뉴욕에 있는 미국인 연결고리를 찾겠다면서 나를 쫓는 놈은 한 명도 없길 바라는 거야, 알아듣나?

– 진심이야? 이봐, 그건 그냥 시간문제라고. 마약단속국 인간들이 속도도 느리고 FBI를 시기한다는 문제가 있을지는 모르겠지만, 멍청하진 않아.

– 그럴지도 모르지. 하지만 오늘 당장은 아니야. 그리고 그때가 왔을 때 나를 엿먹일 놈은 니가 아니어야 하고.

– 저기, 어떤 요원이든 나한테 접근했다거나 그 비슷한 일도 한 적이 없어. 걱정할 게 없다고.

– 그거야 지금까지는 놈들이 이용할 만한 게 너한테 하나도 없었기 때문이지. 하지만 이 4부를 보면 그런 게 생길 거라고. 니가 아는 한, 크랙하우스에 들어왔던 그 자식들은 특별한 여행을 하려고 자메이카에서 날아온 거야. 이 뉴욕 갱단이나 보스턴, 캔자스시티 어쩌고 하는 것들은 절대 안돼.

– 그쪽에서도 니가 여기 와 있는 건 알아. 내 말은, 이 도시에 와 있다는 것 말이야.

– 하지만 내가 조직을 만들었다는 거나 그 조직이 얼마나 잘 짜여 있는지는 모르지.

* 그리스신화에 나오는 괴물.

– 그 부분을 빼면 이야기에 염병할 구멍이 생긴다고.

– 지금 걱정되는 구멍이 그 구멍이야? 형씨, 내가 형씨한테 글 쓰는 방법을 가르치겠다는 건 아닌데, 형씨가 쓴 이야기는 총 맞는 사람들에 대한 거잖아. 그러니까 그냥 총 맞는 사람들에 대해서 쓰시라고.

– 살인이라는 게 진공상태에서 일어나는 건 아니라서요, 선생님.

– 아직까지도 이게 협상이라고 생각하나본데, 아주 마음에 들어. 나는 살인이 진공상태에서 일어난다는 얘기를 하는 게 아니야. 그러니까 너는 원하는 만큼 얼마든지 조시 웨일스를 내걸고 말라가게 둘 수 있다는 거지. 하지만 다른 얘기는 전부 빼란 거야. 웨일스 선생을 향한 스포트라이트를 나누어 갖고 싶지 않다고, 알았나?

– 그러니까 엄밀히 말하면, 지금 나를 협박하는 거지?

– 오, 아니지, 브레드렌. 엄밀히 말하면 나는 너를 죽이지 않고 있는 거야. 니가 쓰는 건 '일곱 건의 살인에 대한 간략한 역사'잖아, 맞지? 앞으로 쓸 살인 사건 얘기가 네 건이나 남아 있고.

– 알겠어. 그럼 만약에……

– 그럼 만약에 거부하면 어떻게 되는 거냐고 물어보는 걸로 이 장면을 망치지는 말자고. 나는 참을성이 없고 렌-독은 오늘 놀 만큼 놀았거든.

유비가 자리에서 일어나 렌-독에게 다가간다. 둘이서 무슨 귓속말을 했는지는 모르겠지만 렌-독이 떠난다. 잠시 후 현관이 열렸다가 닫힌다. 유비가 내게로 돌아와 앉는다. 더 가까이. 쿨 워터 향수로군. 내 말이 맞지, 결국 이게 무슨 냄새인지 알아낼 줄 알았다니까. 그가 이번에는 내 쪽으로 몸을 숙인다. 속삭이다시피 말하지만 목소리는 걸걸하다.

– 그래서 지금 내가 생각하는 건, 토니 파바로티가 널 쫓았다면 누군가가 놈을 보내서 너를 쫓게 했다는 거라고. 그럴 사람은 파파–로나 조시 웨일스일 수밖에 없지. 그런데 파파는 죽기 전까지 계속 평화 뭐시기에 꽂혀 있었으니까, 나라면 그냥 조시 웨일스라고 하겠어. 됐으니까 굳이 확인 안 해봐도 돼. 그럼 조시는 왜 너를 죽이고 싶어한 걸까?

– 진심으로 내가 대답해줄 거라 생각하는 거야?

– 그래, 진심으로 거기에는 대답해줄 거라 생각해.

– 뭐 어쩌라는 거야? 넌–죽게–될–테니–고백이나–하라고, 뭐 그런 씨발 개짓거린가?

– 씨발 개짓거리라? 브레드렌, 아직도 자메이카식으로 말하는 게 참 마음에 드는군. 널 죽이는 문제에 대해서라면, 왜 내가 그런 짓을 할 거라고 생각하는지 모르겠군. 난 내가 바라는 게 뭔지 무척이나 분명하게 밝혔거든. 그건 그렇고, 조시 웨일스는 아주 오랫동안 아무한테도 손대지 않을 거야. 딴 사람은 다 손대도 너는 안 건드릴 거라고.

– 조시가 당신한테 내 얘기를 하던가?

– 너 비슷한 누군가의 얘기는 나왔지. 조시는 니 이름을 기억하지 못했어. 〈롤링스톤〉에서 나온 어떤 백인 꼬맹이가 마약 일에 대해 너무 많이 알게 됐다고, 그래서 문제를 바로잡으려고 토니를 보냈다고만 했지. 그런데 햇수가 안 맞는 거야. 아무리 똑똑하더라도 백인 남자가 마약 거래에 대해서 어떤 식으로든 알 턱이 없었거든. 니가 조시 부하들 중 최고를 죽여버렸으니까 또다른 사람을 보내지는 않을 게 분명해. 그것도 그렇고, 너는 그 사건 이후로 사라져버렸잖아. 어쨌거나 조시 웨일스는 감옥에 있고 살아서 나오지 못

할 거라고. 그러니까 내가 알고 싶은 건, 도대체 씨발 니가 뭘 알게 됐기에 조시가 미국에서 온 염병할 백인놈을 죽이려 들었느냐는 거야. 그것도 1979년에. 내 말은, 제기랄, 그것만으로도 조시는 금기 열다섯 가지는 깬 셈이라고.

- 하지만 당신은 스톰 파씨 소속이잖아, 조시 밑에서 일하는 거 아냐?

- 이봐, 나는 피똥 쌀 누구 밑에서도 일하지 않아. 하물며 킹스턴에 사는 게토 쥐새끼 밑에서라니. 그 씹새끼는 스프레드시트 하나 읽을 줄 모르면서 자기가 좆나 똑똑하다고 생각한다고. 세 번 묻지는 않겠어, 백인 꼬마.

- 난…… 나는 몇 년이 지나도록 그놈을 보낸 게 조시 웨일스인 줄 몰랐어. 자메이카에서는 너무 많은 게 벌어지고 있었잖아. 말도 안 되는 일이 너무 많이 벌어졌다고. 누가 보냈어도 말이 됐던 거야. 씨발 정부에서 보냈다고 해도 말이지. 그러다가 한 남자가 날 깨우쳐줬는데…… 젠장, 젠장. 나한테 왜 이런 걸 물어보는 건지 모르겠군. 조시랑 같이 일을 하니까 당신도 벌써 알고 있을 거 아냐. 아마 당신이 조시랑 같이 그 짓을 계획한 건지도 모르지.

- 무슨 짓? 무슨 짓을 말하는 거야?

- 가수. 가수 암살. 가수를 쏜 사람이 그놈이었어.

- 방금 뭐라고 했냐?

대답하기도 전에 그가 재빨리 일어나더니 내 주변을 걸어다니기 시작한다.

- 씹새끼야, 방금 뭐라고 했냐고?

- 1976년에 가수를 쏜 게 그놈이라고.

- 조시가 그 갱단에 있었단 말이야? 인마, 나 같은 사람도 가수

를 죽이려고 했던 게 코펜하겐시티 녀석들이라는 건 알고 있어. 물론 그런 놈들한테 뭔가를 기대하는 일은 절대로……

– 내 말은 조시가 진짜로 그 총알을 쐈다는 거야. 여러 발을.

– 씨발, 니가 그걸 어떻게 알아?

– 몇 달 후에 가수를 인터뷰했었으니까. 가수가 가슴이랑 팔에 총을 맞았다는 건 다들 알고 있지. 아니야? 아니냐고?

– 맞아.

– 당시에 가수가 숨을 내쉬는 대신에 들이쉬기만 했어도 총알이 그대로 심장에 파고들었을 거라는 걸 아는 사람은 딱 세 명뿐이었어. 의사랑, 가수랑, 나.

– 그런데?

– 79년에 평화조약 관련해서 던들을 인터뷰하려고 코펜하겐시티에 갔었어. 웨일스랑 이야기하던 중에 가수 얘기가 나왔지. 조시는 놈들이 심장을 바로 쏘려고 했던 건 아주 좆같은 일이라고 말했어. 그런데 그건 조시가 알 수 없는 얘기였거든. 조시가 의사거나, 가수거나, 나거나, 아니면……

– 총을 쏜 사람이 아니라면 말이지.

– 그래.

– 피똥 쌀. 피똥 쌀, 이 새끼. 난 몰랐어.

– 그건 오히려 내가 충격인데. 웨일스랑 연결된 사람들은 다 알고 있는 줄 알았거든.

– 내가 웨일스랑 연결돼 있다고 누가 그러는데? 내가 브롱크스에서 사업을 일으킬 때 씨발 웨일스는 어디에 있었지? 이것 참, 이 일의 배후에 누군가 있다는 생각이 이렇게 오랫동안 들기는 처음이군.

– 배후라니?

– 재미있는데. 그리고 내가 알기로는 그 사람이 아직까지 죽지 않은 유일한 사람이야.

– 웨일스?

– 아니, 웨일스 말고.

– 그게 무슨 뜻……

– 그거 아니, 피어스 씨. 가수가 그 녀석들 중 한 명을 정말로 용서해줬단 말이야. 용서만 해준 게 아니라 투어까지 데려가고, 형제보다도 가깝게 대하며 최측근으로 뒀다고.

– 씨발 그게 무슨, 진짜야? 그렇잖아도 가수를 상당히 존경했는데 방금 그 존경심이 몇 배로 뛰어버린 것 같은데. 제기랄, 그래서 놈은 어떻게 됐는데?

– 가수가 죽고 난 직후에 사라졌어. 자기가 죷도 안전하지 않다는 걸 알았던 거지.

– 그냥 사라졌다고. 그냥 그렇게.

– 글쎄, 정말로 사라져버리는 사람이란 없는 거라고, 피어스.

– 어떤 칠레인 가족을 하나 소개시켜주고 싶어지는군.

– 뭐?

– 아무것도 아냐.

– 독일어 좀 하나?

– 크라우트 록*을 좀 듣…… 아니.

– 안됐네. 기삿거리를 원한다면, 거기야말로 기삿거리가 있는데 말이지. 가수를 잡으러 갔던 놈들은 그 한 녀석만 빼고 결국 다 죽었어.

---

* 1960년대 말 독일에서 시작돼 영국으로 퍼진 실험적 음악 장르.

– 하지만 조시 웨일스는……

– 살아 있을지도 모르는 유일한 녀석은 1981년에 사라졌고, 아무도 그 녀석이 어디로 갔는지는 모르는 것 같단 말이지. 나만 빼고.

– 그래서 그게 어딘데?

– 넌 별로 관심 없어 보이는데.

– 아냐, 관심 있어. 진짜야. 녀석이 어디에 있는데?

– 말했잖아, 넌 별로 관심이 없어 보인다고.

– 나도 말했잖아, 관심 있다고. 내가 관심 없는 줄 어떻게 알아?

– 왜냐하면 그 녀석이 어디 있는지 내가 방금 말해줬으니까. 그래도 괜히 가슴앓이할 필요는 없어. 아마 너한테는 너무 큰 건일 테니까. 언젠가는 누군가가 이 일에 대해서 책을 한 권 써야 할 거야.

– 아. 그래.

– 너는 다시 그 '일곱 건의 살인에 대한 간략한 역사'나 쓰러 가라고.

하마터면 그에게 고맙다고 말할 뻔했다. 하지만 퍼뜩 그건 나를 죽이지 않고 그냥 착취만 해줘서 고맙다는 소리나 마찬가지라는 걸 깨달았다. 등받이도 없는 이 의자에 지진아처럼 앉아 있는 게 씨발 너무 피곤하지만 나는 일어나지 않는다. 어쨌거나 상관도 없는 일이다. 이걸 쓴다는 게 당신을 다시 만나는 기쁨을 영원히 느끼지 못하게 된다는 뜻이냐는 질문이 혀끝까지 올라오지만, 자메이카 사람들은 빈정대는 말을 받아들이는 경우가 거의 없다는 사실이 떠오른다. 지금 이 순간은 놈들이 비꼬는 말을 완전한 적대감으로 오해하길 바라는 상황이 아니라는 것도 씨발 잘 안다. 이런 개소리는 그냥 떠올리지 않는 편이 좋겠다. 어쨌거나 이렇게까지 초현실적인 날은 있을 수가 없는 거니까. 렌-독이 돌아온다. 놈들은 그리 멀지 않은 곳에 선 채로 비밀로 간직해야만 하는 게 틀림없는 무슨 개소리를 중얼대고 있다.

– 한 가지만 더, 백인 꼬맹이.

유비가 몸을 돌린다. 그의 손. 총이다. 소음기. 그의 손. 총. 소음기. 그의……

– 으아아아안돼애애애! 이런 개 씨발! 이 씨발새끼야! 아 세상에, 이런 씨…… 이 씨발.

– 그래, 한 가지만 더라고 했잖아.

– 이 씨발새끼야, 날 쐈잖아! 너 이 씨발 좆같은 새끼 날 쐈어!

방금 십자가에 못박힌 것처럼 피가 좆같이 내 씨발 발에서 솟구치고 있다. 나는 발을 부여잡는다. 내가 비명을 지르고 있다는 건 알지만 의자에서 떨어져 바닥을 굴러다니고 있다는 건 모른다. 유비가 나를 붙들어 총을 내 목에 바싹 대기 전까지는.

– 씹새끼야, 닥쳐. 닥치라고, 씨발 쌍년아, 렌-독이 그렇게 말하며 내 머리채를 잡는다.

– 너 이 씨발 날 쐈어! 저 새끼가 씨발 날 쐈다고.

– 그래, 하늘은 파랗고 물은 축축하지.

– 아 이런 씨발, 아 세상에.

– 재미있는 거 하나 알려줄까. 총을 맞은 다음에는 창의적인 말을 하는 사람이 아무도 없어. 다들 만일을 대비해서 무슨 안내책자라도 읽는 것 같다니까.

– 좆까.

– 오구, 울지 마, 우리 애기. 자메이카에서는 열두 살짜리 애들이 매일 총을 맞는데 걔들은 계집애처럼 울부짖지 않는다고.

– 아, 세상에.

내 발은 씨발 비명을 질러대고 놈은 몸을 숙인 채 내가 염병할 갓난아기라도 된 것처럼 좆같이 나를 안고 어른다.

– 씨발 911에 전화해. 병원에 가야 한다고.

– 니 여자한테도 여기 와서 좀 치우라고 해야 할 거야.

– 아 세상에.

– 잘 들어, 백인 꼬맹이. 이건 그냥 기억을 상기시켜주려고 하는 말이야. 왜냐면, 우리가 너무 달콤하게 잘 어울리는 바람에 니가 잊어버렸을 것 같아서. 나란 놈은 씨발 장난질을 할 만한 씹새끼가 아냐, 알겠어? 조시 웨일스는 내가 살면서 만나 본 놈 중에서 제일 정신병자 같은 개자식인데, 내가 방금 그 씨발 새끼를 죽여버렸다고. 그럼 나는 뭐가 되는 걸까?

– 잘 모르……

– 그냥 하는 질문이야, 쌍년아.

그는 아래로 손을 뻗어 내 발을 만진다. 그리고 양말에 뚫린 총알구멍 주위를 문지르더니 손가락을 속으로 찔러 넣는다. 나는 렌-독의 손바닥에 대고 비명을 지른다. 그놈이 방금 내 입을 막아버린 것이다.

– 지금 너랑 함께 있는 이 시간이 무척 마음에 들고 〈뉴요커〉 구독도 아주 만족하고 있으니까, 씨발 내가 여기에 또 올 만한 이유는 절대 만들지 마라. 알았어?

그는 손을 움직이지만 내가 할 수 있는 거라곤 우는 것뿐이다. 눈물을 흘리는 것도 아니고, 좆같이 울부짖는 것.

– 내 말 알아들어? 그가 말하며 다시 내 발로 손을 뻗는다.

– 알아들어. 빌어먹을, 알아듣는다고.

– 잘됐네. 오구 오구, 착하다. 내 여자가 이 말을 좋아하더라고.

렌-독이 내 어깨를 잡고선 소파 위로 끌고 간다. 좆나 아플 거다, 놈이 내 양말을 휙 벗겨버리기 전에 한 말은 그것뿐이었다. 비명소리가 목구멍 밖으로 새나가지 않게 하려고 나는 입을 알아서 손바닥으로 막아야 했다. 놈은 장화를 던져버리곤, 행주를 공 모양으로 뭉치더니 내 발을 그 위에 올려놓는다. 차마 보지 못하겠다. 렌-독이 떠나자 유비가 내 전화기를 집어든다.

– 우리가 나가면 911에 전화를 걸어.

– 어떻게 씨발…… 어떻게…… 발에 총알이 박혀있잖아, 어떻게 설명하냐고…… 발에 총알이 박혔는데?

– 작가는 너잖아, 알렉산더 피어스.

내가 불알을 가리는 바람에 놈이 내 무릎으로 던진 전화기가 손마디에 맞는다.

– 뭐든 지어내라고.

열둘

버스를 타려고 지하철역을 지나칠 때마다, 나는 버스가 훨씬 느리다는 사실을 잊어버린다. 지하로 내려갈 때마다 과호흡증이 오기 때문에 치러야 하는 대가다. 그래도 최소한 나는 깨어 있다. 지난주에는 자느라 일곱 정거장을 지나쳤는데, 일어나보니 맞은편 좌석에 앉은 웬 남자가 나를 건너다보고 있었다. 내 몸의 어떤 부분을 건드려서 나를 깨워야 좋을지 고민중인 것처럼. 오늘 버스에는 남자가 한 명도 없다.

이스트체스터도 텅 비어 있다. 어디선가 자메이카 축구팀이 지고 있는 모양이다.* 혼자 생각할 때조차 이렇게 대단한 쌍년같이 군다는 게, 나라는 인간에 대해 뭔가를 알려주는 것 같다. 평균적인 인간들도 혼자서 생각할 때는 나만큼이나 무례하고, 인종차별적이

* 뉴욕 이스트체스터와 자메이카가 가까워 축구 경기를 자주 하는데 자메이카 선수들이 축구를 못하는 것으로 유명하다.

고, 짜증날 거라고 확신한다. 그런데 왜 나는 스스로를 이토록 두들겨패대는지 알 수가 없다. 그냥 집에 가서, 라면을 끓이고, 소파에 몸을 던지고서는 〈아메리카 퍼니스트 홈 비디오〉나 집중하지 않아도 되는 다른 텔레비전 프로를 봐야겠다.

자메이카 사람들 생각은 정말이지 그만해야 한다. 아니, 어쩌면 자낙스를 더 먹어야 할지도 모르겠다. 내 말은, 지금 기분이 나쁜 건 아니다. 정말 아니다. 그래도 걸릴 조짐이 느껴지는 병이 감기만 있는 건 아니니까.

코르사에 왔다. 집에는 먹을 게 없다. 이틀 전에 마지막으로 남아 있던 라면을 먹었고, 중국 음식은 오늘 아침에 전부 내다버렸다. 그놈의 맥너겟을 먹는 건 그다지 좋은 생각이 아니다. 막 구워져 나온 것이라도 말이다. 나는 우리집 문과 창문을 바라본다. 창문은 내가 그냥 열어두고 나온 것처럼 보인다. 지금은 3월인데도. 집에 먹을 게 없다는 걸 안다. 그래도 정말 보스턴 로드에는 가고 싶지 않다. 그래서 나는 집안에 앉아 텔레비전을 볼 것이다. 지금은 느껴지지 않는 배고픔이 심해질 때까지. 그러다 결국에는, 어쨌거나 보스턴 로드에 가게 될 것이다.

그래서 나는 코르사를 따라 보스턴으로 걸어가는 중이다. 여전히 나만의 매리 타일러 무어적 순간을 기대하며. 이 말을 알아듣지 못할 사람들로 가득찬 거리에서 이보다 멍청한 생각을 떠올릴 수는 없지만, 그래도 나는 상상한다. 삶이 일과 텔레비전, 테이크아웃 음식으로만 이루어졌을 때 벌어지는 일이란 이런 것이다. 미국사람 다 된 것 같군. 제기랄, 당신들도, 당신들의 규칙도 전부 엿이나 먹으라지. 모르겠다. 하지만 자낙스를 삼켰다면 이미 별다른 생각을 하지 않고 있었으리라는 건 안다. 죄다 똑같은 색깔인 수건에서 버튼 하나만 누르면 작동하는 커피머신까지, 내 집에 있는 모든 것들은 내 삶을 간편하게 만들어주기 위해서 거기에 있는 거라고 믿는 게 좋기는 하다. 하지만 그 모든 건 내가 결코 생각하지 못하게 하려고 거기 있다는 걸 깨닫는 중이다. 상상해본다, 엄마는 내가 절대로 인생을 꾸려나가지 못할 거라고 생각했지.

보스턴 자메이카 저크치킨. 자메이카식 닭고기와 음식, 따뜻하게 준비되어 있습니다. 주황색 플라스틱 좌석이 두 줄로 늘어서 있고 테이블마다 케첩, 소금, 후추가 있다. 여기서 먹을까? 그러면 어떨지 생각하자마자 그 생각은 사라진다. 금전등록기 바로 옆에 있는 카운터 위에, 코코넛 드롭*이 담긴 과자 접시가 놓여 있다. 그걸 보니 시골 생각이 난다. 시골에 가는 게 좋았던 적은 한 번도 없었다. 코코넛 드롭이 너무 많은데다 화장실은 재래식이다. 그 바로 옆에는 감자 푸딩처럼 보이는 뭔가가 담긴 또다른 과자 접시가 있다. 나는 1979년 이후로 감자 푸딩을 먹어본 적이 없다—아니, 그보다 오래됐구나. 보면 볼수록 먹고 싶다. 이 식욕을 더 깊은 차원의 무언가에 대한 징후로 생각해야 한다는 느낌이 점점 더 강해진다. 내가 정말로 원하는 것은 자메이카를 맛보는 것이라는. 이 얘기는 심리학적인 헛소리처럼 들린다. 입안에 남자 성기가 아닌 자메이카 것을 넣고 싶어졌다고 생각하니 더 우습다. 빌어먹을 더러운 여자야—아니지, 빌어먹을 더러운 년아.

이제 밤새 파투아로 떠들고 싶은 기분이 든다. 그 여자나 그 여자의 총잡이 남자친구와 오후 내내 어울렸기 때문은 아니다. 어쩌면 지금 빌어먹을 코코넛 드롭을 보고 있고 두쿠누*나 아샴**, 잭애

* 코코넛이 들어간 쿠키의 일종.

스 콘***은 없냐고 묻고 싶어졌기 때문인지도 모른다.

– 뭘 드릴까요, 손님?

그 남자가 카운터 뒤에 앉아 있는 것조차 보지 못했다. 그제야 나는 왜 그가 나를 보지 않았는지 알 수 있었다. 그가 앉은 자리 옆의 플라스틱 의자에 놓인 흑백 텔레비전에 크리켓 경기가 나오고 있다.

– 서인도제도 대 인도 경기예요. 물론 우리는 또 염병할 헛짓거리나 하고 있지, 그가 말한다.

나는 고개를 끄덕인다. 크리켓을 좋아한 적은 한 번도 없다. 어두운 피부색에, 근육질의 두 팔 사이로 보이는 커다란 똥배, 그리고 흰 염소수염. 아마 이 사람은 내가 몇 주만에 처음 이야기를 해본 자메이카 남자일 것이다. 그는 눈썹을 치켜세우고 있다. 벌써부터 나를 지겨워하는 것이다.

– 구운 닭고기, 아니 튀긴 닭고기, 그래요, 튀긴 닭고기랑 콩을 곁들인 밥이랑, 콩을 곁들인 밥이 있다면 말이에요, 그리고 튀긴 플랜틴 바나나랑 잘게 썬 샐러드랑……

– 워오이, 아가씨, 천천히. 음식 어디 도망 안 가요.

그는 나를 보며 웃고 있다. 글쎄, 활짝 미소 짓고 있다는 편이 더 맞겠다. 나는 신경쓰지 않는다. 단지 그 모습을 보자니 마지막으로 남자를 웃게 만들었던 때가 언제인지 궁금할 뿐이다.

---

* 밀가루, 설탕에다가 카사바, 코코넛, 고구마, 콘밀 등의 재료를 기호대로 배합하여 만드는 디저트의 일종.

** 옥수수 가루를 사용해 만든 디저트.

*** 자메이카 전통의 비스킷 중 하나로, 당나귀처럼 거칠고 질기다고 하여 잭애스라 불린다.

– 그래도 잘 익은 플랜틴 바나나는 있겠죠?

– 그럼요, 아가씨.

– 얼마나 익었는데요?

– 충분히 익었지.

– 아.

– 아가씨, 걱정 말라니까, 아주 잘 익었다고. 그 플랜틴 바나나는 입에 넣자마자 완전히 으깨질 거야.

나는 여태까지 음식을 그렇게 맛있게 묘사하는 얘기는 들은 적이 없다고 말한다. 진심이라고 덧붙이고 싶은 마음을 억누르며.

– 세 접시 주세요.

– 세 접시나?

– 세 접시요. 그리고, 소꼬리나 염소고기 카레도 좀 있어요?

– 소꼬리는 주말에 나오고. 염소고기 카레는 방금 다 나갔지.

– 튀긴 닭이면 되겠어요. 다리랑 허벅지 살로 부탁드려요.

– 마실 건 뭘 드릴까?

– 메뉴에 있는 이게 소렐*이에요?

– 네, 손님.

– 소렐은 크리스마스에나 마실 수 있는 줄 알았는데.

– 아니, 잠깐. 지난 기나긴 세월 동안 대체 어디 있었던 거요, 아가씨? 이제 자메이카에서 나는 모든 것들이 상자에 담겨 팔리고 있는데.

– 맛은 괜찮아요?

– 나쁘진 않지.

---

* 수영. 여뀟과의 여러해살이풀로 식용, 약용으로 쓰임.

– 하나 주세요.

이 모든 음식을 집으로 가지고 돌아갈 기분은 아니었다. 왜인지는 모르겠지만, 이 조그만 레스토랑에 앉아 텔레비전에 나오는 아나운서가 크리켓 경기에 핏대 세우는 소리를 흘려들으며 튀긴 닭을 먹는다는 게 아주 마음에 들었다. 바로 맞은편 좌석에는 자메이카 〈글리너〉와 〈스타〉 신문이 있다. 〈자메이카 옵저버〉도 있는데, 나는 처음 보는 것이다. 남자는 천장에 매달려 있는 커다란 텔레비전을 켠다. 맨 처음 나오는 건 크리켓 경기다.

– 저거 JBC예요? 내가 말한다.

– 아니, 무슨 허섭스러운 카리브해 네트워크요. 다들 저렇게 노래하듯이 말하는 걸 보면 아마 트리니다드겠지. 자메이카에 지금 축제가 벌어지고 있는 것도 저 사람들 때문이라니까.

– 축제요? 소카* 음악이 나오는데?

– 어.

– 언제부터 자메이카 사람들이 소카 음악을 좋아했다고?

– 브래지어에 팬티 바람으로 길거리에서 춤출 이유가 업타운 사람들한테 필요해진 때부터지. 그건 그렇고, 축제 얘기 한 번도 들어본 적 없어요?

– 없는데요.

– 집에 자주 안 가나보네. 아니면 고향에 가족이 없든지. 신문은 보쇼?

– 아뇨.

– 지금 그쪽이 잊어버리려고 애쓰는 건, 잊는다는 행위 그 자체요.

* soca. 소울과 칼립소가 혼합된 대중음악 장르.

– 네?

– 별 말 아니요. 애들은 자메이카식으로 키우고 있는 거면 좋겠군. 한 명도 미국식으로 해이하게 키우면 안 돼. 알죠.

– 전 아이가…… 제 말은, 알죠.

– 잘됐군. 잘됐어. 성경에 나오는 그대로지. 아이를 가르칠 때는 마땅히 자라야 하는 대로 가르치고……

나는 이미 무시하고 있다. 이 조그만 자메이카 식당에서, 난 한 남자가 할머니들의 지혜를 전파해주려는 걸 무시하는 중이다. 하지만 지랄, 이 튀긴 닭은 정말 맛있잖아. 노릇노릇하고 아작아작 씹히는데다가 속살은 꼭 한 번 튀긴 다음에 또 구워낸 것처럼 부드럽다. 게다가 밥이랑 콩이 같이 나오다니. 따로따로 나와서 내가 섞어야 하는 파파이스 쓰레기랑은 달라. 나는 이 플랜틴 바나나 요리를 3분의 1쯤이나 해치웠다. 조금만 있으면 이 소렐을 가장 좋아하는 가공품으로 임명해주게 생겼다. 화학 실험실에서 원래 음료를 재현해 만든, 독성이 있을 수도 있는 제품 중에서 말이다.

– 개뿔, 이런 썅, 피똥 싸겠네.

그 단어들이 내가 아닌 다른 사람의 입에서 나오는 걸 마지막으로 들은 게 언제였는지 기억도 안 난다.

– 개뿔, 이런 썅, 피똥 지리겠어.

– 왜 그러세요?

– 저것 좀 보라고, 손님. 피똥 싸고 있네.

나한테 보이는 거라곤 자메이카 군중을 찍은 저화질 영상뿐이다. 어쩌면 이건 지난 15년간 자메이카에서 누군가가 한 건씩 올릴 때마다 써왔던, 같은 스톡 푸티지*일지도 모른다. 티셔츠나 탱크탑을 입고 있는 똑같은 흑인 남자들, 위아래로 펄쩍펄쩍 뛰는 똑같은 여자들, 스펠링을 모르는 사람들이 판지로 만든 똑같은 플래카드들. 카메라에 찍히는 범위 안으로 들락거리는 똑같은 군용 지프들. 정말이지.

– 개뿔 이런 썅 우라질……

이 뉴스가 뭐 그렇게 특별하냐고 물어보려는데, 화면 아래쪽에 나타난 자막이 눈에 들어온다.

조시 웨일스 감옥에서 불에 타 사망한 채로 발견.

남자는 소리를 키우지만 나한테는 아직 아무 소리도 들리지 않는다. 화면에는 사진이 딱 하나 떠 있다. 허리 위로는 아무것도 입지 않은 웬 남자다. 엄청난 열기에 녹아내린 것처럼 피부가 번쩍거리고, 가슴과 옆구리 한 움큼은 검게 물들었으며, 타버린 것은 피부뿐인 듯 커다란 흰 점들이 보인다. 피부가 벗겨진 가슴은 꼭 젖먹이 돼지 같았다. 정말이지 나는 사진 초점이 맞지 않는 것인지 아니면 그가 진짜 녹아버린 것인지 알 수 없었다.

– 코펜하겐시티가 불타고 있다고. 그런데 같은 날 저 사람 아들을 매장한다는 거야? 세상에 이런 더러운 경우가.

이제 자막은 화면 아래를 지나가고 있다. 조시 웨일스 감옥에서 불에 타 사망한 채로 발견 ▸ 조시 웨일스 감옥에서 불에 타 사망한 채로 발견 ▸ 조시 웨일스 감옥에서 불에 타 사망한 채로 발견 ▸ 조시 웨일스 감옥에서 불에 타 사망한 채로 발견

– 무단 침입 흔적도 없고, 오늘 그 방에 들어가겠다고 허가받은 면회객도 없고, 어떻게 불타버렸는지 아는 사람도 없고. 어쩌면 그

* 스톡 숏(stock shot)이 들어 있는 필름. 스톡 숏이란 뉴스 영화·기행(紀行) 영화 등에서 발췌한 것으로, 다른 영화에 삽입시키거나 배경 따위로 이용하는 사진.

냥 몸에 불이 붙었는지도 모르지. 라티드, 믿을 수가 없……

– 조시가 분명하대요?

– 그럼 누구겠어? 일반 교도소에 있으면서 이름이 조시 웨일스인 다른 남잔가? 젠장. 씨발. 실례 좀 할게요, 아가씨, 지금 전화할 사람이 하도 많아서. 여기서 그냥 이러고 있을 수는…… 아가씨, 괜찮아요?

구토 때문에 입술이 열리고 토사물이 인도 사방에 튀기 직전 나는 간신히 문을 넘어간다. 내 배가 수축하면서 내 생명을 쥐어 짜내는 그 순간에도, 길 건너의 누군가는 튀긴 닭을 토해내는 내 모습을 지켜보고 있을 게 분명하다. 아무도 다가오지는 않지만 그래도 나는 가게 주인의 문 바로 근처를 엉망으로 더럽혀놓았다. 나는 똑바로 서려고 애쓰지만 배가 제멋대로 또 불뚝거린다. 나는 기를 쓰고 토하려 하지만 토사물은 나오지 않는다. 가게 주인이 카운터 뒤에 있는 게 다행이다. 나는 가게 안으로 들어가 가방을 가지고 나온다.

이제 나는 내 소파에 앉아 있고 텔레비전은 2시간 째 켜져 있다. 하지만 나는 아직도 내가 뭘 보고 있는 건지 알 수가 없다. 요리된 것처럼 보이는 남자를 본 적은 한 번도 없는 것 같다. 정말이지 이 소파에는 커버를 씌워야겠다. 거실에는 그림이든 뭐든 좀 걸고. 그리고 화분도 하나 좋은 걸로, 아니 가짜 화분이면 되겠다, 모든 살아 있는 것들은 내 손만 닿으면 죽어버리니까. 전화기가 지금까지 몇 분째 내 무릎에 놓여 있다. 요금이 막 올라가려는데 연결음이 울린다.

– 여보세요?

– 지금 연결해드리겠습니다, 고객님.

– 감사합니다. 고마워요.

내 두 손은 떨리고 있다. 수화기가 귀고리에 부딪쳐 달그락 소리가 들린다.

– 여보세요? 여보세요? 여보세요, 누구세요?

내 두 손은 떨리고 있다. 그리고 지금 이 순간 뭐라도 말하지 않는다면, 상대가 다시 입을 열기 전에 내가 전화기를 쾅 내려놓게 되리란 걸 나는 알고 있다.

– 키미?

옮긴이의 말

"심사위원 토론 두 시간 만에
만장일치로 결정된 맨부커상 수상작"
"레게의 황제 밥 말리 암살미수 사건을 둘러싼 이야기"

소설의 번역을 맡기 전, 사전조사를 하면서 본 카피다. 보는 순간 강한 호기심과 흥미를 느낀 나머지 소설을 검토해 보겠다고 나섰다. 처음 소설을 읽기 시작하자마자 들었던 생각은 흥미에 이끌려 다소 무모했던 게 아닌가 하는 반성이었다. 분량도 분량이지만 표준영어가 아닌 자메이카 영어, 즉 파투아가 대단히 낯설어 다른 영미 소설을 읽을 때보다 훨씬 더 많은 시간을 들여야만 했다. 남아메리카의 역사적, 정치적 상황이나 냉전시대 미국의 정치공작 등 사회문화적 맥락을 좀더 충실히 조사하고 이해해야만 비로소 알아들을 수 있는 이야기들도 많아 비로소 고민이 되기 시작했다.

특히 이 소설이 여러 명의 화자가 등장하는, 매우 잘 쓴 작품이라는 점이 감탄의 대상인 동시에 넘어야 할 큰 산으로 다가왔다. 말런 제임스의 원문은 한두 문장만 읽어보아도 어떤 화자가 한 말인지 알아볼 수 있을 정도로 화자마다 개성이 뚜렷하다. 한 사람의 소설가가 그 모든 인물과 인물 개개인의 말투를 지어냈다는 얘기보다는, 전문 인터뷰어가 여러 명의 실존인물을 취재하고 그 내용을 녹취해 둔 글이라 믿어질 정도다. 다른 모든 걸 제쳐놓고 이 점만 보아도 말런 제임스의 천재성을 확신할 수 있었다.

욕심이 나는 작품이었다. 그래서 결국 번역을 맡았다. 처음으로 단 한 번 읽었을 때, 작품을 100퍼센트 이해했다고 확신하기 어려운 상태에서조차 『일곱 건의 살인에 대한 간략한 역사』는 지나칠 만큼 매력적이었다. 나는 이 소설에 완전히 사로잡혀 나도 모르게, 친한 친구들을 만날 때면 꼭 내가 직접 아는 사람에 대한 '뒷담화'를 하듯 이 소설 속 인물들에 대해 이야기하게 되었다. 그리고 더 많은 사람들과 이 이야기를 나누고 싶다는 욕심이 점점 더 강하게 들었다. 장기간의 강행군이 될 게 분명한 작업을 덜컥 맡게 된 중요한 이유 중 하나다.

그리고 2015년 맨부커상 수상 발표 직후부터 2016년 여름까지 꼬박 7개월여, 흥미에서 시작된 도전이 무모함으로 끝나지 않게 하기 위해 여러 방면으로 노력을 기울였다. 작가의 의중을 조금이라도 더 살펴보기 위해 영미권 독자를 위한 인터넷 북클럽에 들어가 가이드를 찾아 읽기도 했다. 각 인물과 좀 더 친숙해지고 문장의 뉘앙스도 파악하기 위해 오디오북을 구해 여러 번 돌려듣기도 했다(오디오북의 경우, 화자마다 다른 성우가 연기했다. 화자들의 말투를 옮길 때 이 성우들의 연기에 영향을 크게 받았다는 점을 부정할 수 없다). 원문에 인용된 여러 노래들도 찾아서 들어보았다. 무엇보다도 독자들이 직접 찾아보시는 수고를 덜어드려야겠다는 생각에서 주석을 달기 시작했던 게, 스스로 작품을 조금이나마 깊이 이해하는 데 큰 도움이 되었다. 어느 것 하나도 '구글신'이 계시지 않았더라면 도저히 할 수 없는 일이었으니, 이 자리를 빌려 감사를 표한다. 자 구글라파리.

*

이렇게 작품과 조금씩 친숙해질수록 작가 말런 제임스에게 감탄하는 마음도 깊어만 갔다. 처음 읽을 때는 보이지 않았던 퍼즐의 조각들이 하나, 또 하나 맞추어질 때마다 어떻게 사람의 머리로 이 모든 걸 계산하고 계획할 수 있었는지 놀라웠다. 그러면서도 이 소설은 정밀히 설계되어 이성적이고 똑떨어지는 건조한 글로만 읽히지 않고, 각 인물을 생동감 있게 그려내면서 그들의 감정에 독자가 완전히 몰입하도록 하는 데 성공했다. 경이로웠다. 나름대로 작가가 흩어놓은 퍼즐 조각을 많이 찾아냈다고 생각했으나 편집부에서 더 많은 조각들을 찾아내는 걸 보고 그 경이로움은 더 커졌다. 아마 아직 다 짜맞추지 못한 퍼즐 조각들이 더 있을 것이다. 스포일러가 될 테니 이미 발견한 조각들은 공개하지 않겠다. SNS를 통해 퍼즐 찾기 놀이라도 할 수 있었으면 하는 바람이다. 나의 경우 소설의 퍼즐을 맞추어나가는 과정에서 오는 짜릿한 지적 쾌감과 인물에게 완전히 몰입할 때 느껴지는 감정적 격동에서 헤어나오기가, 대단히 힘들었다. 부디 독자 여러분께서도 그러한 즐거움을 누리시기 바란다. 나의 미욱한 번역이 부디 방해가 되지 않았으면 하며, 이 소설을 즐길 수 있는 방법 몇 가지만 더 이야기해보고자 한다.

이 소설은 현실과 너무 닮았다. '핍진 순도'가 아주 높다. 주지의 사실이지만, 이 소설의 많은 부분은 실화에 바탕을 두고 있다. 밥 말리 암살기도 사건도 실제 있었던 일이고, 소설 속에 언급되는 정치적, 사회적 사건들 모두 사실에 바탕을 두고 있다. 조시 웨일스와 파파-로도 실존 인물을 모델로 삼았다. 이름을 계속 바꾸는 니나 버지스도, 어쩌면 밀리센트 세그리라는 이름으로, 혹은 또다른 이름으로 미국 어딘가에서 현재 살고 있을지 모른다. 이런 사실 관계를 직접 더 조사해보는 것도 또 한 가지 재미가 되지 않을까 한다.

실제의 어떤 인간도, 어떤 삶의 방식도 주변화될 수 없듯 소설 속 화자들을 각각 하나로 꿴다면 커다란 줄기가 굵직굵직하게 잡힐 것이다. 예컨대 위퍼나 존-존 K, 니나 버지스를 사건의 축에 두고 이야기를 정리한다면 페미니스트적 관점에서나 퀴어 비평의 관점에서 재미있는 이야기를 많이 할 수 있을 것 같다. 이밖에도 이 소설에 매력을 느꼈던 이유들이 많은데, 이 글에선 상당 부분 생략해버리고 말았다. 그 매력을 글로 풀어 전달하기에는 나의 능력이 보잘것없으므로, 흥미로운 비평작업이 더 많이 이루어져 즐거운 의사소통의 시간이 마련되었으면 하는 바람이 간절하다.

*

이 소설은 자메이카에 관한 이야기이지만 동시에 음악에 관한, 그냥 악(사악하다는 뜻의 악이 됐든, '악으로, 깡으로' 버틴다고 할 때의 악이 됐든)에 관한, 삶에 관한, 사람에 관한 이야기이다. 이 방대한 소설을 꼼꼼히 읽어나가며 그 과정에 함께했던 문학동네 편집부에 감사드린다. 부모님은 내 손을 거쳐 완성된 모든 글을 항상 재미있게 읽어주시는데, 이 책의 경우 욕설이나 폭력적인 장면, 성적인 장면의 수위가 다소 높아 자식으로서 권해드리기가 다소 민망하다. 무엇보다 제일 먼저 내 번역을 읽어주고, 항상 소설 속 인물들에 대해 뒷담화를 나눌 수 있는 내 편, 내 친구가 되어주었던 아내 윤선영에게 고맙다. 덕분에 소설에 압도되지 않고 번역하는 내내 그 매력에만 취해 지낼 수 있었다.

2016년 가을의 끝자락에서
강동혁

파투아* 뜻풀이

* patois, 자메이카식 영어

가비지랜드 Garbageland	쓰레기장
간자 ganja	라스타들이 대마초를 부르는 이름. 라스타의 종교 의례에 대마초를 사용한다.
간지 ganzie	양모 점퍼
굿굿즈 good-goods	화물
나와 나 me and me	우리
내티 Natty	엘리트
노 트루 댓? no true dat?	안 그래?
다운프레션 downpression	'억압'을 뜻하는 라스타식 조어. '억압'을 뜻하는 영어 단어는 원래 '오프레션(oppression)'이지만 단어 도입부의 '옵(op-)' 발음이 '위(up)'를 연상시킨다 하여, 해당 부분을 '아래'를 뜻하는 '다운'으로 바꾼 것.
더티 라이프 dutty life	밑바닥 인생

더피 duppy	유령
던 don	자메이카 갱단의 보스를 일컫는 말.
던 다다 don dada	아버지 던
데디케이션 dedication	'헌신'을 뜻하는 라스타식 조어. 단어 도입부의 '데드(ded-)'라는 발음이 죽음(dead)을 연상시킨다 하여 삶(live)을 연상시키는 철자로 대체, 리비케이션(livication) 으로 바꾸어 부른다.
도터 dawta	아가씨. 라스타들이 젊은 여성을 부르는 호칭 중 하나. 표준 영어에서는 '딸(daughter)'에 해당한다.
라티드 Rahtid	'이런, 세상에!' 심한 실망감이나 분노를 표현하는 감탄사.
라히드 Rahid	나쁜
러어드 Lawd	이런, 세상에! '주님' 혹은 '주여!'를 뜻하는 영어 '로드(Lord)'의 파투아식 발음.
레고 비스트 leggo beast	망나니, 도저히 통제가 안 되는 남자를 일컫는 속어.
루드보이 rudeboy	갱단원
리덤 riddim	리듬

마싸 massa	주인님이라는 뜻의 파투아식 발음. 영어 마스터(master)의 발음이 변한 것.
몬 mon	친구, 이봐, 문제없지
미 브레다 mi bredda	내 형제. '마이 브라더(my brother)'의 파투아식 발음.
바티 batty	바티(batty)는 자메이카 말로 엉덩이를 뜻한다.여기에 구멍을 뜻하는 홀을 붙인 단어 바티홀(battyhole)은 항문을 말하며,바티보이(battyboy), 바티만(battyman) 등은 항문에 성교를 한다는 뜻에서 남성 동성애자들을 낮추어 부르는 속어이다.
방가랑 bangarang	문제
배드보이 badboy	갱단 혹은 총잡이. 원래 미국 서부시대에 기원을 둔 표현으로, 함부로 총질을 해대는 무법자를 가리킨다.
버크러 마싸 buckra massa	백인 주인님. '버크러(buckra)'는 나이지리아에 사는 이비비오족과 에피크족 언어에서 '주인'을 뜻하는 '음바카라'라는 단어에서 유래한 것으로 추정된다.
보스맨 bossman	형씨
부샤 busha	보스, 감독자. 주로 자메이카 백인들 사이에서 쓰인다.
브레드렌 brethren	형제(님). 라스타들이 쓰는 말에서 유래한 호칭으로, 남자를 친근하게 부를 때 쓰는 말.

브로타 brawta	보너스
샤터 shotter	깡패
서퍼라 sufferah	빈곤층, 가난하지만 올바르게 살아가는 사람. '고통받는 사람'을 뜻하는 영어 '서퍼러(sufferer)'에서 유래했다.
세티 settee	긴 소파. 주로 잠을 자거나 몸을 기대어 휴식을 취하는 용도.
셀렉터 Selecter	디제이
쇼타 shotta	갱단원
스타 star	친구
시스트렌 sistren	자매(님). 라스타들이 여성을 부르는 호칭. 브레드렌의 여성형.
싸 sah	영단어 서(sir)의 파투아식 발음.
싸잇 sight	맞지? 봤지? 알았지?
쌤피 samfie	사기꾼. 특히 누군가의 신뢰를 얻어 사기를 치는 사람을 말하며, 많은 경우 초자연적인 힘이 있는 것처럼 행세하는 사람을 뜻하기도 한다.

씬 seen	맞다, 봤다, 알았다
야디 yardie	건달
야우 yow	이봐, 어이
우누 unu	너
이레이션 iration	영단어 '크리에이션(creation)'을 라스타식으로 표현한 단어
쟈 Jah	라스타들이 야훼를 부르는 말
잼다운 Jamdown	자메이카
조 joe	자바 커피의 줄임말
차이니 chiney	중국 여자
쵸 cho	놀라거나 당황스러울 때 내뱉는 감탄사
추피드 cupid	멍청하다. 영단어 '스투피드(stupid)'의 파투아식 발음.

쿠 데 coo deh	이것 좀 봐
쿨리 coolie	자메이카를 비롯한 서인도제도의 여러 섬들에서 인도 혈통을 이어받은 사람들을 일컫는 속어.
파씨 Posse	갱단, 혹은 '~파'
파파-로 Papa-Lo	서인도제도에서 고위급 사제를 일컫는 말. '파파'라는 단어에는 '아버지'라는 뜻이 있다.
포피쇼 poppy show	인형극. 주로 멍청한 일을 하는 사람을 조롱할 때 쓰는 말.
품품 pum-pum	여성의 성기를 지칭하는 비속어.
하타클랍스 hataclaps	위기
화이트 붜이 white bwoi	백인 녀석, 흰둥이 녀석. '화이트 보이(white boy)'를 자메이카식으로 발음한 것.

옮긴이 **강동혁**
서울대학교 영문과와 사회학과를 졸업하고 동 대학원에서 영문학 석사학위를 받았다. 인문학 분야의 책과 소설을 읽고 번역하며 언젠가 본인의 작품을 쓸 날을 기다리고 있다. 『우리가 묻어버린 것들』 『타인의 외피』 『혐오에서 인류애로』 등을 우리말로 옮겼다.

문학동네 세계문학
일곱 건의 살인에 대한 간략한 역사 2

초판인쇄 2016년 11월 3일 | 초판발행 2016년 11월 9일

지은이 말런 제임스 | 옮긴이 강동혁 | 펴낸이 염현숙
책임편집 박인숙 | 편집 이현정 신채경
디자인 김마리 이원경 | 저작권 한문숙 김지영
마케팅 정민호 이미진 정진아 김혜연 | 홍보 김희숙 김상만 이천희
제작 강신은 김동욱 임현식 | 제작처 영신사

펴낸곳 (주)문학동네
출판등록 1993년 10월 22일 제406-2003-000045호
주소 10881 경기도 파주시 회동길 210
전자우편 editor@munhak.com | 대표전화 031) 955-8888 | 팩스 031) 955-8855
문의전화 031) 955-1927(마케팅) 031) 955-2699(편집)
문학동네카페 http://cafe.naver.com/mhdn | 트위터 @munhakdongne

ISBN 978-89-546-4297-2 04840
978-89-546-4294-1 (세트)

www.munhak.com